中国古典诗词校注评丛书

吴文英词全集【汇校汇注汇评】

李珊　编著

长江出版传媒　崇文书局

中国古典诗词校注评丛书
编撰委员会

CHONGWENGUAN

读古人书　友天下士

百余年前，崇文书局于武昌正觉寺开馆刻书，成晚清四大书局之一。所刻经籍，镌工精雅，数量众多，流布甚广，影响巨大。为赓续前贤，昌明国学，弘扬文化，本社现致力于传统典籍的出版。既专事文献整理，效力学术，亦重文化普及，面向大众。或经学，或史论，或诸子，或诗词，各成系列，统一标识，名之为"崇文馆"。

崇文馆

前　言

　　吴文英,字君特,号梦窗,晚年又号觉翁,南宋著名词人。《宋史》无传,宋人笔记方志亦绝少言及。考证吴文英行谊并为其词作编年,从刘毓崧开始,又有朱祖谋《梦窗词集小笺》、夏承焘《吴梦窗系年》、杨铁夫《吴梦窗事迹考》,再有吴熊和、钟振振、张如安、田玉琪、吴蓓等人均有丘山之功。在前贤时彦考证的基础上,孙虹、谭学纯的《梦窗词集校笺》亦成绩斐然。结合诸家研究成果,吴文英生卒年及生平事迹大略可知。

　　关于吴文英的生年,夏承焘《吴梦窗系年》提出在宁宗庆元六年(1200),杨铁夫《吴梦窗事迹考》提出在宁宗开禧前后(1205至1207),张风子致夏承焘第一书和第二书分别定在宁宗嘉定十年(1217)和嘉定五年(1212)。经孙虹、谭学纯的《梦窗词集校笺》考辨,基本确定了吴文英生于宁宗嘉泰二年(1202)。至于吴文英的卒年,则因宋元易代的原因无法确知,但从梦窗词集中有词作抒写南宋帝后北狩之悲,如《诉衷情》(阴阴绿润暗啼鸦),而集中《浣溪沙·题史菊屏扇》《踏莎行·敬赋草窗绝妙词》等,可与《诉衷情》互为印证吴文英及见宋亡。因此,吴文英卒年应在德祐二年(1276)之后,享年七十五岁以上。

　　吴文英是庆元府鄞县(今浙江宁波。古称明州,又取境内四明山为名)人。一生未第,游幕终身,曾至临安府(新城、仁和)、湖州府(德清、乌程)、扬州府(楚州,南宋中后期称淮安)、平江府(吴县、昆山、长州、常熟)、常州府(无锡、宜兴)、绍兴府(萧山)、镇江府(京口)等地。

由于吴文英词中多有十载西湖、十年吴苑的描述和回忆,研究者都认同其行谊中有客杭、客苏的经历。而对于客杭客苏孰为前后的问题,夏敬观和杨铁夫倾向于客苏在前;但当代研究者的考证,推翻了前贤客苏在客杭之前的结论,如钱锡生《关于吴文英生平中的两个问题》、朱德慈《吴梦窗早年客杭考》皆指出,梦窗客杭时间实在入苏州仓幕(全称"常平广惠仓兼管勾农田水利差役事")之前,时间约为十年。张如安《吴梦窗生平考证二题》同意此观点,并通过梦窗集中《西平乐慢·过西湖先贤堂》一词,进一步考证出梦窗这十年是在临安府尹袁韶门下为客。结合张如安诸人的考证,孙虹、谭学纯认为约在嘉定十三年(1220)或稍后,梦窗入袁韶幕中,开始了近十年的杭京游冶及游幕生涯。袁韶绍定三年(1230)请求辞免临安府府尹之后,吴文英至迟在绍定四年(1231)入苏州仓幕,其时三十岁。吴文英至淳祐四年(1244)离开苏幕寓越,前后历时十四载。据集中《喜迁莺·甲辰冬至寓越,儿辈尚留瓜泾萧寺》,结合吴文英交游的另一位显宦史宅之的行谊,知吴文英甲辰即淳祐四年(1244)离开苏州入史宅之(云麓)幕中。据《宝庆会稽续志》卷二"安抚题名",史宅之知绍兴府是淳祐四年(1244)十月十九日到任,六年(1246)三月离任赴阙,除工部尚书,不久改礼部尚书。七年(1247),提领"田事所"。八年(1248)同知枢密院事。九年(1249)十一月薨于位(《宋史全文》卷三四记载卒于十二月)。其间,淳祐六年(1246)至淳祐九年(1249),吴文英随幕绍兴或杭京,但因家眷在吴,故多往来三地之间。史宅之谢世后,吴文英再次客居苏州。淳祐十年(1250)至开庆元年(1259),吴文英渐入颓唐晚景,自认是苏州松江(即吴淞江)的江湖闲人。据陈著《赵节使稽山门外花园》，知吴文英《西河·陪鹤林先生登花园》是陪吴泳游赏嗣荣王赵与芮私家园林。限于吴泳卒年，吴文英可能于宝祐年间(1252至1258)就已经入嗣荣王幕中。赵与芮是理宗母弟，度宗生父。吴文英晚年再以韦布之身曳裾宗亲侯王之门。德祐二年(1276)元兵攻破临安后，梦窗再次归客苏州，郑文焯《手批梦窗词》笺《鹧鸪天·化度寺作》"吴鸿好为传归信，杨柳阊门屋数间"二句曰："观此词结句，是梦窗亦有老屋在阊门，而两寓化度寺所作皆有怀归之意，岂老去菟裘，复以此邦为可乐耶？"吴文英最终实现了终老苏州的愿望，但身份是前朝遗老。

纵观吴文英的一生，没有任何重大的政治活动可言，游历范围也大致局限于江、浙两地，他之所以在南宋驰声传名，主要是由于他那些哀艳动人的词篇。吴文英的《梦窗词》存词三百余首，在南宋词人中仅次于辛弃疾。其内容大致有：

（一）酬酢之作。吴文英毕生以清客的身份来往于当时朝中的一些显贵门下。《浣溪沙·仲冬望后，出迓履翁，舟中即兴》《绛都春·题蓬莱阁灯屏，履翁帅越》《金缕歌·陪履斋先生沧浪看梅》三首词献于浙东安抚使吴潜。《水龙吟·过秋壑湖上旧居寄赠》《木兰花慢·寿秋壑》《宴清都·寿秋壑》《金盏子·赋秋壑西湖小筑》等词寄颂权相贾似道。吴文英又曾为嗣荣王赵与芮的幕宾，所以也有《水龙吟·寿嗣荣王》《宴清都·饯嗣荣王仲亨还京》《宴清都·寿荣王夫人》《齐天乐·寿荣王夫人》等词献于嗣荣王府祝寿、赞誉。且吴文英与南宋权相史弥远的儿子、一度总揽朝政的史宅之有同乡之谊，两人关系亲近，梦窗词中提到史宅之的词有《垂丝钓近·云麓先生以画舫载洛花宴客》《瑞鹤仙·寿史云麓》《烛影摇红·麓翁夜宴园堂》《丑奴儿慢·麓翁飞翼楼观雪》等。吴文英虽以词结交权贵，却没有凭此而获得进身之阶。此外，吴文英还与友人尹焕、施芸隐、丁基仲、郭希道、吴见山、张斗墅、翁五峰、韩似斋、赵山台等多有酬唱赠答之作。梦窗词中此类词作达一百六七十首之多。

（二）恋情词以及与恋情有关的怀人、悼亡之作。这类作品的数量颇多，约占其词总数的三分之一。吴文英虽有过热烈真挚的爱情，但却未能长久。如《霜叶飞》（断烟离绪）、《瑞鹤仙》）（晴丝牵绪乱）、《绛都春》（南楼坠燕）、《浣溪沙》（门隔花深梦旧游）、《澡兰香》（盘丝系腕）、《定风波》（密约偷香□踏青）等作品，其中既有对幸福爱情和美满婚姻的热烈追求与渴望，又有那种好景永逝、今不胜昔的无限哀伤，这些词作反映了他婚姻爱情生活中的真实感受。吴文英曾娶过两位姬妾。“梦窗在苏州曾纳一妾，后遭遣去。在杭州亦纳一妾，后则亡殁。”（夏承焘《吴梦窗系年》）吴文英恋情词不同于当时许多词人之处，还在于他所追恋和思念的对象多为苏、杭二姬。“集中怀人诸作，其时夏秋，其地苏州者，殆皆忆苏州遣妾；其时春，其地杭州者，则悼杭州亡妾。”（《夏承焘《吴梦窗系年》）在他现存的一百多首恋情词中，表达对去姬亡妾的深深眷念的词作约占一大半。读他的这类篇章，往往能够强烈地感受着他深挚真切的情怀。比如《玉漏迟》（絮花寒食路）写的即是寒食节对杭州亡姬的忆念。《三姝媚》（湖山经醉惯）一阕，题作“过都城旧居有感”，是其重访杭州旧居时怀念亡姬之作。又如怀念苏州去姬的《踏莎行》（润玉笼绡）及《夜合花》（柳暝河桥），写得倘恍迷离，情真意切。更值得注意的是《莺啼序》词，这是词中最长的调子，共四叠，二百四十字。这一词调吴文英作有三首，两首是伤春怀人之作，皆以大开大阖之笔，叙说悲欢离合之情，可以看作是其一生情事的概括与总结。以上所举数例，对吴文英恋情词的精华可见一斑。

（三）哀时伤世之作。吴文英生活的时代，元已代金而起，南宋政权岌岌可危。面对风雨飘摇的时局，吴文英不能奋起呐喊，只能通过写景抒怀，伤今感昔，表达对国事的忧思。在他的词中，或伤戚宋室的衰微(如《八声甘州·姑苏台》),或隐喻南宋君臣的偷安(如《水龙吟·送万信州》),或描写山河的凋敝荒凉(如《绕佛阁·赠郭季隐》),或痛悼被迫害的忠臣良将(如《高阳台·过种山》)。同时,又夹杂着对人世沧桑的感叹,把家国之感与身世之痛融为一体,其沉郁哀伤之情随处可见。当然,较之于陆游、辛弃疾等人的爱国诗词,吴文英的忧怀国事之作显得苍白、消极。

(四)体物写志之作。吴文英作为一介布衣,在位卑未敢忘忧国的同时,当然也深切地感怀着生于末世运偏消的自身境遇,并在咏物词中有所寄寓。吴文英咏物词中最多咏花之什,如咏梅花(腊梅)、兰花、水仙、牡丹(芍药)、栀子、莲荷、木芙蓉、菊花、桂花等等。宋代咏物词通例为"所咏了然在目,且不留滞于物"——既有外尽其象的准确描摹,也有内尽其理的比兴寄托。吴文英的咏花词也不例外,承载着词人感事不遇的自许与悲慨:春花被寓许嫁东风,荷花则寓意恨嫁,木芙蓉时节晚于水芙蓉,所寓不遇之悲自然有过于荷花……吴文英虽然数入权贵幕中,但一生漂泊,困踬以终。刘毓崧《校勘梦窗甲乙丙丁稿序》曰:"梦窗曳裾王门,而老于韦布,足见襟怀恬淡,不肯藉藩邸以攀缘,其品概之高,固已超乎俗流。"所以知其词中花品实与人品对应同构。

在词的创作上,吴文英主要师承周邦彦,重视格律,重视声情,讲究修辞,善于用典。南宋黄昇引尹焕《梦窗词叙》云:"求词于吾宋者,前有清真(周邦彦),后有梦窗。此非焕之言,四海之公言也。"南宋沈义父《乐府指迷》亦谓"梦窗深得清真之妙"。但梦窗词在取法清真词的基础上亦有其个性特色:首先是在艺术思维方式上,彻底改变正常的思维习惯,将常人眼中的实景化为虚幻,将常人心中的虚无化为实有,通过奇特的艺术想象和联想,创造如梦如幻的艺术境界。其次是在章法结构上,继清真词后进一步打破时空变化的通常次序,把不同时空的情事、场景浓缩统摄于同一画面内;或者将实有的情事与虚幻的情境错综叠映,使意境扑朔迷离。再次是在语言运用上,大胆奇特,善创新词。第一是语言的搭配、字句的组合,往往打破正常的语序和逻辑惯例,与其章法结构一样,完全凭主观的心理感受随意组合。如"飞红若到西湖底,搅翠澜、总是愁鱼"(《高阳台·丰乐楼》)、"落絮无声春堕泪"[《浣溪沙》(门隔花深梦旧游)]等,都是将主观情绪与客观物象直接组合,无理而奇妙。第二是语言富有强烈的色彩感、装饰性和象征性。他描摹物态、体貌、动作,很少单独使用名词、动词或形容词,而总是使用一些情绪化、修饰性、画面感极强的偏正词组。如写池水,是"腻涨红波"(《过秦楼·芙蓉》);写云彩,是"蒨霞艳锦"(《绕佛阁·赠郭季隐》)或"愁云""腻云";写花容,是"腴红鲜丽"(《惜秋华·木芙蓉》)、"妖红斜紫"(《喜迁莺·同丁基仲过希道家看牡丹》);甚至写女性的一颦一笑或情绪,也爱用色彩华丽的字眼来修饰,如"最赋情、偏在笑红颦翠"(《三姝媚·姜石帚馆水磨方氏,会饮总宜堂,即事寄毛荷塘》),"红情密"(《宴清都·连理海棠》),"剪红情,裁绿意"(《祝英台近·除夜立春》)。梦窗词字面华丽,意象密集,含意曲折,形成了密丽深幽的语言风格。但雕绘过甚,时有堆砌之病、晦涩之失,故不免为后人所诟病。对于梦窗词这种独特的艺术风格,历来评价不一。褒美者说"求词于吾宋者,前有清真,后有梦窗","以空灵奇幻之笔,运沉博绝丽之才","梦窗之妙,在超逸中见沉郁"。贬之者则曰"梦窗词如七宝楼台,眩人眼目,碎拆下来,不成片段"。梦窗词虽然有雕琢太过、词意晦涩以及格调不高的缺点,但它以独特的艺术风格为南宋婉约词的发展做出了一定的贡献,这一点值得肯定。

梦窗词集今无宋元旧椠传世,目前所能见到的最早词集版本都是明钞本或明刻本。一是张廷璋万历二十六年(1598)的钞本,一是毛晋崇祯三年(1630)的刻本。在流传过程中,《梦窗词集》有四卷本与一卷本两种。下文涉及的梦窗词版本有:四卷本《梦窗甲乙丙丁稿》系列:明毛晋汲古阁刻本(毛本),明陆贻典、毛扆等校本(毛扆本),清戈载批校梦窗稿钞本(戈校本),清杜文澜校本(杜本),清王鹏运、朱祖谋合校本(王朱本),清朱祖谋二校本(朱二校本),张寿镛校勘《四明丛书》本(《四明》本),郑文焯校批梦窗词诸本(郑文焯《梦窗词校议》,"郑校本";《手批梦窗词》,"郑批本";无异文则称"郑本")。一卷本《梦窗词集》系列:明张廷璋钞本(明张本),清朱祖谋三校本(朱三校本),清朱祖谋四校本(朱四校本)。其中朱三校本最称善本,故本书以其为底本。主要选本有《中兴以来绝妙词选》《绝妙好词》《铁网珊瑚》《古今词统》《词律》《词综》《历代诗余》《词谱》、戈载《宋七家词选》(戈选)等。

综合观之,关于吴文英及其词的研究从宋代就已经开始,晚清以来达到高潮;至本世纪,这一研究仍保持着相当的热度,研究成果名作如林,杨铁夫《梦窗词全集笺释》、吴蓓《梦窗词汇校笺释集评》与孙虹、谭学纯《梦窗词集校笺》等可谓集大成之作。本书试图通过题要、校注、汇评,对吴文英词的创作背景、词旨推究、版本源流、文字疏证、典故探析等做一综合汇编,为研究梦窗词的思想倾向、艺术风格以及在词学史上的地位作资料参考。

凡　例

一、本书以《梦窗词集》清朱祖谋三校本为底本，以其先后次序，逐首校注。

二、"题解"，包括介绍词牌名，解释词题或词序中的人名、地名或相关时间和事件，以及推究词旨大意。"校注"，包括校勘各版本的异文，注释重点字、词的意义及出处，注明相关的语典及事典。

三、书中原词句逗、标点基本上按朱祖谋三校本而定，极个别的按他本略作调整。

四、词牌重复使用的不再注释。在后编中断续出现的，则注明见前某某词题解。

五、词中出典或疑难字词，如前词已经注释的，也用"某某"，见某某词注释标之。

六、本书使用简化字，个别影响意义的字形保留异体字。

目　录

梦窗词集

梦窗词补集

11

附 录

14

梦窗词集

琐窗寒^① 无射商,俗名越调,犯中吕宫,又犯正宫^②

玉兰

绀缕堆云^③,清腮润玉,记人初见^④。蛮腥未洗,梅谷一怀凄惋^⑤。渺征槎、去乘阆风^⑥,占香上国幽心展^⑦。□遗芳掩色^⑧,真姿凝澹,返魂骚畹^⑨。

一盼。千金换。又笑伴鸱夷^⑩,共归吴苑^⑪。离烟恨水,梦杳南天秋晚。比来时、瘦肌更销,冷薰沁骨悲乡远^⑫。最伤情、送客咸阳^⑬,佩结西风怨^⑭。

【题解】

《琐窗寒》,词牌名。一名作《锁窗寒》《锁寒窗》。双调九十九字。上片十句,四仄韵;下片十句,六仄韵。调见《片玉集》,盖寒食词也。

这是一首咏物怀人词。上阕言兰花,寄托了对苏姬的赞美与依恋。下阕直写苏姬,抒发苏姬离去之悲伤。杨铁夫《梦窗词全集笺释》(杨笺):"题标'玉兰',实指去姬,诗之比体;上阕映合花,下阕直说人,又诗之兴体。""梦窗一生恨事全见。"

【校注】

①明张本、毛本、戈校本、王朱本词调作《锁寒窗》。《词律》:"汲古刻梦窗甲集,题作《琐寒窗》,元萧允之亦作《琐寒窗》。然查各家俱作《琐窗寒》,是《琐寒窗》乃倒误也。"

②明张本宫调作:"俗名越调,犯中吕宫,又犯正宫,无射商。"

③绀(gàn)缕:绀,红青,微带红的黑色;缕,细长的东西。"绀缕"即指红青色细长的玉兰叶。

④记人:杜本校曰:"'记人'疑'氾人'之误。"王朱本、朱二校本、朱三校本、朱四校本、《四明》本、郑校本、《全宋词》皆从杜疑改作"氾人"。

⑤梅谷：明张本、朱三校本、四明本作"海谷"。朱三校本："'海谷'，毛本'海'作'梅'，按'谷'疑'客'误。"朱四校本径改作"海客"。

⑥"渺征槎"二句：张华《博物志》："旧说云，天河与海通。近世有人居海渚者，年年八月，有浮槎去来，不失期。人有奇志，立飞阁于槎上，多赍粮，乘槎而去。十余日中，犹观星月日辰，自后芒芒忽忽，亦不觉昼夜。去十余日，奄至一处，有城郭状，屋舍甚严。遥望宫中多织妇，见一丈夫牵牛渚次饮之。牵牛人乃惊问曰：'何由至此?'此人具说来意，并问此是何处。答曰：'君还至蜀郡，访严君平，则知之。'竟不上岸，因还如期。后至蜀问君平，曰：'某年月日，有客星犯牵牛宿。'计年月，正是此人到天河时也。"阆风：仙风。

⑦占香上国：用兰花为国香典。《左传·宣公三年》："初，郑文公有贱妾曰燕姞，梦天使与己兰，曰：'余为伯儵。余，而祖也。以是为而子，以兰有国香，人服媚之如是。'"上国，京师。幽心：幽兰花心。

⑧□遗芳：缺一字，据上下词意推测，似为"想"字，以领起之。

⑨返魂：传说古有还魂香，闻之可复活。文人多以花开来年枝上喻美人返魂归来。骚畹：兰圃。语出《楚辞·离骚》："予既滋兰之九畹兮，又树蕙之百亩。"畹，有十二亩、三十亩两种说法。

⑩鸱夷：鸱夷子皮，越国范蠡之号。《史记·货殖列传》："(范蠡)乃乘扁舟浮于江湖，变名易姓，适齐为鸱夷子皮，之陶为朱公。"

⑪吴苑：长洲苑。《汉书·枚乘传》："(汉)修治上林，杂以离宫，积聚玩好，圈守禽兽，不如长洲之苑。"服虔注："吴苑(也)。"

⑫"比来时"三句：杨适《句》："冰肌销瘦为谁愁。"史达祖《万年欢·春思》："烟溪上，采绿人归，定应愁沁花骨。""瘦骨"二字，形容渐萎之兰花。

⑬"最伤情"二句：用李贺《金铜仙人辞汉歌》"衰兰送客咸阳道，天若有情天亦老"之意。

⑭"佩结"句：《楚辞·离骚》："扈江离与辟芷兮，纫秋兰以为佩。"秋兰为佩饰，是外修内美的象征物。刘方平《婕妤怨》有"露裛红兰死"之句，则深秋兰花有衰萎之怨也。

【汇评】

蔡嵩云《柯亭词论》：咏物词，贵有寓意，方合比兴之义。寄托最宜含蓄,运典尤忌呆诠,须具"手挥五弦,目送飞鸿"之妙方合。如东坡《水龙吟》,咏杨花而写离情;梦窗《琐窗寒》,咏玉兰而怀去姬。……大都双管齐下,手写此而目注彼,信为当行名作。此虽意别有在,然莫不抱定题目立言。

胡适《词选》:这一大串的套语与古典,堆砌起来,中间又没有什么"诗的情绪"或"诗的意境"作个纲领;我们只见他时而说人,时而说花,一会儿说蛮腥和吴苑,一会儿又在咸阳送客了!原来他说的是"玉兰花"!

尉迟杯 夹钟商,俗名双调

赋杨公小蓬莱

垂杨径。洞钥启①,时遣流莺迎②。涓涓暗谷流红,应有缃桃千顷③。临池笑靥,春色满、铜华弄妆影④。记年时⑤、试酒湖阴⑥,褪花曾采新杏⑦。

珠窗绣网玄经⑧。才石砚开奁,雨润云凝⑨。小小蓬莱香一掬⑩,愁不到、朱娇翠靓⑪。清尊伴、人间永日⑫,断琴和、棋声竹露泠⑬。笑从前、醉卧红尘,不知仙在人境⑭。

【题解】

《尉迟杯》,词牌名。双调,一百零五字,上片八句五仄韵,下片九句五仄韵。仄韵见柳永《乐章集》,注夹钟韵。另有平韵见晁补之《琴趣外篇》。

杨公,即杨伯嵒,字彦瞻,号泳斋。淳祐间任工部郎,出守衢州。小蓬莱,在衢州太末县(今浙江省龙游县)。《梦窗词》中他词未见吴文英游衢州之踪迹,故此首词可能为梦窗寄赠之作。

词作上片描绘了小蓬莱柳荫径幽,桃杏满枝,涓流细细,莺啼婉转的迷人春色;下片写园中书房,典籍石砚的摆设,显示了主人的高雅修养。无论景与人事,均扣住"蓬莱"仙境之意,呈超尘脱俗之意。

【校注】

①钥启:李商隐《南潭上亭宴集以疾后至因而抒情》:"鹢舟萦远岸,鱼钥启重关。"

②时遣:朱四校本作"时见",未知所据。流莺:黄莺,叫声"栗流""栗留""鹂留"等,故称。

③"涓涓"二句:合用桃溪、武陵源二典。《幽明录》载东汉刘晨、阮肇共入天台山,迷不得返,饥馁殆死,于桃溪遇二仙女,邀至其家,群女持桃贺婚。共度半载,下山后世间已过数百年。陶渊明《桃花源记》:"晋太元中,武陵人捕鱼为业。缘溪行,忘路之远近。忽逢桃花林,夹岸数百步,中无杂树,芳草鲜美,落英缤纷。"暗谷流红,杜甫《夜宴左氏庄》:"暗水流花径,春星带草堂。"缃桃,缃核桃、千叶桃,花朵红色。

④铜华:铜制菱花镜。陈亮《最高楼·咏梅》:"铜华不御凌波处,蛾眉淡扫至尊前。"此喻园林中如镜的春水。

⑤年时:薛瑞生《周邦彦别传·周邦彦生平事迹新证》指出:"其实'年时'即'去年',陕西方言至今仍作'去年'解。"

⑥湖阴:明张本、毛本作"新阴"。

⑦"褪花"句:化用朱敦儒《浣溪沙》:"脱箨修篁初散绿,褪花新杏未成酸。"

⑧珠窗绣网:"绣窗珠网"之倒文。梁简文帝《绍古歌》:"网户珠缀曲琼钩,芳茵翠被香气流。"珠网,缀珠之网状帷帐。珠窗,诸本皆作"蛛窗"。此据《词综》改。玄经:指汉扬雄《太玄经》。此亦以扬雄典切小蓬莱主人"杨"姓。

⑨"才石砚"二句:才,《诗词曲语辞汇释》(简称《汇释》):"犹一也。"此二句写乍入书房所见。石砚雨云,形容石砚自然形成的云雨图案。

⑩"小小"句:与上阕写桃花流水数句皆化用白居易《和梦游春诗一百韵》诗意:"因寻菖蒲水,渐入桃花谷。……秀色似堪餐,秾华如可掬。"

⑪朱娇:李商隐《偶成转韵七十二句赠四同舍》:"鹧鸪声苦晓惊眠,朱槿花娇晚相伴。"翠靓:鲍照《代朗月行》:"靓妆坐帷里,当户弄清弦。"此喻小蓬莱花红叶绿,山水环绕,清新绝尘,显得格外娇妍。

⑫"清尊"二句:清尊,亦作"清樽"。代指美酒。《古诗纪·古歌》:"清尊发朱颜,四坐乐且康。"永日,《词综》、杜本作"日永"。

⑬"断琴"二句:字面取《吕氏春秋·本味》,春秋时期,晋国大夫俞伯牙擅长弹琴,钟子期为其知音,两人谈论琴律很投机。后钟子期病故,俞伯牙为其破琴绝弦,不复弹琴。这里指琴之余音。竹露泠,诸本皆作"竹露冷"。此据明张本改。化用白居易《题杨颖士西亭》诗意:"竹露泠烦襟,杉风清病容。"亦以诗题再切"杨"姓。

⑭"笑从前"三句:白居易《题杨颖士西亭》:"即此可遗世,何必蓬壶峰。"苏轼《书王定国所藏烟江叠嶂图》:"桃花流水在人世,武陵岂必皆神仙。"此处略反用二诗诗意。红尘,繁华之地。班固《西都赋》:"红尘四合,烟云相连。"

【汇评】

夏敬观评语:换片处拙句可学,然从此必用活笔乃佳。

渡江云 三犯　中吕商①

西湖清明

羞红颦浅恨,晚风未落,片绣点重茵②。旧堤分燕尾③,桂棹轻鸥,宝勒倚残云④。千丝怨碧,渐路入、仙坞迷津⑤。肠漫回⑥、隔花时见,背面楚腰身⑦。

逡巡。题门惆怅⑧,堕履牵萦⑨,数幽期难准。还始觉、留情缘眼,宽带因春⑩。明朝事与孤烟冷⑪,做满湖、风雨愁人。山黛暝⑫,尘波澹绿无痕⑬。

【题解】

《渡江云》,词牌名。双调,一百字,上片十句四平韵,下片九句四平韵,下片第四句为上一、下四之句法,必须押一同部仄韵。

据夏承焘《吴梦窗系年》："梦窗在苏州曾纳一妾,后遭遣去。在杭州亦纳一妾,后则亡殁。集中怀人诸作,其时夏秋,其地苏州者,殆皆忆苏州遣妾;其时春,其地杭州者,则悼杭州亡妾。"这首词与《齐天乐》(烟波桃叶西陵路)、《莺啼序》(残寒正欺病酒)都为同一时期悼念杭之亡妾的作品。所以,陈洵《海绡说词》说:"此词与《莺啼序》第二段参看。'渐路入、仙坞迷津',即'溯红渐、招入仙溪'。'题门''堕履'与'锦儿偷寄幽素'是一时事,盖相遇之始矣。'明朝'以下,天地变色,于词为奇幻,于事为不祥,宜其不终也。"

词作上片先描绘西湖暮春景色,突转入初遇爱妾的情节;下片自忆与爱妾聚散的情节,切入无限思念。全词笔触细腻,虚实相间,营造出一种朦胧凄迷的艺术氛围,抒发了词人对亡妾的深切悼念之情。

【校注】

①朱三校本、四校本及《全宋词》词调作《渡江云三犯》。朱三校本宫调作"中吕商",眉批"俗名小石"。朱四校本及《全宋词》宫调作"中吕商,俗名小石调"。

②"羞红"三句:羞红,岑参《敷水歌送窦渐入京》:"岸花仍自羞红脸,堤柳犹能学翠眉。"颦浅恨,眉蹙淡淡哀愁。落,止息。片绣,指大面积纷纷扬扬的落花如绣铺地。重茵,原指双重垫褥,这里指草地。此三句以落花点缀芳草地形容女子浅颦含羞微怨的娇态。

③旧堤:指西湖中的苏堤和白堤。分燕尾:苏堤南北走势,白堤东西走势,形似燕尾舒张。

④"桂棹"二句:勒,马络头,代指马。此二句写船儿如鸥鸟般轻快,荡漾在西湖的碧波中,骑着骏马伫立在堤岸,观赏天边夕阳的余晖,烘托了等待杭妾到来的欣喜之情。

⑤"渐路入"二句:实写苏堤多植桃柳,暗用刘义庆《幽明录》所载刘晨、阮肇入天台山沿桃溪而上遇俪仙事。迷津,陶渊明《桃花源记》:"太守即遣人随其往,寻向所志,遂迷,不复得路。南阳刘子骥,高尚士也。闻之,欣然规往。未果,寻病终。后遂无问津者。"此处用典写遇仙女,隐喻冶游。

⑥漫回:明张本、毛本作"谩回"。

⑦"隔花"二句：楚腰，语出《韩非子·二柄》："楚灵王好细腰，而国中多饿人。"后因以"楚腰"泛称女子细腰。此处实用苏轼《续丽人行》诗意，暗写美人伤春。苏轼题注云："李仲谋家有周昉画背面欠伸内人，极精。"诗有句曰："画工欲画无穷意，背立东风初破睡。若教回首却嫣然，阳城下蔡俱风靡。""隔花临水时一见，只许腰肢背后看。"

⑧题门惆怅：《绀珠集》卷九："崔护风姿甚美，清明日游城外，叩一庄门求饮。有一女以杯浆遗护，意属甚厚。明年思其人，复往叩门，久无人应。因书一绝于门云：'去年今日此门中，人面桃花相映红。人面不知何处去，桃花依旧笑东风。'"

⑨堕履：《旧唐书·杨贵妃传》："玄宗每年十月幸华清宫，国忠姊妹五家扈从，每家为一队，着一色衣，五家合队，照映如百花之焕发，而遗钿坠舄，瑟瑟珠翠，灿烂芳馥于路。"此处化用其意，写当年欢会时奢华的爱情信物。

⑩"留情"二句：毛本、戈校本作"留情缘宽，带眼因春"。《历代诗余》作"留情转眼，带减因春"。留情缘眼，意同周邦彦《庆春宫》："眼波传意，恨密约、匆匆未成。许多烦恼，只为当时，一晌留情。"缘眼，因被其眼波流转所打动。宽带，典出《梁书·沈约传》："初，约久处端揆，有志台司，论者咸谓为宜，而帝终不用，乃求外出，又不见许。与徐勉素善，遂以书陈情于勉曰：'……百日数旬，革带常应移孔；以手握臂，率计月小半分。以此推算，岂能支久？'"

⑪"明朝"句：烟冷，寒食节避熟食，不举火，故云。寒食节在清明节前二日，"明朝"云云，言寒食过后即清明也，以切题意。

⑫山黛暝：毛本作"山黛暝"。《历代诗余》、戈校本作"山黛映"。黛，画眉颜料。李商隐《代赠二首》（之二）："总把春山扫眉黛，不知供得几多愁。"常用于形容山色。此处指西湖周围暮色中的山峦，同时隐写黛眉，寓忆人之意。

⑬尘波：白居易《春江闲步赠张山人》："晴沙金屑色，春水曲尘波。"指初春时因嫩柳倒映水中而呈鹅黄色的春水。毛本、戈校本、杜本、王朱本、朱二校本作"澄波"。无痕：苏轼《正月二十日与潘郭二生出郊寻春忽记去年是日同至女王城作诗乃和前韵》："人似秋鸿来有信，事如春梦了无痕。"

并拍合杜牧《题安州浮云寺楼寄湖州张郎中》"事与孤鸿去"句意,与上文"冷"字共写往日深挚情爱已如梦幻消散无迹。

【汇评】

王鹏运《半塘定稿》卷二:《清真集》中诸调,梦窗多拟作,俊茂处能似之,言外绝不相袭。

杨铁夫《梦窗词全集笺释》:("肠漫回"三句)上言已入迷津,若于此接写迷津内事,势便直泻。看他用"肠漫回"三字轻轻一荡,从平日可见而不可亲,止见腰而未见面,因而不能忘情者,作顶上盘旋。此梦窗绝技,用诸歇拍最宜,所谓留字诀也。 ("明朝"三句)兜头一转,力重千钧,所谓空际转身法。梦窗神力,非他人可及。此等笔法,随处遇之。必先知此,始许读梦窗词。 "无痕"二字,妙甚。上文层层布境,至此化为烟云,故曰"无痕"。词境亦似之。

三部乐 黄钟商　俗名大石调①

赋姜石帚渔隐

江鹍初飞②,荡万里素云③,际空如沐④。咏情吟思,不在秦筝金屋⑤。夜潮上、明月芦花,傍钓蓑梦远,句清敲玉⑥。翠罂汲晓,欸乃一声秋曲⑦。

越装片篷障雨⑧,瘦半竿渭水,鹭汀幽宿⑨。那知暖袍挟锦,低帘笼烛。鼓春波、载花万斛。飘飖抟、银河可掬⑩。风定浪息,苍茫外、天浸寒绿。

【题解】

《三部乐》,词牌名。双调,九十九字,上片十句四仄韵,下片十句五仄韵。

姜石帚,宋末隐士,曾寓居湖州、杭州。前人多误以为即姜夔,夏承焘、杨铁夫等皆予辨正。

　　此词赋石帚钓舟,并借咏其隐逸之趣。词在章法上,上下片均写钓舟与隐逸之趣,但有所侧重。上片主要写石帚的咏情吟思,下片侧重写舟帆的鼓波银河。

【校注】

①明张本、朱三校本宫调作"大石,黄钟调"。朱三校本校曰:"'调',当作'商'。黄钟调为无射羽之俗呼。"

②鹢(yì):亦作"鷁"。水鸟名,像鹭鹚,能高飞。古人以之作为船头造型,认为可禳水神。

③"荡万里"句:写荡舟江上的情形。"万里素云"为水中倒影。

④际空如沐:明张本作"际云如沐"。毛本、戈校本、《四明》本作"际空如沐"。戈校本眉注"沐"字。《词谱》、杜本作"霁空如沐"。际,《诗词曲语辞例释》(简称《例释》):"接,连,挨近,动词。"

⑤秦筝金屋:秦筝,《格致镜原》卷四六:"《风俗通》:筝,秦声也。或曰蒙恬所造。五弦、筑身,今并、凉二州筝形如瑟,不知谁改也。"金屋,《汉武故事》载,阿娇为武帝姑馆陶长公主女儿。武帝幼时,长公主抱置膝上,问:"儿欲得妇否?"并指阿娇说:"好否?"武帝笑答:"若得阿娇作妇,当作金屋贮之。"后世以"金屋藏娇"泛指用舒适的条件安置所爱女子。

⑥"夜潮"四句:明张本无"傍"字。但下文"瘦半竿"句多一字。此四句化用姜夔《过湘阴寄千岩》诗意:"眇眇临风思美人,荻花枫叶带离声。夜深吹笛移船去,三十六湾秋月明。"白居易《酬微之》:"声声丽曲敲寒玉,句句妍辞缀色丝。"这里是说姜氏诗思乐句得于渔隐生涯。

⑦"翠罌"二句:柳宗元《渔翁》:"渔翁夜傍西岩宿,晓汲清湘燃楚竹。烟销日出人不见,欸乃一声山水绿。"罌,盛器。欸乃,橹声。元结《欸乃曲》:"谁能听欸乃,欸乃感人情。"题注:"棹舡之声。"

⑧"越装"句:越装,《梁书·王僧孺传》:"僧孺乃叹曰:'昔人为蜀部长史,终身无蜀物;吾欲遗子孙者,不在越装。'"乌程属越地,此虚及之。片篷,捕鱼人用来遮雨分为上下两片的蓑衣。

⑨"瘦半竿"二句:明张本作"瘦半竿渭水,伴鹭汀幽宿"。毛本、《词

律》、《历代诗余》、《词谱》、戈校本、王朱本、朱二校本、《四明》本作"半竿渭水，伴鹭汀幽宿"。半竿渭水，《史记·齐太公世家》："太公望吕尚者，东海上人。其先祖尝为四岳，佐禹平水土甚有功。虞夏之际封于吕，或封于申，姓姜氏。"以垂钓渭水的姜子牙切石帚"姜"姓。

⑩"飐鬣抟"句：飐鬣抟，毛本作"帆鬣抟"。飐，船帆。《文选·左思〈吴都赋〉》："楼船举飐而过肆，果布辐凑而常然。"刘逵注："飐者，船帐也。"鬣，鱼鳍。此喻楫橹。抟，《文选·贾谊〈鵩鸟赋〉》："忽然为人兮，何足控抟？"李善注引孟康曰："抟，持也。"银河可掬，卢肇《天河赋》："误一苇于天际，遥思濯手。"并暗用浮槎入天河故事。

【汇评】

夏敬观评语：此极似白石作法。

霜叶飞 黄钟商

重九

断烟离绪。关心事，斜阳红隐霜树①。半壶秋水荐黄花，香噀西风雨②。纵玉勒、轻飞迅羽③。凄凉谁吊荒台古④。记醉踏南屏⑤，彩扇咽寒蝉，倦梦不知蛮素⑥。

聊对旧节传杯⑦，尘笺蠹管，断阕经岁慵赋⑧。小蟾斜影转东篱⑨，夜冷残蛩语⑩。早白发、缘愁万缕⑪。惊飙从卷乌纱去⑫。漫细将、茱萸看，但约明年，翠微高处⑬。

【题解】

《霜叶飞》，词牌名，周邦彦创调，《词谱》卷三十五："调见《片玉集》。"双调，一百十一字，上片十句六仄韵，下片十句五仄韵。《历代诗余》注："又名《斗婵娟》。"

"重九"，重阳节，每年的农历九月初九日。古人有重九登高以禳辟不祥的习俗。

这是一首借景抒怀之作,写重阳节感时伤今的无限愁绪。上片写重阳登高,面对萧索景色,追忆与佳人醉游南屏山的往事,哀伤无限。下片极力抒写佳人离去后自己生活的凄怆情状。全词以游踪为主线,穿插有关重阳的典故,昭示本人的一段艳情,颇有一种凄迷之美。

【校注】

①"断烟"三句:《词律》:"作四字句起,而以下句为九字,误甚。"朱二校本龙榆生批语:"《词律》于'事'字断句,彊师于'绪'字断句,可为起韵。"断烟,《历代诗余》作"断弦"。此以断烟喻离绪。徐坚《钱许州宋司马赴任》:"断烟伤别望,零雨送离杯。"红隐,《历代诗余》作"红映"。"斜阳"句暗用杜牧《九日齐安登高》诗意:"但将酩酊酬佳节,不用登临恨落晖。"此翻过杜诗一层,言遗恨落晖并且未能登高。

②"半壶"二句:苏轼《书林逋诗后》:"不然配食水仙王,一盏寒泉荐秋菊。"荐,供养。杜甫《奉酬薛十二丈判官见赠》:"自云帝季女,噀雨凤凰翎。"《杜诗详注》:"噀雨,指暮为行雨。"此二句亦暗用潘大临"满城风雨近重阳"诗意。

③玉勒:马络头,代指马。轻飞:《文选·扬雄〈羽猎赋〉》:"蹶松柏,掌蒺藜,猎蒙茏,辚轻飞。"李善注曰:"轻飞,谓禽之善飞也。"迅羽:飞鸟。张衡《西京赋》:"乃有迅羽轻足,寻景追括。"皆形容骏马奔跑轻快如飞鸟。

④荒台:即彭城(今徐州)戏马台。项羽阅兵于此,南朝宋武帝重阳日曾登此台,是重阳骑马登高的胜迹。

⑤南屏:南屏山,在杭州西湖南岸。

⑥蛮素:《历代诗余》作"樊素"。《旧唐书·白居易传》:"家妓樊素、蛮子者,能歌善舞。"孟棨《本事诗·事感第二》:"白尚书姬人樊素,善歌;妓人小蛮,善舞。尝为诗曰:'樱桃樊素口,杨柳小蛮腰。'"后亦泛指歌舞妓。

⑦旧节传杯:语出杜甫《九日五首》(之二):"旧日重阳日,传杯不放杯。"《杜诗详注》引王嗣奭《杜臆》曰:"'传杯不放杯',见古人只用一杯,诸客传饮。"

⑧断阕:此指之前没有写完的重九词。

⑨"小蟾"句：蟾，蟾蜍，代指月。《后汉书·天文志》刘昭注引张衡《灵宪》："羿请不死之药于西王母，姮娥窃之以奔月。将往，枚筮之于有黄，有黄占之曰：'吉。翩翩归妹，独将西行，逢于晦芒，毋恐毋惊，后其大昌。'姮娥遂托身于月，是为蟾蜍。"初九月如弦钩，故称小蟾。东篱，陶潜《饮酒诗二十首》（之五）："采菊东篱下，悠然见南山。"

⑩蛩：蟋蟀的别名。

⑪"早白发"二句：化用李白《秋浦歌十七首》（之十六）诗意："白发三千丈，缘愁似个长。"

⑫"惊飙"句：《晋书·孟嘉传》："（孟嘉）后为征西桓温参军，温甚重之。九月九日，温燕龙山，寮佐毕集。时佐史并著戎服，有风至，吹嘉帽堕落。嘉不之觉，温使左右勿言，欲观其举止。嘉良久如厕，温令取还之。命孙盛作文嘲嘉，着嘉坐处。嘉还见，即答之。其文甚美，四坐嗟叹。"飙，暴风。乌纱，东晋时宫官著乌纱帽，即乌纱帽。本为官服，其后贵贱于宴私皆著之。此泛指帽子。

⑬"漫细将"四句：古俗重阳节佩戴茱萸以祛邪辟恶。并化用杜甫《九日蓝田崔氏庄》"明年此会知谁健？醉把茱萸仔细看"和杜牧《九日齐安登高》"江涵秋影雁初飞，与客携壶上翠微"诗意。翠微，青翠掩映的山腰幽深处，代指青山。

【汇评】

陈廷焯《云韶集》卷八：情词兼胜。 "凄凉"处只一二语，已觉秋声四起。

俞陛云《唐五代两宋词选释》：起笔"离绪"句，与下之"彩扇""蛮素"相应，因重九而怀人也。下阕自述，结处兴复不浅。论其词句之工，则"半壶秋水"及"蟾影东篱"不过言采菊耳，而辞句秀逸，且有韵致。"白发""乌纱"二句不过用落帽事耳，而寄慨无尽。上阕"玉勒"二句，更作动荡之笔，此篇洵经意大作。

瑞鹤仙 林钟羽,俗名高平调

泪荷抛碎璧①。正漏云筛雨②,斜捎窗隙③。林声怨秋色。
对小山不迭,寸眉愁碧④。凉欺岸帻⑤。暮砧催、银屏剪尺。
最无聊、燕去堂空,旧幕暗尘罗额⑥。

行客。西园有分⑦,断柳凄花,似曾相识。西风破屐⑧。
林下路,水边石。念寒蛩残梦,归鸿心事,那听江村夜笛⑨。
看雪飞、蘋底芦梢,未如鬓白⑩。

【题解】

《瑞鹤仙》,词牌名。《清真集》《梦窗词集》并入"高平调",但各家句读
出入颇多。全词一百二字,上片十句七仄韵,下片十二句六仄韵。上片第
二句及下片第八句为上一、下四句式。《词谱》卷三十一:"此调始自北宋,
应以周(邦彦)词为正体,但南宋人填此词悉同史(达祖)词。"共十八体,此
与史达祖词同体。

此词为吴文英再至苏州之作,借风雨秋景抒发身世感慨以及思念去姬
之情,又从思念带出对景色的感触。全词情景交融,浑然一片,前后衔接自
然,与惯评"梦窗词如七宝楼台眩人眼目,碎拆开来不成片段"(南宋张炎
语)不同。

【校注】

①"泪荷"句:庾信《对烛赋》:"铜荷承蜡泪,铁铗染浮烟。"泪荷,指承接
蜡泪的荷叶形蜡台。碎璧,喻蜡泪。杨铁夫、刘永济以为"泪荷碎璧"喻荷
叶上的雨珠。吴梅则以为是灯蜡:"(首句)昔人以为难解,实则'泪荷'为蜡
泪银荷。'碎璧'为蜡泪成堆,遇圆为璧也。观下文'斜捎窗隙'可悟。"此句
描绘室内情景,故吴说有理。

②漏云筛雨:云头雨滴像是从筛子中漏出,形容雨滴稀疏。陈造《苦雨

次前韵四首》(之一):"墨云筛雨密还疏,欲出途泥恐溅裙。"

③斜捎:明张本、毛本作"斜梢"。捎,掠过。

④"对小山"二句:一说以黛眉喻山色;一说意为词人凝视着对面雨幕中一座孤零零的小土山,山上的草木由碧转黄,不觉兴起人生苦短之感,所以紧锁眉头,愁上心头。不迭,王朱本作"不送"。

⑤岸帻:《世说新语·简傲》:"(谢)奕既上,犹推布衣交。在(桓)温坐,岸帻啸咏,无异常日。"岸,指推起头巾,露出前额。这是豪放不羁的表现。

⑥"燕去"二句:周邦彦《解连环》:"燕子楼空,暗尘锁、一床弦索。"罗额,罗幕帘子上端用于装饰的横布如圍额,故称。

⑦西园:曹植《公燕诗》:"清夜游西园,飞盖相追随。"常用以指雅集的园林。一说即吴文英在苏州的居所旁的花园,并非泛指。

⑧屐:古人以木屐行泥地。

⑨"那听"句:那,"奈何"的合音。江村,《历代诗余》作"江楼"。此句暗用马融闻笛的典故。马融《长笛赋序》:"融既博览典雅,精核数术,又性好音律,能鼓琴吹笛,而为督邮,无留事,独卧郿平阳邬中。有洛客舍逆旅,吹笛,为《气出》《精列》《相和》。融去京师逾年,暂闻,甚悲而乐之。"

⑩"看雪飞"三句:蘋,蒿草。蒿草背面白色,喻白发。芦梢,毛本作"芦稍"。稍,禾末,意同"梢"。

【汇评】

陈廷焯《词则·大雅集》卷三:笔致幽冷。

陈廷焯《云韶集》卷八:字字秀炼。 (下阕眉批)触目皆愁,情深如许。

陈洵《海绡说词》:此词最惊心动魄,是"暮砧催、银屏剪尺"一句。盖因闻砧而思裁剪之人也。堂空尘暗,则人去已久,是其最无聊处,风雨不过佐人愁耳。上文写风雨,层联而下,字字凄咽,谁知却只为此。"行客",点出客即燕,《三姝媚》之"孤鸿"言客,此之"燕去"亦言客,皆言在此而意在彼也。"似曾相识",言其不归来,语含吞吐,此曲断肠,惟此声矣。"林下"二句,西园陈迹,今则惟有"寒蝉残梦,归鸿心事"耳。一"念"字有无可告诉意。"夜笛"比"暮砧"又换一境。"暮砧"提起,"夜笛"益悲,人生如此,安得不老。结句情景双融,神完气足。

夏敬观评语:"额"韵新。

又①

晴丝牵绪乱②。对沧江斜日③,花飞人远④。垂杨暗吴苑⑤。正旗亭烟冷⑥,河桥风暖⑦。兰情蕙盼⑧。惹相思、春根酒畔⑨。又争知⑩、吟骨萦销,渐把旧衫重剪⑪。

凄断⑫。流红千浪⑬,缺月孤楼,总难留燕⑭。歌尘凝扇⑮。待凭信⑯,拌分钿⑰。试挑灯欲写,还依不忍,笺幅偷和泪卷⑱。寄残云、剩雨蓬莱,也应梦见⑲。

【题解】

杨笺:"此为寒食节忆姬之作。"应作于淳祐六年(1246)之后。

上片词人因春色佳酒触动离情别绪,追念当日与佳人结伴同游,为相思折磨得日渐消瘦;下片则以洒脱而又无奈之语抒写被情所困,唯有寄情梦境的缠绵不尽的凄苦思念之情。词作写来腾挪跌宕,含思凄婉。

【校注】

①明张本、毛本、戈校本、杜本、王朱本词题作《春感》。

②晴丝:杜本作"情丝"。谐音"情思"。

③沧江:特指吴江。

④花飞人远:暗用杜甫《发潭州》诗意:"岸花飞送客,樯燕语留人。"

⑤吴苑:毛本、戈校本、杜本作"芙苑"。

⑥旗亭烟冷:周邦彦《锁寒窗·寒食》:"正店舍无烟,禁城百五。旗亭唤酒,付与高阳俦侣。"旗亭,《文选·张衡〈西京赋〉》:"旗亭五重,俯察百隧。"李善注曰:"旗亭,市楼也。"李贺《开愁歌》:"旗亭下马解秋衣,请贳宜阳一壶酒。"后因特指酒楼。烟冷,点寒食节。详见《渡江云》(羞红颦浅恨)

注⑪。

⑦河桥:特指吴江上的桥梁。宋代吴江有三座桥梁。《吴郡图经续记》卷中:"吴江三桥:南曰安民,在新泾。中曰利民,在七里泾。北曰济民,在吴泾。"暗寓送别之意。庾信《李陵苏武别赞》:"河桥两岸,临路凄然。"

⑧兰情蕙盼:蕙盼,《阳春白雪》、王朱本作"蕙眄"。此句采用通感手法,谓感情、眼波香美如兰蕙。一说以比喻手法谓人的深厚情谊。

⑨春根酒畔:吴文英常活用"根"字,与"畔"字互文见义,即春边、暮春的意思。

⑩争知:明张本、毛本、戈校本、杜本作"争如"。争,怎。

⑪旧衫重剪:暗用沈约宽带典,详见《渡江云》(羞红颦浅恨)注⑩。

⑫凄断:明张本、毛本、戈校本作"汉断"。形容声音凄切呜咽。

⑬流红千浪:典出刘斧《青琐高议·流红记》。唐僖宗时,有儒士于祐晚步京衢间,在御沟拾得一题诗之红叶:"流水何太急,深宫尽日闲。殷勤谢红叶,好去到人间。"于祐后与题诗红叶上的宫人韩氏成婚。周邦彦词中衍为水流花落义,并成为恋人传书之典。见《六丑·咏落花》:"漂流处、莫趁潮汐。恐断红、尚有相思字,何由见得。"吴文英再加以推衍,采用唐人崔信明著名残句"枫落吴江冷",以及杜牧《山行》"停车坐爱枫林晚,霜叶红于二月花",整合成吴江传书、吴江枫落等新典,并在苏州吴江词中屡屡使用。千浪,水流迢迢的样子。

⑭"缺月"二句:用关盼盼典,白居易《燕子楼三首并序》:"徐州故张尚书有爱妓曰盼盼,善歌舞,雅多风态。……尚书既殁,归葬东洛,而彭城有张氏旧第,第中有小楼名燕子。盼盼念旧爱而不嫁,居是楼十余年,幽独块然,于今尚在。"

⑮歌尘凝扇:歌尘,本形容歌声动听,余音袅袅。典出《艺文类聚》卷四三引刘向《别录》:"汉兴以来,善《雅歌》者鲁人虞公,发声清哀,盖动梁尘。"此处用"尘"字面,实写因人离去,歌扇长期闲置而布满灰尘。苏轼《答陈述古二首》(之二):"闻道使君归去后,舞衫歌扇总成尘。"以扇自障而歌,谓之歌扇。

⑯待:将,打算。凭信:凭借书信告知决绝的心思。

⑰拌:《阳春白雪》作"拚"。明张本、毛本、戈校本、杜本、王朱本作"拚"。拚、拚、判,在"甘愿"的义项上皆用"拌"。《汇释》:"判,割舍之辞,甘愿之辞。自宋以后多用拚字或拚字,而唐人多用判字。……然其本字实作拌。"

⑱"试挑灯"三句:取意周邦彦《华胥引》:"点检从前恩爱,但凤笺盈箧。愁剪灯花,夜来和泪双叠。"以及卢询祖《中妇织流黄》:"下帘还忆月,挑灯更惜花。"还依,《阳春白雪》作"依还"。

⑲"寄残云"三句:剩雨,《阳春白雪》、杜本、王朱本、朱二校本、朱四校本、《四明》本作"賸雨"。賸,通"剩"。云、雨,宋玉《高唐赋并序》:"昔者楚襄王与宋玉游于云梦之台,望高唐之观。其上独有云气,崒兮直上,忽兮改容,须臾之间,变化无穷。王问玉曰:'此何气也?'玉对曰:'所谓朝云者也。'王曰:'何谓朝云?'玉曰:'昔者先王尝游高唐,怠而昼寝,梦见一妇人曰:"妾,巫山之女也,为高唐之客。闻君游高唐,愿荐枕席。"王因幸之。去而辞曰:"妾在巫山之阳,高丘之阻,旦为朝云,暮为行雨。朝朝暮暮,阳台之下。"'"后用"云雨""行云""行雨"等指男女欢会。残云、剩雨,指残存的情意。

【汇评】

朱祖谋二校本:(眉批)力破余地。

杨铁夫《梦窗词全集笺释》:("寄残云"三句)决绝之语。既不忍书相思,余情例应可寄。无奈人远如在蓬莱,非梦又何能见乎?……铁夫谓此词的是回肠荡气,千回百折,令人不忍卒读者。

又

赠丝鞋庄生①

藕心抽莹茧②。引翠针行处,冰花成片③。金门从回辇④。两玉凫飞上,绣绒尘软⑤。丝绚侍宴⑥。曳天香、春风宛转⑦。

傍星辰、直上无声⑧，缓蹑素云归晚。

奇践⑨。平康得意⑩，醉踏香泥，润红沾线⑪。良工诧见。吴蚕唾，海沈檀⑫。任真珠装缀，春申客屦⑬，今日风流雾散。待宣供、禹步宸游⑭，退朝燕殿⑮。

【题解】

吴文英素有"白衣傲公卿"的狂生本色。制鞋匠，在当时的社会属于下层职业，可是吴文英却不嫌其贫贱卑微而引以为友，并作词以赠之。此词上片盛赞庄生所做的丝鞋既精细又名贵，下片言庄生之鞋在京中广为流传。

【校注】

①丝鞋庄生：宫中丝鞋局制作丝鞋的庄姓工匠。

②"藕心"句：以藕心喻形状如藕节的白色线团，以茧中抽丝比喻从线团内抽引出洁白的丝线缝纳鞋底。

③冰花：喻鞋底上纳出的白色花纹。

④金门：汉代宫门，学士待诏之处。《史记·滑稽列传》："金马门者，宦署门也，门傍有铜马，故谓之曰'金马门'。"简称"金门"。

⑤尘软：犹言软红香土。苏轼《次韵蒋颖叔钱穆父从驾景灵宫二首》（之一）："半白不羞垂领发，软红犹恋属车尘。"自注曰："前辈戏语，有西湖风月，不如东华软红香土。"藏隐"东华"二字，指北宋汴京东华门，为翰林学士典。《梦溪笔谈·故事一》："今学士初拜，自东华门入，至左承天门下马。"并融入苏颂应制诗"飞埃结红雾，游盖飘青云"句意。梦窗词屡以"东华""软红尘""软尘""娇尘软雾"等代指杭京或文学侍从官。

⑥丝绚：代指上朝时的官履。黄庭坚《子瞻去岁春侍立迩英子由秋冬间相继入侍作诗各述所怀予亦次韵四首》（之一）："江沙踏破青鞋底，却结丝绚侍禁庭。"《山谷内集诗注》："《周礼·屦人》注曰：屦有绚、有繶、有纯者，饰也。绚谓之拘著乌屦之头，以为行戒。按：经筵中皆系丝鞋，故云。"绚，古代鞋头上可穿系鞋带的孔眼。

⑦"曳天香"二句:曳,暗用《汉书·郑崇传》:"哀帝擢(郑崇)为尚书仆射。数求见谏争,上初纳用之。每见,曳革履,上笑曰:'我识郑尚书履声。'"意贯入下文"傍星辰"三句。天香,御香。春风,意入"平康得意"句。

⑧"傍星辰"二句:化用"星履"典。语出杜甫《上韦左相二十韵》:"持衡留藻鉴,听履上星辰。"《九家集注杜诗》赵彦材注云:"'上星辰'以言其亲帝之旁,犹言上云霄也。"

⑨奇践:足迹所至皆非寻常之地。毛本、戈校本、杜本、王朱本、朱二校本作"寄跡"。

⑩平康得意:《开元天宝遗事》卷二:"长安有平康坊,妓女所居之地,京都侠少,萃集于此;兼每年新进士以红笺名纸游谒其中,时人谓此坊为风流薮泽。"并兼用孟郊《登科后》"春风得意马蹄急,一日看尽长安花"诗意。

⑪"醉踏"二句:承上"长安花"诗意。又暗用韩愈《早春呈水部张十八员外二首》(之一)诗意:"天街小雨润如酥,草色遥看近却无。"谓雨后京城街道上夹带湿润花瓣芬芳的泥土沾染了丝鞋。

⑫海沈楦:毛本、戈校本作"海沈檀"。杜本作"海沈揎"。王朱本作"海沈擅"。海沈,即沉香。楦,鞋楦,即鞋的成型模具。

⑬"任真珠"二句:装缀,明张本、毛本作"妆缀"。杜本作"妆缀"。《史记·春申君列传》:"春申君客三千余人,其上客皆蹑珠履以见赵使,赵使大惭。"履,古代用麻葛制成的单底鞋。

⑭"待宣供"二句:待宣供,明张本、毛本、戈校本、杜本作"侍宣供"。禹步,道士在祷神仪礼中常用的一种步法动作。传为夏禹所创,故称禹步。此处代指皇帝庄重的步伐。宸游,帝王巡游。明张本、毛本、戈校本、杜本作"晨游"。

⑮燕殿:旧时帝王退朝后休息的便殿。

【汇评】

夏敬观评语:"两玉凫"避去虚字不用。梦窗往往如此。 "丝绚侍宴"句过拙。

又

丙午重九①

乱云生古峤②。记旧游惟怕,秋光不早。人生断肠草③。叹如今摇落,暗惊怀抱④。谁临晚眺。吹台高、霜歌缥缈⑤。想西风、此处留情,肯着故人衰帽⑥。

闻道。萸香西市,酒熟东邻⑦,浣花人老⑧。金鞭騕褭⑨。追吟赋,倩年少⑩。想重来新雁,伤心湖上,销减红深翠窈⑪。小楼寒、睡起无聊,半帘晚照⑫。

【题解】

此词是吴文英随幕史宅之再度客杭叹留滞之作。"丙午",即理宗淳祐六年(1246),词人是年47岁。据张淏《宝庆会稽续志》卷二"安抚题名",史宅之淳祐四年(1244)至淳祐六年(1246)知绍兴府。梦窗曾为其门客,但妻儿仍在吴地。史宅之淳祐六年三月离绍兴任,赴京任朝官,梦窗仍在其幕中,期间常往来于苏杭之间。

此重阳节感怀之作。上片就重九登高与否反复思量,感叹青春易逝,悲秋伤己;下片写重九佳节至,因年老而无登高吟咏的兴致,而以秋日红衰翠减宽怀,镇日慵睡。

【校注】

①明张本词题作《秋感》。《历代诗余》无词题。

②"乱云"句:乱云,明张本作"乱红"。峤,《尔雅·释山》:"锐而高峤。"邢昺疏:"言山形鑯峻而高者名峤。"

③"人生"句:陶弘景《仙方注》曰:"断肠草不可食,其花美好,名芙蓉花。"《冷斋夜话·诗出本处》:"李太白诗曰:'昔作芙蓉花,今为断肠草。以色事他人,能得几时好。'"此句谓人生美好的阶段转瞬即逝。

④"叹如今"二句：宋玉《九辩》："悲哉秋之为气也！萧瑟兮草木摇落而变衰。"此二句词人悲秋伤己。

⑤"吹台高"二句：吹台，《旧五代史·梁书·太祖纪四》："甲午，以高明门外繁台为讲武台。是台西汉梁孝王之时，尝按歌阅乐于此，当时因名曰吹台。其后有繁氏居于其侧，里人乃以姓呼之，时代绵寝，虽官吏亦从俗焉。"杨慎《丹铅余录》卷一○："吹台即繁台，本师旷吹台，梁孝王增筑，班史称平台，唐称吹台，又因谢惠连尝为《雪赋》，又名雪台。"此泛指可以登临并按歌阅舞的高台。霜歌，鲍照《代陈思王京洛篇》："春吹回白日，霜歌落塞鸿。"指萧杀的秋歌声。缥缈，形容歌声清越悠扬。

⑥"想西风"三句：用龙山落帽典，详见《霜叶飞》(断烟离绪)注⑫。亦化用苏轼《南乡子·重九涵辉楼呈徐君猷》："酒力渐消风力软，飕飕，破帽多情却恋头。"故人，毛本、《历代诗余》、戈校本、杜本、王朱本、朱二校本、朱四校本、《四明》本作"故山"。衰帽，衰翁所戴之帽。古人认为五十为"衰"。梦窗是年四十五，未老先叹衰也。

⑦"萸香"二句：二句互文见义。谓重九登高的应景之物皆已具备。李颀《九月九日刘十八东堂集》："菊花辟恶酒，汤饼茱萸香。"苏轼《别岁》："东邻酒初熟，西舍彘亦肥。"余详见《霜叶飞》(断烟离绪)注⑬。

⑧浣花人：杜甫曾居成都浣花里，前有浣花溪。《旧唐书·杜甫传》："甫于成都浣花里种竹植树，结庐枕江，纵酒啸咏，与田夫野老相狎荡，无拘检。"杜甫有很多著名的重九诗，此亦因屡写重九词而用以自指。

⑨骕骦：《文选·张衡〈思玄赋〉》："斥西施而弗御兮，絷骕骦以服箱。"李善注曰："《汉书音义》，应劭曰：'骕骦，古之骏马也，赤喙玄身，日行五千里。'"

⑩"追吟赋"二句：暗用重九登戏马台典。详见《霜叶飞》(断烟离绪)注④。意谓因年华老去，已经没有登高吟赋的兴致。

⑪翠窈：犹言绿暗。

⑫"睡起"二句：暗用杜牧《九日齐安登高》诗意："但将酩酊酬佳节，不用登临恨落晖。"晚照，戈校本作"夕照"。

【汇评】

俞陛云《唐五代两宋词选释》：自上阕至"年少"句，笔意清老。其动目处,在后半"新雁"以下五句,神态夷犹,音殊恻怆,与"带黄花、人在小楼"之结句,同深感叹。

又

寿史云麓①

记年时茂苑②。正画堂凝香③,璇奎初焕④。天边岁华转。向九重春近,仙桃传宴⑤。银罍翠管⑥。宝香飞⑦、蓬莱小殿⑧。荷玉皇⑨、恩重千秋,翠麓峻齐云汉⑩。

须看⑪。鸿飞高处,地阔天宽⑫,弋人空羡。梅清水暖⑬。若溪上⑭,几吟卷。算金门听漏⑮,玉墀班早⑯,赢得风霜满面⑰。总不如、绿野身安⑱,镜中未晚⑲。

【题解】

史云麓,即史宅之,号云麓,为宋相史弥远之子。理宗绍定六年(1233)赐同进士出身,权户部侍郎兼崇政殿说书。理宗淳祐六年(1246)除工部尚书,改吏部尚书。八年(1248)任端明殿学士、同签书枢密院事,总揽朝廷财政,行括田。九年(1249)除同知枢密院事,卒,赠少师。吴文英淳祐四年至九年为史宅之幕僚,史是梦窗集中酬赠数量最多的两位对象之一(另一为尹焕,集中现存十一首赠史之词)。

此词是吴文英写给史宅之的祝寿词。上片描述寿宴的热闹场面,并赞美史云麓的才华深受皇帝赏识;下片通过写隐居的自由来劝告史宅之应知机而退,以免朝中政敌的攻击。虽是祝寿词,不仅有赞美之音,更有逆耳忠言。

【校注】

①毛本、戈校本、朱二校本词题作"寿云麓先生"。《历代诗余》作"寿云麓"。

②年时:此应指"当年"。茂苑:即长洲苑。左思《吴都赋》:"带朝夕之浚池,佩长洲之茂苑。"后用作苏州的代称。毛本、《历代诗余》、戈校本、杜本、王朱本、朱二校本、《四明》本作"秋半"。

③正画堂:毛本、《历代诗余》、戈校本、杜本、王朱本、朱二校本、《四明》本作"看画堂"。画堂,本指太守公署的正厅,此泛指郡治中办公休宴之府庭。凝香:唐朝诗人韦应物贞元初年为苏州刺史,曾作《郡斋雨中与诸文士燕集》诗,其中"兵卫森画戟,燕寝凝清香"一联的字面成为苏州文章郡守的熟典。史氏曾两知平江府(今江苏苏州)。

④璇奎:璇,美玉。奎,星名。《山堂肆考》卷一三三:"《孝经援神契》:奎主文章,苍颉效象。宋均注:奎星屈曲象钩,有似文字之画。"古人因称御笔为"宸奎"。此用"璇奎"美称理宗御笔"春雨"二字。应繇《春雨堂记》:"淳祐二年春,平江府治作新堂于池上,秋,工役备告。显谟阁直学士、通奉大夫、知军府事兼浙西两淮发运使史宅之拜疏闻于上曰:'臣蒙恩再领苏郡,赖天子仁圣,格于上下,物不疵疠,而年谷熟获,与民相安。郡治北池,旧有亭曰"池光",郡太守澡心雪神思政虑善之地,陋且圮焉。深惟一日必葺之义,捐餐钱,节冗费,更建为堂。堂成,顾名弗称,窃伏惟念,昔者幸备推择,守藩于兹,粗知究心牧养,叨被圣奖,遣使赐御书"家有膏雨,户有阳春"八大字,昭回下饰,吴人以为荣。臣不佞,敢敬奉"春雨"二字冠斯堂,以扬宠光,以撙德意,以丕迪圣训。惟陛下裁幸。'上览疏,可其奏,锡以宸奎,使得揭扁。於戏祉哉!"

⑤"向九重"二句:杜甫《奉和贾至舍人早朝大明宫》:"五夜漏声催晓箭,九重春色醉仙桃。"《九家集注杜诗》赵彦材注:"春色著桃,如酣醉然。"《汉武故事》:"(王母)又命侍女更索桃果。……母以四颗与帝,三颗自食,桃味甘美,口有盈味,帝食辄收其核,王母问帝,帝曰:'欲种之。'母曰:'此桃三千年一生实,中夏地薄,种之不生。'"杨笺:"史称弥远与杨后勾结弄权,意宅之做寿,后宫应有赏赐。"

⑥银罌翠管:此用学士典。《酉阳杂俎》卷一:"腊日赐北门学士口脂蜡脂,盛以碧镂牙筒。"杜甫《腊日》:"口脂面药随恩泽,翠管银罌下九霄。"《补注杜诗》卷一九引赵次公曰:"唐制,腊日赐脂面药。翠管银罌,所以盛

25

之也。"

⑦宝香：犹言"宝墨"。尊称皇帝的书法。

⑧蓬莱小殿：小殿，毛本、《历代诗余》、戈校本、杜本、王朱本、朱二校本、《四明》本作"小苑"。蓬莱殿，长安便殿名。《长安志》卷六："北曰紫宸门，内有紫宸殿，后有蓬莱殿。"此代指南宋临安便殿。

⑨荷玉皇：毛本、《历代诗余》、戈校本、杜本、王朱本、朱二校本、《四明》本作"感玉皇"。荷，承受恩惠，多用在书信里表示客气。玉皇，代指皇帝。

⑩"翠麓"句：化用《诗·大雅·崧高》："崧高维岳，骏极于天。"骏，用同"峻"。云汉，《诗·大雅·棫朴》："倬彼云汉，为章于天。"毛传："云汉，天河也。"杨笺："此拆用云麓字，集中惯用。"峻齐，毛本、戈校本作"崚齐"。

⑪须：《汇释》："犹终也。语气较应字为强。"

⑫地阔：毛本、《历代诗余》、戈校本、杜本、王朱本、朱二校本、《四明》本作"野阔"。

⑬梅清水暖：涉及绍兴府(宋时与会稽、山阴二县同城而治)郡治中的胜迹桃溪梅坞。曾几《岭梅》："蛮烟无处说，梅蕊不胜清。"梅清，明张本作"梅香"。

⑭若溪上：毛本、《历代诗余》、戈校本、杜本、王朱本、朱二校本、《四明》本作"苕溪畔"。史宅之无湖州仕历，"苕溪"应为"若溪"。若溪，即若耶溪，在绍兴南，相传西施浣纱于此，又名浣纱溪。

⑮金门：学士待诏之所。详见《瑞鹤仙》(藕心抽莹茧)注④。听漏：此指待漏等候上朝。

⑯玉墀：台阶的美称，借指朝廷。班：古代群臣朝见帝王时按官品分班排列的位次。

⑰满面：毛本、戈校本、杜本、王朱本、朱二校本、《四明》本作"满脸"。

⑱绿野：绿野堂，唐宪宗时宰相裴度的别墅。此代指史氏家族在京城的宰相府第。

⑲镜中未晚：反用杜甫《江上》诗意："勋业频看镜，行藏独倚楼。"杜诗频看镜，生怕年老功业未成，史宅之此年四十，无此忧也。

又

辘轳秋又转②。记旋草新词③,江头凭雁④。乘槎上银汉。
想车尘才踏,东华红软⑤。何时赐见⑥。漏声移、深宫夜半⑦。
问莼鲈、今几西风,未觉岁华迟晚⑧。

一片。丹心白发,露滴研朱⑨,雅陪清宴。班回柳院。蒲
团底,小禅观。望杲杲明月,初圆此夕,应共婵娟茂苑⑩。愿
年年、玉兔长生⑪,耸秋井干⑫。

【题解】

"癸卯",宋理宗淳祐三年(1243),是年词人 44 岁,尚在苏州。方蕙岩,
名万里,字子万,号蕙岩,词人之友。寺簿,太常寺簿的简称。

这是一首祝寿词。上阕赞方氏颇有才华,志趣不凡,问询方氏才华是
否被重视,是否思乡,是关切,也是劝慰。下阕言方氏满头白发,一片丹心,
为官勤勉,并表达了对方氏长寿的祝福。

【校注】

①明张本、毛本、《历代诗余》、戈校本、杜本、王朱本词题作"寿方蕙岩
寺簿"。

②"辘轳"句:古人常以井上辘轳晨转写离别惊心。陆龟蒙《井上桐》:
"愁因辘轳转,惊起双栖乌。"秋又转,明张本、朱四校本作"春又转"。

③旋:《汇释》:"犹云已而也;还又也。"草新词:为留别而作的新词。

④江头:特指吴江岸畔。凭雁:用雁足传书典。《汉书·苏武传》:"(常
惠)教使者谓单于,言:'天子射上林中,得雁,足有系帛书,言武等在某泽
中。'"后因以雁为书信使者。

⑤"乘槎"三句:写方氏赴杭京事。乘槎,用《博物志》滨海人八月浮槎

入天河故事。详见《琐窗寒》(绀缕堆云)注⑥。东华红软,详见《瑞鹤仙》(藕心抽莹茧)注⑤。东华,毛本、戈校本、杜本作"东叶"。红软,明张本作"尘软"。《历代诗余》作"红暖"。

⑥赐见:与下句皆写轮对之事。宋制,下等官员也须轮值上殿策对时政利弊。

⑦"漏声"二句:《铁网珊瑚》、朱二校本、郑校本、《四明》本作"漏声移、凉宫夜半"。明张本作"漏夜移、深宫夜半"。毛本、《历代诗余》、戈校本、杜本、王朱本作"漏声凉、移宫夜半"。旧时宫中设漏计时。《宋史·律历三》:"国朝复挈壶之职,专司辰刻,署置于文德殿门内之东偏,设鼓楼、钟楼于殿庭之左右。其制有铜壶、水称、渴乌、漏箭、时牌、契之属:壶以贮水,乌以引注,称以平其漏,箭以识其刻,牌以告时于昼……契以发鼓于夜。"此句亦暗用汉文帝宣室诏见贾谊典。《史记·屈原贾生列传》:"上因感鬼神事,而问神之本。贾生因具道所以然之状。至夜半,文帝前席。既罢,曰:'吾久不见贾生,自以为过之,今不及也。'"

⑧"问莼鲈"三句:《晋书·文苑列传》:"(张)翰因见秋风起,乃思吴中菰菜、莼羹、鲈鱼脍,曰:'人生贵得适志,何能羁宦数千里以要名爵乎!'遂命驾而归。"此写方氏有归隐之志。

⑨露滴研朱:高骈《步虚词》:"洞门深锁碧窗寒,滴露研朱写周易。"此处研墨所写者为剀切时弊的劄子。露滴,毛本、《历代诗余》、戈校本、杜本、王朱本、朱二校本、《四明》本作"滴露"。

⑩"望罘罳"三句:此三句及以下皆用苏轼《水调歌头》"但愿人长久,千里共婵娟"句意。罘罳,古代设在门外或城角上的网状建筑,用于守望和防御。此代指京城。婵娟,美丽。孟郊《婵娟篇》:"花婵娟,泛春泉。竹婵娟,笼晓烟。妓婵娟,不长妍。月婵娟,真可怜。"后用以代指明月。明月,毛本、朱二校本作"朗月"。此夕,《铁网珊瑚》、郑校本、《四明》本作"午夜"。茂苑,详见《瑞鹤仙》(记年时茂苑)注②。

⑪玉兔:傅玄《拟天问》:"月中何有? 玉兔捣药。"此以玉兔代指月亮,并借用为长生吉言。

⑫耸秋:明张本作"耸从"。井干:本指井栏,后泛指楼台。

28

又

饯郎纠曹之严陵　分韵得直字^①

夜寒吴馆窄^②。渐酒阑烛暗，犹分香泽^③。轻飔展为翮^④。送高鸿飞过^⑤，长安南陌^⑥。渔矶旧迹^⑦。有陈蕃、虚床挂壁^⑧。掩庭扉、蛛网黏花，细草静摇春碧^⑨。

还忆。洛阳年少^⑩，风露秋檠^⑪，岁华如昔。长吟堕帻^⑫。暮潮送，富春客^⑬。算玉堂不染，梅花清梦，宫漏声中夜直^⑭。正逋仙、清瘦黄昏，几时觅得^⑮。

【题解】

"纠曹"，州郡属官录事参军的别称。职掌纠举六曹，勾稽失谬。"严陵"，因东汉严子陵隐居富春山耕钓以终，后人名其钓处为严陵濑。这里以严陵濑代指严州。

此词是饯别词。上片点明送别时间、地点，描述送别的情景，想象郎氏到任后受到的礼遇；下片赞郎氏风度如昔，并在盼归中不落俗套地祝其升迁，永葆高洁。

【校注】

①朱四校本、《全宋词》词题节"分韵得直字"五字。《历代诗余》无词题。

②吴馆：本指春秋吴王夫差所筑的馆娃宫，此泛指苏州送别的驿馆。窄：因送别的朋友及歌妓很多，场地显得拥挤。

③"渐酒阑"二句：《史记·滑稽列传》载淳于髡语："日暮酒阑，合尊促坐，男女同席，履舄交错，杯盘狼藉，堂上烛灭，主人留髡而送客，罗襦襟解，微闻芳泽，当此之时，髡心最欢，能饮一石。"

④"轻飔"句：毛本、戈校本、郑校本作"清扬展为翮"。《历代诗余》作

"清扬展鸟翮"。杜本作"清飙展云翮"。王朱本作"清飚展云翮"。朱二校本、朱四校本作"清帆展为翮"。此句化用范仲淹《送鄞江窦尉》:"片帆飞去若轻鸿,一霎春潮过浙东。"翮,飞鸟翅膀。

⑤高鸿飞过:鸿雁高飞,喻升迁腾达。寓祝愿之意。

⑥长安:代指南宋首都临安。南陌:郎纠曹此行水程自苏州途径杭京南面赴严州。意贯入"夜直"句。王维《同崔员外秋宵寓直》:"更惭衰朽质,南陌共鸣珂。"预设郎纠曹履新之后,再升为京官的情形。

⑦渔矶旧迹:特指途中所经过的富春江严子陵钓台。

⑧"有陈蕃"二句:《后汉书·徐稺传》:"时陈蕃为太守,以礼请署功曹,稺不免之,既谒而退。蕃在郡不接宾客,惟稺来特设一榻,去则悬之。"

⑨"掩庭扉"三句:暗用书带草典故。《佩文斋广群芳谱》卷八八:"书带草,丛生,叶如韭而更细,性柔韧。色翠绿鲜妍,出山东淄川县城北矞山郑康成读书处,名康成书带。"后用此典指传道讲学或治学的处所。蛛网,实谐音"珠网",写郎氏对著述的珍视。参见《尉迟杯》(垂杨径)注⑧。花,特指柳絮。

⑩洛阳年少:《汉书·贾谊传》:"贾谊,洛阳人也,年十八,以能诵诗书属文称于郡中。……廷尉乃言谊年少,颇通诸家之书。文帝召以为博士。是时,谊年二十余,最为少。"

⑪风露秋檠:韩愈《短灯檠歌》:"长檠八尺空自长,短檠二尺便且光。黄帘绿幕朱户闭,风露气入秋堂凉。"檠,烛台。

⑫堕帻:《晋书·庾敳传》:"时刘舆见任于越,人士多为所构,惟敳纵心事外,无迹可间。后以其性俭家富,说越令就换钱千万,冀其有吝,因此可乘。越于众坐中问于敳,而敳乃颓然已醉,帻堕几上,以头就穿取,徐答云:'下官家有二千万,随公所取矣。'舆于是乃服。"

⑬富春客:指郎纠曹宦游严陵之事。

⑭"算玉堂"三句:玉堂夜值,即翰林学士当值制度。《永乐大典》残卷引苏易简《续翰林志》:"故草制之夕,迟明必阖门之双扉。当制学士,坐于玉堂上,止吏人之出入者,俟宣制讫,方启户焉。"玉堂,官署名。汉侍中有玉堂署,宋以后翰林院亦称玉堂。陈元晋《梅》:"吾敬林隐君,终老梅花乡。

孤山足佳处,不愿白玉堂。"高似孙《梅》:"一夜冷香清入梦,野梅千树月明村。""梅花清梦"意贯于结处三句。

⑮"正逋仙"三句:此写西湖孤山梅花。《梦粱录》卷一二:"西泠桥外孤山路有琳宫者二,曰四圣延祥观,曰西太乙宫。御圃在观侧,乃林和靖隐居之地,内有六一泉、金沙井、闲泉、仆夫泉、香月亭。亭侧山椒环植梅花,亭中大书'疏影横斜水清浅,暗香浮动月黄昏'之句于照屏之上云。"

又

赠道女陈华山内夫人①

彩云栖翡翠②。听凤笙吹下③,飞軿天际④。晴霞剪轻袂⑤。澹春姿雪态⑥,寒梅清泚⑦。东皇有意⑧。旋安排、阑干十二⑨。早不知、为雨为云⑩,尽日建章门闭⑪。

堪比。红绡纤素⑫,紫燕轻盈⑬,内家标致⑭。游仙旧事⑮,星斗下,夜香里。□华峰□□⑯,纸屏横幅⑰,春色长供午睡⑱。更醉乘、玉井秋风,采花弄水⑲。

【题解】

此词被《本事词》定为艳词。上片以幻想开篇,把陈华山内夫人幻化成妆饰华贵的仙女形象;下片叙述世俗男女之间的情事,表达了对陈华山内夫人的仰慕之情。

【校注】

①华山:慧山(唐以前多称惠山)的古名,在今江苏无锡。也是题中陈姓女子的道号。内夫人:宫中女官。

②彩云:此指簇拥仙人的祥云。翡翠:此指翡翠鸟的羽毛。用于装饰车服,编织帘帷。代指仙车。

③凤笙:笙,乐器。《广博物志》:"长四寸,十二簧,像凤之身,正月之音

也。"后因称笙为"凤笙"。暗用萧史夫妇典。《列仙传·萧史》:"萧史者,秦
穆公时人也。善吹箫,能致孔雀、白鹤于庭。秦穆公有女字弄玉,好之。公
遂以女妻焉。日教弄玉吹箫作凤鸣。居数年,吹似凤声,凤凰来止其屋。
公为作凤台,夫妇止其上,不下数年。一旦皆乘凤凰飞去。"

④辁:古代一种有帷幔的车,多供妇女乘坐。

⑤"晴霞"句:形容其衣裳的色彩质地如晴霞剪成。

⑥澹:冲淡。春姿:初春姿容。雪态:形容体态像雪花那样轻盈。

⑦清泚:清澈。

⑧东皇:本指司春之神。此代指皇帝。

⑨阑干十二:喻仙境。桓骦《西王母传》:"所居宫阙,在龟山之春山,昆
仑玄圃,阆风之苑。有金城千重,玉楼十二,琼华之阙,光碧之堂,九层玄
室,紫翠丹房,左带瑶池,右环翠水。"李商隐《碧城三首》(之一):"碧城十二
曲阑干,犀辟尘埃玉辟寒。"

⑩为云为雨:喻男女情爱之事。详见《瑞鹤仙》(晴丝牵绪乱)注⑲。

⑪建章:建章宫。汉代宫名。此泛指南宋宫殿。

⑫红绡纤素:谓苗条纤弱,衣裳华丽。

⑬紫燕:《尔雅翼·释鸟三》:"越燕小而多声,颔下紫,巢于门楣上,谓
之紫燕,亦谓之汉燕。"

⑭内家:指皇宫。

⑮游仙:游心仙境,脱离尘俗。此指道观中的游仙法曲。

⑯"华峰"句:明张本、毛本无空格。《词综》作"少华峰头有"。杜本从
《词综》补出的位置空格。诸本从空格。华峰,即古华山惠山。切陈华山的
道号。

⑰纸屏横幅:谓远峰映入窗中如横幅山水画,犹如屏风。

⑱"春色"句:赞陈华山秀色可餐,姣美的容貌常入词人午梦之中。

⑲"更醉乘"三句:用华山生莲典。《太平寰宇记》卷二九:《华山记》
云,山顶有池,生千叶莲花,服之羽化,因曰华山。"此处借意西岳华山写古
华山惠山,惠山亦有千叶莲花池。

满江红 夷则宫　俗名仙吕宫

淀山湖①

云气楼台,分一派、沧浪翠蓬②。开小景、玉盆寒浸,巧石盘松③。风送流花时过岸,浪摇晴栋欲飞空④。算鲛宫⑤、祇隔一红尘,无路通。

神女驾,凌晓风⑥。明月佩⑦,响丁东。对两蛾犹锁,怨绿烟中⑧。秋色未教飞尽雁,夕阳长是坠疏钟。又一声、欸乃过前岩,移钓篷⑨。

【题解】

《满江红》,词牌名。《乐章集》《清真集》并入"仙吕调"。宋以来作词多以柳永词格为准。双调,九十三字,上片八句,下片十句,上片四仄韵,下片五仄韵,一般例用入声韵。声情激越,宜抒豪壮情感。亦可酌增减衬字,故有八十九字、九十一字、九十二字、九十四字、九十七字等多体。姜夔始改作平韵,则情调俱变。梦窗此词,亦用平韵调,效法姜夔。

此词上片描绘淀山湖远近的湖光山色;下片以幻境起,复归现实,写尽湖中山水景致。此首山水词,笔致优美空灵,写景有虚有实,尽态极妍。

【校注】

①淀山湖:在今上海市青浦区。

②"云气楼台"三句:《史记·天官书》:"海旁蜃气象楼台,广野气成宫阙然,云气各象其山川人民所聚积。"沧浪,古水名,有汉水别流、夏水诸说,此特指太湖。毛本、杜本、郑校本作"苍浪"。翠蓬,白玉蟾《玉真瑞世颂》:"青鸟不至,翠蓬忘归。"淀山因在湖心,故云气缭绕,楼头影绰,可比蓬莱仙境。

③"开小景"三句:以"小景""玉盆""盘松"比淀山湖如具体而微的蓬莱仙境。

④晴栋:《词综》、戈校本、杜本、朱二校本、朱四校本、《四明》本、郑校本作"晴练"。

⑤鲛宫:即湖中龙宫。任昉《述异记》:"南海有龙绡宫,泉先织绡之处,绡有白如霜者。"据《至元嘉禾志》,淀山下有龙洞。

⑥"神女"二句:《闲窗括异志》:"华亭县北七十里有淀湖,山上有三姑庙。每岁湖中群蛟竞斗,水为沸腾,独不入庙中,神极灵异。寺僧藉其力以给斋粥,水陆尤感应。向年有渔舟舣湖口,忽见一妇人附舟,云欲到淀山寺。及抵岸,妇人直入寺去,舟中止遗一履。渔人执此履以往,索渡钱,寺僧甚讶之,曰:'此必三姑显灵。'因相随至殿中,果见左足无履,坐傍百钱在焉。遂授渔人而去。"神女驾,《词综》作"神女惊"。凌风,《楚辞·九章·悲回风》:"凌大波而流风兮,托彭咸之所居。"洪兴祖补注:"(凌)言乘风波而流行也。"《历代诗余》作"临晓风"。

⑦明月佩:《词综》作"明月低"。

⑧"对两蛾"二句:李贺《兰香神女庙》:"幽篁画新粉,蛾绿横晓门。"蛾,如蚕蛾触须细长弯曲的眉式。郑文焯手批:"两蛾,谓洞庭两山。"

⑨"又一声"三句:详见《三部乐》(江鸥初飞)注⑦。钓篷,渔夫为方便垂钓特制的簑衣。《历代诗余》作"钓筒"。

【汇评】

陈廷焯《云韶集》卷八:平调《满江红》仍有如许魄力,是何神勇。 (下阕眉批)既精炼又清虚骚雅,是真绝唱。

俞陛云《唐五代两宋词选释》:前半铺序游湖景色。下阕"两蛾"二句,谓洞庭东西二山。通首惟"怨绿"二字景中有情,句亦深秀。"疏钟"二句,极有疏隽之味,是词句,非七律中句,且系宋人佳咏,非唐人风格。

又

甲辰岁盘门外寓居过重午①

络束萧仙②,啸梁鬼、依还未灭③。荒城外、无聊闲看,野烟一抹。梅子未黄愁夜雨④，榴花不见簪秋雪⑤。又重罗、红字写香词⑥，年时节。

帘底事，凭燕说⑦。合欢缕，双条脱⑧。自香消红臂，旧情都别⑨。湘水离魂菰叶怨⑩，扬州无梦铜华阙⑪。倩卧箫、吹裂晚天云，看新月⑫。

【题解】

此为怀念苏姬之词。作于宋理宗淳祐四年（1244）端午节。词作紧紧围绕梦窗的爱情纠葛，叙事、用典、议论并用，抒发了思念苏姬的一腔深情。梦窗另有两首"重午词"：《隔浦莲近·泊长桥过重午》《澡兰香·淮安重午》，可与这首词互相参看，都为怀妾之词。

【校注】

①甲辰：宋理宗淳祐四年（1244）。盘门：《吴地记》："吴门，尝名蟠门，刻木作蟠龙以镇此。又云，水陆萦回，徘徊屈曲，故谓之'盘'。"重午：端午节。

②络束萧仙：络束，毛本作"结束"。《楚荆岁时记》："五月五日，谓之浴兰节，四民并踏百草之戏。艾草以为人，悬门户上，以禳毒气。"杨笺："艾萧同类。不曰'艾人'，而曰'萧仙'，字新。"

③"啸梁鬼"二句：韩愈《原鬼》："有啸于梁，从而烛之，无见也，斯鬼乎？"此写端午以艾人及咒语青罗禳鬼之俗。

④"梅子"句：宋陆佃《埤雅》卷一三《释木梅》："今江湘二浙四五月之间，梅欲黄落，则水润土溽，础壁皆汗，蒸郁成雨，其霏如雾，谓之'梅雨'。"贺铸《青玉案》："试问闲愁都几许？一川烟草，满城风絮，梅子黄时雨。"

⑤"榴花"句：簪榴花是宋代端午的习俗。陈棣《端午洪积仁召客口占戏柬薛仲藏》："想簪榴艾泛菖蒲，应召邹枚杂郊贺。"秋雪，喻头发花白。

⑥重罗：双层丝绸。毛本、戈校本、杜本、王朱本、朱二校本、《四明》本作"金罗"。红字香词：书写诗词于裙带也是宋代端午习俗。苏轼《殢人娇》："明朝端午，待学纫兰为佩。寻一首好诗，要书裙带。"

⑦"帘底"二句：袁去华《浣溪沙》："庭下丛萱翠欲流。梁间双燕语相酬。日长帘底篆烟留。"

⑧"合欢"二句：《荆楚岁时记》："以五彩丝系臂，名曰辟兵，令人不病瘟。又有条达等组织杂物以相赠遗。按：《孝经援神契》曰：'仲夏茧始出，妇人染练，咸有作务。'日月星辰鸟兽之状，文绣金缕，贡献所尊。一名长命缕，一名续命缕，一名辟兵缯，一名五色丝，一名朱索，名拟甚多。青赤白黑以为四方，黄为中央，名曰襞方，缀于胸前，以示妇人蚕功也。诗云'绕臂双条达'是也。"合欢，言双缕纠缠，喻爱情好合。条脱，指古代臂饰，呈螺旋形，上下两头左右可活动，以便紧松，一副两个。亦作跳脱、条达。

⑨"自香消"二句：香，香瘢，即守宫砂。张华《博物志》卷四："蜥蜴或名蝘蜓。以器养之，食以朱砂，体尽赤，所食满七斤，治捣万杵，点女人支体，终年不灭。唯房室事则灭，故号守宫。"香消红臂，正写旧情渐逝的感觉。

⑩"湘水"句：《尔雅翼》："及屈原死，楚人以菰叶裹黍祠之，谓之角黍。"

⑪"扬州"句：合用重午镜和分镜典。《唐国史补》卷下："扬州旧贡江心镜，五月五日扬子江中所铸也。或言无有百炼者，或至六七十炼则已，易破难成，往往有自鸣者。"孟棨《本事诗·情感》："陈太子舍人徐德言之妻，后主叔宝之妹，封乐昌公主，才色冠绝。时陈政方乱，德言知不相保，谓其妻曰：'以君之才容，国亡必入权豪之家，斯永绝矣。倘情缘未断，犹冀相见，宜有以信之。'乃破一镜，人执其半，约曰：'他日必以正月望日，卖于都市，我当在，即以是日访之。'及陈亡，其妻果入越公杨素之家，宠嬖殊厚。德言流离辛苦，仅能至京，遂以正月望日访于都市。有苍头卖半镜者，大高其价，人皆笑之。德言直引至其居，设食，具言其故。出半镜以合之，乃题诗曰：'镜与人俱去，镜归人不归。无复嫦娥影，空照明月辉。'陈氏得诗，涕泣不食。素知之，怆然改容。即召德言，还其妻。……遂与德言归江南，竟以终老。"后来用"破镜重圆"比喻夫妻失散或决裂后，又重新团圆。扬州无梦，化用杜牧《遣怀》"十年一觉扬州梦"诗句。阙，同"缺"。

⑫"倩卧箫"三句：范成大《和僧长吉湖居五题》(之四)："一声裂云去，明月生精神。"《唐国史补》卷下："李舟好事，尝得村舍烟竹，截以为笛，坚如铁石，以遗李牟。牟吹笛天下第一，月夜泛江，维舟吹之，寥亮逸发，上彻云

36

表。俄有客独立于岸,呼船请载。既至,请笛而吹,其为精壮,山河可裂。牟平生未尝见。及入破,呼吸盘掤,其笛应声粉碎,客散不知所之。舟著《记》,疑其蛟龙也。"卧箫,引申"卧笛"典而成。《新唐书·汉中王瑀传》:"瑀亦知音,尝早朝遇永兴里,闻笛音,顾左右曰:'是太常工乎?'曰:'然。'它日识之,曰:'何故卧吹?'笛工惊谢。"并暗合杜牧《寄扬州韩绰判官》"二十四桥明月夜,玉人何处教吹箫"之意。

【汇评】

夏敬观评语:"啸梁鬼"句万不可学。

解连环①夷则商②

　　暮檐凉薄③。疑清风动竹,故人来邀④。渐夜久、闲引流萤,弄微照素怀,暗呈纤白⑤。梦远双成,凤笙杳⑥、玉绳西落⑦。掩练帷倦入⑧,又惹旧愁,汗香阑角。

　　银瓶恨沉断索⑨。叹梧桐未秋,露井先觉⑩。抱素影、明月空闲⑪,早尘损丹青,楚山依约⑫。翠冷红衰,怕惊起、西池鱼跃。记湘娥⑬、绛绡暗解,褪花坠萼⑭。

【题解】

　　《解连环》,词牌名,本名《望梅》。因周邦彦词有"妙手能解连环"句,故名。又名《玉连环》《杏梁燕》。双调,一百零六字,上片十一句,下片十句,仄韵格。

　　此亦忆苏姬之作。上片以时序景物引出人事,极写思念之苦,从暮至夜再到晨,辗转反侧;下片点明全词伤别主旨,故人殒落空余恨,而旧情犹在,并追忆昔日之情。全词行文跌宕起伏,断断续续,吞吐相应,有往复曲折、浑厚顿挫之美。

【校注】

①明张本、毛本、戈校本、杜本、王朱本有词题"秋情"。

②朱四校本、《全宋词》宫调作"夷则商,俗名商调"。

③凉薄:凉意逼近。

④"疑清风"二句:李益《竹窗闻风寄苗发司空曙》:"开门复动竹,疑是故人来。"邈,渺远之意。

⑤"渐夜久"四句:杜牧《秋夕》:"银烛秋光冷画屏,轻罗小扇扑流萤。"纤白,喻女性手指。

⑥"梦远"二句:双成,董双成,擅长吹笙的仙女。《汉武帝内传》:"(王母)又命侍女董双成吹云和之笙。"另参见《瑞鹤仙》(彩云栖翡翠)注③。

⑦"玉绳"句:玉绳,玉衡的北二星,玉衡为北斗七星的第五星,是斗柄的部分。秋季夜半后,玉绳星自西北斜沉,故古人多以玉绳沉落来形容夜深或拂晓。

⑧练帷:此特指稀夏布帘帷。毛本、戈校本、杜本作"练帷"。

⑨"银瓶"句:白居易《井底引银瓶》:"井底引银瓶,银瓶欲上丝绳绝。"汲水时丝绳意外断绝,文人亦常以此典比喻没有结果的爱情。

⑩"叹梧桐"二句:露井,无覆盖之井。古代井栏旁多植梧桐,诗词中常作为最早感受叶落知秋的地方。

⑪"抱素影"二句:取意班婕妤《怨诗》:"新裂齐纨素,鲜洁如霜雪。裁为合欢扇,团团似明月。出入君怀袖,动摇微风发。常恐秋节至,凉风夺炎热。弃捐箧笥中,恩情中道绝。"素影、明月,喻扇。

⑫"早尘损"二句:丹青,丹砂、青腹等绘画颜料,代指图画。此特指扇面书画。楚山,据下文"湘娥",知特指洞庭湖君山。

⑬湘娥:传说中的湘妃。《楚辞·九歌·湘夫人》:"帝子降兮北渚,目眇眇兮愁予。"王逸章句:"帝子谓尧女也。降,下也。言尧二女娥皇、女英随舜不反,堕于湘水之渚,因为湘夫人。"近世词家考证,认为吴文英在苏州所恋者原籍湖湘,所以"湘娥"或"湘女"皆借指苏州爱妾。

⑭"绛绡"二句:绛绡,本指仙人之衣。此喻荷花瓣。宋人常以解衣喻落花。姜夔《侧犯·咏芍药》:"红桥二十四,总是行云处。无语。渐半脱宫衣笑相顾。"

38

又

留别姜石帚①

思和云结②。断江楼望睫③,雁飞无极。正岸柳、衰不堪攀,忍持赠故人,送秋行色④。岁晚来时⑤,暗香乱、石桥南北⑥。又长亭暮雪,点点泪痕,总成相忆⑦。

杯前寸阴似掷。几酬花唱月⑧,连夜浮白⑨。省听风、听雨笙箫⑩,向别枕倦醒,絮扬空碧⑪。片叶愁红⑫,趁一舸、西风潮汐。叹沧波⑬、路长梦短,甚时到得?

【题解】

姜石帚,详见《三部乐·赋姜石帚渔隐》题解。此词是梦窗将行与石帚作别之词。上片用云、江楼、雁、柳、暗香、长亭等意象写秋季送别,其难分难舍的缠绵之情可见。下片回忆相聚时饮酒作乐,又折笔写离别、送行,表达了伤别之情。此词写离别,构思巧妙,涉笔新颖,空际传神。

【校注】

①留别:刘永济《微睇室说词》:"此乃梦窗将行与石帚作别之词,故曰'留别',非送别石帚也。"

②思和云结:相思与浮云相纠结。陶渊明《停云》诗序:"停云,思亲友也。"云结,戈校本、杜本作"云积"。

③"断江楼"句:欧阳修《渔家傲》:"人不见。楼头望断相思眼。"望睫,指目力所及。

④"正岸柳"四句:柳,谐音"留",古人于送别行人有折柳赠别之俗。《三辅黄图》卷六:"灞桥在长安东,跨水作桥。汉人送客至此桥,折柳赠别。"并暗用桓温金城泣柳典。《世说新语·言语》:"桓公北征,经金城,见前为琅玡时种柳,皆已十围,慨然曰:'木犹如此,人何以堪!'攀枝执条,泫

然流泪。"行色,行旅出发前后的情状。

⑤岁晚:指年末。

⑥"暗香"二句:化用姜夔《除夜自石湖归苕溪》诗意:"梅花竹里无人见,一夜吹香过石桥。"暗香,即姜夔自度曲《暗香》词;石桥,指《垂虹桥》诗。姜夔因作《暗香》《疏影》两词,范成大喜赠歌妓小红。姜夔携小红过垂虹亭,是夜大雪,因赋《垂虹桥》诗:"自琢新词韵最娇,小红低唱我吹箫。曲终过尽杜陵路,回首烟波十四桥。"另,暗香兼用林逋《山园小梅》诗意:"疏影横斜水清浅,暗香浮动月黄昏。"

⑦"又长亭"三句:套用姜夔的另一首自度曲《长亭怨慢》词意。姜夔在词序中点明创作《长亭怨慢》是受到桓温"昔年种柳,依依汉南。今看摇落,凄怆江潭。树犹如此,人何以堪"的启发。故在词中写道:"阅人多矣,谁得似、长亭树。树若有情时,不曾得、青青如许!"暮雪,喻指柳絮。

⑧几:《例释》:"犹言'屡',副词。"

⑨连夜:彻夜。浮白:即浮大白。刘向《说苑·善说》:"魏文侯与大夫饮酒,使公乘不仁为觞政,曰:'饮不釂者,浮以大白。'"浮,《淮南鸿烈解》卷一二:"蹇重举白而进之,曰:'请浮君。'"高诱注曰:"浮,犹罚也。"白,《文选·左思〈吴都赋〉》:"里燕巷饮,飞觞举白。"刘良注:"大白,杯名。"

⑩"省听风"二句:回忆两人相聚在清明时节。吴文英《风入松》词中有"听风听雨过清明"句,这里即以此意,暗指清明时节。

⑪絮扬空碧:《晋书·列女列传》:"王凝之妻谢氏,字道韫,安西将军奕之女也。……又尝内集,俄而雪骤下,安曰:'何所似也?'安兄子曰:'散盐空中差可拟。'道韫曰:'未若柳絮因风起。'安大悦。"此亦化用杜牧《题安州浮云寺寄湖州张郎中》诗意:"楚岸柳何穷,别愁纷若絮。"

⑫片叶愁红:用吴江红叶传书典,详见《瑞鹤仙》(晴丝牵绪乱)注⑬。

⑬沧波:此特指雪川及太湖水域。

【汇评】

俞陛云《唐五代两宋词选释》:梦窗与石帚交谊甚挚,故赋词赠别。下阕"听风听雨"二句,语固锤炼,而寄情深厚,尤在"片叶"四句,一片离心,逐秋潮共去。且路长梦短,有沈休文"梦中不识路,何以慰相思"之意。

陈洵《海绡说词》：云起梦结，游思缥缈，空际传神。中间"来时"，逆挽。"相忆"，倒提。全章机杼，定此数处。其余设情布景，皆随手点缀，不甚着力。

杨铁夫《梦窗词全集笺释》：海绡翁曰：起十三字，千回百折而出之。以下层层脱换，极离合顺逆之致。"叹沧波"十一字，钩转作结，笔力直破余地。

夜飞鹊 黄钟商

蔡司户席上南花①

金规印遥汉②，庭浪无纹③。清雪冷沁花薰④。天街曾醉美人畔⑤，凉梭移插乌巾⑥。西风骤惊散⑦，念梭悬愁结⑧，蒂剪离痕⑨。中郎旧恨，寄横竹，吹裂哀云⑩。

空剩露华烟彩，人影断幽坊⑪，深闭千门。浑似飞仙入梦，袜罗微步，流水青蘋⑫。轻冰润玉⑬，怅今朝、不共清尊⑭。怕云槎来晚⑮，流红信杳⑯，萦断秋魂⑰。

【题解】

《夜飞鹊》，词牌名。始见《清真集》，入"道宫"。《梦窗词》集入"黄钟商"。双调，一百零七字，前片十句五平韵，后片十句四平韵。

"司户"，司户参军事的简称，掌户籍赋税、仓库受纳。南宋乾道六年（1170）后，专主仓库。官阶很低。元祐后，上州从八品，中下州从九品。"南花"，杨笺："南花，南妓也。"南国秋季花开者只有茉莉，宋代有直接称茉莉为南花的。此喻南方佳丽。这里因曾有杭州鬓插茉莉侑觞歌妓与蔡司户互生情愫，梦窗借席上茉莉花调笑蔡司户。

上片先写宴席环境，引出南花，继由花兴起，回忆两情相悦之往事及被迫分离之恨事。下片继写离姬之恨，人去花存，令人怅恨。此词以花喻人，

41

以人喻花，人与花妙不可分。

【校注】

①《历代诗余》词题作"蔡司户席上"。

②金规：传说月亮没于金枢，月形如规。此指称圆月。

③庭浪无纹：谓月光流动如水，此凿空坐实之语。苏轼《记承天寺夜游》："元丰六年十月十二日夜，解衣欲睡，月色入户，欣然起行。……庭下如积水空明，水中藻荇交横，盖竹柏影也。"意贯入"浑似"三句。

④"清雪"句：此以花喻人，言雪白的南花清香袭人。冷沁，明张本、毛本作"泠沁"。

⑤天街：京城的大街。

⑥插巾：《唐诗纪事》卷一〇："长安盛春游，(苏)颋制诗云：'飞埃结红雾，游盖飘青云。'明皇嘉赏，以御花亲插其巾上，时荣之。"此指歌妓把鬓上茉莉移簪于蔡司户头巾之上。乌巾，黑色巾角。

⑦"西风"句：写花落，也写分离。

⑧"念梭悬"句：念，《汇释》："犹怜也，爱也。"梭悬，暗反用窦滔妻苏氏织锦回文寄相思典。《晋书·列女传》："窦滔妻苏氏，始平人也。名蕙，字若兰。善属文。滔，苻坚时为秦州刺史，被徙流沙。苏氏思之，织锦为回文旋图诗以赠滔。宛转循环以读之，词甚凄惋。"杜牧《代人作》："锦字梭悬壁，琴心月满台。"梭悬，毛本、《历代诗余》、戈校本、杜本、王朱本、朱二校本作"枝悬"。

⑨蒂剪离痕：剪下茉莉花枝作为瓶供，花瓣上尚带如泪露珠。

⑩"中郎"三句：用东汉蔡邕典。《后汉书·蔡邕传》："邕虑卒不免，乃亡命江海，远迹吴会。往来依太山羊氏，积十二年，在吴。"注引张骘《文士传》："邕告吴人曰：'吾昔尝经会稽高迁亭，见屋椽竹东间第十六可以为笛。取用，果有异声。'"伏滔《长笛赋叙》："余同僚桓子野有故长笛，传之耆老云：'蔡伯喈之所制也。'初，邕避难江南，宿于柯亭之馆，以竹为椽，邕仰眄之曰：'良竹也。'取以为笛，音声独绝。历代传之至于今。"中郎，秦汉官名，担任宫中护卫、侍从。属郎中令。分五官、左、右三中郎署。各署长官称中郎将，省称中郎。蔡邕曾任左中郎将，这里代指蔡司户。笛声裂云，见《满

江红》(络束萧仙)注⑫。

⑪幽坊:毛本、戈校本、杜本、王朱本、朱二校本作"幽芬"。坊,歌妓
居处。

⑫"浑似"三句:化用苏轼《月夜与客饮杏花下》诗意:"杏花飞帘散余
春,明月入户寻幽人。褰衣步月踏花影,炯如流水涵青蘋。"浑,《汇释》:"犹
全也,直也。"飞仙,《十洲记》:"蓬丘,蓬莱山是也。对东海之东北岸,周回
五千里。外别有圆海绕山,圆海水正黑,而谓之冥海也。无风而洪波百丈,
不可得往来。……唯飞仙有能到其处耳。"袜罗微步,语出《文选·曹植〈洛
神赋〉》:"凌波微步,罗袜生尘。"此八字被梦窗碎拆成片段以极高的频率出
现在词中,皆以美称女子行走。青蘋,语出《文选·宋玉〈风赋〉》:"夫风生
于地,起于青蘋之末。"因茉莉夜开,故以上六句以入梦仙女拟之。

⑬轻冰润玉:明张本、毛本、戈校本作"轻冰润"。无空格。《四库全书
总目提要》:"'轻冰润'句'轻'字上当脱一字。"王朱本、朱二校本、朱四校
本、《四明》本作"轻冰润□"。《历代诗余》作"轻冰软玉"。

⑭"怅今朝"二句:惋惜曾簪茉莉的歌女如今不在席上侑觞。怅今朝,
王朱本作"恨今朝"。

⑮云槎:参见《琐窗寒》(绀缕堆云)注⑥。明张本作"云楂"。戈校本、
杜本、王朱本、朱二校本、朱四校本作"云查"。

⑯流红信杳:合用苏州吴江红叶题字传书典。详见《瑞鹤仙》(晴丝牵
绪乱)⑬。

⑰萦断秋魂:断魂,销魂神往。形容一往情深或哀伤。诗词常以花开
为美人返魂,茉莉亦然。

一寸金 中吕商 俗名小石①

赠笔工刘衍

秋入中山,臂隼牵卢纵长猎②。见骏毛飞雪,章台献颖③,
矔腰束缟④,汤沐疏邑⑤。筼管刊琼牒⑥。苍梧恨、帝娥暗

泣⑦。陶郎老、憔悴玄香，禁苑犹催夜俱入⑧。

自叹江湖⑨，雕砻心尽⑩，相携蠹鱼箧⑪。念醉魂悠扬⑫，折钗锦字⑬，黟髯掀舞⑭，流觞春帖⑮。还倚荆溪楫⑯。金刀氏⑰、尚传旧业。劳君为、脱帽篷窗⑱，写情题水叶⑲。

【题解】

《一寸金》，词牌名。调见柳永词，《乐章集》入"小石调"，即"中吕商"。双片，一百零八字，上片九句四仄韵，下片十句四仄韵。

此词为酬赠词，多化用韩愈《毛颖传》为毛笔立传之法而写成。上片述刘衍制笔的全过程，赞誉刘技艺精良，选材精细，制作上一丝不苟；下片言刘衍所精制的笔流落在俗世，不为世人珍惜，但得到了词人的欣赏，并表达词人对刘衍的深情厚谊。

【校注】

①朱四校本、《全宋词》宫调无"俗名小石"四字。

②"秋入"二句：韩愈在寓言散文《毛颖传》中将制笔兽毛人格化为"毛颖"。此词揉碎韩文而用之。《毛颖传》："毛颖者，中山人也。……秦始皇时，蒙将军恬南伐楚，次中山，将大猎以惧楚。召左右庶长与军尉，以《连山》筮之，得天与人文之兆。"中山，《苕溪渔隐丛话后集》卷一〇："《艺苑雌黄》云：《寰宇记》言，溧水县中山，又名独山，在县东南十里，不与群山连接。古老相传，中山有白兔，世称为笔最精。"韩愈《画记》："骑而下倚马臂隼而立者一人。"隼，鸷鸟。牵卢，《史记·李斯列传》："斯出狱，与其中子俱执，顾谓其中子曰：'吾欲与若复牵黄犬俱出上蔡东门逐狡兔，岂可得乎！'"卢，《诗·齐风·卢令》："卢令令，其人美且仁。"毛传："卢，田犬。"长猎，大规模狩猎。

③"见骇毛"二句：韩愈《毛颖传》："遂猎，围毛氏之族，拔其豪，载颖而归，献俘于章台宫，聚其族而加束缚焉。秦皇帝使恬赐之汤沐，而封诸管城，号曰管城子，日见亲宠任事。颖为人强记而便敏，自结绳之代以及秦事，无不纂录。"骇毛飞雪，韩愈《咏雪赠张籍》："定非燔鹊鹭，真是屑琼瑰。"

此指将兽毛拔得像飞雪一样四处飘散。

④臞腰束缟:语出宋玉《登徒子好色赋序》:"腰如束素。"此谓捆束野兽的颖毛制笔。臞,瘦。

⑤汤沐疏邑:指毛颖分封管城之事。《礼记·王制》:"方伯为朝天子,皆有沐汤之邑于天子之县内。"郑玄注:"汤沐之邑,给斋戒自洁清之用。浴用汤,沐用潘。"疏,分赐。此指将笔头放进热水清洗、脱脂。

⑥筦管:笔管。筦,幼竹。琼牒:书简的美称。

⑦"苍梧"二句:传说斑竹产于舜崩姐地苍梧山,娥皇、女英眼泪染竹成斑。斑竹可为笔管。

⑧"陶郎"三句:韩愈《毛颖传》以寓言人物陶泓、陈玄、褚先生,戏称砚墨纸张:"颖与绛人陈玄、弘农陶泓及会稽褚先生友善,相推致,其出处必偕。上召颖,三人者不待诏,辄俱往,上未尝怪焉。后因进见,上将有任使,拂试之,因免冠谢。上见其发秃,又所摹画不能称上意。上嘻笑曰:'中书君老而秃,不任吾用。吾尝谓中书君,君今不中书邪?'对曰:'臣所谓尽心者也。'因不复召,归封邑。终于管城。"陶郎,陶泓,代指砚。玄,陈玄,代指墨。墨以蓄久为香,故称玄香。禁苑,此特指宫廷文学侍从官署。

⑨江湖:《庄子·大宗师》:"泉涸,鱼相与处于陆,相呴以湿,相濡以沫,不如相忘于江湖。"后用以指隐居流落不愿或不能入仕之人。

⑩雕篆:犹刻画。此指打磨石砚。心尽:承上引《毛颖传》意,谓虽然笔头磨损凋落,不能书写,但已竭尽心力。

⑪蠹鱼:即蟫,蛀蚀书籍。

⑫醉魂悠扬:黄庭坚《和答钱穆父咏猩猩毛笔》:"爱酒醉魂在,能言机事疏。"裴炎《猩猩铭并序》:"阮咸云:'曾使封溪,见邑人云:猩猩在山谷行,常有数百为群。里人以酒并糟设于路侧。又爱着屐,里人织草为屐,更相连结。猩猩见酒及屐……复自再三相谓曰:'试共尝酒。'及饮其味,逮乎醉,因取屐而着之,乃为人之所擒,皆获,辄无遗者。'……西国胡人取其血染毳罽,色鲜不黯。"并用王羲之酒酣兴乐,书法如有神助典。

⑬拆钗锦字:拆钗字,即拆钗股,书法术语。锦字,字面出自窦滔妻苏氏织锦回文寄相思事,见《夜飞鹊》(金规印遥汉)注⑧。

⑭黠鼠:苏轼有《黠鼠赋》。鼠须可以制笔。宋代鼠须制笔往往与兔毫相杂而用。掀髯:苏轼《次韵刘景文见寄》:"细看落墨皆松瘦,想见掀髯正鹤孤。"

⑮流觞春帖:王羲之《兰亭集序》:"永和九年,岁在癸丑。暮春之初,会于会稽山阴之兰亭,修禊事也。群贤毕至,少长咸集。此地有崇山峻岭,茂林修竹,又有清流激湍,映带左右,引以为流觞曲水,列坐其次。"此序为书法名帖。

⑯"还倚"句:借用倚马典。《世说新语·文学》:"桓宣武北征,袁虎时从,被责免官。会须露布文,唤袁倚马前令作。手不辍笔,俄得七纸,殊可观。"用以比喻文思敏捷,下笔成章。此写倚楣作文。

⑰金刀氏:切笔工刘衍之姓。《汉书·王莽传》:"夫刘(劉)之为字,卯、金、刀也。"

⑱"劳君"二句:承前引《毛颖传》以"君"称毛颖先生以及"因免冠谢"诸种意思,雅称脱去笔套。篷窗,明张本、毛本作"蓬窗"。

⑲"写情"句:用红叶题诗典。见《瑞鹤仙》(晴丝牵绪乱)注⑬。水叶,何逊《赠王佐丞》:"游鱼乱水叶,轻燕逐风飞。"此指可以题字的水中红叶。写情,毛本、朱四校本、《四明》本作"寓情"。

【汇评】

夏敬观评语:运用典实自饶古芬。 二词皆类稼轩,无其才气,乃才不之及也。涩则梦窗专长,拟以美成相去远矣。

杨铁夫《梦窗词全集笺释》:梦窗此词全用《毛颖传》,与《宴清都·咏连理海棠》下片全用《长恨歌》同法。

又①

秋压更长,看见姮娥瘦如束②。正古花摇落③,寒蛩满地,参梅吹老,玉龙横竹④。霜被芙蓉宿⑤。红绵透⑥、尚欺暗烛⑦。年年记、一种凄凉⑧,绣幌金圆挂香玉⑨。

46

顽老情怀⑩，都无欢事，良宵爱幽独⑪。叹画图难仿，橘村砧思，笠蓑有约，莼洲渔屋⑫。心景凭谁语⑬，商弦重、袖寒转轴⑭。疏篱下、试觅重阳，醉擘青露菊⑮。

【题解】

此词为悲秋之词。上片先写秋景，秋夜漫长，月色如钩，古花凋落，寒蝉唧唧，月下吹笛，独宿寒苦，在凄凉孤寂中回忆与所爱相偕之事。下片转笔写今日，言良宵独处，念念不忘渔隐生活，表达了悲哀无处诉的情怀。

【校注】

①明张本、毛本、《历代诗余》、戈校本、杜本、王朱本词题作"秋感"。

②"秋压"二句：姮娥，嫦娥。瘦如束，形容腰细。宋玉《登徒子好色赋序》："腰如束素，齿如含贝。"既以嫦娥喻月，故可以腰瘦如束素的美女代指重九前后的上弦月。看见，"看即"的意思。《汇释》："看即，犹云随即也。"

③古花摇落：古花，菱花。菱花五六月份开始绽放，延至秋天零落。

④"参梅"二句：典出柳宗元《龙城录》卷上："隋开皇中，赵师雄迁罗浮。一日天寒日暮，在醉醒间，因憩仆车于松林间酒肆傍舍。见一女子，淡妆素服，出迓师雄。时已昏黑，残雪对月色微明。师雄喜之，与之语，但觉芳香袭人，语言极清丽。因与之扣酒家门，得数杯，相与饮。少顷，有一绿衣童来，笑歌戏舞，亦自可观。顷醉寝，师雄亦惝然，但觉风寒相袭。久之，时东方已白，师雄起视，乃在大梅花树下，上有翠羽啾嘈相顾。月落参横，但惆怅而尔。""参梅"研炼此典而成。参，星宿名。并用笛曲《梅花落》典。林逋《霜天晓月·题梅》："甚处玉龙三弄，声摇动，枝头月。"玉龙，喻笛。马融《长笛赋》："龙鸣水中不见已，截竹吹之声相似。"宋代有重阳节开放的早梅。横竹，明张本、毛本、《历代诗余》、戈校本、杜本、王朱本作"横笛"。

⑤霜被芙蓉：绣有芙蓉花的被褥。

⑥红绵：衾枕中丝绵因染胭脂泪而红。

⑦暗烛：权德舆《杂言和常州李员外副使春日戏题十首》(之八)："绿窗销暗烛，兰径扫清尘。"

⑧一种:《汇释》:"犹云一样或同是也。"

⑨"绣幌"句:幌,指用于遮挡或障隔的幔子,多以细软的绸帛做成,上饰花纹图案,用于门窗、屏风等。此句言绣幌撩起后,所见橘林果实累累的情景。苏州洞庭湖橙橘皆霜后方黄熟。

⑩顽老:犹言"痴顽老子",愚蠢迟钝的老头。

⑪幽独:《楚辞·九章·涉江》:"哀吾生之无乐兮,幽独处乎山中。"王逸章句:"远离亲戚而斥逐也。"明张本、毛本、《历代诗余》、戈校本作"幽烛"。

⑫莼洲渔屋:此句暗用张翰回乡归隐吴中的典故,详见《瑞鹤仙》(辘轳秋又转)注⑧。渔屋,毛本、《历代诗余》、戈校本、杜本、王朱本、朱二校本作"鱼屋"。

⑬心景:指内心与外景相合的情形。

⑭"商弦"二句:谓只能凭借佳人手中乐器弹奏出哀怨之音传达心思。商弦,七弦琴的第二弦弹奏商调,多奏悲苦之音。

⑮"疏篱"三句:谓菊花本应重阳节景,然而花蕾尚青未黄,故掰采之聊自排遣愁绪。青露,青蕾所沾露水。

绕佛阁①黄钟商②

与沈野逸东皋天街卢楼追凉小饮③

夜空似水,横汉静立,银浪声杳④。瑶镜奁小⑤。素娥乍起⑥、楼心弄孤照。絮云未巧⑦。梧韵露井⑧,偏惜秋早⑨。晴暗多少⑩。怕教彻胆,寒光见怀抱⑪。

浪迹尚为客⑫,恨满长安千古道⑬。还记暗萤、穿帘街语悄。叹步影归来,人鬓花老⑭。紫箫天渺⑮。又露饮风前⑯,凉堕轻帽⑰。酒杯空、数星横晓⑱。

【题解】

《绕佛阁》，词牌名。周邦彦《清真集》入"大石调"，吴文英《梦窗词集》入"黄钟商"。全词双片一百字，前片八仄韵，后片六仄韵。

沈野逸东皋，即沈平，字中行，号东皋叟。卢楼，卢楼主人是梦窗友人卢长笛。

此词上片描述秋夜清凉之境，下片写饮酒抒怀。全词融抒情、叙事、写景于一炉，表达出一种怀旧叹老的感情。

【校注】

①明张本此调下有周邦彦《绕佛阁》(暗尘四敛)一阕。

②明张本宫调作"夹钟商"。

③明张本词题作"天街追凉卢长笛楼"。《历代诗余》词题作"天街庐楼追凉小饮"。

④"夜空"三句：全词对杜牧《秋夕》有所取意："天阶夜色凉如水，坐看牵牛织女星。"诗词中既以天河为"河"，故而自可凿空为实，而写天河之水声。杜甫《同诸公登慈恩寺塔》："七星在北户，河汉声西流。"梦窗亦惯用此法，并再作翻案，拟为河而无浪影或水声。

⑤瑶镜：犹言瑶台镜。衾小：因时间在月初，月如弦钩，故云。

⑥素娥：嫦娥。乍：《汇释》："犹初也，才也。"

⑦絮云未巧：朱四校本作"□絮云未巧"。秦观《鹊桥仙》："纤云弄巧，飞星传恨，银汉迢迢暗度。"未巧，言尚未至七月。《昌黎县志》："五月六月看老云，七月八月看巧云。"

⑧梧韵露井：谓井梧叶声萧萧。参见《解连环》(暮檐凉薄)注⑩。

⑨偏惜秋早：点明尚未至七月早秋。偏惜，毛本、《历代诗余》、王朱本、朱二校本作"偏借"。

⑩晴暗多少：毛本、《历代诗余》、戈校本、杜本、王朱本、朱二校本作"暗情"。苏轼《水调歌头》："人有悲欢离合，月有阴晴圆缺，此事古难全。"

⑪"怕教"二句：传说秦宫有照胆镜。《西京杂记》卷三："高祖初入咸阳宫，周行府库，金玉珍宝，不可称言。其尤惊异者，……有方镜，广四尺，高五尺九寸。表里有明，人直来照之，影则倒见。以手扪心而来，则见肠胃五

脏,历然无碍。人有疾病在内,则掩心而照之,则知病之所在。又女子有邪心,则胆张心动。秦始皇常以照宫人,胆张心动者则杀之。"

⑫"浪迹"句:此为在京师无官无家的婉辞。

⑬长安千古道:代指行役奔竞之途。

⑭"叹步影"二句:步影,犹言步月。人鬓花老,与结处四句,化用白居易《感樱桃花因招饮客》诗意:"樱桃昨夜开如雪,鬓发今年白似霜。渐觉花前成老丑,何曾酒后更颠狂。"

⑮紫箫天渺:杜牧《杜秋娘诗》:"金阶露新重,闲捻紫箫吹。"这里以"紫箫"指代上文"穿帘街语悄"的恋人。

⑯露饮:饮酒时把帽子和束发纱巾脱去,形容不拘礼节的狂放姿态。

⑰凉堕轻帽:暗用"堕帻"典,详见《瑞鹤仙》(夜寒吴馆窄)注⑫。

⑱数星:特指参星。参横斗转,夏季天色将晓。

【汇评】

俞陛云《唐五代两宋词选释》:上阕"晴暗"三句笔意深透。下阕"街语"以下六句,戈顺卿谓梦窗"炼字炼句……而实有灵气行乎其间"。此词下半阕颇有此景,结句尤有远神。

杨铁夫《梦窗词全集笺释》:推后一层意,此词上片止写天街夜凉,下片方写到小饮。未到"饮"字前,又以昔日冶游作波澜。吴词断不平直,举此可例其余。

又

赠郭季隐①

蒨霞艳锦,星媛夜织,河汉鸣杼②。红翠万缕。送幽梦与、人间绣芳句③。怨宫恨羽④。孤剑漫倚,无限凄楚⑤。□□□□。赋情缥缈,东风扬花絮⑥。

镜里半髯雪,向老春深莺晓处⑦。长闭翠阴、幽坊杨柳户⑧。看故苑离离,城外禾黍⑨。短藜青屦⑩。笑寄隐闲追⑪,鸡社歌舞⑫。最风流、垫巾沾雨⑬。

【题解】

郭季隐,作者友人。生平不详。

此词是酬赠词,其中寄托对国事衰微的隐忧。杨笺:"季隐所见当是杭京破后景象,……因此断定梦窗卒于宋亡之后。"上片以对比的景物描写象征南宋国运的盛衰,从而表达了对国运日衰的哀叹。下片继写这种情怀,表达了忧国伤时之情,深为凄凉慷慨。

【校注】

①毛本、戈校本、杜本作"郭李隐"。

②"蒨霞"三句:《古诗十九首》:"迢迢织女星,皎皎河汉女。纤纤擢素手,札札弄机杼。"七八月秋云似罗。这里以织女织成的似罗秋云喻郭季隐的文辞。并暗用李白典。李白《冬日于龙门送从弟京兆参军令问之淮南觐省序》:"(紫云仙季)常醉目吾曰:'兄心肝五脏,皆锦绣耶? 不然,何开口成文,挥翰雾散?'星媛,织女。

③"红翠"三句:合用张协、郭璞二典。《南史·江淹传》:"淹少以文章显,晚节才思微退。云为宣城太守时罢归,始泊禅灵寺渚,夜梦一人自称张景阳,谓曰:'前以一匹锦相寄,今可见还。'淹探怀中得数尺与之,此人大恚曰:'那得割截都尽!'顾见丘迟,谓曰:'余此数尺既无所用,以遗君。'自尔淹文章踬矣。又尝宿于冶亭,梦一丈夫自称郭璞,谓淹曰:'吾有笔在卿处多年,可以见还。'淹乃探怀中得五色笔一以授之。尔后为诗,绝无美句,时人谓之才尽。"红翠万缕,承锦缎之喻。郭季隐与郭璞同姓,与张景阳(协)虚实叠加用之。绣芳句,毛本、《历代诗余》、戈校本、杜本、王朱本、朱二校本作"秀芳句"。朱四校本作"绣芳句□"。

④怨宫恨羽:形容郭氏词调有哀婉之音声。宫、羽,古代乐曲五音中音调名。

⑤"孤剑"二句:写郭氏书剑飘零。

⑥"□□"三句:毛本、戈校本作"赋情缥缈,东风扬花絮□□□"。《四

库》本作"赋情缥缈。东风摇扬,阵阵沾花絮"。"赋情"一句前缺一句四字,但据另本的补字等看,这两句仍是赞郭的诗词情深意远,如风吹柳絮缥缈无踪,只可意会,不能言传。

⑦向老:《汇释》:"犹云临老也。"明张本作"句老"。毛本、戈校本、王朱本、朱二校本作"词老"。《词谱》作"人老"。春深莺晓处:暗寓"柳",诗词往往柳莺连缀,为下文张本。

⑧"长闭"二句:姜夔《霓裳中序第一》:"沈思少年浪迹,笛里关山,柳下坊陌。"翠阴,明张本作"醉阴"。

⑨"看故苑"二句:《诗·王风·黍离》,毛诗序曰:"黍离,闵宗周也。周大夫行役,至于宗周,过故庙宫室,尽为禾黍,闵周室之颠覆,彷徨不忍去,而作是诗也。"

⑩短藜青屦:化用苏轼《寄题刁景纯藏春坞》:"年抛造物陶甄外,春在先生杖屦中。"阮阅《郴江百咏并序·题春波亭》:"数叶荷衣一短藜,春波亭上倚余晖。"杜甫《发刘郎浦》:"白头厌伴渔人宿,黄帽青鞋归去来。"

⑪寄隐:谐音"季隐"。

⑫鸡社歌舞:古以二十五家为一社。此指以鸡豚祭祀土地神的社日活动。此类活动往往有自娱自乐的歌舞。

⑬"最风流"二句:东汉郭泰,字林宗,品学高雅,为时所重。《后汉书·郭泰传》:"身长八尺,容貌魁伟,褒衣博带,周游郡国。尝于陈梁间行遇雨,巾一角垫,时人乃故折一角,以为'林宗巾'。其见慕皆如此。"此处也以同姓引典。

【汇评】

夏敬观评语:此词未免过涩。

拜星月慢① 林钟羽 俗名高平②

姜石帚以盆莲数十置中庭,宴客其中③

绛雪生凉④,碧霞笼夜⑤,小立中庭芜地⑥。昨梦西湖⑦,

老扁舟身世⑧。叹游荡⑨，暂赏、吟花酌露尊俎⑩，冷玉红香罍洗⑪。眼眩魂迷，古陶洲十里⑫。

翠参差⑬、澹月平芳砌⑭。砖花溷⑮、小浪鱼鳞起⑯。雾盏浅障青罗⑰，洗湘娥春腻⑱。荡兰烟⑲、麝馥浓侵醉⑳。吹不散、绣屋重门闭㉑。又怕便、绿减西风，泣秋檠烛外㉒。

【题解】

《拜星月慢》，唐教坊曲，《宋史·乐志》入"般涉调"，《清真集》入"高平调"，《梦窗词》为"林钟羽"。一百零四字，前片十句四仄韵，后片九句六仄韵。前片第五句及结句，后片第四句及结句，皆上一、下四句式。共四体。此与清真词同体。

此词为宴席赏莲感叹身世之作。上片叙述赏莲与宴席中情节，其中"老身世""叹游荡"是本词主旨，抒写身世游荡之悲；下片细描盆莲的花香、叶色及秋后的形态，结句莲花深秋时红衰翠减之凋零，暗寓个人身世之悲。

【校注】

①《铁网珊瑚》词调作《拜星月》。毛本、《历代诗余》、戈校本、杜本、王朱本作《拜新月慢》。

②朱四校本、《全宋词》无"俗名高平"四字。

③朱二校本、《四明》本、郑校本词题作"姜石帚以盆莲百余本移置中庭，宴客同赏"。

④绛雪：比喻白里泛红的花。代指莲花。

⑤碧霞：比喻荷叶。

⑥中庭芜地：庭前草坪。芜，形容草长得杂乱。

⑦昨梦：犹言往事悠悠。西湖：杭京西湖多荷花，下文"十里"，意入此句。柳永《望海潮》："重湖叠巘清嘉。有三秋桂子，十里荷花。"

⑧"老扁舟"句：谓归隐西湖的愿望。《史记·货殖列传》："范蠡既雪会稽之耻，……乃乘扁舟浮于江湖。"

⑨游荡：羁旅行役。《铁网珊瑚》《四明》本作"飘荡"。

⑩吟花:孟郊《题陆鸿渐上饶新开山舍》:"啸竹引清吹,吟花成新篇。"酌露:以花瓣所沾之露为美酒。尊俎:古代盛酒肉的器皿。尊,盛酒器;俎,置肉之几。

⑪冷玉红香:四字错综成文。红玉,以美人肌肤喻芙蓉花瓣。《西京杂记》卷一:"(赵飞燕、合德)二人并色如红玉,为当时第一,皆擅宠后宫。"冷香,姜夔《念奴娇》:"嫣然摇动,冷香飞上诗句。"罍洗:古代祭祀或进食前用以洁手的器皿。此指花盆。

⑫"眼眩"二句:班固《西都赋》:"攀井干而未半,目眩转而意迷。"暗承"十里荷花"句意,故有"十里陶洲"之喻。谓古陶瓦盆在庭院中组成的景象让人目眩意迷,产生了往昔徜徉于西湖十里荷花洲的错觉。魂迷,明张本、毛本、《词律》、戈校本、杜本、王朱本作"意迷"。陶洲,《铁网珊瑚》、戈校本、《四明》本作"陶州"。十里,《铁网珊瑚》、郑校本、《四明》本作"千里"。

⑬翠参差:杜衍《咏莲》:"凿破苍苔涨作池,芰荷分得绿参差。"参差,不齐貌。

⑭平芳砌:此谓盆莲出水举风,与台阶相平。以上二句并化用白居易《阶下莲》:"叶展影翻当砌月,花开香散入帘风。"

⑮砖花:地上砌成或画成的饰纹。滉:摇动。

⑯"小浪"句:温庭筠《东郊行》:"绿渚幽香生白蘋,差差小浪吹鱼鳞。"小浪,《铁网珊瑚》《四明》本作"细浪"。

⑰盈:洋溢,充满。浅障青罗:以青色丝织物作遮护盆莲的屏障。青罗,青色丝织物。

⑱湘娥:喻荷花。见《解连环》(暮檐凉薄)注⑬。春腻:魏了翁《曾少卿约饮即席赋》:"日烘花影涨春腻,风撼柳丝明醉痕。"此喻莲瓣。

⑲兰烟:沈约《郊居赋》:"浮兰烟于桂栋,召巫阳于南楚。"此指荷雾。

⑳"麝馥"句:荷香与麝香相似,诗人常用于互指。如梁简文帝《南湖》:"荷香乱衣麝,桡声随急流。"侵醉,荷香能醒酒。刘敞《荷华》:"乱香清宿醉,浓艳破征愁。"明张本、毛本、戈校本、杜本、王朱本、朱二校本、《四明》本作"侵酒"。

㉑重门闭:梁简文帝《采桑》:"重门皆已闭,方知留客袂。"此句就散入

帘中的莲香而言。

　　㉒"又怕"三句：化用李璟《山花子》："菡萏香销翠叶残,西风愁起绿波间。"便,《例释》："又相当于'却',表转折语气的副词。"又怕便,《铁网珊瑚》无"又"字。泣秋檠烛外,《铁网珊瑚》作"泫秋檠烛外"。朱二校本、郑校本作"泫秋檠烛泪"。

【汇评】

　　郑文焯《手批梦窗词》：词中切"盆"字,用意遣词,不见雕琢。

　　陈洵《海绡说词》："昨梦"九字,脱开以取远神。以下即事感叹。"身世""游荡"四字是骨。后阕复起。三句作层层跌宕,回视昨梦,真如海上三仙山矣。

　　夏敬观评语：起二句对,甚不生情。美成绝不如此而已。"叹游荡"三字殊不佳。

　　杨铁夫《梦窗词全集笺释》：("昨梦"二句)忽从梦境一宕,局活,以西湖映莲,不黏不脱。

水龙吟　无射商　俗名越调①

惠山酌泉②

　　艳阳不到青山③,古阴冷翠成秋苑④。吴娃点黛⑤,江妃拥髻⑥,空蒙遮断⑦。树密藏溪,草深迷市⑧,峭云一片⑨。二十年旧梦,轻鸥素约⑩,霜丝乱⑪、朱颜变。

　　龙吻春霏玉溅⑫。煮银瓶、羊肠车转⑬。临泉照影,清寒沁骨,客尘都浣⑭。鸿渐重来⑮,夜深华表⑯,露零鹤怨⑰。把闲愁换与,楼前晚色,棹沧波远⑱。

【题解】

　　《水龙吟》,词牌名。又名《龙吟曲》《庄椿岁》《小楼连苑》。《清真集》入

"越调",《梦窗词集》入"无射商"。各家格式出入颇多,历来都以苏、辛两家之作为准。一百零二字,前后片各十一句四仄韵。其他句逗不同者为变格。又第九句第一字并是领格,宜用去声。结句宜用上一、下三句法,较二、二句式收得有力。

此词记述重游惠山泉的经历,描写了惠山的美景和泉水的清香,表达了远离尘世、遁隐山林的清致之意,并抒发了羁旅情怀。

【校注】

①朱四校本、《全宋词》无"俗名越调"四字。

②《阳春白雪》词题作"登惠山酌泉"。《铁网珊瑚》作"赠惠山泉"。《词综》、《历代诗余》、戈选作"惠山泉"。惠山,古称华山。参见《瑞鹤仙》(彩云栖翡翠)注①。以惠山泉著称,茶圣陆羽品列为天下第二泉。《无锡县志》卷三(上):"(陆羽)尝品水味,列无锡惠山第二,至今称为陆子泉。"

③青山:惠山俗又称"青山",无锡至今仍此旧名。

④"古阴"句:此指惠山古木参天,树荫郁郁葱葱。古阴,《铁网珊瑚》作"淡烟"。郑校本、《四明》本作"澹烟"。

⑤吴娃:《文选·枚乘〈七发〉》:"使先施、徵舒、阳文、段干、吴娃、闾娵、傅予之徒,杂裾垂髾,目窕心与。揄流波,杂杜若,蒙清尘,被兰泽,嬺服而御。"李善注曰:"皆美女也。"点黛:本指以青黑色颜料画眉。用以喻山色。

⑥江妃:《列仙传》卷上:"江妃二女者,不知何所人也。出游于江汉之湄,逢郑交甫。见而悦之,不知其神人也。谓其仆曰:'我欲下,请其佩。'……遂手解佩与交甫。交甫悦,受而怀之中当心,趋去数十步,视佩,空怀无佩。顾二女,忽然不见。"拥髻:本指捧持发髻,话旧生哀。伶玄《赵飞燕外传·自叙》:"通德占袖,顾视烛影,以手拥髻,凄然泣下。"此处为群峰攒簇之意。古人常以发髻喻山之形色。

⑦空蒙:迷茫貌,缥缈貌。

⑧草深迷市:语出杜甫《田舍》:"草深迷市井,地僻懒衣裳。"杨笺:"惠山麓制泥婴者成市。"

⑨峭云:此指挟带寒气形状峭拔的秋云。

⑩轻鸥素约:犹言"鸥约",喻指归隐于此的愿望。《艺文类聚》卷九二

引《列子》:"海上之人好鸥者,每旦之海上,从鸥鸟游,鸥鸟之至者,百数而不止。其父曰:'吾闻鸥鸟皆从汝好,取来吾玩之。'明日之海,鸥鸟舞而不下。"素约,早先的约定。

⑪霜丝:比喻白发。

⑫"龙吻"句:惠山喷泉处形似龙吻。《无锡县志》卷三(下):"第二泉,即陆子泉也。在惠山之麓若冰洞。……泉源自洞中浸出,洞前有石池,池中蓄泉常满,号冰泉。……池前有极目亭,今废为三贤祠。……池底水液潜贯山下池中。山下池方圆各一……有梁源亭在焉。其方池甃以陶甓,缭以朱栏云……谓之上池。去上池尺许即圆池……是为中池。池口有暗渠导泉从龙吻出,注下池。下池方丈余,深可二尺,池上有堂三楹,曰漪澜堂,今之真赏亭也。亭基下即通龙吻石渠,渠中泉自龙吻中喷出,洋溢下池。"春霏玉溅,喻泉水从龙吻喷瀑的雾珠。泉水因出自地下,故而挟带着如春的暖意。

⑬"煮银瓶"二句:此写煮茶及美妙的声响。苏轼《试煎院茶》:"银瓶泻汤夸第二,未识古人煎水意。"黄庭坚《以小团龙及半挺赠无咎并诗用前韵为戏》:"曲几团蒲听煮汤,煎成车声绕羊肠。"

⑭都浣:明张本、毛本、戈校本作"都浣"。

⑮鸿渐重来:陆羽字鸿渐。梦窗因年青时曾来此酌泉而藉以自指。

⑯夜深华表:用丁令威学道后化鹤归辽东故里之典。事见《搜神后记》卷一:"丁令威,本辽东人,学道于灵虚山。后化鹤归辽,集城门华表柱。时有少年举弓欲射之,鹤乃飞,徘徊空中而言曰:'有鸟有鸟丁令威,去家千年今始归。城郭如故人民非,何不学仙冢累累?'遂高上冲天。"后用辽鹤归来典谓久别后重游故地。华表,杨衒之《洛阳伽蓝记·龙华寺》:"(洛水)南北两岸有华表,举高二十丈,华表上作凤凰,似欲冲天势。"周祖谟注:"华表,所以表识道路者也。……古代建筑前、路边每有石华表。"

⑰露零鹤怨:语出孔稚珪《北山移文》:"至于还飙入幕,写雾出楹,蕙帐空兮夜鹤怨,山人去兮晓猿惊。"

⑱"把闲愁"三句:楼,此应指望湖阁。陆羽《游慧山寺记》:"从大同殿直上,至望湖阁。东北九里有上湖,一名射贵湖,一名芙蓉湖。其湖南控长

洲,东泊江阴,北淹晋陵,周围一万五千三百顷,苍苍渺渺,迫于轩户。"沧波,此指望湖阁前望见的万顷太湖水,想象能够归棹五湖。

【汇评】

陈廷焯《云韶集》卷八:(上阕眉批)字字精炼,其秀在骨。 (下阕眉批)点染处不滞于物,纯是一片客感。 结得镇纸。

俞陛云《唐五代两宋词选释》:发端二句笔妍而意邃。"吴娃"至"峭云"句,质言之,不过山披云遮耳。而先以吴娃、江妃为喻,更写以草树风景,"峭云"便有深厚之味。转头处咏烹茶。"龙吻"二句研炼而生峭。"华表"二句写重来之感。旋换开拓之笔,以闲淡作结,通首无一懈句。

杨铁夫《梦窗词全集笺释》:("把闲愁"三句)收说到归,是后路。闲愁,即上所谓鸥约、鹤怨也。意本甚浅,一经梦窗锻炼,说闲愁换晚色,遂觉深邃缠绵。

又

用见山韵饯别①

夜分溪馆渔灯②,巷声乍寂西风定。河桥送远③,玉箫吹断,霜丝舞影④。薄絮秋云,澹蛾山色,宦情归兴⑤。怕烟江渡后⑥,桃花又泛⑦,宫沟上、春流紧⑧。

新句欲题还省⑨。透香煤、重笺误隐⑩。西园已负⑪,林亭移酒,松泉荐茗。携手同归处⑫,玉奴唤⑬、绿窗春近。想骄骢⑭、又踏西湖,二十四番花信⑮。

【题解】

吴见山,梦窗词友,常有唱酬相和。《梦窗词》中,题其名的即有六首,而和词或用其原韵而作的竟有五首之多:《水龙吟·用见山韵饯别》《蝶恋花·九日和吴见山韵》《秋蕊香·和吴见山赋落桂》《点绛唇·和吴见山韵》

《玉楼春·和吴见山韵》及《浪淘沙·九日从吴见山觅酒》,可见吴见山必精于填词。

此词是吴文英为吴见山由苏入杭饯别时所作之词。词中通过对送别情景的渲染以及别后生活的设想,表达了对吴见山的深情厚谊。

【校注】

①明张本词题作"春晴"。

②"夜分"句:张乔《江上送友人南游》:"买酒过渔舍,分灯与钓舟。"溪馆,靠近江边的驿馆,是持驿券往返官员或入京应试举子居宿地。参见《瑞鹤仙》(夜寒吴馆窄)注②。

③河桥送远:周邦彦《夜飞鹊》:"河桥送人处,良夜何其。"河桥,详见《瑞鹤仙》(晴丝牵绪乱)注⑦。兼用宋玉《九辩》悲秋送远典:"憭慄兮若在远行,登山临水兮送将归。"送远,朱三校本、明张本、《四明》本作"迳远"。

④霜丝舞影:霜丝,此指秋霜中的柳丝。元稹《曹十九舞绿钿》:"骖裹柳牵丝,炫转风回雪。"舞影,温庭筠《题柳》:"香随静婉歌尘起,影伴娇娆舞袖垂。"此寓折柳赠别之意。

⑤"薄絮"三句:苏轼《送路都曹并引》:"乖崖公在蜀,有录曹参军老病废事,公责之曰:'胡不归?'明日参军求去,且以诗留别。其略曰:'秋光都似宦情薄,山色不如归意浓。'公惊谢之曰:'吾过矣,同僚有诗人而吾不知。'因留而慰荐之。"

⑥烟江:鲍照《游思赋》:"秋水兮驾浦,凉烟兮冒江。"此特指吴江。

⑦桃花又泛:谓桃花开放时节的春汛。泛,杜本作"汛"。

⑧"宫沟"二句:用御沟红叶典。详见《瑞鹤仙》(晴丝牵绪乱)注⑬。紧,流水湍急。

⑨省:思考改定。

⑩"透香煤"二句:谓透过吴见山重新加以笺写的字句,涂乙墨痕仍隐约可见。香煤,墨的美称。

⑪西园:苏州的园林。参见《瑞鹤仙》(泪荷抛碎璧)注⑦。负:爽约。

⑫"携手"句:戈校本:"'处'字衍,('玉奴'下)疑'低'字。"

⑬玉奴:南朝齐东昏侯妃潘氏,小名玉儿。《南史·王茂传》:"时东昏

59

妃潘玉儿有国色,武帝将留之,以问茂。茂曰:'亡齐者此物,留之恐贻外议。'帝乃出之。军主田安启求为妇,玉儿泣曰:'昔者见遇时主,今岂下匹非类。死而后已,义不受辱。'及见缢,洁美如生。"诗词中多称潘玉儿为"玉奴"。

⑭骄骢:泛指骏马。

⑮二十四番花信:周煇《清波杂志》卷九:"江南自初春至首夏,有二十四番风信,梅花风最先,楝花风居后。"《天中记》卷二:"《东皋杂录》:江南自初春至初夏,五日一番风候,谓之花信风。梅花风最先,楝花风最后。凡二十四番,以为寒绝也。"

又

赋张斗墅家古松五粒①

有人独立空山②,翠鬒未觉霜颜老③。新香秀粒,浓光绿浸④,千年春小⑤。布影参旗,障空云盖,沉沉秋晓⑥。驷苍虬万里⑦,笙吹凤女,骖飞乘、天风袅⑧。

般巧⑨。霜斧不到⑩。汉游仙、相从最早⑪。皱鳞细雨⑫,层阴藏月,朱弦古调⑬。问讯东桥,故人南岭,倚天长啸⑭。待凌霄谢了,山深岁晚,素心才表⑮。

【题解】

张斗墅,即张蕴,字仁溥,号斗墅,扬州人,嘉熙间为沿江制置使属官。历临安府通判。宝祐四年(1256),以干办行在诸司粮料院为御试封弥官。工诗,宗韩愈,有《斗墅稿支》。

此词为咏物词,赞誉张家古松盆景。全词紧扣题意,先总言松之独立不迁的品格与蓬勃葱郁的生机,继写松之香、色之浓、松之高大耸立、松干盘曲奇特、松之长青不老、细雨、皓月中松之美境,与梅竹为伴,最后以凌霄早凋反衬松之坚韧不拔的品格。此词结构严谨,脉络井井;形神兼备,寄托深远。

【校注】

①古松五粒:即五鬣松。

②"有人"句:《楚辞·九歌·山鬼》:"若有人兮山之阿,被薛荔兮带女萝。""表独立兮山之上,云容容兮而在下。"王昌龄《听弹〈风入松〉阕赠杨补阙》:"空山多雨雪,独立君始悟。"

③翠鬣:此喻古松如鬣毛形状的翠绿针叶。霜颜:此喻松树为霜雪覆盖的形貌。

④"新香"二句:化用李贺《五粒小松歌》诗意:"蛇子蛇孙鳞蜿蜒,新香几粒洪崖饭。绿波浸叶满浓光,细束龙髯铰刀剪。"《笺注评点李长吉歌诗》:"《本草图经》云:五粒松。'粒'当读为'鬣',音之讹也。言每五鬣为一华,或有五鬣、七鬣者。"《癸辛杂识前集》"松五鬣"条:"凡松叶皆双股,故世以为松钗。独栝松每穗三须,而高丽所产每穗乃五鬣焉,今所谓华山松是也。"

⑤千年春小:《会稽志》卷一七:"松其为木也最寿。郭氏《玄中记》曰:松脂沦入地中,千岁为茯苓。"并暗用《庄子·逍遥游》典:"楚之南有冥灵者,以五百岁为春,五百岁为秋;上古有大椿者,以八千岁为春,八千岁为秋。"

⑥"布影"三句:《太平御览》卷九五三:"《玉策记》称千岁松树,四边披起,上杪不长,望而视之,有如偃盖。"参旗,《晋书·天文志》:"参旗九星在参西,一曰天旗,一曰天弓,主司弓弩之张,候变御难。"

⑦驷苍虬:《楚辞·离骚》:"驷玉虬以乘鹥兮,溘埃风余上征。"王逸章句:"有角曰龙,无角曰虬。"以上四句亦化用石延年《古松》:"影摇千尺龙蛇动,声撼半天风雨寒。"

⑧"笙吹"三句:用萧史弄玉典,见《瑞鹤仙》(彩云栖翡翠)注③。略点张氏夫妇。笙吹,明张本、毛本、戈校本作"笙飞"。

⑨般巧:古代巧匠公输般。

⑩霜斤不到:松树多节,工匠往往不知其所用。李绅《寒松赋》:"松之

生也,于岩之侧。流俗不顾,匠人未识,无地势以衔容,有天机而作色。”

⑪“汉游仙”二句:《史记·留侯世家》:“留侯乃称曰:‘……愿弃人间事,欲从赤松子游耳。’乃学辟谷,道引轻身。”留侯,即张良,切斗墅之姓。

⑫皴鳞:毛本、戈校本、杜本、朱二校本、《四明》本作“皱鳞”。

⑬朱弦古调:朱弦,用熟丝制的琴弦,其声迟浊。古调,古琴曲有《风入松》。此句化用唐刘长卿《听弹琴》:“泠泠七弦上,静听松风寒。古调虽自爱,今人多不弹。”

⑭“问讯”三句:问讯东桥,杜甫《重过何氏五首》(之一):“问讯东桥竹,将军有报书。”故人,松与梅、竹为岁寒三友,故拟为殷殷问询的故人。南岭,大庾岭。因岭上多梅,又称梅岭。倚天长啸,《晋书·阮籍传》:“籍尝于苏门山遇孙登,与商略终古及栖神导气之术,登皆不应,籍因长啸而退。至半岭,闻有声若鸾凤之音,响乎岩谷,乃登之啸也。”明张本、毛本、戈校本夺“长”字,并无空格。王朱本、朱二校本作“倚天□啸”

⑮“待凌霄”三句:《山堂肆考》卷二一〇:“《格物丛话》:凌霄花,蔓生,缠古木而上,每一茎着数朵,七八月开花,赤色,有斑点,开时向下。”凌霄花喜缠绕于松柏、冬青树上,然岁晚则花凋。并暗用《论语·子罕》:“子曰:‘岁寒,然后知松柏之后凋也。’”素心,贞洁的本心。才表,明张本、毛本、戈校本、王朱本作“财表”。

【汇评】

夏敬观评语:此用“汉”字,欲因避去虚字,然“汉游仙”三字虽用汉赤松游故事,琢句稍欠。

又

寿嗣荣王①

望中璇海波新②,泛槎又匝银河转③。金风细袅④,龙枝声奏⑤,钧箫秋远⑥。南极飞仙,夜来催驾,祥光重见⑦。紫霄承露掌⑧,瑶池荫密⑨,蟠桃秀⑩、鳌莲绽⑪。

新栋晴翚凌汉⑫。半凉生、兰檠书卷⑬。绣裳五色⑭,昆台十二⑮,香深帘卷。花萼楼高处⑯,连清晓、千秋传宴⑰。赐长生玉字⑱,鸾回凤舞,下蓬莱殿⑲。

【题解】

"嗣荣王",即荣王赵希瓐之子赵与芮,理宗同母弟,度宗生父。此词是祝寿词。又据刘毓崧《梦窗词叙》说:"盖理宗命度宗为皇子,系宝祐元年正月之事;立度宗为皇太子,系景定元年六月之事。……(梦窗寿词)所用词藻,皆系皇太子故事。"故此词当写在理宗景定初年,具有较高的艺术价值与史料价值。词中用重彩笔墨铺叙了荣王府寿宴的盛况,突出嗣荣王之尊贵。此篇化典自如,辞采密丽,炫人眼目。

【校注】

①明张本题作"寿荣王"。

②璇海波新:此应写度宗册立之事。

③泛槎:朱三校本、《四明》本作"讯槎",《历代诗余》作"信槎",明张本、毛本、戈校本、郑校本作"讯查"。《博物志》载居海渚之人每年八月浮槎入天河。因嗣荣王八月初十生日,故寿词用此典。匝:环绕。明张本、毛本、《历代诗余》、戈校本、杜本、王朱本、朱二校本、朱三校本、朱四校本作"帀"。帀,古时读音、意义皆同"匝"。

④金风细褭:《文选·张协〈杂诗〉》:"金风扇素节,丹霞启阴期。"李善注:"西方为秋而主金,故秋风曰金风也。"嗣荣王生日时秋风未烈,故云"细"。

⑤龙枝声奏:龙枝,竹枝龙形,笛以竹为材,笛声又似龙吟。兼合赵与芮宗室身份。

⑥钧箫:元绛《小儿致语》:"寿斝九行,欢声动而六鼇抃;钧箫八阕,和气浃而丹气翔。"钧,《国语·周语下》:"细钧有钟无镈,昭其大也。"韦昭注:"钧,调也。"

⑦"南极"三句:《史记·天官书》:"(狼)下有四星曰弧,直狼。狼比地

有大星,曰南极老人。老人见,治安;不见,兵起。常以秋分时候之于南郊。"南极老人星出现时间多在二月或八月,亦与嗣荣王生辰时间相合。

⑧"紫霄"句:《汉书·郊祀志上》:"其后又作柏梁、铜柱、承露仙人掌之属矣。"裴骃集解:"仙人以手掌擎盘承甘露也。"紫霄,高空。鲍照《登大雷岸与妹书》:"左右青霭,表里紫霄。"戈校本作"紫箫"。

⑨瑶池:本指西王母仙居。详见《瑞鹤仙》(彩云栖翡翠)注⑨。又是天子赐宴处,见《穆天子传》卷三:"乙丑,天子觞西王母于瑶池之上。"张如安《梦窗词笺释补正》:"今按山阴史铸《百菊集谱》卷二云:'今荣王府皇弟大王居邸之侧有园曰琼圃,池曰瑶沼,皆赐御书为匾。'因知梦窗词中'瑶池',切合荣邸御书池名,不特用典而已。"

⑩蟠桃:见《瑞鹤仙》(记年时茂苑)注⑤。

⑪螽莲绽:螽,即螽斯。《诗·周南·螽斯》序曰:"螽斯,后妃子孙众多也。"莲亦多籽实。八月初十正仲秋时,莲房虽熟绽却尚有绿意,故梦窗仿"蟠桃"自铸"螽莲"新词。

⑫翚:用《诗·小雅·斯干》"如翚斯飞"之义。据《诗疏》:"言宫室之制,如翚之奋飞然。"后因以"翚飞"形容建筑物高峻壮丽。

⑬凉生:赵与芮在杭州府邸新建有"凉堂"。半凉,《历代诗余》、杜本作"早凉"。兰檠:烛台的美称。毛本、《历代诗余》戈校本、杜本作"兰繁"。

⑭绣裳五色:《诗·秦风·终南》:"君子至此,黻衣绣裳。"毛传:"黑与青谓之黻,五色备谓之绣。"

⑮昆台:宫殿名。《汉书·百官公卿表上》:"武帝太初元年更名考工室为考工,左弋为佽飞,居室为保宫,甘泉居室为昆台,永巷为掖廷。"此泛指南宋宫室。十二:班固《西都赋》:"披三条之广路,立十二之通门。"李善注曰:"《周礼》曰:匠人营国方九里,旁三门。郑玄曰:天子十二门,通十二子也。"

⑯花萼楼:《旧唐书·让皇帝宪传》:"玄宗于兴庆宫西南置楼,西面题曰花萼相辉之楼,南面题曰勤政务本之楼。玄宗时登楼,闻诸王音乐之声,咸召登楼同榻宴谑,或便幸其第,赐金分帛,厚其欢赏。诸王每日于侧门朝见,归宅之后,即奏乐纵饮,击球斗鸡,或近郊从禽,或别墅追赏,不绝于岁

月矣。游践之所,中使相望,以为天子友悌,近古无比,故人无间然。"花萼,语本《诗·小雅·常棣》:"常棣之华,鄂不韡韡。凡今之人,莫如兄弟。"郑玄笺:"鄂足得华之光明,则韡韡然盛兴者,喻弟以敬事兄,兄以荣覆弟,恩义之显亦韡韡然。"赵与芮为理宗之弟,用此典写皇帝友悌,恰合身份。

⑰"连清晓"二句:写理宗设宴彻夜为荣王庆寿。

⑱玉字:此特指理宗的御书。杜本作"玉宇"。

⑲"鸾回"二句:形容木制凤凰衔下皇帝祝长寿的宝墨,详见《瑞鹤仙》(记年时茂苑)注⑦、⑧。

【汇评】

杨铁夫《梦窗词全集笺释》:("赐长生"三句)此等词颇同应制,不能不极锦簇花团之致。

又

寿尹梅津

望春楼外沧波①,旧年照眼青铜镜②。炼成宝月③,飞来天上,银河流影④。绀玉钩帘处⑤,横犀麈⑥、天香分鼎。记殷云殿锁⑦,裁花剪露,曲江畔、春风劲⑧。

槐省⑨。红尘昼静,午朝回、吟生晚兴。春霖绣笔⑩,莺边清晓,金狨旋整⑪。阆苑芝仙貌⑫,生绡对⑬、绿窗深景。弄琼英数点,宫梅信早,占年光永⑭。

【题解】

尹焕,字惟晓,号梅津,山阴人。据夏承焘《吴梦窗年谱》,梦窗与焕交最笃,集中酬焕词十一阕。尹焕还是梦窗词的第一个评论者。他说:"求词于吾宋者,前有清真,后有梦窗,此非焕之言,四海之公言也。"(见黄昇《中兴以来绝妙词选》卷一〇)直许清真、梦窗为前、后宋词坛领袖。这虽是一家之见,但是如释为周、吴之间存在着一种前师后承的渊源关系,却是历来公认的事实。

此词是祝寿词。上片写尹焕的寿诞期,暗喻尹焕官位显赫,并回溯尹焕初中进士时的勃勃朝气;下片写尹焕为官清谨,为人风雅,赞誉他品格如梅,并祝其长寿。

【校注】

①望春楼:《新唐书·韦坚传》:"坚为使,乃占咸阳,壅渭为堰,绝灞、浐而东,注永丰仓下,复与渭合。初,浐水衔苑左,有望春楼,坚于下凿为潭以通漕,二年而成。帝为升楼,诏群臣临观。"此泛指京城下通漕河道的高楼。

②青铜镜:喻圆月。

③炼成宝月:《酉阳杂俎》卷一:"郑仁本表弟……游嵩山……见一人……枕一襆物,方眠熟。……问其所自,其人笑曰:'君知月乃七宝合成乎?月势如丸,其影,日烁其凸处也。常有八万二千户修之,予即一数。'"

④银河流影:周邦彦《琐阳台》:"白玉楼高,广寒宫阙,暮云如幛塞开。银河一派,流出碧天来。"以上五句中的"沧波""银河",并映合"梅津"之"津"字。

⑤绀玉:红玉。

⑥横犀麈:魏晋时清谈必执麈尾,清谈间隙或横于膝上。

⑦殿云殿锁:"殿锁殿云"的倒装。锁殿,谓殿试,亦称"锁试"。《朝野类要》卷二:"殿试,本朝例就崇政殿锁试,考试策一道,毕日唱名。"殿云,此指祥云。

⑧"曲江"二句:用进士登第典。《唐国史补》卷下:"既捷,列书其姓名于慈恩寺塔,谓之题名会,大燕于曲江亭子,谓之曲江会。"并用孟郊《登科后》诗意:"春风得意马蹄急,一日看尽长安花。"

⑨槐省:本指三公的官署。唐代特指尚书省,宋朝因之。梅津此时在尚书省下属的右司员外郎任上,故云。

⑩春霖绣笔:李昉《御书飞白玉堂之署四字颁赐禁苑今悬挂已毕则述恶诗一章用歌盛事》:"衣惹御香拖瑞锦,笔宣皇泽洒春霖。"

⑪"莺边"二句:黄庭坚《次韵宋楙宗三月十四日到西池都人盛观翰林

公出游》:"金猊系马晓莺边,不比春江上水船。"任渊注:"金猊谓猊毛金色,国朝禁从皆跨猊鞍。"《萍洲可谈》卷一:"猊座,文臣两制、武臣节度使以上许用。每岁九月乘,至三月彻,无定日,视宰相乘,则皆乘,彻亦如之。猊似大猴,生川中,其脊毛最长,色如黄金,取而缝之,数十片成一座,价直钱百千。背用紫绮,缘以簇四金雕法锦。其制度无殊别。"金猊,即金丝猴。

⑫"阆苑"句:"貌阆苑仙芝"的倒装,谓生日时画出显得年轻的容貌作为纪念。阆苑,阆风之苑,参见《瑞鹤仙》(彩云栖翡翠)注⑨。芝仙,芝为菌类植物,生于枯木之上,质坚不腐,有青、赤、黄、白、黑、紫六色,冠呈半圆形,有云纹,冠及柄皆光泽如漆。古以芝为仙草,服之能使人驻颜不老、起死回生,故称芝仙、灵芝或灵草。

⑬生绡:古时多用以作画的丝织品。

⑭"弄琼英"三句:琼英,似玉美石,此喻白梅。宫梅信早,二十四番风信,梅花风最早。占年光永,即"永占年光"的倒装。

又

送万信州

几番时事重论,座中共惜斜阳下①。今朝剪柳,东风送客②,功名近也③。约住飞花,暂听留燕④,更攀情话⑤。问千牙过阙⑥,一封入奏,忠孝事、都应写。

闻道兰台清暇⑦。载鸱夷、烟江一舸⑧。贞元旧曲,如今谁听,惟公和寡⑨。儿骑空迎⑩,舜瞳回盼⑪,玉阶前借⑫。便急回暖律,天边海上,正春寒夜⑬。

【题解】

信州,在今江西上饶。万信州,即万益之,咸淳元年(1265)至三年(1267)知信州。

端平二年(1235),蒙古灭金后南下侵宋。此后连年兵事不息,蜀、汉、江、淮一再告急,词人的大半生就处在这样一个混乱的时代中,因此多有感伤时事、触景生情、抚事兴悲之作。

这首词是送别词,但没有半点悽惋缠绵,而是在送别时对友人的遭遇寄予同情,并暗中抨击朝政的黑暗,表达了词人的忧时愤俗之情。全词围绕"几番时事重论"展开,上片写送别,表达了对友人的留恋之情,并暗点万氏实为被贬出京;下片写友人在京本可以消遥自在,但因直谏被贬,因而希冀朝政清明,国势好转,友人能重回京城。

【校注】

①"座中"句:与辛弃疾《摸鱼儿》"休去倚危楼,斜阳正在,烟柳断肠处"同一感慨。

②"今朝"二句:剪柳送客,及下三句中的"攀"字面,写折柳赠别。

③功名近也:晁公遡《送汤子才》:"未论魏阙功名近,不与巴山气象同。"意谓不要说任地接近京城才是功成名就,所幸信州还不是贫瘠荒远的恶都。

④"约住"二句:化用杜甫《发潭州》诗意:"岸花飞送客,樯燕语留人。"约,《汇释》:"犹掠也,拦也,束也,笼也。"

⑤情话:此指深有同感的知心话。

⑥千牙:语出柳永《望海潮》:"千骑拥高牙。乘醉听箫鼓,吟赏烟霞。"宋人笔记均以柳永此词赠杭州知府孙何,宋代州府郡守或兼管军事,故"千牙"亦可代指太守。此指知信州的万益之。牙,牙旗,将军之旗。过阙:履新赴任时途径京城。阙,门观。古代京城大道上常有双观台,中央阙而为道。后用以代指京城。

⑦兰台:本是汉宫内藏书处,由御史中丞掌管,后因称御史台为兰台。御史职责专司纠弹,是朝廷的言事官。清暇:清静安闲。

⑧"载鸥夷"二句:鸥夷一舸典,详见《琐窗寒》(绀缕堆云)注⑩。载鸥夷,明张本、毛本、戈校本、杜本作"几鸥夷"。

⑨"贞元"三句:刘禹锡《听旧宫中乐人穆氏唱歌》:"休唱贞元供奉曲,当时朝士已无多。"贞元,唐德宗的年号。刘禹锡贞元时任郎官御史,坐王

叔文党贬逐,历二十余年,始得以太子宾客再入朝,感慨今昔,因有此语。

⑩儿骑空迎:《后汉书·郭伋传》:"始至行部,到西河美稷,有童儿数百,各骑竹马,道次迎拜。伋问:'儿曹何自远来?'对曰:'闻使君到,喜,故来奉迎。'"

⑪舜瞳回盼:舜,上古贤帝,此当指当今皇帝。杨笺:"回盼,言再邀帝眷也。"

⑫玉阶前借:李白《与韩荆州书》:"而君侯何惜阶前盈尺之地,不使白扬眉吐气,激昂青云耶?"阶,台阶,阶墀,代指宫殿。

⑬"便急回"三句:暖律,蔡琰《胡笳十八拍》:"东风应律兮暖气多,知是汉家天子兮分布阳和。"意思是此时天下急需裨助皇帝散布阳和的大臣,万信州正是可当此使命者。

【汇评】

夏敬观评语:此学稼轩极似之。

又

过秋壑湖上旧居寄赠

外湖北岭云多①,小园暗碧莺啼处。朝回胜赏②,墨池香润③,吟船系雨。霓节千妃④,锦帆一箭⑤,携将春去⑥。算归期未卜,青烟散后,春城咏、飞花句⑦。

黄鹤楼头月午⑧。奏玉龙、江梅解舞⑨。熏风紫禁⑩,严更清梦⑪,思怀几许。秋水生时⑫,赋情还在,南屏别墅⑬。看章台走马⑭,长堤种取,柔丝千树⑮。

【题解】

"秋壑",贾似道号秋壑。贾似道为理宗时丞相兼枢密使,度宗立,拜太师,封魏国公,权倾朝野。"湖上旧居",据《咸淳临安志》卷一〇,理宗景定年间赐第葛岭集芳园，因"公旧有别墅在园之南，故以赐焉"。此"别墅"应该就是贾似道的湖上旧居。理宗赐集芳园后，二园合为一处，别墅旧园应是"水竹院落"的前身。

此词为酬赠贾似道之词，语多溢美，在一定程度上表现了对贾似道的谄媚。据词中"黄鹤楼头"等句，当作于淳祐九年(1249)贾似道出为京湖制置大使时。上片先写旧居环境、景色及园内生活，暗写贾权势显赫，身份尊贵；下片调转笔锋，写贾在京湖制置大使任上洒脱自在，热切盼望回京消遥。在蒙古军队不断南侵、国势日蹙的局势下，词人描写前线大员贾似道豪华奢侈、淫逸享乐的生活，主观上似未有抨击之意，但侧面多有讽喻之情。此可从梦窗写给忠君爱国的吴潜诸词对比看出。

【校注】

①外湖：明张本、《古今词统》、毛本、《历代诗余》、戈校本、杜本作"小湖"。西湖以孤山为界，山前为外湖，山后为后湖。西亘苏堤，堤以内为里湖。

②朝回：罢朝归来。胜赏：欣赏胜景。

③墨池香润：《太平寰宇记》卷九六："墨池，王右军洗砚池，并旧宅在戴山下，去县二里余。"一说，制笔时，以羊青毛为最内层，以兔毫为次层，承墨的笔柱称"墨池"，详见《齐民要术》卷九"合墨法"条。贾似道酷爱书法，广揽门客，搜集书法名迹。香润，明张本作"香洒"。

④霓节：犹言"旄节"，镇守一方长官所拥有。《新唐书·杨汝士传》："开成初，由兵部侍郎为东川节度使。时嗣复镇西川，乃族昆弟，对拥旄节，世荣其门。"妃：两两相对。《说文》："匹也。"

⑤锦帆一箭：谓帆船得获顺风，疾行迅如飞箭。

⑥携将春去：夏承焘笺："'携将春去'句，谓秋壑三月赴鄂也，与史传合。"

⑦"青烟"三句：语出韩翃《寒食》："春城无处不飞花，寒食东风御柳斜。日暮汉宫传蜡烛，青烟散入五侯家。"

⑧"黄鹤楼"句：《太平寰宇记》卷一一二："(鄂州)黄鹤楼在县西二百八十步，昔费祎登仙，每乘黄鹤于此楼憩驾，故号为黄鹤楼。"月午，窦群《东山

月下怀友人》:"东山多乔木,月午始苍苍。"

⑨"奏玉龙"二句:玉龙,代指笛子。梅,梅花落。《乐府诗集·梅花落》题解:"梅花落,本笛中曲也。按唐大角曲亦有大单于、小单于、大梅花、小梅花等曲,今其声犹有存者。"李白《与史郎中钦听黄鹤楼上吹笛》:"黄鹤楼中吹玉笛,江城五月落梅花。"

⑩熏风:《吕氏春秋·有始》:"东南曰熏风。"高诱注:"巽气所生,一曰清明风。"紫禁:古以紫微垣为帝星,因称宫禁为"紫禁"。

⑪严更:《文选·班固〈西都赋〉》:"周以钩陈之位,卫以严更之署。"李善引薛综《西京赋》注曰:"严更,督行夜鼓。"

⑫秋水生时:水竹院落有"秋水观",贾似道八月初八生日,详见《齐东野语》卷一二"贾相寿词"条。

⑬南屏别墅:此指南屏、凤凰诸山列于别墅之前。

⑭章台走马:《汉书·张敞传》:"敞素无威仪,时罢朝会,过走马章台街,使御史驱,自以便面拊马。"并合用章台柳典。孟棨《本事诗·情感》载,韩翃得艳妓柳氏。"来岁,成名。后数年,淄青节度使侯希逸奏为从事。以世方扰,不敢以柳自随,置之都下,期至而迓之。连三岁,不果迓,因以良金买练囊中寄之,题诗曰:'章台柳,章台柳,往日依依今在否?纵使长条似旧垂,亦应攀折他人手。'"后"章台"多称妓女所居之地。贾似道自少年即游冶不羁,《宋史》本传云:"益恃宠不检,日纵游诸妓家,至夜即游湖上不反。理宗尝夜凭高,望西湖中灯火异常时,语左右曰:'此必似道也。'"

⑮"长堤"二句:种柳典见《炀帝开河记》:"(开河)功既毕……时恐盛暑,翰林学士虞世基献计,请用垂柳栽于汴梁两堤上。……上大喜,诏民间有柳一株,赏一缣。百姓竞献之。又令亲种,帝自种一株,群臣次第种。"长堤,此指多植杨柳的苏堤和白堤。唐彦谦《无题十首》(之八):"柔丝漫折长亭柳,绾得同心欲寄将。"此代指携妓而游,暗寓贾似道风流,祝其回朝执钧当轴。

又

澹云笼月微黄①,柳丝浅色东风紧②。夜寒旧事,春期新恨,眉山碧远③。尘陌飘香,绣帘垂户,趁时妆面④。钿车催去急⑤,珠囊袖冷⑥,愁如海、情一线⑦。

犹记初来吴苑。未清霜、飞惊双鬓⑧。嬉游是处⑨,风光无际,舞葱歌蒨⑩。陈迹征衫⑪,老容华镜⑫,欢惊都尽⑬。向残灯梦短,梅花晓角⑭,为谁吟怨。

【题解】

"癸卯"年,即理宗淳祐三年(1243)。根据夏承焘《吴梦窗系年》,当时吴文英44岁,入苏州仓幕已十三年。此词为叹老之作,回忆杭京十年及初来苏州元夕冶游,寓入了淡淡的人生哀感。

【校注】

①微黄:既是指月色,意亦缀"柳丝浅色"。

②紧:《汇释》:"很,甚,程度副词。"

③眉山碧远:毛滂《惜分飞》:"泪湿阑干花着露,愁到眉峰碧聚。"亦用远山黛典。《西京杂记》卷二:"文君姣好,眉色如望远山。"伶玄《飞燕外传》:"女弟合德入宫,为薄眉,号远山黛。"

④趁:"随"的意思。

⑤钿车:用金宝嵌饰的车子。

⑥珠囊袖冷:取秦观《满庭芳》词意:"销魂。当此际,香囊暗解,罗带轻分。谩赢得、青楼薄幸名存。此去何时见也,襟袖上、空惹啼痕。"珠囊,这里作为定情信物。袖冷,韩翃《送故人归鲁》:"雨余衫袖冷,风急马蹄轻。"实谓袖上泪冷。

⑦情一线:李商隐《柳》:"如线如丝正牵恨,王孙归路一何遥。"

⑧"犹记"三句:点明初寓苏州尚不及潘鬓二毛之年。梦窗绍定三年(1231)入苏幕,时31岁,距此年已十三年。李煜《九月十日偶书》:"自从双鬓斑斑白,不学安仁欲自惊。"曹松《赠胡处士》:"莫问荣华事,清霜点发根。"双鬓,毛本、王朱本作"霜鬓"。

⑨是处:即到处。

⑩舞葱歌倩:谓歌儿舞女皆正当华年,如浮花浪蕊,如冶叶倡条。葱倩,草木葱郁茂盛。歌倩,毛本作"歌旧"。

⑪陈迹征衫:意颇同周邦彦《点绛唇》:"旧时衣袂,犹有东风泪。"谓衣上尚残存年少嬉游留下的酒痕泪痕。

⑫老容华镜:韩琼《秋晚信州推院亲友或责无书即事寄答》:"商吹移砧调,春华改镜容。"华镜,犹言铜华镜。见《尉迟杯》(垂杨径)注④。

⑬欢悰:欢乐。何逊《与崔录事别兼叙携手》:"道术既为务,欢悰苦未并。"

⑭梅花:盛开于冬春之交。《范村梅谱》:"杜子美诗云'梅蕊腊前破,梅花年后多',惟冬春之交正是梅花时耳。"亦指笛曲《梅花落》。见《水龙吟》(外湖北岭云多)注⑨。晓角:报晓的号角声。沈佺期《关山月》:"将军听晓角,战马欲南归。"

又

寿梅津

杜陵折柳狂吟①,砚波尚湿红衣露②。仙桃宴早③,江梅春近,还催客句④。宫漏传鸡⑤,禁门嘶骑⑥,宦情熟处⑦。正黄编夜展⑧,天香字暖,春葱剪、红蜜炬⑨。

宫帽鸾枝醉舞⑩。思飘扬、瞿仙风举⑪。星罗万卷,云驱千阵,飞毫海雨⑫。长寿杯深⑬,探春腔稳⑭,江湖同赋⑮。又看看⑯、便系金狨莺晓,傍西湖路⑰。

【题解】

此词是祝寿词。上片回忆尹焕初中进士离京任职及调回京城备受重用情形;下片继写在朝为官情况,言其才华横溢,并祝其长寿、升迁。

【校注】

①杜陵:在今陕西西安市东南。此作为杭京畿郊的代称。折柳:赠别典。详见《解连环》(思和云结)注④。《历代诗余》作"新柳"。

②"砚波"句:《佩文斋广群芳谱》卷三一引《成都记》:"唐玄宗以芙蓉花汁调香粉,作御墨,曰'龙香剂'。"并暗用"滴露研朱"典,详见《瑞鹤仙》(辘轳秋又转)注⑨。砚波,朱三校本作"研波"。红衣,荷花瓣的别称。庾信《入彭城馆诗》:"槐庭垂绿穗,莲浦落红衣。"

③仙桃宴:详见《瑞鹤仙》(记年时茂苑)注⑤。

④江梅:明张本作"红梅"。《范村梅谱》:"江梅遗核野生,不经栽接者,又名直脚梅,或谓之野梅。凡山间水滨荒寒清绝之趣,皆此本也。花稍小而疏瘦有韵,香最清,实小而硬。"梅津生日在正月十五前后。

⑤宫漏传鸡:宫漏,参见《瑞鹤仙》(辘轳秋又转)注⑦。鸡,鸡人。周官名。《周礼·春官·鸡人》:"鸡人掌共鸡牲,辨其物。大祭祀,夜呼旦以嘂百官。凡国之大宾客、会同、军旅、丧纪,亦如之。凡国事为期,则告之时。凡祭祀,面禳衅,共其鸡牲。"后指宫廷中专管报时之人。

⑥禁门嘶骑:《宋史·律历三》:"常以卯正一刻为禁门开钥之节,盈八刻后以为辰时,每时皆然,以至于酉。每一时,直官出牌奏时正,鸡人引唱,击鼓一十五声,惟午正击鼓一百五十声。"杨笺:"蔡邕曰,汉制,天子所居,门阁有禁嘶骑者,朝臣至禁门外,应下马也。"禁门,蔡邕《独断》:"禁中者,门户有禁,非侍御者不得入,故曰'禁中'。"嘶骑,《历代诗余》作"嘶马"。

⑦宦情熟处:详见《水龙吟》(夜分溪馆渔灯)注⑤。

⑧黄编:犹言"黄卷"。杨明照:"古人写书用纸,以黄蘖汁染之防蠹,故称书为黄卷。"又指诏敕。陆游《乞致仕札子》二:"万签黄卷,怅已负于初心;十具乌犍,冀获安于故里。"梅津此时任尚书省左司郎中兼敕令所删

74

定官。

⑨"天香"三句：此写梅津任尚书省左司郎中时夜直情形。《汉官旧仪》卷上："尚书郎宿留台中，官给青缣白绫被或锦被、帷帐、氈褥、通中枕。……给尚书郎伯二人，女侍史二人，皆选端正者从直。伯送至止车门还，女侍史执香炉烧薰，从入台护衣。"春葱，《古诗为焦仲卿妻作》："耳着明月珰，指如削葱根。"蜜炬，蜡烛。

⑩"宫帽"句：写宫中宴会赐花。鸾枝，犹言"栾枝"。御宴所赐宫花，是以罗、绢、通草为原料制成的假花。《宋史·舆服五》："幞头簪花，谓之簪戴。中兴，郊祀、明堂礼毕回銮，臣僚及扈从并簪花，恭谢日亦如之。大罗花以红、黄、银红三色，栾枝以杂色罗，大绢花以红、银红二色。罗花以赐百官；栾枝，卿监以上有之；绢花以赐将校以下。太上两宫上寿毕，及圣节，及赐宴，及赐新进士闻喜宴，并如之。"醉舞，《历代诗余》作"碎舞"。

⑪"思飘扬"二句：谓梅津在宫中宴会上按礼节戴花蹈舞拜谢而退，有飘飘欲仙之感。《宋史·礼十六》："或上寿朝会，止令满酌，不劝。中饮更衣，赐花有差。宴讫，蹈舞拜谢而退。"臞仙，《汉书·司马相如传》："相如以为列仙之儒，居山泽间，形容甚臞，此非帝王之仙意也，乃遂奏《大人赋》。……相如既奏《大人赋》，天子大说，飘飘有陵云气游天地之间意。"

⑫"星罗"三句：此言胸藏万卷书，飞豪走笔，能如云如雨而落笔千言。星罗万卷，李贺《高轩过》："二十八宿罗心胸，元精耿耿贯当中。殿前作赋声摩空，笔补造化天无功。"杜甫《奉赠韦左丞丈二十二韵》："读书破万卷，下笔如有神。"云驱千阵，杜甫《醉歌行》："词源倒流三峡水，笔阵独扫千人军。"飞毫，指书法。岑文本《奉述飞白书势》："飞毫列锦绣，拂素起龙鱼。"明张本、毛本、《历代诗余》、戈校本作"飞豪"。海雨，苏轼《和蔡景繁海州石室》："江风海雨入牙颊，似听石室胡琴语。"陆游《跋东坡七夕词后》："惟东坡此篇，居然是星汉上语，歌之曲终，觉天风海雨逼人。"

⑬长寿杯深：晁端礼《苏幕遮》："帝城赊，凤楼远。长寿杯深，此际谁人劝。"

⑭探春：《武林旧事》卷三："都城自过收灯，贵游巨室，皆争先出郊，谓之'探春'。"腔稳：施宜生《无题》："唱得新翻稳贴腔，阿谁能得肯双双。"杜

75

甫《长吟》:"赋诗歌句稳,不免自长吟。"

⑮江湖:谓流落或不仕的朋友,详见《一寸金》(秋入中山)注⑨。

⑯看看:转眼。

⑰"便系"二句:金狨莺晓,详见《水龙吟》(望春楼外沧波)注⑪。设想梅津不久升为文学侍从后游西湖的情景。

玉烛新 夹钟商①

花穿帘隙透。向梦里销春,酒中延昼②。嫩篁细掐,相思字、堕粉轻黏练袖③。章台别后,展绣络、红蔫香旧④。□□□⑤,应数归舟,愁凝画阑眉柳⑥。

移灯夜语西窗⑦,逗晓帐迷香⑧,问何时又⑨。素纨乍试⑩,还忆是、绣懒思酸时候⑪。□兰清蕙⑫。总未比、蛾眉蟓首⑬。谁诉与⑭,惟有金笼,春簧细奏⑮。

【题解】

《玉烛新》,《尔雅》云:"四时和谓之玉烛",故取以为词牌名。双调,一百零一字,上片九句六仄韵,下片九句五仄韵。

此词为赠妓之作。上片纯以白描手法描绘出一位少妇思春、相思的缠绵情态,下片是少妇对昔日与郎君相恋相处的回忆。全词以少妇的身份怀春、思春,又自怨自艾,将思妇的春情渲染得淋漓尽致。

【校注】

①夹钟商:明张本、朱三校本宫调作"黄钟商"。明张本、毛本、戈校本、杜本、王朱本有词题作"春情"。

②"花穿"三句:暗用李贺《秦宫词》诗意:"人间酒暖春茫茫,花枝入帘白日长。"

③"嫩篁"三句:化用贯休残句"粘粉为题栖凤竹"诗意。篁,《文选·谢

庄〈月赋〉》:"若乃凉夜自凄,风篁成韵。"李善注:"篁,竹丛生也。"掐,此指用指甲刻写。黏,毛扆本作"沾"。王朱本作"霑"。练,古代织物。《桂海虞衡志》:"练子出两江州洞,似苎,织有花,曰花练。"《玉篇》则曰:"仿粗丝。"练袖,毛本、戈校本、杜本、王朱本作"练袖"。

④章台:冶游地。详见《水龙吟》(外湖北岭云多)注⑭。绣络:刺绣做成的挂件。红蔫:杜牧《春晚题韦家亭子》:"蔫红半落平池晚,曲渚飘成锦一张。"蔫,特指刺绣物颜色不鲜艳。香旧:晏几道《虞美人》:"罗衣着破前香在,旧意谁教改。"

⑤□□□:杜本:"原阙三字,宜用平上去,拟补'劳望眼'。"

⑥"应数"二句:联系前缺三字,从词意看,似化用温庭筠《望江南》词意:"梳洗罢,独倚望江楼。过尽千帆皆不是,斜晖脉脉水悠悠。肠断白蘋洲。"凝,《汇释》:"为一往情深专注不已之义。"画阑眉柳,白居易《杂曲歌辞·杨柳枝》:"人言柳叶似愁眉,更有愁肠似柳丝。"

⑦移灯:王涯《宫词三十首》(之十八):"向晚移灯上银簪,丛丛绿鬓坐弹棋。"此二字透入下句,谓移灯向帐。夜语西窗:李商隐《夜雨寄北》:"何当共剪西窗烛,却话巴山夜雨时。"李商隐《夜雨寄北》诗,在梦窗词中碎拆的字面中频繁出现。

⑧"逗晓"句:周邦彦《风来朝·佳人》:"逗晓看娇面。小窗深、弄明未遍。爱残朱宿粉云鬟乱。最好是、帐中见。"《汇释》:"逗,犹临也;到也。……逗晓,临晓也。"逗晓帐,明张本、毛本作"逗晓怅"。迷香,此指凤帐中使人销魂的香气。

⑨问何时又:谓询问佳人何时又怀孕了。

⑩素纨:纨扇。详见《解连环》(暮檐凉薄)注⑪。乍:《汇释》:"犹初也,才也。"

⑪绣懒思酸:谓懒绣思酸。孙思邈《备急千金要方·妇人方》载妊子时,"举体沉重,惟欲眠卧,多思酸"。

⑫□兰清蕙:明张本无空格。杜本、郑校本作"兰清蕙秀"。

⑬蛾眉蝤首:《诗·卫风·硕人》:"蝤首蛾眉,巧笑倩兮,美目盼兮。"毛传:"蝤首,颡广而方。"郑玄:"此章说庄姜容貌之美。"蛾眉,杜本作"娥眉"。

⑭诉与：明张本、毛本、王朱本作"愬与"。愬，用同"诉"。

⑮"惟有"二句：金笼春簧，莺语巧如转簧。莺声又似琵琶语，故言可奏。张先《西江月》："娇春莺舌巧如簧。飞在四条弦上。"韦庄《菩萨蛮》："琵琶金翠羽，弦上黄莺语。"春簧，明张本、毛本作"春篁"。

【汇评】

夏敬观评语：意新。句新。

解语花 林钟羽①

梅花

门横皱碧②，路入苍烟，春近江南岸③。暮寒如剪④。临溪影、一一半斜清浅⑤。飞霙弄晚⑥。荡千里、暗香平远⑦。端正看⑧，琼树三枝，总似兰昌见⑨。

酥莹云容夜暖。伴兰翘清瘦，萧凤柔婉⑩。冷云荒翠⑪，幽栖久、无语暗申春怨⑫。东风半面⑬。料准拟⑭、何郎词卷⑮。欢未阑⑯，烟雨青黄⑰，宜昼阴庭馆⑱。

【题解】

《解语花》，入"林钟羽"，一作"高平调"。词牌来源，据《天宝遗事》："唐太液池有千叶白莲，中秋盛开。玄宗宴赏，左右皆叹羡，帝指贵妃曰：'争如我解语花。'"词取以为名。词首见周邦彦《片玉词》。双调。一百字，上片九句六仄韵，下片九句六仄韵。

此为咏梅之作，极写梅花之美，梦窗可谓擅咏梅者也。此词咏梅神形兼备，有比兴寄托。在形，既有江南春水的环境烘托，又有疏影、横斜、暗香的形态描写，还有以三仙女比拟之法，将梅之晶莹、柔媚、飘逸的神韵予以勾勒。其中梅花繁盛之时与凋零景象的对比，亦寄托了盛衰之感。又杨笺云："为冶游之作。"此从词中兰昌宫三仙女之典可证之。

【校注】

①林钟羽:明张本、朱三校本宫调作"高平调"。

②皱碧:喻水面。冯延巳《谒金门》:"风乍起,吹皱一池春水。"朱长文《秋月乘兴游松江至垂虹桥登长桥夜泊南岸旦游宁境院因成十绝呈君勉且寄子通》(之五):"两山映日磨苍玉,万顷涵虚皱碧罗。"

③"春近"句:阴铿《雪里梅花诗》:"春近寒虽转,梅舒雪尚飘。"江南岸,此咏江南水滨野梅。参见《水龙吟》(杜陵折柳狂吟)注④。

④暮寒如剪:贺知章《咏柳》:"不知细叶谁裁出,二月春风似剪刀。"韩偓《寒食夜》:"恻恻轻寒剪剪风,小梅飘雪杏方红。"

⑤"临溪"二句:与下文"暗香",俱化用林逋《梅花》"雪后园林才半树,水边篱落已横枝"以及《山园小梅》"疏影横斜水清浅,暗香浮动月黄昏"诗意。

⑥霙:雪花。《埤雅》卷一九:"雪寒甚则为粒,浅则成华,华谓之霙。"

⑦"荡千里"二句:朱熹《和李伯玉用东坡韵赋梅花》:"遥知云台溪上路,玉树千里藏山门。"

⑧端正:《例释》:"特指月圆,形容词。韩愈《和崔舍人咏月二十韵》:'三秋端正月,今夜出东溟。'"以下写月色中所起的幻觉。

⑨"琼树"二句:曾慥《类说·传奇》引《薛昭》:薛昭被谪海康,在兰昌宫艳遇三美女。"询其姓氏,长曰张云容,次曰萧凤台,次曰刘兰翘。兰翘曰:'掷骰子,采强者荐枕。'云容数胜。昭曰:'夫人何许人?'云容曰:'某杨贵妃侍儿,尝独舞霓裳。妃赠诗曰:"罗袖动香香不已,红蕖袅袅秋烟里。轻云岭上乍摇风,嫩柳池边初拂水。"'……又诘兰、凤二子。曰:'当时宫人。为九仙媛所忌,毒杀之,葬吾坟侧。'……昭曰:'误入宫墙漏网人,月华清洗玉阶尘。自疑飞到蓬山顶,琼树三枝半夜春。'兰、凤辞去,昭与容寝处数夕,不知昏昼。"此以兰昌宫三仙女为梅花精灵。兰昌,兰昌宫。顾炎武《历代帝王宅京记·洛阳四·后周》:"福昌县西十七里,有兰昌宫。有故隋福昌宫,显庆三年复置。"琼树《楚辞·离骚》:"折琼枝以为羞兮,精琼蘼以为粮。"洪兴祖补注:"张揖云:琼树生昆仑西流沙滨,大三百围,高万仞,其华食之长生。"后以琼枝玉树喻美丽的女子。此处"琼树"还有雪月素裹梅树

79

之意。

⑩"酥莹"三句："伴"字总领三句。张云容因荐枕席复苏，故云"夜暖"。《周书·皇后传·宣帝杨皇后》："后性柔婉，不妒忌。"此各以莹白、清瘦、柔婉，互文见义，用以形容传说中仙女张云容、萧凤台、刘兰翘的体态、容貌、神情，也切合梅花典实。萧凤，明张本、《词律》、戈校本、王朱本、朱二校本、朱三校本、朱四校本、《四明》本作"箫凤"。

⑪冷云：高观国《菩萨蛮》："梦冷不成云，楚峰峰外情。"荒翠：仿"冷云"新铸自对辞。冷云荒翠，戈校本、杜本作"翠荒深院"。

⑫"幽栖"二句：杨万里《洮湖和梅诗序》："或谓物蠢则妖兴，梅亦有妖。睎颜此诗，非睎颜语也。梅之妖，凭睎颜而语也。"并暗用姜夔《疏影》："昭君不惯胡沙远，但暗忆、江南江北。想佩环、月夜归来，化作此花幽独。"幽栖，特指山间水滨野梅的荒寒清绝之趣。暗申，明张本作"暗伸"。

⑬半面：半面妆。《南史·后妃传下》："元帝徐妃讳昭佩，东海郯人也。……妃无容质，不见礼，帝三二年一入房。妃以帝眇一目，每知帝将至，必为半面妆以俟，帝见则大怒而出。"

⑭准拟：准备，安排。

⑮何郎词卷：何郎，何晏。《世说新语·容止》："何平叔美姿仪，面至白。魏明帝疑其傅粉，正夏月，与热汤饼。既啖，大汗出，以朱衣自拭，色转皎然。"此处亦指何逊。《山堂肆考》卷一九八："梁何逊为扬州法曹，廨舍有梅花一株，逊吟咏其下。后居洛，思梅花，请再任，从之。抵扬州，花方盛，对花彷徨终日。"何逊有著名的《咏早梅》诗。词卷，《词综》作"诗卷"。

⑯欢未阑：《南史·僧昭传》："梁武陵王纪为会稽太守，宴坐池亭，蛙鸣聒耳。王曰：'殊废丝竹之听。'僧昭咒厌十许口便息。及日晚，王又曰：'欲其复鸣。'僧昭曰：'王欢已阑，今恣汝鸣。'即便喧聒。"此处反其意而用之。

⑰烟雨青黄：曹组《蓦山溪》："结子欲黄时，又须着、廉纤细雨。"苏轼《赠岭上梅》："不趁青梅尝煮酒，要看细雨熟黄梅。"参见《满江红》(络束萧仙)注④。

⑱宜昼阴：贾似道《梅花》(之三)："尘外冰姿世外心，宜晴宜雨更宜阴。"司马相如《长门赋》："浮云郁而四塞兮，天窈窈而昼阴。"

陈廷焯《云韶集》卷八：清俊有神味，与梅溪一阕并驱中原。　炼字炼骨。　俊绝秀绝。

夏敬观评语：首二句对，似美成。

又

立春风雨中饯处静^①

　　檐花旧滴^②，帐烛新啼^③，香润残冬被^④。澹烟疏绮^⑤。凌波步^⑥、暗阻傍墙挑荠^⑦。梅痕似洗^⑧。空点点、年华别泪^⑨。花鬘愁，钗股笼寒，彩燕沾云腻^⑩。

　　还斗辛盘葱翠。念青丝牵恨，曾试纤指^⑪。雁回潮尾^⑫。征帆去、似与东风相避^⑬。泥云万里^⑭。应剪断、红情绿意。年少时、偏爱轻怜，和酒香宜睡。

【题解】

　　"处静"，吴文英兄翁元龙之号。周密《浩然斋雅谈》卷下："翁元龙，字时可，号处静，与吴君特为亲伯仲，作词各有所长。"刘毓盘《跋处静词》："(结四句)缠绵恺悌，似兄戒弟者。处静或为梦窗之弟也。"

　　此词是送别词。词中运用"比"体，以一位与处静相恋多年的女子的口吻诉说离愁别恨，来表达兄弟间难割难舍的亲情。

【校注】

　　①《古今词统》、毛本、戈校本、杜本、王朱本、朱二校本词题作"立春风雨并饯翁处静江上之役"。《历代诗余》作"立春风雨饯翁静江上"。《四明》本作"立春风雨并饯处静"。

　　②檐花旧滴：杜甫《醉时歌》："清夜沉沉动春酌，灯前细雨檐花落。"张耒《腊日四首》(之一)："冰留檐旧滴，红到杏新梢。"潘岳《悼亡诗三首》(之

一)："春风缘隙来,晨雷承檐滴。"

　　③烛帐:清江《七夕》："月为开帐烛,云作渡河桥。"

　　④"香润"句:此年除夜立春,古人有守岁之俗,故昨夜宿雨为旧年雨滴,凌晨消蜡为新年啼泪,衾褥由残腊入春,故曰"残冬被"。又因此日"风雨",被褥上熏香感觉有些潮润。

　　⑤疏绮:语出《古诗十九首》："交疏结绮窗,阿阁三重阶。"李善注曰:"薛综《西京赋》注曰:疏,刻穿之也。《说文》曰:绮,文缯也,此刻镂以象之。"也作"绮疏"。《海录碎事》卷四(下)引陆士衡曰:"绮疏、碧疏,皆窗也。"《历代诗余》作"流绮"。

　　⑥凌波步:语出曹植《洛神赋》。参见《夜飞鹊》(金规印遥汉)注⑫。下句"暗阻"者,正为女子挑菜的步履。

　　⑦"暗阻"句:挑荠,前人多释为挑菜节。节日在二月二日。然不仅与立春时令不合,并且"挑菜节"中的"挑",是以金篦挑之,相当于今人宴席上以牙签挑瓜菜。梦窗此取"挑挖"义。所挑之"荠"为下文"辛盘"中的菜品。春盘中有荠菜,宋代诗词中有记载。曹勋《立春》:"初信东风入彩幡,自挑雪荠钉春盘。"立春日既要挑挖荠菜,女子当然会弱步前往。但因立春风雨,因而妨碍了墙阴下挑菜的脚步。

　　⑧梅痕似洗:周邦彦《花犯·咏梅》:"露痕轻缀。疑净洗铅华,无限佳丽。"

　　⑨"空点点"二句:点点别泪,以落梅喻泪,梦窗惯用之喻。且古代梅花多白色,略同诗词中以玉箸喻泪。别泪,戈校本、杜本作"清泪"。

　　⑩"花鬓"三句:古代立春、人日例行活动如戴胜多有错综。《荆楚岁时记》:"(人日)剪彩为人,或镂金箔为人,以贴屏风,亦戴之头鬓,又造华胜以相遗。立春之日,悉剪彩为燕以戴之。"

　　⑪"还斗"三句:杜甫《立春》:"春日春盘细生菜,忽忆两京梅发时。盘出高门行白玉,菜传纤手送青丝。"《九家集注杜诗》赵彦材曰:"古诗云:'芦菔白玉缕,生菜青丝盘。'"辛盘,犹言五辛盘。《阳羡风土记》:"元日造五辛盘,正元日五薰炼形。"《文昌杂录》卷三:"唐岁时节物,元日则有屠苏酒、五辛盘、咬牙饧。"葱翠,戈校本、杜本作"湿翠"。

⑫雁回潮尾:此特指正月下旬潮水渐退,大雁由南北飞。《礼记·月令》:"(孟春之月)东风解冻,蛰虫始振,鱼上冰,獭祭鱼,鸿雁来。"孔颖达疏:"案下'季冬雁北乡',据其从南始北,正月来至中国。故此云'鸿雁来'。"《海塘录·杂志》引《钱塘候潮图》曰:"潮至每月二十四五渐减,二十六七渐生,至初三渐大,不差顷刻。"故有潮头潮尾之说。

⑬"征帆"二句:戈校本、杜本作"东风到、似与去帆相避"。与上句反用何逊《赠诸游旧诗》诗意:"无由下征帆,独与春潮归。"与东风相避者为前文所写的梅花。苏轼《再和杨公济梅花十绝》(之九):"寒梅似与春相避,未解无私造物情。"

⑭泥云:即云泥。《后汉书·逸民传·矫慎》:"(吴苍)因遗书以观其志曰:'仲彦足下,勤处隐约,虽乘云行泥,栖宿不同,每有西风,何尝不叹!'"云在天,泥在地。后因用"云泥"比喻两物相去甚远,差异很大。此处形容两人相隔如天壤。

【汇评】

卓人月、徐士俊《古今词统》卷一三:控引之深,自踵而顶,不仅以喉也。

陈廷焯《云韶集》卷八:"上"字婉细。 梦窗词不以绮丽见长,然其一二绮丽处正是他人道不出。 (结句眉批)笔致凄断。

庆宫春① 无射商 俗名越调②

越中题钱得闲园池③

春屋围花,秋池沿草,旧家锦藉川原④。莲尾分津⑤,桃边迷路⑥,片红不到人间。乱篁苍暗⑦,料惜把、行题共删⑧。小晴帘卷⑨,独占西墙⑩,一镜清寒。

风光未老吟潘⑪。嘶骑征尘,祗付凭阑⑫。鸣瑟传杯⑬,辟邪翻烬⑭,系船香斗春宽⑮。晚林青外,乱鸦着、斜阳几山。粉消莫染,犹是秦宫,绿扰云鬟⑯。

《庆宫春》,词牌名,即《高阳台》的变体,双调,一百零二字,上、下片各十一句,上片四平韵,下片五平韵。

"越中",此特指临安县。钱得闲,吴文英友人,号得闲,吴越王钱镠的后裔。

此词为酬赠词,在描绘友人钱得闲的园林中寄托感慨。上片极写友人园林之美,寄寓着隐逸欢愉之情。下片写园内主人,不仅表达了隐逸之趣,亦寄托了忧患之情。

【校注】

①明张本调附周邦彦《庆宫春》(云接平冈)一阕之后。朱三校本删周词。

②朱四校本、《全宋词》无"俗名越调"四字。

③明张本、《四明》本词题作"越中钱得闲园"。毛本、戈校本、杜本、王朱本、朱二校本作"题钱得闲园池"。

④"旧家"句:此写钱氏作为吴越王后裔的家世。《新五代史·吴越世家》:"光化元年,移镇海军于杭州,加(钱)镠检校太师,改镠乡里曰广义乡勋贵里,镠素所居营曰衣锦营。……昭宗诏镠图形凌烟阁,升衣锦营为衣锦城,石鉴山曰衣锦山,大官山曰功臣山。镠游衣锦城,宴故老,山林皆覆以锦,号其幼所尝戏大木曰'衣锦将军'。"旧家,《汇释》:"犹云从前,家为估量之辞。与作世家解之旧家异。……以见于词中者为多。"

⑤莲尾:莲塘外。并以"莲"写夏。

⑥桃边迷路:合用刘义庆《幽明录》所载东汉刘晨、阮肇入天台山沿桃溪而上遇俪仙,及陶渊明《桃花源记》故事。

⑦乱篁苍暗:宋之问《泛镜湖南溪》:"杳嶂开天小,丛篁夹路迷。"余见《玉烛新》(花穿帘隙透)注③。

⑧行题:唐宋多有题竹诗。蔡襄《题僧希元禅隐堂》:"删竹减庭翠,煮茶生野香。"

⑨小晴:毛滂《满庭芳》:"马络青丝,障开红锦,小晴初断香尘。""小"字又兼写池塘面积。

⑩西墙:毛本、戈校本、杜本、王朱本、《四明》本作"西嫱"。

⑪未老吟潘:反用潘岳《秋兴赋序》:"余春秋三十有二,始见二毛。"又《晋书·潘岳传》:"既仕宦不达,乃作《闲居赋》。"此扣"得闲"字号。另,"潘"亦可理解为甘愿之辞"拚"(抃、拌、判)。启功先生《季布骂阵之"潘"字》引冯沅君语:"潘疑是拌之借字。以语气论,冯说'拌'之借字者是。"若此,则"吟潘"为"潘吟"之倒文。

⑫祇付凭阑:杜牧《八月十二日得替后移居雪溪馆因题长句四韵》:"景物登临闲始见,愿为闲客此闲行。"意谓钱得闲把宦途奔竞,换取凭栏欣赏美景。强调"得闲"之意。

⑬鸣瑟:《史记·货殖列传》:"女子则鼓鸣瑟,跕屣,游媚贵富,入后宫,遍诸侯。"此代指妓席。瑟,形似古琴,但无徽位。明张本作"鸣琴"。

⑭辟邪翻烬:辟邪,一说兽名。《汉书·西域传上》:"有桃拔、狮子、犀牛。"颜师古注引孟康曰:"桃拔一名符拔,似鹿,长尾,一角者或为天鹿,二角者或为辟邪。"一说辟邪炉为熏香炉。张抡《绍兴内府古器评》:"(汉辟邪炉)此熏炉也。通体为辟邪形,折其半为盖,反复开辟之,口鼻目皆通气,香之所从出也。规模甚小,可以置诸怀袖。汉人制作之妙,有足称焉。"一说香名。《西阳杂俎》卷一八:"安息香树,出波斯国。波斯呼为辟邪树,长三丈,皮色黄黑,叶有四角,经寒不凋。二月开花,黄色花,心微碧,不结实。刻其树皮,其胶如饴,名安息香。六七月坚凝,乃取之烧。通神明,辟众恶。"

⑮香斗:喻荷塘。范成大《骖鸾录》:"路傍有钴锝潭。钴锝,熨斗也,潭状似之。"

⑯"粉消"三句:刘禹锡《终南秋雪》:"雾散琼枝出,日斜铅粉残。"王安石《至开元僧舍上方次韵舍弟二月一日之作》:"和风满树笙簧杂,雾雪兼山粉黛重。"秦宫,指阿房宫,兼及钱氏世家背景。《新五代史·吴越世家》:"镠因以镇海等军节度授其子元瓘,自称吴越国王,更名所居曰宫殿,府曰朝,官属皆称臣,起玉册、金券、诏书三楼于衣锦军,遣使册新罗、渤海王,海中诸国,皆封拜其君长。……(元瓘)性尤奢僭,好治宫室。"秦宫云鬟,此喻临安秦望山。参见《水龙吟》(艳阳不到青山)注⑥。绿扰,语出杜牧《阿房

宫赋》:"绿云扰扰,梳晓鬟也。"

夏敬观评语:首二句此等对句甚呆相,不可学。"乱篁"二句即前《玉烛新》之"嫩篁"二句之意,而措辞不若前词之美。

又①

残叶翻浓,余香栖苦②,障风怨动秋声③。云影摇寒,波尘销腻,翠房人去深扃④。书成凄黯,雁飞过、垂杨转青⑤。阑干横暮,酥印痕香,玉腕谁凭⑥。

菱花乍失娉婷⑦。别岸围红⑧,千艳倾城⑨。重洗清杯⑩,同追深夜,豆花寒落愁灯⑪。近欢成梦,断云隔、巫山几层⑫。偷相怜处,熏尽金篝,销瘦云英⑬。

【题解】

此为咏荷之作。词人透过吟咏莲荷及云英未嫁之典,抒写虽未遇于时,却未肯俯仰流俗之心志。

【校注】

①明张本有词题作"秋感"。

②"残叶"二句:李商隐《过伊仆射旧宅》:"幽泪欲干残菊露,余香犹入败荷风。"并取意李璟《山花子》:"菡萏香销翠叶残,西风愁起绿波间。"

③"障风"句:刘筠《荷花》(再赋):"溅裙无限水,障袂几多风。"又,《荷花》(再赋七言):"已有万丝能结怨,不须千盖强障羞。"

④"翠房"句:翠房,以莲蓬喻房子。呼应前句中的"残叶""余香"。欧阳修《渔家傲》:"雨摆风摇金蕊碎。合欢枝上香房翠。莲子与人长厮类。无好意。年年苦在中心里。"

⑤"书成"三句:莲塘是鱼戏之所,故文人常联想传书之事。刘筠《荷

花》(再赋):"气清防麝损,信密待鱼通。"又往往由鱼而联想至鸿雁。杨亿《荷花》(再赋):"怨泪连疏竹,私书托过鸿。双鱼应共戏,休问叶西东。"但大雁仲秋归去,即使写成倾诉心声的书信,须待来年春天柳色泛青鸿雁飞回时才能传递。杜甫《赠王二十四侍御契四十韵》:"书成无过雁,衣故有悬鹑。"

⑥"阑干"三句:酥印痕香,形容女子敷粉肌肤在栏杆上留下的香泽。此三句实取意李璟《摊破浣溪沙》:"还与韶光共憔悴,不堪看。""多少泪珠何限恨,倚阑干。"

⑦"菱花"句:李白《别储邕之剡中》:"竹色溪下绿,荷花镜里香。"菱花,《尔雅翼》卷六:"昔人取菱花六觚之象以为镜。"乍,《汇释》:"犹恰也;正也。"娉婷,《韵会》:"美貌。"郑清之《荷花》:"一样娉婷绝代无,水宫鱼贯出琼铺。缘何买得凌波女,为有荷盘万斛珠。"

⑧别岸围红:别岸,高适《酬庞十兵曹》:"别岸迥无垠,海鹤鸣不息。"围红,暗用歌妓密围典。《类说》卷二一:"申王每苦寒之际,使宫妓密围于坐侧,以御寒气,呼为'妓围'。"此以席上歌妓密围喻荷塘内层层红莲盛开。

⑨千艳倾城:杜甫《奉送魏六丈佑少府之交广》:"侍婢艳倾城,绡绮轻雾霏。"孟郊《溧阳唐兴寺观蔷薇花同诸公饯陈明府》:"忽惊红琉璃,千艳万艳开。"实取意刘筠《荷花》(再赋七言):"欲选浣纱倾敌国,越王更起近江楼。"以上三句时间上倒装,"别岸"二句在前,"菱花乍失娉婷"在后。

⑩重洗清杯:清杯,沈炯《十二属诗》:"猴栗羞芳果,鸡跖引清杯。"洗杯,饮酒。也可理解为莲叶如酒杯。庾信《奉和赵王喜雨诗》:"白沙如湿粉,莲花类洗杯。"

⑪"同追"二句:杨亿《荷花》(又赠一绝):"谁燃百炬金花烛,渡袜歌梁暗落尘。"并暗用苏轼《海棠》诗意:"只恐夜深花睡去,故烧高烛照红妆。"豆花,周邦彦《蓦山溪》:"香破豆,烛频花,减字歌声稳。"

⑫"近欢"三句:《方舆胜览》卷五七:"十二峰,在巫山,曰望霞、翠屏、朝云、松峦、集仙、聚鹤、净坛、上升、起云、飞凤、登龙、圣泉。其下即巫山神女庙。"巫山云雨,详见《瑞鹤仙》(晴丝牵绪乱)注⑲。

⑬"偷相怜"三句:《唐才子传》卷七:"罗隐,字昭谏,钱塘人也。少英

敏,善属文,诗笔尤俊拔,养浩然之气。乾符初,举进士,累不第。……隐初贫,来赴举,过钟陵,见营妓云英有才思。后一纪,下第过之。英曰:'罗秀才尚未脱白?'隐赠诗云:'钟陵醉别十余春,重见云英掌上身。我未成名英未嫁,可能俱是不如人。'"并翻用张先《一丛花令》咏荷名句:"沉恨细思,不如桃杏,犹解嫁东风。"篝,《格致镜原》卷五八:"《说文》云,薰衣竹笼也。一曰薰笼。方言谓之焙笼。"

【汇评】

夏敬观评语:辞意具新。"追"字、"近"字极生而能炼之使熟,意乃更深一层。

塞垣春

丙午岁旦①

漏瑟侵琼管②。润鼓借、烘炉暖③。藏钩怯冷④,画鸡临晓⑤,邻语莺啭⑥。殢绿窗⑦、细呪浮梅琖⑧。换蜜炬、花心短⑨。梦惊回,林鸦起⑩,曲屏春事天远⑪。

迎路柳丝裙⑫,看争拜东风⑬,盈灞桥岸⑭。髻落宝钗寒,恨花胜迟燕⑮。渐街帘影转⑯。还似新年,过邮亭、一相见⑰。南陌又灯火⑱,绣囊尘香浅⑲。

【题解】

《塞垣春》,词牌名。双调,九十六字,前段九句六仄韵,后段八句四仄韵。周邦彦有《塞垣春》(暮色分平野),此调以此词为正体。吴文英作《塞垣春·丙午岁旦》后段第二句"看争拜东风",字句不同。

"丙午岁旦",即宋理宗淳祐六年(1246)元旦。是时,梦窗 47 岁,从词中看,当作于临安。杨笺:"梦窗姬去在四年,此为姬去后三年岁旦也。断为忆姬作。"

此元旦忆姬之作。上片从除夕写到元旦,漏滴声声,年鼓叮咚,藏钩嬉戏,画鸡贴户,邻女欢笑,一派热闹景象,与词人之除夕冷寂相映衬;昔日与爱姬欢愉,与今夕冷寂相映衬。下片写元旦,京城淑女如云、争拜东风的欢快,与词人所待之人的髻落钗寒相映衬;元旦灯火灿然,与己之绣囊香浅相映衬。在这多重映衬中突出了忆姬之忧思。

【校注】

①明张本、《历代诗余》词题作"岁旦"。

②"漏瑟"句:温庭筠《织锦词》:"丁东细漏侵琼瑟,影转高梧月初出。"

③"润鼓"二句:鼓,设置在城市街道的警夜鼓。宵禁开始和终止时击鼓通报。始于唐,宋以后亦泛指"更鼓"。烘炉,节前多雨,鼓声发涩,须借烘烤之力,方能解其生涩也。以上三句颇取意白居易《和望晓》:"丁丁漏向尽,冬冬鼓过半。"

④藏钩:《荆楚岁时记》:"岁前,又为藏钩之戏。""《风土记》曰:'醇以告蜡,竭恭敬于明祀,乃有藏弢。腊日之后,叟姬各随其侪为藏弢,分二曹以较胜负。'""又为藏弢之戏,辛氏以为钩弋夫人所起。周处、成公绥并作'弢'字,《艺经》、庾阐则作'钩'字,其事同也。俗云戏令人生离,有楚忌之家废不修也。"

⑤画鸡临晓:《事物纪原》卷八:"董勋问礼曰:正月一日为鸡,二日狗,三日羊,四日猪,五日牛,六日马,七日人。正旦画鸡于门,七日帖人于帐,为此也。《拾遗记》曰:尧在位七年。祇及国献重明鸟,状如鸡。或一岁数来,或数岁一来,国人莫不扫洒门户,以望其来。或刻金宝为其状,置户牖间,则鬼类自伏云。今人每岁元日,刻画为鸡于户上,盖其遗像也。"画鸡,毛本、《历代诗余》、《词律》、戈校本作"画难"。

⑥邻语莺啭:杜甫《伤春五首》(之二):"莺入新年语,花开满故枝。"皇甫冉《春思》:"莺啼燕语报新年,马邑龙堆路几千。"莺啭,毛本、王朱本作"莺转"。

⑦殢:纠缠不清。此略有沉湎其中之意。

⑧"细呪"句:谓切碎梅花浮于酒盏,并许下心愿。《月令辑要》卷五:"原《四民月令》:梅花酒,元日服之却老。"呪,亦作"咒"或"祝"。浮梅琖,明

张本作"梅花盏"。

⑨"换蜜炬"二句:《风土记》:"蜀之风俗,晚岁相与馈问,谓之馈岁;酒食相邀为别岁;至除夕达旦不眠,谓之守岁。"

⑩"梦惊回"二句:杜甫《杜位宅守岁》:"守岁阿咸家,椒盘已颂花。盍簪喧枥马,列炬散林鸦。"《集千家注杜工部诗集》注曰:"东坡与子由诗云'头上银幡笑阿咸',又云'欲唤阿咸来守岁,林鸦枥马斗喧哗',正用公此诗也。"又引梦弼曰:"《易》:'勿疑,朋盍簪。'此言朋友宴会也。'列炬散林鸦',言烛炬之明鸦,鸦惊飞也。"此处反用,因无朋友前来相聚,故林鸦非被灯炬惊起,而是天明时自然离巢。

⑪曲屏:深闺中的枕屏。围床而置,有单屏与多屏之争,此属后者。以上七句都是梦中所见或记忆中除夕及新年往事;现实是从团聚美梦中醒来,天色微曦,惊动林中栖鸦飞向远方,与梦中情景天壤迥别。

⑫"迎路"句:戴叔伦《江干》:"杨柳牵愁思,和春上翠裙。"牛峤《杨柳枝五首》(之五):"袅翠笼烟拂暖波,舞裙新染曲尘罗。"

⑬争拜东风:柳既丝如裙带,则可以有穿裙女子"拜"之行为。牛峤《杨柳枝五首》(之一):"解冻风来末上青,解垂罗袖拜卿卿。无端袅娜临官路,舞送行人过一生。"

⑭盈灞桥岸:多柳之地。灞桥,详见《解连环》(思和云结)注①。以上柳色柳姿是从闺中人到景物的自然过渡。

⑮"髻落"二句:古代元日也簪戴花胜。周祈《名义考》卷八:"元日剪彩为燕戴之。"花胜,古代妇女剪彩而成的首饰。迟,等待。《荀子·修身》:"故学曰迟。彼止而待我,我行而就之。"杨倞注:"迟,待也。"余详见《解语花》(檐花旧滴)注⑩。

⑯帘影转:李商隐《灯》:"影随帘押转,光信簟文流。"以上三句透过闺中元日节令行事写闺怨,是从对方着笔。

⑰"还似"三句:邮亭,驿馆,递送文书者投止之处。此为梦窗词有意凌乱眩人眼目之处,语序应为"新年还似,过邮亭、一相见"。意思为虽然是理应礼节隆重的新年,却似当年苏幕行役在驿馆中草草度过。

⑱"南陌"句:写一入正月,又开始新的一轮预赏花灯。《武林旧事》卷

二:"禁中自去岁九月赏菊灯之后,迤逦试灯,谓之'预赏'。一入新正,灯火日盛,皆修内司诸珰分主之,竞出新意,年异而岁不同。"

⑲"绣囊"句:谓绣囊仍在而芳踪杳渺。

【汇评】

陈洵《海绡说词》:题是元旦,自起句至"花心短",却全写除夕。至"梦回""春远",乃点出春字。下阕写春事如许,回忆曲屏。向所谓远者,今乃历历在目矣。章法入神,勿徒赏其研炼。"柳丝裙",言柳丝如春人之裙也。"争拜东风盈灞桥岸",是柳丝,是春人,写得绚烂。"鬓落"二句,言元旦则簪花胜矣。而燕子迟来,故钗落成恨,用事入化。

夏敬观评语:雕琢太过。　　看"争拜"句,清真作七字,必有讹误。恐非另一体。即无讹句亦欠佳。

宴清都 夹钟羽　俗名中吕调

饯嗣荣王仲亨还京①

翠羽飞梁苑②。连催发,暮檐留话江燕③。尘街堕珥④,瑶扉乍钥⑤,彩绳双胃⑥。新烟暗叶成阴⑦,效翠妩⑧、西陵送远⑨。又趁得⑩、蕊露天香,春留建章花晚⑪。

归来笑折仙桃⑫,琼楼宴莩⑬,金漏催箭⑭。兰亭秀语,乌丝润墨,汉宫传玩⑮。红欹醉玉天上⑯,倩凤尾⑰、时题画扇。问几时、重驾巫云⑱,蓬莱路浅⑲。

【题解】

《宴清都》,词牌名。又名《四代好》,《清真集》《梦窗词集》并入"中吕调"。双调,一百零二字,前片十句五仄韵,后片十句四仄韵。

仲亨,当是嗣荣王赵与芮之字。"还京",是指嗣荣王由绍兴去往京城临安(今杭州),不是迁居。词中有"归来笑折仙桃"一语,此行盖为祝理宗生日入朝。

此为饯送嗣荣王赴京之词。上片写送别，以拟人手法表达惜别之情；下片设想嗣荣王在京情状，宫廷赐宴，赏玩文物，突出嗣荣王身份之高贵。

【校注】

①《古今词统》、毛本、戈校本作"饯嗣荣仲亨还京"。明张本、朱四校本作"饯荣王仲亨还京"。

②"翠羽"句：梁苑，西汉梁孝王所建。又称兔园、菟园。《玉海》卷一七一："《史记》：梁孝王筑东苑，方三百里。是曰兔园。"此借指嗣荣王的绍兴府邸。翠羽，翡翠鸟的羽毛。用以装饰车服、编织帘帷。此借指宫廷使者的车驾。参见《瑞鹤仙》（彩云栖翡翠）注②。

③"暮樯"句：见《水龙吟》（几番时事重论）注④中杜甫诗，谓日暮潮落时将有水程，樯燕娇语为留人。此为惜别婉语。

④尘街堕珥：此写嗣荣王盍府出行还京，沿途珠翠可扫。堕珥，犹言"遗簪堕珥"。《史记·滑稽列传》："若乃州闾之会，男女杂坐，行酒稽留，六博投壶，相引为曹，握手无罚，目眙不禁，前有堕珥，后有遗簪，髡窃乐此，饮可八斗而醉二参。"暗用《新唐书·杨贵妃传》典故，写国戚出门的排场："国忠既遥领剑南，每十月，帝幸华清宫，五宅车骑皆从，家别为队，队一色，俄五家队合，烂若万花，川谷成锦绣，国忠导以剑南旗节。遗钿堕舄，瑟瑟玑珥，狼藉于道，香闻数十里。"尘街，《古今词统》、《历代诗余》、戈校本、王朱本、朱二校本、朱三校本、《四明》本作"尘阶"。堕珥，《古今词统》作"坠珥"。

⑤瑶扉乍钥：瑶，美玉。扉，《说文》："户扇也。"瑶扉，指王府大门。钥：开锁或上锁的用具。此句谓王府的大门刚刚锁闭。

⑥彩绳双胃：《古今事文类聚前集》卷八："北方戎狄至寒食为秋千戏，以习轻趫。后中国女子学之，乃以彩绳悬木立架，士女坐其上，推引之，谓之秋千。"胃，悬置。秋千是三月暮春寒食节期间的游戏，度宗生日在四月初九，王府前往庆贺，须提前启程，时间亦相合。

⑦新烟：指清明日新火所生之烟。《春明退朝录》卷中："周礼，四时变国火，谓春取榆柳之火，夏取枣杏之火，季夏取桑柘之火，秋取柞楢之火，冬取槐檀之火。而唐时，惟清明取榆柳火以赐近臣戚里。本朝因之，惟赐辅

臣戚里、帅臣、节察、三司使、知开封府、枢密直学士、中使,皆得厚赠,非常赐例也。"《梦粱录》卷二:"寒食第三日,即清明节,每岁禁中命小内侍于阁门用榆木钻火,先进者赐金碗,绢三匹。宣赐臣僚巨烛,正所谓'钻燧改火'者,即此时也。"荣邸也在赐新火之列。寒食不举火典,参见《渡江云》(羞红鬓浅恨)注⑪。

⑧效翠妩:谓水滨尚未完全舒展的柳叶似亦惜别,故效眉黛颦蹙。妩,眉式秀丽。翠妩,明张本作"翠妩"。

⑨西陵:西兴渡。《浙江通志》卷三六:"西兴渡,《方舆胜览》:在县西十二里,本名西陵。"

⑩趁得:唐宋人语。犹言"赶上"。

⑪建章:即建章宫。此代指杭京宫殿。

⑫归来:梦窗有意凌乱处,语序属最后三句,应为"问几时归来、重驾巫云,蓬莱路浅"。笑折仙桃:点明此行庆寿之行。

⑬琼楼宴萼:琼楼,形容华美的建筑物。萼,花萼楼。参见《水龙吟》(望中璇海波新)注⑯。代指赐宴地点。

⑭金漏催箭:《周礼·夏官·挈壶氏》贾公彦疏挈壶氏漏水法:"大史立成法,有四十八箭者。此据汉法而言,则以器盛四十八箭,箭各百刻,以壶盛水,悬于箭上,节而下之水,水淹一刻则为一刻。四十八箭者,盖取倍二十四气也。"金箭,指宫漏设置中的箭牌。详见《瑞鹤仙》(辘轳秋又转)注⑦。以上三句化用杜甫《奉和贾至舍人早朝大明宫》诗意:"五夜漏声催晓箭,九重春色醉仙桃。"

⑮"兰亭"三句:兰亭秀语,指《兰亭集序》。宋人认为此序有很高的文学价值。乌丝,指乌丝栏。《通雅》卷三二:"乌丝,笺之画栏者也。自六朝即用栏墨,后或以花为栏。"汉宫,此指荣王府。此三句赞谀度宗赏赐给贵戚嗣荣王书法珍本。

⑯红敧醉玉:美称嗣荣王醉后倚扶美人的风姿。醉玉,《世说新语·容止》:"嵇康身长七尺八寸,风姿特秀。见者叹曰:'萧萧肃肃,爽朗清举。'或云:'肃肃如松下风,高而徐引。'山公曰:'嵇叔夜之为人也,岩岩若孤松之独立;其醉也,傀俄若玉山之将崩。'"红敧,《古今词统》、毛本、戈校本、杜

本、王朱本、朱二校本作"红歌"。

⑰凤尾：特指凤尾诺。古代帝王批示笺奏，表示认可，则署"诺"字，字尾形如凤尾。代指皇帝的书法。

⑱重驾巫云：巫云，巫山之云，代指仙境腾生的从龙云气，此由古时海上蓬莱仙山正偶会稽郡而生的衍义。杜甫《伤春五首》(之一)："蓬莱足云气，应合总从龙。"并美称嗣荣王的车驾，谓其驾云而来。

⑲蓬莱路浅：葛洪《神仙传》卷三："麻姑自说：'接待以来，已见东海三为桑田。向到蓬莱，水又浅于往昔会时略半也，岂将复还为陵陆乎！'"绍兴卧龙山有蓬莱阁，得名与海上蓬莱仙山相关。

又

连理海棠①

绣幄鸳鸯柱②。红情密③，腻云低护秦树④。芳根鹣倚，花梢钿合⑤，锦屏人妒⑥。东风睡足交枝⑦，正梦枕、瑶钗燕股⑧。障潋蜡、满照欢丛，婪蟾冷落羞度⑨。

人间万感幽单⑩，华清惯浴，春盎风露⑪。连鬓并暖⑫，同心共结⑬，向承恩处。凭谁为歌长恨⑭，暗殿锁、秋灯夜语。叙旧期、不负春盟⑮，红朝翠暮⑯。

【题解】

这是一首咏物词。上片着力写连理海棠之神采形貌，突出连理海棠之美；下片着力写杨贵妃，铺叙李、杨爱情悲欢。花与人合写，既咏物，又不局限于物，无处不咏人事，是此词一大特色。

【校注】

①海棠春天二三月开花。因唐明皇曾喻杨贵妃为海棠犹睡，且白居易《长恨歌》谓二人七夕在长生殿有"在地愿为连理枝"之爱情盟誓，故此词以

李杨爱情为主线,并在其中揉碎化用了白诗。

②"绣幄"句:幄,篷帐。此喻花叶成荫。鸳鸯柱,形容海棠连理双枝。也以鸳鸯的毛色极为绚烂借写连理海棠花叶盛时色彩斑斓。

③红情密:花开叶盛似有浓厚的情意,实藏"绿意"二字于其中。

④"腻云"句:腻云,云层厚重。秦树,因秦地连理海棠著名而用以代称。此句取意陆游《花时遍游诸家园十首》(之二):"绿章夜奏通明殿,乞借春阴护海棠。"

⑤"芳根"二句:芳根鹣倚,化用白居易《长恨歌》诗意:"在天愿作比翼鸟,在地愿为连理枝。"鹣,比翼鸟。花梢钿合,白居易《长恨歌》:"唯将旧物表深情,钿合金钗寄将去。钗留一股合一扇,钗擘黄金合分钿。但教心似金钿坚,天上人间会相见。"钿合,四库本作"细合"。

⑥锦屏人妒:谓连理双株相依相偎,颇让独守空闺者心生嫉妒。实暗用李商隐《嫦娥》诗意:"云母屏风烛影深,长河渐落晓星沉。嫦娥应悔偷灵药,碧海青天夜夜心。"为下文"婺蟾"句张本。

⑦"东风"句:《苕溪渔隐丛话前集》卷三八引《杨妃外传》:"明皇登沉香亭,诏妃子。妃子时卯酒未醒,命力士从侍儿扶掖而至。妃子醉颜残妆,钗横鬓乱,不能再拜。明皇笑曰:'是岂妃子醉耶?海棠睡未足耳。'"

⑧"正梦枕"二句:李商隐《偶题二首》(之一):"水文簟上琥珀枕,傍有堕钗双翠翘。"瑶钗燕股,即玉燕钗。《洞冥记》卷二:"元鼎元年,起招仙阁于甘泉西宫……以迎神女。神女留玉钗以赠帝,帝以赐赵婕妤。至昭帝元凤中,宫人犹见此钗。黄谏欲之,明日示之,既发匣,有白燕飞升天。后宫人学作此钗,因名玉燕钗,言吉祥也。"梦枕,《历代诗余》、戈校本作"梦绕"。燕股,明张本、毛本、四库本作"芜股",戈校本作"□股"。

⑨"障滟蜡"三句:前二句化用苏轼《海棠》诗意:"只恐夜深花睡去,故烧高烛照红妆。"滟,此以水波流动喻照在花树上的烛光。欢丛,犹言合欢丛。元稹《生春二十首》:"独眠傍炉物,偷铲合欢丛。"婺蟾,代指婺星与嫦娥。为下文七夕之誓中出现牵牛星、织女星张本。婺,婺星,也称须星。《史记·天官书》:"婺星,其北织女……主布帛、裁制、嫁娶。"蟾,以月亮代指嫦娥。详见《霜叶飞》(断烟离绪)注⑨。羞度,《历代诗余》、戈校本、杜本

作"虚度"。此三句写惜花人恐夜深花睡,因此手遮蜡烛,焰光潋潋高照合欢之红妆,并想象此夜的浓云遮蔽星月,是由于已嫁之须女与失婚之嫦娥,都因羞于见到连理花树的缱绻缠绵而隐身云丛。

⑩"人间"句:下文"暗殿"二句意入与此。白居易《长恨歌》:"归来池苑皆依旧,太液芙蓉未央柳。芙蓉如面柳如眉,对此如何不泪垂。春风桃李花开夜,秋雨梧桐叶落时。西宫南内多秋草,宫叶满阶红不扫。梨园弟子白发新,椒房阿监青娥老。夕殿萤飞思悄然,孤灯挑尽未成眠。迟迟钟鼓初长夜,耿耿星河欲曙天。鸳鸯瓦冷霜华重,翡翠衾寒谁与共。"陈鸿《长恨歌传》:"尊玄宗为太上皇,就养南宫。自南宫迁于西内,时移事去,乐尽悲来。每至春之日,冬之夜,池莲夏开,宫槐秋落。梨园弟子,玉管发音,闻《霓裳羽衣》一声,则天颜不怡,左右欷歔。三载一意,其念不衰。求之梦魂,杳不能得。"幽单,犹孤独。

⑪"华清"二句:下文"承恩"意入于此。白居易《长恨歌》:"春寒赐浴华清池,温泉水滑洗凝脂。侍儿扶起娇无力,始是新承恩泽时。云鬓花颜金步摇,芙蓉帐暖度春宵。春宵苦短日高起,从此君王不早朝。承欢侍宴无闲暇,春从春游夜专夜。后宫佳丽三千人,三千宠爱在一身。金屋妆成娇侍夜,玉楼宴罢醉和春。"喻写夜露中的海棠。

⑫连鬟:犹言双环。此处谐音"连环"。连环结象征爱情,与下文"同心结"皆照应连理花枝。

⑬同心共结:即同心结。同心结是一种古老而寓意深长的花结。由于其两结相连的特点,常被作为爱情的象征,取"永结同心"之意。

⑭"凭谁"句:白居易《长恨歌》:"天长地久有时尽,此恨绵绵无绝期。"陈鸿《长恨歌传》:"元和元年冬十二月,太原白乐天自校书郎尉于盩厔。鸿与琅琊王质夫家于是邑。暇日相携游仙游寺,话及此事,相与感叹。质夫举酒于乐天前曰:'夫希代之事,非遇出世之才润色之,则与时消没,不闻于世。乐天深于诗,多于情者也,试为歌之,如何?'乐天因为《长恨歌》。意者不但感其事,亦欲惩尤物,窒乱阶,垂于将来者也。歌既成,使鸿传焉。"

⑮"叙旧期"二句:白居易《长恨歌》:"七月七日长生殿,夜半无人私语时。在天愿作比翼鸟,在地愿为连理枝。"陈鸿《长恨歌传》:"玉妃茫然退

立,若有所思,徐而言曰:'昔天宝十载,侍辇避暑于骊山宫。秋七月,牵牛织女相见之夕,秦人风俗,是夜张锦绣,陈饮食,树瓜华,焚香于庭,号为乞巧。宫掖间尤尚之。时夜殆半,休侍卫于东西厢,独侍上。上凭肩而立,因仰天感牛女事,密相誓心,愿世世为夫妇。言毕,执手各呜咽。此独君王知之耳。'因自悲曰:'由此一念,又不得居此。复堕下界,且结后缘。或为天,或为人,决再相见,好合如旧。'"叙旧期,《历代诗余》、戈校本作"愿旧期"。

⑯红朝翠暮:回应开篇海棠之"红情绿意"。以上三句的意思是惟有这双株连理海棠,以朝朝暮暮舒放盛开的红花绿叶,展示出明皇贵妃没有辜负当年七月七日长生殿里"在地愿为连理枝"的爱情盟誓。

【汇评】

朱祖谋《朱评梦窗词》:濡染大笔何淋漓!

况周颐《蕙风词话》:令无数丽字一一生动飞舞,如万花为春。

陈洵《海绡说词》:只运化一篇《长恨歌》,乃放出如许异采,见事多,识理透故也。得力尤在换头一句"人间万感"。天上蟾蜍,横风忽断,夹叙夹议,将全篇精神振起。"华清"以下五句,对上"幽单",有好色不与民同乐意,天宝之不为靖康者,幸耳,故曰"凭谁为歌长恨"。

刘永济《微睇室说词》:此咏物词之工整者,因咏物亦托物言情,故换头以下全以《长恨歌》中之杨贵妃比言,亦因明皇有妃子海棠春睡之语也。……此词既以杨妃比花,以明皇与杨离合之事贯穿其中,实则又以杨妃比去妾以抒写自己离情。作者心细如发,而用笔灵活,绝不粘滞,是卷中咏物最工之作。

又

寿荣王夫人

万壑蓬莱路①。非烟霁②,五云城阙深处③。璇源媲凤④,瑶池种玉⑤,炼颜金姥⑥。长虹梦入仙怀⑦,便洗日⑧、铜华翠渚⑨。向瑞世、独占长春,蟠桃正饱风露⑩。

殷勤汉殿传卮⑪，隔江云起，暗飞青羽⑫。南山寿石，东周宝鼎，千秋巩固⑬。何时地拂龙衣，待迎入、玉京阆圃⑭。看□□、膌拥湖船，三千彩御⑮。

【题解】

荣王夫人是荣王赵希瓐的夫人全氏，是宋理宗赵昀与嗣荣王赵与芮的生母。此词应作于理宗景定元年(1260)赵与芮子赵禥(即宋度宗)被立为皇储之后。

此词为祝寿词，以博喻修辞手法多次设喻为荣王夫人寿，将夫人比作西王母、凤凰、种玉仙人，辞采极华丽。"东周宝鼎，千秋巩固"一语，却颇为朴素，在对国家的祝愿中寄托对国事岌岌可危的隐状，是词之曲笔。

【校注】

①"万壑"句：写荣王府的本地风光。《晋书·顾恺之传》："(恺之)还至荆州，人问以会稽山川之状，恺之云：'千岩竞秀，万壑争流。草木蒙茏，若云兴霞蔚。'"蓬莱，蓬莱仙境正对绍兴卧龙山的蓬莱阁。详见《宴清都》(翠羽飞梁苑)注⑲。

②非烟：犹言非烟非云，形容五色祥云。《晋书·志第二·天文中》："瑞气：一曰庆云，若烟非烟，若云非云，郁郁纷纷，萧索轮困，是谓庆云，亦曰景云。此喜气也，太平之应。"

③五云城阙：《会稽续志》卷一载会稽城东为五云门："即古雷门，晋王献之所居，有五色祥云见，故取以名门。"城阙，城门两边的望楼。以上三句中"万壑""蓬莱""五云"皆代称绍兴，写绍兴荣府的王气与喜气。

④璇源：产珠的水流。《文选·颜延之〈赠王太常〉》："玉水记方流，璇源载圆折。"李善注引《尸子》："凡水，其方折者有玉，其圆折者有珠也。"媲：匹配。

⑤瑶池：绍兴荣邸园曰琼圃，池曰瑶沼；亦指西王母所居。参见《水龙吟》(望中璇海波新)注⑨。种玉：干宝《搜神记》卷一一载杨伯雍得仙人所授石子，使种于无终山，仙人言："玉当生其中。"并预言："汝后当得好妇。"

"(伯雍)乃种其石。数岁,时时往视,见玉子生石上,人莫知也。有徐氏者,右北平著姓,女甚有行,时人求,多不许。公乃试求徐氏。徐氏笑以为狂,因戏云:'得白璧一双来,当听为婚。'公至所种玉田中,得白璧五双,以聘。徐氏大惊,遂以女妻公。"梦窗词常以种玉喻贵人得子嗣。此颂谀荣王夫人产贵子理宗。

⑥炼颜:指经过修炼而使青春容颜常驻。李卫公《步虚引》:"河汉玉女能炼颜,云骈往往在人间。"金娆:《记纂渊海》卷八六:"西王母者,金王母也。厥姓缑氏,女子之登仙得道者咸隶焉。"

⑦"长虹"句:女子因感应某种神兆怀孕后生贵子。《宋书·志第十七·符瑞上》:"帝挚少昊氏,母曰女节,见星如虹,下流华渚,既而梦接意感,生少昊。登帝位,有凤凰之瑞。帝颛顼高阳氏,母曰女枢,见瑶光之星,贯月如虹,感己于幽房之宫,生颛顼于若水。首戴干戈,有圣德。"《宋史·理宗本纪》:"理宗建道备德大功复兴烈文仁武至明安孝皇帝,讳昀,太祖十世孙。父希瓐,追封荣王,家于绍兴府山阴县,母全氏。以开禧元年正月癸亥生于邑中虹桥里第。前一夕,荣王梦一紫衣金帽人来谒,比寤,夜漏未尽十刻,室中五采烂然,赤光属天,如日正中。既诞三日,家人闻户外车马声,亟出,无所睹。幼尝昼寝,人忽见身隐隐如龙鳞。"

⑧洗日:神话传说咸池是洗日处。

⑨铜华:朱三校本作"桐华"。翠渚:即前注"华渚"的美称。以上三句以女节、女枢比全夫人,以少昊、颛顼比理宗。又因理宗生时有"如日正中"之兆,故以"洗日"移易"星流华渚"之事。

⑩蟠桃:见《瑞鹤仙》(记年时茂苑)注⑤。

⑪殷勤:《例释》:"等于说烦请、多承,表敬意或谢意的动词。"卮:《汉书·高帝纪上》:"上奉玉卮为太上皇寿。"颜师古注:"卮,饮酒圆器也。"

⑫青羽:此指青鸟。神话传说中为西王母取食传信的神鸟。以上三句喻宫中使者传食过钱塘江将至绍兴。

⑬"南山"三句:南山寿石,语出《诗·小雅·天保》:"如月之恒,如日之升。如南山之寿,不骞不崩。如松柏之茂,无不尔或承。"宝鼎,《史记·五帝本纪》:"(黄帝)获宝鼎。"相传夏禹铸九鼎,象征九州,夏、商、周三代奉为

象征国家政权的传国之宝。宋徽宗也曾铸九鼎。杨笺:"周之东迁,与宋之南渡同,故曰'东周宝鼎'。"此三句祝荣王夫人寿比南山,其子孙传国绵长,国基坚如磐石。

⑭"何时"三句:地拂龙衣,释文莹《玉壶野史》卷三:"杜审琦,昭宪皇太后之兄也。建宁州节。一旦请觐,审琦视太祖、太宗皆甥也。一日陈内宴于福宁宫,宪后临之,祖宗以渭阳之重,终宴侍焉。及为寿之际,二帝皆捧觞列拜。乐人史金著者粗能属文,致词于帘陛之外,其略曰:'前殿展君臣之礼,虎节朝天;后宫伸骨肉之情,龙衣拂地。'祖宗特爱之。"玉京,代指帝都。阆圃,即玄圃、阆风。传说中昆仑山顶神仙居处第二层。此三句谓理宗不久就要迎接荣王夫人到杭京宫殿,亲为拜寿。

⑮"看□□"三句:徐应秋《玉芝堂谈荟》卷三:"上(炀帝)御龙舟,萧后凤舸,锦帆彩缆,穷极侈靡。舟架舞台,台上垂蔽日珠帘。帘即蒲泽国所贡,以负山蛟睫纫莲根丝贯小珠编成。虽晓日激射,而光不能透。每舟择妙丽女子千人,执雕板镂金楫,号'殿脚女'。"《汇释》:"膡,甚辞,犹真也;尽也;颇也;多也。字亦作'剩'。"三千,宫女成数。彩御,美丽并且穿着华绚的宫女。此谓届时能看到理宗率众宫女侍奉荣王夫人游湖的隆重排场。看□□,明张本、毛本、戈校本、杜本未空格。

又

寿秋壑

翠匣西门柳①。荆州昔,未来时正春瘦②。如今膡舞③,西风旧色④,胜东风秀⑤。黄粱露湿秋江⑥,转万里、云樯蔽昼⑦。正虎落⑧、马静晨嘶⑨,连营夜沉刁斗⑩。

含章换几桐阴⑪,千官邃崿⑫,韶凤还奏⑬。席前夜久⑭,天低宴密,御香盈袖⑮。星查信约长在,醉兴渺、银河赋就⑯。对小弦⑰、月挂南楼⑱,凉浮桂酒⑲。

【题解】

"秋壑",贾似道,号秋壑。宋理宗时丞相兼枢密使。宋度宗立,拜太师,封魏国公,赐第葛岭,权倾朝野。此词是吴文英写给贾似道的祝寿词。夏承焘笺:"《癸辛杂识》:似道生八月八日。"杨笺:"《宋史》:淳祐六年(1246)九月,以贾似道为荆湖制置使兼知江陵府。九年,晋大使。十年春,移镇两淮。"此词有"荆州"字,当作于贾似道知江陵府时。上片写贾似道荆州任上一片承平景象,称颂贾的军事才能;下片写寿宴的隆重,言贾氏备受宠信,位尊权重。

【校注】

①匝:遍布。西门柳:代指武昌柳。《晋书·陶侃传》:"侃性纤密好问,颇类赵广汉。尝课诸营种柳,都尉夏施盗官柳植之于己门。侃后见,驻车问曰:'此是武昌西门前柳,何因盗来此种?'施惶怖谢罪。"以武昌镇守典暗颂贾氏为良将。

②"未来"句:毛滂《浣溪沙》:"滟滟金波暖做春。疏疏烟柳瘦于人。"此句"瘦"字与下文"秀"字错综见义,谓八月瘦柳飞舞有胜于三月柳色青青时。

③賸:此处是"尽"的意思。

④旧色:此指秋天柳色尚存春夏之翠绿。

⑤胜东风秀:祝颂中寓寿辰时间。

⑥黄粱:为江汉特产。《楚辞·招魂》:"稻粢穱麦,挐黄粱些。"露湿:杜本作"夜湿"。

⑦"转万里"二句:意思是荆湖粮食丰收,将漕运至各地。云樯,唐彦谦《送许户漕》:"将军楼船发浩歌,云樯高插天嵯峨。"此代指运粮的大船。

⑧虎落:指篱落、藩篱。古代用以遮护城邑或营寨的竹篱。亦用以作为边塞分界的标志。《汉书·晁错传》:"要害之处,通川之道,调立城邑,毋下千家,为中周虎落。"颜师古注:"虎落者,以竹篾相连遮落之也。"

⑨马静晨嘶:白昼安静,没有战马嘶鸣。

⑩连营:《三国志·魏志·文帝纪》:"帝闻备兵东下,与权交战,树栅连营七百余里。"夜沉刁斗:用古代良将李广典。《史记·李将军列传》:"及出

击胡,而广行无部伍行陈,就善水草屯,舍止,人人自便,不击刁斗以自卫。"裴骃《集解》引孟康曰:"以铜作鐎器,受一斗,昼炊饭食,夜击持行,名曰刁斗。"此与"晨静"合写前线安然,无战事骚扰。刁斗,明张本作"刀斗"。

⑪含章:汉宫殿名。《水经注》卷一九:"未央殿东有宣室、玉堂、麒麟、含章、白虎、凤皇、朱雀、鹓鸾、昭阳诸殿。"换几桐阴:杜甫《送贾阁老出汝州》:"西掖梧桐树,空留一院阴。"《九家集注杜诗》:"喻贾之德犹足庇覆一院。"此以贾姓谀颂。

⑫邃幄:喻宫中问计密地。此句暗用张良典。《史记·留侯世家》:"上曰:'夫运筹帷幄之中,决胜千里之外,吾不如子房。'"

⑬韶凤:语出《尚书·益稷》:"箫韶九成,凤凰来仪。"此指宫中宴会时的奏乐。

⑭席前夜久:皇帝向贾似道问计,并以贾谊切似道姓。

⑮天低宴密:言似道以贾妃故,屡得预筵宴。

⑯"星查"三句:用《博物志》浮槎入天河故事。句中"银河"意缀于"星查",并以天河代指京城杭州。信约,《史记·张仪列传》:"凡天下而以信约从亲相坚者苏秦,封武安君,相燕,即阴与燕王谋伐破齐而分其地。"浮槎事在八月,切生日时间。星查,毛本作"星槎"。

⑰小弦:农历初七、初八时的初弦月。

⑱月挂南楼:南楼,再用武昌典。《世说新语·容止》:"庾太尉在武昌,秋夜气佳景清,使吏殷浩、王胡之之徒登南楼理咏。音调始遒,闻函道中有屐声甚厉,定是庾公。俄而率左右十许人步来,诸贤欲起避之。公徐云:'诸君少往,老子于此处兴复不浅。'因便据胡床,与诸人咏谑,竟坐甚得任乐。后王逸少下,与丞相言及此事。丞相曰:'元规尔时风范,不得不小颓。'右军答曰:'唯丘壑独存。'"似道制置荆湖,故以庾亮拟之。

⑲凉浮桂酒:秋凉侵体,取来桂花酒用以暖身。

【汇评】

卓人月、徐士俊《古今词统》卷一四:喜无谀词,非廖莹中、郭居安可比。

又

送马林屋赴南宫,分韵得动字

柳色春阴重^①。东风力,快将云雁高送^②。书檠细雨,吟窗乱雪,井寒笔冻^③。家林秀橘霜老^④,笑分得、蟾边桂种^⑤。应茂苑、斗转苍龙^⑥,唯潮献奇吴凤^⑦。

玉眉暗隐华年^⑧,凌云气压,千载云梦^⑨。名笺濡墨^⑩,恩袍翠草^⑪,紫骝青鞚^⑫。飞香杏园新句,眩醉眼、春游乍纵^⑬。弄喜音、鹊绕庭花^⑭,红帘影动^⑮。

【题解】

马林屋,盖洞庭山人,应是吴文英的朋友,"林屋"为其号。杨铁:"《洞天福地记》:第九林屋洞周回四百里,名'佐神幽墟之天',在苏州洞庭湖中。马以为名。"南宫,尚书省的别称。尚书省象列宿之南宫。唐及以后,尚书省六部统称南宫。又因进士考试多在礼部举行,故又专指六部中的礼部。据词意多描述科举事,马林屋应是一位赴礼部考试的举子。

此为送别友人赴京应试之词。上片写送别马林屋赴试,而多年寒窗苦读,学有所成,必能得魁;下片赞马林屋才华横逸,祝其中第,并想象赐宴、归家情形。

【校注】

①"柳色"句:写春天柳荫渐趋浓重。杨铁:"'柳'字切送行。'春'字切南宫。"唐宋礼部试士,均在春季举行,故又称春闱。

②"东风"二句:李频《送友人游太原》:"秋风高送雁,寒雨入停蝉。"毛宸本"快"旁注"任"字。

③"书檠"三句:写马林屋寒窗苦读情形。书檠,范成大《次韵子永见赠建除体》:"满炷寒缸油,共此书檠光。"吟窗,岑参《送杨录事充使》:"使乎仍

未醉,斜月隐吟窗。"井寒,毛本、戈校本、杜本、王朱本、朱二校本作"天寒"。笔冻,《开元天宝遗事》卷四:"李白于便殿,对明皇撰诏诰,时十月大寒,冻笔莫能书字。帝敕宫嫔十人侍于李白左右,令执牙笔呵之,遂取而书其诏,其受圣眷如此。"

④"家林"句:苏州太湖洞庭东西山盛产橘,多待霜降方可食用。橘林又用作兄弟俱用功读书典。黄䜮《山谷年谱》卷二六:"又有彭泽读书岩题字,云尉石兴宗诸子读书岩中,号'橘林三少',故予为立岩名。兴宗名振,三少谓悆、憖、悠。"下阕用马良典,也与兄弟典义合。且切字号中的"林"字。

⑤蟾边桂种:《晋书·郤诜传》:"武帝于东堂会送,问诜曰:'卿自以为何如?'诜对曰:'臣举贤良对策,为天下第一,犹桂林之一枝,昆山之片玉。'"相传月宫中有大桂树,《龙城录》:"开元六年,上皇与申天师、道士鸿都客八月望日夜,因天师作术,三人同在云上,游月中。过一大门,在玉光中飞浮,宫殿往来无定,寒气逼人,露濡衣袖皆湿。顷见一大宫府,榜曰'广寒清虚之府'。……少焉,步向前,觉翠色冷光,相射目眩,极寒不可进。下见有素娥十余人,皆皓衣,乘白鸾,往来舞笑于广陵大桂树之下。"唐以来牵合二事,以"蟾宫折桂"谓科举高中。

⑥苍龙:古代二十八宿中东方七宿的总称。兼写时节在春。《说文解字》释"龙":"春分而登天,秋分而潜渊。"

⑦唯潮:宋人郭彖《睽车志》卷一:"平江里俗旧传谶记云:'潮过唯亭出状元。'又云:'西山石移,状元南归。'淳熙庚子三月二十二日,吴县穹隆山大石自麓移立山半,石所经,草木皆压藉,宛然行迹可验。其秋八月十八日夜,海潮大至,过唯亭,环城而西。穹隆在城西,唯亭距城东北四十五里。明年省试,平江岁贡者尽下,唯黄由以国学解中选,未廷试,皆传黄由魁天下。已而唱名,果然。由字子由,平江人,而用国学发荐,南归之验也。"杨笺:"马为吴人,故有唯潮之语。"唐时新进士、宋时廷试列一甲者,称状元。此词中兼及专称与泛称。唯潮,毛本、戈校本、杜本、王朱本、朱二校本作"淮潮"。

⑧玉眉暗隐:《三国志·蜀志·马良传》:"马良,字季常,襄阳宜城人

104

也。兄弟五人,并有才名,乡里为之谚曰:'马氏五常,白眉最良。'良眉中有白毛,故以称之。"后因以喻兄弟或侪辈中的杰出者。以马良典切"马"姓。华年:青春年华。明张本、朱三校本、《四明》本作"年华"。

⑨"凌云"二句:孟浩然《望洞庭湖赠张丞相》:"气蒸云梦泽,波撼岳阳城。"并合用司马相如典。《史记·司马相如列传》:"相如既奏《大人》之颂,天子大说,飘飘有凌云之气,似游天地之间意。"云梦,《周礼·夏官·职方氏》:"正南曰荆州,其山镇曰衡山,其泽薮曰云梦。"郑玄注:"衡山在湘南,云梦在华容。"实寓颂马林屋的文章千载之下可与司马相如《子虚》《上林》文采气势相比并之意。

⑩名笺澹墨:谓金榜题名。曾慥《类说》卷一五"贡院榜"条:"右谕及贡院,字用淡墨甋笔书。李绅侍郎将放举人,命吏书榜,未及填'右谕贡院'字,吏暴卒,令史王昶善书,被酒染笔,不能加墨,一榜之内,浓淡相间,反致其妍,遂成故事。"

⑪恩袍翠草:宋制,新进士及第皆赐绿袍。

⑫紫骝青鞁:暗用孟郊《登科后》诗意,谓春风得意,纵马看花。紫骝,古骏马名。鞁,马笼头。青鞁,青色的马勒丝带。

⑬"飞香"三句:此写新进士赐宴事。《佩文斋广群芳谱》卷二五引《摭言》曰:"唐进士杏花园初会,谓之探花宴。择少俊二人为探花使,遍游名园,若他人先折得花,二人皆受罚。"探花后成为廷试一甲中第三名的专称。此处祝马氏高中一甲并兼及尚在少俊之意。

⑭"弄喜音"二句:《开元天宝遗事》卷四:"时人之家,闻鹊声者,皆为喜兆,故称'灵鹊报喜'。"

⑮红帘影动:《梦粱录》卷三:"两状元差委同年进士充本局职事官,措置题名登科录。帅司差拨六局人员,安抚司关借银器等物、差拨妓乐,就丰豫楼开'鹿鸣宴',同年人俱赴,团拜于楼下。文武状元注授毕,各归乡里。本州则立状元坊额牌所居之侧,以为荣耀。州县亦皆迎逆,设宴庆贺。"周密《齐东野语》卷一六"省、状元同郡"条亦可互证:"抡魁、省元同郡,自昔以为盛事。……淳祐甲辰,省元徐霖、状元留梦炎,皆三衢人。一时士林歆羡,以为希阔之事。时外舅杨彦瞻以工部郎守衢,遂大书'状元坊'以表其

间。既以为未足,则又揭'双元坊'以夸大之,乡曲以为至荣。二公不欲其成,各以书为谢,且辞焉。彦瞻答之,略云:'尝闻前辈之言曰:"吾乡昔有第奉常而归,旗者、鼓者、馈者、迓者、往来而观者,阛路骈陌如堵墙。既而闺门贺焉,宗族贺焉,姻者、友者、客者交驾焉。"'"以上三句预想马氏南宫奏捷,乡里同庆,州县迎迓,以及内眷早知喜兆,掀帘而望的情形。

又①

　　万里关河眼②。愁凝处,渺渺残照红敛③。天低远树,潮分断港④,路回淮甸⑤。吟鞭又指孤店。对玉露、金风送晚。恨自古、才子佳人,此景此情多感⑥。

　　吴王故苑⑦。别来良朋雅集,空叹蓬转⑧。挥毫记烛⑨,飞觞赶月⑩,梦消香断⑪。区区去程何限⑫。倩片纸、丁宁过雁。寄相思,寒雨灯窗⑬,芙蓉旧院⑭。

【题解】

　　此词应是吴文英为苏州仓幕之际,行役至淮安,寄幕中同僚之作。上片绘景寄情,抒发了自己的孤寂之感;下片从回忆入手,表达了对旧景、旧人、旧情的刻骨铭心的思恋。

【校注】

　　①明张本、毛本、《历代诗余》、戈校本、杜本、王朱本有词题"秋感"。

　　②关河:《史记·苏秦列传》:"(苏秦)说惠王曰:'秦四塞之国,被山带渭,东有关河,西有汉中,南有巴蜀,北有代马,此天府也。以秦士民之众,兵法之教,可以吞天下,称帝而治。'"此代指南宋已经接近边关的淮河一带。

　　③"渺渺"句:寓李白《送友人》诗意:"浮云游子意,落日故人情。"以上三句兼用柳永《八声甘州》词意:"渐霜风凄紧,关河冷落,残照当楼。"

④断港:与其他水流不相通的港汊。毛本作"断巷"。

⑤淮句:淮河流域。

⑥"恨自古"三句:《太平广记》卷三四四引《潇湘录》:"妾既与君匹偶,诸邻皆谓之才子佳人。"以上四句兼用柳永《雨霖铃》词意:"多情自古伤离别。更那堪、冷落清秋节。"

⑦吴王故苑:代指苏州。

⑧蓬转:语出曹植《杂诗七首》(之二):"转蓬离本根,飘摇随长风。何意回飙举,吹我入云中。"以蓬草乘风飘转无定,喻词人常年在外奔波,居无定所的生活。

⑨记烛:《南史·王僧孺传》:"竟陵王子良尝夜集学士,刻烛为诗,四韵者则刻一寸,以此为率。文琰曰:'顿烧一寸烛,而成四韵诗,何难之有。'"

⑩飞觞:《文选·左思〈吴都赋〉》:"里燕巷饮,飞觞举白。"刘良注:"行觞疾如飞也。"赶月:语出宋太祖《日诗》:"须臾走向天上来,逐却残星赶却月。"此谓夜晚行乐,时光飞逝。

⑪梦消香断:暗用淳于髡典,详见《瑞鹤仙》(夜寒吴馆窄)注③。

⑫区区:真情实意。为下句"倩片纸"的修饰语。《古诗十九首》:"一心抱区区,惧君不识察。"去程何限:张祜《玉环琵琶》:"宫楼一曲琵琶声,满眼云山是去程。"

⑬寒雨灯窗:化用李商隐《夜雨寄北》诗意:"君问归期未有期,巴山夜雨涨秋池。何当共剪西窗烛,却话巴山夜雨时。"

⑭芙蓉旧院:芙蓉,也称"莲花"。暗用"莲幕"典。《南史·庾杲之传》:"(王)俭用杲之为卫将军长史。安陆侯萧缅与俭书曰:'盛府元僚,实难其选。庾景行泛渌水,依芙蓉,何其丽也。'时人以入俭府为莲花池,故缅书美之。"后因称幕府为"莲幕"。卫将军是南朝三公级别的官职,故此典未可泛泛言之。以上五句回忆在杭京袁韶幕中的淮域之行,袁韶曾任参知政事、同知枢密院事,入其幕中正可称"枢宰椽",用此典为切合。梦窗约于嘉定十三年(1220)至绍定四年(1231)在杭幕,绍定四年(1231)至淳祐四年(1244)则在苏州仓幕,此为苏幕行役,故称袁氏幕为"芙蓉旧院"。

【汇评】

夏敬观评语:《宴清都》六阕,只此差可诵。其列五阕,真所谓不成片段者。"赶"字虽新,未免触眼,盖未经炼熟也,以此前《庆春宫》之"追"字生熟不同。

杨铁夫《梦窗词全集笺释》:("恨自古"三句)彊师曰:"此二句漂滑,不类梦窗手笔。"铁夫按,梦窗原意,因欲将笔扬开,从旁歇拍,遂不觉语带率直。

齐天乐 黄钟宫　俗名正宫

与冯深居登禹陵①

三千年事残鸦外②,无言倦凭秋树。逝水移川③,高陵变谷④,那识当时神禹⑤。幽云怪雨。翠萍湿空梁,夜深飞去⑥。雁起青天,数行书似旧藏处⑦。

寂寥西窗久坐,故人悭会遇,同剪灯语⑧。积藓残碑⑨,零圭断璧⑩,重拂人间尘土。霜红罢舞。漫山色青青⑪,雾朝烟暮。岸锁春船,画旗喧赛鼓⑫。

【题解】

《齐天乐》,又名《五福降中天》《如此江山》《台城路》。《词谱》以周邦彦词为正体。双调,一百零二字,上片十句,下片十一句,上下片各五十一字六仄韵。上下片起句亦有不用韵的。上片第七句、下片第八句,是一字豆句式,例用去声。

冯深居,即冯去非,字可迁,号深居。淳祐元年(1241)进士。宝祐年间曾为宗学谕。为人正直,因与当时的权臣丁大全交恶被免官。与吴文英交往颇深。"禹陵",大禹陵,古称禹穴,大禹的葬地,位于绍兴城东南稽山门外会稽山麓。

此词为怀古词,写与冯深居同登禹陵的所见所感。既缅怀大禹业绩,又感慨江山零落,人生短暂。联系南宋理宗时期任用权佞,国事维艰,满腹怀思,一腔深慨。

【校注】

①明张本题作"禹陵"。

②三千年事:杨笺:"由禹至南宋,约三千四百年。"残鸦外:写昏鸦归巢,背带夕阳。

③逝水移川:既指夏禹治水的功绩,又指时间流逝。

④高陵变谷:语出《诗·小雅·十月之交》:"高岸为谷,深谷为陵。"

⑤那识:毛本作"郛识"。当时:《历代诗余》作"当年"。神禹:《书·虞书·大禹谟》:"帝德广运,乃圣乃神。"以上三句谓大自然的变化模糊了大禹治水时的山川水道。

⑥"幽云"三句:禹庙梅梁,《会稽志》卷六:"禹庙在县东南一十二里。《越绝书》云,少康立祠于禹陵所。梁时修庙,唯欠一梁。俄风雨大至,湖中得一木,取以为梁,即梅梁也。夜或大雷雨,梁辄失去,比复归,水草被其上。人以为神,縻以大铁绳,然犹时一失之。"《四明它山水利备览》卷上:"梅梁在堰江沙中。《鄞志》谓梅子真旧隐大梅山。山有大梅木,其上为会稽禹祠之梁,其下在它山堰,亦谓之梅梁。禹祠之梁,张僧繇图龙于其上,风雨夜或飞入鉴湖与龙斗。人见梁上水淋漓而蘋藻满焉,始骇异之。"幽云,《楚辞·九怀·危俊》:"顾列宇兮缥缥,观幽云兮陈浮。"怪雨,韩愈《南海神庙碑》:"盲风怪雨,发作无节,人蒙其害。"翠萍,《词综》作"恨萍"。

⑦"雁起"二句:大禹得书或藏书之处,宋代有两说,一为会稽宛委山,一为会稽山麓禹穴。《会稽志》卷九:"宛委山在县东南一十五里。旧经云:山上有石箦,壁立干云。……《太平御览》云:会稽石箦山上有金简玉字之书,夏禹发之,得百川之理。"《耆旧续闻》卷四:"其一去禹庙十余里,名曰阳明洞天,即会稽山麓,有石径丈余,中列为一罅,阔不盈尺,相传指此为禹穴。《图经》云:禹治水,投玉简于此穴中。"

⑧"寂寥"三句:周邦彦《琐窗寒》:"洒空阶、夜阑未休,故人剪烛西窗雨。"并用李商隐《夜雨寄北》诗意。寂寥,是对禹迹渺茫的感叹。久坐,毛本、《词综》、戈校本、杜本、王朱本、朱二校本、《四明》本作"坐久"。

⑨积藓:毛本、《词综》、《历代诗余》、戈校本、杜本、王朱本、朱二校本、

《四明》本作"败鲜"。残碑:指禹陵上的穸石。穸石,圹旁石碑,有孔,用以穿绳引棺下穴。《会稽志》卷一一:"穸石在禹祠前,旧经云:禹葬会稽山,取此石为穸,后人覆以亭屋,有古隶不可读。"

⑩零圭断璧:《会稽续志》卷三:"(禹庙)有古圭璧、佩环藏于庙。初,绍兴二十七年,祠之前一日忽光焰闪烁,人即其处斸之得焉。"会稽是大禹朝会万国所在地,应以圭璧行盛礼。断璧,明张本作"断壁"。

⑪"霜红"二句:霜红,特指木芙蓉。《本草纲目》卷三六:"(木芙蓉)花艳如荷花,故有芙蓉、木莲之名,八九月始开,故名拒霜。"黄庭坚《南安试院无酒饮周道辅自赣上携一榼时时对酌惟恐尽试业仆夫言尚有余樽木芙蓉盛开戏呈道辅》:"霜花留得红妆面,酌尽斋中竹叶瓶。"

⑫"岸锁"二句:此二句写祭祀夏禹时的民间纪念活动。喧,谓坎坎鼓声喧天。赛鼓,赛神时的打鼓声。"画旗"句,毛本作"画旗赛鼓",未空格。王朱本、朱二校本作"画旗□赛鼓"。《词综》作"画旗翻赛鼓"。《历代诗余》作"画旗飘赛鼓"。

【汇评】

陈廷焯《大雅集》卷三:凭吊苍茫,感慨无限。　结点禹陵。

又《云韶集》卷八:凭吊中纯是一片感叹,我知先生胸中应有多少忧时眼泪。

又

白酒自酌有感①

芙蓉心上三更露②,葺香漱泉玉井③。自洗银舟④,徐开素酌,月落空杯无影⑤。庭阴未暝。度一曲新蝉⑥,韵秋堪听⑦。瘦骨侵冰,怕惊纹簟夜深冷⑧。

当时湖上载酒,翠云开处共⑨,雪面波镜⑩。万感琼浆,千茎鬓雪,烟锁蓝桥花径⑪。留连暮景。但偷觅孤欢⑫,强宽秋兴⑬。醉倚修篁⑭,晚风吹半醒。

【题解】

　　此词是忆杭城亡姬之作。上片写薄暮自斟自饮,流露出浓浓的惆怅之情与孤寂之怀;下片以逆笔回忆往事,写与杭姬载酒泛舟赏荷,与今夕独酌强烈对比,其孤寂、伤悲可知。全词以己之思绪贯穿始终,写实与追忆穿插交融,抒发了怀念故人的愁绪。

【校注】

　　①《历代诗余》、戈校本、杜本、王朱本、朱二校本、《四明》本作"饮白醪感少年事"。白酒,此指白醪。家酿浊酒,入糯饭为泛。

　　②"芙蓉"句:芙蓉,既实指荷花,也指荷花状酒杯。毛本、戈校本作"芙容"。芙蓉露,荷露。

　　③茸:细碎。此指发酵后酒面上作为"泛"的糯米饭粒。漱泉:即"漱酒",饮酒之意。玉井:太华山玉井为千叶莲花的生长之处,拍合首句。漱泉玉井,明张本作"嫩泉玉井"。

　　④银舟:犹言"玉舟""琼舟"。代指酒杯。

　　⑤"月落"句:此写未饮酒时,担心将要出现的月落杯空、情怀转为深愁的情形。空杯,明张本、郑校本作"空林"。《词旨》作"杯空"。

　　⑥度:按谱(歌唱)。一曲新蝉:白居易《立秋日曲江忆元九》:"故人千万里,新蝉三两声。"

　　⑦韵秋:犹言"秋韵"。秋声。

　　⑧"瘦骨"二句:李商隐《李夫人歌》:"不知瘦骨类冰井,更许夜帘通晓霜。"梁简文帝《咏内人昼眠诗》:"簟文生玉腕,香汗浸红纱。"谓瘦骨畏寒,凉簟冷澈,预为酌酒暖身。

　　⑨翠云:本喻仙云,此喻荷叶。取意杨万里《晓出净慈送林子方二首》(之二):"接天莲叶无穷碧,映日荷花别样红。"

　　⑩雪面波镜:言西湖上水波不兴,平静如镜,水青翠,云如雪,倒映湖中皆成美景。

　　⑪"万感"三句:此用蓝桥驿典。《太平广记》卷五〇引裴硎《裴航》:裴

111

航自鄂渚回京途中,与樊夫人同舟,裴航赠诗致情意,樊夫人答诗云:"一饮琼浆百感生,玄霜捣尽见云英。蓝桥便是神仙窟,何必崎岖上玉清。"后于蓝桥驿求水浆,得见云英。裴航向其母求娶云英,其母曰:"君约取此女者,得玉杵臼,吾当与之也。"裴航最终寻得玉杵臼,与云英成婚,俱得成仙。万感,《历代诗余》《词旨》作"百感"。

⑫偷觅:毛本、戈校本、王朱本、朱二校本作"□觅"。《历代诗余》《词谱》、戈校本、杜本作"闲觅"。

⑬秋兴:指本有某种感慨,遇秋感发。潘岳《秋兴赋序》:"仆野人也,偃息不过茅屋茂林之下,谈话不过农夫田父之客。摄官承乏,猥厕朝列,夙兴晏寝,匪遑底宁,譬犹池鱼笼鸟,有江湖山薮之思。于是染翰操纸,慨然而赋。于时秋也,故以'秋兴'命篇。"

⑭醉倚修篁:用杜甫《佳人》"日暮倚修竹"诗意。

【汇评】

陆辅之《词旨·警句》:月落杯空无影。

又

齐云楼

凌朝一片阳台影①,飞来太空不去②。栋宇参横③,帘钩斗曲④,西北城高几许。天声似语⑤。便阊阖轻排⑥,虹河平遡⑦。问几阴晴⑧,霸吴平地漫今古⑨。

西山横黛瞰碧,眼明应不到,烟际沈鹭⑩。卧笛长吟,层霄乍裂⑪,寒月溟蒙千里⑫。凭虚醉舞。梦凝白阑干,化为飞雾⑬。净洗青红⑭,骤飞沧海雨⑮。

【题解】

"齐云楼",宋时平江府(今苏州)郡治后子城上的建筑,相传即古月华楼。盖取"西北有高楼,上与浮云齐"之义。

此词以奇特幻想之笔极写齐云楼之高耸,登高远眺,凭吊古吴霸业,借景抒情,暗寓对当时政局的深切忧虑。

【校注】

①"凌朝"句:用宋玉《高唐赋并序》"旦为朝云,暮为行雨,朝朝暮暮,阳台之下"句意。凌,意属下句,即"凌空"之意。因建筑名称中有"云"字,梦窗活用云雨典并贯通至篇末。

②飞来太空:下阕"平地"意入于此。楼阁高声,梦窗奇想阻隔于楼阁边的白云凝颓不度,化雾化雨皆由此生发。

③参横:天将明时,参星转向横斜。

④斗曲:特指北斗七星。以上二句并化用何晏《景福殿赋》句意:"烈若钩星在汉,涣若云梁承天。"写仰视齐云楼栋宇、帘钩时的观感。

⑤天声似语:天声,语出扬雄《甘泉赋》:"登长平兮雷鼓磕,天声起兮勇士厉。"意谓因楼耸入云,似能听见天上仙人语声。

⑥阊阖:传说中的天门。《楚辞·离骚》:"吾令帝阍开关兮,倚阊阖而望予。"排:推开。

⑦虹河:银河。徐积《答崔伯易白雪之句》:"秋风吹明河,银浪翻长虹。河汉与海通,安知声所终。"因楼高齐云,入天门后即可轻易地沿天河溯流而上。

⑧问几阴晴:苏轼《中秋月寄子由三首》(之三):"尝闻此宵月,万里同阴晴。"此以月亮盈虚形容月变迁之速,而"问"字显化用李白《把酒问月》及苏轼《水调歌头》句意,自然过渡到齐云楼的古称"月华楼"之"月华"意。

⑨霸吴:吴国始祖为周太王之子太伯,至十九世孙寿梦称王,建都于吴(苏州)。传至夫差,成为春秋五霸之一,故称霸吴。平地:《历代诗余》作"平越"。

⑩"西山"三句:此写登楼远眺。《吴都文粹续集》卷八收录元成宗大德年间佚名作者《重修齐云楼记》亦曰:"远则西山诸祠,层峦深壑,白云孤飞,清昼如画。"吴地多鸟类,并化用杜甫《春水生二绝》(之二)诗意:"鸬鹚鸂鶒莫漫喜,吾与尔曹俱眼明。"西山,此指太湖洞庭山。横黛,王维《崔濮阳兄

季重前山兴》："千里横黛色,数峰出云间。"

⑪"卧笛"二句:笛声如龙吟,典见《一寸金》(秋压更长)注④。卧笛及吹裂行云,详见《满江红》(络束萧仙)注⑫。层霾,庾肩吾《赋得山诗》:"层云霾峻岭,绝涧倒危峰。""溟蒙"二字意入于此。

⑫"寒月"句:刘斧《青琐高议》后集卷六唐庄宗乐工鬼魂言帝有自制笛曲《清秋月》:"帝多爱遇夜有月,必自横笛数曲。秋气清,月更明,方动笛,其韵倍高,与秋月相感也。"此句极言楼高齐云,故卧吹横笛即能吹开溟蒙阴霾,使千里共见明月。正面渲染"月华楼"。千里,《历代诗余》作"千缕"。杜本作"千树"。

⑬"梦凝"二句:李贺《李凭箜篌引》:"吴丝蜀桐张高秋,空白凝云颓不流。"此言在齐云楼上凭虚凌空醉舞,眼前的一切在朦胧中化了阑干外一片白茫茫的烟雾。醉人观看外物皆是如此。

⑭青红:青红色的油漆。苏轼《水调歌头·快哉亭作》:"知君为我,新作窗户湿青红。"后多用青红犹湿写建筑物刚建成或修缮一新。

⑮"骤飞"句:苏州郡宅唐宋时尚近海,故云。

【汇评】

陈廷焯《大雅集》卷二:状难状之景,极烟云变幻之奇。

杨铁夫《梦窗词全集笺释》:("净洗"二句)云以化雨为后路。起用"阳台",已经云雨双含;此以雨收,亦是回应首句。以化雨坐入梦中,另换奇境,将上文西山暝碧、寒月溟蒙、飞雾凝白诸境,一扫而空,故曰"净洗青红"。梦窗造境,较诸寻常移步换影法更深。

又①

新烟初试花如梦②,疑收楚峰残雨③。茂苑人归,秦楼燕宿④,同惜天涯为旅⑤。游情最苦。早柔绿迷津⑥,乱莎荒圃⑦。数树梨花,晚风吹堕半汀鹭⑧。

流红江上去远⑨,翠尊曾共醉⑩,云外别墅。澹月秋千⑪,

幽香巷陌⑫,愁结伤春深处⑬。听歌看舞⑭。驻不得当时,柳蛮樱素⑮。睡起恹恹⑯,洞箫谁院宇⑰。

【题解】

此词是忆姬之作。上片言苏姬离去,因情设景,写姬去后的悲情;下片穿插昔日欢聚之乐与今夕伤别之悲,表达了对苏姬的思念。

【校注】

①明张本、毛本、杜本、王朱本有词题"春暮"。

②新烟:写寒食节。见《宴清都》(翠羽飞梁苑)注⑦。

③"疑收"句:用巫山云雨典。楚峰,即巫山十二峰。寒食在清明节前二日,此时节风雨纷纷,花瓣凋落,绚若云霞的盛花期已如昨梦前尘,正如襄王梦醒之后,梦中的一切俱已不存。

④秦楼:秦穆公为其女弄玉所建之楼,即凤台。是弄玉与丈夫萧史共居之地。详见《瑞鹤仙》(彩云栖翡翠)注③。燕宿:《历代诗余》作"燕息"。

⑤"同惜"句:白居易《琵琶行》:"同是天涯沦落人,相逢何必曾相识。"以上三句谓与春社后回到南方的燕子同栖居于曾有美好爱情记忆的处所,却不禁产生天涯同沦落的憾恨。

⑥早:《汇释》:"犹本也,已也。"

⑦"乱莎"句:莎,晏殊《庭莎记》:"是草耐水旱,乐蔓延,虽拔心陨叶,弗之绝也。"与上句错综互文。谓庭院荒圃中已经是莎草没径,柔绿披纷。

⑧"数树"二句:周邦彦《兰陵王·柳》有"梨花榆火催寒食"之句。此以鹭落沙汀喻梨花满地,自有情人观之,梨花落尽即成秋苑。

⑨"流红"句:合用苏州吴江红叶题字传书典。详见《瑞鹤仙》(晴丝牵绪乱)注⑬。

⑩"翠尊"句:《文选·曹植〈七启〉》:"于是盛以翠樽,酌以雕觞,浮蚁鼎沸,酷烈馨香。"吕延济注:"翠樽,以翠饰樽也。"

⑪澹月秋千:荡秋千是寒食节前后妇女户外游戏,并承开篇"新烟"意。

⑫幽香巷陌:指冶游之地。犹言花巷柳陌。

⑬深处:意缀"巷陌"句。此谓熟悉的景、地、事,皆凝聚成浓重的伤春

115

愁怨。愁结：《历代诗余》作"愁绪"。

⑭听歌：《楚辞·大招》："魂乎归来，听歌譔只。朱唇皓齿，嫭以姱只。"看舞：庾信有《看舞诗》。

⑮柳蛮樱素：以柳腰樱口代指歌女。典例见《霜叶飞》（断烟离绪）注⑤。以上三句写不能定格当时听歌看舞的幸福情景，深寓物是人非的感慨。

⑯恹恹：精神萎靡貌。

⑰"洞箫"句：此写别处之洞箫，彼处之歌舞，恐亦将来他人伤心之回忆。映带出此时恹恹的缘由。

【汇评】

俞陛云《唐五代两宋词选释》：起二句写春暮风景，秀丽若奇花初胎。以燕喻客，寻常词意，用"茂苑""秦楼"对偶语出之，顿不薄弱。"游情"句以下，"乱莎""柔绿"，极状荒凉，正写出游情之苦。下阕皆言情。"秋千""巷陌"，即当日共醉翠樽之地，而"淡月""幽香"，徒留想像，眼底之舞衫歌扇，已非昔之樊口蛮腰，况别院箫声，如怨如慕，益枨触伤春情绪矣。"愁结"句回应上文春暮之景，章法周密。

杨铁夫《梦窗词全集笺释》：（"澹月"三句）陡然兜转，潜力内运，用笔真如生龙活虎。秋千，是姬消遣之具。巷陌，是姬经行之地，加入淡月、幽香，便觉境是人非。不从去时转，乃从去后转，透过一层写法。 （"睡起"二句）另出一境作收。此间欢事已寂，箫声尚飘然而来，煞是可怪，煞是无聊，与唐人诗叙宫怨之别院笙歌，同一景象。

又①

毗陵陪两别驾晏丁园②

竹深不放斜阳度，横披澹墨林沼③。断莽平烟④，残莎剩水⑤，宜得秋深才好⑥。荒亭旋扫⑦。正着酒寒轻⑧，弄花春小⑨。障锦西风⑩，半围歌袖半吟草⑪。

独游清兴易懒,景饶人未胜,乐事长少⑫。柳下交车⑬,尊前岸帻⑭,同抚云根一笑⑮。秋香未老⑯。渐风雨西城⑰,暗敧客帽⑱。背月移舟⑲,乱鸦溪树晓⑳。

【题解】

"毗陵",本为春秋时吴季札封地延陵邑。西汉置县。历代废置无常,宋代称常州为毗陵。"别驾",郑樵《通志》卷五六:"别驾从事史,一人,从刺史行部,别乘一乘传车,故谓之别驾,汉制也。历代皆有之,隋唐并为郡佐。臣谨按:庾亮《答郭豫书》云:别驾与旧刺史别乘同流,宣王化于万里,其任居刺史之半。"宋代一般借称通判。

此词为宴游词。上片描写丁园的内外景色及主客园内宴饮情状,下片以独游少乐反衬此次宴游之尽兴。

【校注】
①《铁网珊瑚》词调作《齐天乐慢》。

②《铁网珊瑚》、郑校本作"毗陵陪两别驾招饮丁园索赋"。《历代诗余》作"宴丁园"。明张本作"秋游"。朱四校本无词题。

③"竹深"二句:横披,又名横幅,横的字画。下句"烟"字亦入"澹墨"句中。宋代画竹有"深墨""澹墨"之分。张舜民《题薛判官秋溪烟竹》:"深墨画竹竹明白,澹墨画竹竹带烟。"写茂密的竹林因不入斜阳返照,景象如横幅澹墨画。斜阳度,毛本、《铁网珊瑚》、《词综》、《历代诗余》、戈校本、杜本、王朱本、朱二校本、《四明》本作"斜阳入"。横披,明张本、毛本、《历代诗余》、戈校本、杜本作"横波"。

④断莽平烟:与下句化用温庭筠《齐宫》诗意:"远水斜如剪,青莎绿似裁。"又,《莲浦谣》:"鸣桡轧轧溪溶溶,废绿平烟吴苑东。"

⑤残莎:毛本、《铁网珊瑚》、《历代诗余》、戈校本、杜本、王朱本、朱二校本、《四明》本作"残荷"。剩水:杜甫《陪郑广文游何将军山林十首》(之五):"剩水沧江破,残山碣石开。"《九家集注杜诗》师尹注曰:"谢琨诗'小江流剩水'。"赵彦材注云:"盖取此沧江破而为剩水,碣石开而为残山。剩水、残

山,杜公之新语。"后因用剩水、残山形容人造园林,此指丁园。

⑥"宜得"句:暗用苏轼《和陈述古拒霜花》:"唤作拒霜知未称,细思却是最宜霜。"据下文知词写于深秋园中木芙蓉盛开时。木芙蓉八九月开,此时正当季节。详见《齐天乐》(三千年事残鸦外)注⑪。

⑦荒亭:《铁网珊瑚》作"荒草"。

⑧着酒寒轻:张说《东都酺宴》:"乐来嫌景遽,酒着讶寒轻。"着,《汇释》:"犹中也;袭也;惹或迷也。"木芙蓉有"醉客"之名。白居易《木芙蓉下招客饮》:"晚凉思饮两三杯,召得江头醉客来。"

⑨弄花春小:春小,本指小春。时在夏历十月。《岁时广记》卷三七引《初学记》:"冬月之阳,万物归之。以其温暖如春,故谓之小春,亦云小阳春。"此指花色不如春天绚烂。

⑩障锦:锦步障。《世说新语·汰侈》:"(王)君夫作紫丝布步障碧绫里四十里,石崇作锦步障五十里以敌之。"此喻园中成行的木芙蓉花。《全芳备祖前集》卷二四引《成都记》:"孟后主于成都四十里罗城上种此花,每至秋,四十里皆如锦绣,高下相照,因名曰'锦城'。"

⑪"半围"句:歌袖,杜甫《数陪李梓州泛江有女乐在诸舫戏为艳曲二首赠李》(之二):"白日移歌袖,清霄近笛床。"并暗用歌妓密围典,见《庆宫春》(残叶翻浓)注⑧。此喻木芙蓉花林。崔泰之《同光禄弟冬日述怀》:"吟草遍簪绂,逸韵合宫商。"美妙的诗文也号称"锦绣文章"。杨笺:"'锦'字双关'歌袖''吟草',因诗词亦锦绣也。"

⑫"独游"三句:谓人生难逢良辰、美景、赏心、乐事四美具,贤主嘉宾二难并的时候。谢灵运《拟魏太子邺中集诗序》:"天下良辰、美景、赏心、乐事,四者难并。"隐谓此游是四美二难同时并得:二别驾人物杰出,使良辰美景成为赏心乐事,并且三人之游又变独游成众乐。这是陪同宴游的委婉说法。"独游"句,毛本、戈校本作"游清兴易懒"。毛扆本:"'游'上应脱一字。"《历代诗余》补"倦"字。戈校本旁注"独"字。

⑬柳下:《晋书·嵇康传》:"(康)性绝巧而好锻。宅中有一柳树甚茂,乃激水圜之,每夏月,居其下以锻。……初,康居贫,尝与向秀共锻于大树之下,以自赡给。颍川钟会,贵公子也,精练有才辩,故往造焉。康不为之

礼,而锻不辍。"交车:毛本、《历代诗余》、戈校本、杜本、王朱本、朱二校本、《四明》本作"停车"。《旧唐书·王璠传》:"时李逢吉为宰相,与璠亲厚,故自郎官掌诰,便拜中丞。恃逢吉之势,稍横。当与左仆射李绛相遇于街,交车而不避。"

⑭岸帻:推起头巾,露出头额。谢奕尝以布衣预权贵桓温坐,岸帻啸咏,不为权势所屈。详见《瑞鹤仙》(泪荷抛碎璧)注⑤。

⑮云根:此指山石。白居易《太湖石》:"削成青玉片,截断碧云根。"以上三句谓宾主地位虽有差异,但同为不拘礼之士,故与两别驾之间能够平揖相交。

⑯秋香未老:郑谷《十日菊》:"自缘今日人心别,未必秋香一夜衰。"此言秋天的菊花还未凋残。

⑰"渐风雨"句:化用潘大临佳句"满城风雨近重阳"。西城,应为丁园所在位置。

⑱欹客帽:暗用龙山落帽典。孟嘉重九登高帽落不觉,也在桓温座,与"岸帻"同义,皆写洒脱不拘细节。以上三句兼写时节已近重阳。

⑲背月移舟:王昌龄《太湖秋夕》:"月明移舟去,夜静魂梦归。"背月,明朱存理的《铁网珊瑚》作"背川"。毛本、《历代诗余》、戈校本、杜本、王朱本、朱二校本、《四明》本作"背日"。明张本作"背月"。

⑳溪树杪:明张本、《铁网珊瑚》、王朱本、朱二校本作"溪树晓"。毛本、戈校本、杜本作"溪树晚"。《历代诗余》作"溪树绕"。

【汇评】

[清]陈廷焯《云韶集》卷八:通首遣词秀绝,脱尽尘埃,清虚骚雅,不减白石。 (下阕眉批)秀炼极矣,却极清虚。

又

会江湖诸友泛湖①

曲尘犹沁伤心水②,歌蝉暗惊春换③。露藻清啼,烟萝澹碧④，先结湖山秋怨⑤。波帘翠卷⑥。叹霞薄轻绡⑦，汜人重见⑧。傍柳追凉，暂疏怀袖负纨扇⑨。

南花清斗素靥⑩，画船应不载，坡静诗卷⑪。泛酒芳箭⑫，题名蠹壁⑬，重集湘鸿江燕⑭。平芜未剪⑮。怕一夕西风，镜心红变⑯。望极愁生⑰，暮天菱唱远⑱。

【题解】

"江湖"，指当时与吴文英结交的"江湖派"诗人。泛湖，此特指游览西湖。

此词描述与江湖诗派的友人泛舟西湖的情景。在抒写美丽的湖光山色及诗人们饮酒赋诗的雅兴时，也传递出词人的残老之悲和浪迹天涯的忧郁凄苦。

【校注】

①《古今词统》、毛本、《历代诗余》、戈校本、杜本、王朱本、朱二校本词题作"与江湖诸友泛湖"。

②"曲尘"句：牛峤《杨柳枝》："袅翠笼烟拂暖波，舞裙新染曲尘罗。"伤心之主体双关"柳""蝉"二字。曲尘，亦作鞠尘。色淡黄如尘。《周礼·天官·内司服》"鞠衣"郑玄注："黄桑服也，色如鞠尘，象桑叶始生。"贾公彦疏："云'鞠衣黄桑服也'者，谓季春将蚕，后服之。……云'色如鞠尘'者，'曲尘'不为'曲'字者，古通用。"刘永济《微睇室说词》："'鞠尘'，字出《礼记》'鞠衣'注：'如鞠尘色。'鞠、曲通用字，浅黄嫩绿色也。"此喻柳下水色。

③"歌蝉"句：陆机《拟明月何皎皎》："凉风绕曲房，寒蝉鸣高柳。"歌，此指蝉的叫声。以上二句写柳枝虽犹长条浸水，蝉声已知季节推移。

④"露藻"二句：二句错综见义。"柳"字亦贯入其中。白居易《杨柳枝》："叶含浓露如啼眼，枝袅清风似舞腰。"刘禹锡《杨柳枝》："花萼楼前初种时，美人楼上斗腰肢。如今抛掷长街里，露叶如啼欲恨谁。"

⑤"先结"句：《太平广记》卷三二六引《沈警》："结怨无穷极，结心终不

开。"以上三句谓在秋季欲来之际,湖山中的草树就以如清泪的露珠,烟雾聚缠的溟蒙,提前凝结了秋日的悲怨情绪。

⑥波帘翠卷:风过水面,波浪与荷叶皆如帘幕翻动。

⑦霞薄轻绡:喻红莲花瓣颜色如薄霞,质地如轻绡。

⑧氾人重见:沈亚之《湘中怨辞》:"垂拱年中,驾在上阳宫。太学进士郑生,晨发铜驼里,乘晓月度洛桥。闻桥下有哭声甚哀,生下马,循声索之。见有艳女,嫛然蒙袖曰:'我孤,养于兄。嫂恶,常苦我。今欲赴水,故留哀须臾。'生曰:'能逐我归之乎?'应曰:'婢御无悔。'遂与居,号曰氾人。能诵楚人《九歌》《招魂》《九辩》之书,亦常拟其调,赋为怨句,其词丽绝,世莫有属者。因撰《光风词》……居数岁,生游长安。是夕,谓生曰:'我湘中蛟宫之娣也,谪而从君。今岁满,无以久留君所,欲为尔耳。'即相持啼泣。生留之,不能,竟去。后十余年,生之兄为岳州刺史。会上巳日,与家徒登岳阳楼,望鄂渚,张宴。乐酣,生愁吟曰:'情无垠兮荡洋洋,怀佳期兮属三湘。'声未终,有画舻浮漾而来。中为彩楼,高百余尺,其上施纬帐,栏笼画饰。帷褰,有弹弦鼓吹者,皆神仙蛾眉,被服烟霓,裾袖皆广长。其中一人起舞,含嚬凄怨,形类氾人。舞而歌曰:'泝青山兮江之隅,拖湘波兮袅绿裾。荷拳拳兮未舒,匪同归兮将焉如?'舞毕,敛袖,翔然凝望。楼中纵观方怡。须臾,风涛崩怒,遂迷所往。"此以蛟娣氾人喻红莲。

⑨"暂疏"句:谓水旁柳旁清凉,可以暂时疏离纨扇而置于怀袖之中。翻用班婕妤《怨诗》典,见《解连环》(暮檐凉薄)注⑪。

⑩南花:茉莉花。参见《夜飞鹊》(金规印遥汉)题要。清斗素靥:歌妓素面不御铅华,与茉莉争相以素为绚。

⑪"画船"二句:反用韩愈《醉赠张秘书》诗意:"长安众富儿,盘馔罗膻荤。不解文字饮,惟能醉红裙。"坡静,苏轼与林逋。苏轼自号东坡居士。林逋,谥和靖。宋亦有作"和静"者,此处亦然。谓江湖诸友虽解作文字饮,然此惟作携妓之豪游。

⑫泛酒:犹言"泛厄"。把酒杯翻过来,意谓干杯。芳筩:以莲叶莲茎为饮酒器。《酉阳杂俎》卷七:"历城北有使君林,魏正始中,郑公悫三伏之际,每率宾僚避暑于此。取大莲叶置砚格上,盛酒二升,以簪刺叶,令与柄通,

屈茎上轮菌如象鼻,传嗡之,名为'碧筩杯'。历下学之,言酒味杂莲气,香冷胜于水。"

⑬题名蠹壁:即在破败的断壁上面题诗。

⑭湘鸿江燕:燕辞归鸿南翔,相聚匆匆。取意苏轼《送陈睦知潭州》:"有如社燕与秋鸿,相逢未稳还相送。"

⑮平芜未剪:顾夐《河传》:"露华鲜,杏枝繁。莺转,野芜平似剪。"江淹《去故乡赋》:"穷阴匝海,平芜带天。"以下句中"西风"喻剪刀。

⑯镜心红变:喻莲花凋萎。刘兼《梦归故园》:"白鹭独飘山面雪,红蕖全谢镜心香。"

⑰望极愁生:写眺望荷舞如郑生远观汜人而生愁怨。望极,《古今词统》、毛本、《词谱》、《历代诗余》、戈校本、杜本、王朱本、朱二校本、《四明》本作"望眼"。

⑱菱唱:即采菱曲。《乐府诗集》卷五〇《江南弄七曲》解题曰:"《古今乐录》曰:梁天监十一年冬,武帝改西曲,制《江南上云乐》十四曲,《江南弄》七曲:一曰《江南弄》,二曰《龙笛曲》,三曰《采莲曲》,四曰《凤笛曲》,五曰《采菱曲》,六曰《游女曲》,七曰《朝云曲》。"

【汇评】

卓人月、徐士俊《古今词统》卷一四:"曲尘",指柳。

陈洵《海绡说词》:此夏日泛湖作也。"春换",逆入。"秋怨",倒提。"平芜未剪",钩勒。"一夕西风",空际转身,极离合脱换之妙。

又①

烟波桃叶西陵路②,十年断魂潮尾③。古柳重攀④,轻鸥聚别⑤,陈迹危亭独倚⑥。凉飔乍起⑦。渺烟碛飞帆⑧,暮山横翠⑨。但有江花,共临秋镜照憔悴⑩。

华堂烛暗送客⑪,眼波回盼处,芳艳流水⑫。素骨凝冰⑬,

柔葱蘸雪⑭,犹忆分瓜深意⑮。清尊未洗。梦不湿行云,漫沾残泪⑯。可惜秋宵⑰,乱蛩疏雨里。

【题解】

此词为忆姬之作。上阕写故地重游,昔日"江花"依旧,佳人不在,极尽哀愁。下阕追忆离别情景;"素骨""柔葱",状写佳人的妩媚;"分瓜深意",写二人的亲密无间;"梦不湿行云"写出对佳人的无尽思念;最后以"秋宵""乱蛩疏雨"结束,凄凉景衬凄凉情,更增无限凄凉。

【校注】

①明张本、毛本、杜本、王朱本有词题"别情"。

②桃叶:王献之爱妾名。典见《乐府诗集》卷四五引《古今乐录》曰:"《桃叶歌》者,晋王子敬之所作也。桃叶,子敬妾名,缘于笃爱,所以歌之。"《隋书·五行志》曰:"陈时江南盛歌王献之桃叶诗,云:'桃叶复桃叶,渡江不用楫。但渡无所苦,我自迎接汝。'……子敬,献之字也。"后因称桃叶渡。阮阅《诗话总龟》卷七引《乐府集》:"桃叶,王献之爱妾名也,其妹曰桃根。词云:'桃叶复桃叶,桃叶连桃根。'今秦淮口有桃叶渡,即其事也。"一说在长江边,称南浦渡。宋人曾极《金陵百咏·桃叶渡》序曰:"一名南浦渡。……不用楫者,谓横波急也,献之歌此送之。"诗曰:"裙腰芳草拒长堤,南浦年年怨别离。水送横波山敛翠,一如桃叶渡江时。"西陵路:《阳春白雪》作"西陵渡"。即西兴渡。见《宴清都》(翠羽飞梁苑)注⑨。

③十年:举在杭相处时间的成数。断魂潮尾:谓退潮时的送别让人神伤。

④古柳重攀:典见《建康实录》卷九:"(桓温)累迁至琅邪内史。咸康七年,出镇江乘之金城。……又北伐经金城,见少为琅邪时所种柳,皆已十围,慨然叹曰:'树犹如此,人何以堪。'因攀枝涕泣。"

⑤轻鸥:明张本、毛本、王朱本作"轻沤"。聚别:犹言"骤别"。《阳春白雪》作"叙别"。《词综》《历代诗余》《词谱》、杜本作"骤别"。

⑥危亭:宋鼎《酬故人还山》:"危亭暗松石,幽涧落云霞。"以上烟江、古柳、轻鸥、危亭俱是当年送别时曾历景物。

⑦颸:凉风。

⑧"渺烟碛"句:暗用李白《黄鹤楼送孟浩然之广陵》诗意:"孤帆远影碧空尽,唯见长江天际流。"孔宁子《棹歌行》:"高樯抗飞帆,羽盖翳华枝。"

⑨暮山横翠:李白《下终南山过斛斯山人宿置酒》:"暮从碧山下,山月随人归。却顾所来径,苍苍横翠微。"

⑩"但有"二句:梁简文帝《采莲曲》:"桂楫兰桡浮碧水,江花玉面两相似。"杜甫《哀江头》:"人生有情泪沾臆,江水江花岂终极。"《九家集注杜诗》赵彦材注曰:"杜公陷贼,身在长安,不知蜀道消息,见江草江花,睹景伤情,犹《唐风》'隰有苌楚'篇,叹其不如草木无知之意。"此翻用之,谓无知之江草江花似亦有恋旧之情意,透过一层写己情之不能堪。憔悴,此特指不得志。《楚辞·渔父》:"屈原既放,游于江潭,行吟泽畔,颜色憔悴,形容枯槁。"

⑪"华堂"句:《本事诗·高逸》:"杜(牧)为御史,分务洛阳。时李司徒罢镇闲居,声伎豪华,为当时第一,洛中名士咸谒见之。李乃大开筵席,当时朝客高流,无不臻赴。以杜持宪,不敢邀置。杜遣座客达意,愿与斯会。李不得已,驰书。方对花独酌,亦已酣畅,闻命遽来。时会中已饮酒,女奴百余人,皆绝艺殊色。杜独坐南行,瞪目注视,引满三卮,问李云:'闻有紫云者,孰是?'李指示之。杜凝睇良久,曰:'名不虚得,宜以见惠。'李俯而笑,诸妓亦皆回首破颜。杜又自饮三爵,朗吟而起,曰:'华堂今日绮筵开,谁唤分司御史来? 偶发狂言惊满座,两行红粉一时回。'意气闲逸,傍若无人。"

⑫"眼波"二句:眼波流艳,取意韩偓《偶见背面是夕兼梦》诗意:"眼波向我无端艳,心火因君特地然。"谓其钟情处,眼波如水,回眸而视,闪动多情的艳泽。

⑬素骨凝冰:此谓佳人手腕洁白如冰肌玉骨。

⑭柔葱蘸雪:与上句互文见义。《诗·卫风·硕人》:"手如柔荑,肤如凝脂。"《古诗为焦仲卿妻作》:"指如削葱根,口如含朱丹"。韦庄《闺怨》:"啼妆晓不干,素面凝香雪。"

⑮分瓜深意:据明代张泰《忆昨酬李宾之》"翠盘醒酒晓分瓜",以及沈

经《十五夜郡斋小集》"微风坐醒酒，明月共分瓜"，知切瓜分食为醒酒之举。词中冰雪为肌玉为骨的白皙女子纤手擘瓜时，也表现出一种特别的关照。另外，分瓜，亦犹言二八破瓜。隐谓彼美正当妙龄。《说郛》卷八四（下）："孙绰《情人诗》云'碧玉破瓜时'。……杨文公谓俗以破瓜为二八。"《通俗编·妇女》："宋谢幼盘诗：'破瓜年纪小腰身。'按俗以女子破身为破瓜，非也。瓜字破为二八字，言其二八十六岁耳。"以上六句回忆初见时情景。

⑯"梦不湿"二句：从高观国《菩萨蛮》"梦冷不成云"化出，用巫山云雨典。裴虔余《柳枝词咏篙水溅妓衣》："从教水溅罗裙湿，还道朝来行雨归。"此谓不能梦见欢会情景，反而总是被梦中重现的别离惊醒。

⑰可惜：值得珍视。

【汇评】

谭献《谭评词辨》：起平而结响，颇道。"凉飔乍起"是领句，亦是提肘书法。"但有"二句沉着。换头是追叙。

陈廷焯《大雅集》卷二：遣词大雅，一片绮罗香泽之态。

陈廷焯《云韶集》卷八：伤今感昔，凭眺流连，此种词真入白石之室矣。（下阕眉批）一片感喟，情深语至。

又

寿荣王夫人

玉皇重赐瑶池宴①，琼筵第二十四②。万象澄秋③，群裾曳玉④，清澈冰壶人世⑤。鳌峰对起⑥。许分得钧天⑦，凤丝龙吹⑧。翠羽飞来⑨，舞鸾曾赋曼桃字⑩。

鹤胎曾梦电绕⑪，桂根看骤长⑫，玉干金蕊⑬。少海波新⑭，芳茅露滴⑮，凉入堂阶彩戏⑯。香霖乍洗⑰。拥莲媛三千，羽裳风佩⑱。圣姥朝元⑲，炼颜银汉水⑳。

【题解】

此词为祝寿词,可与《宴清都》(万壑蓬莱路)参看,均为荣王夫人全氏祝寿。上片盛赞荣王府的富丽气象,及荣王夫人寿筵的热闹情景;下片颂荣王夫人诞下皇帝及皇太子之立,将荣王夫人比作西王母,祝其长寿,永葆青春。此词多用譬喻、典故、丽语,呈一派华艳飘逸风貌。

【校注】

①玉皇:此特指穆天子,并用以代指宋理宗。瑶池:绍兴荣邸园曰琼圃,池曰瑶沼;亦兼指西王母所居,以及穆天子宴筋西王母之事。参见《水龙吟》(望中璇海波新)注⑨。此以西王母喻荣王夫人。下句"琼"字亦意缀此句,暗及琼圃。

②琼筵:谢朓《始出尚书省诗》:"既通金闺籍,复酌琼筵礼。"第二十四:意缀下阕"鹤胎"句,用圣人二十四月育诞之典实。

③万象澄秋:兼指绍兴荣邸万象皆春堂。杜甫《宿白沙驿》:"万象皆春气,孤槎自客星。"

④群裾曳玉:写诸贵戚拜寿时的盛服及佩饰。裾,《尔雅·释器》:"衭谓之裾。"郭璞注曰:"衣后襟也。"古代诸侯礼聘及祭天祀神所穿礼服都佩玉。《周礼·天官·玉府》:"共王之服玉、佩玉、珠玉。"

⑤"清澈"句:此形容临安荣邸凉堂。冰壶,语出鲍照《白头吟》:"直如朱丝绳,清如玉壶冰。"

⑥鳌峰:蓬莱仙山。《楚辞·天问》:"鳌戴山抃,何以安之?"王逸注:"《列仙传》曰:有巨灵之鳌,背负蓬莱之山而抃舞。"后将鳌戴山抃舞略为"鳌抃",形容欢欣鼓舞,作为寿祺之祝语。此亦兼指绍兴卧龙山蓬莱阁所对的海上仙山。

⑦"许分得"句:钧天,"钧天广乐"的略语。《太平广记》卷二二六:"穆天子奏钧天乐于玄池,猎于澡津,获玄貉白狐,筋西王母于瑶池之上。"《史记·赵世家》:"赵简子疾,五日不知人。……居二日半,简子寤。语大夫曰:'我之帝所甚乐,与百神游于钧天,广乐九奏万舞,不类三代之乐,其声动人心。'"后因以"钧天广乐"指天上的仙乐。此代指皇家仪式所用的音乐。全氏虽为理宗生母,但理宗入嗣宫中,所以全氏并非皇太后;必须经过

皇帝的特许,才能动用皇家礼仪,故曰"许分得"。

⑧凤丝:《太平御览·乐部十七·琴下》:"绿绮,司马相如琴;焦尾,蔡邕琴;凤凰,赵飞燕琴。"后因琴弦为凤丝。龙吹:古人以龙吟喻笛声。故龙吹可泛指箫笛类管乐器。

⑨翠羽:青鸟。借指宫廷使者的车驾。详见《宴清都》(翠羽飞梁苑)注②。

⑩"舞鸾"句:《太平御览》卷九一六引《抱朴子》:"《昆仑图》曰:'鸾鸟似凤而白缨,闻乐则蹈节而舞,至则国安乐。'《决录注》曰:'……太史令蔡衡对曰:凡象凤者有五,多赤色者凤,多黄者鹓鶵,多青者鸾,多紫者鸑鷟,多白者鹄。今此鸟多青者,乃鸾,非凤也。'"后凤、鸾混用,称赞瑞世景象。此写系诏书的饰有凤凰的高竿。曼桃,东方朔字曼倩。《汉武故事》:"东郡送一短人,长五寸,衣冠具足。上疑其精,召东方朔至。朔呼短人曰:'巨灵,阿母还来否?'短人不对,因指谓上:'王母种桃,三千年一结子,此儿不良,已三过偷之。失王母意,故被谪来此。'上大惊,始知朔非世中人也。"蟠桃用于西王母祝寿时,详见《瑞鹤仙》(记年时茂苑)注⑤。此写皇帝所赐墨宝写的是祝寿的内容。

⑪鹤胎:《本草纲目》卷四七引《相鹤经》云:"鹤乃羽族之宗,仙人之骥,千六百年乃胎产,则胎仙之称以此。"古代鹤称玄鸟,故此句有玄鸟生商之义。宋人王质《诗总闻》卷二〇释《诗·鲁颂·玄鸟》曰:"《礼》:仲春玄鸟至,以是日祠高禖,当是此年玄鸟至而有孕,次年玄鸟至而生契。是十三月而始诞也,故知其有天命。"曾梦电绕:圣人有二十四月育诞者,《史记·五帝本纪》:"黄帝者,少典之子。姓公孙,名曰轩辕。"唐张守节正义:"母曰附宝,之祁野,见大电绕北斗枢星,感而怀孕,二十四月而生黄帝于寿丘。"后因以"电绕枢光"作为因诞育圣人孕期延长的典故。此皆拟诸理宗,参见《宴清都》(万壑蓬莱路)注⑦。

⑫桂根:以月中桂树之根喻龙种。

⑬玉干:本为竹的美称。此指代桂树枝干。金蕊:美称桂花。岩桂花黄者名金桂。以上两句祝颂龙子龙孙健壮兴旺。

⑭少海波新:少海,渤海。也称幼海。《山海经·东山经》:"南望幼

海。"郭璞注曰:"即少海也。"后用以喻太子。宋理宗无子,景定元年(1260)六月立其弟赵与芮之子为皇太子。太子初立,故曰"波新"。

⑮芳茅露滴:《文选·李陵〈答苏武书〉》:"陵谓足下当享茅土之荐,受千乘之赏。"李善注:"《尚书纬》曰:'天子社,东方青,南方赤,西方白,北方黑,上冒以黄土,将封诸侯,各取方土,苴以白茅,以为社。'"太子富有春秋,故采用富含生命力的"芳""露"字面。芳茅,明张本、毛本、杜本作"茅苇"。

⑯"凉入"句:凉堂,荣邸中的建筑。彩戏,《古今事文类聚后集》卷三:"老莱子孝养二亲,行年七十,婴儿自娱,著五色采衣。尝取浆上堂,跌仆,因卧地为小儿啼,或弄乌鸟于亲侧。"

⑰香霖:美称时雨。

⑱"拥莲媛"二句:莲媛,此特指美丽的宫中侍女。羽裳,装饰翠鸟羽毛的衣裙。风佩,指在风中摇动的玉佩。此写宫女簇拥皇帝侍奉荣王夫人游湖的情景。

⑲圣姥:西王母。代指荣王夫人。朝元:道家养生法。谓五脏之气汇聚于天元(脐)。

⑳"炼颜"句:谓荣王夫人如河汉女驻颜不老。详见《宴清都》(万壑蓬莱路)注⑥。

又

赠姜石帚

余香才润莺绡汗①,秋风夜来先起②。雾锁林深,蓝浮野阔③,一笛渔蓑鸥外④。红尘万里⑤。就中决银河⑥,冷涵空翠⑦。岸嘴沙平⑧,水杨阴下晚初舣⑨。

桃溪人住最久⑩,浪吟谁得到⑪,兰蕙疏绮⑫。砚色寒云,签声乱叶⑬,薪竹篝纱如水⑭。笙歌醉里⑮。步明月丁东⑯,静传环佩⑰。更展芳塘,种花招燕子⑱。

【题解】

此为酬赠词。姜石帚为隐士,梦窗友人。上片写石帚隐居环境之美,下片写隐居生活之乐。用语明快,文气疏朗,神韵天然。

【校注】

①"余香"句:下阕"簟纱"意缀于此。梁简文帝《咏内人昼眠诗》:"簟文生双腕,香汗浸红纱。"苏轼《四时词四首》(之三):"新愁旧恨眉生绿,粉汗余香在蕲竹。"鸳绡,绘有鸳形图案的绡帐。兼用男子爱熏香典,寓姜石帚修美容止。绡汗,明张本作"绡污"。

②"秋风"句:与下文"一笛""初舣""明月"诸句化用姜夔遥写湖州苕溪景色之《过湘阴寄千岩》诗意:"眇眇临风思美人,荻花枫叶带离声。夜深吹笛移船去,三十六湾秋月明。"

③"雾锁"二句:为"蓝雾浮、锁林深野阔"之倒文。蓝雾,犹言"青雾"。

④鸥外:杜甫《船下夔州郭宿雨湿不得上岸别王十二判官》:"柔橹轻鸥外,含凄觉汝贤。"以上三句谓渔隐地苕霅一带水雾笼罩,姜石帚披蓑垂钓,吹笛于水面的洒脱身姿明灭可见。

⑤红尘万里:谓渔隐地远离繁华喧嚣之地。

⑥"就中"句:古人认为地面广泛的水域与银河相通。

⑦冷涵空翠:此言层层叠叠的岸树倒映河中,翠绿色的波光涟漪,真是一片清凉世界。

⑧岸嘴:戈校本作"步觜"。嘴,此指水岸突出的部分。

⑨水杨:柳树的一种。舣:《集韵》:"南方人谓整舟向岸曰舣。"

⑩桃溪:仙境或隐居地。此或特指西塞山桃花坞一带。《大清一统志》卷二二二:"西塞山,在乌程县西南二十五里,有桃花坞,下有凡常湖。唐张志和游钓于此,作《渔父词》。"

⑪"浪吟"句:言驾一叶扁舟,低吟浅唱,根本不会有谁来打扰他。

⑫兰蕙疏绮:雕有兰蕙图案的花窗。

⑬"砚色"二句:谓其水边隐居处书斋中古砚石面呈现雨昏寒云色,书架上的牙骨书签发出像风吹乱叶一样的声音。详见《尉迟杯》(垂杨径)注⑨。签,系于书卷上作为标识、便于翻检的签牌,以牙骨等制成。

⑭蕲竹：蕲州竹簟。宋代为贡品。簟纱：明张本作"纱纱"。毛本、《历代诗余》、戈校本、杜本、王朱本、朱二校本、《四明》本作"簟纹"。

⑮笙歌醉里：李石《南乡子·醉饮》："弱水渺江湖，醉里笙歌醉里扶。"笙歌，合笙之歌。《礼记·檀弓上》："孔子既祥，五日弹琴而不成声，十日而成笙歌。"

⑯丁东：佩玉声。

⑰环佩：《文选·潘岳〈西征赋〉》："飞翠绥，拖鸣玉，以出入禁门者众矣。"李善注曰："《礼记》曰：'君子行则鸣佩玉。'"以上三句刻画姜石帚醉后不失仪态的容止。

⑱招燕子：陶令君《乌石山》："整巢归燕子，刺水长蒲芽。"二句谓姜氏将扩展隐居地房屋和水塘的面积，使雅舍更有山情水趣。

丹凤吟 无射商　俗名越调①

赋陈宗之芸居楼②

丽景长安人海③，避影繁华④，结庐深寂⑤。灯窗雪户，光映夜寒东壁⑥。心雕鬓改⑦，镂冰刻水⑧，缥简离离⑨，风签索索⑩。怕遣花虫蠹粉⑪，自采秋芸熏架，香泛纤碧⑫。

更上新梯窈窕⑬，暮山澹着城外色。旧雨江湖远⑭，问桐阴门巷，燕曾相识⑮。吟壶天小⑯，不觉翠蓬云隔⑰。桂斧月宫三万手⑱，计元和通籍⑲。软红满路⑳，谁聘幽素客㉑。

【题解】

《丹凤吟》，词牌名。双调，一百十四字，上片十二句四仄韵，下片十一句五仄韵。

陈宗之，名起，字宗之，号陈道人。于临安睦亲坊开陈宅经籍铺，从事编著、出版、贩书诸业。与"江湖派"诗人结交，所刻《江湖集》负有盛名。因济王废立之事,写诗抨击权臣史弥远,而起"江湖诗祸",被流放。绍定六年(1233),史弥远卒,诗禁解。此词似诗祸后写于杭州,故云"旧雨江湖远"。

此词上片叙述了芸居楼主人陈起惨淡经营书肆的艰难情景;下片写登楼远眺,暗寓陈起江湖诗祸时遭贬黜的遭遇,抒发其壮志难酬的感慨。

【校注】

①朱四校本、《全宋词》无"俗名越调"四字。

②明张本词题作"芸居"。

③"丽景"句:苏轼《病中闻子由得告不赴商州三首》(之一):"惟有王城最堪隐,万人如海一身藏。"丽景,毛本、《历代诗余》、《词谱》、戈校本、杜本、王朱本、朱二校本作"丽锦"。

④避影:《庄子·天道》:"士成绮雁行避影,履行逐进而问:'修身若何?'"

⑤结庐:语出陶渊明《饮酒诗二十首》(之五):"结庐在人境,而无车马喧。问君何能尔,心远地自偏。"以上极写陈氏在京城繁华热闹中的寂寞孤怀。

⑥"灯窗"二句:用孙康映雪读书典。《南史·沈约范云传》:"孙伯翳,太原人,晋秘书监盛之玄孙。……父康,起部郎,贫,常映雪读书,清介,交游不杂。"夏敬观笺:"芸居楼在睦亲坊。《梦粱录》七'禁城九厢巷陌'条:睦亲坊俗名宗学巷,在御街西首。明沈朝宣《仁和县志》'睦亲坊'下注云:今立弼教坊,宋时有宗学。故词云'光映夜寒东壁'。"

⑦心雕鬓改:谓因尽心而毛发凋残。

⑧镂冰:语见桓宽《盐铁论·殊路》:"故内无其质而外学其文,虽有贤师良友,若画脂镂冰,费日损功。"刻水:仿"镂冰"研炼成的新辞。

⑨缥简:代指书卷。缥,缥带。离离:井然有序貌。

⑩风签索索:详见《齐天乐》(余香才润鸾绡汗)注⑬。索索,犹"瑟瑟",拟风声。《汉书·天文志》:"永始二年二月癸未夜,东方有赤色,大三四围,长二三丈,索索如树。"

⑪"怕遣"句:翻用李贺《秋来》诗意:"谁看青简一编书,不遣花虫粉空蠹。"

⑫"自采"二句：秋芸，芸草冬生秋采，故云。《尔雅翼》卷三："仲冬之月，芸始生。芸，香草也。谓之芸蒿，似邪蒿而香，可食。其茎干婀娜可爱，世人种之中庭。"《梦溪笔谈》卷三："古人藏书，辟蠹用芸。芸，香草也。今人谓之'七里香'者是也。"纤碧，形容芸草丛生细叶。

⑬新梯：芸居楼是新落成建筑，故云。窈窕：亦作"窈窱"，深远貌。

⑭旧雨：语出杜甫《秋述》："秋，杜子卧病长安旅次，多雨生鱼，青苔及榻。当时车马之客，旧，雨来；今，雨不来。昔襄阳庞德公至老不入州府，而扬子云草《玄》寂寞，多为后辈所褻，近似之矣。"后因以"旧雨"称故交。江湖：主要指隐居而言，也指主人陈起所编宋代诗集《江湖》前后诸集而言。

⑮"问桐阴"二句：许棐《赠陈宗之》："六月长安热似焚，鄽中清趣总输君。买书人散桐阴晚，卧看风行水上文。"叶绍翁《赠宗之》："官河深水绿悠悠，门外梧桐数叶秋。中有武林陈学士，吟诗消遣一生愁。"桐阴，《历代诗余》《词谱》作"梧阴"。燕曾相识，语出晏殊《浣溪沙》："无可奈何花落去，似曾相识燕归来。"此谓唯有旧燕垒巢于芸居楼新址，却不见故交踪迹。

⑯吟壶天小：《后汉书·方术列传》："费长房者，汝南人也。曾为市掾。市中有老翁卖药，悬一壶于肆头，及市罢，辄跳入壶中。市人莫之见，唯长房于楼上睹之，异焉。因往再拜奉酒脯。翁知长房之意其神也，谓之曰：'子明日可更来。'长房旦日复诣翁，翁乃与俱入壶中。唯见玉堂严丽，旨酒甘肴，盈衍其中，共饮毕而出。"《云笈七签》："施存……学大丹之道……遇张申为云台治官，常悬一壶如五升器大，变化为天地，中有日月，如世间，夜宿其内，自号壶天。"韦庄《赠峨眉山弹琴李处士》："壶中醉卧日月明，世上长游天地窄。"

⑰翠蓬：指充满生意的蓬莱仙境。《历代诗余》《词谱》作"翠连"。

⑱"桂斧"句：用修月典。详见《水龙吟》（望春楼外沧波）注③。后亦以"修月手"形容文采灿然者。三万手，《历代诗余》作"三万年"。

⑲计：《历代诗余》《词谱》作"记"。元和通籍：应指寒族科举畅途。《类说》卷三四："元和中，李凉公（逢吉）下三十三人皆取寒素。时有诗曰：'元和天子丙申年，三十三人同得仙。袍似烂银文似锦，相将白日上青天。'"通籍，《汉书·元帝纪》："令从官给事宫司马中者，得为大父母、父母、兄弟通

籍。"颜师古注引应劭曰:"籍者,为二尺竹牒,记其年纪名字物色,县之宫门,案省相应,乃得入也。"

⑳软红满路:代指繁华的京城。

㉑"谁聘"句:聘客,辟为门客。幽素,杨笺:"'幽素客',即处士意,唐设有幽素科。"以上三句可与郑思立《赠陈宗之》参看:"京华声利窟,车马如浪翻。淡妆谁为容,古曲谁为弹。"

扫花游 夹钟商 俗名双调①

西湖寒食②

冷空澹碧③,带翳柳轻云④,护花深雾⑤。艳晨易午⑥。正笙箫竞波,绮罗争路⑦。骤卷风埃⑧,半掩长娥翠妩⑨。散红缕⑩。渐红湿杏泥⑪,愁燕无语⑫。

乘盖争避处⑬。就解佩旗亭,故人相遇⑭。恨春太妒。溅行裙更惜⑮,凤钩尘污⑯。醉入梅根⑰,万点啼痕暗树⑱。峭寒暮。更萧萧⑲、陇头人去⑳。

【题解】

《扫花游》,词牌名。双调,九十四字,上片十一句六仄韵,下片十句七仄韵。此词咏调名本意。

"寒食"时在暮春三月初,清明节前。词用赋笔,写寒食游西湖时春阴变雨,以及雨中各类情形。但杨笺解释有所不同,存之以供参考:"此为寒食日重遇去姬于西湖之词。'更萧萧陇头人去',此言人之去,正如流水不知向何处矣,说明煞是可怜。'更'字跌进一层。此词为姬去世后第一个寒食作。"

【校注】

①朱四校本、《全宋词》无"俗名双调"四字。

②《历代诗余》词题作"春游遇雨"。

③冷空澹碧：为"碧空冷澹"之倒文。"冷"字点出冷烟寒食的节令特征，"澹"字写烟雾蒙蒙，并为春寒酿雨张本。

④翳柳：萧颖士《菊荣一篇五章》："阴槐翳柳，迩楹近宇。"轻云：曹植《洛神赋》："仿佛兮若轻云之蔽月，飘摇兮若流风之回雪。"

⑤护花深雾：暮春轻云重雾的湿度和温度于花最为相宜，古称"养花天"。

⑥艳晨：李德裕《述梦诗四十韵》："花光晨艳艳，松韵晚骚骚。"

⑦"正笙箫"二句：写杭京寒食期间的游湖活动。《武林旧事》卷三："都城自过收灯，贵游巨室，皆争先出郊，谓之'探春'，至禁烟为最盛。龙舟十余，彩旗叠鼓，交舞曼衍，粲如织锦。内有曾经宣唤者，则锦衣花帽，以自别于众。京尹为立赏格，竞渡争标。内珰贵客，赏犒无算。都人士女，两堤骈集，几于无置足地。水面画楫，栉比如鱼鳞，亦无行舟之路，歌欢箫鼓之声，振动远近，其盛可以想见。"绮罗，多为贵妇、美女之代称。竞波，王朱本、郑校本作"竞沸"。戈校本、杜本、朱三校本、朱四校本、《四明》本、郑批本作"竞渡"。

⑧骤卷风埃：言突然间狂风骤起，尘埃翻滚。

⑨长娥：犹言"长眉"。娥，《楚辞·大招》："嫮目宜笑，娥眉曼只。"《历代诗余》、戈校本、杜本、王朱本、朱二校本、《四明》本、郑校本作"长蛾"。翠妩：高观国《凤栖梧》："西子湖边眉翠妩。魂冷孤山，谁是风烟主。"喻西湖周边如眉黛的翠峰，并以"掩"字描写雨欲来时云雾遮山的情形。

⑩红缕：《历代诗余》作"丝缕"。缕，写雨兼带柳字。唐太宗《咏雨》："蒙柳添丝密，含吹织空罗。"

⑪红湿：寒食时初入暮春，花朵未曾完全开败，却被风送雨催，故尚存红艳时即入泥中。杏泥：文杏所制的屋梁上的燕巢泥。

⑫愁燕无语：与上句并化用以下诗意，李商隐《细雨成咏献尚书河东公》："稍稍落蝶粉，班班作燕泥。"欧阳修《下直》："轻寒漠漠侵驼褐，小雨班班作燕泥。"杨凝《咏雨》："尘泡多人路，泥归足燕家。可怜缭乱点，湿尽满宫花。"雍陶《和刘补阙秋园寓兴六首》（之一）："愁燕窥灯语，情人见月过。"

134

⑬乘盖争避：车辆争相避雨。盖，指车篷或伞盖。

⑭"就解佩"二句：解佩，《历代诗余》作"佩解"。暗用《本事诗·高逸三》贺知章典故："李太白初自蜀至京师，舍于逆旅。贺监知章闻其名，首访之。既奇其姿，复请所为文。出《蜀道难》以示之，读未竟，称叹者数四，号为'谪仙'。解金龟换酒，与倾尽醉。期不间日，由是称誉光赫。"旗亭，酒楼。此二句谓因雨妨行程却偶然幸会曾经的相知好友，故不免典佩换酒。

⑮溅行裙：斐虔余《柳枝词咏篙水溅妓衣》："从教水溅罗裙湿，还道朝来行雨归。"行裙，《历代诗余》作"仙裙"。

⑯风钩：描画金凤的弯弯绣鞋。

⑰酹：《广韵》："以酒沃地。"梅根：齐己《早梅》："万木冻欲折，孤根暖独回。"此句喻春雨浸透梅树根。

⑱万点啼痕：杜甫《曲江二首》（之一）："一片花飞减却春，风飘万点正愁人。"苏轼《水龙吟·次韵章质夫杨花词》："细看来，不是杨花点点，是离人泪。"暗树：杜甫《夜二首》（之二）："暗树依岩落，明河绕塞微。"反用范浚《春雪晚晴出西村》诗意："堕梅残白犹明树，着柳暗黄初映堤。"写雨中梅花残白落尽，梅树失却明艳。

⑲萧萧：象马嘶声。

⑳陇头人：《太平御览》卷九七〇："《荆州记》曰：陆凯与范晔相善，自江南寄梅花一枝诣长安与晔，并赠诗曰：'折花逢驿使，寄与陇头人。江南无所有，聊赠一枝春。'陇头，即陇山，在今甘肃、陕西交界处。

【汇评】

陈洵《海绡说词》：不过写春阴变雨耳。"骤卷风埃"，从"轻云""深雾"一变。"红湿杏泥"，从"冷空澹碧"一变。却用"笙箫"一句横空一断，从游人眼中看出，带起下阕。"艳晨易午"，"恨春太妒"，是通篇眼目。天气既变，人情亦乖，奈此良辰美景何，极浓厚深挚。

夏敬观评语：梦窗词虚字不苟用，能用实字必用实字，颇得美成之诀。此词"带"字、"就"字、"溅"字皆是。如此类者甚多，不能尽注，读者注意可也。

又

春雪

水云共色①，渐断岸飞花②，雨声初峭③。步帷素袅④。想玉人误惜，章台春老⑤。岫敛愁蛾⑥，半洗铅华未晓⑦。舣轻棹。似山阴夜晴，乘兴初到⑧。

心事春缥缈⑨。记遍地梨花⑩，弄月斜照⑪。旧时斗草⑫。恨凌波路钥，小庭深窈⑬。冻涩琼箫⑭，渐入东风郢调⑮。暖回早。醉西园、乱红休扫⑯。

【题解】

此为咏春雪词。杨笺云："此为重到西园忆姬之作。"上片写雪景，先总写，再分别描述郊野、远山及水上之雪景，层次分明；下片忆姬，写昔日雪中情事及今日别离之伤情。

【校注】

①水云共色：《诗·小雅·信南山》："上天同云，雨雪雰雰。"朱熹集传："同云，云一色也。将雪之候如此。"

②飞花：指雪花。

③雨峭：谓雨滴遇空气对流凝成雪粒，落在瓦上声音变得有些尖锐。

④步帷素袅：雪花穿帘度幕。步帷，犹言步障。《晋书·列女传》："（王）凝之弟献之尝与宾客谈议，词理将屈，道韫遣婢白献之曰：'欲为小郎解围。'乃施青绫步障自蔽，申献之前议，客不能屈。"此并为玉人张本。

⑤"想玉人"二句：玉人，《晋书·卫玠传》："（玠）年五岁，风神秀异……总角乘羊车入市，见者皆以为玉人，观之者倾都。骠骑将军王济，玠之舅也，俊爽有风姿。每见玠，辄叹曰：'珠玉在侧，觉我形秽。'"后多用于称美丽的女子。此指冰雪聪明的谢道韫。章台春老，合用章台柳及柳絮如雪

典。详见《水龙吟》（外湖北岭云多）注⑭、《解连环》（思和云结）注⑪。误惜，此处咏春雪始落，雪粒如盐，是以道韫拟柳絮为误。

⑥岫敛愁蛾：暗用远山黛典。《西京杂记》卷二："文君姣好，眉色如望远山。"《赵飞燕外传》："女弟合德入宫，为薄眉，号远山黛。"

⑦"半洗"句：刘禹锡《终南秋雪》："雾散琼枝出，日斜铅粉残。"还化用王安石《至开元僧舍上方次韵舍弟二月一日之作》"雾雪兼山粉黛重"句意。李壁《王荆公诗注》："粉喻雪，黛喻山，故云'兼'。雪霁山明，始见青色，故云'重'。"洗，犹言"洗妆"。铅华，《文选·曹植〈洛神赋〉》："芳泽无加，铅华弗御。"李善注引张衡《定情赋》："思在面为铅华兮，患离尘而无光。"

⑧"舣轻棹"三句：《世说新语·任诞》："王子猷居山阴，夜大雪，眠觉，开室命酌酒，四望皎然。因起彷徨，咏左思《招隐诗》。忽忆戴安道，时戴在剡。即便夜乘小船就之，经宿方至。造门不前而返。人问其故，王曰：'吾本乘兴而行，兴尽而返。何必见戴？'"轻棹，《艺文类聚》卷七一引晋王叔之《舟赞》："弱楫轻棹，利涉济求。"

⑨春缥缈："春"字为时间状语。张耒《探春有感二首》（之一）："烟树远浮春缥缈，风光不动日阴沉。"

⑩遍地梨花：以梨花与雪花互喻。岑参《白雪歌送武判官归京》："忽如一夜春风来，千树万树梨花开。"

⑪弄月斜照：以梨花映照着将要西沉的斜月喻夜中雪景。

⑫旧时斗草：《荆楚岁时记》："五月五日，四民并踏百草，又有斗百草之戏。"葛立方《韵语阳秋》卷一九谓《荆楚岁时记》五月五日竞渡"盖当时五月五日，以周官正言之尔。今用夏正，乃三月也"。此亦因周历夏正之异，故宋代春三月斗百草。

⑬"恨凌波"二句：为"恨凌波路窈，小庭深锁"之倒文。路钥，朱三校本、《四明》本、郑批本作"路锁"。窈，犹言"窈窕"，幽深貌。

⑭冻涩：葛立方《玉楼春》："笙簧冻涩闲纤指，香雾暖薰罗帐底。"涩，《说文》："不滑也。以音言。"《历代诗余》、戈校本作"冻蕊"。琼箫：玉箫。

⑮"渐入"句：姚合《咏雪》："飞随郢客歌声远，散逐宫娥舞袖回。"郢楚调中有咏雪之歌。《文选·谢惠连〈雪赋〉》："曹风以麻衣比色，楚谣以幽兰

俪曲。"李善注曰:"宋玉《讽赋》曰:'臣尝行至,主人独有一女,置臣兰房之中。臣援琴而鼓之,为《幽兰》《白雪》之曲。'"

⑯"醉西园"二句:西园,此泛称。反用杜牧《惜春》诗意:"怅望送春杯,殷勤扫花帚。"以上三句想象雪后赏春情景,为"春雪"后路。

【汇评】

陈洵《海绡说词》:"水云共色",正从空处起步。"章台春老",侧面实处转步。"山阴夜晴",对面实处歇步。"遍地梨花",复侧面空处回步。以下步步转,步步歇,往复盘旋,一步一境。换头五字,贯彻上下,通体浑融矣。

又

赠芸隐

草生梦碧①,正燕子帘帏,影迟春午②。倦茶荐乳③。看风签乱叶,老沙昏雨④。古简蟫篇,种得云根疗蠹⑤。最清楚⑥。带明月自锄,花外幽圃⑦。

醒眼看醉舞⑧。到应事无心⑨,与闲同趣⑩。小山有语⑪。恨逋仙占却,暗香吟赋⑫。暖通书床,带草春摇翠露⑬。未归去。正长安、软红如雾⑭。

【题解】

"芸隐",即施枢,字知言,号芸隐,为梦窗词友。此词可能作于嘉熙元年(1237),当时施枢在越州幕上,梦窗在苏幕。

此为赠友词。全词抓着朋友以"芸隐"为号入笔,上下片均写隐居之乐,直至结尾处方点出友人正在仕途,并未归隐,强烈地对比中,表达了招其隐居的题旨。

【校注】

①草生梦碧:《岁时广记》卷一:"《南史》:谢惠连,年十岁,能属文,族兄

灵运嘉赏之。每有篇章,对惠连辄得佳句。尝于永嘉西堂思诗,竟日不就。忽梦见惠连,而得'池塘生春草'之句,大以为工。尝云:'此语有神助,非吾语也。'"草、碧,并皆隐写芸草。

②迟:等待。详见《塞垣春》(漏瑟侵琼管)注⑮。燕子亦入此句。读若去声。清代刘献廷《广阳杂记》卷三:"(茹)紫庭吟其旧句云:'燕妥阶泥湿,花迟槛露温。'余谓此迟字当作去声读,音稚。若平声即迟速之迟,不如此解。"梦窗此调五首,此处皆作仄声亦可佐证。芸香"仲冬始生",故曰待燕归来。

③倦茶荐乳:"午"字意入此句。杨万里《新暑追凉》:"朝慵午倦谁相伴,猫枕桃笙苦竹床。"荐茶,苏籀《园人馈果》:"春风媚世葩华过,夏日荐茶冰蜜尝。"乳,即乳花。曹邺《故人寄茶》:"碧流霞脚碎,香泛乳花轻。"

④"看风签"二句:写书房中的插书架及砚台等摆设。老沙,形容石砚。《端溪砚坑志》卷三引王世贞《宛委余编》曰:"柳公权蓄砚,以青州为第一,绛州次之后,始重端、歙、临洮。"绛砚泥陶而成。《西清砚谱》卷二称其"土质细润,坚如玉石"。

⑤"古简"二句:李贺《秋来》:"谁看青简一编书,不遣花虫粉空蠹。"古简,米芾《书史》:"河间古简,为法书祖。"蟫,《尔雅·释虫》:"蟫,白鱼。"郭璞注:"衣书中虫,一名蛃鱼。"云根,谐音"芸根"。戈校本作"芸根"。疗妒,谐音"疗妒"。梁武帝郗后颇妒,杨夔引《山海经》以鹡鸰为膳可以疗妒,郗后茹之,妒减殆半。此见朋友之间戏谑之意。

⑥清楚:芸香下部为木质,故又称芸香树。与下二句取意高观国《生查子·梅次韵》:"香惊楚驿寒,瘦倚湘筠暮。一笛已黄昏,片月尤清楚。"借写施氏月色中垦艺芸香树。梅欲花时,芸叶初生,故互拟之。

⑦"带明月"二句:成公绥《芸香赋》:"美芸香之修洁,禀阴阳之淑精。去原野之芜秽,植广夏之前庭。茎类秋竹,叶象春栓。"因无自种芸草文典,故化用同样为高雅之举的种梅花典实,刘翰《种梅》:"惆怅后庭风味薄,自锄明月种梅花。"方岳《寄题赵德成东岩》:"空山谁可闲来往,自种梅花伴月明。"以上三句写庭院中种芸之僻地及宛然隐者的洒脱身姿。

⑧"醒眼"句:《楚辞·渔父》:"屈原曰:'举世皆浊我独清,众人皆醉我

独醒,是以见放。'"齐已《对菊》:"莫嫌醒眼相看过,却是真心爱澹黄。"此写芸隐虽然入仕,却能以独醒的眼光旁观举世皆醉之狂态。

⑨应事无心:犹言"应事无方"。达到了以本心与外物周旋的精神境界。《列子·说符》:"投隙抵时,应事无方,属乎智。"

⑩与闲同趣:谓虽然身居官职却有闲居之乐趣。

⑪小山有语:小山,淮南小山。有辞赋《招隐士》,其中名句曰"王孙游兮不归,春草生兮萋萋","王孙兮归来,山中兮不可以久留"。

⑫"恨逋仙"二句:写孤山隐者林逋及其咏梅名句。却,《汇释》:"语助辞。用于动辞之后。"

⑬"暖通"二句:用书带草典。详见《瑞鹤仙》(夜寒吴馆窄)注⑨。暖通,毛本、《历代诗余》、戈校本、杜本、王朱本、朱二校本作"暖逼"。带草春翠,承上小山之语,有草色碧绿茂盛之意。

⑭"未归去"三句:软红如雾,指繁华的京城。详见《瑞鹤仙》(藕心抽莹茧)注⑤。李频《投京兆府试官任文学先辈》:"长安未归去,为倚鉴妍媸。"三句语意曲折。谓淮南小山已云山中不可隐,而杭州孤山早已被林逋独擅,赠主身处杭京闹市,似与名号中的"隐"字扞格舛互。然而能如芸草隐于书斋,并洞鉴世态之妍媸,所以虽未归去,但这种真名士作派,已俨然隐者矣。言下之意是施氏字号还是名至实归。

又

送春古江村①

水园沁碧②,骤夜雨飘红,竟空林岛③。艳春过了。有尘香坠钿,尚遗芳草④。步绕新阴⑤,渐觉交枝径小⑥。醉深窈。爱绿叶翠圆,胜看花好⑦。

芳架雪未扫⑧。怪翠被佳人⑨,困迷清晓⑩。柳丝系棹⑪。问阊门自古,送春多少⑫。倦蝶慵飞,故扑簪花破帽⑬。酹残

140

照。掩重城、暮钟不到⑭。

【题解】

此词为送春伤春之作。古江村即苏州西园。冯桂芬《苏州府志》:"西园在阊门西,洛人赵思别业,张孝祥大书其匾曰'古江村',中有'足娱堂'。"词中紧扣题意"送春",描绘了苏州古江村周围田园春末夏初的景色,抒发了对时光流逝及自身际遇的感慨。

【校注】

①《历代诗余》作"送春"。

②沁碧:水面因倒影而有绿意。

③"骤夜雨"二句:韩偓《哭花》:"若是有情争不哭,夜来风雨葬西施。"李煜《相见欢》:"林花谢了春红,太匆匆。无奈朝来寒雨,晚来风。"

④"有尘香"二句:尘香,陆龟蒙《惜花》:"其间风雨至,旦夕旋为尘。"坠钿,喻落花。毛熙震《浣溪沙》:"弱柳万条垂翠带,残红满地碎香钿。蕙风飘荡散清烟。"以上六句并化用周邦彦《六丑·蔷薇谢后作》:"为问花何在,夜来风雨,葬楚宫倾国。钗钿堕处遗香泽。"

⑤新阴:下文"爱"字入此句。崔护《郡斋三月下旬作》:"偃仰倦芳褥,顾步爱新阴。"

⑥交枝径小:萧综《悲落叶》:"长枝交荫昔何密,黄鸟关关动相失。"

⑦"爱绿叶"二句:张镃《残梅》:"雨丝吹冷透窗纱,忽忽东风管鬓华。岂为梅残便无恨,草生时节胜看花。"翠圆,犹言"青圆"。

⑧"芳架"句:芳架雪,喻荼蘼。《山堂肆考》卷二〇〇:《格物总论》:(荼蘼)及开时,花变白带浅碧。其香微而清,种者用大高架引之,盘曲而上,二三月间烂漫可观也。古人常以雪喻满架的荼蘼白花。雪未扫,凿空为实而用袁安典。《后汉书·袁安传》:"袁安,字邵公,汝南汝阳人也。"李贤注引《汝南先贤传》:"时大雪积地丈余,洛阳令自出案行,见人家皆除雪出,有乞食者。至袁安门,无有行路,谓安已死。令人除雪入户,见安僵卧。问何以不出。安曰:'大雪,人皆饿,不宜干人。'令以为贤,举为孝廉。"

⑨翠被:戈选作"绣被"。

141

⑩困迷：春困朦胧。春天二十四番花信风，荼蘼居二十三，是殿春花朵，故王淇《暮春游小园》有"开到荼蘼花事了"之句。荼蘼花色如雪，惺忪佳人竟疑香雪未扫。荼蘼花开，亦渐入"送春"之意。

⑪柳丝系棹：春暮时柳丝长可系舟。

⑫"问闾门"二句：闾门，《太平寰宇记·江南东道·苏州》："闾门，吴城西门也，以天门通闾阖，故名之。"上文"柳"字意亦入此。张籍《寄苏州白二十二使君》："闾门柳色烟中远，茂苑莺声雨后新。"颇取意周彦邦《兰陵王》："长亭路，年去岁来，应折柔条过千尺。"

⑬"倦蝶"二句：故，《汇释》："犹仍也；还也；尚也。"簪花破帽，周彦邦《玉楼春》："裁金簇翠天机巧。不称野人簪破帽。"余见《瑞鹤仙》(乱云生古峤)注⑥。取意周邦彦《六丑》词意："多情为谁追惜。但蜂媒蝶使，时叩窗隔。"以倦蝶多情犹扑破帽上所簪花朵，从蜂蝶惜春透过一层写词人送春情怀。

⑭"酹残照"三句：重城，古代城市在外城中又建内城，故称。《文选·左思〈吴都赋〉》："郛郭周匝，重城结隅。"刘逵注："大城中有小城，周十二里。"据《太平寰宇记》伍子胥所建之吴城，有大城小城之分，大城有陆门八，水门八，小城只有三门，闾门为其中之一。翻用周邦彦《扫花游》："黯凝伫。掩重关、遍城钟鼓。"谓重重城门紧闭，纵使城外寺院暮钟声传不进城内的西园，但残阳也同样预示着春天的最后时光也将过去，故浇酒入地，祭奠春天的流逝。

【汇评】

陈廷焯《云韶集》卷八：(上阕眉批)亦风流，亦豪放，亦阔达。 (下阕眉批)好句，如读唐诗。

俞陛云《唐五代两宋词选释》：送春之句，稿中屡见。前六句写残春情景，工而不滞。"小"字韵咏新阴入细，"好"字韵有"绿阴幽草胜花时"之意。下阕意境开展，分三段写送春。晓窗困起，言佳人之春倦；垂柳系棹，言春江之行客。而己则当此暮春，破帽簪花，孤踪寥落，惟有倦蝶相随，潦倒中有闲放之致。酹酒斜阳，乃结束全首，兼回应"醉深窈"句也。

又

赋瑶圃万象皆春堂

暖波印日①，倒秀影秦山，晓鬟梳洗②。步帷艳绮③。正梁园未雪④，海棠犹睡⑤。藉绿盛红⑥，怕委天香到地⑦。画船系。舞西湖暗黄⑧，虹卧新霁⑨。

天梦春枕被⑩。和凤筑东风⑪，宴歌曲水⑫。海宫对起⑬。灿骊光乍湿，杏梁云气⑭。夜色瑶台⑮，禁蜡初传翡翠⑯。唤春醉⑰。问人间、几番桃李。

【题解】

此词用潜龙典,潜龙指太子尚未即位,可知词当作于宝祐元年(1253)理宗过继嗣荣王赵与芮子为皇子以后,景定元年(1260)六月立为皇太子之前。"万象皆春堂",堂名取意杜甫《宿白沙驿》"万象皆春气"诗句,在绍兴,是嗣荣王府瑶圃内一景。

此词歌咏嗣荣王府邸。上片写景,春光绮丽,花红草绿,天香四溢,画船柳丝,春景如画。下片写瑶圃内人事活动,主人身份高贵,宴饮作歌,曲水流觞,楼宇华丽,夜景灿然,不禁感慨人间如此美景无多。梦窗时为嗣荣王座上客,真可谓极尽渲染之能事。

【校注】

①暖波印日:毛滂《浣溪沙》:"滟滟金波暖做春。疏疏烟柳瘦于人。"从镜湖水波沐浴于阳光中,写出气象之"春"。印日,《历代诗余》、戈校本作"映日"。

②"倒秀影"二句:秦山晓鬟,此指绍兴府会稽郡的秦望山。并用杜牧《阿房宫赋》典。

③步帷艳绮:丝锦作成的步障。详见《齐天乐》(竹深不放斜阳)注⑩。

此作为海棠花的遮护。护花本为皇家或宗室雅举,如《开元天宝遗事》卷一载唐朝宁王惜花之举:"至春时,于后园中纫红丝为绳,密缀金铃,系于花梢之上。每有鸟鹊翔集,则令园吏掣铃索以惊之,盖惜花之故也。诸宫皆效之。"《武林旧事》卷七记淳熙六年皇家赏花:"遂至锦壁赏大花,三面漫坡,牡丹约千余丛,各有牙牌金字,上张碧油绢幕。"步帷,杜本作"步帏"。

④梁园未雪:谢惠连《雪赋》:"岁将暮,时既昏。寒风积,愁云繁。梁王不悦,游于兔园,乃置旨酒,命宾友。召邹生,延枚叟。相如末至,居宾之右。俄尔微霰零,密雪下。王乃歌《北风》于《卫诗》,咏《南山》于《周雅》。授简于司马大夫,曰:'抽子秘思,骋子妍辞,侔色揣称,为寡人赋之。'"梁园,详见《宴清都》(翠羽飞梁苑)注②。"未雪",形容海棠尚未褪红泛白如雪飘落。荣邸所在地会稽海棠向负盛名。《会稽续志》卷四:"李德裕《平泉草木记》曰:木之奇者,会稽之海棠。"沈立《海棠记》谓其落时"若宿妆淡粉",或以雪拟之。苏轼《寒食雨二首》(之一):"卧闻海棠花,泥污胭脂雪。"

⑤海棠犹睡:形容海棠正酣放。用杨贵妃典,详见《宴清都》(绣幄鸳鸯柱)注⑦。

⑥藉:古时祭祀朝聘时陈列礼品的草垫。与下两句写以绿色的草坪为铺垫,承接海棠落花,不使其委芳质于泥土之中。与上文"步障",皆写宗亲护花之用心,并衬托出花团锦簇之"春"。

⑦天香:本指牡丹。此因海棠与牡丹同被喻为杨贵妃,借称海棠。

⑧西湖:此特指镜湖,镜湖跨会稽山阴两县,分为东湖和西湖。暗黄:比喻由黄转绿时的杨柳。李贺《河南府试十二月乐词·正月》:"上楼迎春新春归,暗黄着柳宫漏迟。"

⑨虹卧新霁:杜牧《阿房宫赋》:"长桥卧波,未云何龙。复道行空,不霁何虹。"此应指西跨湖桥。

⑩"天梦"句:此句方点醒"春"字。天梦,犹言"钧天梦"。谓梦闻钧天广乐。详见《齐天乐》(玉皇重赐瑶池宴)注⑦。

⑪凤筑:筑,《荆轲歌·序》:"高渐离击筑,荆轲和而歌。"李善注曰:"邓展《汉书》注曰:筑,音竹。应劭曰:状似琴而大,头安絃,以竹击之,故名曰筑也。"琴称"凤丝",梦窗此连类而及。东风,意缀下句,并补足"春"字。

144

⑫宴歌曲水：此翻用山阴本地典故。《会稽志》卷一〇："兰渚在县西南二十五里，旧经云：山阴县西兰渚有亭，王右军所置，曲水赋诗作序于此。《水经注》云：兰亭，一曰兰上里，太守王羲之、谢安兄弟，数往造焉。王廙之移亭在水中，晋司空何无忌临郡，起亭于山椒，极高尽眺。亭宇虽坏，基陛尚存。……渚旁有曲水，清流激湍，映带左右，迄今犹然。"余见《一寸金》（秋入中山）注⑮。

⑬海宫对起：会稽卧龙山有望海亭，亭址因与海上仙山蓬莱相对而建有蓬莱阁，故梦窗以海宫美称荣邸新建筑。下句中的"云气"意缀于此，以能致云雾之气的潜龙在渊谀称荣邸屡有真龙诞生。《管子·水地》："龙生于水……欲尚则凌于云气，欲下则入于深泉。"

⑭"灿骊光"二句：暗用梅梁化龙典，见《齐天乐》（三千年事残鸦外）注⑥。骊光，龙宫骊珠之光。《庄子·列御寇》："河上有家贫恃纬萧而食者，其子没于渊，得千金之珠。其父谓其子曰：'取石来锻之。夫千金之珠，必在九重之渊，而骊龙颔下，子能得珠者，必遭其睡也。使骊龙而寤，子尚奚微之有哉！'"杏梁，《文选·司马相如〈长门赋〉》："刻木兰以为榱兮，饰文杏以为梁。"李善注曰："文杏亦木名。"

⑮夜色瑶台：王嘉《拾遗记·昆仑山》："（昆仑山）第九层，山形渐小狭。下有芝田蕙圃，皆数百顷，群仙种耨焉。旁有瑶台十二，各广千步，皆五色玉为台基。"兼写荣邸瑶池琼圃。

⑯禁蜡初传：用寒食节"日暮汉宫传蜡烛"典，详见《水龙吟》（外湖北岭云多）注⑦。翡翠：指翠羽。此代指宫使所乘之车。参见《宴清都》（翠羽飞梁苑）注②。

⑰唤春醉：巧妙牵用荣邸自制的"万象皆春"美酒。据《说郛》卷六〇（下）引周密辑《南宋市肆纪》"诸色酒名"，荣邸有"眉寿堂""万象皆春"。

【汇评】

夏敬观评语：换头句太奇，殊难索解。

杨铁夫《梦窗词全集笺释》：（"舞西湖"二句）"暗黄"，是柳色，在凡手必出"柳"字，梦窗往往不尔。此非西湖。言"西湖"者，欲"暗黄"句厚耳。

应天长 夷则商　俗名林钟商①

吴门元夕

丽花斗靥②,清麝溅尘③,春声遍满芳陌④。竟路障空云幕⑤,冰壶浸霞色⑥。芙蓉镜⑦,词赋客⑧。竟绣笔⑨、醉嫌天窄⑩。素娥下⑪,小驻轻镳⑫,眼乱红碧⑬。

前事顿非昔,故苑年光,浑与世相隔⑭。向暮巷空人绝⑮,残灯耿尘壁。凌波恨,帘户寂⑯。听怨写、堕梅哀笛⑰。伫立久,雨暗河桥,谯漏疏滴⑱。

【题解】

《应天长》,词牌名,又名《应天长令》《应天长慢》。此调有小令、长调两体。小令始于韦庄,五十字,前后片各五句四仄韵。各家用此调字数有增减,但以韦庄词为正体。长调始于柳永,九十四字,前片十句六仄韵,后片十句七仄韵。另有九十八字体,句式与柳永词有出入。

"吴门",指春秋吴都阊门,此代指苏州。此词应作于德祐二年(1276)元兵攻破临安后梦窗再客苏州时。词作回忆荣邸元夕的热闹繁华,承载的却是故国之思,深寓繁华今昔的亡国之悲。

【校注】

①朱四校本、《全宋词》无"俗名林钟商"五字。

②丽花斗靥:笑靥如花的丽人争奇斗艳。

③清麝溅尘:此写清尘溅上麝香之衣裾。麝,此指元夕夜游赏仕女衣裳的熏香。

④"春声"句:春声,下句中的"竟路"意属此上三句。写京城元夕之夜,游女如云,满路飘香的热闹情景。遍满,毛本、《词谱》《历代诗余》、杜本作"偏漏"。戈校本作"偏满"。芳陌,明张本、毛扆本作"坊陌"。

⑤障空云幕:《海录碎事》卷四(下):"《西京杂记》:汉成帝设云帐、云幄、云幕于甘泉紫殿,谓之三云殿。"此"云幕"指遮挡路上灰尘和视线的帷幕,犹言步幛。

⑥冰壶:本指玉质花灯。《武林旧事》卷二:"其后福州所进,则纯用白玉,晃耀夺目,如清冰玉壶,爽彻心目。"观下四句所用典故,此亦兼指临安荣邸中的"凉堂",参见《齐天乐》(玉皇重赐瑶池宴)注⑤。浸霞色:形容绛红色花灯灿若霞光。

⑦芙蓉镜:诸家皆注此为背面铸有芙蓉花饰的铜镜,代指新进士。见段成式《酉阳杂俎·续集》卷二:"相国李公固言,元和六年下第游蜀,遇一老姥,言:'郎君明年芙蓉镜下及第,后二纪拜相,当镇蜀土,某此时不复见郎君出将之荣也。'明年,果然状头及第,诗赋题有《人镜芙蓉》之目。后二十年,李公登庸。"然此新进上典与全词意不相贯。此中"镜"字形容鉴湖清澈之渌水,前文"幕"字意亦属"芙蓉",实用莲幕典。嗣荣王赵与芮官至太傅,正是"三公开府",用此典至为剀切。详见《宴清都》(万里关河眼)注⑭。

⑧词赋客:暗用梁王典。余见《宴清都》(翠羽飞梁苑)注②。"芙蓉"二句,明张本、毛本作"芙蓉词赋客"五字。王朱本作"芙蓉□,词赋客"。《历代诗余》作"芙蓉词,赋仙客。"

⑨绣笔:犹言五色彩笔,写出锦绣词赋。参见《绕佛阁》(蒨霞艳锦)注③。

⑩醉嫌天窄:荣邸有万象皆春酒,醉后浓睡不醒,见《扫花游》(暖波印日)注⑰。并用"壶天"典,顾况《杂歌谣辞·步虚词》:"壶中无窄处,顾得一容身。"余见《丹凤吟》(丽景长安人海)注⑯。天窄,明张本、毛本、王朱本作"天色"。

⑪素娥下:形容元夕夜天清月近人。

⑫小驻轻镳:《文选·木华〈海赋〉》:"若乃大明摞辔于金枢之穴,翔阳逸骇于扶桑之津。"李善注曰:"言月将夕也。大明,月也。《周易》曰:悬象著名,莫大乎日月。摞,犹揽也。月有御,故言辔。"摞,一作"镳"。

⑬眼乱红碧:犹言"看朱成碧"。本形容眼花不辨五色。王僧孺《夜愁诗》:"谁知心眼乱,看朱忽成碧。"此形容元夕醉游。

147

⑭与世相隔：苏轼《与谢民师推官书》："自还海北，见平生亲旧，惘然如隔世人。"以上三句思昔时繁华与今日凄凉，不禁有恍如隔世之感。

⑮向暮：犹言"向晚"，《汇释》："犹云临晚或傍晚也。"

⑯帘户寂：与下二句从姜夔《鹧鸪天·元夕不出》化出："帘寂寂，月低低。旧情惟有绛都词。"

⑰"听怨写"二句：梅花冬春之间开放，元夕正为盛时；而笛曲中有《梅花落》。

⑱谯漏疏滴：《吴郡志》卷六："谯楼，绍兴二年郡守席益鸠工。三年，郡守李擢成之。二十年，郡守徐兢篆平江府额，然止能立正门之楼，两傍挟楼至今未复，遗基岿然。"疏滴，兼写雨滴。以上三句谓雨声夹杂谯楼滴漏声，增益吴门元夕之落寞及回忆之凄凉。

【汇评】

陈洵《海绡说词》：上阕全写盛时节物，极力为换头三句追逼。至"巷空人绝，残灯尘壁"，则几不知为元夕矣。此与《六丑》"吴门元夕风雨"立意自异。此见盛极必衰，彼则今昔之感。

夏敬观评语：首四字句对太著力。　第四句亦太著力。

杨铁夫《梦窗词全集笺释》：("伫立"三句)"立久"映"小驻"，"雨暗河桥"映"素娥下"。下片全写雨中，而"雨"字至此方点出，亦是倒装。"漏疏"，是耳闻；"红碧"，是眼乱，亦遥相映带，无非完足"与世隔绝"意，真是细针密缕之作。题中"吴门"二字，除"故苑"外不再见，意在感时，不在怀古故也。

风流子 黄钟商　俗名大石调①

芍药②

金谷已空尘③。薰风转④、国色返春魂⑤。半敧雪醉霜⑥，舞低鸾翅⑦，绛笼蜜炬，绿映龙盆⑧。窈窕绣窗人睡起，临砌脉无言⑨。慵整堕鬟⑩，怨时迟暮⑪，可怜憔悴⑫，啼雨黄昏⑬。

轻桡移花市^⑭，秋娘渡^⑮、飞浪溅湿行裙^⑯。二十四桥南北^⑰，罗荐香分^⑱。念碎劈芳心^⑲，萦思千缕^⑳，赠将幽素，偷剪重云^㉑。终待凤池归去，催咏红翻^㉒。

【题解】

《风流子》，本唐教坊曲名。《挥麈余话》卷二："周美成为江宁府溧水令，主簿之室有色而慧，美成每款洽于尊席间，世所传《风流子》词盖有所寓意焉。"双调，一百零九字，上片十二句，五平韵；下片十句，四平韵。

此词咏芍药，通过多方设喻作譬，盛赞芍药花的美丽，并由花及人，借冰清玉洁的芍药以赞美佳人。

【校注】

①朱四校本、《全宋词》无"俗名大石调"五字。

②芍药：我国古代无牡丹之名，统称芍药，也称离草、药草。《全芳备祖前集》卷二："牡丹，前史无说。自谢康乐集中始言水间竹际多牡丹，而北齐杨子华有画牡丹极佳，则知此花有之久矣。但自隋以来，文士集中无歌诗，则知隋朝花药中所无也。隋种植法七十卷，亦无牡丹名。开元末裴士淹得之汾州，天宝中为都城奇赏。元和初犹少，至贞元中已多，与戎葵同矣（《酉阳杂俎》）。自贞元始于汾州众会寺宣取牡丹（薛能诗序）。开元间，禁中初重木芍药，即今之牡丹也。"但宋代诗词中仍有沿袭古代芍药、牡丹错综而称的习惯。梦窗芍药牡丹词皆有浑言之丽句。

③金谷：在今河南洛阳市西北，石崇筑园于此。

④薰风：指暮春初夏的东南风。

⑤"国色"句：《公羊传·僖公十年》："骊姬者，国色也。"何休注："其颜色一国之选。"后用以形容花中牡丹。此代指芍药。返春魂，卢祖皋《水龙吟·赋芍药》："念洛阳人去，香魂又返，依然是，风流在。"

⑥"半敧雪"句：王观《扬州芍药谱》载芍药有敧亸之态者数品，如："晓妆新：白缬子也。如小旋心状，顶上四向。叶端点小殷红色，每一朵上或三点，或四点，或五点，象衣中之点缬也。叶甚柔而厚，条硬而绝低。""醉西

施:大软条冠子也。色淡红,惟大叶有类大旋心状,枝条软细,渐以物扶助之。绿叶色深厚,疏而长以柔。"雪、霜,此喻芍药之色。

⑦舞低鸾翅:鸾舞,详见《齐天乐》(玉皇重赐瑶池宴)注⑩。此喻芍药的风中舞姿。

⑧"绛笼"二句:语出韩愈《芍药·元和中知制诰寓直禁中作》:"浩态狂香昔未逢,红灯烁烁绿盘龙。"《五百家注昌黎文集》:"红灯烁烁,以喻其花;绿盘龙,以喻其叶。"

⑨"窈窕"二句:前人诗文多形容芍药窈窕、芍药临阶、芍药脉脉不语。如韩愈《戏题牡丹》:"凌晨并作新妆面,对客偏含不语情。"王十朋《芍药》:"无言诮君子,窈窕有温香。"谢朓《直中书省诗》:"红药当阶翻,苍苔依砌上。"窈窕,娴静美好貌。《诗·周南·关雎》:"窈窕淑女,君子好逑。"毛传:"窈窕,幽闲也。"窈窕,《历代诗余》作"正窈窕"。脉无言,《历代诗余》作"嘿无言"。《词谱》、戈校本作"默无言"。脉,犹言"脉脉"。《文选·古诗十九首》:"盈盈一水间,脉脉不得语。"刘良注曰:"脉脉,自矜持貌。"

⑩慵整堕鬟:堕鬟,即堕马鬟。《后汉书·五行志一》:"堕马髻者,作一边。……始自大将军梁冀家所为,京城歙然,诸夏皆放效。"韩琦《和袁陟节推龙兴寺芍药》:"旋心体弱不胜枝,宝髻敧斜犹堕马。"

⑪怨时迟暮:《楚辞·离骚》:"惟草木之零落兮,恐美人之迟暮。"王逸章句:"迟,晚也。……而君不建立道德,举贤用能,则年老耄晚暮,而功不成事不遂也。"

⑫可怜:《汇释》:"犹云可惜也。……(韩愈)《榴花》诗:'可怜此地无车马,颠倒青苔落绛英。'言可惜无游人来赏,任其花落也。"

⑬啼雨黄昏:白居易《草词毕遇芍药初开因咏小谢红药当阶翻诗以为一句未尽其状偶成十六韵》:"况有晴风度,仍兼宿露垂。疑香薰罨画,似泪著胭脂。"白居易《长恨歌》:"玉容寂寞泪阑干,梨花一枝春带雨。"李重元《忆王孙》:"杜宇声声不忍闻。欲黄昏。雨打梨花深闭门。"以上六句因芍药花季不与百花同在盛春时,故以感伤迟暮的美人喻之;而常被喻为牡丹的杨贵妃又被喻为带雨梨花,故以梨花虚相及之。

⑭轻桡:借指小船。《楚辞·九歌·湘君》:"薜荔柏兮蕙绸,荪桡兮兰

旌。"王逸注："桡，船小楫也。"花市：《扬州芍药谱》："扬之人与西洛不异，无贵贱皆喜戴花。故开明桥之间，方春之月，拂旦有花市焉。"《扬州府志》卷一一："扬州昔以芍药擅名。宋有圃在龙兴寺，又有芍药厅、芍药坛。开明桥有芍药花市。"

⑮秋娘渡：此处可泛指渡口，因芍药行经而缀以香艳之名；也可理解为以秋娘喻芍药，谓其经水程前往花市，而以后者义胜。秋娘，唐代歌妓的通称。

⑯"飞浪"句：姜夔《侧犯·咏芍药》："红桥二十四，总是行云处。"并以行雨者之裙裾喻经渡沾水之芍药花瓣。溅湿，朱三校本作"湿溅"。

⑰"二十四桥"句：姜夔《扬州慢》："二十四桥仍在，波心荡、冷月无声。念桥边红药，年年知为谁生。"

⑱罗荐香分：精美的垫席因放置芍药花枝而沾惹了香气。罗荐，丝织垫褥。

⑲碎劈芳心：以芍药的细碎花蕊喻女性柔怀。下文"幽素"意缀于此。碎劈，明张本作"碎擘"。

⑳萦思千缕：芍药有不少品种叶上都有金丝。《扬州芍药谱》："宝妆成：髻子也。色微紫，于上十二大叶中密生曲叶，回环裹抱团圆。其高八九寸，广半尺余。每一小叶上络以金线，缀以玉珠，香欺兰麝，奇不可纪。"

㉑"赠将"二句：表层用《诗·郑风·溱洧》："维士与女，伊其相谑，赠之以勺药。"勺，同"芍"。《埤雅》卷一八："《韩诗》曰：'芍药，离草也。'《诗》曰：'伊其相谑，赠之以勺药。'牛亨问曰：'将离，相赠以芍药者。何也？'董子答曰：'芍药，一名可离。将别，故赠之。'"实与上二句皆暗用杨贵妃剪发誓心典故，刘斧《青琐高议·骊山记》："（贵妃）唇非膏而自丹，鬓非烟而自黑。真香娇态，非由梳掠。"《说郛》卷一〇一（下）所引《杨太真外传》卷上："初，令中使张韬光送妃至宅。妃泣谓韬光曰：'请奏：妾罪合万死。衣服之外，皆圣恩所赐，唯发肤是父母所生，今当即死，无以谢上。'乃引刀剪其发一缭，附韬光以献。妃既出，上忧然。至是韬光以发搭于肩上以奏，上大惊惋，遽使力士就召以归，自后益嬖焉。"上文"萦思千缕"中"思"谐音"丝"，千丝，意同此处"重云"，芍药既有"髻子"之名，故可凿空而坐实为乌发。

151

㉒“终待”二句：谢朓《直中书省诗》咏芍药：“兹言翔凤池，鸣佩多清响。”前引韩愈《芍药》诗也写于禁中。故谓芍药名贵不可能长期流落民间，终将会移植宫中。凤池，魏晋时称中书省为“凤凰池”。《晋书·荀勖传》：“勖久在中书，专管机事。及失之，甚罔罔怅怅。或有贺之者，勖曰：‘夺我凤凰池，诸君贺我邪！’”此代指皇宫。

【汇评】

夏敬观评语：四排三处句调变化不能如美成之词，故亦不及远甚。

又

前题

温柔酺紫曲①，扬州路②、梦绕翠盘龙③。似日长傍枕，堕妆偏髻④，露浓如酒，微醉敆红⑤。自别楚娇天正远⑥，倾国见吴宫⑥。银烛夜阑，暗闻香泽⑦，翠阴秋寂，重返春风⑧。

芳期嗟轻误⑨，诧君去、肠断妾若为容⑩。惆怅舞衣叠损⑪，露绮千重⑫。料绣窗曲理，红牙拍碎⑬，禁阶敲徧，白玉盂空⑭。犹记弄花相谑，十二阑东⑮。

【题解】

“前题”，词题同前首亦为“芍药”。此词与前首《风流子·芍药》同是咏芍药词，可互相参照。上片反复吟赞盛开中的芍药，下片写对花期已过的感伤，暗寓好景不在的悲伤。

【校注】

①“温柔”句：温柔，犹言“温柔乡”，本喻美色迷人之境。《赵飞燕外传》：“是夜进合德，帝大悦，以辅属体，无所不靡，谓为温柔乡。谓嫕曰：‘吾老是乡矣，不能效武皇帝求白云乡也。’”后亦用以喻花丛。孟郊《看花五首》（之一）：“家家有芍药，不妨至温柔。温柔一同女，红笑笑不休。”紫曲，

犹言“紫陌”，京师郊野的道路。扬州汉时曾为广陵国，属吴景帝，故以京城道路喻之。

②扬州路：杜牧《赠别二首》（之一）：“春风十里扬州路，卷上珠帘总不知。”扬州芍药天下闻名。与上句化用秦观《长相思》句意：“开尊待月，掩箔披风，依然灯火扬州。绮陌南头，记歌名宛转，乡号温柔。”下句“梦”字意属此。杜牧《遣怀》：“十年一觉扬州梦，赢得青楼薄幸名。”

③翠盘龙：犹言“绿盘龙”，喻牡丹绿叶。详见《风流子》（金谷已空尘）注⑧。

④似日：毛本作“侣日”。堕妆偏髻：用“堕马髻”典，详见《风流子》（金谷已空尘）注⑩。

⑤楚娇：扬州古属楚地，故以“楚娇”喻扬州芍药。

⑥“倾国”句：传说越国美女西施导致吴国灭亡，此喻苏州芍药美艳绝伦。芍药有“醉西施”一品，见《风流子》（金谷已空尘）注⑥。

⑦“银烛”二句：表层用《史记·滑稽列传》所载淳于髡事。实写夜间烛下赏花，芍药香气浮动。借用苏轼《海棠》诗意：“只恐夜深花睡去，故烧银烛照红妆。”

⑧重返春风：写花朵返魂。白居易《草词毕遇芍药初开因咏小谢红药当阶翻诗以为一句未尽其状偶成十六韵》：“应愁明日落，如恨来年期。”

⑨芳期：“诧”字意属“芳期”，写芍药盛时作会，夸诧名品养眼。晁补之《望海潮·扬州芍药会作》：“年年高会维扬。看家夸绝艳，人诧奇芳。”

⑩诧君去：明张本、朱三校本、朱四校本、《四明》本作“花君去”。肠断：《世说新语·黜免》：“桓公入蜀，至三峡中，部伍中有得猿子者，其母缘岸哀号，行百余里不去。遂跳上船，至便即绝。破视其腹中，肠皆寸断。怒，命黜其人。”妾若为容：语出杜荀鹤《春宫怨》：“承恩不在貌，教妾若为容。”实因情人离去，而无心装饰。

⑪舞衣叠损：形容花瓣如彩缬。《扬州芍药谱》：“晓妆新：白缬子也。”“点妆红：红缬子也。”喻美人因不见所欢，不肯娇舞，舞衣长期折叠，再展开时色泽深浅不一，故有此喻。

⑫露绮：刘侠《句》：“露绮烟絺无限态，冰清玉润自成葩。”千重：花瓣重

叠繁多谓之千叶。《杜阳杂编》卷中:"穆宗皇帝殿前种千叶牡丹,花始开,香气袭人。一朵千叶,大而且红。上每睹芳盛,叹曰:'人间未有。'"

⑬曲理:"理曲"之倒。红牙:《研北杂志》卷下:"赵子固清放不羁,好饮酒,醉则以酒濡发,歌古乐府。自执红牙以节曲,其风流如此。"杨笺:"《宋史·钱俶传》,太平兴国三年,俶贡红牙乐器二十二事。按,象牙以现红色为贵,俗名血牙,谓象曾经食人,乃有此色。"

⑭"禁阶"二句:禁阶,典出谢朓《直中书省诗》及韩愈《芍药·元和中知制诰寓直禁中作》。白玉盂,犹言玉盘盂,苏轼命名的芍药。其有《玉盘盂》诗二首。序曰:"东武旧俗,每岁四月大会于南禅、资福两寺,以芍药供佛,而今岁最盛。凡七千余朵,皆重跗累萼,繁丽丰硕。中有白花,正圆如覆盂,其下十余叶稍大,承之如盘,姿格绝异,独出于七千朵之上。云得之于城北苏氏园中,周宰相莒公之别业也。而其名俚甚,乃为易之。"盂,《方言·第五》:"宋、楚、魏之间或谓之碗。"唐宋往往以盘碗喻白牡丹。裴璘《白牡丹》:"别有玉盘乘露冷,无人起就月中看。"并引申暗用敲击唾壶典。《晋书·王敦传》:"(敦)每酒后辄咏魏武帝乐府歌曰:'老骥伏枥,志在千里。烈士暮年,壮心不已。'以如意打唾壶为节,壶边尽缺。"

⑮"犹记"二句:弄花相谑,典见《风流子》(金谷已空尘)注㉑。十二阑,李铨《点绛唇·牡丹》:"十二红阑,帝城谷雨初晴后。"此喻禁中阶砌。

过秦楼① 黄钟商

芙蓉②

藻国凄迷③,曲澜澄映④,怨入粉烟蓝雾⑤。香笼麝水⑥,腻涨红波,一镜万妆争妒⑦。湘女归魂,佩环玉冷无声,凝情谁愬⑧。又江空月堕,凌波尘起,彩鸳愁舞⑨。

还暗忆、钿合兰桡⑩,丝牵琼腕,见的更怜心苦⑪。玲珑翠屋⑫,轻薄冰绡⑬,稳称锦云留住⑭。生怕哀蝉⑮,暗惊秋被红衰,啼珠零露⑯。能西风老尽,羞趁东风嫁与⑰。

【题解】

《过秦楼》,词牌名,调见《乐府雅词》,作者李甲。因词中有"曾过秦楼"句,遂取以为名。双调,一百十一字。前片十二句,四仄韵;后片十一句,四仄韵。

此词当作于淳祐三年(1243)。此首咏物词,紧扣题目,从叶、花、茎、色、香、形各个方面描述了芙蓉(即荷)的整体形态及其清高气质,咏物而言志,寄托了自己的高洁品德,表达了未遇于时却未肯俯仰流俗之心志。

【校注】

①《铁网珊瑚》、《四明》本、郑校本作《苏武慢》。

②《铁网珊瑚》词题作"赋芙蓉"。芙蓉,《诗·陈风·泽陂》:"彼泽之陂,有蒲与荷。"孔颖达疏引郭璞曰:"今江东人呼荷华为芙蓉。"

③藻国:水泽之国。藻,此指浮萍。诗文中,藻(浮萍)与芙蓉往往连类而及。

④曲澜澄映:犹言曲尘波澜,详见《齐天乐》(曲尘犹沁伤心水)注②。曲澜,明张本、毛本、《历代诗余》、戈校本、杜本、朱三校本作"曲尘"。

⑤粉烟蓝雾:形容被受到花叶薰染的水雾笼罩。白居易《忆江南》:"日出江花红胜火,春来江水绿如蓝。"杨笺:"不曰白烟,而曰'粉烟';不曰青雾,而曰'蓝雾',是炼字法。"

⑥香笼麝水:"香麝笼水"之倒。以麝香形容荷气,详见《拜星月慢》(绛雪生凉)注⑳。

⑦"一镜"句:以照水莲花喻弄妆美人。周邦彦《侧犯》:"暮霞霁雨,小莲出水红妆靓。风定。看步袜江妃照明镜。"

⑧"湘女"三句:杜甫《咏怀古迹五首》(之二):"图画省识春风面,环佩空归月夜魂。"李绅《重台莲花》:"双女汉皋争笑脸,二妃湘浦并愁容。"谁恕,明张本、毛本作"谁想"。《历代诗余》、戈校本、杜本作"谁语"。恕,通

"诉",即告诉、倾诉。

⑨彩鸳愁舞:梁简文帝《歌》:"鸳鸯七十二,乱舞未成行。"余见《宴清都》(绣幄鸳鸯柱)注②中鸳鸯色彩斑斓。彩鸳,《铁网珊瑚》《四明》本作"绣鸂"。月堕,《词谱》作"月坠"。以上三句谓江中芙蓉花多已在月下坠落,如凌波美女身影杳杳;尚未掉落的花朵,如烂锦鸳鸯在风中摇曳对舞。

⑩兰桡:明张本、毛本作"蓝桡"。

⑪"见的"句:《读曲歌》:"必得莲子时,流离经辛苦。"李群玉《寄人》:"寄语双莲子,须知用意深。莫嫌一点苦,便拟弃莲心。"的,莲子。《尔雅·释草》:"荷,芙蕖,其茎茄,其叶蕸,其本蔤,其华菡萏,其实莲,其根藕,其中的,的中薏。"以上二句回忆荷花满放时于采莲女相得益彰的盛况。见的,《历代诗余》《词谱》、戈校本、杜本作"见菂"。

⑫玲珑翠屋:下文"啼珠零露"意亦入此。玲珑,《文选·扬雄〈甘泉赋〉》:"前殿崔巍兮,和氏玲珑。"李善注引晋灼曰:"玲珑,明见貌也。"此形容荷上水珠。翠屋,犹言翠幄。形容荷叶。《历代诗余》《词谱》、戈校本、杜本、王朱本、朱二校本、《四明》本作"翠幄"。

⑬轻薄冰绡:冰绡,薄而洁白的丝绸。此喻白莲花瓣质地。

⑭稳称:适合。锦云留住:反用苏轼《和文与可洋川园池三十首·横湖》诗意:"贪看翠盖拥红妆,不觉湖边一夜霜。卷却天机云锦缎,从教匹练写秋光。"《吴兴园林记》:"莲花庄,在月河之西,四面皆水。荷花盛开时,锦云百顷,亦城中之所无也。"

⑮生怕:《汇释》:"犹云只怕或最怕。"哀蝉:《拾遗记》卷五:"汉武帝思怀往者李夫人,不可复得。时始穿昆灵之池,泛翔禽之舟,帝自造歌曲,使女伶歌之。时日已西倾,凉风激水,女伶歌声甚遒。因赋《落叶哀蝉》之曲。"蝉与荷同出其时,刘禹锡《乐天池馆夏景方妍白莲初开彩舟空泊唯邀缁侣因以戏之》:"白莲方出水,碧柳未鸣蝉。"元稹《遣兴十首》(之五):"晚荷犹展卷,早蝉遽萧嘹。"晚蝉哀鸣即是荷花将落之时也。

⑯啼珠零露:张耒《对莲花戏寄晁应之》:"半开微敛竟无言,裛露微微洒秋泪。"《诗·郑风·野有蔓草》:"野有蔓草,零露溥兮。"郑玄笺:"零,落也。"

⑰"能西风"二句：能，《汇释》："犹宁可之宁。……吴文英《过秦楼》……言宁可老死西风，羞趁东风如桃李之嫁与也。"明张本、毛本、《铁网珊瑚》皆自注"去声"。《历代诗余》、戈校本、杜本作"奈"。《词谱》、朱二校本作"耐"。

【汇评】

陈洵《海绡说词》：因妒故怨，怨字倒提。"凝情谁诉"，怨妒都有。下阕人情物理，双管齐下。"哀蝉"三句，见盛衰不常，随时变易，而道则终古不变也。"能西风老尽，羞趁东风嫁与"，是在守道君子。此不肯攀援藩邸，而老于韦布之大本领，勿以齐梁小赋读之。

俞陛云《唐五代两宋词选释》：梦窗与清真、白石、梅溪，并为一代词宗，而稍变其面目。此作上阕自"香笼"句以下，后阕自"翠幄"句以下，咏芙蓉正喻夹写，陆离弥目，而有性情寓乎其中。"万妆争妒"句及结处尤为生色。

法曲献仙音 黄钟商　俗名大石①

秋晚红白莲②

风拍波惊，露零秋觉，断红衰白江上③。艳拂潮妆④，澹凝冰厣⑤，别翻翠池花浪⑥。过数点斜阳雨⑦，啼绡粉痕冷⑧。

宛相向⑨。指汀洲、素云飞过⑩，清麝洗、玉井晓霞佩响⑪。寸藕折长丝，笑何郎、心似春荡⑫。半搊微凉⑬，听娇蝉、声度菱唱⑭。伴鸳鸯秋梦，酒醒月斜轻帐⑮。

【题解】

《法曲献仙音》，词牌名，又名《越女镜心》《献仙音》。陈旸《乐书》："法曲兴于唐，其声始出清商部，比正律差四律，有铙、钹、钟、磬之音。《献仙音》其一也。"又云："圣朝法曲乐器，有琵琶、五弦筝、箜篌、笙笛、觱篥、方响、拍板，其曲所存，不过道调望瀛，小石献仙音而已。其余皆不复见矣。"

《乐章集》《清真集》并入"小石调"，《白石道人歌曲》入"大石调"。周邦彦、姜夔两家句读大体相同。九十二字，前片八句三仄韵，后片九句五仄韵。

"秋晚"，此指暮秋。"红白莲"，宋代红白同株的特殊品种，但大部分咏红白莲者则写池塘中两种莲花，此应属后者。

此为咏物词，咏莲而忆姬。紧扣"秋晚红白莲"五字题意，以拟人手法，写红白莲的盛衰之变，以盛开衬凋零。词意闪烁，时隐时现，直至"伴鸳鸯秋梦"作结时，方展示词人失鸾的惆怅，表达了对恋人的思念。

【校注】

①大石：明张本误作"大江"。朱四校本、《全宋词》删"俗名大石"四字。

②毛本、戈校本、杜本、王朱本、朱二校本词题作"赋秋晚红白莲"。

③"风拍"三句：李璟《山花子》："菡萏香销翠叶残，西风愁起绿波间。"因晚秋红白莲俱在凋零，故曰"断红衰白"。"风拍"二句，元陆辅之《词旨》作"风泊波惊，露零秋冷"。断红衰白，毛本、戈校本、杜本、王朱本、朱二校本、朱四校本作"断绿衰红"。

④潮妆：明张本作"朝妆"。

⑤澹凝：犹言"真姿凝澹"。冰麝：张镃《九月梅花》："寂历疏条叶未空，忽惊冰麝照霜风。"此喻白莲。

⑥"别翻"句：绿水中翻卷别样红白相间的花浪。

⑦"过数点"句：晏几道《蝶恋花》咏莲："可恨良辰天不与。才过斜阳，又是黄昏雨。"

⑧"啼绡"句：啼绡，用鲛人织绡流泪如珠典。《博物志》卷九："南海外有鲛人，水居如鱼，不废织绩。……从水出，寓人家，积日卖绡，将去，从主人索一器，泣而成珠满盘，以与主人。""粉""绡"分别扣红白莲花。

⑨宛相向：温庭筠《莲浦谣》："水清莲媚两相向，镜里见愁愁更红。"宛，《诗·魏风·葛屦》："好人提提，宛然左辟。"毛传："宛，辟貌。"陈奂传疏："宛有委屈顺从之意，故云'辟貌'。"此写红白莲的弱德之美。

⑩"指汀洲"二句：首三句中"江上"意入此句，与木芙蓉浑言之。实用《古诗十九首》句意："涉江采芙蓉，兰泽多芳草。采之欲遗谁，所思在远道。"

158

⑪"清麝"二句：清麝，麝香与荷香相类似。详见《拜星月慢》(绛雪生凉)注⑳。但宋人亦认为荷香清于麝香。刘筠《荷花》："气清防麝损，信密待鱼通。"梦窗此处亦然。王晔《芙蓉》："华井分流润，天池引派遥。""绰约霞初映，披敷烟正销。"诗词常以湘妃喻荷花。详见《过秦楼》(藻国凄迷)注⑧。

⑫"笑何郎"二句：毛本、戈校本、杜本、王朱本、朱二校本作"何郎心似春风荡"。李商隐《漫成三首》(之三)："雾夕咏芙蕖，何郎得意初。"何郎，何逊。春心荡，语本《楚辞·招魂》："目极千里兮伤春心，魂兮归来哀江南。"王逸章句："(伤春心)或曰'荡春心'。荡，涤也。言春时泽平望远可以涤荡愁思之心也。"后引申有"荡漾"意。

⑬半匊：《诗·小雅·采绿》："终朝采绿，不盈一匊。"匊，"掬"的古字。《诗补传》卷二一："采易得之菜，终朝不能盈匊。心不在焉，思其夫故也。"此承前引"涉江采芙蓉"句意，不能盈匊，亦有所怀思也。

⑭"听娇蝉"二句：毛本、戈校本、杜本、王朱本、朱二校本作"娇蝉声远度菱唱"。荷花盛期之后始有蝉鸣。详见《过秦楼》(藻国凄迷)注⑮。娇蝉，字面用女子蝉鬓发式。此"娇"字兼形容新蝉的薄翼及叫声。菱唱，兼用采莲典。详见《齐天乐》(曲尘犹沁伤心水)注⑱。

⑮"伴鸳鸯"二句：《开元天宝遗事》卷三："五月五日，明皇避暑游兴庆池。与妃子昼寝于水殿中，宫嫔辈凭栏倚槛，争看雌雄二鸂鶒戏于水中。帝时拥贵妃于绡帐内，谓宫嫔曰：'尔等爱水中鸂鶒，争如我被底鸳鸯。'"

【汇评】

陆辅之《词旨·属对》：风泊波惊，露零秋冷。

又

放琴客和宏庵韵①

落叶霞翻②，败窗风咽，暮色凄凉深院③。瘦不关秋④，泪缘轻别，情消鬓霜千点⑤。怅翠冷搔头燕⑥，那能语恩怨⑦。

紫箫远⑧。记桃根、向随春渡⑨,愁未洗、铅水又将恨染⑩。粉缟涩离箱,忍重拈、灯夜裁剪⑪。望极蓝桥⑫,彩云飞、罗扇歌断。料莺笼玉锁,梦里隔花时见⑬。

【题解】

　　"琴客",顾况《宜城放琴客歌》序曰:"柳浑,封宜城县伯。琴客,宜城爱妾也。宜城请老,爱妾出嫁。不禁人之欲而私耳目之娱,达者也。"后因以"琴客"代指主人因年老或其他原因放归或允许再嫁的侍妾。"宏庵",丁宥,字基仲,号宏庵。梦窗好友。

　　此词虽和宏庵遣妾之词,实则抒己去妾之悲。上片先以景物渲染愁境,再写妾去后之瘦、泪、老,表达睹物思人的愁绪;下片写妾去无归、覆水难收的悲情及相思之苦。以他人之酒杯浇自己之块垒,构思极精巧。

【校注】

　　①《中兴以来绝妙词选》、毛本、《词综》、《历代诗余》、杜本、王朱本、朱二校本作"和丁宏庵韵"。沈际飞《草堂诗余别集》卷三作"秋怨,和丁宏庵韵"。

　　②落叶霞翻:王勃《采莲赋》:"郁萋萋而雾合,灿晔晔而霞翻。"此处"霞"字形容秋霜染红的树叶在风中翻落。霞翻,元陆辅之《词旨》作"霞飘"。

　　③"暮色"句:此写正当日暮云和时,佳人已杳杳。暮色,《词律》作"草色"。

　　④瘦不关秋:李清照《凤凰台上忆吹箫》:"今年瘦,非干病酒,不是悲秋。"并暗用宋玉《九辩》悲秋典。

　　⑤"情消"句:消,"未肯消解"之意。实寓酒能暂时消愁,却未能消解鬓角因别情而生长的千茎白发。轻别,《中兴以来绝妙词选》、毛本、《词综》、《历代诗余》、《词律》、杜本、王朱本、朱二校本作"生别"。

　　⑥"怅翠冷"句:张先《碧牡丹·晏同叔出姬》:"思量去时容易。钿盒瑶钗,至今冷落轻弃。"白居易《长恨歌》:"花钿委地无人收,翠翘金雀玉搔头。"搔头,玉簪。《西京杂志》卷二:"武帝过李夫人,就取玉簪搔头。自此

后宫人搔头皆用玉,玉价倍贵焉。"燕,玉燕钗。

⑦语恩怨:出自韩愈《听颖师弹琴》:"昵昵儿女语,恩怨相尔汝。"

⑧紫箫远:毛本、毛扆本、杜本属上阕。

⑨"记桃根"二句:用桃叶桃根事。见《齐天乐》(烟波桃叶西陵路)注②。向,《汇释》:"指示时间之辞;有指从前者,有指近来者,有指即时者。"此用第一义。桃根,《中兴以来绝妙词选》、明张本、毛本、杜本、王朱本、朱二校本作"桃枝"。

⑩"铅水"句:语出李贺《金铜仙人辞汉歌》:"空将汉月出宫门,忆君清泪如铅水。"此"铅水"兼写沾惹铅粉之泪。

⑪"粉缟"三句:江伯瑶《和定襄侯楚越衫》:"裁缝在箧笥,薰鬓带余香。开著不忍看,一见落千行。"绿珠《懊侬歌十四首》(之一):"丝布涩难缝,令侬十指穿。"涩,针线活会因放置过长而泛潮难缝。

⑫蓝桥:蓝桥驿。见《齐天乐》(芙蓉心上三更露)注⑪。

⑬"料鹦笼"二句:用关中贾放鹦事,见《邵氏闻见录》:"有关中商,得鹦鹉于陇山,能人言,商爱之。偶以事下有司狱,旬日归,辄叹恨不已。鹦鹉曰:'郎在狱数日已不堪,鹦鹉遭笼闭累年,奈何?'商感之,携往陇山,泣涕放之。去后,每商之同辈过陇山,鹦鹉必于林间问郎无恙,托寄声也。"又,《侯鲭录》卷七:"濠守侯德裕侍郎藏东坡一帖云:杭州营籍周韶,多蓄奇茗,尝与君谟(蔡襄)斗,胜之。韶又知作诗。子容(苏颂)过杭,述古饮之。韶泣求落籍,子容曰:'可作一绝。'韶援笔立成,曰:'陇上巢空岁月惊,忍看回首自梳翎。开笼若放雪衣女,长念观音般若经。'韶时有服,衣白。一座嗟叹。遂落籍。"隔花时见,典例见《渡江云》(羞红颦浅恨)注②。此反用鹦笼典,似谓所放琴客又入乐籍。鹦笼,《词综》、杜本作"鹦笼",其余版本作"莺笼"。

【汇评】

陆辅之《词旨·属对》:落叶霞飘,败窗风咽。

沈际飞《草堂诗余别集》卷三:琐屑多端,复一气行止,如见扼腕涕叹。

陈廷焯《云韶集》卷八:(上阕眉批)无一句不精粹。　情深语艳。

还京乐 黄钟商　俗名大石①

友人泛湖，命乐工以筝、笙、琵琶、方响迭奏②

宴兰溆③，促奏、丝縈筦裂飞繁响④。似汉宫人去，夜深独语，胡沙凄哽⑤。对雁斜玫柱，琼琼弄月临秋影⑥。凤吹远，河汉去袅，天风飘冷⑦。

泛清商竟⑧。转铜壶敲漏⑨，瑶床二八青娥，环佩再整⑩。菱歌四碧无声⑪，变须臾、翠翳红暝⑫。叹梨园、今调绝音希⑬，愁深未醒⑭。桂楫轻如翼⑮，归霞时点清镜⑯。

【题解】

《还京乐》，本唐教坊曲名。《唐书·礼乐志》曰："民间以明皇自潞州还京都，举兵夜半诛韦皇后，制《夜半乐》《还京乐》二曲。"宋词始自周邦彦《清真集》。双调。一百零三字。前片十句，四仄韵；后片十句，五仄韵。"迭奏"，就是重奏，即用筝、笙、琵琶、方响进行四重奏。

此词写泛舟赏乐之乐，重点描绘的是优美的音乐。上片写水滨宴游作乐，分写琵琶、筝、笙三种乐器的演奏及听后的感受；下片续写方响的演奏，赞音乐之美，最后兴尽泛舟而归。

【校注】

①朱四校本、《全宋词》无"俗名大石"四字。

②明张本、毛本、戈校本、杜本词题作"筝、笙、琵琶、方响迭奏"。耐得翁《都城纪胜》："旧教坊有筚篥部、大鼓部、杖鼓部、拍板色、笛色、琵琶色、筝色、方响色、笙色、舞旋色、歌板色、杂剧色、参军色。色有色长，部有部头。上有教坊使、副钤辖、都管、掌仪范者，皆是杂流命官。……绍兴三十一年，省废教坊之后，每遇大宴，则拨差临安府衙前乐人等充应，属修内司教乐所掌管。"据后文"梨园"句意知词中所记是一次有相当规模和档次的

宴会。方响,古代磬类打击乐器。由十六枚大小相同、厚薄不一的长方铁片组成,声音清浊不等。

③兰淑:丁默《齐天乐·重游番阳》:"流光暗度。怅兰淑春移,苇汀秋聚。"兰草多傍水生,故曰。

④"促奏"二句:《说郛》卷一百引居月《琴曲谱录》:"(永新)既美且惠,善歌,能变新声。韩娥、延年殁后,千载旷其人,至永新始继其能。遇高秋朗月,台殿清虚,喉啭一声,响传九陌。明皇尝独召李谟吹笛逐其歌,曲终管裂。"筦,《说文·竹部》:"筦,筝也。"段玉裁注:"筵、筦、筝,三名一物也。"朱骏声《通训》:"一名筵,苏俗谓之篆头。列柱如栅而圆,所以绾丝于其上者。"促奏、繁响,犹言"繁音促节"。繁密的音调,急促的节奏。

⑤"似汉宫"三句:傅玄《琵琶赋序》:"《世本》不载,作者闻之故老,云汉遣乌孙公主嫁昆弥,念其行道思慕,故使工人知音者载琴、筝、筑、箜篌之属,作马上之乐。"石崇《王明君辞序》:"王明君者,本是王昭君,以触文帝讳,故改之。匈奴盛,请婚于汉。元帝以后宫良家子昭君配焉。昔公主嫁乌孙,令琵琶马上作乐,以慰其道路之思。其送明君,亦必尔也。其造新曲,多哀怨之声。"凄哽,《词谱》作"凄咽"。

⑥"对雁斜"二句:《绀珠集》卷一一:"(薛琼琼)开元中第一筝手。中官杨羔潜待崔怀宝,饮以薰肌酒,曰:'此常春草所造。'羔令崔作词,方得见琼琼。崔曰:'平生无所愿,愿作乐中筝。近得佳人纤手子,砑罗裙上放娇声,便死也为荣。'"雁斜玫柱,古筝弦柱如雁行斜列,故云。玫柱,犹言"玫瑰宝柱"。玫瑰,一种美玉。李商隐《昨日》:"二八月轮蟾影破,十三弦柱雁行斜。"弄月,毛本、《词谱》、王朱本、朱二校本作"弄玉"。

⑦"凤吹"三句:《文选·孔稚珪〈北山移文〉》:"闻凤吹于洛浦,值薪歌于延濑。"李善注引《列仙传》:"王子乔,周宣王太子晋也。好吹笙,作凤鸣,游伊洛之间。"余参见《瑞鹤仙》〈彩云栖翡翠〉注③。此言笙声引人恍入仙境。凤吹,明张本、毛本、戈校本作"风吹"。去袅,明张本、毛本作"去楂"。《词谱》、戈校本、杜本作"去槎"。王朱本、朱三校本、朱四校本、《四明》本作"去杳"。兹从《铁网珊瑚》、朱二校本。飘冷,明张本、毛本、《词谱》、戈校本、杜本作"吹冷"。

163

⑧泛清商竟：泛，弹奏。《文选·江淹〈杂体诗·效王微养疾〉》："炼药瞩虚幌，泛瑟卧遥帷。"张铣注："泛瑟，谓抚琴也。"清商，《韩非子·十过》："平公问师旷曰：'此所谓何声也？'师旷曰：'此所谓清商也。'公曰：'清商固最悲乎？'师旷曰：'不如清徵。'"竟，《周礼·春官·乐师》："凡乐成，则告备。"郑玄注："成，谓所奏一竟。"杨笺："上三韵分诠琵琶、筝、笙三事，尚未及方响，何也？岂方响用以止乐，换头'泛清商竟'即属方响欤？"

⑨"转铜壶"句：顾况《杂曲歌辞·乐府》："玉醴随觞至，铜壶逐漏行。"余见《瑞鹤仙》（辘轳秋又转）注⑦。铜壶敲漏，语本温庭筠《织锦词》："丁东细漏侵琼瑟，影转高梧月初出。"

⑩"瑶床"二句：古代歌舞分为两列，每列八人。《左传·襄公十一年》："凡兵车百乘，歌钟二肆，及其镈磬，女乐二八。"杜预注："十六人。"寓方响数。环佩再整，陆龟蒙《方响》："王母闲看汉天子，满猗兰殿佩环声。"

⑪菱歌：鲍照《采菱歌七首》（之一）："箫弄澄湘北，菱歌清汉南。"余见《齐天乐》（曲尘犹沁伤心水）注⑱。四碧无声：魏夫人《阮郎归》："夕阳楼处落花飞，晴空碧四垂。"

⑫翠翳红暝：犹言绿昏红暗。以上三句表现音乐所达到的奇妙效果，菱歌噤声，唯见碧水，湖中及沿岸红翠亦为之失色。翠翳，《词谱》作"翠繁"。

⑬调绝：《世说新语·雅量》："嵇中散临刑东市，神气不变，索琴弹之，奏《广陵散》。曲终，曰：'袁孝尼尝请学此散，吾靳固不与。广陵散于今绝矣。'"音希：《老子》："大音希声，大象无形。"王弼注："听之不闻名曰希，不可得闻之音也。有声则有分，有分则不宫而商矣。分则不能统众，故有声者非大音也。"

⑭愁深未醒：赵嘏《花园即事呈韦中丞》："烧衣焰席三千树，破鼻醒愁一万杯。"谓沉迷于醉酒与音乐的境界中。

⑮"桂楫"句：郑獬《题关彦长孤山四照阁》："时陪金壶宴亲旧，船飞两楫如归鸿。"《三辅黄图》卷四："帝时命水嬉游燕永日。士人进一豆槽。帝曰：'桂楫松舟，其犹重朴。况乎此槽，可得而乘耶？'"

⑯"归霞"句：周邦彦《蕙兰芳引》："寒莹晚空，点清镜、断霞孤鹜。"清镜，亦作"青镜"。湛方生《天晴诗》："青天莹如镜，凝津平如研。"

塞翁吟 黄钟商　俗名大石①

赠宏庵

草色新宫绶②,还跨紫陌骄骢③。好花是,晚开红④。冷菊最香浓⑤。黄帝绿幕萧萧梦⑥,灯外换几秋风⑦。叙往约,桂花宫。为别剪珍丛⑧。

雕枕⑨。行人去⑩、秦腰褪玉⑪,心事称⑫、吴妆晕浓⑬。向春夜、闺情赋就,想初寄、上国书时,唱入眉峰⑭。归来共酒,窈窕纹窗⑮,莲卸新蓬⑯。

【题解】

《塞翁吟》,词牌名。调见《清真集》,以《淮南子》中"塞翁失马,焉知非福"故事名之。双调,九十二字,前片十句,六平韵;后片九句,四平韵。

宏庵,即丁宥,字基仲,号宏庵。此词当是梦窗送宏庵参加礼部试而作,时在春天。上片预祝宏庵考取功名,描绘其备考情形;下片写宏庵赴考,设想其高中后寄内诗报喜讯及归来团聚情形。

【校注】

①朱四校本、《全宋词》无"俗名大石"四字。

②"草色"句:草色绶带,即绿绶。汉代官秩二千石以上者用之。《海录碎事》卷五:"张奂曰:吾前后仕进,十腰银艾。注:银印绿绶也,以艾草染之,故曰艾。"并用宋仁宗赐进士及第诗意:"恩袍草色动,仙籍桂香浮。"

③"还跨"句:及第后在京城的春风得意。《儒林公议》:"状元登第者……每殿庭胪传第一,则公卿以下无不耸观,虽至尊亦注视焉。自崇政殿出东华门,传呼甚宠,观者拥塞通衢,人摩肩不可过。锦鞯绣毂,角逐争先,至有登屋而下瞰者。士庶倾羡,欢动都邑。"余见《瑞鹤仙》(藕心抽莹茧)注⑩。

④"好花"二句:翻用元稹《看花》诗意:"努力少年求好官,好花须是少年看。"

⑤"冷菊"句:释智圆《湖居秋日病起》:"檐幽虫织网,砌冷菊含香。"李峤《九月奉教作》:"叶径兰芳尽,花潭菊气浓。"以上五句预祝宏庵获得功名。

⑥"黄帝"句:韩愈《短灯檠歌》:"黄帝绿幕朱户闭,风露气入秋堂凉。"萧萧,意入"秋风"句。明张本、毛本、戈校本,杜本作"黄帝□□□梦"。

⑦"灯外"句:苏轼《侄安节远来夜坐三首》(之一):"免使韩公悲世事,白头还对短灯檠。"苏诗写在侄儿安节下第时。以上二句婉写备考及屡试情形。灯外换儿,元陆辅之《词旨》作"灯前几换"。

⑧"叙往约"三句:用蟾宫折桂典。详见《宴清都》(柳色春阴重)注⑤。韩偓《大庆堂赐宴元珰而有诗呈吴越王》:"笙歌风紧人酣醉,却绕珍丛烂熳看。"此特指桂枝。

⑨雕桃:唐太宗《置酒坐飞阁》:"余花攒镂槛,残柳散雕桃。"代指闺房。

⑩行人去:指宏庵前往赴考。

⑪秦腰:语本《史记·春申君列传》:"王又割濮磿之北,注齐秦之要,绝楚赵之脊,天下五合六聚而不敢救,王之威亦单矣。"要,"腰"的古字。并暗用"楚腰"典。详见《渡江云》(羞红颦浅恨)注⑦。褪玉:王之道《含山驿中》:"日暖风轻昼睡余,海棠娇褪玉肌肤。"

⑫心事称:犹言"称心事",此为"向春夜"五句中上国寄书的内容。

⑬吴妆晕浓:谓吴地流行浓妆。《说郛》卷七七(下):"美人妆,面既傅粉,复以胭脂调匀掌中,施之两颊,浓者为酒晕妆,浅者为桃花妆,薄薄施朱,以粉罩之,为飞霞妆。"古时妆唇、画眉、梳掠皆有晕妆。陶穀《清异录·二》:"(唐)僖、昭时,都市娼家竞事妆唇,妇女以此分妍否。其点注之工,名字差繁,其略有膃脂晕品、石榴娇、大红春、小红春、嫩吴香、半边娇、万金红、圣檀心、露珠儿、内家圆、天宫巧、洛儿殷、淡红心、腥腥晕、小珠龙、晕唐媚、花奴样子。"张泌《妆楼记》:"妇人画眉有倒晕妆,古乐府有'晕眉拢鬓'之句。"以上秦腰、吴妆皆代称闺中人,并互文见义。谓宏庵赴考,闺中人为之瘦损;宏庵考中归来,则又让居于吴地的闺中人再施红妆。吴妆,明张

本、毛本、戈校本、杜本作"吴女"。

⑭"向春夜"五句：设想宏庵在京城礼部考试高中之后，写就寄内诗并报喜讯的情形。宋代诸路州军科场并限八月引试，这是地方的选拔考试，称秋贡。礼部试士，则在次年的春二月，殿试在四月。闺情，曹植有《闺情诗》。此泛指寄内之作。唱，用同"畅"。

⑮"归来"二句：黄庭坚《满庭芳·茶》："归来晚，文君未寐，相对小窗前。"元稹《连昌宫词》："舞榭欹倾基尚在，文窗窈窕纱犹绿。"窈窕，幽深貌。《文选·王延寿〈鲁灵光殿赋〉》："旋室婀娜以窈窕，洞房叫窱而幽邃。"纹窗，犹言"文窗"，刻镂文彩之意。

⑯莲卸新蓬：晏殊《采桑子》："荷花欲绽金莲子，半落红衣。"此预写归来并预祝其得子。

【汇评】

陆辅之《词旨·警句》：黄帘绿幕萧萧梦，灯前几换秋风。

况周颐《蕙风词话》卷二："心事称、吴妆晕红。"七字兼情意、妆束、容色。梦窗密处如此等句，或者后人尚能勉强学到。

又

饯梅津除郎赴阙

有约西湖去，移棹晓折芙蓉①。算才是，称心红②。染不尽薰风③。千桃过眼春如梦④，还认锦叠云重⑤。弄晚色，旧香中⑥。旋撑入深丛⑦。

从容⑧。情犹赋、冰车健笔⑨，人未老、南屏翠峰⑩。转河影、浮查信早⑪，素妃叫、海月归来⑫，太液池东⑬。红衣卸了，结子成莲⑭，天劲秋浓⑮。

【题解】

"梅津"，即尹焕，字惟晓，号梅津。"除郎"，即拜为右司郎官。"除"，即拜官之意。此词作于淳祐七年(1247),与《凤池吟·庆梅津自畿漕除右司郎官》作于同一年。

此词为赠别馂游词。上片写馂游西湖的美景,由晓写到晚,足见游兴之浓;下片赞宏庵文才横溢,正当壮年,祝其赴阙勤政有为。

【校注】

①晓折芙蓉:荷花清晨开放。折,用同"拆"。《乐府指迷》:"近时词人,多不详看古曲卜句命意处,但随俗念过便了。如柳词《木兰花慢》云'拆桐花烂熳',此正是第一句,不用空头字在上,故'拆'字,言开了桐花烂熳也。"晓折,朱三校本、《四明》本作"晚折"。

②"算才是"二句:黄庭坚《情人怨戏效徐庾慢体三首》(之一):"秋水无言度,荷花称意红。"实寓称心如意履新官职。白居易《送考功崔郎中赴阙》:"称意新官又少年,秋凉身健好朝天。"算才是,毛本、《历代诗余》、《词律》、戈校本、王朱本、朱二校本作"算终是"。

③薰风:此特指夏季东南风中的荷香。

④千桃过眼:暗用晋朝潘岳为河阳县令的典故。庾信《枯树赋》:"河阳一县并是花,金谷从来满园树。"《海录碎事》卷一二:"潘岳为河阳令,种桃李花,人号曰'河阳一县花'。"后用作县令典实。《正德永康县志》卷四:"知县,尹焕,字惟晓,号梅津山人。"虽然梅津仕历中真正能符合桃李一县花典故的仅有永康知县一职,但因词中以"千桃过眼"泛言之,其如宁国府通判、知江阴军等外任官职似可属之。通判更用宋朝典。《古今事文类聚后集》卷三一引《谈圃》:"石曼卿谪通判海州,以山岭高峻,人路不通,了无花卉点缀映,使人以泥裹桃核为弹,抛掷于岭上。一二岁间,花发满山,烂如锦绣。"

⑤锦叠云重:喻西湖重重叠叠如锦绣的莲荷。参见《过秦楼》(藻国凄迷)注⑭。

⑥"弄晚色"二句:此写傍晚荷香。苏轼《同景文咏莲塘》:"堂上勾帘对晚香,不知斜日已侵床。"

⑦"旋撑入"句:刘缓《江南可采莲》:"楫小宜回迳,船轻好入丛。"

⑧从容:此就构思行文而言。《文心雕龙·通变》:"长辔远驭,从容按

节。凭情以会通,负气以适变。"

⑨冰车健笔:指诗笔纵横雅健。用刘义(亦作刘乂、刘叉)典。《新唐书·刘乂传》:"折节读书,能为歌诗。然恃故时所负,不能俯仰贵人。常穿屐破衣,闻愈接天下士,步归之。作《冰柱》《雪车》二诗,出卢仝、孟郊右。"

⑩"人未老"二句:南屏翠峰,以翠发朱颜比拟梅津正当壮年时。

⑪"转河影"二句:《拾遗记》卷一:"尧登位三十年,有巨查浮于西海。查上有光,夜明昼灭,海人望其光,乍大乍小,若星月之出入矣。查常浮绕四海,十二年一周天,周而复始,名曰'贯月查',亦谓'挂星查'。查,同"槎"。

⑫"素妃"二句:温庭筠《晓仙谣》:"玉妃唤月归海宫,月色澹白涵春空。"素妃,玉妃。《灵宝赤书》:"元始命太真按笔,玉妃拂筵。"杨太真隶海上仙山之籍,仙境中"其物禽兽尽白",故云"素妃"。素妃叫,王朱本作"素妃唤"。海月,毛本、《历代诗余》、《词律》、戈校本作"海目"。

⑬太液池:《三辅黄图》卷四:"太液池,在长安故城西,建章宫北,未央宫西南。太液者,言其津润所及广也。《关辅记》云:建章宫北有池,以象北海,刻石为鲸鱼,长三丈。《汉书》曰:建章宫北治大池,名曰'太液'。池中起三山,以象瀛洲、蓬莱、方丈,刻金石为鱼龙奇禽异兽之属。"此代指杭京城池。

⑭"红衣"二句:晏殊《采桑子》:"荷花欲绽金莲子,半落红衣。"

⑮天劲秋浓:再谓其正当壮年。杨笺:"祝其得子。"《癸辛杂识别集》卷上:"尹梅津焕无子,螟蛉罗、石二姓名。一越为之语曰:'梅津一生辛勤,只办得食笋一担。'"天劲,毛本、《历代诗余》、《词律》、戈校本、杜本、王朱本作"夭劲"。

丁香结 夷则商　俗名商调①

赋小春海棠②

香裹红霏,影高银烛,曾纵夜游浓醉③。正锦温琼腻④。

被燕踏、暖雪惊翻庭砌⑤。马嘶人散后，秋风换、故园梦里⑥。吴霜融晓⑦，陡觉暗动偷春花意⑧。

　　还似。海雾冷仙山，唤觉环儿半睡⑨。浅薄朱唇⑩，娇羞艳色，自伤时背⑪。帘外寒挂澹月，向立秋千地⑫。怀春情不断⑬，犹带相思旧子⑭。

【题解】

《丁香结》，词牌名，调见《清真集》。古诗有"丁香结根新"，调名本此。双调，九十九字，前段九句五仄韵，后段十句五仄韵。

此词咏物，以寄托"自伤时背"之情。上片先写春日海棠之香、形、色及其凋谢，再转笔写秋来景换，秋日海棠盛开；下片以杨贵妃自伤之情比拟秋日海棠的淡妆寂寞之状，暗寓生不逢时之意，结处又蕴含着希望。

【校注】

①朱四校本、《全宋词》无"俗名商调"四字。

②小春海棠：海棠春天二三月开花。详见《宴清都》（绣幄鸳鸯柱）注①。小春，即小阳春，农历十月。《五杂俎·天部二》："十月有阳月之称，即天地之气，四月多寒，而十月多暖，有桃李生华者，俗谓之小阳春。"明张本、毛本、戈校本、杜本、王朱本、朱三校本、朱四校本词题作"秋日海棠"。

③"香袅"三句：苏轼《海棠》："东风袅袅泛崇光，香雾空蒙月转廊。只恐夜深花睡去，故烧高烛照红妆。"据《渊鉴类函》卷四〇五，贴梗海棠、垂丝海棠、西府海棠、木瓜海棠四品"俱有色无香"，而海棠以有香为贵。

④锦温：海棠众株花开，有如温暖的锦步障。琼腻：以美女容色喻花瓣。苏轼《寓居定惠院之东杂花满山有海棠一株土人不知贵也》："朱唇得酒晕生脸，翠袖卷纱红映肉。"张泌《柳枝》："腻粉琼妆透碧纱，雪休夸。"

⑤"被燕踏"二句：杜甫《城西陂泛舟》："鱼吹细浪摇歌扇，燕蹴飞花落舞筵。"暖雪，海棠开时如朱砂烂熳，半落如雪。苏轼《寓居定惠院之东杂花满山有海棠一株土人不知贵也》："明朝酒醒还独来，雪落纷纷那忍触。"以上回忆年轻时春游狂醉于海棠花下。

⑥"马嘶"三句：翁元龙《绛都春·秋晚海棠与黄菊盛开》虽写秋日海棠，但可为此三句注脚："玉颜不趁秋容换。但换却、春游同伴。"

⑦吴霜融晓：孟冬十月霜冻在清晨的阳光中即能融化，正写小阳春时。吴霜，语出李贺《还自会稽歌》："吴霜点归鬓，身与塘蒲晚。"

⑧陡觉：《铁网珊瑚》、郑校本、《四明》本作"陡顿"。暗动：《铁网珊瑚》作"闇动"。毛本、戈校本作"晴动"。偷春：写冬月返季借得春力催放海棠花。司空图《南至四首》（之一）："却恨早梅添旅思，强偷春力报年华。"

⑨"还似"三句：《会稽续志》卷四引沈立《海棠记》："花中带海字者，从海外来。"取意白居易《长恨歌》："忽闻海上有仙山，山在虚无缥缈间。楼阁玲珑五云起，其中绰约多仙子。中有一人字太真，雪肤花貌参差是。金阙西厢叩玉扃，转教小玉报双成。闻道汉家天子使，九华帐里梦魂惊。揽衣推枕起徘徊，珠箔银屏逦迤开。云髻半偏新睡觉，花冠不整下堂来。"兼暗用唐明皇以贵妃喻海棠春睡未足的典故。详见《宴清都》（绣幄鸳鸯柱）注⑦。环儿，《说郛》卷二一（上）："杨太真，小字玉环，故古今诗人多以'阿环'称之。"后人又称"环儿"。海雾冷仙山，毛本、《词律》、戈校本作"海雾似仙山"。

⑩浅薄朱唇：以下二句承前引苏轼"朱唇得酒晕生脸"诗意，实与春海棠相较，谓小春海棠花瓣不能有灿若胭脂的盛丽。

⑪自伤时背：夏秋之花即有秋风不为繁华主的自伤背时，初冬小春之花应更有甚于此，故有此感叹。时背，犹言"背时"。不按时节开放，喻不入时流。

⑫向立：明张本、毛本、《词律》戈校本、王朱本、朱三校本、朱四校本作"向日"。

⑬"怀春"句：重开海棠面对曾立秋千的空地，怀想彩绳上翩翩若仙的丽人，其实是缅怀春季盛时的花若灿锦。怀春，出自《诗·召南·野有死麕》："有女怀春，吉士诱之。"

⑭相思旧子：陈思《海棠谱》引沈立《海棠记》："其实状如梨，大若樱桃，至秋熟可食，其味甘而微酸。"杨笺："子为春海棠结，故曰'旧子'。"旧子，毛本、《铁网珊瑚》、《词律》、戈校本、杜本、王朱本、朱二校本、朱四校本、《四

明》本作"旧字"。

【汇评】

陈洵《海绡说词》：咏物题却是纪游，又似怀旧，俯仰陈迹，无限低佪。置身空际，大起大落，独往独来。秾挚中有雄杰意态，读吴词者所当辨也。"自伤时背"，贤者退而穷处意。"秋风换故园梦里"，朝局变迁也，言外之旨，善读者当自得也。

六幺令 夷则宫　俗名仙吕调①

七夕

露蛩初响，机杼还催织②。婺星为情慵懒③，伫立明河侧④。不见津头艇子⑤，望绝南飞翼⑥。云梁千尺⑦。尘缘一点⑧，回首西风又陈迹。

那知天上计拙，乞巧楼南北⑨。瓜果几度凄凉，寂寞罗池客⑩。人事回廊缥缈，谁见金钗擘⑪。今夕何夕⑫。杯残月堕，但耿银河漫天碧⑬。

【题解】

《六幺令》，唐教坊曲名，后用作词调。王灼《碧鸡漫志》："此曲拍无过六字者，故曰《六幺》。"又名《宛溪柳》《乐世》《绿腰》《录要》。双调，九十四字，前后段各九句，五仄韵。

梦窗借七夕牛郎织女鹊桥会的神话传说悼念杭州的亡妾。上片运思奇幻，从七夕生发开来，感喟与亡妾生死殊途无会面之期的哀思；下片寄情闲散，抒发由于杭妾已经仙逝，自己唯有清冷孤独度日的凄苦。

【校注】

①明张本、朱三校本宫调作"夷则商　俗名仙吕宫"。朱四校本、《全宋词》宫调作"夷则宫"，无俗名。

②"露蛩"二句:蛩,蟋蟀。《诗·唐风·蟋蟀》:"蟋蟀在堂,岁聿其莫。"陆玑疏:"蟋蟀似蝗而小,正黑,有光泽如漆,有角翅。一名蛩,一名蜻蛚,楚人谓之王孙,幽州人谓之趣织,督促之言也。里语曰'趣织鸣,懒妇惊'是也。"蟋蟀七月在野,扣"七夕";又以"促织"自然过渡至天上织女之事。

③"婺星"句:织女沉湎爱情而废机杼之事。《天中记》卷二:"小说云:天河之东,有织女,天帝之子也。年年机杼劳役,织成云锦天衣,容貌不暇整理。天帝怜其独处,许嫁河西牵牛郎。嫁后遂废织紝。天帝怒焉,责令归河东,但使其一年一度相会。""慵懒"意亦贯入"望绝"句,晏殊《七夕》:"云幕无波斗柄移,鹊慵乌慢得桥迟。"婺星,《左传·昭公十年》:"春,王正月,有星出于婺女。"杜预注:"星占:婺女为既嫁之女,织女为处女。"此代指已嫁织女。

④"伫立"句:织女星与牵牛星各在天河东西。《癸辛杂识前集》引《焦林大斗记》:"天河之西,有星煌煌,与参俱出,谓之牵牛。天河之东,有星微微,在氐之下,谓之织女。"

⑤"不见"句:吴均《续齐谐记》:"桂阳成武丁有仙道,常在人间。忽谓其弟曰:'七月七日织女当渡河,诸仙悉还宫。吾向已被召,不得停,与尔别矣。'弟问曰:'织女何事渡河?去当何还?'答曰:'织女暂诣牵牛。吾复三年当还。'明日失武丁。至今云织女嫁牵牛。"傅玄《拟天问》:"七月七日,牵牛织女,特会天河。"艇子,小船。

⑥"望绝"句:《古今事文类聚前集》卷一〇引《淮南子》:"乌鹊填河而渡织女。"《尔雅翼》卷一三:"相传以为是日河鼓(即牵牛星)与织女会于汉东,役乌鹊为梁以渡,故毛皆脱去。"南飞翼,语出曹操《短歌行》:"月明星稀,乌鹊南飞。"

⑦云梁:《文选·何晏〈景福殿赋〉》:"烈若钩星在汉,焕若云梁承天。"李善注:"云梁,以云为梁也。"张铣注:"云梁承天,言梁高如云虹之状,以承于天。"此喻云中鹊桥。

⑧尘缘一点:秦观《鹊桥仙》:"柔情似水,佳期如梦,忍顾鹊桥归路。"并渐入与七夕盟誓相关的唐明皇杨贵妃的爱情故事。陈鸿《长恨歌传》:"(玉妃)因自悲曰:'由此一念,又不得居此。复堕下界,且结后缘。或为天,或

173

为人，决再相见，好合如旧。'"

⑨"那知"二句："瓜果"意入此句。《荆楚岁时记》："七月七日为牵牛织女聚会之夜。……是夕，妇女结彩缕，穿七孔针，或以金、银、鍮石为针，陈瓜果于庭中以乞巧。有喜子网于瓜上，则以为符应。"此习俗唐宋时仍盛行。《开元天宝遗事·乞巧楼》："宫中以锦结成楼殿，高百尺，上可以胜数十人。陈以瓜果酒炙，设坐具，以祀牛女二星。嫔妃各以九孔针、五色线向月穿之，过者为得巧之候。"《梦粱录》卷四："七月七日，谓之'七夕节'。其日晚晡时，倾城儿童女子，不论贫富，皆着新衣。富贵之家，于高楼危榭，安排筵会，以赏节序。又于广庭中设香案及酒果，遂令女郎望月，瞻斗列拜，次乞巧于女、牛。或取小蜘蛛，以金银小盒儿盛之，次早观其网丝圆正，名曰'得巧'。"

⑩"瓜果"二句："露"字意入此。化用温庭筠《七夕》诗意："平明花木有愁意，露湿彩盘蛛网多。"寂寞，此指抱道守德。扬雄《解嘲》："是故知玄知默，守道之极；爱清爱静，游神之庭；惟寂惟寞，守德之宅。"罗池客，指柳宗元。其有《乞巧文》，然"乞巧"的意愿不为天孙织女所接受，织女鼓励柳宗元不肯随巧的操作，柳宗元怪然从命："呜呼！天之所命，不可中革。泣拜欣受，初悲后怿。抱拙终身，以死谁惕！"罗池，顾祖禹《读史方舆纪要·广西四》："（柳州府）在府城东，水可溉田，有罗池庙，即柳宗元祠也。"

⑪"人事"二句：入李杨骊宫爱情盟誓。详见《宴清都》（绣幄鸳鸯柱）注⑮。人事，《历代诗余》作"人自"。

⑫今夕何夕：语出《诗·唐风·绸缪》："绸缪束薪，三星在天。今夕何夕，见此良人。"孔颖达疏："三星在天，可以嫁娶矣。"郑玄笺："（三星）又为二月之合宿，故嫁娶者以为候焉。"

⑬漫天碧：《历代诗余》作"横天碧"。杜本、王朱本、《四明》本、郑校本作"浸天碧"。

【汇评】

陈洵《海绡说词》：此事偏要实叙，不怕惊死谈清空一流，却全是世间痴儿女幻境。极力逼出换头二句。"哪知"二字，劈空提出。"乞巧楼南北"，倒钩。以下分作两层感叹。"谁见金钗擘"，则不独"不见津头艇子"，人天今古，一切皆空。惟有眼前景物，聊与周旋耳。前段运思奇幻，后段寄情闲散，点化处在数虚字。

蕙兰芳引 林钟商 俗名歇指调

赋藏一家吴郡王画兰①

空翠染云②，楚山迥、故人南北③。秀骨冷盈盈④，清洗九秋涧绿⑤。奉车旧畹⑥，料未许、千金轻价⑦。浅笑还不语⑧，蔓草罗裙一幅⑨。

素女情多⑩，阿真娇重⑪，唤起空谷⑫。弄野色烟姿，宜扫怨蛾澹墨⑬。光风入户⑭，媚香倾国⑮。湘佩寒、幽梦小窗春足⑯。

【题解】

《蕙兰芳引》，调见《清真集》，双调，八十四字，上下片各八句四仄韵。

藏一，即陈郁，字仲文，号藏一，吴文英词友。梦窗词集中另有《玉京谣·陈仲文自号藏一制此以赠》及《极相思·题陈藏一水月梅扇》两词。吴郡王、吴益、吴盖兄弟，或曰吴益子吴琚，皆宋代贵戚画家。据毛晋汲古阁刻本等词题，知所赋为墨兰。

此词为咏物词，咏兰而寄托自己高洁的志趣。上片用烘托、铺垫手法，写兰花之高洁而常青；下片以反衬手法，写兰花的端庄及神韵。

【校注】

①毛本、戈校本、杜本、王朱本、朱二校本词题作"赋陈藏一家吴郡王画图墨兰"。

②空翠染云：毛本、戈校本、杜本、王朱本、朱二校本作"空翠□云"。空翠，王维《山中》："山路元无雨，空翠湿人衣。"染云，王安石《染云》："染云为柳叶，剪水作梨花。"

③"楚山"二句：《楚辞》中屡有咏兰篇章，梦窗因坐实兰生楚地。对似乎染上楚山空谷云气的墨兰而言，故山遥远，如同与故人分居在南北两地。化用黄庭坚《寄黄几复》诗意："我居北海君南海，寄雁传书谢不能。"

④秀骨：杜甫《八哀诗·赠左仆射郑国公严公武》："巍然大贤后，复见秀骨清。"此贯入"蔓草罗裙"句。盈盈：下文中的"不语"亦与此处相贯。《文选·古诗十九首》："盈盈一水间，脉脉不得语。"刘良注曰："盈盈，端丽貌。脉脉，自矜持貌。喻端丽之女在一水之间，而自矜持不得交语，亦犹才明之臣与君阻隔不得启沃也。"兰生于深谷，故有是喻。

⑤九秋：此指秋天。《月令辑要》卷一三："原，《纂要》：秋曰九秋。"

⑥奉车：奉车都尉的简称。《历代职官表》卷四二："汉初，以奉车、驸马二都尉供奉乘舆，最称亲近，故霍光任此者几二十年。至三国时，乃多以戚畹勋旧为之。迨东晋而后，惟尚主者始授此职，他人皆不得与。"此代指贵戚吴郡王。畹：犹言"戚畹"。《齐东野语》卷一〇："庄简吴亲王益……（光尧）笑谓曰：'夜来冷泉之游乐乎？'王恍然顿首谢，光尧曰：'朕宫中亦有此景，卿欲见之否？'盖垒石疏泉，像飞来香林之胜，架堂其上曰'冷泉'。中揭一画，乃图庄简野服濯足于石上。且御制一赞云：'富贵不骄，戚畹称贤。扫除膏粱，放旷林泉。沧浪濯足，风度萧然。国之元舅，人中神仙。'于是尽醉而罢，因以赐之，亦可谓戚畹之至荣矣。""清洗"二句，毛本、戈校本、杜本、王朱本、朱二校本作"□□□□□，清洗九畹"。毛扆本作"清洗九□□□，□□旧畹"。

⑦"料未许"二句：《尹文子·大道上》："魏田父有耕于野者，得宝玉径尺，弗知其玉也，以告邻人。邻人阴欲图之，谓之曰：'怪石也，畜之弗利其家，弗如一复之。'田父虽疑，犹录以归，置于庑下。其夜玉明，光照一室。田父称家大怖，复以告。邻人曰：'此怪之征，遄弃，殃可销。'于是遽而弃于远野。邻人无何盗之，以献魏王。魏王召玉工相之。玉工望之再拜而立：'敢贺王。得此天下之宝，臣未尝见。'王问价。玉工曰：'此无价以当之，五城之都，仅可一观。'魏王立赐献玉者千金，长食上大夫禄。"陈师道《题明发高轩过图》："滕王蛱蝶江都马，一纸千金不当价。"诗题"明发"，诗中"滕王""江都"，皆为皇裔或宗亲。《后山诗注》卷一二："王建《宫词》曰：'内中数日

无呼唤,传得滕王蛱蝶图。'按《画断》云:'嗣滕王湛然画蛱蝶、雀儿,曲尽精理。……'老杜诗:'国朝以来画鞍马,神妙独数江都王。'按《名画记》:江都王绪,霍王元轨之子,善书,画鞍马擅名。"明发即赵士暕,汉王元佐玄孙。以三人拍合郡王戚畹画家的身份。

⑧"浅笑"句:以美女喻兰花。不语,毛本、戈校本、杜本、王朱本、朱二校本、郑校本作"轻语"。

⑨蔓草罗裙:以美人罗裙喻兰叶。并上承"秀骨"意,周邦彦《锁阳台》:"苏小当年秀骨,萦蔓草、空想罗裙。"

⑩素女情多:《史记·孝武本纪》:"泰帝使素女鼓五十弦瑟,悲,帝禁不止,故破其瑟为二十五弦。"情多,明张本、郑校本作"多情"。

⑪阿真娇重:用杨贵妃娇多无力典,典例详见《宴清都棠》(绣幄鸳鸯柱)注⑪。阿真,仿"阿环"自铸"阿真"一辞。借典故人名中有"素"字、"真"字的美女为喻,寓墨兰之天资真态。

⑫唤起:毛本、戈校本、杜本、王朱本、朱二校本作"唤□"。

⑬"宜扫"句:杜甫《虢国夫人》:"却嫌脂粉污颜色,淡扫蛾眉朝至尊。"扫,描画。《事文类聚》:"汉宫人扫青黛蛾眉。"以上二句正笔写墨兰之"墨"字。怨蛾,明张本、杜本作"怨娥"。

⑭光风:《楚辞·招魂》:"光风转蕙,泛崇兰些。"王逸章句:"光风,谓雨已日出而风,草木有光也。转,摇也。"五臣云:"日光风气转,泛薄于兰蕙之丛。"入户:《孔子家语》卷四:"与善人居,如入芝兰之室,久而不闻其香,即与之化矣。"此处暗用之。

⑮媚香倾国:语出《左传·宣公三年》:"以兰有国香,人服媚之如是。"杜预注曰:"媚,爱也;欲令人爱之如兰。"

⑯"湘佩"二句:此写得兰为佩的燕姑之梦。湘佩,合用江妃解佩及湘妃典,见《水龙吟》(艳阳不到青山)注⑥和《解连环》(暮檐凉薄)注⑬。此所佩为秋兰,故曰"寒"。春足,明张本作"幽足"。

【汇评】

夏敬观评语:"浅笑"五字不成句。

177

隔浦莲近 黄钟商

泊长桥过重午

榴花依旧照眼①。愁褪红丝腕②。梦绕烟江路③,汀菰绿
薰风晚④。年少惊送远⑤。吴蚕老、恨绪萦抽茧⑥。

旅情懒⑦。扁舟系处,青帘浊酒须换⑧。一番重午,旋买
香蒲浮盏⑨。新月湖光荡素练⑩。人散。红衣香在南岸⑪。

【题解】

《隔浦莲近》,词牌名。《白氏长庆集》有《隔浦莲》,调名本此。一名《隔
浦莲》,又名《隔浦莲近拍》。调见周邦彦《片玉词》。双调,七十三字,前后
段各八句六仄韵。

"长桥",又叫利往桥、垂虹桥。在苏州吴江上。重午,即端午。

此词写羁旅之情,为梦窗在苏州仓幕行役途中忆扬州歌妓之作。上片
由眼前榴花触动愁肠,回忆佳人及分离,表达对去姬的思念与伤感;下片写
因愁绪缠绵而行惰意懒,泊船买酒浇愁,直至新月初上,表达了强烈的异乡
为客的羁旅之愁。

【校注】

①"榴花"句:韩愈《题张十一旅舍三咏·榴花》:"五月榴花照眼明,枝
间时见子初成。"簪榴花是宋代端午习俗。详见《满江红》(络束萧仙)注⑥。

②"愁褪"句:旧俗端午以五色丝系于手腕。详见《满江红》(络束萧仙)
注⑧。

③烟江:此特指扬子江。

④"汀菰"句:此写端午菰叶里裹粽风俗。

⑤年少:暗用宋玉《九辩》"憭栗兮若在远行,登山临水兮送将归"句意。
以上三句回忆年轻时扬州的爱情记忆以及扬子江重午后的傍晚送别。

⑥"吴蚕"二句:此处字面续上文五色丝意,谐音"思"字,并寓意李商隐《无题》诗中的爱情名句:"春蚕到死丝方尽,蜡炬成灰泪始干。"

⑦旅情懒:《历代诗余》以此三字归上片,作歇拍。《词谱》作换头。

⑧"青帝"句:刘禹锡《鱼复江中》:"风樯好住贪程去,斜日青帝背酒家。"嵇康《与山巨源绝交书》:"时与亲旧叙阔,陈说平生,浊酒一杯,弹琴一曲,志愿毕矣。"换酒,《晋书·阮孚传》:"尝以金貂换酒,复为有司弹劾,帝宥之。"

⑨旋:《汇释》:"犹漫也。犹云漫然为之或随意为之也。"香蒲浮盏:《荆楚岁时记》:"(五月五日)以菖蒲或镂或屑,以泛酒。"

⑩新月:重午是初五,月魄始生,故云。素练:本色绢帛。多用以喻水,亦兼指月色。

⑪"人散"二句:写船棹向南,不见送行佳人,唯有可乱衣麝的水中荷香,撩起绵绵无尽的思绪。人散,毛本、戈校本作"人教"。南岸,《历代诗余》作"两岸"。

【汇评】

陈洵《海绡说词》:"依旧",逆入。"梦绕",平出。"年少",逆入。"恨绪",平出。笔笔断,笔笔续。"旅情懒"三字,缩入上段看。以下言长桥重午,只如此过,无复他情。词极萧散,意极含蓄。

垂丝钓近① 夷则商 俗名商调②

云麓先生以画舫载洛花宴客③

听风听雨,春残花落门掩④。乍倚玉兰,旋剪夭艳⑤。携醉醽⑥、放溯溪游缆⑦。波光撼。映烛花黯澹⑧。

碎霞澄水⑨,吴宫初试菱鉴⑩。旧情顿减。孤负深杯滟⑪。衣露天香染⑫。通夜饮⑬,问漏移几点⑭。

【题解】

《垂丝钓近》,词牌名,双调,六十六字,上片八句六仄韵,下片七句六仄韵。

"云麓",即史宅之,详见《瑞鹤仙·寿史云麓》题解。此词当作于淳祐元年(1241)三月。史宅之这年三月初九再度知平江府。三月牡丹盛开,正是赏花之时。

洛花,即牡丹。宋人称牡丹"大花",或曰"洛花"。欧阳修《牡丹记》:"洛花以谷雨为开候。"其《洛阳牡丹记·花品叙》云:"牡丹出丹州、延州,东出青州,南亦出越州。而出洛阳者,今为天下第一。"《会稽志》卷一七:"吴越时钱传瓘为会稽,喜栽植牡丹,其盛若菜畦,其成丛列树者,颜色葩房,率皆绝异。"绍兴府治中也栽种牡丹。

此词纪游。上片写春雨后百花凋零,牡丹盛开,主人携客载花乘画舫溯流而游;下片续写牡丹的美艳,主客为赏牡丹而作长夜之饮。

【校注】

①毛本、《历代诗余》、《词律》、《词谱》、杜本、王朱本、朱二校本词调作"垂丝钓"。

②朱四校本、《全宋词》无"俗名商调"四字。

③明张本词题作"牡丹"。《历代诗余》无题。

④花落:明张本、毛本作"落花"。

⑤夭艳:白居易《惜花》:"可怜夭艳正当时,刚被狂风一夜吹。"《书·禹贡》:"厥草惟夭,厥木惟乔。"夭,草木茂盛貌。艳,同"艳"。明张本、毛本、王朱本、朱二校本、朱四校本、《四明》本作"天艳"。

⑥携醉扊:拟人写法。暗用谢安隐居东山时携妓从游典故,见《会稽志》卷九。《全芳备祖前集》卷二:"延州红,丹州红,醉妃红(亦名醉西施)。""醉西施"又名"醉妃红""醉杨妃"。说见《风流子》(金谷已空尘)注⑥。《格致镜原》卷七一引曹明仲《牡丹谱》:"醉春容,千叶,淡红,楼子,梗柔弱。古名'醉杨妃'。"王禹偁《朱红牡丹》:"应是吴宫歌舞罢,西施因醉误施朱。"温庭筠《牡丹二首》(之二):"欲绽似含双扊笑,正繁疑有一声歌。"

⑦"放溯溪"句:"溪溯放缆游"之倒文。所溯之"溪"应为若耶溪。详见

《瑞鹤仙》(记年时茂苑)注⑬。

⑧"波光"二句："花"字意缀二句之首。谓牡丹花如波摇漾，相形之下，烛光反而显得黯淡无光。并暗用苏轼《海棠》"只恐夜深花睡去，故烧高烛照红妆"诗意。波光撼，毛本、戈校本、王朱本、朱二校本作"波光掩"。《历代诗余》《词谱》作"波光闪"。

⑨碎霞澄水：言船桨轻荡击碎了烛光倒映的粼粼溪水。

⑩"吴宫"句：承"携醉靥"二句，就越州名品牡丹"醉西施"而言。意思是画舫中的牡丹倒映于清冽溪水中，溪水涟漪泛成缕缕红霞，宛如越女西施在吴国宫殿乍试菱镜，光彩熠熠。写朱红牡丹如西施醉颜。

⑪"旧情"二句：此谓不辞深杯酒，以慰旧情。杯滟，范仲淹《酬李光化见寄二首》(之二)："石鼎斗茶浮乳白，海螺行酒滟波红。"

⑫"衣露"句：李白《清平调三首》(之一)："云想衣裳花想容，春风拂槛露华浓。"并用李正封《赏牡丹》诗："天香夜染衣，国色朝酣酒。"

⑬通夜饮：为赏牡丹而作彻夜狂欢。

⑭漏移几点：点，更点。《宋史·律历三》："至昏夜鸡唱，放鼓契出，发鼓、击钟一百声，然后下漏。每夜分为五更，更分为五点，更以击鼓为节，点以击钟为节。"

荔枝香近①黄钟商 俗名大石②

送人游南徐

锦带吴钩③，征思横雁水④。夜吟敲落霜红，船傍枫桥系⑤。相思不管年华，唤酒吴娃市。因话⑥、驻马新堤步秋绮⑦。

淮楚尾⑧。暮云送、人千里。细雨南楼⑨，香密锦温曾醉⑩。花谷依然，秀靥偷春小桃李⑪。为语梦窗憔悴⑫。

《荔枝香近》,词牌名。《词谱》:"《唐史·乐志》:'帝幸骊山,贵妃生日,命小部张乐长生殿,奏新曲,未有名,会南方进荔枝,因名《荔枝香》。'《碧鸡漫志》:'今歇指调、大石调,皆有近拍,不知何者为本曲?'按《荔枝香》有两体,七十六字者始自柳永《乐章集》注'歇指调';七十三字者始自周邦彦,一名《荔枝香近》。"此词双调,七十六字。前片七句,四仄韵;后片七句,五仄韵。

"南徐",古地名,指扬州、淮安一带。

此词为梦窗送友人之作,时在苏州。上片写送友人赴南徐,即景赋词,怀旧话别;下片从话别中回想早年楚州之游及归南之事,感叹年华不再。

【校注】

①《历代诗余》词调作"荔支香"。

②朱四校本、《全宋词》无"俗名大石"四字。

③吴钩:形似剑而曲。后泛指宝剑。

④"征思"句:沈约《豫章行》:"一见尘波阻,临途引征思。"下文"淮"字意入此句。方干《送晋陵王少府赴举》:"越山直下分吴苑,淮水横流入楚乡。"雁水,李贺《帝子歌》:"洞庭帝子一千里,凉风雁啼天在水。"毛本、《历代诗余》、戈校本、杜本、王朱本、朱二校本作"淮水"。

⑤"夜吟"二句:《吴郡志》卷一七:"枫桥,在阊门外九里道傍。自古有名,南北客经由,未有不憩此桥。"张继《枫桥夜泊》:"月落乌啼霜满天,江枫渔火对愁眠。姑苏城外寒山寺,夜半钟声到客船。""敲"字双写钟声及推敲苦吟。枫,意亦属"霜红"二字。

⑥因话:触景生情的谈话。毛本、戈校本、杜本、王朱本作"因诘"。《历代诗余》作"因语"。

⑦"驻马"句:为"驻马步堤新秋绮"之倒文。新秋绮,写堤上新开的木芙蓉。杨万里《看刘寺芙蓉》:"三步绮为障,十步霞作壁。"余详见《齐天乐》(竹深不放斜阳度)注⑩。驻马,明张本、毛本、《历代诗余》、戈校本、王朱本作"驻车"。

⑧淮楚尾:此特指淮安。淮安在淮水下游南岸,春秋时属楚地。

⑨南楼:应指楚州宴花楼。《明一统志》卷一三:"宴花楼,在府治南,唐建。"李阳冰题额,见《光绪淮安府志》卷三七。赵嘏有《楚州宴花楼》诗:"门外烟横载酒船,谢公携客醉华筵。寻花偶坐将军树,饮水方重刺史天。几曲艳歌春色里,数行高雁暮云边。分明听得舆人语,愿及行春更一年。"宴花楼名,及赵诗中"烟横""寻花""艳歌""高雁""暮烟"与词意皆相契合。

⑩"香密"句:用歌妓密围典,详见《庆宫春》(残叶翻浓)注⑥。以上六句皆回忆当年淮安归南送别时花朵香嗅及歌妓红围的情形。

⑪"花谷"二句:花谷,此亦兼指宴花楼花园及歌妓。赵嘏《楚州宴花楼》别题《陪韦中丞宴扈都头花园》,赵嘏又有《花园即事呈韦中丞》,从中可以看出花园与楼台的关系:"烟暖池塘柳覆台,百花园里看花来。烧衣焰席三千树,破鼻醒愁一万杯。不肯为歌随拍落,却因令舞带香回。山公仰尔延宾客,好傍春风次第开。"周邦彦《锁寒窗·寒食》:"想东园、桃李自春,小唇秀靥今在否。"

⑫"为语"句:此让前往彼地的友人传语百花及歌妓:当年倜傥风流的美少年,已经斯人憔悴。

又

七夕

睡轻时闻、晚鹊噪庭树①。又说今夕天津②、西畔重欢遇③。蛛丝暗锁红楼④,燕子穿帘处⑤。天上、未比人间更情苦。

秋鬓改,妒月姊⑥、长眉妩⑦。过雨西风⑧,数叶井梧愁舞⑨。梦入蓝桥⑩,几点疏星映朱户⑪。泪湿沙边凝伫⑫。

【题解】

此因七夕而忆姬之作。从七夕的神话传说生发,联想到自己与两位爱妾的生离死别,悲叹爱情的不幸遭遇以及自身的老境凄凉。

【校注】

①"睡轻"二句:用鹊噪典。鹊噪,《陆氏诗疏广要》卷下之下:"'蟏蛸在户'……陆贾曰:目瞤得酒食,灯花得钱财。乾鹊噪,行人至;蜘蛛集,百事喜。"隐含人间亦有盼行人归来之意。睡轻,《词综》、杜本作"轻睡"。《历代诗余》作"睡起"。

②"又说"句:欧阳修《鹊桥仙》:"鹊迎桥路接天津,映夹岸、星榆点缀。"今夕,犹言"今夕何夕"。《历代诗余》作"今日"。天津,《楚辞·离骚》:"朝发轫于天津兮,夕余至乎西极。"王逸章句:"天津,东极箕斗之间。汉津也。"《晋书·天文志》:"天津九星,横河中。一曰天汉,一曰天江,主四渎津梁。所以度神通四方也。一星不备,津关道不通。"

③"西畔"句:织女在河东,牛郎在河西,故云。详见《六幺令》(露蛩初响)注③。

④"蛛丝"句:用七夕乞巧及蛛丝符应事。见《六幺令》(露蛩初响)注⑨。暗用晏几道《临江仙》:"梦后楼台高锁,酒醒帘幕低垂。"谓七夕节序行事相同,但已不见当年乞巧之人。

⑤"燕子"句:承上引晏几道《临江仙》,并入"落花人独立,微雨燕双飞"之意。

⑥月姊:嫦娥。《宋书·志第四·礼一》:"《白虎通》'王者父天、母地,兄日、姊月',此其义也。"

⑦眉妩:此喻七夕之上弦月。

⑧过雨西风:《古今事文类聚前集》卷一〇引《岁时杂记》:"七月六日有雨,谓之洗车雨。七日雨则曰洒泪雨。"

⑨"数叶"句:庾肩吾《赋得有所思》:"井梧生未合,宫槐卷复稀。"李咸用《秋日与友生言别》:"数花篱菊晚,片叶井梧秋。"七夕已入初秋,故惹悲秋之思。

⑩梦入蓝桥:典例详见《齐天乐》(芙蓉心上三更露)注⑪。

⑪"几点"句:合用织女三星典。《诗·唐风·绸缪》:"绸缪束楚,三星在户。"余见《六幺令》(露蛩初响)注③。

⑫"泪湿"句:以上三句取意秦观《南歌子》:"臂上妆犹在,襟间泪尚盈。水边灯火渐人行。天外一钩残月、带三星。"

西河 中吕商　俗名小石①

陪鹤林先生登花园②

春乍霁。清涟画舫融洩③。螺云万叠暗凝愁④,黛蛾照水⑤。漫将西子比西湖,溪边人更多丽⑥。

步危径、攀艳蕊。掬霞到手红碎⑦。青蛇细折小回廊⑧,去天半咫⑨。画栏日暮起东风⑩,棋声吹下人世⑪。

海棠藉雨半绣地。正残寒、初御罗绮⑫。除酒销春何计。向沙头更续,残阳一醉⑬。双玉杯和流花洗⑭。

【题解】

《西河》,词牌名,《碧鸡漫志》卷五引《脞说》:"大历初,有乐工取古《西河长命女》加减节奏,颇有新声。"又名《西河慢》《西湖》,一百零五字,分三片,第一段六句,二段七句各四仄韵,第三段五句五仄韵。

鹤林,疑为吴泳。吴泳,字叔永,号鹤林,潼川人。嘉定元年(1208)进士。宋理宗时任起居舍人兼直学士院,权刑部尚书,终宝章阁学士,知泉州。有《鹤林集》。花园,在绍兴稽山门外。又有说袁园,又称袁氏园,在宁波。杨笺:"《挈斋集》:袁正献公有'是亦楼',楼侧有水,有山,有花竹。与词中所言恍惚略同,疑即此词之袁园。"

此为纪游词。全词分三片,上片写乘船去花园途中的所见所闻;中片叙述登山、折花、游廊下棋的游览经过;下片写饮酒赏花之乐趣,暗含时光流逝的惆怅之情。

【校注】

①朱四校本、《全宋词》无"俗名小石"四字。

②明张本、朱三校本、朱四校本、《四明》本、郑校词题作"陪鹤林登袁园"。《历代诗余》节作"登花园"。

③清涟：语本《诗·魏风·伐檀》："河水清且涟漪。"后多连文。融泄：《左传·隐公元年》："公入而赋：'大隧之中，其乐也融融。'姜出而赋：'大隧之外，其乐也泄泄。'遂为母子如初。"孔颖达疏："融融，和乐；泄泄，舒散，皆是乐之状。"融泄，明张本作"融曳"。

④螺云：喻山。万叠《词律》作"万点"。暗：《历代诗余》、《词律》、戈校本、杜本、王朱本、朱二校本作"黯"。凝愁：明张本、毛本、《吴兴艺文补》、《历代诗余》、《词律》、戈校本、杜本、王朱本、朱二校本作"凝秋"。

⑤黛蛾：徐陵《玉台新咏序》："南都石黛，最发双蛾。"温庭筠《晚归曲》："湖西山浅似相笑，菱刺惹衣攒黛蛾。"并暗用远山黛典。详见《水龙吟》（艳阳不到青山）注⑤。

⑥"溪边"句：多丽，语出杜甫《丽人行》："三月三日天气新，长安水边多丽人。"杜甫《壮游》："越女天下白，鉴湖五月凉。"以上二句形容西子采莲的若耶溪。

⑦"掬霞"句：庄南杰《红蔷薇》："九天碎霞明泽国，造化工夫潜剪刻。"以上三句写岩壁绮花，望如彩霞，攀登采撷，则揉红易碎。

⑧"青蛇"句：毛本、戈校本误分作双调。以此句中"青蛇细折"属上阕，"小回廊"属下阕。青蛇细折，白居易《湖亭晚望残水》："泓澄白龙卧，宛转青蛇屈。"青蛇，本以秋蛇喻书法婉曲无状。《晋书·王羲之传》："（萧）子云近世擅名江表，然仅得成书，无丈夫之气，行行若萦春蚓，字字如绾秋蛇。"此喻通往山亭长满青草的曲折山路。

⑨半咫：为"咫半"之倒文。古人常以"去天尺五"喻与宫廷相近。《类说》卷二九："韦曲杜鄠近长安。谚曰：'韦曲杜鄠，去天尺五。'"南宋时特指会稽。《会稽续志》卷一："言其形势，元帝以为今之关中。言其丰腴，则江左诸公比之鄠杜之间，是拟之长安矣。……中兴以来，地拱行都，去天尺五，非但为扶风冯翊而已。"咫，周制八寸为咫，十寸为尺。可知"半咫"比"尺五"更具夸饰性。半咫，毛本作"半尺"。

⑩画栏：意缀"棋声"句。日暮东风：意缀"海棠"句。张籍《惜花》："日

186

暮东风起,飘扬玉阶侧。"日暮,毛本、《吴兴艺文补》《历代诗余》《词律》、戈校本、杜本、王朱本、朱二校本作"入暮"。

⑪"棋声"句:吕祖谦《城楼》:"棋声传下界,雁影没长空。"古代常有仙境着棋的传说。如任昉《述异记》卷上:"信安郡石室山,晋时王质伐木,至,见童子数人,棋而歌,质因听之。童子以一物与质,如枣核,质含之,不觉饥。俄顷,童子谓曰:'何不去?'质起,视斧柯烂尽。既归,无复时人。"

⑫"正残寒"二句:化用周邦彦《少年游》词意:"南都石黛扫晴山。衣薄耐朝寒。一夕东风,海棠花谢,楼上卷帘看。"正残寒,毛本、《吴兴艺文补》、《历代诗余》、戈校本、王朱本、朱二校本作"残寒退"。《词律》、杜本作"残寒褪"。

⑬"向沙头"二句:秦观《沁园春》:"对丽景,且莫思往事,一醉斜阳。"庾信《春赋》:"树下流杯客,沙头渡水人。"此特指若耶溪畔。向沙头,毛本、《吴兴艺文补》、戈校本作"高沙头"。残阳,毛本、《吴兴艺文补》、《历代诗余》、《词律》、戈校本、杜本、王朱本、朱二校本、《四明》本作"斜阳"。

⑭"双玉杯"句:谢朓《玉阶怨》:"渠碗送佳人,玉杯邀上客。"双玉杯,"双"字扣"陪鹤林"。玉杯,《韩非子·喻老》:"象箸玉杯,必不羹菽藿,则必旄象豹胎。"和,《汇释》:"犹连也。秦观《阮郎归》:'衡阳犹有雁传书,郴阳和雁无。'言连传书之雁亦无有也。"洗杯,饮酒。详见《庆宫春》(残叶翻浓)注⑨。流花,《词律》作"流光"。

【汇评】

俞陛云《唐五代两宋词选释》:佳处在第三段,写寻常春游,花前一醉,入作者之手,其词华而峭,绝无甜熟之笔。

浪淘沙慢 夷则商 俗名商调①

赋李尚书山园②

梦仙到、吹笙路杳③,度巘云滑④。溪谷冰绡未裂⑤。金铺昼锁乍揲⑥。见竹静、梅深春海阔⑦。有新燕、帘底低说⑧。念汉履无声跨鲸远⑨,年年谢桥月⑩。

　　曲折。画栏尽日凭热⑪。半厣起玲珑楼阁畔⑫,缥缈鸿去绝⑬。飞絮扬东风⑭,天外歌阕。睡红醉缬⑮。还是催、寒食看花时节⑯。

　　花下苍苔盛罗袜⑰。银烛短、漏壶易竭⑱。料池柳、不攀春送别⑲。倩玉兔、别捣秋香⑳,更醉踏、千山冷翠飞晴雪㉑。

　　【题解】

　　《浪淘沙慢》,词牌名。计四体。按《词谱》,双调,一百三十三字,前段九句六仄韵,后段十五句十仄韵。《全宋词》分三片,第一片九句六仄韵,第二片九句六仄韵,第三片六句四仄韵。本词按《全宋词》断句。

　　李尚书,即李宗勉,与梦窗曾有交游的显宦。山园,本指帝王的陵墓。《汉书·地理志·第八下》:"后世世徒吏二千石、高訾富人及豪杰并兼之家于诸陵。盖亦以强干弱支,非独为奉山园也。"颜师古注引如淳曰:"《黄图》谓陵冢为山。"此特指李宗勉的陵园,在富阳城北小隐山。然此词虽身处山园凭吊,但时时回忆尚书生前苏州宅院,故词中常有腾天潜渊的双写之笔。

　　此为凭吊词。第一片写初春访李尚书山园及进园所见,婉言斯人已逝;第二片继写园内冷寂景色,而致凭吊意;第三片回忆李尚书与侍妾赏花行乐情景,而叹惜其生离死别。

　　【校注】

　　①朱四校本、《全宋词》无"俗名商调"四字。

　　②《历代诗余》词题作"李尚书山园"。

　　③"梦仙"二句:《列仙传》卷上:"王子乔者,周灵王太子晋也。好吹笙,作凤凰鸣,游伊洛之间。道士浮丘公接以上嵩山,三十余年后,求之于山上。见柏良曰:'告我家,七月七日待我于缑氏山巅。'至时,果乘白鹤驻山头,望之不得到。举手谢时人,数日而去。"下句"云"字入此句,写仙云。张仲素《夜闻洛滨吹笙》:"逶迤绕清洛,断续下仙云。"首句"梦"字意属下文"谢桥月"。

④巘:《诗·大雅·公刘》:"陟则在巘,复降在原。"毛传:"巘,小山,别于大山也。"

⑤冰绡:此喻仲春时溪中薄冰尚未泮解。

⑥"金铺"句:化用白居易《醉别程秀才》"愁锁乡心掣不开"字面。金铺,《文选·司马相如〈长门赋〉》:"挤玉户以撼金铺兮,声噌吰而似钟音。"吕廷济注:"金铺,扉上有金花,花中作钮环以贯锁。"

⑦"见竹静"二句:秦观《千秋岁》:"春去也,飞红万点愁如海。"写初入陵园时所见景象。

⑧"有新燕"二句:下二句中的"谢"字透入此"新燕"句,实写燕子仍入王谢堂前旧巢中。并反用以下诗句,刘禹锡《金陵五题·乌衣巷》:"旧时王谢堂前燕,飞入寻常百姓家。"朱庆余《题王侯废宅》:"更无新燕来巢屋,唯有闲人去看花。"余参见《扫花游》(冷空澹碧)注⑫。新燕,燕子春社(立春后第五个戊日,约在孟春与仲春之间)归来。明张本、毛本、戈校本作"有新燕、帘底说"。《历代诗余》作"有新燕、画帘底说"。

⑨汉履无声:杜甫《八哀诗·赠左仆射郑国公严公武》:"京兆空柳色,尚书无履声。"汉履,用汉丞相郑崇典,详见《瑞鹤仙》(藕心抽莹茧)注⑦。跨鲸:杜甫《送孔巢父谢病归游江东兼呈李白》:"几岁寄我空中书,南寻禹穴见李白。"《杜诗详注》:"'南寻'句,一作'若逢李白骑鲸鱼'。按:骑鲸鱼,出《羽猎赋》。俗传太白醉骑鲸鱼,溺死浔阳,皆缘此句而附会之耳。"此处"汉履无声"及"跨鲸"都是逝世的婉辞。

⑩"年年"句:晏几道《鹧鸪天》:"梦魂惯得无拘检,又踏杨花过谢桥。"此"谢桥"特指宅园中的小桥。

⑪"曲折"二句:承上化用张泌《寄人》诗意:"别梦依依到谢家,小廊回合曲阑斜。"凭热,宅园长期钥锁,园中阑干非长时间相凭不能焐热。

⑫"半蜃"句:《史记·天官书第五》:"海旁蜃气象楼台,广野气成宫阙然。云气各象其山川人民所聚积。"蜃,《本草纲目》卷四三:"蛟之属有蜃,其状亦是蛇而大,有角如龙状。……能呀气成楼台城郭之状,将雨即见,名蜃楼,亦曰海市。""半"字意入"天外"句。

⑬缥缈:双关歌声清扬及楼台隐约可见。司空图《注愍征赋述》:"其雅

189

调之清越也,有若缥缈鸾虹,嘒嘒袅空。"鸿去绝:曹植《洛神赋》:"其形也,翩若惊鸿,婉若游龙,荣曜秋菊,华茂春松。"边让《章华赋》形容舞姿:"尔乃妍媚递进,巧弄相加。俯仰异容,忽兮神化。体迅轻鸿,荣曜春华。进如浮云,退如激波。"以"鸿"喻李尚书谢世后,无以知其踪迹的善舞之众侍妾。

⑭"飞絮"句:意缀"曲折"二句,照应谢桥杨花。与下句悬想宅园中唯见满天飞絮如回雪妙曼之舞态,当时缥缈飞扬向天外的歌乐戛然而止。

⑮睡红醉缬:以美人睡时与酒后红晕喻盛开时海棠的颜色。陈思《海棠谱》引沈立《海棠记》:"其红花五出。初极红,如胭脂点然。及开,则渐成缬晕。"兼用唐明皇以杨贵妃卯酒未醒喻海棠春睡未足典故。详见《宴清都》(绣幄鸳鸯柱)注⑦。李贺《恼公》:"醉缬抛红网,单罗挂绿蒙。"王琦汇解:"醉缬即醉眼缬。"

⑯"还是"二句:周邦彦《兰陵王·柳》:"又酒趁哀弦,灯照离席。梨花榆火催寒食。"寒食已近祭坟时间,《东京梦华录》卷七:"寒食第三日,即清明日矣。凡新坟皆用此日拜扫,都城人出郊。"

⑰"花下"句:韩偓《太平谷中玩水上花》:"应有妖魂随暮雨,岂无香迹在苍苔。"韩愈《榴花》:"可怜此地无车马,颠倒青苔落绛英。"李群玉《赠回雪》:"安得金莲花,步步承罗袜。"回忆盛时尚书侍妾赏花行乐情景。

⑱"银烛"二句:壶漏,以挈壶氏漏水法代指时间,详见《宴清都》(翠羽飞梁苑)注⑭。以短烛、壶漏喻行乐时间短暂易尽。

⑲"料池柳"二句:与"有新燕"二句还化用杜甫《过故斛斯校书庄二首》(之二)诗意:"燕入非傍舍,鸥归只故池。断桥无复板,卧柳自生枝。"亦与前引杜诗"京兆空柳色"意思相贯。攀柳,暗用"攀柳泫涕"字面。详见《解连环》(思和云结)注④。

⑳"倩玉兔"二句:《南部烟花记》:"陈主为张丽华造桂宫于光昭殿后,作圆门如月,障以水晶。后庭设素粉罘罳。庭中空洞无他物,惟植一株桂树,树下置药杵臼,使丽华恒驯一白兔,时独步于中,谓之月宫。"玉兔捣药典见《瑞鹤仙》(辘轳秋又转)注⑪。秋香,李贺《金铜仙人辞汉歌》:"画栏桂树悬秋香,三十六宫土花碧。"与下二句中的"晴雪"联系,知所写为银桂。

㉑"更醉踏"二句:僧栖白《哭刘得仁》:"为爱诗名吟到此,风魂雪魄去

难招。直教桂子落坟上,生得一枝魂始消。"王庭珪《哀挽诗》:"广寒宫里丛生桂,何日飘来垄上芳。"

【汇评】

夏敬观评语:"飞絮"句一领四,则起调作五字诗句,则音节不振。梦窗盖以"飞"字领"絮扬东风"四字,但嫌"飞絮"二字连,使人易读为二领三耳。梦窗换虚字用实字往往如此,亦往往有合不合。 "料池柳"应三字豆,下接二领三句,造句亦稍软,使人可读成一领四句。"更醉踏"三字亦易连下读。

西平乐慢 中吕商　俗名小石①

过西湖先贤堂,伤今感昔,泫然出涕②

岸压邮亭③,路敧华表④,堤树旧色依依⑤。红索新晴,翠阴寒食⑥,天涯倦客重归⑦。叹废绿平烟带苑⑧,幽渚尘香荡晚,当时燕子,无言对立斜晖⑨。追念吟风赏月,十载事、梦惹绿杨丝。

画船为市,天妆艳水⑩,日落云沈,人换春移⑪。谁更与、苔根浇石⑫,菊井招魂⑬,漫省连车载酒⑭,立马临花,犹认蔫红傍路枝⑮。歌断宴阑⑯,荣华露草⑰,零落山丘⑱,到此徘徊⑲。细雨西城,羊昙醉后花飞⑳。

【题解】

《西平乐慢》,词牌名。双调,一百三十五字,上片十二句,四平韵;下片十五句,四平韵。

"西湖先贤堂",袁韶创建,在苏堤六桥之一映波桥偏西处,祠许由以下四十人。"泫然",《礼记·檀弓上》:"孔子泫然流涕曰:'吾闻之,古不修墓。'"李光坡《礼记述注》:"孔子流涕者,自伤其不能谨之于封筑之时,以致崩圮；且言古人所以不修墓者，敬谨之至，无事于修也。"此词凭吊的对象是客杭十年期间的幕主袁韶。梦窗特用此语，或有微言大义。

此为伤今感昔之作。上片写西湖寒食荒凉景象，惹起对昔日吟风赏月事的追忆；下片写昔日游赏之乐，突又物换星移，故人逝去。此词时空交错，时而写今衰，时而写昔盛，强化了伤今感昔之情。

【校注】

①《铁网珊瑚》、《词综》、《历代诗余》、戈校本词调作《西平乐》。朱四校本、《全宋词》无"俗名小石"四字。

②明张本、毛本、杜本、王朱本词题作"春感，重过西湖先贤堂"。《历代诗余》、戈校本作"重过西湖先贤堂"。《词综》作"过西湖先贤堂"。

③邮亭：驿馆。依宋制，"驿馆"非常人所能宿者，必具驿券之过往官员或入京应试之举子始能宿。

④路欹华表：华表，本为古诽谤木，表示王者讷谏，及交叉路的表识，汉代后用作屋外的装饰物。许浑《经故丁补阙郊居》："鹏上承尘才一日，鹤归华表已千年。"

⑤"堤树"句：堤树，特指西湖十里苏堤的袅袅杨柳。上二句中压岸欹路者皆指柳树。与下文"立马"二句颇取意周邦彦《西平乐》："道连三楚，天低四野，乔木依前，临路欹斜。"

⑥"红索"二句：荡秋千是寒食节前后妇女户外游戏项目。王建《寒食》："白衫眠古巷，红索搭高枝。""新"字意入"烟"字，"晴"字意入"柳"字，点明寒食节的节序特点。寒食已近祭坟时间。详见《浪淘沙慢》(梦仙到)注⑯。

⑦"天涯"句：陆游《早行至江原》："居人犹复多愁思，何况天涯倦客行。"倦客，犹言"倦游客"。《史记·司马相如列传》："昆弟诸公更谓(卓)王孙曰：'有一男两女，所不足者非财也。今文君已失身于司马长卿，长卿故倦游，虽贫，其人材足依也，且又令客，独奈何相辱如此！'"裴骃集解引郭璞曰："(倦游)厌游宦也。"《铁网珊瑚》、《词综》、《四明》本、郑校作"客又"。

⑧"叹废绿"句：温庭筠《莲浦谣》："鸣桡轧轧溪溶溶，废绿平烟吴苑东。"废绿平烟，明张本、毛本作"绿平烟"。《历代诗余》、戈校本、杜本作"绿

192

草平烟"。

⑨"当时"二句：刘禹锡《金陵五题·乌衣巷》："朱雀桥边野草花，乌衣巷口夕阳斜。旧时王谢堂前燕，飞入寻常百姓家。"余参见《扫花游》（冷空澹碧）注⑫。袁韶曾位居执政，故可以六朝望族王谢为喻。明张本、毛本、戈校本于"斜晖"下分阕。

⑩"画船"二句：《武林旧事》卷三："淳熙间，寿皇以天下养，每奉德寿三殿游幸湖山，御大龙舟。宰执从官，以至大珰、应奉诸司，及京府弹压等，各乘大舫，无虑数百。时承平日久，乐与民同，凡游观买卖皆无所禁。画楫轻舫，旁午如织。……如先贤堂、三贤堂、四圣观等处最盛。或有以轻桡趁逐求售者，歌妓舞鬟，严妆自炫，以待招呼者，谓之水仙子。"夭妆，朱二校本作"妖妆"。

⑪"日落"二句：暗用江淹《休上人怨别》："日暮碧云合，佳人殊未来。"

⑫苔根浇石：张蕴《溪上》："频更烛对棋，仍把酒浇石。"李觏《独居》："苔根跨阶发，白雨满四帘。"寓意石上因长期无足迹来至祭奠，故遍生绿苔。浇石，明张本、朱三校本、朱四校本、《四明》本作"洗石"。《词综》作"扫石"。

⑬菊井：即西湖"荐菊井"。在水仙王庙旁，与袁韶也颇有渊源。《咸淳临安志》卷七一："水仙王庙，在西湖第三桥北，宝庆乙酉，袁安抚韶建。自为记，今在崇真道院。"《西湖百咏》卷上："寒泉与水仙庙相对。东坡诗云：'不然配食水仙王，一盏寒泉荐秋菊。'谓和靖也。旧名'荐菊井'，上有亭。咸淳中增建，重揭'寒泉'二字。"戈校本作"鞠井"。招魂：王逸章句："《招魂》者，宋玉之所作也。招者，召也。以手曰招，以言曰召。魂者，身之精也。宋玉怜哀屈原忠而斥弃，愁懑山泽，魂魄散佚，厥命将落。故作《招魂》，欲以复其精神，延其年寿。"以上三句意思沉痛。谓当年深沾恩泽的幕僚们不仅无人酒酹，甚至无人用菊井寒泉薄奠，遥为主人招魂。

⑭省：记得。连车载酒：苏轼《答王巩》："连车载酒来，不饮外酒嫌其村。"连车，《铁网珊瑚》、《词综》、《四明》本、郑校作"随车"。

⑮蔫红：深红色。蔫，用同"嫣"。《铁网珊瑚》、《词综》、《四明》本、郑校作"嫣红"。

⑯宴阑:昭明太子萧统有《宴阑思旧诗》。此喻行乐之事稍纵即逝。

⑰荣华露草:荣华,犹言"富贵荣华"。《薤露歌》:"薤上露,何易晞。露晞明朝更复落,人死一去何时归。"

⑱零落山丘:语出曹植《箜篌引》:"生存华屋处,零落归山丘。"《文选·孔融〈论盛孝章书〉》:"海内知识,零落殆尽。"张铣注:"零落,死也。"零落,明张本、毛本、《历代诗余》戈校本、杜本、王朱本、朱三校本、朱四校本、《四明》本作"冷落"。

⑲徘徊:《荀子·礼论》:"今夫大鸟兽则失亡其群匹,越月踰时,则必反铅。过故乡,则必徘徊焉,鸣号焉,蹢躅焉,踟蹰焉,然后能去之也。"杨倞注:"徘徊,回旋飞翔之貌。"

⑳"细雨"二句:《晋书·谢安传》载,谢安功高遭忌,出镇新城,病重还都,自西州门入。"羊昙者,太山人,知名士也,为安所爱重。安薨后,辍乐弥年,行不由西州路。尝因石头大醉,扶路唱乐,不觉至州门。左右白曰:'此西州门。'昙悲感不已,以马策扣扉,诵曹子建诗曰:'生存华屋处,零落归山丘。'恸哭而去。"温庭筠《经故翰林袁学士居》:"西州城外花千树,尽是羊昙醉后春。"花飞,杜甫《曲江二首》(之一):"一片花飞减却春,风飘万点正愁人。"此以温诗题中"袁学士"切"袁"姓,并以羊昙自比。"到此"三句,《铁网珊瑚》《词综》、郑校作"过此西湖。恨拟西州,羊昙泪落沾衣"。

瑞龙吟 黄钟商　俗名大石调　犯正平调①

赋蓬莱阁②

堕虹际③。层观翠冷玲珑,五云飞起④。玉虬萦结城根⑤,澹烟半野,斜阳半市⑥。

瞰危睇⑦。门巷去来车马,梦游宫蚁⑧。秦鬟古色凝愁⑨,镜中暗换⑩,明眸皓齿⑪。

东海青桑生处,劲风吹浅,瀛洲清泚⑫。山影泛出琼壶,碧树人世⑬。枪芽焙绿⑭,曾试云根味⑮。岩流溅、涎香惯搅,娇龙春睡⑯。露草啼清泪。酒香断到,文丘废隧⑰。今古秋声里⑱。情漫黯、寒鸦孤村流水⑲。半空画角,落梅花地⑳。

【题解】

《瑞龙吟》,又名《章台路》,为周邦彦创调。三叠,一百三十三字,一、二叠各六句三仄韵,第三叠十七句九仄韵。

"蓬莱阁",在会稽卧龙山。因越大夫文种葬于此,又名种山、重山等。唐宋时绍兴府治所皆依卧龙山东南而建。词中涉及治所周围的著名建筑有蓬莱阁、望海亭、晚对亭、云根、清白堂、越王台等。元稹曾谪知绍兴府,其《以州宅夸于乐天》诗曰:"州城迥绕拂云堆,镜水稽山满眼来。四面常时对屏障,一家终日在楼台。星河似向檐前落,鼓角惊从地底回。我是玉皇香案吏,谪居犹得住蓬莱。"

此写景以抒家国之叹。据杨铁夫《吴梦窗事迹考》一:"梦窗《瑞龙吟》《绕佛阁》《三姝媚》《古香慢》等四首词,作于宋亡之后,是亲见元兵入临安后感慨时事之作。"上片描绘近暮登阁所见远近景色,澹烟斜阳喻国势颓危;中片记述再上层楼远眺所见的城内外景色,寄托了人生如梦、盛世如云之感慨;下片叙写阁中品茗、饮酒,慨叹世事沧桑,抒写家国之悲。

【校注】

①明张本误作双调,在"碧树人世"处分片。

②明张本、朱四校本词题作"蓬莱阁"。

③堕虹际:即《宅州》"星河"二句之意。星河,亦称"虹河",故云。堕虹,毛本、戈校本、杜本、王朱本、朱二校本、《四明》本作"堕红"。

④"层观"二句:《会稽续志》卷一载唐人建成望海亭之后:"亭阁峥嵘,踊起相望,与其山川映带,号称仙居。"也含《宅州》四面屏障之意。又:"'云近'在招山阁之右,宅堂之廊庑也。赵彦倓建。盖取杜子美'云近蓬莱常五色'之句以名。"会稽东城门为五云门。详见《宴清都》(万壑蓬莱路)注③。翠冷,毛本、戈校本、杜本、王朱本、朱二校本、《四明》本作"冷翠"。

⑤"玉虬"句:特指子城东墙与卧龙山相互纠结。玉虬,《楚辞·离骚》:"驷玉虬以乘鹥兮,溘埃风余上征。"城根,毛本、戈校本、王朱本、朱二校本、《四明》本、郑校作"城痕"。

⑥"澹烟"二句:首阕六句应为晚对亭中所见傍晚景象。《会稽续志》卷一:"'晚对'在州宅之后,洪迈所建。取杜甫'翠屏宜晚对'之句以名,覆之以茅,已颓毁不存。守汪纲即旧址再建。"斜阳半市,王迈《蓬莱阁》:"秦望数尖衔夕照,镜湖一线暗烟莎。"苏洞《次韵望海亭》:"州宅楼台近,居民市井遥。"并取意白居易《暮江吟》:"一道残阳铺水中,半江瑟瑟半江红。"写原野蒙蒙,山下市井还处于夕阳掩映之中。"斜阳"并透入"门巷"二句。

⑦瞰危睇:立足点应在越王台。《会稽续志》卷一:"今台乃在卧龙之西。……于此气象开豁,目极千里,为一郡登临之胜。"危睇,毛本、戈校本、杜本、王朱本、朱二校本、《四明》本作"危梯"。

⑧"门巷"二句:夸饰高处俯望城郭车马及市井中芸芸众生,如同淳于梦梦醒后所见槐安国众蚁及城台。见李公佐《南柯太守传》。

⑨秦鬟古色:喻秦望山。详见《庆宫春》(春屋围花)注⑯。此于下二句亦取意张伯玉《答王越州蓬莱阁》:"书报蓬莱高阁成,越州增翠越波明。"

⑩镜中:镜湖,亦称鉴湖。《会稽志》卷一〇:"镜湖,在县东二里,故南湖也。一名长湖,又名大湖。……王逸少有云:'山阴路上行,如在镜中游。'镜湖之得名以此。"

⑪明眸皓齿:代指美女。怀古之作一般皆以山光水色依旧对比人物风流的不可久恃,此进一层以自然山水的销蚀衬托下文的沧海桑田之感。

⑫"东海"三句:用蓬莱仙境及沧海桑田典。青桑,即扶桑。《山海经·海外东经》:"汤谷上有扶桑,十日所浴,在黑齿北。"郭璞注:"扶桑,木也。"传说日出于扶桑之下。清泚,此写蓬莱仙山所在的东海清澈,为登望海亭所见。

⑬"山影"二句:暗用壶中仙境典。详见《丹凤鸣》(丽景长安人海)注⑯。琼壶,许纶《南省帝外唱和五首》(之四):"唤回雪苑阳春脚,幻出琼壶小有天。"碧树,《淮南子·地形训》:"(昆仑墟)上有木禾,其修五寻。珠树、玉树、琁树、不死树在其西,沙棠、琅玕在其东,绛树在其南,碧树、瑶树在其

196

北。"以上五句写海上远景。泛出琼壶,毛本、戈校本脱"琼壶"二字,无空格。王朱本、朱二校本作"泛出□□"。

⑭枪芽焙绿:欧阳修《虾蟆碚》:"共约试春芽,枪旗几时景。"枪芽,宋徽宗《大观茶论》:"凡芽如雀舌谷粒者,为斗品。一枪一旗为拣芽,一枪二旗为次之。"叶梦得《避暑录话》:"盖茶味虽均,其精者在嫩芽。取其初萌如雀舌者,谓之枪,稍敷而为叶者谓之旗。"毛本、戈校本、杜本作"旗枪芽"。《四明》本作"旗枪"。焙绿,释永颐《久雨》:"罂红留夕火,焙绿荐春芽。"茶叶是会稽卧龙山的土物。《会稽志》卷九:"地出佳茗,以山泉烹瀹为宜。"明张本作"暗绿"。

⑮"曾试"句:云根,杜甫《题忠州龙兴寺所居院壁》:"忠州三峡内,井邑聚云根。"《九家集注杜诗》赵彦材注:"云根,言石也。张协诗'云根临八级'。盖取五岳之云,触石而出,则石者云之根也。唐人诗多指云根为石用之。"蓬莱阁周围有名为"云根"的建筑。"云根"又指岩石中的泉水。方干《赠玛瑙山禅者》:"井味兼松粉,云根着净瓶。"此特指蓬莱阁西的甘泉水。范仲淹曾以此泉试茗,其《清白堂记》曰:"会稽府署,据卧龙山之南足,北上有蓬莱阁,阁之西有凉堂,堂之西有岩焉。岩之下有地方数丈,密蔓深丛,莽然就荒。一日命役徒芟而辟之,中获废井。即呼工出其泥滓,观其好恶,曰嘉泉也。择高年吏问废之由,曰不知也。乃扃而澄之。三日而后,汲视其泉,清而白色,味之甚甘。渊然丈余,绠不可竭。当大暑时,饮之若饵白雪,咀轻冰,凛如也;当严冬时,若遇爱日,得阳春,温如也。其或雨作云蒸,醇醇而浑;盖山泽通气,应于名源矣。又引嘉宾,以建溪、日注、卧龙、云门之茗试之,则甘液华滋,悦人襟灵。"

⑯"岩流"三句:"娇龙"的"龙"字贯入"涎香"。龙涎香,《陈氏香谱》卷一:"叶庭珪云:龙涎出大食国。其龙多蟠伏于洋中之大石,卧而吐涎,涎浮水面。人见乌林上异禽翔集,众鱼游泳争唼之,则没取焉。然龙涎本无香,其气近于臊白者,如百药煎而腻理黑者亚之,如五灵脂而光泽,能发众香,故多用之以和众香焉。"娇龙春睡,合用骊龙典。娇龙,李廌《题庙》:"谁言一丘壑,卧此夭娇龙。"此处凿空为实,以龙涎喻卧龙山沁出的清白泉水。以上五句皆写范仲淹曾于早春以建溪等名茶试水之事。惯搅,毛本、戈校

197

本、杜本、王朱本、朱二校本作"怕搅"。娇龙，戈校本、杜本、王朱本、朱二校本作"骄龙"。

⑰"酒香"二句：文丘废隧，指越大夫文种墓。文种墓中尸身唐宋时即已不存。文、废，皆有名无实之意。丘、隧，指丘坟与墓道。《周礼·春官·冢人》："请度甫竁，遂为之尸；及窆，以度为丘隧，共丧之窆器。"郑玄注曰："隧，羡道也。度丘与羡道广袤所至。"因文种尸身不存，故无法以酒酹冤魂。酒香断到，毛本、戈校本脱"到"字。杜本作"酒□香断"。王朱本、朱二校本作"酒香断□"。

⑱"今古"句：此特指秋听银河水声。张伯玉《答王越州蓬莱阁》："会须长揖浮丘伯，醉听银河秋浪声。"

⑲"情漫黯"二句：越地多寒鸦。首阕中"斜阳"亦入此处。隋炀帝《诗》："寒鸦飞数点，流水绕孤村。斜阳欲落处，一望黯销魂。"并化用秦观写于蓬莱阁的《满庭芳》名句："多少蓬莱旧事，空回首、烟霭纷纷。斜阳外，寒鸦万点，流水绕孤村。"情黯，李群玉《请告南归留别同馆》："书阁乍离情黯黯，彤庭回望肃沉沉。"

⑳"半空"二句：承上意化用秦观《满庭芳》首三句："山抹微云，天连衰草，画角声断谯门。"画角，表面有彩绘的古管乐器。梁简文帝《折杨柳》："城高短箫发，林空画角悲。"此特指角曲《梅花落》。毛本、戈校本、杜本、王朱本、朱二校本作"半空里，画角落月地"。

【汇评】

夏敬观评语："酒香"句未安。

又①

送梅津

黯分袖②。肠断去水流萍③，住船系柳。吴宫娇月娆花④，醉题恨倚，蛮江豆蔻⑤。

吐春绣⑥。笔底丽情多少⑦，眼波眉岫⑧。新园锁却愁阴，

198

露黄漫委,寒香半亩⑨。

　还背垂虹秋去⑩,四桥烟雨⑪,一宵歌酒⑫。犹忆翠微携
壶,乌帽风骤⑬。西湖到日,重见梅钿皱⑭。谁家听、琵琶未
了,朝骢嘶漏⑮。印剖黄金籀⑯。待来共凭⑰,齐云话旧⑱。莫
唱朱樱口⑲。生怕遣、楼前行云知后⑳。泪鸿怨角㉑,空教
人瘦㉒。

【题解】

"梅津",尹焕号。详见《水龙吟·寿尹梅津》词题解。夏承焘《梦窗词
后笺》:"此与《凤池吟》为淳祐七年(1247)作。饯梅津自苏赴杭。时在
秋季。"

　此为送别词。上片叙述岸边送别情景,并忆及梅津苏州情事;中片续
写苏州情事,以伤别之景衬托自己今日送别的伤情;下片冀梅津入京履新
后回苏,再到今日饯别地,凭栏共话旧谊。

【校注】

①明张本、毛本误作双调,在"乌帽风骤"处分片。

②黯:犹言黯然消魂。分袖:徐陵《梁贞阳侯重与王太尉书》:"分袖南
浦,扬鞭北风。"

③去水:何逊《下方山》:"鳞鳞逆去水,弥弥急还丹。"

④"吴宫"句:黄庭坚《再和元礼春怀十首》(之二):"吴中风物最娇娆,
百里春风酒斾摇。"吴宫,代指苏州。

⑤"醉题"二句:蛮江,此泛指南方少数民族聚居地带的江水。豆蔻,有
醒酒之用。产于南方者,品质上乘。据此及后文《杏花天·咏汤》,知宋人
也用腌制的豆蔻草果煎汤,其醒酒功用与茶相类。此写与梅津在苏州狂欢
醉题美景,常须依仗豆蔻汤以醒浓酒。

⑥吐春绣:用李白腹藏锦绣,文采斐然典。

⑦丽情:绮丽的情思。张君房有《丽情集》,专录"古今情感事"。

⑧眼波眉岫:王观《卜算子·送鲍浩然之浙东》:"水是眼波横,山是眉

峰聚。"梦窗此处谓梅津词风也是以眼波眉岫的丽情之笔抒写苏州的山光水色。

⑨"新园"三句：用三径松菊典故，赵岐《三辅决录·逃名》："蒋诩归乡里，荆棘塞门，舍中有三径，不出，唯求仲、羊仲从之游。"陶潜《归去来兮辞》："归去来兮，田园将芜胡不归。……三径就荒，松菊犹存。"露黄，陈叔达《咏菊》："霜间开紫蒂，露下发金英。"寒香，亦特指菊花。谓梅津在苏州与二三知己共游的新园已经锁钥，并因离别而似笼罩于愁雾之中；园中带露犯寒的菊花漫然委地，因无人观赏而倍感寂寞。

⑩垂虹：苏州吴江上的垂虹桥。

⑪四桥烟雨：四桥，第四桥，又名甘泉桥。《吴郡志》卷二九："松江水，在水品第六，世传第四，桥下水是也。桥今名甘泉桥，好事者往往以小舟汲之。"

⑫一宵歌酒：谓此夜歌酒饯别后，梅津即离苏州。

⑬"犹忆"二句：合用重阳龙山落帽及携壶登高典，详见《霜叶飞》(断烟离绪)注⑨、⑩。乌帽，《宋书·明帝纪》："于时，事起仓卒，上失履，跣至西堂，犹着乌帽。"此代指休闲穿戴。

⑭"西湖"二句：梅钿皱，谓梅花苞朵尚未怒放。姜夔《月下笛》："与客携壶，梅花过了，夜来风雨。……怅玉钿似扫，朱门深闭，再见无路。"余参见《扫花游》(水园沁碧)注④。此次秋别应是外任，故此祝愿梅津明年生日(时在正月十五)之前的早春，就能回京任职。

⑮"谁家"三句：《苕溪渔隐丛话前集》卷五九："《夷坚志》云：孙洙，字巨源。元丰间为翰苑，名重一时。李端愿太尉，世戚里，折节交搢绅间，而孙往来尤数。会一日锁院，宣召者至其家，则已出。数十辈踪迹之，得于李氏。时李新纳妾，能琵琶，孙饮不肯去，而迫于宣命，李不敢留，遂入院，已二鼓矣。草三制罢，复作长短句，寄恨恨之意，迟明，遣示李。其词曰：'楼头尚有三通鼓，何须抵死催人去。上马苦匆匆，琵琶曲未终。回头凝望处，那更帘纤雨。漫道玉为堂，玉堂今夜长。'"并用听漏待早朝典。谁家，《汇释》："估量辞，含有'怎样''为什么''什么'各意义。古人语简，笼统使用，家即价也。惟从'谁家'二字之字面解释，与某一家之义相同，此则当审语

200

气而分别之。……谁家听琵琶未了,犹云怎能听琵琶未了也。"此处翻用此典,设想梅津外任回京后再任文学侍从,虽欲彻夜狂欢,但拘于草制与早朝,不得不有所收敛。

⑯印剖黄金:《宋史·舆服六》:"别有三印:一曰'天下合同之印',中书奏覆状、流内铨历任三代状用之;二曰'御前之印',枢密院宣命及诸司奏状内用之;三曰'书诏之印',翰林诏敕用之。皆铸以金,又以鍮石各铸其一。"此应指翰林诏敕所用之印。并虚用黄金印典,见《史记·蔡泽列传》:"蔡泽笑谢而去,谓其御者曰:'吾持粱刺齿肥,跃马疾驱,怀黄金之印,结紫绶于要,揖让人主之前,食肉富贵四十三年,足矣。'"籀:籀文,古代雕刻印章所用的字体。

⑰待来:将会再来。

⑱齐云:齐云楼,苏州子城上的建筑。以上二句接续悬想,预祝梅津升为清贵显要的翰林学士后,再来苏州齐云楼,凭栏共话此次离别及别后生活。巧妙点出此次饯别地正在齐云楼。

⑲"莫唱"句:叮嘱侑觞歌妓莫唱离别曲。朱樱口,樱桃檀口,参见《霜叶飞》(断烟离绪)注⑥。

⑳"生怕"二句:《列子·汤问》:"薛谭学讴于秦青,未穷青之技,自谓尽之,遂辞归。秦青弗止,饯于郊衢,抚节悲歌,声振林木,响遏行云。薛谭乃谢求反,终身不敢言归。"并合用宋玉《高唐赋并序》"旦为朝云,暮为行雨。朝朝暮暮,阳台之下"典。

㉑泪鸿怨角:泪怨,主体为"朱樱口"。苏轼《南乡子·赠行》:"帕首腰刀是丈夫。粉泪怨离居。"鸿,承"齐云"意,《博物志》有"鸿薄云汉"之说。"怨"兼及角声。

㉒空教人瘦:杨炎正《点绛唇·送别洪才之》:"莫唱阳关,免湿盈盈袖。君行后。那人消瘦。不恼诗肠否。"以上五句从饯别地齐云楼着笔,叮嘱侑觞歌妓莫唱阳关愁怨离曲,以免泪水湿遏齐云楼前行云,阻碍飞鸿度云传书,空使行者居人皆蓦地瘦损也。

【汇评】

陈洵《海绡说词》:一词有一词命意所在。不得其意,则词不可读也。

题是梦窗送梅津,词则惟说梅津伤别。所伤又是他人,置身题外,作旁观感叹,用意透过数层。"黯分袖",谓梅津在吴,所眷者此时不在别筵也。第一、二段设景设情,皆是空际存想。后阕始叙别筵,"一宵歌酒",陡住。"翠微"是西湖上山,故下云"西湖到日"。"犹忆"是逆溯,"到日"是倒提。"谁家听、琵琶未了,朝骢嘶漏",乃用孙巨源在李太尉家闻召事。梅津此时盖由吴赴阙也。"待来共凭,齐云话旧",一笔钩转。然后以"莫唱朱樱口"一句归到别筵。"空教人瘦",则黯分袖之人也。吴词之奇幻,真是急索解人不得。

杨铁夫《梦窗词全集笺释》:"黯分袖"三句,从"送"字正起。"吴宫"三句,追溯其在吴时流连花月情形。"吐春绣"三句,述其春时欢乐情景。"新园"三句,说到秋来则须作别矣。"还背"三句,一行一送。"犹忆"二句,回想,作开。"西湖"二句,预计,作合。"谁家"二句,是虚拟在京欢乐。"印剖"二句,盼其归来。"莫唱"以下,回应"吴宫"一段而已。如此解释,路径较平易可寻。

又①

德清清明竞渡②

大溪面③。遥望绣羽冲烟④,锦梭飞练⑤。桃花三十六陂⑥,鲛宫睡起⑦,娇雷乍转⑧。

去如箭⑨。催趁戏旗游鼓⑩,素澜雪溅⑪。东风冷湿蛟腥,澹阴送昼,轻霏弄晚⑫。

洲上青蘋生处⑬,斗春不管,怀沙人远⑭。残日半开一川,花影零乱⑮。山屏醉缬⑯,连棹东西岸⑰。阑干倒⑱、千红妆靥⑲,铅香不断⑳。傍暝疏帘卷㉑。翠涟皱净㉒,笙歌未散。簪柳门归嫩㉓。犹自有㉔、玉龙黄昏吹怨㉕。重云暗阁㉖,春霖一片㉗。

"德清",宋属湖州。据《宋史·地理四》,湖州府,郡治吴兴,有属县六:乌程、归安、安吉、长兴、德清、武康。德清因临余不溪,曾名临溪县。"清明竞渡",可与刘禹锡《观竞渡》参看:"三月三日天清明,杨花绕江啼晓莺。……两岸罗衣破鼻香,银钗照日如霜刃。鼓声三下红旗开,两龙跃出浮水来。櫂影斡波飞万剑,鼓声劈浪鸣千雷。雷声渐急标将近,两龙望标目如瞬。江上人呼霹雳惊,竿头彩挂虹霓晕。前船抢水已得标,后船失势空挥桡。"宋代清明观渡盛况,参见《扫花游》(冷空澹碧)注⑦引《武林旧事》。

此词应作于宋宁宗嘉定十七年(1224)左右。根据夏承焘《吴梦窗系年》,是时,吴文英约二十五岁,重游德清。

此词写德清竞渡盛事。上片勾勒竞渡场面,渲染竞渡的热烈气氛;中片具体写竞渡,长舟如箭,挥旗搋鼓,浪花飞溅,直至傍晚赛事结束;下片写岸上观龙舟竞渡的景况,表达了"怀沙人远"的伤吊之情。

【校注】

①《阳春白雪》、明张本、毛本作双调,以"花影零乱"分段。

②《阳春白雪》词题作"清明日观竞渡"。《历代诗余》作"清明竞渡"。

③大溪:苕溪、霅溪二水的泛称。此指德清的余不溪流域。

④绣羽:形容油漆的鸟形船头鷁首。参见《三部乐》(江鷁初飞)注②。冲烟:贯休《送杜使君朝觐》:"花舸冲烟湿,朱衣照浪红。"

⑤锦梭飞练:谓竞渡龙舟像织锦梭在宛若白练的水中穿行。

⑥"桃花"句:三十六陂,语出王安石《题西太一宫壁二首》(之一):"三十六陂流水,白头想见江南。"实写苕霅西塞山前桃花坞及水湾中星罗棋布的钓矶。

⑦鲛宫睡起:合用鲛宫、骊龙典,见《满江红》(云气楼台)注⑤、《扫花游》(暖波印日)注⑭。

⑧娇雷乍转:用雷神阿香推车典。陶潜《搜神后记》卷五:"永和中,义兴人姓周,出都,乘马,从两人行。未至村,日暮。道边有一新草小屋,一女子出门,年可十六七,姿容端正,衣服鲜洁。……周便求寄宿。此女为燃火

作食。向一更中,闻外有小儿唤阿香声,女应诺。寻云:'官唤汝推雷车。'女乃辞行,云:'今有事,当去。'夜遂大雷雨。"因阿香为女性雷神,故梦窗研炼为"娇雷"二字。娇雷,语出《海录碎事》卷一引段成式"百娇雷":"雷已百娇,雨犹四匝。"此形容竞渡时的擂鼓声。娇雷,《阳春白雪》作"骄雷"。

⑨去如箭:形容舟行速度。

⑩趁:追逐。戏旗游鼓:竞渡所用的红旗和桴鼓。

⑪素澜雪溅:竞渡船楫冲拍起的白浪。并取意枚乘《七发》:"其始起也,洪淋淋焉,若白鹭之下翔;其少进也,浩浩澄澄,如素车白马帷盖之张;其波涌而云乱,扰扰焉如三军之腾装。"

⑫"澹阴"二句:澹阴、轻霏,为下文"春霖"张本。以上三句的意思是竞渡似乎搅动了深渊龙窟,以至傍晚竞渡结束时,空气中还夹杂着蛟龙腾跃时的腥气。

⑬洲上:杜本作"舟上"。青蘋生处:《文选·宋玉〈风赋〉》:"夫风生于地,起于青蘋之末。"柳恽为吴兴太守时,所作《江南曲》有名句"汀洲采白蘋,日落江南春"。

⑭"斗春"二句:《荆楚岁时记》:"五月五日竞渡。俗为屈原投汨罗日,伤其死所,故并命舟楫以拯之。"斗春,此指春日竞渡。怀沙人,代指屈原。《史记·屈原贾生列传》:"乃作《怀沙》之赋。"此谓清明竞渡之俗失却了五月五日用以拯救投江屈原之原意。

⑮"残日"二句:秦观《千秋岁》:"水边沙外,城郭春寒退。花影乱,莺声碎。"半开,意缀"花影"。白居易《玩半开花赠皇甫郎中》:"人怜全盛日,我爱半开时。"一川,意亦属"花影"。《汇释》:"估量情形之辞,犹云满地或一片也。"綦毋潜《送郑务拜伯父》:"一川花送客,二月柳宜春。"

⑯山屏醉缬:如翠屏的山坡上开满了花朵,是对一片花影的补充描写。醉缬,此喻尚未盛开的红色花朵。

⑰连棹:此写观者船只如堵。

⑱阑干倒:白居易《和李相公留守题漕上新桥六韵》:"影定阑干倒,标高华表齐。"

⑲千红妆靥:喻观渡游女。妆靥,古代妇女在颊上点染的一种金黄色

妆饰。

⑳铅香不断：游女如云，满路飘香。铅香，妇女化妆用的铅粉香味。

㉑傍暝：犹言"向暝"，临近黄昏时。与上文"残日"，寓上引《江南曲》"日暮"之意。疏帘：此为游船薄帘。

㉒翠涟皱净：冯延巳《谒金门》："风乍起，吹皱一池春水。"徐铉《柳枝词十首》（之九）："凝碧池头蘸翠涟，凤凰楼畔簇晴烟。"

㉓"簪柳"句：《梦粱录》卷二："清明交三月，节前两日谓之寒食。京师人从冬至后数起至一百五日，便是此日。家家以柳条插于门，名曰'明眼'。清明时节，柳色青青，故曰"嫩"。毛本、《历代诗余》、《词谱》、王朱本作"簪柳娇桃嫩"。毛扆本作"簪柳门犹嫩"。《阳春白雪》、朱二校本、朱三校本、朱四校本、《四明》本、郑校本作"簪柳门归懒"。《词综》作"算柳娇桃懒"。杜本作"算柳娇桃嫩"。

㉔犹自：《例释》："李煜《蝶恋花》：'梅落繁枝千万朵，犹自多情，学雪随风舞。'犹自，亦自。

㉕"玉龙"句：承上文写折柳怨思。王之涣《凉州词》："羌笛何须怨杨柳，春风不度玉门关。"笛曲有《折杨柳》。《演繁露》卷一二："有双横吹，即胡乐也。（吴）兢所列古横吹曲有名《梅花落》者。又，许云封说笛亦有《落梅》《折柳》二曲，今其辞亡，不可考矣。"《苕溪渔隐丛话后集》卷四："《乐府杂录》云：笛者，羌乐也。古曲有《折杨柳》《落梅花》。故谪仙《春夜洛城闻笛》云：'谁家玉笛暗飞声，散入春风满洛城。此夜曲中闻折柳，何人不起故园情。'"

㉖重云：韩愈《重云李观疾赠之》："重云闭白日，炎燠成寒凉。"暗阁：谓雨意被云阻隔而天气昏暗。

㉗"春霖"句：设想重云阁雨之后将要出现的情景。亦关合笛曲，补写雨中柳色。王维《送元二使安西》："渭城朝雨浥轻尘，客舍青青柳色新。"春霖，《词谱》、杜本作"春霏"。

【汇评】

夏敬观评语："簪柳"句未安。

205

大酺 无射商 俗名越调①

荷塘小隐

峭石帆收②，归期差③，林沼半消红碧④。渔蓑樵笠畔，买佳邻翻盖⑤，浣花新宅⑥。地凿桃阴⑦，天澄藻镜⑧，聊与渔郎分席⑨。沧波耕不碎，似蓝田初种，翠烟生璧⑩。料情属新莲⑪，梦惊春草⑫，断桥相识⑬。

平生江海客。秀怀抱、云锦当秋织⑭。任岁晚、陶篱菊暗⑮，逋冢梅荒⑯，总输玉井尝甘液⑰。忍弃红香叶⑱。集楚裳、西风催着⑲。正明月、秋无极。归隐何处，门外垂杨天窄。放船五湖夜色⑳。

【题解】

《大酺》，词牌名。调见周邦彦《片玉集》。双调，一百三十三字，上片十五句五仄韵，下片十一句七仄韵。

"荷塘"，即毛荷塘，梦窗词友。《梦窗集》中另有《醉桃源·荷塘小隐赋烛影》《秋思·荷塘为括苍名姝求赋其听雨小阁》《江神子·十日荷塘小隐赏桂，呈朔翁》《烛影摇红·寿荷塘》《高阳台·寿毛荷塘》《三姝媚·姜石帚馆水磨方氏会饮，总宜堂即事，寄毛荷塘》等六首词，可知两人交情不浅。"小隐"，王康琚《反招隐诗》："小隐隐陵薮，大隐隐朝市。"陆游《寓叹》："小隐终非隐，休官尚是官。"此指隐居地嘉名，为毛荷塘家宅名。

此词写毛荷塘隐居生活。上片写隐居的环境优美及隐居生活的乐趣；下片赞荷塘隐居不仕的志趣，渗透着欣羡之情。

【校注】

①明张本作"俗呼越调"。朱四校本、《全宋词》无此四字。

②峭石帆收：陆游《步至湖上寓小舟还舍》："湖平天镜晓，山峭石

帆秋。"

③差：错失（机会），与"参差"同意。

④"林沼"句：以上三句用顾况《初秋莲塘归》诗意："秋光净无迹，莲消锦云红。只有溪上山，还识扬舲翁。"半消，明张本、朱三校本、《四明》本作"年消"。

⑤买佳邻：《南史·吕僧珍传》："初，宋季雅罢南康郡，市宅居僧珍宅侧。僧珍问宅价，曰：'一千一百万。'怪其贵，季雅曰：'一百万买宅，千万买邻。'"

⑥浣花宅：以成都浣花里杜甫的居宅代指荷塘隐居地。参见《瑞鹤仙》（乱云生古峤）注⑧。浣花，明张本、毛本作"浣花"。

⑦地凿桃阴：杜衍《咏莲》："凿破苍苔涨作池，芰荷分得绿参差。"杜甫《奉赠太常张卿二十韵》："萍泛无休日，桃阴想旧蹊。"

⑧天澄：《历代诗余》作"天开"。藻镜：杜甫《送孟十二仓曹赴东京选》："藻镜留连客，江山憔悴人。"

⑨分席：语出《世说新语·德行》："（管宁、华歆）又当同席读书，有乘轩冕过门者，宁读如故，歆废书出看。宁割席分坐曰：'子非吾友也。'"此指相邻而坐。

⑩"沧波"三句：李商隐《锦瑟》："沧海月明珠有泪，蓝田日暖玉生烟。"蓝田，班固《西都赋》："陆海珍藏，蓝田美玉。"《后汉书·郡国一》："新丰有骊山，东有鸿门亭及戏亭，有严城、蓝田出美玉。"种玉典见《宴清都》（万里蓬莱路）注⑤。生璧，杜本作"生壁"。

⑪新莲：《历代诗余》作"新蓬"。

⑫梦惊春草：用谢灵运梦见谢惠连，写出"池塘生春草"佳句的故实。以上二句可与陈郁《寿毛荷塘》"种莲知性静，吟草见天真"参看，也写其种莲、吟草二事，吟草关乎"塘"，莲花关乎"荷"。

⑬断桥相识：断桥，在西湖白堤上。周密《武林旧事》卷五："断桥，又名段家桥。万柳如云，望如裙带。"此写莲荷、池草之外，暗写池柳，谓隐居处的情趣与杭州西湖断桥一带相仿佛，故有似曾相识之感。

⑭"秀怀抱"二句：怀抱云锦，用李白典，详见《绕佛阁》（蓓霞艳锦）注

②。另参见《晋书·列女传》窦滔妻苏氏织回文锦字典故,见《夜飞鹊》(金规印遥汉)注⑧。以上三句谓毛荷塘行藏或为帝王师,或为穷途隐士,但无论穷通皆不妨其文采风流如李白。

⑮陶篱:李商隐《菊》:"陶令篱边色,罗含宅里香。"

⑯逋冢:吴自牧《梦粱录》卷一五:"和靖先生林处士(林逋)墓在孤山。"

⑰井尝甘液:用藏词法写"玉井莲"。韩愈《古意》:"太华峰头玉井莲,开花十丈藕如船。"以上四句谓因毛氏不隐于菊篱与梅畔,故花色为之黯淡无光,其小隐于荷塘,是为莲花生辉增彩。

⑱红香叶:刘兼《酬勾评事》:"鹭翘皓雪临汀岸,莲袅红香匝郡楼。"此"香"字兼及荷花荷叶。

⑲"集楚裳"二句:《楚辞·离骚》:"制芰荷以为衣兮,集芙蓉以为裳。"李璟《山花子》:"菡萏香销翠叶残,西风愁起绿波间。"

⑳放船:《世说新语·尤悔》:"小人引船,或迟或速,或停或待,又放船纵横,撞人触岸。"五湖:即太湖。并暗用范蠡泛舟五湖典。

解蹀躞①夷则商　俗名越调②

醉云又兼醒雨,楚梦时来往③。倦蜂刚着梨花、惹游荡④。还做一段相思⑤,冷波叶舞愁红⑥,送人双桨。

暗凝想⑦。情共天涯秋黯,朱桥锁深巷⑧。会稀投得轻分、顿惆怅⑨。此去幽曲谁来,可怜残照西风⑩,半妆楼上。

【题解】

《解蹀躞》,词牌名。此调始见《清真集》。双调,七十五字。前段六句,三仄韵;后段七句,五仄韵。

此词伤别情,上片写与恋人离别的感伤,下片设想恋人哀离别的情景。

【校注】

①明张本、毛本、《历代诗余》戈校本、杜本、王朱本有词题"别情"。

②明张本作"俗呼越调"。朱四校本、《全宋词》无此四字。

③"醉云"二句:此写醉时醒时皆缠绵如梦的情感状态。醉云,云雨,借指男女欢会的短暂美梦。"醉云"句,明张本作"醉云□□醒雨"。元陆辅之《词旨》作"醉云醒月"。

④"倦蜂"二句:"云"字意亦入此句。王昌龄《梅诗》:"落落寞寞路不分,梦中唤作梨花云。"李商隐《二月二日》:"花须柳眼各无赖,紫蝶黄蜂俱有情。"刚,《汇释》:"犹偏也;硬也,亦犹云只也。"着,《汇释》:"犹向也;趁也。'倦蜂刚着梨花'意言蜂趁梨花而飞也。"此写上二句的喻体,非写时节在春。

⑤"还做"句:承上云雨意,化用李邕《咏云》:"彩云惊岁晚,缭绕孤山头。散作五般色,凝为一段愁。"还做,犹云"便做"。《汇释》:"凡云便做,皆犹云便使或就使也。"朱四校本作"还作"。以上三句从史达祖《蝶恋花》"蝴蝶识人游冶地,旧曾来处花开未"脱胎。

⑥"冷波"句:《楚辞·九歌·湘夫人》:"帝子降兮北渚,目眇眇兮愁予。袅袅兮秋风,洞庭波兮木叶下。"并暗用枫落吴江典,详见《荔枝香近》(锦带吴钩)注⑤。愁红,《历代诗余》作"愁见"。

⑦凝想:与下二句化用姜夔《庆宫春》词意:"酒醒波远,政凝想、明珰素袜。如今安在,唯有阑干,伴人一霎。"

⑧深巷:刘长卿《少年行》:"曲房珠翠合,深巷管弦调。"与下文"幽曲"意贯,指平康巷陌歌舞之地。锁:实寓"梦后楼台高锁,酒醒帘幕低垂"之深意。

⑨"会稀"二句:刘兼《送从弟舍人入蜀》:"立马举鞭无限意,会稀别远拟何如。"投得,《汇释》:"李之仪《江城子》词:'投得花开,还报夜来风。惆怅春光留不住,又何似,莫相逢。'言到得花开时风又起也。"又释梦窗此二句曰:"会稀者,难晤也;轻分者,遽别也。言本来会晤为难,又临到匆匆遽别时,不禁顿起惆怅也。"

⑩可怜:《汇释》:"犹云可喜也;可爱也;可羡也;可贵可重也。"此用"可羡"义。

【汇评】

陆辅之《词旨·词眼》:醉云醒月。

209

倒犯 夹钟商 俗名双调①

赠黄复庵

茂苑、共莺花醉吟②,岁华如许③。江湖夜雨。传书问、雁多幽阻④。清溪上、惯来往扁舟、轻如羽。到兴懒归来⑤,玉冷耕云圃⑥。按琼箫,赋金缕⑦。

回首词场,动地声名⑧,春雷初启户⑨。枕水卧漱石⑩,数间屋,梅一坞。待共结、良朋侣。载清尊、随花追野步⑪。要未若城南⑫,分取溪隈住⑬。昼长看柳舞⑭。

【题解】

《倒犯》,词牌名。调始《清真集》。一名《吉了犯》。双调,一百零二字,上片十句六仄韵,下片十一句六仄韵。

黄复庵,黄庭坚的后代,吴文英友人。梦窗词集中提到黄复庵的还有《月中行·和黄复庵》和《花犯·谢黄复庵除夜寄古梅枝》。

此为酬赠之作。此词反复咏叹对友人黄复庵能退隐山野清闲自在地生活的钦羡,其中也含有对自己多年奔波劳碌、居无定所的感慨。

【校注】

①朱四校本、《全宋词》无"俗名双调"四字。

②"茂苑"二句:许棐《寄赵仓》:"吴苑莺花新管领,秦溪桃李旧生成。"莺花,莺啼花开,泛指春日景色。醉吟,形容才子风度神采。

③岁华:《历代诗余》《词谱》作"岁寒"。

④"江湖"三句:用鸿雁传书典,并运化黄庭坚《寄黄几复》诗意:"我居北海君南海,寄雁传书谢不能。桃李春风一杯酒,江湖夜雨十年灯。"用黄庭坚诗,明切"黄"字,实暗伏其家世与黄庭坚的关系。

⑤"到兴懒"句:用王徽之剡溪雪夜访戴安道兴尽而返的典故。并合用

《南史·陶潜传》典:"郡遣督邮至县,吏白应束带见之。潜叹曰:'我不能为五斗米折腰向乡里小人。'即日解印绶去职,赋《归去来》,以遂其志。"

⑥"玉冷"句:用水上种玉典,见《宴清都》(万壑蓬莱路)注⑤及《大酺》(峭石帆收)注⑩。

⑦"按琼箫"二句:谓度曲填词。金缕,词牌名。

⑧声名:《礼记·祭统》:"铭者,论譔其先祖之有德善、功烈、勋劳、庆赏、声名,列于天下,而酌之祭器。"此言黄氏家声令名。

⑨春雷启户:《礼记·月令第六》:"(仲春之月)雷乃发声,始电。蛰虫咸动,启户始出。"此比喻其词坛声望。

⑩"枕水"句:《世说新语·排调》:"孙子荆年少时,欲隐。语王武子'当枕石漱流',误曰'漱石枕流'。王曰:'流可枕,石可漱乎?'孙曰:'所以枕流,欲洗其耳;所以漱石,欲砺其齿。'"后以"漱石枕流"形容隐居生活。

⑪清尊:《历代诗余》《词谱》作"酒尊"。追野步:《历代诗余》《词谱》作"迎野步"。

⑫要:《例释》:"表示转折语气的副词,相当于'却''可是',与先秦两汉之际作为'总举之词'的用法不同。韦应物《有所思诗》:'缭绕万家井,往来车马尘。莫道无相识,要非心所亲。'此言虽有相识,却非知己。"城南:宜兴山水荆溪颐山皆在县南。

⑬隈:此指水流曲岸隐蔽处。

⑭柳舞:姜夔《点绛唇》:"第四桥边,拟共天随住。今何许。凭阑怀古。残柳参差舞。"以上七句写黄复庵当下的隐居生活。后三句提示一种在梦窗看来更为理想的心无挂碍、悠然自得,有若"采菊东篱下,悠然见南山"的真隐生涯。

花犯 中吕商

谢黄复庵除夜寄古梅枝①

剪横枝,清溪分影②,翛然镜空晓。小窗春到。怜夜冷嫣娥③,相伴孤照④。古苔泪锁霜千点⑤,苍华人共老⑥。料浅雪、黄昏驿路,飞香遗冻草⑦。

行云梦中认琼娘,冰肌瘦,窈窕风前纤缟⑧。残醉醒,屏山外、翠禽声小⑨。寒泉贮、绀壶渐暖⑩,年事对、青灯惊换了⑪。但恐舞、一帘蝴蝶⑫,玉龙吹又杳⑬。

【题解】

《花犯》,词牌名。"犯",意为"犯调",是将不同的空调声律合成一曲,使音乐更为丰富。调始《清真集》。双调,一百零二字。前段十句,六仄韵;后段九句,四仄韵。

在《倒犯·赠黄复庵》一词中,吴文英已提到了复庵住宅旁有"梅坞",此词即写"寄"来梅枝。可知二首词创作于前后时间。

此为酬赠词。上片写友人寄梅的情景;下片写接到梅枝后,观其形,养其枝,及春至梅落。此词托物寄情,以拟人手法赋予梅花高洁的品质,同时寄托了自己的理想和生不逢时的悲哀。

【校注】

①古梅:特指苔梅。范成大《范村梅谱》:"古梅,会稽最多,四明、吴兴亦间有之。其枝樛曲万状,苍藓鳞皴,封满花身。又有苔须垂于枝间,或长数寸,风至,绿丝飘飘可玩。……凡古梅多者,封固花叶之眼,惟罅隙间始能发花。花虽稀而气之所钟,丰腴妙绝。"

②"剪横枝"二句:化用林逋梅诗:"雪后园林才半树,水边篱落一横枝",以及《山园小梅》中"疏影横斜水清浅"诗意。分影,曾几《觅梅》:"闻道南坡开似雪,略分疏影到茶山。"

③媚娥:明张本、毛本、《历代诗余》、《词谱》作"霜娥"。

④相伴孤照:孤照,此指初四初五时月亮的微弱光照。以上三句暗翻用苏轼《十一月二十六松风亭下梅花盛开》、陆游《十二月初一得梅一枝绝奇戏作长句今年于是四赋此花矣》诗意:"岂惟幽光留夜色,直恐冷艳排冬温。""尽意端终有恨,夜寒皱玉倩谁温。"梦窗写此词时新蟾已生,故奇想

可与梅花相互温暖。下文"暖"字意亦入此句。

⑤"古苔"句:泪、霜千点,皆喻苍苔中的白梅。张泤《苔梅》:"爪头拨动阳春信,香在霜痕雪点中。"并取意苏轼《水龙吟》:"细看来,不是杨花点点,是离人泪",以及姜夔《疏影》中的"苔枝缀玉"。

⑥"苍华"句:窦群《晨游昌师院》:"壁藓凝苍华,竹阴满晴日。"谓苔梅须丝飘垂,似与赏梅人皆有沧桑之感。

⑦"料浅雪"三句:陆游《十二月初一日得梅一枝绝奇戏作长句今年于是四赋此花矣》:"孤城小驿初飞雪,断角残钟半掩门。""冻"与"香"连缀成文。罗邺《早梅》:"冻香飘处宜春早,素艳开时混月明。""黄昏",谓"月黄昏",即夜深时。驿遗飞香,用陆凯寄梅枝典。驿,此处可能特指:《咸淳毗陵志》:"荆溪馆,旧名毗陵驿,在天禧桥东,枕漕渠以通荆溪,故名。南唐徐铉尝有'驿桥风月'之句。"冻草,明张本、毛本、《历代诗余》、《词谱》、戈校本、王朱本作"冷草"。

⑧"行云"三句:用赵师雄醉梦中遇素服梅花仙子典。行云梦中,合用宋玉《高唐赋并序》朝云典。琼娘,特指雪神。杨万里《晴后再雪四首》(之二):"滕家仙子六琼娘,煮露为酥不剩浆。"此喻白梅。冰肌瘦,参见《琐窗寒》(绀缕堆云)注⑪。窈窕,娴静美好貌。纤缟,《书·禹贡》:"厥篚,玄纤缟。"《六家诗名物疏》:"《传》云:缟,衣白色。"双写梅仙素服及白梅花瓣。"风前"二字贯入结处三句中。

⑨"残醉醒"三句:承上引典故,赵师雄醉酒醒后惟见大梅花树上有翠羽啾嘈相顾。兼用姜夔《疏影》句意:"苔枝缀玉。有翠禽小小,枝上同宿。"屏山,特指荆溪山水相映如画。

⑩"寒泉"二句:张枢失调名咏茶花残句:"金谷移春,玉壶贮暖。"以泉水珍重供养梅枝。

⑪"年事"二句:此指除夜对灯守岁习俗,拍合题面。

⑫"但恐"二句:苏轼《再和杨公济梅花十绝》(之四):"夜寒那得穿花蝶,知是风流楚客魂。"《庄子·齐物论》:"昔庄周梦为胡蝶,栩栩然胡蝶也。自喻适志与,不知周也。俄然觉,则蘧蘧然周也。不知周之梦为胡蝶与?蝴蝶之梦为周与?"

⑬玉龙吹:指落梅笛曲。

【汇评】

俞陛云《唐五代两宋词选释》:"苍华"及"青灯"句当除夕咏梅,雅切而有情致。"冻草"句兼及送梅。通首丽而有则,是其长处。

杨铁夫《梦窗词全集笺释》:("料浅雪"三句)写梅枝沿途经过,是"寄"字正面,但"寄"字不置在剪枝之后,春到之先,偏补叙于歇拍处。"料"字总挈下十一字,皆意想之词。不使一平笔,开人无数法门。

又

郭希道送水仙索赋①

小娉婷②,清铅素靥③,蜂黄暗偷晕④。翠翘欹鬓⑤。昨夜冷中庭,月下相认⑥。睡浓更苦凄风紧。惊回心未稳。送晓色、一壶葱蒨⑦,才知花梦准。

湘娥化作此幽芳⑧,凌波路,古岸云沙遗恨⑨。临砌影,寒香乱、冻梅藏韵。薰炉畔、旋移傍枕,还又见⑩、玉人垂绀鬓⑪。料唤赏、清华池馆,台杯须满引⑫。

【题解】

郭希道,疑即郭清华,吴文英的好友,有郭氏池亭(花园)在苏州。两人唱和甚多。吴文英另有《婆罗门引·郭清华席上,为放琴客而新有所盼,赋以见喜》《绛都春·为郭清华内子寿》《绛都春·余往来清华池馆六年,赋咏屡矣。感昔伤今,益不堪怀,乃复作此解》《声声慢·陪幕中钱孙无怀于郭希道池亭,闰重九前一日》《花心动·郭清华新轩》《喜迁莺·同丁基仲过希道家看牡丹》六首词都提及郭希道。

这是一首咏物词。全词用拟人手法,把水仙花视为绝色知己,并融入神话传说,把水仙花写得形神兼备,风情摇曳。上片虚境实写,描绘水仙花的色、形、姿与神韵，写出词人对于水仙的无限珍惜；下片前半为水仙写神，表现水仙的高洁与清香，后半写自己爱水仙的痴迷之态，并设想友人也在赏花饮酒。词中不仅表现出对水仙花的无比喜爱和欣赏，又用侧笔表现友人高雅、清幽的生活情趣。

【校注】

①明张本、毛本、戈校本、杜本词题作"水仙"。

②小娉婷：水仙如山矾，梅朵形小瓣疏，故特冠"小"字。

③清铅：此喻花上露滴。

④蜂黄：点额时妆。梁简文帝《戏赠丽人诗》："同安鬟里拨，亦作额间黄。"晕：晕妆。

⑤敧鬓：《铁网珊瑚》作"歌髻"。

⑥中庭月下：语出黄庭坚《王充道送水仙五十枝欣然会心为之作咏》："凌波仙子生尘袜，水上轻盈步微月。"下阕"凌波路"意入此句。

⑦葱茜：此指水仙绿叶葱郁。上句"送"字，意缀于此。

⑧"湘娥"句：文人多以水滨解佩湘妃喻水仙花。湘娥，《铁网珊瑚》作"湘妃"。

⑨云沙：犹云泥。指相距遥远。以上三句谓远水湘灵遗恨，故幽怨香魂化作此花归来。

⑩还又：明张本、毛本、《词谱》、戈校本、杜本作"又还"。

⑪玉人：本指卫玠，后多用以称赞美丽的女子。此喻水仙花朵。垂绀鬓：少年女性的发式。罗虬《比红儿诗》："薄罗轻剪越溪纹，鸦翅低垂两鬓分。"喻水仙绿叶。绀鬓，明张本、毛本作"绀鬓"。

⑫"料唤赏"三句：暗寓水仙花朵如酒杯。《佩文斋广群芳谱》卷五二引《洛阳花木记》："（水仙）色白，圆如酒杯，上有五尖，中承黄心。宛然盏样，故有金盏银台之名。"池畹，左思《魏都赋》："右则疏圃曲池，下畹高堂。"明张本、毛本、《词谱》、戈校本、杜本、王朱本、朱三校本、朱四校本作"池馆"。台杯，有托的酒杯。此兼及郭氏清华池畹唤酒赏花，是送花远漾之余波。

【汇评】

陈洵《海绡说词》：自起句至"相认"，全是梦境。"昨夜"逆入，"惊回"反跌，极力为"送晓色"一句追逼；复以"花梦准"三字钩转作结。后片是梦非梦，纯是写神。"还又见"应上"相认"，"料唤赏"应上"送晓色"。眉目清醒，度人金针。全从赵师雄梦梅花化出，须看其离合顺逆处。

陈匪石《宋词举》：沈伯诗《乐府指迷》曰："作词用花卉之类，须略用情意，或要入闺房之意。然多流淫艳，应自斟酌。如直说花卉，而不著些艳语，又不似词家体例。"此梦窗家法，可据以观此词矣。

蝶恋花

题华山道女扇

北斗秋横云髻影①。莺羽衣轻②，腰减青丝剩③。一曲游仙闻玉磬④。月华深院人初定⑤。

十二阑干和笑凭⑥。风露生寒，人在莲花顶⑦。睡重不知残酒醒。红帘几度啼鸦暝⑧。

【题解】

《蝶恋花》，词牌名。本名《鹊踏枝》，又名《黄金缕》《卷珠帘》《明月生南浦》《细雨吹池沼》《一箩金》《鱼水同欢》《凤栖梧》。唐教坊曲，《乐章集》《张子野集》并入"小石调"，《清真集》入"商调"。双调，六十字，上下片各五句四仄韵。

"华山道女"，即由宫中女官入道的陈华山。此首可与《瑞鹤仙·赠道女陈华山内夫人》参看。

此词是一首题画词。上片写华山道女之修道生活，勾勒其寂寥情怀，颇含怜惜之意；下片先想象道女在仙境的洒脱、超尘，又转笔写现实中的她百无聊赖、借酒浇愁，黯淡、萧疏。

【校注】

①"北斗"句：沈约《夜夜曲》："河汉纵且横，北斗横复直。"云髻，《文

选·曹植〈洛神赋〉》:"云髻峨峨,修眉联娟。"李善注:"峨峨,高如云也。""云髻"意属"青丝"。

②莺羽衣轻:莺,《诗·小雅·桑扈》:"交交桑扈,有莺其领。"羽衣,常称道士或神仙所著衣裳。后借指质地轻盈的衣衫。

③腰减:庾信《拟咏怀诗二十七首》(之七):"纤腰减束素,别泪损横波。"青丝:薛昭蕴《女冠子》:"降真函,髻绾青丝发,冠抽碧玉篸。"此写其弱腰丰发的容态。

④玉磬:此道观中所用法器的美称。仙游曲:此指道观中所奏法曲。

⑤深院:《词综》作"深处"。

⑥十二阑干:以仙境喻指道观的曲栏。详见《瑞鹤仙》(彩云栖翡翠)注⑨。

⑦莲花顶:指惠山顶金莲池。

⑧"睡重"二句:苏轼《浣溪沙》:"彩索身轻长趁燕,红窗睡重不闻莺。"杨笺:"释家严酒戒,道家则否,故《真诰》有玉醴金浆之语。"谓陈华山酒后睡重,竟不闻暝鸦之啼。写杂念不存于心,是为其占身份语。红帘几度,毛本、戈校本"几度"上二字脱并无空格。《历代诗余》、杜本作"觉来几度"。清叶申芗《本事词》、王朱本作"绿窗几度"。《词综》作"层城几度"。《古今词统》、朱二校本作"□□几度"。

【汇评】

陈廷焯《云韶集》卷八:起七字仙乎仙乎,我莫名其妙。 (结句眉批)写情夹写景,最妙。

陈廷焯《闲情集》卷二:语带仙气,吐弃一切凡艳。惟"腰减"五字病俗,在全篇中不称。

叶申芗《本事词》卷下:《女冠子》小令,唐人多咏本意。南渡后,女冠尤以风流自赏,而题赠者亦复不少。如梦窗丁稿中《醉落魄·题藕花洲女道士扇》《蝶恋花·题华山道女扇》《朝中措·题兰室道女扇》,诸阕皆艳词也。

杨铁夫《梦窗词全集笺释》:("十二"三句)此言"笑凭""在莲花顶",乃虚拟之词,托之梦境。上言人定,下言酒醒,则其中所言皆梦境可知,当活看,勿泥。

又

明月枝头香满路。几日西风,落尽花如雨^②。倒照秦眉
天镜古^③。秋明白鹭双飞处^④。

自摘霜葱宜荐俎^⑤。可惜重阳,不把黄花与^⑥。帽堕笑凭
纤手取^⑦。清歌莫送秋声去^⑧。

【题解】

吴见山,吴文英词友,常唱酬相和。

此词写重阳节。上片写重阳景物:桂子飘香,西风落花,秋山如眉,秋
水如镜,白鹭双飞;下片写重阳宴饮,歌女侑酒,表达了惜秋之情。

【校注】

①毛本、戈校本、杜本、王朱本、朱二校本词题作"和吴见山韵"。《历代
诗余》无词题。

②"落尽"句:古代有月中落桂子的传说。万历《杭州府志》卷九九:灵
隐寺望舒之日,天降桂子,"其繁如雨,其大如豆,其圆如珠"。余见《秋蕊
香》(宝月惊尘堕晓)注②。

③秦眉:指秦望山。古人常以眉黛喻山色。

④"秋明"句:苏轼《次韵秦少章和钱蒙仲》:"二子有如双白鹭,隔江相
照雪衣明。"查慎行《苏诗补注》"二子如鹭"曰:"《诗·振鹭》笺:杞宋之君,
有洁白之德,其至止,亦有此容。言威仪之善,如鹭然。"飞处,《历代诗余》
作"飞舞"。

⑤"自摘"句:《古今合璧事类备要前集》卷一七引《风土记》:"世俗以重
九泛菊、登山、饮菊花酒,谓之登高会,又云泛菊会。"杜甫《课伐木》:"秋光
近青岑,季月当泛菊。"《杜诗详注》:"泛菊谓酒中泛花。"霜葱,霜中青葱的

菊花。荐俎，特指泛酒。

⑥"可惜"二句：《宋书·陶潜传》："尝九月九日无酒，出宅边菊丛中坐
久，值弘送酒至，即便就酌，醉而后归。"把，摘菊满捧之意。与，《汇释》："语
助词，用于句中，不为义。"此处"宜""可惜""与"语气相贯，表反诘。以上三
句意思从韩愈《晚菊》诗中化出："少年饮酒时，踊跃见菊花。今来不复饮，
每见恒咨嗟。伫立摘满手，行行把归家。此时无与语，弃置奈悲何。"婉写
九日有菊无酒亦为憾事。

⑦"帽堕"句：用龙山落帽典。登高会有歌妓侑觞，故合用杜甫《九日蓝
田崔氏庄》诗意："羞将短发还吹帽，笑倩旁人为正冠。"

⑧清歌：不用乐器伴奏的歌唱。以上二句设想吴见山处有酒有歌之登
高雅集。

浣溪沙

仲冬望后，出迂履翁，舟中即兴①

新梦游仙驾紫鸿②。数家灯火灞桥东③。吹箫楼外冻
云重④。

石瘦溪根船宿处，月斜梅影晓寒中⑤。玉人无力倚
东风⑥。

【题解】

《浣溪沙》，唐教坊曲名，后用为词调。"沙"或作"纱"。相传是由西施
浣纱的故事得名。又名《小庭花》《玩丹砂》《怨啼鹃》《浣纱溪》《掩萧斋》《清
和风》《换追风》《最多宜》《杨柳陌》《试香罗》《满院春》《广寒枝》《庆双椿》
《醉木犀》《锦缠头》《霜菊黄》《频载酒》。此调有平仄两体，平韵见唐词，仄
韵始自李煜。《金奁集》入"黄钟宫"，《张子野词》入"中吕宫"。双调，四十
二字，上片三句三平韵，下片三句两平韵，过片多用对偶。

"仲冬"，冬季第二个月，即阴历十一月。"望后"，即阴历十五日后。望，《初学记》卷一引《释名》："望，月满之名也，日月遥相望也。""迓"，迎接。履翁，即吴潜，字毅夫，号履斋。嘉定十年（1217）举进士第一。历任地方、朝廷要员，均颇有建树。与梦窗相交莫逆。嘉熙元年（1237），吴潜知平江府，曾与梦窗同游沧浪亭。淳祐九年（1249）八月，以吴潜为资政殿学士，知绍兴府，浙东安抚使。十一月八日到任，尝亲邀梦窗入幕。此时梦窗仍在史宅之杭京幕中。

此为酬赠之作。上片托之以梦，写吴潜仲冬时腾云驾雾跨鸿而来；下片写己之溪舟迓迎静待，意境清寒孤瘦。

【校注】

①出迓：《古今词统》《吴兴艺文补》、杜本作"出讶"。

②"新梦"句：《诗林广记后集》卷九载魏野《谢寇莱公见访》诗："昼睡方浓向竹斋，柴门日午尚慵开。惊回一觉游仙梦，村巷传呼宰相来。"并引《古今诗话》："莱公镇洛，凡三邀野，不至。莱公暇日，写刺访之。野服葛巾布袍，长揖莱公，礼甚平简。顷之，议论骚雅，相得甚欢。"

③灞桥：《北梦琐言》卷七"郑綮相诗"条："或曰：'相国近有新诗否？'对曰：'诗思在灞桥风雪中驴背上，此处何以得之？'盖言平生苦心也。"《古今词统》、毛本、《吴兴艺文补》、戈校本、杜本、王朱本、朱二校本、《四明》本作"灞陵"。

④吹箫：用萧史典。以上三句以寇准拟吴潜，以处士魏野自占平交权贵的身份。

⑤"石瘦"二句：此写宿船小窗所映梅影。《华光梅谱》："墨梅始自华光，仁老之所酷爱。其方丈植梅数本，每花时，辄移床其下，吟咏终日，莫知其意。偶月夜未寝，见窗间疏影横斜，萧然可爱，遂以笔规其状。凌晨视之，殊有月下之思。因此好写，得其三昧，标名于世。山谷见而美之曰：'嫩寒清晓行孤山篱落间，但欠香耳。'"陈与义《次韵何文缜题颜持约画水墨梅花二首》（之一）："窗间光影晚来新，半幅溪藤万里香。"并化用林逋《山园小梅》意境。

⑥"玉人"句：用贺铸《减字浣溪沙》及姜夔《暗香》意境："玉人和月摘梅

花。""旧时月色。算几番照我，梅边吹笛。唤起玉人，不管清寒与攀摘。"字面化用曾巩《钱塘上元夜祥符寺陪咨臣郎中文燕席》咏牡丹"玉人春困倚东风"之句。

又

题李中斋舟中梅屏①

冰骨清寒瘦一枝。玉人初上木兰时②。懒妆斜立澹春姿③。

月落溪穷清影在④，日长春去画帘垂⑤。五湖水色掩西施⑥。

【题解】

李中斋，吴文英友人，生平不详。

此为咏物词，咏友人李中斋舟中屏风上的梅花，赞其冰清玉洁的风骨，高雅脱俗的气韵。

【校注】

①中斋：毛本、戈校本、杜本、王朱本、朱二校本作"中笙"。梅屏：陈与义《又六言》："大庾岭头梅萼，管城呼上屏来。"

②木兰：舟名。任昉《述异记》卷下："木兰洲在浔阳江中，多木兰树。昔吴王阖闾植木兰于此，用构宫殿也。七里洲中，有鲁班刻木兰为舟，舟至今在洲中。诗家云木兰舟，出于此。"以上二句以舟中梅屏上所画梅枝喻美人初上木兰舟。

③懒妆：《诗·卫风·伯兮》："自伯之东，首如飞蓬。岂无膏沐？谁适为容！"徐照《自君之出矣》："自君之出矣，懒装眉黛浓。"斜立：韩偓《宫词》："绣裙斜立正销魂，侍女移灯掩殿门。"文人多以梅花凝淡拟美人不御铅华。

④"月落"句：反用林逋《山园小梅》意境，屏上之梅无须溪月作为陪衬，

但清浅溪水中梅枝疏花倒影已成墨梅定格其上。

⑤"日长"句:化用李贺《秦宫诗》诗意:"人间酒暖春茫茫,花枝入帘白日长。"日长春去,《宋史·律历三》:"(立春)昼刻,四十三刻;夜刻,五十六刻。"立春之后,昼漏日长,至春分昼夜平分,之后白昼渐长。

⑥"五湖"句:用范蠡载西施游五湖事。此亦用作比喻。

又①

观吴人岁旦游承天

千盖笼花斗胜春②。东风无力扫香尘③。尽沿高阁步红云。

闲里暗牵经岁恨,街头多认旧年人④。晚钟催散又黄昏⑤。

【题解】

"岁旦",即元旦,指旧历岁首。"承天",为吴中承天寺,也称能仁寺。宋人有新年游道观佛寺的习俗。《梦粱录》卷一:"正月朔日谓之元旦,俗称为新年。……不论贫富,游玩琳宫梵宇,竟日不绝。"吴中亦重此俗。

此词写景纪游。上片扣词题,写游承天寺,见游女如云;下片写在赏花人群中寻觅意中人而不遇的怅怅之感。上片稍密,下片疏淡,寸心磅礴,尺幅千里,含蓄蕴藉,情致绵绵。

【校注】

①戈校本词调作《浣溪纱》。

②千盖笼花:实录"士女阗咽"的情景。斗胜春:众人奢游似与春花斗奇争胜。

③"东风"句:李商隐《无题》:"相见时难别亦难,东风无力百花残。"暗用贵戚路途珠翠可扫,尘上染香事。

④"街头"句:为"多认街头旧年人"之倒文,与上句皆写去年街头曾遇,如今偶会佛寺的情景。

⑤"晚钟"句:谓寺院的暮钟声虽然被风吹散,但斜阳还是让人感觉到新年第一天的黄昏已经来临。显有"夕阳西下几时回"之感叹。

又

琴川慧日寺蜡梅

蝶粉蜂黄大小乔①。中庭寒尽雪微销。一般清瘦各无聊②。

窗下和香封远讯,墙头飞玉怨邻箫③。夜来风雨洗春娇④。

【题解】

"琴川",常熟的别称。"慧日寺",在常熟县治附近。《苏州府志》载:常熟,琴川横港七派,如琴弦然。慧日禅寺,在常熟县治北九十步,梁僧慧响建。

此词咏蜡梅,以白梅为衬托,赋予蜡梅以梅之高洁品格,并表达了惜花伤春之情。

【校注】

①蝶粉蜂黄:徐安国《次韵南涧先生蜡梅》:"试将蝶粉较蜂黄,未易差殊定出房。"此以蝶粉蜂黄代称白梅与蜡梅。大小乔:《三国志·吴志·周瑜传》:"时得桥公两女,皆国色也。策自纳大桥,瑜纳小桥。"桥,也写作"乔"。白梅与蜡梅虽不同科,但都以"梅"命名,开花时节亦相近,故拟为大小乔。

②无聊:此犹言寂寥,恬静淡泊。与下句化用姜夔《浣溪沙》咏蜡梅意境:"书寄岭头封不到,影浮杯面误人吹。寂寥惟有夜寒知。"

223

③"墙头"句：唐无名氏《杂诗》："洛阳才子邻箫恨，湘水佳人锦瑟愁。"《格致镜原》卷四七："蔡邕《月令章句》：箫长则浊，短则清，以蜡蜜实其底，而增减之，则和管而成音。"飞玉，此指白梅飘落。笛曲中有《梅花落》，箫底用蜡，并怨过笛声，故词中亦有箫声易笛声。

④"夜来"句：孟浩然《春晓》："夜来风雨声，花落知多少。"韩偓《哭花》："若是有情争不哭，夜来风雨葬西施。"春娇，本形容女子娇艳之态。此喻蜡梅。蜡梅花朵枝头枯萎而不落，故曰"洗"。此词以白梅衬写蜡梅，双起双结，纹丝不乱。

【汇评】

刘永济《微睇室说词》：起句以白梅陪衬蜡梅，故曰"蝶粉蜂黄"。"大小乔"本三国时乔公二女，今以比黄白梅花。"中庭"句点时。"一般"句言黄白梅花当此"寒尽雪微消"时"一般清瘦"，故曰"无聊"，盖梅已渐落也。换头上句，古用蜡封信，因蜡梅之名而思及"远信"。下句见落梅而思及玉萧，皆有人在。如此，则非泛咏物而为触物思人。但此意深微，不着痕迹耳。末言残梅亦为风雨洗尽矣，语带感慨。

又①

门隔花深梦旧游。夕阳无语燕归愁②。玉纤香动小帘钩③。

落絮无声春堕泪④，行云有影月含羞⑤。东风临夜冷于秋⑥。

【题解】

此为忆姬感梦之作。上片写梦游旧地，梦中人归来搴帘；下片用兴、比并用的艺术手法，深入刻画梦醒之后离别的痛苦。借梦写情，更见情痴，从而使全词笼罩着凄凉的情感。

【校注】

①明张本、毛本、戈校本、杜本、王朱本词题作"春情"。

②"夕阳"句:此句语序错综,谓归燕无呢喃之声,与即将西下之斜阳似乎都染愁情。

③"玉纤"句:谓微风吹动小小帘钩,激荡起玉手挂帘时残留的香气。并承夕阳意。杜甫《落日》:"落日在帘钩,溪边春事幽。"

④"落絮"句:暗用苏轼《水龙吟》杨花点点如泪之意。

⑤"行云"句:刘孝绰《夜不得眠诗》:"风音触树起,月色度云来。"张先《天仙子》:"沙上并禽池上暝,云破月来花弄影。"萧衍《子夜歌四十二首》(之四十一):"恃爱如欲进,含羞未肯前。"以上二句比喻所怀彼美之情态容色。

⑥"东风"句:柳宗元《柳州二月榕叶落尽偶题》:"宦情羁思共凄凄,春半如秋意转迷。"贺铸《浣溪沙》:"笑捻粉香归洞户,更垂帘幕护窗纱。东风寒似夜来些。"

【汇评】

陈廷焯《闲情集》卷二:字字凄警。

陈廷焯《白雨斋词话》:《浣溪沙》结句贵情余言外,含蓄不尽。如吴梦窗之"东风临夜冷于秋",贺方回之"行云可是渡江难",皆耐人玩味。

俞陛云《唐五代两宋词选释》:句法将纵远收,似沾非著,以酝酿之思,运妍秀之笔,可平晚方回,揽裾小晏矣。结句尤凄韵悠然。

陈洵《海绡说词》:"梦"字点出所见,惟夕阳归燕;玉纤香动,则可闻而不可见矣。是真是幻,传神阿堵,门隔花深故也。"春堕泪"为怀人,"月含羞"因隔面,义兼比兴。东风回睇夕阳,俯仰之间,已为陈迹,即一梦亦有变迁矣。"秋"字不是虚拟,有事实在,即起句之旧游也。秋去春来,又换一番世界,一"冷"字可思。此篇全从张子澄"别梦依依到谢家"一诗化出,须看其游思飘渺、缠绵往复处。

又①

波面铜花冷不收②。玉人垂钓理纤钩③。月明池阁夜
来秋。

江燕话归成晓别④，水花红减似春休⑤。西风梧井叶
先愁⑥。

【题解】

这是一首写景怀人词。上阕写玉人伫立池边，怅望一弯纤月，妙在不
写抬头望月，而写凝望水中之弯月，无限情思，俱从倒影中映出。下阕抒
情，却不从眼前景入笔，而是从与江燕晓别写起，再叹红减春休，最后归到
西风吹拂梧桐深林的深夜，回应上阕"月明池阁夜来秋"。全词意境朦胧而
清奇，情深而意重。

【校注】

①明张本词题作"秋情"。

②"波面"句：林逋《菱塘》："含机绿锦翻新叶，满匣青铜莹古花。"铜花，
菱角花。据《埤雅》卷一五，菱花有"昼合宵炕，随月转移，犹葵之随日"的特
点。炕，张开。冷不收，谓菱花月下绽放。

③"玉人"句：下句"月明"属此。黄庭坚《浣溪沙》："新妇滩头眉黛愁。
女儿浦口眼波秋。惊鱼错认月沈钩。"

④"江燕"句：《齐天乐》（曲尘犹沁伤心水）中以"重集湘鸿江燕"写漂泊
不定的江湖诸友重新相聚，与此义同。话归，用李商隐《夜雨寄北》诗意。

⑤"水花"句：谓秋花摇落，如春花飘零。水花，红蓼。

⑥"西风"句：《苕溪渔隐丛话前集》卷三："《唐子西语录》云唐人有诗
云：'山僧不解数甲子，一叶落知天下秋。'"梧井，古代井旁多植梧桐。

【汇评】

陈洵《海绡说词》："玉人垂钓理纤钩"，是下句倒影，非谓真有一玉人垂

钓也。"纤钩"是月,"玉人"言风景之佳耳。"月明池阁"下句醒出,甲稿《解蹀躞》"可怜残照西风,半妆楼下","半妆"亦谓残照西风。西子西湖,比兴常例,浅人不察,则谓觉翁晦耳。

又

题史菊屏扇

门巷深深小画楼。阑干曾识凭春愁①。新蓬遮却绣鸳游②。

桃观日斜香掩户③,蘋溪风起水东流。紫荬玉腕又逢秋④。

【题解】

史菊屏,即史世卿,字景瞻,晚号菊屏,为史弥高之孙,史宅之从侄。嘉熙四年(1240)进士,淳祐九年(1249)升朝奉郎,直敷文阁两浙转运使,宝祐二年(1254)为平江府司户参军,终文林郎。宋亡不仕。事迹见明郑真《荥阳外史集》卷四十三《故宋文林郎史公墓表》。吴文英可能因史宅之的缘故,结交史菊屏。

这是一首题画词,所咏可能是闺怨图。上片写少妇凭栏凝望,春愁脉脉,没有情致游园;下片写景,少妇因时感事,由春愁转为秋恨。此词有实写,有虚构,有近景,有远景,含蓄委婉。

【校注】

①凭春愁:春日凭栏之愁。

②"新蓬"句:南宋遗民王镃《败荷》诗:"叶无圆影柄无香,收尽莲歌冷碧塘。一片伤心云锦地,也曾遮月宿鸳鸯。"杨万里《感兴》:"荷花正闹莲蓬嫩,月下松醪且满斟。"绣鸳,鸳鸯毛色灿然,故云。

③"桃观"句:桃观,代指玄都观。与下句"溪"字用刘义庆《幽明录》所

载东汉刘晨、阮肇入天台山沿桃溪而上遇俪仙及陶渊明《桃花源记》故事。意谓桃源避秦之地。

④"紫萸"句：古代风俗重阳节采茱萸，或置囊中，或系臂上，或插戴头上，以避邪。紫萸，吴地茱萸叶花皆紫色。

又

桂^①

曲角深帘隐洞房^②。正嫌玉骨易愁黄^③。好花偏占一秋香^④。

夜气清时初傍枕^⑤，晓光分处未开窗。可怜人似月中嫦^⑥。

【题解】

此词咏金桂。上片以拟人手法略写其形貌，赞其隐而不扬、玉洁冰清、香气浓郁、不畏秋风；下片承上"好花偏占一秋香"写金桂之馨香四溢，无时无刻不关照孤寂的闺中人，亦侧面写出其超俗高洁的品格。

【校注】

①《历代诗余》无词题。桂，岩桂。《佩文斋广群芳谱》卷四〇："（岩桂）俗呼为木犀（纹理如犀，故名木犀）。其花有白者名银桂，黄者名金桂，红者名丹桂。有秋花者，春花者，四季花者，逐月花者。"

②"曲角"句：言桂树所处幽僻之地，如美人身隐洞房之中。

③"正嫌"句：杜甫《徐卿二子歌》："大儿九龄色清澈，秋水为神玉为骨。"李商隐《偶成转韵七十二句赠四同舍》："天官补吏府中趋，玉骨瘦来无一把。"此咏秋天金桂，故曰"愁黄"。

④"好花"句：李清照《鹧鸪天》咏桂："何须浅碧深红色，自是花中第一流。梅定妒，菊应羞。画阑开处冠中秋。"朱淑真《木犀》："弹压西风擅众芳，十分秋色为伊忙。"

⑤"夜气"句：此写深夜桂花敷蕊散香,花气更为清馥。

⑥月中嬬：即嫦娥。王初《青帝》："青帝邀春隔岁还,月娥嬬独夜漫漫。"《历代诗余》作"月中霜"。

玉楼春

京市舞女①

茸茸狸帽遮梅额②。金蝉罗剪胡衫窄③。乘肩争看小腰身,倦态强随闲鼓笛⑤。

问称家住城东陌。欲买千金应不惜⑥。归来困顿殢春眠⑦,犹梦婆娑斜趁拍⑧。

【题解】

《玉楼春》,词牌名,亦称《木兰花》《春晓曲》《西湖曲》《惜春容》《归朝欢令》《呈纤手》《归风便》《东邻妙》《梦乡亲》《续渔歌》等。双调,五十六字,前后阕各四句三仄韵。

"京市",即指南宋都城临安。周密《武林旧事》卷二"元夕"条："都城自旧岁冬孟驾回,则已有乘肩小女鼓吹舞绾者数十队,以供贵邸豪家幕次之玩。而天街茶肆,渐也罗列灯毬等求售,谓之灯市。自此以后,每夕皆然。三桥等处,客邸最盛,舞者往来最多。每夕楼灯初上,则箫鼓已纷然自献于下。酒边一笑,所费殊不多。往往至四鼓乃还。自此日盛一日。"

此词以声情并茂之笔描写了南宋京城临安元夕舞女歌舞的场面,也描绘了京市舞女身不由己地强颜欢笑,以疲乏之体随拍倦舞的悲苦生涯,并寄予了深切的同情。

【校注】

①《绝妙好词续钞》词题作"元夕"。《历代诗余》无词题。

②茸茸：因困倦而双眼朦胧。意缀"倦态"句。狸帽：《中华古今注》卷

中:"昔秦始皇东巡狩,有猛兽突于帝前。有武士戴狸皮白首,兽畏而遁。遂军仗仪服皆戴作狸头白首,以威不虞也。"梅额:《太平御览》卷三〇引《杂五行书》:"宋武帝女寿阳公主,人日卧于含章殿檐下,梅花落公主额上,成五出花,拂之不去。皇后留之,看得几时。经三日,洗之乃落。宫女奇其异,竟效之,今梅花妆是也。"

③"金蝉"句:金罗,姜夔《灯词》:"南陌东城尽舞儿,画金刺绣满罗衣。"蝉,《类说》卷六:"泉女所织绡,细薄如蝉翼,名蝉纱。"胡衫窄,刘言史《王中丞宅夜观舞胡腾》:"织成蕃帽虚顶尖,细氍胡衫双袖小。"

④乘肩:《词品》《古今词统》作"乘舆"。

⑤"倦态"句:身体困倦,但勉强趁随鼓点笛声而舞。闲,《尚书·益稷》:"笙镛以闲,鸟兽跄跄。"孔氏传:"闲,迭也。"谓吹笙击钟,更迭而作。末句"斜"字入此句。

⑥"问称"二句:化用柳永《玉楼春》词意:"王孙若拟赠千金,只在画楼东畔住。"城东陌,即前引姜诗"南陌东城"之意。城东,勾栏聚集处。厉鹗《东城杂记》卷下:"瓦子钩阑:南宋在临安有二十三处。其在城东者,新开门外新门瓦,亦名四通馆;荐桥门瓦,在崇新门外;章家桥南菜市瓦,在东青门外;菜市桥南艮山门瓦,艮山门外。"问称,《古今词统》作"闻称"。家住,朱三校本作"家在"。

⑦㲲:此指处于惺忪朦胧欲醒犹睡的状态。

⑧婆娑:《诗·陈风·东门之枌》序曰:"男女弃其旧业,亟会于道路,歌舞于市井尔。"首章曰:"东门之枌,宛丘之栩。子仲之子,婆娑其下。"趁拍:仲并《浪淘沙令》:"趁拍舞初筵。柳袅春烟。"

【汇评】

卓人月、徐士俊《古今词统》卷七:(末二句)身归魂未归。

俞陛云《唐五代两宋词选释》:词纪京师灯市舞女之情状。……词中云"狸帽""胡衫""乘肩""趁拍",皆当时舞女状态,想见南都繁盛之一斑。后幅写舞女之堪怜,当鼓笛娱宾时,己难支倦困,归后梦犹趁拍。贫女之飘零身世,梦窗盖深悯之也。

又

为故人母寿①

华堂夜宴连清晓②。醉里笙歌云窈袅③。酿来千日酒初尝④，过却重阳秋更好⑤。

阿儿早晚成名了⑥。玉树阶前春满抱⑦。天边金镜不须磨，长与妆楼悬晚照⑧。

【题解】

此词是祝寿词。上片描述寿宴的盛况，并颂长寿之辞；下片赞寿星子孙满堂，品学兼优，功成名就，足以光耀千古。

【校注】

①毛本、戈校本、杜本、王朱本、朱二校本词题作"为故人寿母"。

②夜宴：毛本、戈校本、杜本、王朱本、朱二校本作"宿宴"。

③窈袅：舞姿美好貌。

④酿来：毛本、戈校本、杜本、王朱本、朱二校本作"酿成"。千日酒：张华《博物志》卷五："昔刘玄石于中山酒家沽酒，酒家与千日酒，忘言其节度。归至家当醉，而家人不知，以为死也，权葬之。酒家计千日满，乃忆玄石前来沽酒，醉向醒耳，往视之。云：'玄石亡来三年，已葬。'于是开棺，醉始醒。俗云：'玄石饮酒，一醉千日。'"此泛指烈性好酒。初尝：毛本、戈校本、杜本、王朱本、朱二校本作"初香"。

⑤"过却"句：点明故人母生日时间在重阳节之后，"秋更好"兼有祝颂故人母晚年更幸福之意。以上二句分嵌用于祝寿的"千秋"二字。

⑥阿儿：犹言"阿孩儿"，昵称早得功名的少年。阿，名词前缀。用于晚辈及妇人前。早晚：《汇释》："犹云随时也；日日也。"此处为"随时"义。

⑦玉树阶前：《晋书·谢安传》："(谢玄)少颖悟，与从兄朗俱为叔父安

所器重。安尝戒约子侄,因曰:'子弟亦何豫人事,而正欲使其佳?'诸人莫有言者。玄答曰:'譬如芝兰玉树,欲使其生于庭阶耳。'"满抱:犹言"连抱"。连臂合抱。

⑧"天边"二句:古用铜镜,须常打磨方能照影。刘向《列仙传·负局先生》:"负局先生者,不知何许人也,语似燕代间人。常负磨镜局,循吴市中,衒磨镜一钱。"金镜,比喻月亮。悬晚照,毛本、戈校本、杜本作"惭晚照"。

点绛唇①

推枕南窗②,楝花寒入单纱浅③。雨帘不卷。空砌调雏燕④。一握柔葱⑤,香染榴巾汗⑥。音尘断⑦。画罗闲扇⑧。山色天涯远⑨。

【题解】

《点绛唇》,词牌名,取以江淹"明珠点绛唇"诗句而命名。调见南唐冯延巳《阳春集》。又名《十八香》《沙头雨》《南浦月》《寻瑶草》《万年春》《点樱桃》。双调,四十一字。上片四句三仄韵,下片五句四仄韵。

此词为忆姬之作。上片写早春天寒,百无聊赖,推窗而见嬉戏雏燕,引起人的无限相思之情。下片回忆相聚时的情意缠绵,睹物思人。结句以景结情,有无限遥思。

【校注】

①明张本有词题"初夏感情"。

②推枕:白居易《长恨歌》:"揽衣推枕起徘徊,珠箔银屏迤逦开。"

③楝花:据《尔雅翼》:楝,三四月开花,红紫色,实如小铃,名金铃子。词中所用楝花既纪杨梅熟时,又取其一色。毛本、王朱本作"练花"。

④"雨帘"二句:反用王之道《菩萨蛮》词意:"绿杨低映深深院。春风不动珠帘卷。乳燕引雏飞。流苏尽日垂。"

⑤一握:形容下句中"榴巾"。刘辰翁《如梦令》可以参看:"花影为谁重,一握鲛人丝泪。"

⑥"香染"句:为"香汗染榴巾"之倒。梁简文帝《咏内人昼眠诗》:"簟文生双腕,香汗浸红纱。"

⑦音尘断:谢庄《月赋》:"美人迈兮音尘阙,隔千里兮共明月。"梁元帝《燕歌行》:"翻嗟汉使音尘断,空伤贱妾燕南垂。""天涯"意入此句。

⑧画罗闲扇:暗用秋扇捐弃典。

⑨"山色"句:暗用远山黛典。

【汇评】

陈廷焯《云韶集》卷八:声情俱妙绝古今。

又①

时霎清明②,载花不过西园路③。嫩阴绿树。正是春留处④。

燕子重来⑤,往事东流去。征衫贮。旧寒一缕。泪湿风帘絮⑥。

【题解】

此为清明忆苏州去姬之作。上片写清明西园景色,但无心欣赏,因春留而人不留,这伤感悲戚何以状之!下片写爱姬远去天涯,燕子(喻己)重来而人去楼空,征衫无人寄,寒意袭人,泪湿飞絮。这首小词情致缠绵,用语清新,满蕴情思,浑然天成。

【校注】

①明张本、毛本、杜本有词题"春暮"。

②时霎:秦观《蝶恋花》:"屈指艳阳都几许。可无时霎闲风雨。"徐培军笺注:"即霎时,依词律倒装。"清明:古代有清明节踏青的习俗。

③"载花"句:卢祖皋《乌夜啼》:"轻衫短帽西湖路,花气扑青骢。"西园,《阳春白雪》作"西湖"。

④正是:明张本、毛本、杜本、王朱本作"政是"。

⑤"燕子"句:张良臣《玉台体》:"伤心燕子重来地,无复人吹紫玉箫。"以上四句取意周邦彦《瑞龙吟》:"愔愔坊陌人家,定巢燕子,归来旧处。""事与孤鸿去,探春尽是,伤离意绪。"

⑥"征衫"三句:化用周邦彦《瑞龙吟》意境:"归骑晚、纤纤池塘飞雨。断肠院落,一帘风絮。"

【汇评】

陈廷焯《云韶集》卷八:婉约。　情景双绝。

陈廷焯《大雅集》卷三:笔意逼近美成。

俞陛云《唐五代两宋词选释》:旧感犹存而托诸旧寒犹贮,见词心之灵妙。结句与清真词之《瑞龙吟》结句"一帘风絮"情同而风韵亦同。

陈洵《海绡说词》:"西园",故居。"清明",邂逅之始。"春留",正见人去。却只言"往事",只言"旧寒",既云"不过",则绿阴燕子,皆是想像之词,当前惟有征衫之泪耳。

又

试灯夜初晴

卷尽愁云,素娥临夜新梳洗①。暗尘不起。酥润凌波地②。

辇路重来,彷佛灯前事③。情如水。小楼薰被④。春梦笙歌里⑤。

【题解】

旧俗,农历正月十五元宵节,张灯以祈丰稔。未到元宵而张灯预赏,谓之试灯。

　　此词为忆杭姬之作。上片着意写试灯之夜的景色,愁云卷尽,月明如洗,净无纤尘,天街雨润,描摹精巧传神;下片回首旧游,写辇路笙歌,恍如梦境,无限感伤。全词意境清新,端丽温厚,神韵天然。

【校注】

　　①"卷尽"二句:喻月色明亮。白玉蟾《中秋月》(之二):"乌鹊一声星斗落,姮娥梳洗去谁家。"班婕妤《捣素赋》:"仿风轩而结睇,对愁云之浮沉。"愁云,《词辨》作"浮云"。

　　②"暗尘"二句:苏味道《正月十五夜》:"暗尘随马去,明月逐人来。"韩愈《早春呈水部张十八员外二首》(之一):"天街小雨润如酥,草色遥看近却无。"暗尘,毛本、杜本作"晴尘"。凌波,此写游女夜行赏灯。

　　③"辇路"二句:南宋宫廷灯夜热闹非凡。辇路,帝王车驾经行之路,这里指京城繁华的大街。《文选·班固〈西都赋〉》:"辇路经营,修除飞阁。"李善注:"辇路,辇道也。"《宋史·张昭传》:"洛都旧制,宫城与禁苑相连,人君宴游,不离苑囿,御马来往,辇路坦夷,不涉荒郊,何忧蹶失。"

　　④小楼:戈校本作"画楼"。薰被:《西京杂志》卷上:"(长安巧工丁谖)又作卧褥香炉,一名被中香炉。本出房风,其法后绝,至谖始更为之。为机环转运四周,而炉体常平,可置之被褥,故以为名。"宋代称为"衮毬"。

　　⑤春梦笙歌:李煜《阮郎归》:"落花狼藉酒阑珊,笙歌醉梦间。"

【汇评】

　　谭献《谭评词辨》:起稍平,换头见拗怒。"情如水"三句,足当"咳唾珠玉"四字。

　　陈廷焯《云韶集》卷八:起便精神。　绮语,亦是他人道不到。

　　陈廷焯《词则·别调集》卷二:艳语不落俗套。

　　俞陛云《唐五代两宋词选释》:此词亦纪灯市之游。雨后月出,以素娥梳洗状之,语殊妍妙。下阕回首前游,辇路笙歌,犹闻梦里。今昔繁华之境,皆在梨云漠漠中,词境在空际描写。

秋蕊香

和吴见山赋落桂①

宝月惊尘堕晓②。愁锁空枝斜照③。古苔几点露萤小④。销减秋光旋少。

佩丸尚忆春酥袅⑤。故人老。断香忍和泪痕扫⑥。魂返东篱梦窅⑦。

【题解】

《秋蕊香》,词牌名。始于晏殊《珠玉词》,而以周邦彦《清真词》为定格。双调,四十八字,上下片各四句四仄韵。

吴见山,见《水龙吟》(夜分溪馆渔灯)词题解。

此词咏"落桂",寄托身世之感。上片从神话发端写桂花凋零,以黯淡、肃杀之景烘托渲染,突出"落"桂之悲愁;下片由落桂制成的香囊而思姬去人老,无奈忍泪扫断香,将身世之感寄寓其中。此词清疏流丽,风格超逸,寄托深远。

【校注】

①朱三校本、朱四校本、《四明》本词题作"和吴见山落桂"。《历代诗余》作"落桂"。

②"宝月"句:借用月宫落桂花的传说。《南部新书》卷七:"杭州灵隐山多桂,寺僧云:'此月中种也。'至今中秋夜,往往子坠,寺僧亦尝拾得。"

③"愁锁"句:毛滂《对岩桂一首寄曹使君》:"婵娟醉眠水晶殿,老蟾不守余花落。"杨笺:"花落则枝空,月堕则照斜。"空枝,明张本作"空树"。斜照,毛本、《历代诗余》、杜本、王朱本、朱二校本、《四明》本作"残照"。

④"古苔"句:此写桂花树老为苔藓所封。露萤,代指落桂。

⑤佩丸:吕声之《咏桂花》:"高枝已断郤生手,万斛奇芬贮锦囊。"杨笺:

"故人拾桂蕊曝干,搓之成丸而佩之。"春酥:女子雪胸肌肤之莹洁细腻。

⑥"断香"句:《彦周诗话》记梦诗:"桂丛日以满,清香何时断。"

⑦"魂返"句:陶渊明《自祭文》:"葬之中野,以安其魂。宵宵我行,萧萧墓门。"魂返,王朱本、朱二校本作"魂近"。梦窅,毛本、《历代诗余》、杜本、王朱本、朱二校本作"梦杳"。

又

七夕

懒浴新凉睡早。雪靥酒红侵笑①。倚楼起把绣针小②。月冷波光梦觉③。

怕闻井叶西风到。恨多少。粉河不语堕秋晓④。云雨人间未了⑤。

【题解】

此为七夕怀人之作。上片写浴后无聊早睡,下意识规避七夕,不料梦见彼美七夕乞巧,不觉从梦中惊醒。下片由悲秋引发离愁别恨,感叹牛郎织女一年一度的相会,尚不如人世间的男欢女爱,恩爱不绝。

【校注】

①"雪靥"句:谓酒红晕染了彼美睡梦中白皙的笑涡。侵笑,明张本、朱三校本、朱四校本作"微笑"。

②"倚楼"句:为"起把绣针倚小楼"之倒文,写乞巧风俗,"小"字兼及弦月、针眼。陈后主《七夕宴玄圃各赋五韵诗》:"月小看针暗,云开见缕明。""起"字,写彼美因不胜酒力,小睡后再起身乞巧。

③波光:形容银河光芒。毛本、《历代诗余》、戈校本、杜本、王朱本、朱二校本、《四明》本作"秋波"。以上写梦见当年七夕情景及梦醒后的失落。

④"粉河"句:陈后主《同管记陆琛七夕五韵诗》以"粉外白云生"形容天

237

河。杨箋："前人皆言天河、明河、星河，未有言'粉河'者。盖天河本无数小星积成，其中小小白点如粉然，故曰'粉河'。卢肇《天河赋》：'流合璧之辉，几疑沈玉；映散金之气，或类披沙。''散金''披沙'即撒粉之谓，正合西欧天文演说。堕秋晓，河堕则天晓，'不语'妙。"

⑤云雨：喻男欢女爱的情意。《历代诗余》作"行雨"。以上二句于温庭筠《晓仙谣》亦有取意："雾盖狂尘亿兆家，世人犹作牵情梦。"谓天色将晓时，银河一如既往地沉没，无情地漠视人间对天河爱情悲喜剧的想象。

【汇评】

杨铁夫《梦窗词全集笺释》：（"粉河"二句）仍缴到梦境，但不免有妒意，人间正云雨，其如天上已分离何？此词极难理会。初如文解去，觉得既说睡早，而靥红、微笑何以见得？倚楼、把针，又非睡中事。云雨人间，更不相涉。经转辗思维，而后始悟。二、三句为梦中所见其去姬如此，下片则觉后语也。如此，则穿成一串，除此殆难觅解法矣。

诉衷情①

阴阴绿润暗啼鸦②。陌上断香车③。红云深处春在，飞出建章花④。

春此去，那天涯。几烟沙⑤。忍教芳草，狼藉斜阳⑥，人未归家。

【题解】

《诉衷情》，唐教坊曲名，后用作词调。又名作《步花间》《桃花水》《偶相逢》《画楼空》《试周郎》《一丝风》。分单双调两体。单调，三十三字，十一句，五仄韵，六平韵。双调，四十四字，上片四句三平韵，下片六句三平韵。

此词为伤春恨别词，全篇从惜春着笔。上片写暮春之景，以人未归点惜春盼归之情；下片叹息春逝，将人生失意的无限惆怅寄寓其中，表达了伤春恨别之意。

【校注】

①明张本、毛本、戈校本、杜本、王朱本有词题"春晓"。

②"阴阴"句：白居易《西行》："官道柳阴阴，行宫花漠漠。"梁简文帝《金乐歌》："槐香欲覆井，杨柳可藏鸦。"柳暗藏鸦是清明寒食时景象。

③陌上香车：实用吴越王妃典。苏轼《陌上花三首》并引云："游九仙山，闻里中儿歌《陌上花》。吴越王妃每岁春必归临安，王以书遗妃曰：'陌上花开，可缓缓归矣。'吴人用其语为歌，含思宛转，听之凄然，而其词鄙野，为易之云。"

④"红云"二句：承首句杨柳意。雍陶《天津桥望春》："津桥春水浸红霞，烟柳风丝拂岸斜。翠辇不来金殿闭，宫莺衔出上阳花。"贯休《送杨秀才》："有时朝玉京，红云拥金虎。"亦即雍陶诗中"红霞"意。建章，建章宫。

⑤"春此去"三句：《汇释》："几，犹何也；那也；怎也。……吴文英《诉衷情》'春此去，那天涯。几烟沙'，'几'与'那'为互文。"

⑥"忍教"二句：李煜《阮郎归》："落花狼藉酒阑珊，笙歌醉梦间。"狼藉，崔灏《通俗编·兽畜》："(苏鹗)《演义》：狼藉草而卧，去则灭乱。故凡物之纵横散乱者，谓之狼藉。"

又①

柳腰空舞翠裙烟②。尽日不成眠②。花尘浪卷清昼③，渐变晚阴天。

吴社水④，系游船。又经年。东风不管，燕子初来，一夜春寒⑤。

【题解】

这是伤春怀人词。上片借天气阴晴多变表现女主人公悲喜不定的心情;下片写女主人公触景生情,感叹孤寂难熬。此词托物寄怀,借柳寄托身世之感,幽怨之情。

【校注】

①毛本词题作"春清"。戈校本作"春阴"。杜本、王朱本、明张本作"春情"。

②"尽日"句:用柳树三眠典。韩鄂《岁华纪丽·春》:"日夜分,草木动,柳三眠而盘地,花五出以照人。"《漫叟诗话》:"尝见曲中使柳三眠事,不知所出。后读玉溪生《江之嫣赋》云:'岂如河畔牛星,隔岁止闻一过。不比苑中人柳,终朝剩得三眠。'注云:'汉苑中有柳,状如人形,号曰人柳,一日三起三倒。'"

③"花尘"句:李廓《落第》:"暖风张乐席,晴日看花尘。"

④吴社:此指吴地春社(立春后第五个戊日)。此日祭祀土神,以祈丰收。

⑤"东风"三句:翻用晁冲之《汉宫春·梅》:"无情燕子,怕春寒、轻失花期。"

又①

片云载雨过江鸥②。水色澹汀洲③。小莲玉惨红怨④,翠被又惊秋⑤。

凉意思⑥,到南楼。小帘钩⑦。半窗灯晕⑧,几叶芭蕉,客梦床头⑨。

【题解】

此词为羁旅词。上片是一幅秋日江景图,汀洲之上,水色清澹,云雨徘徊,江鸥翩飞,荷花凋零,引发客居他乡多年的游子的思乡之情;下片从思妇着墨,刻画其孤寂中盼归情态。

①明张本、毛本、杜本有词题"秋情"。

②片云载雨:范成大《次韵汉卿舅即事》:"晚来础汗南风壮,会有溪云载雨过。"

③"水色"句:张嵲《舟中独夜》:"泊舟依聚落,水色澹余辉。"

④"小莲"句:玉惨红怨,喻红白莲皆欲枯萎凋落。

⑤"翠被"句:喻荷叶。

⑥凉意思:上阕末二句亦入此。李流谦《信口十绝》(之二):"园林换叶日初长,竹阁莲塘意思凉。"

⑦小帘钩:此谓放下帘幕,小钩摇曳。

⑧灯晕:灯焰周边的光圈,雨夜寒湿中的现象。

⑨"几叶"二句:"半窗"意入此句,谓窗外雨中芭蕉。《诗话总龟》卷一四:"戎昱诗有:'一夜不眠孤客耳,主人门外有芭蕉。'(蒋)钧代答云:'芭蕉叶上无愁雨,自是多情听断肠。'"

又

七夕

西风吹鹤到人间。凉月满缑山①。银河万里秋浪,重载客槎还②。

河汉女,巧云鬟③。夜阑干④。钗头新约⑤,针眼娇颦⑥,楼上秋寒⑦。

【题解】

此为七夕节令词。上片连缀起王乔骑鹤和泛海槎入银河遥见织妇、牵牛的神话,极具神异色彩,实写七夕西风习习,明明朗朗照,银河万里的景色;下片在极写人间女儿乞巧的欢笑之余,"秋寒"一词又透露其怅然愁情。

【校注】

①"西风"二句:用仙人王子乔七月七日乘鹤至缑氏山典。详见《浪淘沙慢》(梦仙到)注③。

②"银河"二句:用泛梅槎入银河遥见织妇、牵牛事。详见《锁寒窗》(绀缕堆云)注⑥。

③巧云鬟:民间有七月看巧云之说,见《绕佛阁》(夜空似水)注⑦。又以高鬟喻云。李白《久别离》:"至此肠断彼心绝,云鬟绿鬓罢梳结。"

④阑干:此指北斗转向横斜时,即后半夜。《善哉行》:"月没参横,北斗阑干。"

⑤钗头新约:钗头约,本指杨贵妃与唐明皇七月七日长生殿定情之事。此泛指七夕的爱情盟约。

⑥针眼:施肩吾《乞巧词》:"不嫌针眼小,只道月明多。"娇鬟:梁简文帝《长安有狭斜行》:"小妇最容冶,映镜学娇鬟。"

⑦楼上秋寒:用乞巧楼典。详见《六幺令》(寒蛩初响)注⑨。

夜游宫

竹窗听雨,坐久,隐几就睡,既觉,见水仙娟娟于灯影中①

窗外捎溪雨响②,映窗里、嚼花灯冷③。浑似潇湘系孤艇④。见幽仙,步凌波,月边影⑤。

香苦欺寒劲。牵梦绕、沧涛千顷。梦觉新愁旧风景。绀云欹⑥,玉搔斜⑦,酒初醒⑧。

【题解】

《夜游宫》,词牌名,调见毛滂《东堂词》。贺铸词有"可怜许、彩云飘泊"句,故又名《念彩云》。又因有"江北江南新念别"句,亦名《新念别》。双调,五十七字,上下片各六句四仄韵。

词前小序记作词缘起。上片扣小序,写竹窗听雨而卧,梦见水仙,营造灯冷梅寒的清疏、孤寂、高洁意境;下片写水仙苦为寒欺,引人入梦,而梦醒后朦胧中似见湘夫人,人与水仙合为一体,让人魂牵梦绕。此词构思独特,梦境、想象与实境三者每每不分,极具特色。

【校注】

①隐几就睡:《孟子·公孙丑下》:"有欲为王留行者,坐而言,不应,隐几而卧。"隐,凭,靠。娟娟:本以"连娟"形容眉式,后代指美人。

②"窗外"句:王维《谒璿上人》:"高柳早莺啼,长廊春雨响。"杜甫《绝句六首》(之四):"急雨捎溪足,斜晖转树腰。"捎,斜掠。捎溪,明张本、毛本作"梢溪"。

③嚼花灯冷:与上二句化用李商隐《微雨》句意:"窗过侵灯冷,庭虚近水闻。"《佩文斋广群芳谱》卷二二:"(铁脚道人)嚼梅花满口,和雪咽之,曰:'吾欲寒香沁入肺腑。'"古代灯盏有灯头如鸭嘴形状而小者,因寒雨所侵,灯芯余烬结成的灯花如含嘴里,故以"嚼花"喻之。

④浑:《汇释》:"犹还也。"潇湘:即湘君,或称湘夫人。《山海经》卷五:"又东南一百二十里,曰洞庭之山。……帝之二女居之,是常游于江渊。澧沅之风,交潇湘之渊,是在九江之间,出入必以飘风暴雨。"郭璞注曰:"天帝之二女,而处江为神。即《列仙传》江妃二女也。《离骚》《九歌》所谓湘夫人,称帝子者是也。而《河图玉版》曰湘夫人者,帝尧女也。秦始皇浮江至湘山,逢大风,而问博士:'湘君何神?'博士曰:'闻之,尧二女,舜妃也,死而葬此。'《列仙传》曰二女死于江湘之间,俗谓为湘君。郑司农亦以舜妃为湘君。说者皆以舜陟方而死,二妃从之,俱溺死于湘江,遂号为湘夫人。"

⑤"见幽仙"三句:谓水仙花开如湘妃步月环佩归来。幽仙,指幽怨仙女湘夫人。

⑥绀云欹:韦庄《酒泉子》:"绿云欹,金枕腻,画屏深。"绀云,详见《琐窗寒》(绀缕堆云)注③。此以鬓云喻水仙绿叶。

⑦玉搔斜:喻水仙花形如簪头。刘禹锡《浙西李大夫示述梦四十韵并浙东元相公酬和》:"宛转倾罗扇,回旋堕玉搔。"

⑧酒初醒:辛弃疾《贺新郎》咏水仙:"但金杯、的皪银台润。愁殢酒、又

独醒。"

【汇评】

况周颐《蕙风词话》补编卷一：此词境绝清妙。宋词句云："睡起两眸清炯炯。"此"娟娟"从"炯炯"中来。

陈洵《海绡说词》：通章只做"梦觉新愁旧风景"一句。"见幽仙，步凌波，月边影"，是觉。"绀云欹，玉搔斜，酒初醒"，又复入梦矣。

又①

春语莺迷翠柳②。烟隔断、晴波远岫③。寒压重帘幔拖绣④。袖炉香⑤，倩东风，与吹透。

花讯催时候⑥。旧相思、偏供闲昼。春澹情浓半中酒⑦。玉痕销⑧，似梅花，更清瘦⑨。

【题解】

此词写闺怨。上片写室外春景明媚，而室内寒冷阴郁，强烈对比中突出闺中人的惆怅、忧郁；下片写闺中人闲昼相思，情浓病酒，玉容瘦损，将闺怨写足。

【校注】

①明张本、杜本有词题"春情"。毛本、戈校本、王朱本作"春晴"。

②"春语"句：为"春莺语翠柳"之倒文，"烟"字意亦缀此句。诗词中往往莺柳并写。

③"烟隔断"二句：此写水生柳烟，望中景象朦胧。

④幔拖绣：绣帽低垂。欧阳炯《春光好》："垂绣幔，掩云屏，想盈盈。"拖，垂曳。

⑤袖炉香：秦观《木兰花》："玉纤慵整银筝雁。红袖时笼金鸭暖。"袖炉，参见《庆宫春》(春屋围花)注⑭。

⑥"花讯"句：此指首个花信风催梅开放。花讯，江南自初春至初夏，五日一番花讯风候。《历代诗余》作"花信"。

⑦"春醅"句：秦观《如梦令》："门外鸦啼杨柳。春色著人如酒。"李群玉《感春》："春情不可状，艳艳令人醉。"中酒，醉酒。李廓《落第》："气味如中酒，情怀似别人。"

⑧玉痕销：肌肤瘦损。秦观《浣溪沙》："遥想酒醒来，无奈玉销花瘦。"

⑨"似梅花"二句：康与之《江城梅花引》："一夜为花憔悴损，人瘦也，比梅花，瘦几分。"

醉桃源

荷塘小隐赋烛影①

金丸一树带霜华②。银台摇艳霞③。烛阴树影两交加④。秋纱机上花⑤。

飞醉笔，驻吟车⑥。香深小隐家⑦。明朝新梦付啼鸦。歌阑月未斜⑧。

【题解】

《醉桃源》，词牌名，又名《阮郎归》《碧桃春》。《神仙传》载刘晨、阮肇入天台山采药，遇二仙女，留住半年，思归甚苦。既归则乡邑零落，经已十世。曲名本此，故作凄音。双调，四十七字，上片四句四平韵，下片五句四平韵。

"荷塘小隐"，详见《大酺·荷塘小隐》题解。

此词吟咏隐逸之乐。上片紧扣词题"烛影"，勾勒荷塘隐居处秋夜美景，烛影树影摇曳生姿，空灵超逸；下片写与友人秉烛夜游，挥毫吟诗，饮酒歌舞，潇洒惬意。

【校注】

①赋烛影：南朝如庾肩吾、梁元帝等人皆有咏烛影诗。

②"金丸"句:金丸,本指金弹。《西京杂记》卷四:"韩嫣好弹,常以金为丸,所失者日有十余。长安为之语曰:'苦饥寒,逐金丸。'京师儿童,每闻嫣出弹,辄随之,望丸之所落,辄拾焉。"庾肩吾《谢樱桃启》:"同秦人之逐弹,似得金丸。"后以喻黄色小果实。霜华时的果实应为金橘。

③"银台"句:李白《清平乐》:"更被银台红蜡烛,学姜泪珠相续。"褚亮《咏烛花》:"兰径香风满,梅梁暖日斜。"曹植《洛神赋》:"远而望之,皎若太阳升朝霞。"隐含"霞"字。艳霞,明张本作"绛霞"。

④"烛阴"句:庾肩吾《烛影诗》:"垂焰垂花比芳树,随风随水俱难驻。"交加,《文选·宋玉〈高唐赋〉》:"交加累积,重叠增益。"李善注:"交加者,言石相交加,累其上,别有交加。"

⑤"秋纱"句:庾肩吾《烛影诗》:"秦娥软舞隙中来,李吾夜绩光中度。"褚亮《咏烛花》:"莫言春稍晚,自有镇开花。"

⑥驻吟车:此写殷勤留客,暗用投辖典。《汉书·陈遵传》:"遵耆酒,每大饮,宾客满堂,辄关门,取客车辖投井中,虽有急,终不得去。"

⑦"香深"句:据前引"兰径香风满",知唐代已有香烛,宋代亦沿此习。《齐东野语》卷八:"秦桧之当国,四方馈遗日至。方滋德帅广东,为蜡炬,以众香实其中,遣驶卒持诣相府。厚遗主藏吏,期必达,吏使俟命。一日,宴客,吏曰:'烛尽,适广东方经略送烛一畚,未敢启。'乃取而用之。俄而异香满坐,察之,则自烛中出也。"香深,毛本、《历代诗余》、戈校本、杜本、王朱本作"香浮"。

⑧"明朝"二句:取意庾肩吾《烛影诗》句意:"烛龙潜曜城乌啼,阴阴叠鼓朝天去。"歌阑,温庭筠《春江花夜月词》:"玉树歌阑海云黑,花庭忽作青芜国。"谓月未西斜,还将重按歌舞,因秉烛彻夜欢饮吟唱,对昨夜而言,不能有明朝新梦。新梦,毛本、《历代诗余》、戈校本、杜本、王朱本作"客梦"。

又

赠卢长笛

沙河塘上旧游嬉^①。卢郎年少时^②。一声长笛月中吹^③。和云和雁飞。

惊物换,叹星移。相看两鬓丝。断肠吴苑草凄凄^④。倚楼人未归^⑤。

【题解】

卢长笛,疑为《绕佛阁·与沈野逸东皋天街卢楼追凉小饮》中卢楼主人。

此词赠友抒怀,寄托身世之感。上片写往昔,叙年少时嬉戏交游,赞卢长笛笛声悠扬;下片写今日,二人羁旅漂泊,年老体衰,表达了身世之感与伤别之情。

【校注】

①"沙河"句:沙河在杭京畿县钱塘,是宋代繁华嬉乐之所。

②卢郎年少时:《南部新书》卷四:"卢家有子弟,年已暮而犹为校书郎。晚娶崔氏女,崔有词翰,结褵之后,微有愧色。卢因请诗以述怀为戏,崔立成诗曰:'不怨卢郎年纪大,不怨卢郎官职卑。自恨为妻生较晚,不见卢郎年少时。'"

③"一声"句:赵嘏《长安晚秋》:"残星几点雁横塞,长笛一声人倚楼。"余参见《齐天乐》(凌朝一片阳台影)注⑫。

④草凄凄:化用《招隐士》诗:"王孙游兮不归,春草生兮萋萋。"凄凄,《历代诗余》作"萋萋"。

⑤"倚楼"句:承上引赵嘏诗意。并牵合闺中倚楼望归。温庭筠《忆江南》:"梳洗罢,独倚望江楼。过尽千帆皆不是,斜晖脉脉水悠悠。"

247

又

青春花姊不同时①。凄凉生较迟②。艳妆临水最相宜③。风来吹绣漪④。

惊旧事，问长眉。月明仙梦回⑤。凭栏人但觉秋肥⑥。花愁人不知⑦。

【题解】

"芙蓉"，此赋木芙蓉，又名拒霜等。

此词咏木芙蓉，借以表达生不逢时的愁苦。上片写木芙蓉不与百花争春，而在秋天盛开，临水照影，艳美多姿；下片以拟人手法赋予木芙蓉高洁品质，以其怨愁无人看重而慨叹生不逢时的身世之感。

【校注】

①"青春"句：郑域《木芙蓉》："若遇春时独占榜，牡丹未必作花魁。"刘埙《芙蓉洲》："谁怜冷落清秋后，能把华姿独拒霜。"青春，《楚辞·大招》："青春受谢，白日昭只。"王逸章句："青，东方春位，其色青也。"《后汉书·祭祀志第八》："立春之日，迎春于东郊，祭青帝句芒，车旗服饰皆青。歌青阳，八佾舞云翘之舞。"花姊，木芙蓉秋开，故称春花为姊。《尔雅》卷三："男子谓女子先生为姊，后生为妹。"

②"凄凉"句：苏轼《王伯敫所藏赵昌花四首·芙蓉》咏木芙蓉："凄凉似贫女，嫁晚惊衰早。"

③"艳妆"句：苏轼《王伯敫所藏赵昌花四首·芙蓉》："溪边野芙蓉，花水相媚好。"

④"风来"句：陆龟蒙《奉和袭美太湖诗二十首·明月湾》："周回二十里，一片澄风漪。"绣漪，有文绣（红花绿叶所映照）的涟漪。

⑤ "惊旧事"三句:用芙蓉城传说。苏轼《芙蓉城》诗序曰:"世传王迥字子高,与仙人周瑶英游芙蓉城。"《芙蓉城》诗有句曰:"芙蓉城中花冥冥,谁其主者石与丁。珠帘玉案翡翠屏,云舒霞卷千娉婷。中有一人长眉青,炯如微云淡疏星。"《唐宋诗醇》卷三五引胡微之《芙蓉城传》注苏轼诗:"王迥,字子高。初遇一女,自言周太尉女。语王曰:'我于人间嗜欲未尽,缘以冥契,当侍巾帻。'自是朝去夕至,凡百余日。周云:'即预朝列。'王曰:'朝帝耶?'不言其详。由此倏去不来者数日。忽一夕,梦周道服而至,谓王曰:'我居幽僻,君能一往否?'喜而从之。但觉其身飘然与周同举,须臾,过一岭,及一门,珍禽佳木,清流怪石,殿阁金碧相照。遂与王自东厢门入,循廊至一殿亭,甚雄壮。下有三楼,相视而耸。廊间半开,周忽入,王少留。须臾,周与一女郎至,周曰:'三山之事息乎?'曰:'虽已息,奈情何?'于是拊掌而去。逶巡东廊之门,启,有女流道装而出者百余人,立于庭下。俄闻殿上卷帘,有美丈夫一人朝服凭几,而庭下之女循次而上。少顷,凭几者起,帘复下,诸女流亦复不见。周遂命王登东厢之楼,上有酒具。凭栏纵观,山川清秀,梁上有碑,题曰'碧云',其字则真诰八龙云篆。王未及下,一女郎复登是楼,年可十五,容色娇媚,亦周之比。周曰:'此芳卿也,与我最相爱,芳卿盖其字耳。'梦之明日,周来,王语以梦。周笑曰:'芳卿之意甚勤也。'王问何地,周曰:'芙蓉城也。'"《彦周诗话》:"东坡作《芙蓉城》诗,亦用'长眉青'三字……便有神仙风度。"

⑥ "凭栏"句:杨万里《看刘寺芙蓉》:"秋英例臞淡,此花独映泽。"刘仙伦咏木芙蓉:"碧条苍叶生春妍,买断秋光作容态。"

⑦ "花愁"句:唐宋人写芙蓉之怨恨者,如李嘉祐《秋朝木芙蓉》:"平生露滴垂红脸,似有朝愁暮落悲。"陈经国《木芙蓉》:"冷落半秋谁是侣,可怜妖艳嫁西风。"

【汇评】

杨铁夫《梦窗词全集笺释》:("惊旧事"三句)仙梦,游仙之梦也。("凭栏"二句)说"秋肥"而人瘦已见。"但觉秋肥",疑花本无愁矣;然花自有愁,人特不知耳。比较人愁花不知意深。

又

翠阴浓合晓莺堤①。春如日坠西②。画图新展远山齐。花深十二梯③。

风絮晚,醉魂迷。隔城闻马嘶④。落红微沁绣鸳泥⑤。秋千教放低⑥。

【题解】

"丰乐楼",西湖边的著名建筑。据周密《武林旧事》云:"丰乐楼,旧为众乐亭,又改筑翠楼,政和中改今名。淳祐间,赵京尹与𥲀重建,宏丽为湖山冠。又甃月池,立秋千梭门,植花木,构数亭,春时游人繁盛。旧为酒肆,后以学馆致争,但为朝绅同年会拜乡会之地。……吴梦窗尝大书所赋《莺啼序》于壁,一时为人传诵。"按淳祐九年(1249),赵与𥲀重建丰乐楼,于淳祐十一年二月建成。本词即写于丰乐楼建成之后的会饮。

此词上片写西湖暮春之景,登楼临眺,湖光山色,尽收眼底,赏心悦目;下片写会饮,言与友人宴饮终日,惜春行乐。

【校注】

①"翠阴"句:杭州西湖边多植杨柳,春日杨柳阴浓莺啭。

②"春如"句:"春"字为全篇之眼,非仅此句喻体与本体之关系。谓当及时行乐。

③"画图"二句:韩疁《浪淘沙·丰乐楼》:"三十六梯人不到,独唤瑶筝。"新展,点出楼已重建。

④"风絮晚"三句:苏堤多柳,亦入丰乐楼景观。南宋笔记、诗词中多记载寒食清明时西湖节令游赏及日晚入城情景。《梦粱录》卷二:"饮酒贪欢,不觉日晚,红霞映水,月挂柳梢,歌韵清圆,乐声嘹亮,此时尚犹未绝。男跨

雕鞍,女乘花轿,次第入城。"

⑤绣鸳:绣有鸳鸯图案的鞋子。张先《减字木兰花·赠伎》:"文鸳绣履,去似杨花尘不起。"

⑥"秋千"句:秋千之戏是寒食节前后妇女郊游时的活动。上二句写雨后初晴,落红花泥似乎要沾惹低擦地面而过的秋千架上游女的绣鞋。

如梦令①

春在绿窗杨柳。人与流莺俱瘦②。眉底暮寒生③,帘额时翻波皱④。风骤。风骤⑤。花径啼红满袖⑥。

【题解】

《如梦令》,词牌名。苏轼词序:"此曲本唐庄宗制,名《忆仙姿》,嫌其名不雅,故改为《如梦令》。庄宗作此词,卒章云:'如梦。如梦。和泪出门相送。'因以取名。"又名《如意令》《无梦令》《宴桃源》《忆仙姿》。单调,三十三字,七句五仄韵,一叠韵。

此词写伤春。词作借莺啼寻偶、倒春寒、风吹帘动、落红满地以烘托词人的满腹愁绪,表达惜花伤春之情。

【校注】

①明张本有词题"春暮"。

②"春在"二句:高观国《御街行·赋帘》:"莺声似隔,篆烟微度,爱横影、参差满。"此词于无名氏《如梦令》多有取意:"依旧。依旧。人与绿杨俱瘦。"

③"眉底"句:卢绛《梦白衣妇人歌词》:"眉黛小山攒,芭蕉生暮寒。"

④"帘额"句:高观国《御街行·赋帘》:"香波半窣深深院。正日上、花阴浅。青丝不动玉钩闲,看翠额、轻笼葱茜。"范成大《晓起》:"帘额绣波荡漾,烛盘红泪阑干。"

⑤"风骤"二句:李清照《如梦令》:"昨夜雨疏风骤,浓睡不消残酒。"

⑥"花径"句：张先《天仙子》："重重帘幕密遮灯，风不定。人初静。明日落红应满径。"陈后主《有所思三首》(之一)："落花同泪脸，初月似愁眉。"啼红，梁元帝《代旧姬有怨》："怨黛舒还敛，啼红拭复垂。"此喻落花上的雨珠露滴。

又①

秋千争闹粉墙②。闲看燕紫莺黄③。啼到绿阴处④，唤回浪子闲忙⑤。春光。春光。正是拾翠寻芳⑥。

【题解】

此词写春光。先写女子荡秋千，莺莺燕燕，引得行人争看，不由感叹这大好春光，正是寻芳嬉游的好时光。此词气氛欢快热烈，富有盎然生机。

【校注】

①明张本、毛本、戈校本、杜本、王朱本有词题"春景"。

②"秋千"句：孙应时《和李季章校书西湖即事三首》(之二)："舴艋填芳渚，秋千闹粉墙。"荡秋千是妇女寒食郊游时的户外活动。

③"闲看"句：朱淑真《谒金门》："好是风和日暖。输与莺莺燕燕。"黄庭坚《听宋宗儒摘阮歌》："深闺洞房语恩怨，紫燕黄鹂韵桃李。"杨笺："'啼'字，字面指莺燕，骨里指妇女笑语。看人打秋千，是闲忙也。"

④"啼到"句：周邦彦《望江南》："墙外见花寻路转，柳阴行马过莺啼。"

⑤"唤回"句：释如净《颂古八首》(之六)："游春浪子风流甚，卖弄三文黑老婆。"杨笺："《宋史》李邦彦每缀街市俚语为词典，人争传之，自号李浪子。后为相时，称浪子宰相。浪子，自指。"

⑥拾翠寻芳：张先《木兰花·乙卯吴兴寒食》："芳洲拾翠暮望归，秀野踏青来不定。"曹植《洛神赋》："或采明珠，或拾翠羽。"庾信《周五声调曲·角调曲二首》(之二)："寻芳者追深径之兰，识韵者探穷山之竹。"

望江南

赋画灵照女①

衣白苎②,雪面堕愁鬟③。不识朝云行雨处④,空随春梦到人间⑤。留向画图看⑥。

慵临镜⑦,流水洗花颜⑧。自织苍烟湘泪冷,谁捞明月海波寒⑨。天澹雾漫漫⑩。

【题解】

《望江南》,词牌名。据段安节《乐府杂录》:"《望江南》始自朱崖李太尉(德裕)镇浙日,为亡妓谢秋娘所撰。本名《谢秋娘》,后改此名。"又名《忆江南》《江南好》《步虚声》《梦江南》《梦游仙》《春去也》《思晴好》《望江海》《梦江口》等。单调,二十七字,五句三平韵;双调,五十四字,各五句三平韵。

"灵照",称未嫁而亡的女郎。《传灯录》载,襄州居士庞蕴一女名灵照。居士将入灭,令灵照出视日早晚,及午以报。女遽报曰:"日已中矣,而有蚀也。"居士出户观之,灵照则登父座,合掌而亡。居士笑曰:"我女锋捷矣。"

此词赋人家未嫁而亡女儿临水遗像。上片写女郎遗像,惜其未识人间情爱即早亡;下片写女郎临水形象,婉言其谢世,令人惘然。为表现词的主旨,梦窗用"白""愁""空""冷""寒""澹"等含凄然色彩的字层层渲染,更突出了悲剧色彩。

【校注】

①灵照:毛本、《历代诗余》、杜本、王朱本、朱二校本作"临照"。

②衣白苎:贾岛《再投李益常侍》:"新衣裁白苎,思从曲江行。"

③堕愁鬟:髻鬟斜欹即有哀愁之态。

④朝云行雨：用宋玉《高唐赋并序》中楚王梦见高唐神女事。

⑤春梦：承高唐梦境，晏殊《蝶恋花》："醉倒西楼醒不记，春梦秋云，聚散真容易。"

⑥画图：薛媛《写真寄夫》："恐君浑忘却，时展画图看。"

⑦临镜：左思《娇女诗》："轻妆喜楼边，临镜忘纺绩。"

⑧"流水"句：取意崔氏《礲面辞》："取白雪，取红花，与儿洗面作妍华。"花颜：李白《相和歌辞·怨歌行》："十五入汉宫，花颜笑春红。"

⑨"自织"二句：化用李商隐《锦瑟》"沧海月明珠有泪"诗意及鲛宫织绡典。又合用掌上明珠典，语出傅玄《短歌行》："昔君视我，如掌中珠。"并翻用宋之问《奉和晦日幸昆明池应制》："不愁明月尽，自有夜珠来。"《瀛奎律髓》卷一六："'不愁明月尽'，谓晦日则无月也，池中自有大蚌。明月之珠，如近世礐社湖珠现是也。"礐社湖珠现事见《梦溪笔谈》卷二一。此处还暗用合浦还珠典，见《后汉书·循吏传》："（孟尝）迁合浦太守。郡不产谷实，而海出珠宝，与交阯比境，常通商贩，贸籴粮食。先时宰守并多贪秽，诡人采求，不知纪极，珠遂渐徙于交阯郡界。于是行旅不至，人物无资，贫者死饿于道。尝到官，革易前敝，求民病利。曾未逾岁，去珠复还。"此谓不能再有还珠照明晦日夜色，婉言其殒世。湘泪冷，明张本、毛本作"湘泪泠"。

⑩"天澹"句：此以海天之景写惘然之情。

又

茶

松风远①，莺燕静幽坊②。妆褪宫梅人倦绣③，梦回春草日初长④。瓷碗试新汤⑤。

笙歌断⑥，情与絮悠扬⑦。石乳飞时离凤怨⑧，玉纤分处露花香⑨。人去月侵廊⑩。

此词题为"茶",实为春日试新茶时念及昔日与词人共品清茗的幽坊歌妓,抒发了词人见茶而生的深切思人之情。

【校注】

①松风:形容煎茶声。苏轼《试院煎茶》:"蟹眼已过鱼眼生,飕飕欲作松风鸣。"

②莺燕:此代指歌妓。幽坊,毛本作"幽芳"。

③妆褪宫梅:用梅花妆典。人倦绣:《说郛》卷四七(上):"白乐天诗云:'倦倚绣床愁不动,缓垂绿带髻鬟低。辽阳春尽无消息,夜合花前日又西。'好事者画为《倦绣图》"。宋伯仁《梅花喜神谱·欲谢一十六枝》:"求友不须鸣,绿窗人倦绣。"宫梅,毛本、《历代诗余》、戈校本、王朱本作"官梅"。

④梦回春草:用谢灵运梦见谢惠连,写出佳制典。亦寓新茶时节。《宋史·食货下·六》:"建宁腊茶,北苑为第一。其最佳者曰社前,次曰火前,又曰雨前。"日初长:立春之后,白昼渐长。

⑤"瓷碗"句:黄庭坚《西江月》:"兔褐金丝宝碗,松风蟹眼新汤。"苏轼《望江南》:"休对故人思故国,且将新火试新茶。""玉纤"意入此句。孟郊《会合联句》:"雪弦寂寂听,茗碗纤纤捧。"苏轼《梦回文二首》序曰:"十二月二十五日,大雪始晴,梦人以雪水烹小团茶,使美人歌,以饮余。"诗中有句曰:"酡颜玉碗捧纤纤,乱点余花唾碧衫。"

⑥笙歌:此亦指煮水响沸之声。苏轼《瓶笙并引》:"庚辰八月二十八日,刘几仲饯饮东坡,中觞,闻笙箫声,杳杳若在云霄间。抑扬往返,粗中音节,徐而察之,则出于双瓶,水火相得,自然吟啸。"

⑦情絮悠扬:兼写分茶时茶面景象。

⑧"石乳"句:石乳,产于福建的名茶。熊蕃《宣和北苑贡茶录》:"又一种茶,丛生石崖,枝叶尤茂。至道初,有诏造之,别号石乳。"凤,指龙凤团茶。宋徽宗《大观茶论》:"岁修建溪之贡,龙团凤饼,名冠天下。"离凤,此指绘有双凤的团茶被掰开而言。

⑨分:分茶,注汤后用箸搅茶乳,使汤水波纹幻变成种种形状。陆游《临安春雨初霁》:"矮纸斜行闲作草,晴窗细乳戏分茶。"露花香:茶叶上似

乎尚带露水,散发着自然的香气。分处,明张本作"分时"。

⑩"人去"句:苏轼《南歌子·别润守许仲涂》:"欲执河梁手,还升月旦堂。酒阑人散月侵廊。"

定风波①

密约偷香□踏青②。小车随马过南屏③。回首东风销鬓影④。重省。十年心事夜船灯⑤。

离骨渐尘桥下水⑥,到头难灭景中情⑦。两岸落花残酒醒⑧。烟冷⑨。人家垂柳未清明⑩。

【题解】

《定风波》,唐教坊曲名,后用作词牌。调见《尊前集》。又名《卷春空》《定风流》《定风波令》《醉琼枝》。有八体,双调,有六十字、六十二字、六十三字者。此词用六十字体,双调,上片五句三平韵两仄韵,下片五句两平韵两仄韵。

此词为悼念杭之亡妾而作,可与其《莺啼序·春晚感怀》词互为参照。据词中意推测,杭妾或横死水中。上片先追忆与杭姬初逢密约、郊游踏青的欢愉,转笔今日回杭,双鬓斑白,往事不堪回首;下片写杭姬死于非命,而梦窗重访旧地,触景生情,表达了深切的悼亡之情。词中往昔与现实,抒情与写景,错综交替,结构曲折婉转,但转折关系又是较清楚的。词中所表达的悲伤而真挚的情感,亦感人至深。

【校注】

①明张本、毛本、戈校本、杜本、王朱本有词题"春情"。

②密约:韩偓《幽窗》:"密约临行怯,私书欲报难。"偷香:《世说新语·惑溺》:"韩寿,美姿容。贾充辟以为掾。充每聚会,贾女于青琐中看,见寿,说之,恒怀存想,发于吟咏。后婢往寿家,具述如此,并言女光丽。寿闻之

心动,遂请婢潜修音问,及期往宿。寿矫捷绝人,逾墙而入,家中莫知。自是充觉女盛自拂拭,说畅有异于常。后会诸吏,闻寿有奇香之气,是外国所贡,一著人,即历月不歇。充计武帝唯赐己及陈骞,余家无此香。疑寿与女通,而垣墙重密,门阁急峻,何由得尔。乃托言有盗,令人修墙。使反曰:'其余无异,唯东北角如有人迹,而墙高非人所逾。'充乃取女左右婢考问,即以状对。充秘之,以女妻寿。"后以"密约偷香"谓私定情好。踏青:蜀中踏青节在二月二日。《岁时广记》卷一:"杜氏《壶中赘录》:蜀中风俗旧以二月二日为踏青节,都人士女络绎游赏,缇幕歌酒,散在四郊。"也泛指清明节前后较长时间的郊野游览习俗。

③小车随马:谓信马随车。南屏:南屏山,在西湖南岸,有石壁如屏障,故名。

④"回首"句:周邦彦《蝶恋花·早行》:"执手霜风吹鬓影。去意徊徨,别语愁难听。"

⑤十年心事:此写年青时客杭的情事。

⑥"离骨"句:韩愈《题杜工部坟》:"怨声千古寄西风,寒骨一夜沈秋水。"反用高观国《永遇乐·次韵吊青楼》句意:"衔芳恨、千年怨结,玉骨未应成土。"

⑦景中情:以上二句谓离人玉骨或已渐渐尘化为六桥下的流水,但自己还是刻骨铭心,非常执着于那段美丽邂逅——似乎有些虚幻不实的情缘。难灭,杜本作"难减"。

⑧"两岸"句:合用杜甫《发潭州》"岸花飞送客"诗意及柳永《雨霖铃》词意:"今宵酒醒何处,杨柳岸、晓风残月。"酒醒,毛本作"酒醉"。

⑨烟冷:指寒食节。

⑩"人家"句:写寒食门上簪柳之俗。未清明,《东京梦华录》卷七:"寒食第三日,即清明日矣。凡新坟皆用此日拜扫,都城人出郊。"此谓欲前往祭扫,然时节尚未清明,何况船在旅途,身不由己。

月中行

和黄复庵

疏桐翠井早惊秋①。叶叶雨声愁。灯前倦客老貂裘②。燕去柳边楼③。

吴宫寂寞空烟水④，浑不认、旧采菱洲⑤。秋花旋结小盘虬⑥。蝶怨夜香留⑦。

【题解】

《月中行》，词牌名，又名《月宫春》。双调，五十字，上片四句四平韵，下片四句三平韵。

此词写于苏州重九夜，梦窗与友人感怀今昔，表达了浓重的羁旅他乡的烦愁，同时暗示了自己不能与命运抗争的无奈。

【校注】

①"疏桐"句："柳边楼"意亦缀此句，写雨中情形。梁元帝《藩难未静述怀诗》："楼前飘密柳，井上落疏桐。"井壁常湿，多生绿苔，故云"翠井"。翠井，戈校本、杜本、王朱本作"翠竹"。

②老貂裘：貂裘弊旧。《战国策》卷三："(苏秦)说秦王，书十上而说不行。黑貂之裘弊，黄金百斤尽，资用乏绝，去秦而归。"

③"燕去"句：燕归人留，写漂泊之感。

④吴宫寂寞：华镇《咏西施》："吴宫寂寞无桃李，芙蓉一笑君意倾。"

⑤采菱洲：《楚辞·招魂》："涉江采菱，发扬荷些。"傅玄《诗》："有女殊代生，涉江采菱花。"

⑥"秋花"句：上阕中的"灯前"意缀于此。蟠虬，孙惠《楠榴枕赋》："蜿若蟠虬，翩似交鹤。"此谓深秋雨夜寒湿中灯花屡结不落，纠成盘龙形状。

⑦"蝶怨"句："秋"字亦意缀此句中"香"字。郑谷《十日菊》："节去蜂愁

蝶不知,晓庭还绕折残枝。自缘今日人心别,未必秋香一夜衰。"苏轼《九日次韵王巩》:"相逢不用忙归去,明日黄花蝶也愁。"掌灯时即过重九日月并应的正点,至夜间,菊花虽香却非应景,故而蝶蜂替人愁怨。此词写于重阳节夜,实暗用潘大临"满城风雨近重阳"名句,上下阕所写风雨寒湿,皆作蓄势。

虞美人①

背庭缘恐花羞坠②。心事遥山里③。小帘愁卷月笼明。一寸秋怀禁得、几蛩声④。

井梧不放西风起。供与离人睡⑤。梦和新月未圆时⑥。起看檐蛛结网、又寻思⑦。

【题解】

《虞美人》,唐教坊曲名,后用作词牌。又名《一江春水》《玉壶水》《巫山十二峰》等。双调,有两格,其一为五十六字,上下片各四句两仄韵、两平韵;一为五十八字,上下片各五句两仄韵、三平韵。此首为第一格。

此词为闺怨词,通过描写清冷的环境以及思妇夜不能寐的情景,表达了对亲人的思念及盼归之情。

【校注】

①明张本有词题"春寒"。

②"背庭"句:张籍《惜花》:"庭树花蒙蒙,坠地无颜色。"《冷斋夜话》卷一:"东坡尝对欧公诵文与可诗曰:'美人却扇坐,羞落庭下花。'"

③"心事"句:温庭筠《梦江南》:"山月不知心里事,水风空落眼前花。"并用远山黛典。

④"一寸"二句:庾信《愁赋》残文:"谁知一寸心,乃有万斛愁。"禁,《汇释》:"犹当也;受也,耐也。"

⑤"井梧"二句：井梧西风，典例详见《月中行》(疏桐翠井早惊秋)注①。《汇释》："放，犹教也，使也。……吴文英《满江红》词：'人境不教车马近，醉乡莫放笙歌歇。'放与教互文，皆使也。"

⑥"梦和"句：《类说》卷五六载石曼卿对李长吉"天若有情天亦老"为"月如无恨月长圆"。卢绛《梦白衣妇人歌词》："攲枕悄无言，月和残梦圆。"

⑦"起看"二句：张祜《读曲歌五首》(之一)："窗中独自起，帘外独自行。愁见蜘蛛织，寻思直到明。"民间谓蜘蛛(特指一种长脚蜘蛛，称喜子或嬉子)结网即有亲人归来。《诗·豳风·东山》："伊威在室，蟏蛸在户。"孔颖达疏："蟏蛸，长踦，一名长脚。荆州河内人谓之喜母，此虫来著人衣，当有亲客至，有喜也。幽州人谓之亲客，亦如蜘蛛为罗网居之，是也。"

【汇评】

杨铁夫《梦窗词全集笺释》：("背庭"二句)此两韵写愁人凝望时光景。坐适背庭，如恐花羞。面既外向，心似在山。何等心事，妙不明说。痴句即是妙句。 ("一寸"二句)秋怀是情，蛩声是景。此韵融景于情，不曰蛩声扰乱秋怀，偏曰秋怀禁得蛩声。"几"字又作疑惑，语更灵动。

菩萨蛮①

落花夜雨辞寒食。尘香明日城南陌②。玉靥湿斜红③。泪痕千万重④。

伤春头竟白。来去春如客。人瘦绿阴浓⑤。日长帘影中⑥。

【题解】

《菩萨蛮》，唐教坊曲名，后用作词牌名。又名《子夜歌》《重叠金》《花间意》《梅花句》等。《宋史·乐志》《尊前集》《金奁集》并入"中吕宫"，《张子野词》作"中吕调"。双调，四十四字，前后片各四句，两仄韵两平韵。

此词咏少女伤春而有所寄托。上片写寒食夜雨,南陌花落,勾起少女伤春情怀,玉泪潜潜;下片极写其伤春情怀,竟至白头、瘦损、度日如年。

【校注】

①明张本有词题"春寒"。

②尘香:此喻落花染香之尘。

③玉靥:以白皙的笑靥喻花瓣。白玉蟾《携友生诣桐柏》:"金前错落枫犹叶,玉靥飘零菊更花。"斜红:脸部妆饰样式。梁简文帝《艳歌篇十八韵》:"分妆间浅靥,绕脸傅斜红。"张泌《妆楼记》:"斜红绕脸,盖古妆也。"

④"泪痕"句:刘媛《长门怨二首》(之一):"泪痕不学君恩断,拭却千行更万行。"与上句皆喻南陌落花。

⑤"人瘦"句:李清照《如梦令》:"知否。知否。应是绿肥红瘦。"又,《醉花阴》:"莫道不消魂,帘卷西风,人比黄花瘦。"

⑥"日长"句:李贺《秦宫词》:"人间酒暖春茫茫,花枝入帘白日长。"

【汇评】

杨铁夫《梦窗词全集笺释》:("落花"二句)花为雨落,正寒食时,故曰"辞"。今夜因雨所落之花,明日变为南陌之尘。 ("伤春"二句)未应白而曰白,故曰"竟"。此非伤春,实惜人去。 ("人瘦"二句)"浓"与肥同,绿肥,则人愈瘦矣。不言愁而愁自见。

又①

绿波碧草长堤色②。东风不管春狼藉③。鱼沫细痕圆④。燕泥花唾干⑤。

无情牵怨抑。画舸红楼侧⑥。斜日起凭阑。垂杨舞晓寒⑦。

【题解】

此为闺情词。上片写景,草柳绿波,东风狼藉,鱼吐泡沫,燕子衔泥,皆照应闺中人的幽怨情怀；下片写闺中人的幽怨无处宣泄，日暮凭栏，盼伊人归来。

【校注】

①王朱本词调作《菩萨蛮》。明张本、毛本、戈校本、杜本、王朱本有词题"春情"。

②"绿波"句：江淹《别赋》："春草碧色，春水渌波。送君南浦，伤如之何。"白居易《杭州春望》："谁开湖寺西南路，草绿裙腰一道斜。"水波堤草中暗寓柳色，与下阕结处合榫。

③"东风"句：汪晫《念奴娇·清明》："试问春光今几许，犹有三分之一。枝上花稀，柳间莺老，是处春狼藉。"

④"鱼沫"句：李贺《古悠悠行》："海沙变成石，鱼沫吹秦桥。"杜甫《城西陂泛舟》："鱼吹细浪摇歌扇，燕蹴飞去落舞筵。"

⑤"燕泥"句：梁简文帝《和湘东王首夏诗》："燕泥衔复落，鹍吟敛更扬。"花唾，此指燕唾及雨后湿气沾于和花之泥。

⑥"无情"二句：上阕"不管"意入此处。化用郑文宝《柳枝词》："亭亭画舸系春潭，直待行人酒半酣。不管烟波与风雨，载将离恨过江南。"而从怨妇立场言之。怨抑，毛本作"怨柳"。

⑦"斜日"二句："红楼"意亦入此句。苏轼《一斛珠》："洛城春晚。垂杨乱掩红楼半。"晏殊《踏莎行》："一场春梦酒醒时，斜阳却照深深院。"舞晓寒，戈选作"舞暮寒"。

贺新郎

湖上有所赠①

湖上芙蓉早。向北山、山深雾冷，更看花好。流水茫茫城下梦，空指游仙路杳②。笑萝障、云屏亲到③。雪玉肌肤春温夜④，饮湖光、山渌成花貌⑤。临涧水，弄清照⑥。

着愁不尽宫眉小⑦。听一声、相思曲里⑧，赋情多少⑨。红日阑干鸳鸯枕,那枉裙腰褪了⑩。算谁识、垂杨秋袅。不是秦楼无缘分⑪,点吴霜⑫、羞带簪花帽。但殢酒,任天晓。

【题解】

《贺新郎》,词牌名,又名《金缕曲》《乳燕飞》《貂裘换酒》等。计十一体,有一一三字、一一五字、一一六字、一一七字不等。此词为一一六字体,双调,前后片各十句六仄韵。

此为赠妓词。上片颇以妓喻芙蓉以言事,写西湖北山探芙蓉,妓敞门迎客,帐暖春宵;下片另开一境,写芙蓉怨吻,谓其眉宇含愁,曲中相思,倚阑盼君,裙腰瘦损,最后在有缘无分的怨语中一醉方休。此词以丽语绘景写人,情致缠绵。

【校注】

①《历代诗余》无词题。

②"湖上"六句:此处及全词皆关涉芙蓉城传说,写书生王子高与仙女周瑶英同游芙蓉城仙境及情缘。详见《醉桃源》(青春花姊不同时)注⑤。杨湜《古今词话》引《芙蓉堂》诗:"暗想旧游浑似梦,芙蓉城下水茫茫。"词借写西湖艳遇中的杭州情事。北山,西湖北面有北高峰、仙姑山、栖霞岭、宝石山等,总称北山。山深,杜本、朱二校本、《四明》本作"烟深"。

③云屏:苏轼《芙蓉城》:"珠帘玉案翡翠屏,云舒霞卷千娉婷。"以上二句借芙蓉仙境中的陈设写彼美居处以绿萝为步障,以云霞为屏风的美景。

④雪玉肌肤:下文"花貌"意属此。白居易《长恨歌》:"中有一人字太真,雪肤花貌参差是。"春温:"笑"字意属此处。苏轼《送鲁元翰少卿知卫州》:"时于冰雪中,笑语作春温。"《史记·田敬仲完世家》:"夫大弦浊以春温者,君也;小弦廉折以清者,相也。"

⑤"饮湖光"二句:苏轼《书林逋诗后》:"吴侬生长湖山曲,呼吸湖光饮山渌。"渌,水清澈。山渌,明张本、《历代诗余》、杜本作"山绿"。

⑥"临涧水"二句:此写芙蓉城的水中倒影。

⑦"着愁"句:李商隐《代赠二首》(之二):"总把春山扫眉黛,不知供得几多愁。"宫眉,《说略》卷二一:"宝奁录:汉武帝令宫人扫八字眉。"李商

隐《蝶三首》(之三):"寿阳公主嫁妆时,八字宫眉捧额黄。"

⑧相思曲:《乐府诗集》卷四六:"《古今乐录》曰:《懊侬歌》者,晋石崇绿珠所作。唯'丝布涩难缝'一曲而已。后皆隆安初民间讹谣之曲。宋少帝更制新歌三十六曲,齐太祖常谓之《中朝曲》。梁天监十一年武帝敕法云改为《相思曲》。"

⑨赋情多少:胡微之《芙蓉城传》载王子高梦游芙蓉城并见芳卿后,曾询仙境中事。"(王)曰:'凭几者谁? 三山之事何谓?'周皆不对。问芳卿何姓,曰:'与我同。'王感其事,作诗遗周。周临别留诗云:'久事屏帏不暂闲,今朝离意尚阑珊。临行惟有相思泪,滴在罗衣一半斑。'"

⑩"那枉"句:高观国《柳梢青·柳》:"为怜张绪风流,正瘦损、宫腰褪碧。"那,《汇释》:"那,犹奈也。"谓奈何系裙之腰徒然地为思念而瘦损消褪。

⑪秦楼:秦穆公为其女弄玉所建之楼。亦称凤楼。后多代指妓院。

⑫点吴霜:犹言"鬓点吴霜"。参见《水龙吟》(澹云笼月微黄)注⑧。

又

为德清赵令君赋小垂虹①

浪影龟纹皱②。蘸平烟、青红半湿③,枕溪窗牖④。千尺晴虹碧潋映⑤,万叠罗屏拥绣⑥。漫几度、吴船回首⑦。归兴五湖应不到⑧,问苍茫、钓雪人知否⑨。樵唱杳,度深秀⑩。

重来趁得花时候⑪。记留连⑫、空山夜雨,短亭春酒⑬。桃李新栽成蹊处,尽是行人去后⑭。但东阁、官梅清瘦⑮。欸乃一声山水绿,燕无言、风定垂帘昼。寒正悄,弹吟袖⑯。

【题解】

赵令君,即当时的德清县令赵善春。清朱祖谋笺:"《德清县志》,南宋知县赵伯搏,嘉定六年(1213)任;赵善春,嘉定十七年(1224)任,令君未知孰是。"杨笺:"梦窗是时年龄当在二十岁左右,德清为其少游之地。"因此令君当是赵善春。"小垂虹"一说即县东"小虹桥"。但此词所赋实为左顾亭与大虹桥。《康熙德清县志》卷二:"大虹桥,在龟溪东岸,当行春门之首。小虹桥,在大虹桥之东。"行春门,又称迎春门,是德清县城东城门之一。

此词为酬赠词,系吴文英青年时期重游德清时所作。上片重彩描绘小垂虹周围风景之美;下片记事抒情,赞赵令君政绩斐然,泽被一方。

【校注】

①赵令君:明张本、杜本作"赵令居"。

②"浪影"句:龟,龟溪,即余不溪。余不溪水东北过德清县城东迎春门,与苕溪合流为霅溪入太湖。又有北流水,自德清县城中分余不溪之北流而去。

③青红半湿:形容建筑物刚刚修缮完毕,油漆尚未干透。姜夔《喜迁莺慢·功父新第落成》:"窗户新成,青红犹润,双燕为君胥宇。"据知赵县令任上曾修缮左顾亭。

④枕溪窗牖:此"窗牖"写溪上左顾亭。淳祐年间,葛应龙曾复左顾亭之旧。《吴兴备志》卷六:"葛应龙,天台人。淳祐戊申受辟江西帅监德清左库,尝于余不溪上建左顾亭。"

⑤"千尺"句:谓长桥在霞光绿水中倒映出如虹身姿。化用杜牧《阿房宫赋》名句:"长桥卧波,未云何龙。复道行空,不霁何虹。"明张本作"千尺晴霞慵卧冰"。《古今词统》《吴兴艺文补》作"千尺晴虹映碧漪"。《历代诗余》、戈校本、杜本作"千尺晴霞慵卧水"。

⑥"万叠"句:据宋代德清县地图,余不溪穿城而过,并汇聚水网布城域,溪旁山峦起伏连绵,如重重叠叠的翠屏,簇拥山峰秀色。罗屏,《古今词统》《吴兴艺文补》作"萝屏"。

⑦"漫几度"二句:司空图《渡江》:"一夜吴船梦,家书立马开。"杨笺:"此以吴江垂虹为衬托,故曰漫吴船回首。"

⑧归兴:意贯入"樵唱"二句。诸本皆作"归雁",《古今词统》、《吴兴艺

文补》,戈校本作"归兴"。

⑨"钓雪"句:嘉泰三年(1203)县尉彭法(字传师)于吴江边建钓雪亭,取意柳宗元"独钓寒江雪"诗意。卢祖皋《贺新郎》序曰:"彭传师于吴江三高堂之前作钓雪亭,盖擅渔人之窟宅以供诗境也。"钓雪亭是隐居胜地的象征。

⑩"樵唱"二句:祖咏《汝坟别业》:"山中无外事,樵唱有时闻。"欧阳修《醉翁亭记》:"望之蔚然而深秀者,琅琊也。"此谓与吴中垂虹仅有水域相比,小垂虹所在的德清水网密集,山深钟秀,更堪隐居。故隐于吴江大垂虹者,不免回首而生隐于此不如隐于彼之归兴。

⑪花时候:此指首个花信风即梅花盛放时。

⑫留连:此指留恋不肯离开。

⑬短亭:饯别地。春酒:《诗·豳风·七月》:"十月获稻,为此春酒,以介眉寿。"以上二句回忆前次在德清自秋至春的乐游。

⑭"桃李"二句:化用刘禹锡《元和十一年自郎州召至京戏赠看花诸君子》诗意:"玄都观里桃千树,尽是刘郎去后栽。"合用李广及潘岳典。《史记·李将军列传》:"谚曰:'桃李不言,下自成蹊。'"《索隐》:"姚氏云:'桃李本不能言,但以华实感物,故人不期而往,其下自成蹊径也。'"潘岳为河阳县令,种植一县花。此并为德清县圃写实,《德清县志》卷一〇:"明秀亭,周植桃李与海棠,前立牌门,榜曰'红云坞'。"

⑮"但东阁"二句:东阁官梅,用何逊为爱梅再至扬州典以自喻。参见《解语花》(门横皱碧)注⑮及《瑞鹤仙》(夜寒吴馆窄)注⑭。德清县圃又有植梅之浮疏堂。《德清县志》卷一〇:"浮疏堂,知县赵崌建,植梅堂前,名曰'浮疏'。"又,卷五:"赵崌,宣顺(和)元年任。"

⑯"燕无言"四句:燕,犹言贺燕。《淮南子·说林训》:"汤沐具,而虮虱相吊;大厦成,而燕雀相贺,忧乐别也。"后以"贺燕"用作祝贺新居落成的套语。此写桥畔盛景令贺落成之庆的文字难以形容。垂帘,《古今词统》、杜本作"红帘"。正悄,朱二校本作"正峭"。

266

江城梅花引

赠倪梅村

江头何处带春归①。玉川迷。路东西②。一雁不飞、雪压冻云低③。十里黄昏成晓色,竹根篱。分流水、过翠微④。

　　带书傍月自锄畦⑤。苦吟诗⑥。生鬓丝⑦。半黄烟雨⑧,翠禽语、似说相思⑨。惆怅孤山⑩、花尽草离离⑪。半幅寒香家住远⑫,小帘垂。玉人误、听马嘶⑬。

【题解】

　　《江城梅花引》,词牌名,又名《江梅引》《摊破江城子》《西湖明月引》《明月引》等。《词律》:"此词相传为前半用《江城子》,后半用《梅花引》,故合名《江城梅花引》,盖以'江城五月落梅花'句也。前半确然为《江城子》,而后半全不似《梅花引》,未知以为《梅花引》是何故也。"又:"或腔有可通,未可知也。"共八体,有八十五字、八十七字、八十八字者。本词为八十七字,双调,前段八句六平韵,后段十句七平韵。

　　倪梅村,即倪龙辅,字鲁玉,号梅村。《诗渊》有倪梅村《钱谦斋新居》诗云:"携琴载鹤又如京,隐处如村却近城。"另许棐亦有同题诗云:"住破吴松江上屋,杭州城外结新庐。"知谦斋原居吴松江畔,后迁杭州。倪既有送钱氏之作,则其家也曾在吴松一带。而吴文英之识梅村,恐在客苏之时。《诗渊》又收倪《酬答诗》:"吾道何尝拘出处,丈夫例不怕饥寒。一天明月随诗笠,万古清风在钓竿。"《登楼有感》云:"好趁西风理钓竿,半生书剑两悠悠。凭高有恨无人识,空负关河万里秋。"由此知其实为江湖落魄文人。梅村又有《藏一山房》诗,知其实与吴文英友人陈郁(藏一)也相识。

　　此赠友之作。全词紧扣词牌"江城梅花",用梅典写梅村梅隐。上片写江边早梅开,寻梅而天欲雪,飞雪梅花满山头;下片写梅村的梅隐生活,荷月种梅,赏梅咏梅,赞其能保持高洁品格和隐逸志趣。

【校注】

①"江头"句:此写江边早梅。杜甫《和裴迪登蜀州东亭送客逢早梅相忆见寄》:"江边一树垂垂发,朝夕催人自白头。"

②"玉川"二句:玉川,唐代卢仝自号"玉川子"。卢仝《有所思》:"相思一夜梅花发,忽到窗前疑是君。"后因以玉川代指梅。路迷,王昌龄《梅诗》:"落落寂寂路不分,梦中唤作梨花云。"

③"雪压"句:暗用齐己《早梅》诗意:"前村深雪里,昨夜一枝开。"

④"十里"四句:洪适《忆梅呈曾宏父》:"重忆东城路,盈盈十里梅。"此亦化用林逋《山园小梅》意境。

⑤"带书"句:《汉书·倪宽传》:"倪宽,千乘人也。治《尚书》,事欧阳生。以郡国选诣博士,受业孔安国。贫无资用,尝为弟子都养。时行赁作,带经而锄,休息辄读诵,其精如此。"此用典切赠主"倪"姓。荷月种梅,见《扫花游》(草生碧梦)注⑦。

⑥苦吟诗:冯贽《云仙杂记》引《诗源指诀》:"孟浩然眉毫尽落,裴祐袖手,衣袖至穿,王维走入醋瓮,皆苦吟者也。"

⑦生鬓丝:卢仝《叹昨日三首》(之一):"如此如此复如此,壮心死尽生鬓丝。"

⑧半黄烟雨:写梅子半黄时的梅雨。烟雨,毛本、《历代诗余》、杜本、王朱本、朱二校本作"细雨"。

⑨"翠禽"二句:用隋赵师雄在罗浮山下梦遇梅花精灵翠鸟所化仙女事。姜夔《点绛唇》:"数声啼鸟。也学相思调。"翠禽,语出姜夔《疏影》"翠禽小小"。下句中的"惆怅""花尽"意皆属此,用赵师雄酒醒起视,唯见"月落参横,但惆怅耳"。

⑩孤山:此就倪氏梅隐而言。袁韶《钱塘先贤传赞》:"(林)先生有隐操,居西湖二十年,足迹不至城市。善行草,为诗孤峭澄淡。"

⑪"花尽"句:谓以谢灵运咏春草之佳制咏梅。离离,茂盛貌。

⑫"半幅"句:陈与义《次韵何文缜题颜持约画水墨梅花二首》(之一):"窗间光影晚来新,半幅溪藤万里春。"与竹篱、流水、孤山诸句意,用《华光

《梅谱》小窗梅影之事。

⑬"玉人"二句：王之道《谒金门》："门外马嘶郎且至。失惊心暗喜。"《词律》上下阕结处皆作六字句。

婆罗门引 无射羽　俗名羽调①

为怀宁赵仇香赋②

香霏泛酒③，瘴花初洗玉壶冰④。西风乍入吴城⑤。吹彻玉笙何处，曾说董双成⑥。奈司空经惯⑦，未畅高情⑧。

瑶台几层。但梦绕、曲阑行。空忆双蝉□翠⑨，寂寂秋声。堂空露凉⑩，倩谁唤、行云来洞庭⑪。团扇月⑫、只隔烟屏⑬。

【题解】

《婆罗门引》，词牌名。又名《婆罗门》《望月婆罗门引》。双调，七十六字，上片七句四平韵，下片七句五平韵。

怀宁，宋时淮南西路安庆府五县之一。仇香，东汉仇览的别名。因其任主簿，唐宋用以代称主簿。此怀宁赵主簿，梦窗友人，生平不详。

此酬赠之作，以男女之事喻功名之心，寄托身世之感。上片写赵氏赴苏，为其接风洗尘。宴饮间听到玉笙，遂欲往一探。无奈人家见惯风月，不屑一顾。下片想象美人所居之地及妆容，慨叹无人引荐，天涯咫尺无缘得见。联系赵氏主簿之职及梦窗幕僚生涯，此篇冶游之词盖深有寄托。

【校注】

①明张本、朱三校本作"羽调"。

②《历代诗余》无词题。

③香霏泛酒：此指以桂花泛于酒面。泛酒，《周礼·天官·冢宰下》："凡为公酒者，亦如之。辨五齐之名：一曰泛齐，二曰醴齐，三曰盎齐，四曰

缇齐,五曰沈齐。"郑氏注曰:"泛者,成而滓浮泛泛然,如今宜成醪矣。"

④瘴花:开放或茂盛时能致病的花草气味。《广西通志》卷二:"春三月有青草瘴,四五月有黄梅瘴,六七月有新禾瘴,八九月有黄茅瘴,又有桂花瘴、菊花瘴之名。大抵皆乘虚而入,故元气盛则邪气不能侵,此养生第一义也。"时节"西风乍入",应是桂花瘴。因"仇香"字面,引申而有以花为瘴之谑。

⑤吴城:代指苏州。

⑥"吹彻"二句:李璟《山花子》:"细雨梦回鸡塞远,小楼吹彻玉笙寒。"

⑦"奈司空"句:《古今事文类聚后集》卷一七"司空见惯"条:"刘禹锡罢苏州,过扬州帅杜鸿渐。饮大醉,归宿传舍。既醒,见二妓在侧,因问之。乃曰:'郎中席上与司空诗,因遣某来。'问何诗,曰:'高髻云鬟宫样妆,春风一曲杜韦娘。司空见惯浑闲事,恼乱苏州刺史肠。'一云韦应物过杜鸿渐。"

⑧未畅高情:白居易《食饱》:"既可畅情性,亦足傲光阴。"谢灵运《述祖德诗二首》(之一):"达人贵自我,高情属天云。"

⑨双蝉□翠:姚合《咏云》:"怜君翠染双蝉鬓,镜里朝朝近玉容。"蝉,犹言"蝉鬓",发式。《历代诗余》作"双蝉叠翠"。

⑩"寂寂"二句:"寂寂"与"堂空"连缀成文。《古诗为焦仲卿妻作》:"淹淹黄昏后,寂寂人定初。"露凉,《历代诗余》作"露冷"。杜本作"露零"。

⑪"倩谁唤"二句:行云,用巫山云雨典。洞庭,代湘妃所在地。湘妃在诗词中常被形容为善鼓瑟歌舞者。此借代苏州洞庭。《吴郡志》卷一五:"洞庭山在太湖湖中,有东西二山。"

⑫团扇月:《乐府诗集·团扇郎》解题引《古今乐录》:"《团扇郎歌》者,晋中书令王珉,捉白团扇,与嫂婢谢芳姿有爱,情好甚笃。嫂捶挞婢过苦,王东亭闻而止之。芳姿素善歌,嫂令歌一曲,当赦之。应声歌曰:'白团扇,辛苦五流连,是郎眼所见。'珉闻,更问之:'汝歌何遗?'芳姿即改云:'白团扇,憔悴非昔容,羞与郎相见。'后人因而歌之。"

⑬烟屏:秦观《浣溪沙》:"漠漠轻寒上小楼。晓阴无赖似穷秋。淡烟流水画屏幽。"

又

郭清华席上，为放琴客而新有所盼，赋以见喜

风涟乱翠，酒霏飘汗洗新妆①。幽情暗寄莲房②。弄雪调冰重会，临水暮追凉③。正碧云不破，素月微行④。

双成夜笙⑤，断旧曲⑥、解明珰⑦。别有红娇粉润⑧，初试霓裳⑨。分蓬调郎⑩。又拈惹、花茸碧唾香⑪。波晕切⑫、一盼秋光。

【题解】

吴文英另有《法曲献仙音·放琴客和宏庵韵》《风入松·为友人放琴客赋》，应与此词作于同时，都描述"放琴客"之事。郭清华，即郭希道，苏州人，其家有花园，为词人常去之处。见《花犯·郭希道送水仙索赋》题解。"见喜"，犹言"志喜"。

此词赋友人"新有所盼"之美人。上片写朋友追凉雅集而美人侍宴情景；下片写友人放琴客后，席上遇此美姬，戏谑调情。

【校注】

①酒霏飘汗：此写朋友追凉雅集的情形。《战国策·齐策一》："临淄之途，车毂击，人肩摩，连衽成帷，举袂成幕，挥汗成雨。"洗妆：梳洗打扮。

②幽情：江淹《悼室人诗十首》（之二）："幽情一不弭，守叹谁能慰。"莲房：陶渊明《杂诗十二首》（之三）："昔为三春蕖，今作秋莲房。"

③"弄雪"二句：杜甫《陪诸贵公子丈八沟携妓纳凉晚际遇雨二首》（之一）："公子调冰水，佳人雪藕丝。"以上五句并从周邦彦《侧犯》词中取意："暮霞霁雨，小莲出水红妆靓。……携艳质、追凉就槐影。金环皓腕，雪藕清泉莹。"

④"正碧云"二句：上句"暮"字意亦缀于此。江淹《休上人怨别诗》："日

暮碧云合,佳人殊未来。"

⑤双成夜笙:双成,善吹笙的仙女董双成,此代指被放琴客。夜笙,杜本作"夜深"。

⑥断旧曲:指琴客被放后不会再唱旧主人爱听的曲子。

⑦解明珰:张窈窕《赠裴思谦》:"银釭斜背解明珰,小语偷声贺玉郎。"此处谓下堂后素服装束。

⑧红娇粉润:喻"新有所盼"之鲜润歌者。

⑨初试霓裳:苏轼《水龙吟·咏笛材》:"闻道岭南太守,后堂深、绿珠娇小。绮窗学弄,梁州初试,霓裳未了。"霓裳,《霓裳羽衣曲》。《格致镜原》卷五八:"《逸史》:玄宗玩月,罗公远曰:'陛下莫要至月中否?'取拄杖掷之,化为大桥,色如银。行数十里,精光夺目,至大城阙,公远曰:'此月宫也。'仙女数百,素练宽衣,舞于广庭。远曰:'此《霓裳羽衣曲》也。'帝密记其调,遂回,却顾其桥,随步而灭。"初试霓裳,谓歌调尚未熟谙,可知是"娇小"时,下文"分蓬""唾香"也见其痴憨。

⑩分蓬:韩淲《绕池游慢》:"寸折柏枝,蓬分莲实,徒系柔肠。"戈校本作"分朋"。《词谱》、杜本作"分莲"。

⑪"又拈惹"二句:《绀珠集》卷一:"后(赵飞燕)与婕妤(赵合德)坐,误唾婕妤袖。曰:'姊唾染人绀袖,正如石上华。假令尚方为之,未必能若此衣之华。'以为石华广袖。"华,同"花"。拈惹,杜本、王朱本、朱二校本、《四明》本作"黏惹"。

⑫波晕:此喻眼波荡漾。毛滂《虞美人·官妓有名小者坐中乞词》:"春风吹绿上眉峰。秀色欲流不断、眼波融。"切:义同"剪"字。

祝英台近

悼得趣,赠宏庵

黯春阴①,收灯后②,寂寞几帘户③。一片花飞④,人驾彩云去⑤。应是蛛网金徽⑥,拍天寒水⑦,恨声断、孤鸿洛浦。

对君诉。团扇轻委桃花⑧，流红为谁赋⑨。□□□□⑩，从今醉何处。可怜憔悴文园⑪，曲屏春到⑫，断肠句、落梅愁雨⑬。

【题解】

《祝英台近》，词牌名。又名《月底修箫谱》《祝英台》《英台近》《寒食词》《燕莺语》《宝钗分》。双调，七十七字，前片八句三仄韵，后片八句四仄韵。

"得趣"，即丁基仲侍妾周氏，号得趣居士。"宏庵"，即丁基仲，系吴文英词友，见前《塞翁吟·赠宏庵》题解。

此为悼亡词，悼念友人丁宏庵妾周氏。上片扣"悼得趣"，写周氏逝世，用凄凉萧瑟之景来渲染悼念的悲情；下片扣"赠宏庵"，写宏庵失其所爱，赋哀词以悼亡。全词抒悼亡之情，多以景语、典故出之，既富有内涵，又极具感染力。

【校注】

①黯：黯然销魂之意。

②收灯：杨笺："《玉烛宝典》：《史记》，汉家以望日祀太一，从昏到明。今人正月望日夜游观灯，是其遗制。按，放灯止是十五十六两夜，十六即收灯。《旧唐书·严挺之传》：先天二年，正月望，胡僧婆陀请夜开门，燃千百灯，连十五十六十七三夜。"其实宋代亦有十九日甚至更向后延展收灯时间的记载。《东京梦华录·十六日》："别有深坊小巷，绣额珠帘，巧制新妆，竞夸华丽，春情荡飏，酒兴融怡，雅会幽欢，寸阴可惜，景色浩闹，不觉更阑。宝骑骎骎，香轮辘辘，五陵年少，满路行歌，万户千门，笙簧未彻。……至十九日收灯，五夜城不禁。尝有旨展日。"

③"寂寞"句：金盈之《醉翁谈录》卷三"正月"条："十八日谓之收灯，是日辇声归内，亦稍稍解去，车马渐已稀少。晏丞相《正月十九日诗》云：'楼台寂寞收灯夜，里巷萧条扫雪天。'又《十八日收灯诗》：'星逐绮罗沈晚色，月随歌舞下层台。千蹄万毂无寻处，祇是华胥一梦回。'是诗尾两句盖状其车马稀少，如华胥梦觉也。"

④一片花飞：杜甫《曲江二首》（之一）："一片花飞减却春，风飘万点正愁人。"实用梁简文帝《伤美人诗》："香烧日有歇，花落无还时。"

⑤"人驾"句:周氏谢世如彩云易逝。

⑥金徽:名琴。《锦绣万花谷前集》卷三四引《国史补》:"蜀中雷氏琴,最佳上者玉徽,次瑟瑟徽,次金徽,次螺蚌徽。"周氏善丝竹。梦窗《高山流水·丁基仲侧室善丝桐赋咏》:晓达音吕,备歌舞之妙》:"素弦一一起秋风。写柔情、多在春葱。"蛛网:明张本、朱三校本、《四明》本作"蜘网"。

⑦寒水:明张本作"春水"。

⑧团扇轻委:歌扇弃置不用。谢世的婉辞。

⑨"流红"句:上句"桃花"意缀于此。桃花流红,用刘义庆《幽明录》所载东汉刘晨、阮肇入天台山沿桃溪而上遇俪仙故事,并用流红题诗典。以上三句化用周得趣《瑞鹤仙》:"缃桃雨才洗,似妆临宝镜,脂凝铅水。"

⑩□□□□:明张本夺四字并无空格。

⑪憔悴文园:《史记·司马相如列传》:"相如口吃而善著书。常有消渴疾。"本传并载其曾拜文园令,以病免,家居茂陵等事。周邦彦《宴清都》:"凄凉病损文园,徽弦乍拂,音韵先苦。"文园,汉文帝陵园。

⑫曲屏:深闺中围床而置的多扇枕屏。

⑬"断肠"二句:贺铸《青玉案》:"飞云冉冉蘅皋暮,彩笔新题断肠句。试问闲愁都几许? 一川烟草,满城风絮,梅子黄时雨。"以上三句写早春雨中落梅,让人肠断。暗用周得趣《瑞鹤仙》:"琴弹古调,曲按清商,旧年时事。屏山画里。江南信,梦中寄。"宏庵《水龙吟》:"葱指冰弦,蕙怀春锦,楚梅风韵。"哀其如飞花不返故枝也。

<h1 style="text-align:center">又</h1>

饯陈少逸被仓台檄行部①

问流花②,寻梦草③,云暖翠微路④。锦雁峰前⑤,浅约昼行处⑥。不教嘶马飞春⑦,一夜越镜⑧,那销尽、红吟绿赋⑨。

送人去。长丝初染柔黄,晴和晓烟舞⑩。心事偷占⑪,莺漏汉宫语⑫。趁得罗盖天香⑬,归来时候,共留取、玉栏春住⑭。

陈少逸,梦窗友人。被……檄,奉持……公文。仓台,"提举常平广惠仓兼管勾农田水利差役事"的简称。行部,即巡行管内部域,考核政绩。梦窗时为绍兴知府史宅之门客,可能与供职浙东常平司的陈少逸有同僚之谊。陈少逸往台、温等地出差,梦窗因作此词饯别。

此词为饯别词。上片写探春寻花,喻功名事,并以送春喻陈氏被檄行部;下片先言送行,并写陈氏功名心事,盼其功成名就后归来共赏春光。

【校注】

①《历代诗余》词题作"饯陈少逸被檄行部"。

②流花:典出《幽冥录》,为台州天台山典故。

③梦草:谢灵运在永嘉梦谢惠连写出佳句典。

④"云暖"句:杜甫《入宅三首》(之二):"水生鱼复浦,云暖麝香山。"以上三句写行经春山春水春花春草,也谓陈氏纪行将多佳制。

⑤锦雁峰:字面用湖南衡山有"回雁峰"典实。回雁峰命名有二说,《方舆胜览》卷二四:"回雁峰在衡阳之南,雁至此不过,遇春而回,故名。"《明一统志》卷六四:"或曰峰势如雁之回,故名。"钟振振《读梦窗词札记(续)》结合下文"越镜"笺曰:"天台山在台州,谢诗则作于永嘉,即宋之温州。陈氏被檄行部,岂即赴此二州欤?……鄙意'锦雁峰'当指温州之雁荡山,'越镜'当指绍兴之镜湖,而陈氏则与梦窗同供职于绍兴焉。何以知之?盖越中名山之称'雁'者,实惟雁荡山而已;越中名川之称'镜'者,亦惟镜湖而已。"

⑥"浅约"句:集中《水龙吟·送万信州》有"约住飞花,暂停留燕"之句,谓拦截送客之飞花,使赠主放缓行程。昼行,融入上句"锦"字,用衣锦昼行典。《汉书·项籍传》:"(项)羽见秦宫室皆已烧残,又怀思东归,曰:'富贵不归故乡,如衣锦夜行。'"颜师古注:"言无人见之,不荣显矣。"后人翻用为衣锦昼行典。由此观之,知陈少逸籍贯应在温州。

⑦嘶马飞春:暗用孟郊《登科后》:"春风得意马蹄疾,一日看尽长安花。"牛峤《菩萨蛮》:"门前行乐客,白马嘶春色。"

⑧越镜:喻镜湖。

⑨红吟绿赋:犹言吟红赋绿。钟振振《读梦窗词札记(续)》笺以上四句曰:"殆谓陈氏倘不走马山行,履此公务,哪得更有新诗?小小一汪镜湖,早已为其吟烂矣!由是观之,非居官绍兴而行部于邻郡台、温二州而何?"

⑩"长丝"二句:崔护《五月水边柳》:"丝长鱼误恐,枝弱禽惊践。"以上二句写离别时节尚在柳舞柔黄的早春。

⑪心事偷占:旧俗,闺中人以花朵等物奇偶数或掷铜钱看正反占卜远人归期。

⑫"莺漏"句:汉宫语,本指宫廷机密。《汉书·孔光传》:"沐日归休,兄弟妻子燕语,终不及朝省政事。或问光:'温室省中树皆何木也?'光默不应,更答以它语,其不泄如是。"杨笺:"心事,即少逸与所眷者预定之归期也。莺,即所眷者。漏者,泄漏于人,所谓'泄漏春光有柳条'也。"

⑬罗盖天香:此特指罗幄护卫下的牡丹。司空图《牡丹》:"得地牡丹盛,晓添龙麝香。主人犹自惜,锦幕护春霜。"李格非《洛阳名园记》:"(天王院花园子)无他池亭,独有牡丹数十万本。凡城中赖花以生者,毕家于此。至花时,张幕幄,列市肆,笙弦其中。城中士女绝烟火游之。"《武林旧事》卷七:"遂至锦壁赏大花,三面漫坡,牡丹约千余丛,各有牙牌金字,上张大样碧油绢幕。"

⑭"归来"三句:李白《清平调三首》(之三):"解释春风无限恨,沉香亭北倚阑干。"以上四句代所眷者作推测之辞,谓陈少逸归来时应该尚及春末,可与所眷者共凭玉栏欣赏殿春之牡丹。

【汇评】

卓人月、徐士俊《古今词统》卷一一:("心事"两句)所以说"鹦鹉前头不敢言"。

又

春日客龟溪游废园①

采幽香②,巡古苑③,竹冷翠微路。斗草溪根④,沙印小莲

276

步⑤。自怜两鬓清霜⑥,一年寒食,又身在、云山深处⑦。

昼闲度⑧。因甚天也悭春⑨,轻阴便成雨⑩。绿暗长亭,归梦趁风絮⑪。有情花影阑干,莺声门径,解留我、霎时凝伫⑫。

【题解】

"龟溪",即德清余不溪,为梦窗惯游之地。详见《贺新郎·为德清赵令君赋小垂虹》题解。

此词为梦窗晚年重游德清,感叹岁月之作。上阕写梦窗来到废园,用一"冷"字表达出心境的凄清。"斗草"二句回忆昔年嬉游,与如今"两鬓清霜"相对照,而生"自怜"。"寒食"点明节气。怀才不遇,更引发"云山深处"的叹息。下阕叙述游园遇雨,独自于花影之下沉思,感叹天不作美,难言归期,身如浮萍。全篇情景交融,用语含蓄,写景清丽有致,抒情婉转清畅,耐人寻味。

【校注】

①毛本、《吴兴艺文补》、杜本、王朱本、朱二校本、《四明》本作"春日客龟溪游废圃"。《历代诗余》、戈校本作"春日游龟溪废圃"。

②幽香:幽谷中的花朵。此特指梅花。

③古苑:此指废置的园圃。

④斗草:古代一种游戏。竞采花草,比赛多寡优劣,常于端午行之。

⑤莲步:语出《南史·废帝东昏侯》:"又凿金为莲华以帖地,令潘妃行其上,曰:'此步步生莲华也。'"小莲,戈校本、杜本作"瓣莲"。

⑥两鬓清霜:陶潜《责子诗》:"白发被两鬓,肌肤不复实。"

⑦"一年"三句:化用苏轼《南柯子》词意:"乱山深处过清明,不见彩绳花板、细腰轻。"

⑧昼闲度:元稹《开元观闲居酬吴士矩侍御三十韵》:"工琴闲度昼,耽酒醉销炎。"《历代诗余》作"尽闲度"。

⑨因甚:宋人口语。柳永《离别难》:"便因甚、翠弱红衰,缠绵香体,都不胜任。"天也悭春:此为值遇风雨的隐语。苏轼《次韵曹子方龙山真觉院

瑞香花》："及此阴晴间,恐致悭啬霖。"《东坡诗集注》师尹注:"俗谚有'悭值风,啬值雨'之语。"

⑩"轻阴"句:张旭《山中留客》:"山光物态弄春晖,莫为轻阴便拟归。"张旭诗意谓轻阴未必成雨,此翻用之。

⑪"归梦"句:化用张先《一丛花令》:"离愁正引千丝乱,更东陌、飞絮蒙蒙。"以上二句写柳色转暗、飞絮蒙蒙的暮春景色,也寓叙事、抒情,回忆当时黯然离别,归来的愿望却只在梦中曾经实现,醒来时相思之情如絮扬碧空。

⑫"有情"四句:孟棨《本事诗·情感》:"韩晋公(滉)镇浙西,戎昱为部内刺史(失州名)。郡有酒妓,善歌,色亦烂妙。昱情属甚厚。浙西乐将闻其能,白晋公,召置籍中。昱不敢留,饯于湖上,为歌词以赠之。且曰:'至彼令歌,必首唱是词。'既至,韩为开筵,自持杯,命歌送之。遂唱戎词,曲既终,韩问曰:'戎使君于汝寄情邪?'悚然起立,曰:'然。'随言泪下。韩令更衣待命,席上为之忧危。韩召乐将责曰:'戎使君名士,留情郡妓,何故不知而召置之,成余之过?'乃十笞之。命妓与百缣,即时归之。其词曰:'好去春风湖上亭,柳条藤曼系离情。黄莺久住浑相识,欲别频啼四五声。'"花影阑干,王安石《夜直》:"春色恼人眠不得,月移花影上阑干。"解,《汇释》:"犹会也;得也;能也。……解留我,犹言能留我或会留我也。"凝伫,凝望企待之意。

【汇评】

陈廷焯《云韶集》卷八:(上阕眉批)婉转中自有笔力。 (下阕眉批)奇想,然亦只是常意,不过善于传写。

俞陛云《唐五代两宋词选释》:以霜鬓词人,当禁烟芳序,在冷香荒圃间独自行吟,况莲步沙痕,曾是丽人游处,自有一种凄清之思。时值春阴酿雨,花影絮香,作片时留恋,于无情处生情,词客每有此遐想。"绿暗长亭"二句,风度倏然。"花影"三句,为废圃顿添情致,到底不懈。

杨铁夫《梦窗词全集笺释》:("有情"四句)收合"游"字。"霎时",与"一年"反照。梦窗词收场多推到后一层,或另换一境。今就题悄然而止,非止也。"凝伫"二字,有无穷之情思。身官虽止,而神已行也。"阑干""门径",

278

本极无情,添一"花影""莺声",便觉深情款款。彼一往而不返者,比之又如何? 尤妙在一"解"字,以不解为解,痴情如绘。

唐圭璋《唐宋词简释》:此首游园之感,文字极疏隽,而沈痛异常。起记游园,次记园中所见。"自怜"三句,抒游园之感。三句三层:人老一层,时速一层,处境一层,打并一起,百端交集矣。换头,闲度长昼,无聊之甚。因当时遇雨,故有天不做美之叹。"绿暗"两句,言归期无定,絮轻梦轻,故曰"归梦趁风絮","趁"字幽梦缥缈。予谓此句与晏同叔之"炉香静逐游丝转",皆可会词中消息。"有情"三句,收合"游"字,化无情为有情,语挚情浓。

又

上元

晚云开,朝雪霁,时节又灯市①。夜约遗香②,南陌少年事。笙箫一片红云,飞来海上③,绣帘卷、细桃春起④。

旧游地。素蛾城阙年年⑤,新妆趁罗绮⑥。玉练冰轮⑦,无尘浣流水⑧。晓霞红处啼鸦,良宵一梦,画堂正、日长人睡⑨。

【题解】

"上元",上元节,即元宵节,在农历正月十五日。

此词应写于杭州。上片回忆昔年元夕盛景,少年佳人,笙箫歌舞,灯市如昼,繁华热闹;下片写今日元夕之冷落,明月依旧,却再也没有往日的欢乐、繁盛,只能梦中一唔昔日盛景。此词含思婉转,深寓繁华今昔的亡国之悲。

【校注】

①灯市:《武林旧事》卷二:"都城自旧岁冬孟驾回……天街茶肆,渐已罗列灯毬等求售,谓之'灯市'。"

②夜约遗香：写元宵之夜男女约会及衣裳飘香。

③"笙箫"二句：毛滂《清平乐·元夕》："一片笙箫何处，花阴定有遗簪。""绣帘"意入此句。《梦粱录》卷一："(正月十五元夕节)府第中有家乐儿童，亦各动笙簧琴瑟，清音嘹亮，最可人听，拦街嬉耍，竟夕不眠。更兼家家灯火，处处管弦。如清河坊蒋检阅家，奇茶异汤，随索随应。点月色大泡灯，光辉满屋，过者莫不驻足而观。及新开门里牛羊司前，有内侍蒋苑使家，虽曰小小宅院，然装点亭台，悬挂玉栅，异巧华灯，珠帘低下，笙歌并作，游人玩赏，不忍舍去。"《武林旧事》卷二"元夕"条："至五夜，则京尹乘小提轿，诸舞队次第簇拥前后，连亘十余里。锦绣填委，箫鼓振作，耳目不暇给。"传说海上蓬莱山多仙云，而宋代元宵时山灯又制成海上巨鳌形状，故有"飞来海上"之形容。周密《乾淳岁时记·元夕》："元夕二鼓，上乘小辇，幸宣德门观鳌山。擎辇者皆倒行，以便观赏。山灯凡数千百种。"

④缃桃春起：元夕多为绛蜡或红绢花灯。如周邦彦《解语花·上元》："风销绛蜡，露浥红莲，灯市光相射。"以上四句回忆当年京城灯夕悬满绛蜡花灯，似缃桃开放，又似红色祥云的热闹繁盛。缃桃，明张本、毛本、《词综》作"湘桃"。

⑤素蛾：《词综》《历代诗余》、杜本、朱二校本、朱三校本、《四明》本作"素娥"。

⑥"新妆"句：《武林旧事》卷二："元夕节物，妇人皆带珠翠、闹蛾、玉梅、雪柳、菩提叶、灯毯、销金合、蝉貂袖、项帕，而衣多尚白，盖月下所宜也。"罗绮，对前文"素蛾"的补充，谓游女装饰时尚趁月色而游。

⑦玉练：沈约《登台望秋月》："望秋月。秋月光如练。"冰轮：王初《银河》："历历素榆飘玉叶，涓涓清月湿冰轮。"

⑧"无尘"句：魏了翁《卜算子》："洗出湖光镜似明，不受纤尘涴。"照应云开雪霁，故月色耿耿，了无纤云。

⑨"晓霞"四句：殷尧藩《金陵怀古》："凤阙晓霞红散绮，龙池春水绿生波。"李贺《过华清宫》："春月夜啼鸦，宫帘隔御花。"深寓悯王室颠覆，彷徨不忍去的黍离之悲。

【汇评】

夏敬观评语："笙箫"句无理。

杨铁夫《梦窗词全集笺释》：（"晓霞"四句）昔则"笙箫一片"，今则"晓霞""啼鸦"；昔则"细桃""帘卷"，今则"画堂""人睡"；昔则"夜约遗香"，今则"良宵一梦"。两境比较，戚欣自见。不再著叹老嗟孤等语，词境更高。

又

除夜立春①

剪红情，裁绿意，花信上钗股②。残日东风，不放岁华去③。有人添烛西窗，不眠侵晓④，笑声转、新年莺语⑤。

旧尊俎。玉纤曾擘黄柑，柔香系幽素⑥。归梦湖边，还迷镜中路⑦。可怜千点吴霜，寒消不尽⑧，又相对、落梅如雨⑨。

【题解】

除夜立春，除夕夜与立春节气重合。查吴文英生平，当作于淳祐四年甲辰（1244）除夕。梦窗此年冬离开苏州，入绍兴史宅之幕。在除夕这个合家团圆的日子，梦窗在绍兴独自恓惶度过。

此词是一首节日感怀、畅抒旅情之作。上片写立春日春意萌发与除夕夜邻人合家守岁之欢乐；下片追忆昔日与伊人欢聚，抒写旧事如梦的怅恨。全词以眼前欢乐之景，回忆往日之幸福，突出现境的孤凄，笔致婉曲，深情感人。

【校注】

①戈选词题作"除夕立春"。

②"剪红情"三句：红情绿意，喻立春日所戴花胜。花信，一年二十四番花信风，自立春首见。

③"残日"二句：残日，点傍晚；东风，点立春。不放岁华，点除夕之夜。

④"有人"二句：此写除夕守岁习俗，详见《塞垣春》（漏瑟侵琼管）注⑨。西窗，翻用李商隐《夜雨寄北》诗意。侵晓，接近天明时。

⑤"笑声"二句:写守岁至元旦。典例见《塞垣春》(漏瑟侵琼管)注⑥中杜甫诗。以上四句写当下邻家守岁情景。

⑥"旧尊俎"三句:韩偓《幽窗》:"手香江橘嫩,齿软越梅酸。"苏轼《浣溪沙·咏橘》:"香雾喷人惊半破,清泉流齿怯初尝。吴姬三日手犹香。"除夕黄柑侑觞是吴地旧俗,苏州籍诗人叶茵《除夜立春》诗中也有"黄柑凝腊酿,爆竹带春声"之句。

⑦"归梦"二句:李觏《戏赠月》:"梦中识路亦何为,恰要逢人已自迷。"李白《梦游天姥吟留别》:"我欲因之梦吴越,一夜飞度镜湖月。"沈约《别范安成诗》:"梦中不识路,何以慰相思。"此二句的"湖"字,就梦窗履历而言,可指西湖、太湖、镜湖等,甚至可指词人四明家乡的月湖。但从词意可知,此为"镜湖"。意思是身在镜湖畔,却梦吴城,因水程迢迢,迷失了回到亲人身边的归路。

⑧寒消不尽:谓春风消寒,却未能消融鬓上霜白。

⑨"又相对"二句:梅花冬春之间开放。沈亚之《梦游秦宫》:"春景似伤秦丧主,落花如雨泪胭脂。"落梅,《词律》作"落花"。

【汇评】

卓人月、徐士俊《古今词统》卷一一:愁心什一,艳心什九。

彭孙遹《金粟词话》:余独爱其《除夕立春》一阕,兼有天人之巧。

许昂宵《词综偶评》:换头数语,指春盘彩缕也。"归梦"二句从"春归在客先"想出。

陈廷焯《大雅集》卷三:梦窗词不必以绮丽见长,然其一二绮丽处,正不可及。

陈廷焯《白雨斋词话》:("花信"句)"上"字婉细。

陈洵《海绡说词》:前阕极写人家守岁之乐,全为换头三句追摄远神,与"新腔一唱双金斗"一首同一机杼。彼之"何时",此之"旧"字,皆一篇精神所在。

西子妆慢

湖上清明薄游①

流水曲尘②,艳阳醅酒③,画舸游情如雾④。笑拈芳草不知名,□凌波、断桥西堍。垂杨漫舞。总不解、将春系住。燕归来,问彩绳纤手,如今何许⑤。

欢盟误。一箭流光,又趁寒食去⑥。不堪衰鬓着飞花,傍绿阴、冷烟深树⑦。玄都秀句。记前度、刘郎曾赋⑧。最伤心、一片孤山细雨⑨。

【题解】

《西子妆慢》,词牌名。双调,九十七字,上片十句五仄韵,下片九句六仄韵。据张炎《山中白云词》卷二《西子妆慢·序》:"吴梦窗自制此曲。"

"湖上",指杭州西湖。西湖又称西子湖,此系梦窗即景自度曲。"薄游",漫游。

此词为游湖感怀之作。上片回忆西湖初遇与醉游西湖的情景,抒写伊人已逝的惆怅;下片续写欢盟不再的衰叹,旧地重游,在一派凄冷、幽然的景色中融入无限悲情。

【校注】

①《词综》《词谱》词调作《西子妆》。《历代诗余》无词题。

②曲尘:此指春天嫩柳倒映水中而呈鹅黄色的春水。

③艳阳醅酒:翻用李白《襄阳歌》诗意:"遥看汉水鸭头绿,恰似葡萄初酸醅。"艳阳,戈选作"艳情"。醅酒,明张本、毛本、《词综》《词谱》、杜本、朱三校本作"醅酒"。《历代诗余》作"酷酒"。

④游情如雾:范晔《乐游应诏诗》:"睇目有极览,游情无近寻。"杨笺:"雾者,记忆不清之意。此言昔游,是逆入。"

⑤"燕归来"三句：彩绳纤手，写寒食节期间的游女秋千之戏。寒食一般在清明前二日，触景自然能联想及当年西湖寒食郊游。何许，《汇释》："又有何许一语，与作何处解者不同。盖犹云如何或怎样也。"新燕归来，透过一层写人游旧地，燕问旧事，则透过一层写物是人非。

⑥"一箭"二句：韦庄《关河道中》："但见时光流似箭，岂知天道曲如弓。"趁，此处是"随着"的意思。

⑦"不堪"三句：飞花、冷烟，韩翃著名寒食诗中的字面。衰鬓，孙万寿《远戍江南》："壮志后风云，衰鬓先蒲柳。"□凌波，明张本、毛本无空格。《词综》、《历代诗余》、《词谱》、杜本作"乍凌波"。

⑧"玄都"三句：玄都、前度、刘郎，语出刘禹锡《再游玄都观》："种桃道士归何处，前度刘郎今又来。"秀句，钟嵘《诗品》卷二："(谢朓)一章之中，自有玉石。奇章秀句，往往警遒。"杜甫《送韦十六评事充同谷郡防御判官》："题诗得秀句，札翰时相投。"

⑨"最伤心"二句：林逋《西湖》："往往鸣榔与横笛，斜风细雨不堪听。"苏轼《再和杨公济梅花十绝》(之四)："人去残英满酒樽，不堪细雨湿黄昏。"梦窗集中又有《昼锦堂》(舞影灯前)："楚梦秦楼相遇，共叹相违。泪香沾湿孤山雨，瘦腰折损六桥丝。"写梦见秦楼楚馆中的彼美香脸零泪如孤山梅花沾雨，弱腰瘦减像六桥柳丝攀损。在情事方面可为二句注脚。细雨，《历代诗余》作"烟雨"。

【汇评】

陈廷焯《云韶集》卷八：人谓梦窗词多晦语，殊不知梦窗词于沈静中笔态犹自飞舞，如此篇是也。

江南春①中吕商②

赋张药翁杜衡山庄③

风响牙签，云寒古砚④，芳铭犹在棠笏⑤。秋床听雨⑥，妙谢庭、春草吟笔⑦。城市喧鸣辙⑧。清溪上、小山秀洁。便向此⑨、搜松访石,葺屋营花⑩,红尘远避风月⑪。

瞿塘路,随汉节⑫。记羽扇纶巾,气凌诸葛⑬。青天万里,料漫忆、莼丝鲈雪⑭。车马从休歇⑮。荣华事、醉歌耳熟⑯。天与此翁,芳芷嘉名⑰,纫兰佩分琼玦⑱。

【题解】

《江南春》,词牌名。《江南春》只寇准自度小令,无慢词,此疑吴文英自度曲。双调,一百零六字,上片十句五仄韵,下片十一句六仄韵。

张药翁,应即张筠庄,生平不详。"杜衡山庄",张药翁隐居地别墅名。"杜衡",即杜若,香草名。

此为颂友词。上片先以山庄陈设,暗写张氏风雅及朝臣身份;再描绘山庄景致,表明张氏远避尘嚣的隐逸志趣。下片赞张氏儒雅风采,高洁志趣及宦途退隐之心。

【校注】

①《词谱》、杜本词调作"江南春慢"。

②《铁网珊瑚》、王朱本、朱二校本、朱三校本宫调作"小石"。明张本、朱三校本宫调作"中吕宫"。

③明张本词题作"杜卫山庄"。杜本词题作"张筠庄杜衡山庄"。

④"风响"二句:风签、云砚,写书房陈设。云寒,《铁网珊瑚》《四明》本作"云昏"。古砚,《历代诗余》作"石砚"。

⑤芳铭:父子相传的家声。《北史·陆俟传》:"陆俟以智识见称,玚乃不替风范,雅杖名节,自立功名;其传芳铭典,岂徒然也?"明张本、毛本、《历代诗余》、戈校本、杜本作"芳名"。犹在棠笏:《新唐书·魏徵传》附魏徵五世孙魏謩传:"(謩)为起居舍人。帝问:'卿家书诏颇有存者乎?'謩对:'惟故笏在。'诏令上送。郑覃曰:'在人不在笏。'帝曰:'覃不识朕意。此笏乃今甘棠。'"棠,甘棠。《诗·召南·甘棠》:"蔽芾甘棠,勿剪勿伐,召伯所茇。"陆玑疏:"甘棠,今棠梨,一名杜梨。"《史记·燕召公世家》:"周武王之灭纣,封召公于北燕。……召公巡行乡邑,有棠树,决狱政事其下,自侯伯

至庶人各得其所，无失职者。召公卒，而民人思召公之政，怀棠树不敢伐，歌咏之，作《甘棠》之诗。"后遂以"甘棠"称颂循吏的美政和遗爱。另，棠，还有棠棣之意。《诗·小雅·常棣》篇，即是写兄弟友爱的诗。《旧唐书·良吏传上·贾敦实》："初敦颐为洛州刺史，百姓共树碑于大市通衢。及敦实去职，复刻石颂美，立于兄之碑侧。时人号为'棠棣碑'。"此典亦为张氏兄弟偕隐伏笔。笏，《礼记·玉藻》："凡有指画于君前，用笏；造受命于君前，则书于笏。"棠笏，毛本、《历代诗余》、杜本作"堂笏"。

⑥秋床听雨：本指友人感情深厚，联床话旧。后因苏轼与苏辙的酬唱，成为兄弟典故。苏辙《逍遥堂会宿二绝》序曰："辙幼从子瞻读书，未尝一日相舍。既壮，将宦游四方，读韦苏州诗至'宁知风雨夜，复此对床眠'，恻然感之，乃相约早退，为闲居之乐。故子瞻始为凤翔幕府官，留诗为别曰：'夜雨何时听萧瑟。'其后子瞻通守余杭，复移守胶西，而辙滞留于淮阳、济南，不见者七年。熙宁十年二月始复会于澶濮之间，相从来徐，留百余日，时宿于逍遥堂。追感前约，为二小诗记之：'逍遥堂后千寻木，长送中宵风雨声。误喜对床寻旧约，不知漂泊在彭城。''秋来东阁凉如水，客去山公醉似泥。困卧北窗呼不起，风吹松竹雨凄凄。'"

⑦"妙谢庭"二句：妙，形容"笔"。《开元天宝遗事》："李太白少时，梦所用之笔头上生花，后天才赡逸，名闻天下。"后因以"妙笔生花"喻超群的写作才能。谢庭，代指东晋望族谢家。骆宾王《寓居洛滨对雪忆谢二》："谢庭赏方逸，袁扉掩未开。"并用谢灵运对族弟谢惠连辄有佳句典故。吟笔，刘昭禹《赠惠律大师》："风月资吟笔，杉篁笼静居。"

⑧"城市"句：刘峻《始居山营室诗》："啸歌弃城市，归来事耕织。"喧鸣，下句"清溪"意入此处。陈师道《和张次道再游翠岩之作》："回峦俯仰如迎客，流水喧鸣拟索诗。"辙，车辙。"喧"字与此句意思错综，指车马喧闹。

⑨向此：毛本、《词系》作"从此"。

⑩葺屋：《周礼·考工记·匠人》："葺屋参分，瓦屋四分。"贾公彦疏："葺屋，谓草屋也。"此处"葺"用作动词。叶适《送冯传之》："念子独奈何，葺屋补墙藩。"

⑪"红尘"句：意思是远避红尘就风月。风月，《宋书·始平孝敬王子鸾

传》:"上痛爱不已,拟汉武《李夫人赋》,其词曰:'……徙倚云日,裴回风月。'"也有只谈风月之意。《南史·徐勉传》:"尝与门人夜集,客有虞暠求詹事五官。勉正色答云:'今夕只可谈风月,不宜及公事。'"

⑫汉节:《史记·吴王濞列传》:"臣非敢求有所将,愿得王一汉节,必有以报王。"此代指宋代皇帝所授符节。此二句杨笺曰:"'隋节'者,必药翁曾入川幕也。"

⑬"记羽扇"二句:《艺文类聚》卷六七:"《语林》曰:诸葛武侯与宣皇(司马懿)在渭滨将战,宣皇戎衣莅事。使人视武侯,乘素舆,葛巾毛扇,指麾三军,皆随其进止。宣皇闻而叹曰:'可谓名士矣。'"羽扇纶巾,因诸葛亮所执所服,成为儒将风范。纶巾,冠名。赞颂张氏曾入蜀幕,装束潇洒,气度豪迈,可以压倒当年蜀相诸葛亮。

⑭"料漫忆"二句:用张翰思鲈鱼莼菜弃官归吴的典故。鲈雪,鲈鱼丝。杜甫《观打鱼歌》:"饔子左右挥双刀,脍飞金盘白雪高。"切山庄主人张姓,兼指明山庄所在地。

⑮从休歇:《铁网珊瑚》、《四明》本、郑校本作"没休歇"。

⑯"荣华"二句:曹丕《与吴质书》:"每至觞酌流行,丝竹并奏,酒酣耳热,仰而赋诗,当此之时,忽然不自知乐也。"意思是归隐之后,荣华富贵之事,都付与一醉。荣华事,毛本、《词系》作"荣华梦"。

⑰"天与"二句:《楚辞·离骚》:"皇览揆余初度兮,肇锡余以嘉名。"芷,香草名。《本草纲目》卷一四:"颂曰:所在有之,吴地尤多。"并呼应词题中的香草杜衡。嘉名,指张氏"药翁"之号以及"杜衡"庄名。

⑱"纫兰"句:《楚辞·离骚》:"扈江离与辟芷兮,纫秋兰以为佩。"王逸章句:"纫,索也。兰,香草也,秋而芳。佩,饰也,所以象德。故行清洁者佩芳,德光明者佩玉。……言己修身清洁,乃取江离辟芷以为衣被,纫索秋兰以为佩饰,博采众善以自约束也。"琼玦,《楚辞·九歌·湘君》:"捐余玦兮江中,遗余佩兮醴浦。"结合《离骚》,颂扬张氏兄弟有三闾大夫词芳行洁的风采。

梦芙蓉

赵昌芙蓉图,梅津所藏①

西风摇步绮②。记长堤骤过,紫骝十里③。断桥南岸,人在晚霞外④。锦温花共醉⑤。当时曾共秋被。自别霓裳⑥,应红销翠冷⑦,霜枕正慵起⑧。

惨澹西湖柳底⑨。摇荡秋魂,夜月归环佩⑩。画图重展⑪,惊认旧梳洗⑫。去来双翡翠。难传眼恨眉意⑬。梦断琼娘,仙云深路杳,城影蘸流水⑭。

【题解】

《梦芙蓉》,词牌名。《词谱》:"吴文英自度曲,题赵昌所画芙蓉作也,因词有'梦断琼仙'句,故名《梦芙蓉》。""此调只此一词,无别首可校。"双调,九十七字,上下片各十句六仄韵。

"芙蓉图",据词意,应即赵昌《芙蓉翠羽图》。其中芙蓉为木芙蓉。赵昌,字昌之,北宋著名花鸟画家,剑南人。性傲易,不轻落笔,得者珍之。晚年常出金购其所作画以自秘。李廌《德隅斋画品》评赵昌《葫苣图》:"昌善画花,设色明润,笔迹柔美。国朝以来有名于蜀。士大夫旧云徐熙画花传花神,赵昌画花写花形,然比之徐熙则差劣。""梅津",尹焕,字惟晓,号梅津,梦窗好友。戴复古《题尹惟晓芙蓉翠羽图》云:"何人妙笔起秋风,吹破枝头烂漫红。翠羽飞来又飞去,一心只在蓼花丛。"所咏疑为同一幅画。

此词咏物怀人。上片回忆与伊人西湖赏花、共度良宵往事,寄托情思;下片写画中芙蓉及翠鸟,含蓄表达了失却所爱的悲哀。

【校注】

①《历代诗余》词题作"赵昌芙蓉图"。

②"西风"句:此写木芙蓉如锦绣及绮步障。

③"记长堤"二句:《咸淳临安志》卷五八:"东坡倅杭日,有《和陈述古中和堂木芙蓉》诗。今苏堤及湖岸多种,秋日如霞锦云。"高观国《菩萨蛮》咏苏堤芙蓉:"红云半压秋波碧,艳妆泣露娇啼色。佳梦入仙城,风流石曼卿。"此涉及芙蓉城传说,宋人以石曼卿与丁度为芙蓉城主人。《能改斋漫录》卷一八:"王子高遇仙人周瑶英,与之游芙蓉城,世有其传。余案,欧阳文忠公诗话记石曼卿死后,人有恍惚见之者,云:'我今为仙,主芙蓉城。'骑一青骡,去如飞。又案,太常博士张师正所纂《括异志》,记庆历中,有朝士将晓赴朝,见美女三十余人,靓装丽服,两两并行,丁度观文按辔其后。朝士问后行者:'观文将宅眷何往?'曰:'非也,诸女御迎芙蓉城主。'俄闻丁死。故东坡诗云:'芙蓉城中花冥冥,谁其主者石与丁。'"长堤十里,即苏堤。北宋元祐年间,苏轼知杭州,疏浚西湖,堆泥筑堤,南起南屏山,北接岳王庙,分西湖为内外两湖,有"十里长堤"之称。骤,此指马疾走奔驰。

④"断桥"二句:霞,有一种木芙蓉花瓣傍晚时分外艳红。《佩文斋广群芳谱》卷三八:"醉芙蓉,朝白、午桃红、晚大红者佳甚。"人在,《历代诗余》作"人去"。

⑤"锦温"句:承十里芙蓉如锦绣意。花共醉,木芙蓉又有"醉客"之名。

⑥自别霓裳:霓裳,犹言《霓裳羽衣舞》。《韵语阳秋》卷一五:"《霓裳羽衣舞》,始于开元,盛于天宝,今寂不传矣。白乐天作歌答元微之云:'苏州七县十万户,无人知有霓裳舞。唯寄长歌与我来,题作霓裳羽衣谱。'想其千姿万状,缀兆音声,具载于长歌,按歌而谱可传也。今元集不载此,惜哉!赖有白诗,可见一二尔。'虹裳霞帔步摇冠,钿缨累累佩珊珊'者,言所饰之服也。又曰:"散序六奏未动衣,中序擘騞初入拍。繁音急节十二遍,跳鹤曲终长引声。"言所奏之曲也。……又曰:'由来此舞难得人,须是倾城可怜女。'言所用之人也。然所用之人,未详其数。若曰'玉钩栏下香案前,案前舞者颜如玉',则疑用一人。若曰'张态李娟君莫嫌,亦拟随宜且教取',则又疑用二人。然明皇每用杨太真舞,故《长恨词》云:'风吹仙袂飘飘举,犹似《霓裳羽衣舞》。'则当以一人为正。……乐天《嵩阳观夜奏霓裳》云:'开元遗曲自凄凉,况近秋天调是商。'则《霓裳》用商调,非道调明矣。"此以秋天的芙蓉花为舞者。

⑦应:《词谱》、杜本、郑校本作"想"。

⑧"霜枕"句:芙蓉既为醉客,又愁红怨绿,故可拟为卯酒未消、慵懒不起的美人。

⑨惨澹:秋节的杀伐之气。董仲舒《春秋繁露·治水五行》:"金用事,其气惨澹而白。"西湖:意缀上阕西湖木芙蓉。

⑩"摇荡"二句:化用杜甫《咏怀古迹五首》(之二):"画图省识春风面,环佩空归夜月魂。"摇荡,《历代诗余》作"摇落"。

⑪画图重展:既承上引杜诗意,也坐实词题中的芙蓉图。

⑫旧梳洗:范成大《菩萨蛮》咏芙蓉:"绿窗梳洗晚。笑把玻璃盏。"也可指翠羽梳理翎毛。吴师道《芙蓉翠羽图》可以参见:"一幅宣和旧图画,芙蓉红拥翠禽梳。"

⑬"去来"二句:《类说》卷一三引《树萱录》:"张确尝游雪上白蘋溪,见二碧衣女子携手吟咏一篇云:'碧水色堪染,白莲香正浓。分飞俱有恨,此别几时逢。藕隐玲珑玉,花藏缥缈容。何当假双翼,声影暂相从。'确逐之,化为翡翠飞去。"此移用于木芙蓉。眼恨,《历代诗余》作"脸恨"。

⑭"梦断"三句:回应开篇芙蓉城传说。琼娘,此代指仙女瑶英、芳卿。城影蘸水,胡微之《芙蓉城传》中有"清流怪石,殿阁金碧相照"。"梦断"二句,《词谱》作"梦断琼仙,怅云深路杳"。杜本作"梦断琼仙,但云深路杳"。戈选作"梦断琼娘,但云深路杳"。蘸流水,《词谱》作"照流水"。

【汇评】

陈洵《海绡说词》:前阕全写真花。"记长堤",逆入。"当时",平出。"自别"转,"慵起"结。然后以"秋魂"起,"环佩"落,千回百折以出。"画图重展"四字,真有"玉花却在御榻上"之意。"惊认旧梳洗",真有"围人太仆皆惆怅"之意。"梦断琼娘",复回顾前阕,又有"榻上御前屹相同"之意。写神固不待言,难得如此笔力。

杨铁夫《梦窗词全集笺释》:("记长堤"二句)"记"字回溯。不曰"紫骝骤过长堤十里",却曰"长堤骤过紫骝十里",此雅俗滑涩之分,与唐人诗不曰"云从山外起",偏曰"山从云外起"同一意匠。"记"字贯至"被"韵止,是逆承。("惨澹"句)惨澹,承"消冷"来。湖上芙蓉,正在堤柳下,故曰

"柳底"。换头如辄说到"图",便是庸手。看他用此六字,再昂头顶起,是何等气象。（"画图"二句）入"图"字,飘忽如天外飞来。"认"字下止有三字,仍可贴得芙蓉住,便脱了人。看他用"旧梳洗"双管齐下,何等精细。

高山流水 黄钟商

丁基仲侧室善丝桐赋咏,晓达音吕,备歌舞之妙①

素弦一一起秋风②。写柔情、都在春葱③。徽外断肠声④,霜霄暗落惊鸿⑤。低鬟处、剪绿裁红。仙郎伴、新制还赓旧曲,映月帘栊。似名花并蒂,日日醉春浓⑥。

吴中。空传有西子⑦,应不解、换徵移宫⑧。兰蕙满襟怀,唾碧总喷花茸⑨。后堂深、想费春工⑩。客愁重⑪、时听蕉寒雨碎⑫,泪湿琼钟。恁风流也称,金屋贮娇慵⑬。

【题解】

《高山流水》,词牌名。《词谱》:"调见《梦窗词》。吴文英自度曲,赠丁基仲妾作也。妾擅琴,故以《高山流水》为调名。"双调,一百一十字,上片十句,下片十一句,各六平韵。

丁基仲,即丁宏庵。侧室,指侍妾。此指丁宏庵侍妾周氏,号得趣居士者。丝桐,代琴。王粲《七哀诗》:"丝桐感人情,为我发悲音。"吕,我国古代音乐十二律中的阴律,有六种,总称六吕。

此为酬赠词。上片写周氏善琴,工诗,与宏庵琴瑟相和,夫妻恩爱;下片盛赞周氏才情胜过西施,与宏庵嬉戏,弹琴赋诗,恩爱之状引得梦窗艳羡。

【校注】

①《历代诗余》词题作"丁基仲妾善琴题赠"。
②"素弦"句:刘禹锡《许给事见示哭工部刘尚书诗因命同作》:"素弦哀

已绝,青简叹犹新。"《列子》卷五:"师襄曰:'子之琴何如?'师文曰:'得之矣。请尝试之。'于是当春而叩商弦,以召南吕,凉风忽至,草木成实。"张湛注曰:"商,金音,属秋。南吕,八月律。"合用"素风"意。《初学记》卷三引梁元帝《纂要》:"(秋)风曰商风、素风、凄风、高风、凉风、激风、悲风。"阮籍《咏怀》:"日月径千里,素风发微霜。"

③都在:毛本、《历代诗余》、《词律》、《词谱》、戈校本、杜本、王朱本、朱二校本作"多在"。

④徽外:苏轼《醉翁操》:"此意在人间,试听徽外三两弦。"徽,系琴弦的绳,后用作抚琴标记的名称,借指琴或琴音。

⑤霜霄:《说郛》卷一〇〇:"沈玩(晋车骑将军)琴曰'霜霄铁马'。"暗落惊鸿:用惊弓鸿雁典故。语本《战国策·楚策四》:"更羸与魏王处京台之下,仰见飞鸟。更羸谓魏王曰:'臣为王引弓虚发而下鸟。'魏王曰:'然则射可至此乎?'更羸曰:'可。'有间,雁从东方来,更羸以虚发而下之。魏王曰:'然则射可至此乎?'更羸曰:'此孽也。'王曰:'先生何以知之?'对曰:'其飞徐而鸣悲。飞徐者,故疮痛也;鸣悲者,久失群也。故疮未息,而惊心未至也。闻弦音,引而高飞,故疮陨也。'"

⑥"似名花"二句:暗用李正封《赏牡丹》诗:"天香夜染衣,国色朝酣酒。"李白《清平调三首》(之三):"名花倾国两相欢,长得君王带笑看。"

⑦"吴中"二句:西施曾随范蠡至吴国。

⑧换徽移宫:犹言移宫换羽。写其精于乐理。《宋史·乐志》:"审乎此道,以之制作,器定声应,自不夺伦。移宫换羽,特余事耳。"

⑨"兰蕙"二句:用赵飞燕花唾典。总,《汇释》:"犹纵也,虽也。杜甫《郭十五判官》诗:'药裹关心诗总废,花枝照眼句还成。'总字与还字相应,言虽因病废诗,然见花还是作诗也。"此字意属"空传"三句。

⑩"后堂深"二句:苏轼《水龙吟·咏笛材》:"闻道岭南太守,后堂深、绿珠娇小。"《汉书·张禹传》:"禹性习知音声,内奢淫,身居大第,后堂理丝竹筦弦。……禹心亲爱(戴)崇,敬(彭)宣而疏之。崇每候禹,常责师宜置酒设乐,与弟子相娱。禹将崇入后堂,饮食,妇女相对,优人筦弦,铿锵极乐,昏夜乃罢。"

⑪客愁重：翻用刘孺《至大雷联句》："若非今宴适，讵使客愁轻。"

⑫蕉寒雨碎：形容凄恻的乐声。张先《碧牡丹·晏同叔出姬》："怨入眉头，敛黛峰横翠。芭蕉寒，雨声碎。"写其音乐效果让听者恍然有听芭蕉雨声之客思。

⑬"恁风流"二句：用金屋藏娇典。恁，犹言"恁地"。《鸡肋编》卷下："前世谓'阿堵'，犹今谚云'兀底'；'宁馨'，犹'恁地'也，皆不指一物一事之词。"风流，谓风韵美好。刘泓《咏繁华诗》："秀眉开双眼，风流着语声。"花蕊夫人《宫词》："年初十五最风流，新赐云鬟使上头。"娇慵，李贺《美人梳头歌》："春风烂漫恼娇慵，十八鬟多无气力。"

霜花腴 无射商

重阳前一日泛石湖

翠微路窄①，醉晚风、凭谁为整攲冠②。霜饱花腴③，烛消人瘦④，秋光做也都难⑤。病怀强宽⑥。恨雁声、偏落歌前⑦。记年时⑧、旧宿凄凉，暮烟秋雨野桥寒⑨。

妆靥鬓英争艳⑩，度清商一曲⑪，暗坠金蝉⑫。芳节多阴⑬，兰情稀会⑭，晴晖称拂吟笺⑮。更移画船。引佩环⑯、邀下婵娟⑰。算明朝、未了重阳，紫萸应耐看⑱。

【题解】

《霜花腴》，词牌名。《词谱》："吴文英自度腔。因词有'霜饱花腴'句，取以为名。"双调，一百零四字，上下片各十句五平韵。南宋周密《萍洲渔笛谱》中有《玉漏迟·题吴梦窗词集》（一题作《题吴梦窗〈霜花腴〉词集》，将《霜花腴》作为梦窗的词集名）。南宋张炎《山中白云词》中有《声声慢·题吴梦窗遗笔》（一题作《题梦窗自度曲〈霜花腴〉卷后》），以此词作为梦窗词的压卷之作。这些都说明梦窗的这首自度曲在南宋末年已受到广泛推崇。

"石湖",《直斋书录解题》卷一八:"石湖在太湖之滨,姑苏台之下。去城十余里,面湖为堂,号'镜天阁',又一堂,扁'石湖'二字,阜陵宸翰也。"

此词上片叙述泛湖前登高之事,回忆昔年重阳过枫桥之孤寂;下片写与歌妓一起乘舟泛湖,及时行乐。此词逸兴遄飞,遥襟甫畅,是梦窗词中不多见的以回忆中的哀景衬现实中的乐情的作品。

【校注】

①"翠微"句:切题用重九典,杜牧《九日齐安登高》:"江涵秋影雁初飞,与客携壶上翠微。"

②"醉晚风"二句:杜牧《九日齐安登高》:"但将酩酊酬佳节,不用登临恨落晖。"杜甫《九日蓝田崔氏庄》:"羞将短发还吹帽,笑倩旁人为正冠。"并用孟嘉龙山落帽典。以上三句以泛湖路宽垫起此游有可为整冠之佳人侑觞。

③霜饱花腴:"秋光"句意入此。谓虽是九月八日,但菊花已因秋霜饱滋而肥腴,我亦可作秋日重阳。正如苏轼因菊而作重阳,而不论时在十月或十一月也。《百菊集谱》卷三:"东坡《记菊帖》云:'岭南地暖,而菊独后开。考其理,菊性介烈,须霜降乃发,而岭海常以冬至微霜故也。吾以十一月望,与客泛菊作重九。书此为记。'"

④烛消人瘦:反用杜甫重阳节《叹庭前甘菊花》句意:"明日萧条醉尽醒,残花烂熳开何益。"预设重九烛消歌散,黄花亦如人瘦。

⑤秋光做:杜本、朱四校本作"秋光作"。

⑥病怀强宽:杜甫《九日蓝田崔氏庄》:"老去悲秋强自宽,兴来今日尽君欢。"

⑦"恨雁声"二句:承前引杜牧登高诗意,谓重阳节后秋雁初飞,雁声飘落于歌席,使人顿生佳节思归之情。

⑧年时:《汇释》:"犹云当年或那时也。"此指那时。

⑨"旧宿"二句:杜牧《怀吴中冯秀才》:"唯有别时今不忘,暮烟秋雨过枫桥。"杨笺:"此正用牧之诗,想所谓野桥即枫桥也。于将到时,忽然用逆笔煞住,从前重阳日亦有泛湖之举,是旁衬。"以上六句回忆当年曾于重阳前一天在枫桥度过,但却无此游之乐。按梦窗履迹,应是少年游幕由苏州

北行,前往楚州(后称淮安)曾停泊枫桥之事。

⑩妆靥:此特指妇女腮上黄星靥饰。鬓英:此指头上插戴的菊花。

⑪"度清商"句:度曲,应指即席特制的《霜花腴》乐曲。

⑫暗坠金蝉:李贺《屏风曲》:"团回六曲抱膏兰,将鬟镜上掷金蝉。"《笺注评点李长吉歌诗》:"金蝉,鬓也。《古今注》云:魏文帝宫人制为蝉鬓,挈之缥缈,如蝉翼。"以上三句杨笺:"此游当设伎席,妆靥谓妓,鬓英谓菊。《离骚》'餐秋菊之落英',故知英为菊。此言坠金蝉,当是低鬟之意。蝉指鬓言。"

⑬芳节多阴:白居易《清调吟》:"芳节变穷阴,朝光成夕照。"宋人潘大临有佳句"满城风雨近重阳"。

⑭兰情:韩琮《春愁》:"吴鱼岭雁无消息,水誓兰情别来久。"稀会:"会稀"之倒。卢照邻《还赴蜀中贻示京邑游好》:"怅别风期阻,将乖云会稀。"

⑮吟笺:范成大《新作景亭程咏之提刑赋诗次其韵》:"灿烂吟笺烦索句,淋漓醉墨自成行。"以上三句谓重阳节本多阴雨,难得斜晖晴好,暗寓四美俱二难并之意,因此值得谱写词曲作为纪念。

⑯佩环:杨笺:"'佩环',应'妆靥'。"即前说整冠女子。

⑰邀下婵娟:谓将游览至弦月近人时。李白《月下独酌》:"举杯邀明月,对影成三人。"此承"晴晖",写月下之游。

⑱"算明朝"三句:化用杜甫《九日蓝田崔氏庄》诗意:"明年此会知谁健,醉把茱萸仔细看。"杨笺:"欲切题中'前一日',不曰正是重阳,而曰'未了重阳',有深浅之别。'耐'字有味。"寓明日将继此日游兴,更有登高醉游之举。耐看,明张本、毛本作"奈看"。

【汇评】

俞陛云《唐五代两宋词选释》:"芳节"数语谓九日每多阴雨,喜值新晴,小舫听歌,更饶逸兴。

陈洵《海绡说词》:此泛石湖作,非身在翠微也。次句乃翻用杜子美《宴蓝田庄》诗意,言若翠微路窄,则谁为整冠乎?翻腾而起,掷笔空际,使人惊觉。三四五,座中景,如此一落,非具绝大神力不能。

杨铁夫《梦窗词全集笺释》:("芳节"三句)上二句翻,下句转正。一句拗转两句,疑有神力。

澡兰香 林钟羽

淮安重午

盘丝系腕①，巧篆垂簪②，玉隐绀纱睡觉③。银瓶露井④，彩箑云窗，往事少年依约⑤。为当时、曾写榴裙，伤心红绡褪萼⑦。黍梦光阴渐老⑧，汀洲烟蒻⑨。

莫唱江南古调，怨抑难招，楚江沈魄⑩。薰风燕乳，暗雨梅黄，午镜澡兰帘幕⑪。念秦楼、也拟人归，应剪菖蒲自酌。但怅望、一缕新蟾⑫，随人天角⑬。

【题解】

《澡兰香》，词牌名，吴文英自度曲。词中多述端午风俗，中有"午镜澡兰帘幕"句，故名。双调，一百零三字，前后段各十句，四仄韵。

"淮安"，《宋史·地理四》：淮南东路，南渡后州九：扬、楚、海、泰、泗、滁、淮安、真、通。绍定元年，升山阳县为淮安军。端平元年，改军为淮安州。"重午"，即端午节。

此词为怀人之作，虽词题为"淮安重午"，实为回忆彼时彼地端午之事。词作围绕端午的种种习俗，描述当年端午与佳人相会的种种美好，时空荏苒，此时却天各一方，独守寂寞。全词组织得条理分明，情与事、情与物、情与节令风俗处处融汇胶着，诉尽佳节怀人的衷肠。

【校注】

①盘丝系腕：古代妇女端午以五色丝系于腕上。盘丝，也可指端午应景的盘中五色蒲丝。欧阳修《端午帖子·夫人阁五首》（之五）："巧女金丝五色，皇家玉历寿千春。"若以下句"巧篆"言，则"盘丝"理解为以五色丝盘结出漂亮的样式为胜。

②巧篆垂簪：古代妇女端午在头发上插戴胜辟邪。《白孔六帖》卷四引

《金门岁节》:"洛阳人家端午术羹艾酒,以花彩楼阁插鬓。"

③"玉隐"句:梁简文帝《咏内人昼眠诗》写美人梦境:"梦笑开娇靥,眠鬟压落花。簟文生玉腕,香汗浸红纱。"此写美人隐于绀纱橱帐中午睡醒来双眼惺忪之娇慵。玉,《佩文韵府》载司马相如《好色赋》:"花容自献,玉体横陈。"绀纱,特指青中含赤的纱帐。

④银瓶露井:此典常比喻没有结果的爱情。见《解连环》(暮檐凉薄)注⑨、⑩。另,唐宋时五月有汲井水却病的风俗。李贺《河南府试十二月乐词·五月》:"井汲铅华水,扇织鸳鸯纹。"

⑤"彩箑"二句:韩愈《华山女》:"云窗雾阁事恍惚,重重翠幕深金屏。"箑,扬雄《方言·第五》:"自关而东谓之箑,自关而西谓之扇。"郭璞注曰:"今江东亦通名扇为箑。"

⑥"为当时"二句:《宋书·羊欣传》:"欣少靖默,无竞于人,美言笑,善容止。泛览经籍,尤长隶书。不疑(羊欣父)初为乌程令,欣时年十二,时王献之为吴兴太守,甚知爱之。献之尝夏月入县,欣着新绢裙昼寝,献之书裙数幅而去。"此回忆端午写裙之举。榴裙,犹言"石榴裙"。

⑦红绡褪萼:喻红莲坠落。谓因当时曾题诗榴裙,以及红莲欲落时节有送远之事,故曰"伤心"。

⑧"黍梦"句:融合黄粱美梦与端午黍粽两典。《太平广记》卷八二引《异闻集》:卢生在邯郸客店遇道士吕翁,生自叹穷困,翁探囊中枕授之曰:枕此当令子荣适如意。时主人正蒸黄粱,生梦入枕中,享尽富贵荣华。"卢生欠伸而寤,见方偃于邸中,顾吕翁在旁,主人蒸黄粱尚未熟。触类如故,蹶然而兴,曰:'岂其梦寐耶?'翁笑谓曰:'人世之事,亦犹是矣。'生怃然之,良久谢曰:'夫宠辱之数,得丧之理,生死之情,尽知之矣。'"并用重午菰叶黏米裹角黍事。黍梦,《词谱》作"炊黍梦"。

⑨汀洲烟蒻:姜夔《琵琶仙》:"春渐远,汀洲自绿,更添了、几声啼鴂。"蒻,《诗·大雅·韩奕》:"其蔌维何,维笋及蒲。"《陆氏诗疏广要》卷上之上:"蒲始生,取其中心入地者名蒻,大如匕柄,正白,生啖之,甘脆。煮而以苦酒浸之,如食笋法。"

⑩"莫唱"三句:江南古调,指竞渡时举棹所唱的古老歌谣。刘禹锡《竞

297

渡曲》："灵均何年歌已矣,哀谣振楫从此起。……曲终人散空愁暮,招屈亭前水东注。"题注曰："竞渡始于武陵,及今举楫而相和之,其音咸呼云:'何在?'斯招屈之意。事见《图经》。"兼及《楚辞·招魂》中名句:"目极千里兮伤春心,魂兮归来哀江南。"并用端午投粽于水救屈原事。

⑪午镜:五月初五日午时心铸成的镜子。详见《满江红》(络束萧仙)注⑪。澡兰帘幕:《荆楚岁时记》:"按《大戴礼记》曰:五月五日,蓄兰为沐浴。《楚辞》曰:浴兰汤兮沐芳华。今谓之浴兰。"唐宋仍沿此习。李商隐《缺题》:"重午云阴日正长,佳辰早至浴兰汤。"《梦粱录》卷三:"(五月)初五日重午节,又曰浴兰令节。"入浴之兰为兰草,因功用而多异名。

⑫一屡新蟾:此形容端午时狭细的初生月魄。

⑬随人天角:周邦彦《解连环》:"汀洲渐生杜若。料舟依岸曲,人在天角。"以上三句化用张先《南乡子·中秋不见月》意境:"今夜相思应看月,无人。露冷依前独掩门。"

【汇评】

陆辅之《词旨·属对》:盘丝系腕,巧篆垂簪。

先著、程洪《词洁》卷五:亦是午日应有情事。便笔端幽艳,如古锦烂然。

张德瀛《词徵》卷一:词有与风诗意义相近者,自唐迄宋,前人钜制,多寓微旨。如李太白"汉家陵阙",《兔爰》伤时也。……吴梦窗"盘丝系缕",《桃夭》感候也。

俞陛云《唐五代两宋词选释》:梦窗喜藻饰字句,本意易晦。此词与前首皆佳节有怀,而此则兼有人在,故上阕"榴裙"四句,下阕"秦楼"四句,情思尤为宛转。读梦窗词者,当其其缛丽而流利处求之。

陈洵《海绡说词》:起五句全叙往事,至第六句点出"写裙"是睡中事。"榴"字融人事入风景,"褪萼"见人事都非,却以风景不殊作结。后片纯是空中设景,主意在"秦楼也拟人归"一句,"归"字紧与"招"字相应,言家人望己归,如宋玉之招屈原也。既欲归不得,故曰"难招"、曰"莫唱"、曰"但怅望",则"也拟"亦徒然耳。击首则尾应,击尾则首应,击中间则首尾皆应,阵势奇变极矣。金针度人,全在数虚字,屈原事不过借古以陈今。"薰风"三句,是家中节物;"秦楼"倒影,秦楼用弄玉事,谓家所在。

玉京谣

陈仲文自号藏一,盖取坡诗中万人如海一身藏语。为度夷则商犯无射宫腔,制此赠之①

蝶梦迷清晓,万里无家②,岁晚貂裘敝③。载取琴书④,长安闲看桃李⑤。烂绣锦、人海花场⑥,任客燕、飘零谁计⑦。春风里⑧。香泥九陌⑨,文梁孤垒⑩。

微吟怕有诗声⑪。翳镜慵看、但小楼独倚⑫。金屋千娇,从他鸳暖秋被⑬。蕙帐移⑭、烟雨孤山,待对影、落梅清泚⑮。终不似、江上翠微流水⑯。

【题解】

《玉京谣》,词牌名。双调,九十七字,上片十句,下片九句,各五仄韵。此词系词人自度曲,赋京华羁旅之况。

"陈仲文",即陈郁,字仲文,号藏一,取自苏轼《病中闻子由得告不赴商州三首》(之一):"惟有王城最堪隐,万人如海一身藏。"梦窗词友,梦窗集中另有《蕙兰芳引·赋藏一家吴郡王画兰》及《极相思·题陈藏一水月梅扇》两词。陈郁在理宗时充缉熙殿应制,又充东宫讲堂掌书,有《藏一话腴》四卷。其子陈世崇(字伯仁,号随隐)步武乃翁,亦为隐者,著《随隐漫录》五卷。

此词为赠友之作,围绕藏一"万人如海一身藏"的隐逸避世之趣层层展开。上片写藏一京华羁旅,飘零潦倒,但他欣然自得,琴书自娱,在京城闲看尘世纷扰;下片写藏一于京城锦绣灿烂之地,独处微吟,孤山烟雨,对月赏梅,正写反衬其"藏",而其最终藏身之地,还是故乡山水,一了飘零之意。

【校注】

①《历代诗余》无词题。戈选词题中无"制此"二字。

②"蝶梦"二句：蝶梦，用庄子梦中化蝶典。崔涂《春夕》："蝴蝶梦中家万里，子规枝上月三更。"陈郁籍贯临川（今江西抚州），故云。

③貂裘敝：明张本、毛本、戈校本作"貂裘弊"。

④载取琴书：《高士传·陈仲子》："楚王闻其贤，欲以为相，遣使持金百镒至於陵聘仲子。仲子入谓妻曰：'楚王欲以我为相，今日为相，明日结驷连骑，食方丈于前，意可乎？'妻曰：'夫子左琴右书，乐在其中矣。结驷连骑，所安不过容膝；食方丈于前，所甘不过一肉。今以容膝之安、一肉之味，而怀楚国之忧、乱世之害，恐先生不保命也。'于是出谢使者，遂相与逃去，为人灌园。"

⑤"长安"句：江淹《咏美人春游诗》："不知谁家子，看花桃李津。"《唐摭言·矛楯》载长安僧所吟古人诗句有："见他桃李树，思忆后园春。"下文"花场""春风里"意亦相缀，写隐者置身热闹喧嚣之外的态度，此为大隐朝市的境界。施枢《寄陈藏一》："羡君朝市情俱薄，笑我山林趣未真。"

⑥"烂绣锦"二句：绣锦，为"锦绣"之倒文。毛本、《历代诗余》、《词谱》、戈校本、杜本、王朱本、朱二校本作"锦绣"。双写诗文与春花。烂，《例释》："又'烂熳'，此义亦可单用一'烂'……亦均为'尽情地''酣畅地'之意。"花场，兼及陈郁会盟诗坛之举。陈世崇《随隐漫录》卷三："先君会天下诗盟于通都。"

⑦"任客燕"二句：客燕，燕子是候鸟，迁徙如行客。杜甫《立秋后题》："玄蝉无停号，秋燕已如客。"孟浩然《送莫甥兼诸昆弟从韩司马入西军》："平生早偏露，万里更飘零。"任客燕，明张本、毛本、戈校本作"住燕客"。

⑧春风里：与上二句颇取意石延年《平阳代意一篇寄尹师鲁》："雁声北去燕西飞，高楼日日春风里。"杜汝能《赠陈随隐》亦云："放鹤春风远，横琴夜月迟。"

⑨九陌：《三辅黄图》卷一："《汉书仪》曰：长安城中经纬各长三十二里十八步，地九百七十二顷。九陌，三宫，九府，三庙，十二门，九市，十六桥。"代指京城临安大道。

⑩文梁：司马相如《长门赋》："刻木兰以为榱兮，饰文杏以为梁。"孤垒：本指残余的建筑物遗迹。此特指孤雁所垒之巢。陈氏父子杭京确有幽居。

吴大有《饯陈随隐归临川》:"今日重来发长吁,忍看清平破草庐。"

⑪"微吟"句:林逋《山园小梅二首》(之一):"幸有微吟可相狎,不须檀板共金樽。"施枢《寄陈藏一》:"题叶恨深波影远,嚼花吟苦月痕新。"

⑫"翳镜"二句:化用杜甫《江上》诗意:"勋业频看镜,行藏独倚楼。"翳,尘掩。"微吟"以下三句,《词律》《全宋词》作七、三、五句式。《词谱》作六、四、五句式。朱祖谋、郑文焯诸名家皆从《词谱》。

⑬"金屋"二句:用金屋藏娇典。从,《汇释》:"犹任也;听也。"鸳,犹言"鸳行""鸳鸯行"。比喻朝官的行列。陈郁父子皆受皇帝青睐,度宗赐陈郁有"文窥先汉,诗到盛唐。侍余左右,知汝忠良。"对于"入宫画蛾眉,胡为众女妒"(黄力叙《送陈随隐江西》)的政治生态,陈郁能淡然处之。

⑭移:双用文体和移动两层意思。

⑮"待对影"二句:犹言对窗外梅影。"待"字领起"蕙帐移"以下四句,写其身在朝市,却能似林逋以咏梅为生涯。

⑯"终不似"二句:此写其归隐故乡的心愿。陈氏父子果于丙寅即咸淳二年(1266)归隐江西。

【汇评】

俞陛云《唐五代两宋词选释》:题旨重在藏身,若以"斯人独憔悴"之意实赋其事,便落恒蹊。观其"锦绣"三句以"客燕"为喻,遂句意并列而有"飘零谁计"句,则其栖栖不得已之怀,自在言外。结句有高远之致。

探芳新 林钟羽①

吴中元日承天寺游人②

九街头③,正软尘润酥④,雪消残溜⑤。禊赏祇园⑥,花艳云阴笼昼⑦。层梯峭空麝散⑧,拥凌波、萦翠袖⑨。叹年端、连环转⑩,烂漫游人如绣⑪。

肠断回廊伫久⑫。便写意溅波,传愁蹙岫⑬。渐没飘鸿⑭,

空惹闲情春瘦⑮。椒杯香干醉醒⑯，怕西窗、人散后⑰。暮寒深，迟回处、自攀庭柳⑱。

【题解】

《探芳新》，词牌名，吴文英自度曲，与《探芳信》略有异同。双调，九十三字，上片十二句一叶韵四仄韵，下片十二句五仄韵。

"元日"，元旦，在正月初一。"承天寺"，即苏州能仁寺，原名重玄寺。宋代有春节游佛寺道观的习俗。此词可与《浣溪沙·观吴人岁旦游承天》相参看。

此元日游寺忆姬之作。上片叙写元日游吴中承天寺，修禊赏会，游人如织，仕女如云，热闹烂漫。下片写姬去而不归，肚肠寸断，久伫回廊，远眺山水，一片怆情；借酒浇愁，酒醉人散，暮景徘徊，折柳盼归。此词上片极力渲染欢乐的游赏场面，反衬下片离人之悲切，构思巧妙。

【校注】

①明张本无宫调。《铁网珊瑚》、朱二校本、《四明》本作"（自度腔）高平"。朱三校本略"自度腔"三字。

②《铁网珊瑚》、朱二校本、《四明》本词题作"赋元日能仁寺薄游"。

③九街头：即九衢，九交道也。《三辅黄图》卷一："《三辅决录》曰：长安城面三门，四面十二门，皆通达九衢，以相经纬，衢路平正，可并行车轨。"

④软尘润酥：形容京城雨后景象，亦喻京城繁华。润酥，《词谱》、杜本作"酥润"。

⑤雪消残溜：雪后屋檐悬结的冰溜正在融化。

⑥禊赏：为禊除不洁及厄运的节日例行活动。《玉烛宝典》："元日至月晦，民并为酺食渡水，士女悉湔裳酹酒于水湄，以为度厄。"万齐融《三日绿潭篇》："佳人被禊赏韶年，倾国倾城并可怜。"祇园："祇树给孤独园"的简称。《渊鉴类函》卷三一六："释典云：佛在祇（一作祇）树给孤独园。《经律异相》云：须达多长者白佛言：'弟子欲营精舍，请佛住。惟有祇陀太子园，广八十顷，林木郁茂可居。'白太子。太子戏曰：'满以金布，便当相与。'长者出金布八十顷，精舍告成，凡千三百区，故曰祇树给孤独园。"后用为佛寺

的代称。

⑦花艳:《襄阳乐》:"大堤诸女儿,花艳惊郎目。"此句亦《浣溪沙·观吴人岁旦游承天》"千盖笼花斗胜春。东风无力扫香尘"之意。

⑧峭空:明张本、毛本、《历代诗余》、戈校本夺"峭"字。麝散:刘遵《繁华应令诗》:"腕动飘香麝,衣轻任好风。"此特指元日游览时仕女衣裳麝香飘散。

⑨萦翠袖:如谓"连袿成帷,举袂成幕",详见《婆罗门引》(风涟乱翠)注①中《战国策·齐策一》。

⑩"叹年端"二句:谓年复一年若两环相贯。连环,《庄子·天下》:"今日适越而昔来,连环可解也。"郭象注曰:"夫物尽于形,形尽之外,则非物也。连环所贯,贯于无环,非贯于环也。若两环不相贯,则虽连环故可解也。"也可指游人在层梯上盘旋而上。

⑪烂漫:沈德潜《说诗晬语》卷下:"诗人每用'烂熳'字,玩诗意乃淋漓酣足之状。"《例释》:"表程度高,有'多''深'之义。……由'多''深'义稍作引申,'烂熳'又可表'尽情地''酣畅地'之意。"与下文"醉醒"化用元稹《惧醉》诗意:"殷勤惧醉有深意,愁到醒时灯火阑。"烂漫,《铁网珊瑚》、明张本、毛本、戈校本作"烂熳"。

⑫回廊伫久:贺铸《更漏子》:"曲阑干,凝伫久。薄暮更堪搔首。"伫,凝伫。

⑬"便写意"二句:韦应物《登重玄寺阁》"山川表明丽,湖海吞大荒",证登寺可眺山水。写意,《战国策·赵策二》:"忠可以写意,信可以远期。"

⑭飘鸿:《词谱》、杜本作"飘红"。

⑮闲情:指男女之情。唐昭宗《巫山一段云》:"春风一等少年心,闲情恨不禁。"春瘦:李商隐《赠歌妓二首》(之二):"只知解道春来瘦,不道春来独自多。"以上二句写闺中人数尽鸿雁,却不见传书,故牵惹相思春瘦。

⑯椒杯香干:《太平御览》卷二九:崔寔《四民月令》曰:元日进椒柏酒,椒是玉衡星精,服之令人身轻能(原注:音"奈")老,柏是仙药。又云:进酒次第,当从小起,以年少者为先。《类说》卷四四:崔寔《月令》曰:正旦,各上椒酒于其家长,称觞举寿,欣如也。椒杯,范成大《占星者谓命宫月孛独

303

行无害但去年复照作灾今年正月一日已出而岁星作福戏书二绝》(之一)："久住灵游今日过,历翁欢喜劝椒杯。"下句"西窗"意入于此,写回忆中的温馨景象。香干,杜本作"香朝"。

⑰"怕西窗"二句:杜甫《送重表侄王砅评事使南海》:"俄顷羞颇珍,寂寥人散后。"

⑱自攀庭柳:《古诗十九首》:"庭中有奇树,绿叶发华滋。攀条折其荣,将以遗所思。"萧子云《春思诗》:"池荷正卷叶,庭柳复垂檐。"庭柳,《词律》作"花柳"。

【汇评】

陈锐《袌碧斋词话》:词中偶句有双声字,必用叠韵字对者,近人均未讲求及此。梦窗甲稿《探芳新》上阕收二句云:"叹年端、连环转,烂漫游人如绣。""叹"至"漫"八字连叠,则创见也。

夏敬观评语:"椒杯"句未安。

凤池吟

庆梅津自畿漕除右司郎官①

万丈巍台,碧罘罳外②,衮衮野马游尘③。旧文书几阁,昏朝醉暮,覆雨翻云④。忽变清明⑤,紫垣敕使下星辰⑥。经年事静⑦,公门如水⑧,帝甸阳春⑨。

长安父老相语,几百年见此,独驾冰轮⑩。又凤鸣黄幕⑪,玉霄平遡⑫,鹊锦新恩⑬。画省中书⑭,半红梅子荐盐新⑮。归来晚,待赓吟、殿阁南薰⑯。

【题解】

《凤池吟》,词牌名。梦窗自度曲。双调,九十九字,上片十一句,下片十句,各四平韵。

"梅津"，即尹焕，字惟晓，号梅津，山阴人。梦窗与尹焕关系密切，集中酬赠之词达十一首之多。"自畿漕除右司郎官"，指尹焕从两浙转运使司判官调任尚书省右司员外郎。朱祖谋："《咸淳临安志》秩官门，两浙转运名氏尹焕下注：淳祐六年，运判；七年，除左司。故则此词淳祐七年(1247)也，特左右异耳。"

此赠别尹焕拜官赴京之词。上片写尹焕在畿漕政绩优良，清正廉洁，得以升任朝官；下片赞尹焕升迁之速，入朝佐政，承受君恩，定能调和鼎鼐，备受皇帝青睐。

【校注】

①《历代诗余》词题作"庆梅津除右司郎官"。

②"万丈"二句：庾肩吾《洛阳道》："日起罘罳外，车回双阙前。"巍台，京城中的双观台。罘罳，古代设在门外或城角上的网状建筑，用以守望和防御。因畿漕官署在畿郊，故曰在京城门观与罘罳之外。

③"衮衮"句：衮衮，相继不绝貌。野马游尘，语出《庄子·逍遥游》："野马也，尘埃也，生物之以息相吹也。"郭象注曰："野马者，游气也。"成玄英疏："此言青春之时，阳气发动，遥望薮泽之中，犹如奔马，故谓之野马也。"畿漕掌管财赋运输，故云。

④覆雨翻云：杜甫《贫交行》："翻手作云覆手雨，纷纷轻薄何须数。"《九家集注杜诗》赵彦材注云："前汉陆贾谓尉佗曰：'越杀王降汉，如反覆手耳。'又，晋刘牢之曰：'岂不知今日取玄，如反覆手耳。'"钟振振《读梦窗词札记》笺以上三句曰："盖言梅津（尹焕）未任畿漕判官（即两浙转运使司判官）之前，漕署内官吏'昏朝醉暮'，职事荒弛；更有甚者，徇私舞弊，翻手为云，覆手为雨。"可备一说。

⑤忽变清明：清明，此指漕署执掌相对明确。宋代转运使司职掌总一路权利以归上，兼纠察官吏以临郡。经度本路租税、军储，供邦国之用、郡县之费；分巡所部，检察储积，审核帐册，刺举官吏臧否，荐举贤能，条陈民瘼，兴利除害，劝课农桑，并许直达。运判与正使、副使同负"临按道"之责，同金书本司公事。

⑥紫垣：以星座借指皇宫。

⑦经年:此指经过一年。尹焕淳祐六年任转运使司判官,七年即除右司。

⑧公门如水:《汉书·郑崇传》:"上责(郑)崇曰:'君门如市人,何以欲禁切主上。'崇对曰:'臣门如市,臣心如水,愿得考覆。'"颜师古注:"言请求者多交通宾客","言至清也"。

⑨甸:《周礼·天官》:"三曰邦甸之赋。"贾公彦疏:"郊外曰甸,百里之外,二百里之内。"阳春:双指京畿自然及政治春色。沈约《梁鼓吹曲·昏主恣淫慝》:"悠悠亿万姓,于此睹阳春。"

⑩"长安"三句:长安父老,《汉书·文帝纪》:"魏帝留止阌乡,遣太祖讨之。长安父老见太祖至,悲且喜曰:'不意今日复得见公!'"冰轮,王初《银河》:"历历素榆飘玉叶,涓涓清月湿冰轮。"杨笺谓此喻其升转之速。长安,明张本作"长老"。毛本、《历代诗余》、《词律》、《词谱》、戈校本、杜本、王朱本、朱二校本作"长年"。朱三校本、朱四校本、《四明》本作"长□"。

⑪凤鸣黄幕:《世说新语·赏誉》:"张华见褚陶。语陆平原曰:'君兄弟龙跃云津,顾彦先凤鸣朝阳,谓东南之宝已尽,不意复见褚生。'"黄幕,皇家帘幕。

⑫玉霄:借指天子居所。

⑬鹓锦新恩:鹓锦,四品、五品官服的佩绶。《宋史·舆服四》:"两梁冠:犀角簪导,铜剑、佩,练鹓锦绶,铜环,余同三梁冠。四品、五品侍祠朝会则服之。"就职事官而言,尹焕此时尚在从六品。预为祝语,故曰"新"。新恩,明张本、毛本、《历代诗余》、《词律》、戈校本、王朱本作"轻恩"。

⑭画省中书:画省,尚书省别称。中书,宰相总办公处。唐初设在门下省,后迁到中书省。北宋就中书省内设政事堂,简称中书。元丰改制后,以尚书省都堂为宰相办公所在地。宋代左右司是尚书省的重要机构,左右司号称宰掾,左右司长官更是宰相的储备人选。画省,明张本、毛本、《历代诗余》、《词律》、戈校本、王朱本作"事省"。

⑮"半红"句:此处与《汉宫春·寿梅津》意同:"春未了,红盐荐鼎,江南烟雨黄时。"也可与《暗香疏影·赋墨梅》参看:"相将初试红盐味,到烟雨、青黄时节。"意思是以红盐渍梅,以荐鼎鼐之用。《尚书·说命下》:"若做和

羹,尔惟盐梅。"孔氏传:"盐咸梅醋,羹须咸醋以和之。"往往喻指治理国家的才能。半,指半青半黄的梅子。红,与"盐"字为词组。《新五代史·四夷传》谓回鹘产红盐,南海亦产色赤之盐。苏轼《橄榄》:"纷纷青子落红盐,正味森森苦且严。"陈鹄《耆旧续闻》卷二:"徐师川云:'……世只疑"红盐"二字,以为别有故事,不知此即《本草》论盐有数种:北海青,南海赤。橄榄生于南海,故用红盐也。'"宋代渍梅也用红盐。陈克《浣溪沙》:"何物与侬供醉眼,半黄梅子带红盐。"新,初试调鼎之用。暗嵌尹焕字号中的"梅"字,并喻其在尚书省机构中小试锋芒。半红,杜本作"半黄"。

⑯"归来晚"三句:暗用《旧唐书·柳公绰传》中学士柳公权以"薰风自南来,殿阁生微凉"赓和唐文宗诗句,独受赞赏事。预祝梅津能荣升为学士院中的文学侍从官,这是宋代文人最为艳羡的位置。赓吟,明张本、毛本、《历代诗余》《词律》、王朱本作"庆吟"。

暗香① 夷则宫②

送魏句滨宰吴县解组,分韵得阔字③

县花谁葺④。记满庭燕麦⑤,朱扉斜阖⑥。妙手作新⑦,公馆青红晓云湿⑧。天际疏星趁马⑨,帘昼隙⑩、冰弦三叠⑪。尽换却、吴水吴烟,桃李靓春靥⑫。

风急。送帆叶。正雁水夜清⑬,卧虹平帖⑭。软红路接⑮。涂粉闹深早催入⑯。怀暖天香宴果⑰,花队簇⑱、轻轩银蜡⑲。便问讯、湖上柳,两堤翠匝⑳。

【题解】

《暗香》,词牌名,本姜夔自度曲,咏梅花,作"仙吕宫"。其小序云:"辛亥之冬,予载雪诣石湖。止既月,授简索句,且徵新声,作此两曲。石湖把玩不已,使工妓隶习之,音节谐婉,乃名之曰《暗香》《疏影》。"(见《白石道人歌曲》卷四)后张炎用咏荷花荷叶,更名《红情》《绿意》。双调,九十七字,前片九句五仄韵,后片十句七仄韵。梦窗此词虽用白石词牌,但音调有变,入夷则宫,押韵处稍有异。

"魏句滨",即魏庭玉,又作魏廷玉。"吴县",宋属平江府。"解组",此指秩满入朝改官。根据《苏州府志》,魏句滨(魏庭玉)任吴县令在嘉熙四年(1240)之前,其解组(去官)在淳祐三年(1243)后。

此为酬赠词。上片赞扬魏句滨宰吴县治理有方,政绩可嘉;下片祝愿他能题名宫闱,入朝为官。

【校注】

①明张本词调作"暗香疏影"。

②明张本、朱三校本作"仙吕宫"。

③《历代诗余》无词题。

④县花:犹言桃李花。用潘岳为县令典,见《塞翁吟》(有约西湖去)注④。

⑤满庭燕麦:谓庭院荒芜。燕麦,野生于废墟荒地间,燕雀所食。《尔雅·释草》:"蘥,雀麦。"郭璞注:"即燕麦也。"

⑥朱扉斜阖:朱漆大门关不严实。以上三句为"葺"字张本,写县衙厅堂院落修葺前的破败荒废。

⑦妙手:技艺高超的人。作新:《书·康诰》:"汝惟小子,乃服惟弘王应保殷民,亦惟助王宅天命,作新民。"孔传:"弘王道,安殷民,亦所以惟助王者居顺天命,为民日新之教。"本意谓教导殷民,服从周的统治。后因以"作新"比喻教化百姓,移风易俗。这里兼用字面义,含"葺新"之意。

⑧公馆:《礼记·曾子问》:"《礼》曰:公馆复,私馆不复。"郑玄注:"公馆,若今县官舍也。公所为君所命使舍己者。"孔颖达疏:"公馆,谓公家所造之馆,与公所为者与及也,谓公之所使为命停舍之处。"此处应特指贡院南面的县学等建筑。青红湿:建筑物刚刚修缮完毕。"云"字兼谓建筑耸入云霄。

⑨马:此谓檐马,亦称铁马、风铃。挂在屋檐下,风起则丁东作声,声如佩玉相击。

⑩帘昼:毛本、《历代诗余》、《词律》、戈校本、杜本、王朱本、朱二校本作"画帘"。

⑪冰弦三叠:冰弦,传说中用冰蚕丝作的琴弦。苏轼《减字木兰花·琴》:"神闲意定,万籁收声天地静。玉指冰弦。"三叠,音乐的段落。檐马相击与琴声相类。《通雅》卷三〇:"铁马名曰'丁当',玉佩亦曰'丁当',或作'叮当'。……丁东,声也。佩声、弦声皆称之。又作'丁当'者,盖'东''当'二音古通用也。"以上三句形容修葺后县宇建筑壮丽,夜晚仰视,檐马似欲与星星相触;白昼静聆,檐马声随风传入帘中,似琴弦拨动。

⑫"尽换"三句:承开篇用潘岳桃李一县花典,称颂魏庭玉使吴县县衙面貌及当地风俗焕然一新。并化用周邦彦《锁窗寒》中"桃李自春,小唇秀靥"句意。吴水吴烟,杜牧《题桐叶》:"三吴烟水平生念,宁向闲人道所之。"据苏州府志,知魏庭玉从嘉熙四年(1240)至淳祐三年(1243)整个任期皆在吴县。既写魏氏任上重视文教,引导风俗向化,也为县治美锦堂、河阳图亭实录。《姑苏志》卷二三:"(知县厅)厅东有勤清堂,淳祐初魏廷玉建(刘震孙命名,王遂记)。开禧间,吴机创明恕堂,饶虎臣改美锦堂。山上有琅然亭,东南有亭名河阳图(销妆沚取桃李杂植因名)。"

⑬雁水夜清:形容夜宴饯席离别的音乐。姜夔《解连环》:"为大乔、能拨春风,小乔妙移筝,雁啼秋水。"

⑭卧虹:喻垂虹桥。平帖:高蟾《偶作二首》(之一):"丁当玉佩三更雨,平帖金闺一觉云。"

⑮软红路接:代指京城大道。

⑯涂粉闼:犹言"粉省"。尚书省的别称。《太平御览》卷二一五引汉应劭《汉官仪》:"尚书郎主作文书起草,夜更直五日于建礼门内。……奏事明光殿。省皆胡粉涂画古贤人烈女,郎握兰含香,趣走丹墀奏事。"

⑰"怀暖"句:天香暖,何逊《九日侍宴乐游苑诗》:"晴轩连瑞气,同惹御香芬。"贾至《早朝大明宫呈两省僚友》:"剑佩声随玉墀步,衣冠身惹御炉香。"怀宴果,合用《左传·隐公元年》及《三国志·吴志·陆绩传》典:"颍考叔为颍谷封人,闻之,有献于公,公赐之食。食舍肉,公问之。对曰:'小人有母,皆尝小人之食矣。未尝君之羹,请以遗之。'""绩年六岁,于九江见袁

术。术出橘，绩怀三枚，去，拜辞堕地。术谓曰：'陆郎作宾客而怀橘乎？'绩跪答曰：'欲归遗母。'术大奇之。"据此知其家眷在杭京。

⑱花队簇：宫中宴会皆赐花，并有等差。详见《水龙吟》(杜陵折柳狂吟)注⑩。

⑲轻轩：古代田猎之车。张衡《东京赋》："乃御小戎，抚轻轩。"此泛指天子车驾。银蜡：宫殿中的莲灯巨烛。毛本、杜本作"银烛"。

⑳"便问讯"三句：两堤，白堤和苏堤。预想其与同僚共游西湖的盛况。便问讯，朱三校本、朱四校本作"更问讯"。两堤，明张本作"雨堤"。

【汇评】

夏敬观评语："天际"句、"帘昼隙"句均未安。

暗香疏影①

赋墨梅②

占春压一③。卷峭寒万里④，平沙飞雪⑤。数点酥钿⑥，凌晓东风□吹裂⑦。独曳横梢瘦影⑧，入广平、裁冰词笔⑨。记五湖、清夜推篷，临水一痕月⑩。

何逊扬州旧事⑪，五更梦半醒，胡调吹彻⑫。若把南枝⑬，图入凌烟⑭，香满玉楼琼阙⑮。相将初试红盐味，到烟雨、青黄时节⑯。想雁空、北落冬深，澹墨晚天云阔⑰。

【题解】

《暗香疏影》，词牌名。梦窗自度曲，以白石《暗香》前段、《疏影》后段组合而来。双调，一百零四字，上片九句五仄韵，下片十句四仄韵。

"墨梅"，墨画之梅。

这是一首咏物词，咏调名本意。此词大量用典，略貌取神，通过对墨梅姿态与风骨的赞美，寄慨颇深，暗寓时无贤臣辅政之恨，表达了望朝廷有贤能之臣的深意。

【校注】

①明张本因词调同前阕《暗香疏影》,故未标宫调。朱四校本、《全宋词》宫调作"夹钟宫"。毛本、杜本、王朱本、朱二校本、《四明》本词调作"疏影"。

②明张本词题作"墨梅"。

③压一:《汇释》:"压倒一切之意,犹云第一也。"

④"卷峭寒"句:为下文凌烟阁张本。杨巨源《卢龙塞行送韦掌记二首》(之一):"雨雪纷纷黑水外,行人共指卢龙塞。"

⑤平沙飞雪:宋璟《梅花赋》:"又如通德掩袖拥髻,狂飙卷沙,飘素摧柔。"以上二句化用裴子野《咏雪诗》:"飘洒千里雪,倏忽度龙沙。"杨笺:"夏氏曰:此言梅开似雪耳。"

⑥数点酥钿:苏轼《蜡梅一首赠赵景贶》:"天工点酥作梅花,此有蜡梅禅老家。"朱敦儒失题赋梅词:"横枝消瘦一如无,但空里疏花数点。"余见《瑞龙吟》(黯分袖)注⑭。

⑦凌晓:刘孝威《帆渡吉阳洲诗》:"江风凌晓急,钲鼓候晨催。"东风吹裂:贺铸《游灵壁兰皋园》:"薄景未晞雪,东风新破梅。""凌晓"句,明张本作"凌晓东风吹裂"。毛本、杜本、王朱本、朱二校本作"□□□凌晓东风吹裂"。

⑧独曳:毛本、戈校本、杜本、王朱本、朱二校本作"独自曳"。"独"字意属下二句。曳,此处有旁斜逸出之意。

⑨"入广平"二句:广平,唐代宋璟累封至广平郡公。其《梅花赋》被后人称为比德之作。裁冰词笔,宋璟《梅花赋》有句云:"曷若兹卉,岁寒特妍。冰凝互涧,擅美专权。相彼百花,孰敢争先。""万木僵仆,梅英载吐。玉立冰姿,不易厥素。子善体物,永保贞固。"

⑩"记五湖"三句:此以湖边朦胧月夜影传墨梅之神。朱熹《青玉案》:"一湾流水,半痕新月,画作梅花影。"一痕月,毛本、戈校本、王朱本、朱二校本作"一痕微月"。

⑪何逊旧事:详见《解语花》(门横皱碧)注⑮。

⑫"五更"二句：用林逋《霜天晓角》意境："冰清霜洁。昨夜梅花发。甚处玉龙三弄，声摇动、枝头月。"胡调，林逋《梅花三首》（之一）："堪笑胡雏亦风味，解将声调角中吹。"笛曲中有《梅花落》，而笛出胡羌。

⑬南枝：代指梅花。意贯入"北落冬深"句。用大庾岭梅花典。《古今事文类聚后集》卷二八："《群书要语》：大庾岭上梅花，南枝已落，北枝方开，寒暖之候异也。"

⑭图入凌烟：凌烟，为表彰功臣而建的绘有功臣图像的高阁。《大唐新语·褒锡》："贞观十七年，太宗图画太原倡义及秦府功臣赵公长孙无忌……等二十四人于凌烟阁，太宗亲为之赞，褚遂良题阁，阎立本画。"

⑮"香满"句：玉楼琼阙，参见《瑞鹤仙》（彩云栖翡翠）注⑨。此处指皇家凌烟阁。以上三句以梅花冲寒绽放的高洁芬芳与忠义之臣铁肩担道义的凛然难犯相比附，故曰可入凌烟高阁。

⑯"相将"三句：由梅盐典联想到国家需要的鼎鼐将相之材。所谓"念旧臣""思贤传"也。相将，《汇释》："犹云行将也，侵寻也。"

⑰"想雁空"三句：回应篇首雪中绽梅。李商隐咏雪残句："郊野鹅毛满，江湖雁影空。"杨笺："冬时天色暗淡，如纸着淡墨然，前煞是缩法，后煞是推开法。然全词皆诠'梅'字，止于此处出'墨'。"

念奴娇

赋德清县圃明秀亭①

思生晚眺，岸乌纱平步②，春云层绿③。罨画屏风开四面④，各样莺花结束⑤。寒欲残时，香无着处，千树风前玉⑥。游蜂飞过⑦，隔墙疑是金谷⑧。

偏称晚色横烟⑨，愁凝峨髻⑩，澹生绡裙幅⑪。缥缈孤山南畔路，相对花房竹屋⑫。溪足沙明⑬，岩阴石秀，梦冷吟亭宿⑭。松风古涧，高调月夜清曲⑮。

《念奴娇》，词牌名，又名《百字令》《酹江月》《大江东去》《壶中天》《湘月》等。十二体，有平韵、仄韵之别，多为一百字，亦有一百零一、一百零二字者。此词用仄韵，双调，一百字，前后片各十句四仄韵。

"德清县圃明秀亭"，《德清县志》卷一〇载县圃古迹曰："松竹堂，取昌黎'出宰山水县，读书松竹林'之句，故云。醉苑堂，芍药甚盛。浮疎堂，知县赵嵎建，植梅堂前，名曰'浮疎'。山堂，旧名透远。四照亭，四边皆山。香雪亭，酴醾甚繁。清意亭，知县章銮建，其前古梅甚奇。古香亭，大桂上荫，取李贺'老桂吹古香'之意。明秀亭，周植桃与海棠，前立牌门，榜曰'红云坞'。飞绡亭，在明秀亭之左。醉雪亭，取王荆公'醉红撩乱雪争开'之意。纵云台，取退之'远(释)峤孤云纵'之句，故名。山房。竹舍。寓庵。蓬庐。以上凡一十六所，皆在县治之后圃内。按：郑如几《重修县宇记》：'圃之亭馆，用以会僚集客，散滞破郁，游目舒心，今俱废矣。颓基故壤，凸者为台，窪者为池，犹仿佛焉。'"郑如几，字维心，是北宋宣和年间湖州雪溪人。至南宋时，宣和年间俱已颓圮的亭榭似皆修复。据其按语，知德清县治苑圃亭馆是会僚集客的场所，梦窗正是以"客"的身份躬与盛景，并以文学鸣惊四座。

此词写德清县衙园圃明秀亭，构思巧妙，曲折多姿，虚实有序，远近交错，动静交织，视听交换，又运用比喻、拟人、摹状等修辞手法，勾出一幅引人入胜的画境。

①德清：毛本、戈校本、杜本作"德明"。《历代诗余》词题作"赋县圃明秀亭"。

②岸乌纱：唐彦谦《夏日访友》："清风岸乌纱，长揖谢君去。"余见《瑞鹤仙》(泪荷抛碎璧)注⑤及《霜叶飞》(断烟离绪)注⑫。

③春云层绿：李新《西斋睡起》："绿云山麦层层绿，红雨溪桃处处残。"以上三句写旧名"透远"的山堂和纵云台。

④罨画：秦韬玉《送友人罢举授南陵令》："花明驿路燕脂暖，山入江亭罨画开。"杨慎《丹铅余录·摘录》卷一二："画家有罨画，杂彩色画也。"屏风

四面:德清县周围屏山如画。郭思《林泉高致集》:"于是命宋用臣传旨,令先子作四面屏风,盖绕殿之屏皆是。闻其景皆松石平远、山水秀丽之景,见之令人森竦。"此写四照亭。

　　⑤莺花:代指春盛时节。结束:装束。刘邈《折杨柳》:"倡妾不胜愁,结束下青楼。"此处为"点缀"意。

　　⑥"寒欲"三句:香无着处,形容梅香浓烈。舞玉,以雪舞喻落梅。

　　⑦游蜂飞过:与下句化用韩愈《戏题牡丹》:"双燕无机还拂掠,游蜂多思正经营。"

　　⑧"隔墙"句:金谷,特代指芍药园。详见《风流子·芍药》注③。以上二句以醉苑堂、飞绮亭等衬写明秀亭。

　　⑨偏:《例释》:"相当于文言的'甚''颇',白话的'最''很',表程度的副词。"晚色横烟:王绩《游北山赋》:"步拥路而遭回,视横烟而断续。"暗化用杜甫《白帝城楼》"翠屏宜晚对"句意。晚色,《历代诗余》作"晓色"。

　　⑩愁凝峨髻:李贺《河南府试十二月乐词·二月》:"薇帐逗烟生绿尘,金翅峨髻愁暮云。"喻德清县乾元、金鹅、市亭、天目诸山。

　　⑪生绡裙幅:与上句化用李群玉《同郑相并歌姬小饮戏赠》诗意:"裙拖六幅湘江水,鬓耸巫山一段云。"生绡,未漂煮过的丝织品。此喻从德清县治前流过的诸水流。《浙江通志》卷二二:"王褘《德清县治记》:德清隶湖为壮县。县治临余不溪,后枕金鳌诸山,山明水秀。"据知下文溪沙、岩石亦为德清县圃景致实录。

　　⑫花房竹屋:竹屋,指孤山竹阁。袁韶知临安府时重建。以孤山花房、竹屋衬写园圃中的"山房""竹舍"。

　　⑬溪足:杜甫《绝句六首》(之四):"急雨捎溪足,斜晖转树腰。"

　　⑭"梦冷"句:写寓庵,因山水近逼,故使梦"冷"。

　　⑮"松风"二句:古琴曲有《风入松》。此曲调高声悲。此以琴曲衬写松竹堂。

惜红衣

余从姜石帚游苕雪间三十五年矣，重来伤今感昔，聊以咏怀①

鹭老秋丝②，蘋愁暮雪③，鬓那不白。倒柳移栽④，如今暗溪碧⑤。乌衣细语⑥，伤绊惹⑦、茸红曾约。南陌⑧。前度刘郎，寻流花踪迹⑨。

朱楼水侧。雪面波光，汀莲沁颜色⑩。当时醉近绣箔，夜吟寂⑪。三十六矶重到⑫，清梦冷云南北⑬。买钓舟溪上⑭，应有烟蓑相识⑮。

【题解】

《惜红衣》，《白石道人歌曲》所载"自度曲"之一。其序云："吴兴号水晶宫，荷花盛丽。陈简斋（与义）云：'今年何以报君恩？一路荷花、相送到青墩。'亦可见矣。丁未之夏，予游千岩，数往来红香中，自度此曲，以无射宫歌之。"双调，八十八字，上片十句六仄韵，下片九句六仄韵。此词用别体，上片十句四仄韵，下片九句五仄韵。

"姜石帚"，湖州乌程县苕、雪二溪间的隐者。此词为吴文英晚年伤今感昔之作。上片扣"伤今"题旨，开篇即表达嗟老之情和人生易老的感慨，而故地重游，惟余一身，惆怅之情溢于言表。下片"感昔"，回忆昔日旧游情景，景美人年少，醉饮复夜吟，而今独来，往昔似为清梦，真有人面桃花之慨。

【校注】

①"余从"句：据此词及前文笺释梦窗赠姜石帚词的相关史料，知词中所及，皆是湖州苕雪流域乌程一带的风光，如有"外植芰荷，内栽花柳"的百花洲，有桃花坞，有张志和钓鱼湾，有白鹭横飞的西塞山，兼及柳恽白蘋洲及三十六陂荷花。《历代诗余》词题作"游苕雪间志感"。

②鹭老秋丝:张志和《渔父》:"西塞山前白鹭飞,桃花流水鳜鱼肥。"鹭,又称鹭鸶,谐音"丝"。

③蘋愁暮雪:"蘋"与下文"白""汀"三字出自柳恽《江南曲》,白蘋洲在雪溪边。与下句化用杜甫《清明二首》(之二):"风水春来洞庭阔,白蘋愁杀白头翁。"

④倒柳移栽:杨柳有枝条下垂或上扬的两种。《战国策·魏策二》:"今夫杨,横树之则生,倒树之则生,折而树之又生。"

⑤"如今"句:此"碧"字双指,既形容溪水,也形容杨柳成荫,暗用桓温金城泣柳典。详见《解连环》(思和云结)注④。

⑥乌衣细语:乌衣国是神话中的燕子国。《六朝事迹编类》卷下:"王榭,金陵人。世以航海为业。一日,海中失船,泛一木登岸,见一翁一姬皆衣皂,引榭至所居,乃乌衣国也。以女妻之,既久,榭思归。复乘云轩泛海至其家,有二燕栖于梁上。榭以手招之,即飞来臂上,取片纸书小诗系于燕尾曰:'误到华胥国里来,玉人终日苦怜才。云轩飘出无消息,洒泪临风几百回。'来春,燕又飞来榭身上,有诗云:'昔日相逢冥数合,如今睽违是生离。来春纵有相思字,三月天南无雁飞。'至今岁,竟不至,因目榭所居为乌衣巷。"后因以"乌衣"代指燕子。《齐天乐》(余香才润鸾绡汗)中有"更展芳塘,种花招燕子"之句,可知确为故地重游。

⑦绊惹:白居易《柳絮》:"凭莺为向杨花道,绊惹春风莫放归。"上下二句写当年曾指盛开桃花有归隐之约定。毛本、《词综》、《词律》、《历代诗余》、《词谱》、杜本、王朱本、朱二校本作"伴惹"。

⑧南陌:据《太平寰宇记》卷九四,苕雪二溪在乌程县南,而桃花坞所处也在县西南五十里。

⑨"前度"二句:用刘义庆《幽明录》所载东汉刘晨、阮肇入天台山沿桃溪而上而遇俪仙,以及桃花源故事,兼用刘禹锡《再游玄都观》"前度刘郎今又来"字面,兼及前引桃花坞"桃花流水"之意。

⑩"朱楼"三句:回忆三十五年前与姜石帚游苕雪时在华楼水边的畅游狂欢,碧波映照着佐觞歌女们如雪的面容,汀洲红红白白的莲花与饮者歌者的青春容貌互相映射。

⑪夜吟寂：明张本、毛本、《历代诗余》夺"寂"字。王朱本、朱二校本作"夜吟□"。

⑫三十六矶：承上意写苕霅广阔水域中的荷花。姜夔遥写湖州苕溪景色有"三十六湾秋月明"之句，《念奴娇》又咏吴兴荷花："三十六陂人未到，水佩风裳无数。"矶，与下文的"钓"字兼写乌程县张志和钓鱼湾。

⑬"清梦"句：高观国《菩萨蛮》："梦冷不成云，楚峰峰外情。"谓重来苕霅二溪时，归隐的清梦已如寒云不知飘逝何方。

⑭钓舟：刘孝绰《钓竿篇》："钓舟画彩鹢，渔子服冰纨。"

⑮烟蓑：郑谷《郊园》："烟蓑春钓静，雪屋夜棋深。"以上二句为假设语，有怃然今夕的感伤。

【汇评】

先著、程洪《词洁辑评》卷三：看他用鬓白、溪碧、乌衣、茸红，虽小小设色字，亦必成章法，词其可轻言乎？……若"伴惹茸红"句，梦窗措词之常，无难著解耳。

张德瀛《词徵》卷一：前人词多喜用"三十六"字。……吴梦窗《惜红衣》"三十六矶重到"、周公瑾《木兰花慢》"三十六鲽过却"。……用算博士语皆有致。

陈廷焯《云韶集》卷八：(上阕眉批)笔路高绝。 (下阕眉批)清虚似白石，沈静似清真，几欲合而一之矣。

李佳《左庵词话》：此等词，抚今伤昔，以之写情，哀艳易工。

江南好

友人还中吴，密围坐客，杯深情决，不觉沾醉。越翼日，吾侪载酒问奇字，时斋示《江南好》词，纪前夕之事。辄次韵①

行锦归来②，画眉添妩③，暗尘重拂雕笼④。稳瓶泉暖⑤，花隙斗春容⑥。围密笼香庵霭⑦，烦纤手⑧、新点团龙⑨。温柔处⑩，垂杨弹髻⑪，灯暗豆花红⑫。

行藏，多是客^⑬，莺边话别，橘下相逢^⑭。算江湖幽梦，频绕残钟^⑮。好结梅兄矶弟^⑯，莫轻似^⑰、西燕南鸿。偏宜醉，寒欺酒力，帘外冻云重^⑱。

【题解】

《江南好》，词牌名，即《满庭芳》别称。以柳宗元"偶此即安居，满庭芳草结"，吴融"满庭芳草易黄昏"诗句得名。梦窗以苏轼有"江南好，千钟美酒，一曲满庭芳"句，名《江南好》。又名《满庭霜》《话桐乡》《满庭花》《锁阳台》《潇湘夜雨》《潇湘雨》。此调有平仄两体，宋元人多填平韵。双调，九十五字，上片十句四平韵，下片十一句五平韵。仄韵见《乐府雅词》，又名《转调满庭芳》。

"中吴"，苏州府的别称，始见于宋龚明之《中吴纪闻》。"围密"，歌姬围绕暖如屏风。"浃"，透。"沾醉"，即霑醉，大醉。《汉书·游侠传·陈遵》："尝有部刺史奏事，过遵，值其方饮，刺史大穷，候遵霑醉时，突入见遵母。"颜师古注："霑，湿。言其大醉也。""翼"，通"翌"。"载酒问奇字"，用扬雄典。《汉书·扬雄传》："（扬）雄以病免，复召为大夫。家素贫，耆酒，人希至其门。时有好事者载酒肴从游学，而巨鹿侯芭常从雄居，受其《太玄》《法言》焉。"又："刘棻尝从雄学作奇字。""时斋"，即沈义父。父，又作"甫"。嘉熙元年（1237），沈以赋领乡荐，尝为白鹿洞书院山长，曾向吴文英学习词法，有《乐府指迷》一书传世。据《乐府指迷》，沈义父与梦窗交往自淳祐三年癸卯（1243）始。梦窗淳祐四年冬离开苏州入史宅之幕中，所以此词大概作于淳祐三年至淳祐四年。

此词为酬赠之作。友人回乡做官，众人接风，在宴席上沈义父作《江南好》，梦窗步其韵而为之。上片写对友人归乡赴任的祝贺和对宴席的描述；下片抒写人生如过客，应珍惜朋友间的情谊。

【校注】

①《历代诗余》无词题。毛本、戈校本、杜本、王朱本、朱二校本词题中的"辄"作"聊"。

②行锦归来:用衣锦昼行典。

③画眉添妩:用张敞画眉典。

④暗尘重拂:吴融《和韩致光侍郎无题三首十四韵》(之三):"绮阁临初日,铜台拂暗尘。"雕笼:薰衣被的笼簧。戈校本、朱二校本、朱三校本作"雕栊"。

⑤稳瓶泉暖:张枢失调名咏茶花残句:"金谷移春,玉壶贮暖。"韩淲《入城晁尹二家少留我》:"霜云忽暗疑雪天,坐稳瓶梅蜡香扑。"

⑥隘:意入"稳瓶"句,因花朵重密而使花瓶中泉水盈满。花隘,王朱本作"花溢"。

⑦围密笼香:承词题中围红典,指歌姬密坐。并暗用爱妾围香典,王嘉《拾遗记》:"孙亮作绿琉璃屏风,甚薄而莹澈,每于月下清夜舒之。常宠四姬,皆振古绝色:一名朝姝,二名丽居,三名洛珍,四名洁华。使四人坐屏风内,而外望之,了如无隔,惟香气不通于外。为四人合四气香,殊方异国所出。"故上下文关涉屏中之爱妾与席上之歌姬。晻霭:弥漫。

⑧烦纤手:贺铸《更漏子》:"上东门,门外柳。赠别每烦纤手。"

⑨新点团龙:团龙,小龙团茶饼。《山堂肆考》卷一九三引《归田录》:"茶之品,莫贵于龙凤团,凡八饼重一斤。小龙团,凡二十余饼重一斤,其价直金二两。仁宗尤所珍惜,虽辅相之臣,未尝辄赐。惟南郊大礼致斋之夕,中书、枢密院,各四人共赐一饼。宫人剪金为龙凤花草缀其上,两府八家分割以归,不敢碾试。宰相家藏以为宝。嘉祐七年,亲享明堂,始人赐一饼。余亦恭与,至今藏之。"此泛指宫中赏赐的名贵贡茶,于此可知主人的达宦身份。点,犹云点茶。《汇释》:"点茶,与点汤同,即泡茶也。"以上二句谓友人侍妾亲手点泡新茶待客。

⑩温柔处:用温柔乡典。此就有花有歌女言。

⑪垂杨弹鬌:喻双鬌偏弹歌姬之倦舞。《韵语阳秋》卷一九:"柳比妇人尚矣。条以比腰,叶以比眉,大垂手、小垂手以比舞态,故自古命侍儿多喜以柳为名。……韩退之侍儿亦名柳枝,所谓'别来杨柳街头树,摆撼春风只欲飞'是也。"《观林诗话》载温庭筠词形容歌姬荷叶双鬌:"裙拖安石榴,鬌弹偏荷叶。"

319

⑫"灯暗"句:周邦彦《青玉案》:"良夜灯光簇如豆。占好事、今宵有。"兼用烛暗留客典。明张本、毛本、戈校本作"暗豆红花",未空格。毛扆本:"'暗豆'下脱一字。"《历代诗余》、戈校本、杜本作"暗立花红"。王朱本作"□暗豆红花"。

⑬"行藏"二句:行藏,指出处或行止。《论语·述而》:"用之则行,舍之则藏。"客,兼有座上宾与客居苏州的意思。

⑭"莺边"二句:白居易《三月二十八日赠周判官》:"一春惆怅残三日,醉问周郎忆得无。柳絮送人莺劝酒,去年今日别东都。"橘下相逢,苏州太湖洞庭西山、东山俱产名橘,一般深秋时果实黄熟。此互文见义,谓友人们一年四季或别或聚,来去匆匆。

⑮"算江湖"二句:江湖幽梦,此指隐居的梦想。二句是上文的补充。料想身在仕途的友人们虽然皆有归隐苏州的梦想,并且各在行役地的残钟声里不能去怀,但现实却仍然是不免奔竞尘世。

⑯"好结"句:黄庭坚《王充道送水仙花五十枝欣然会心为之作咏》:"含香体素欲倾城,山矾是弟梅是兄。"好,《例释》:"真。用以加强肯定的语气副词。"矾,山矾。黄庭坚《题高节亭边山矾花二首并引》:"江湖南野中有一种小白花,木高数尺,春开极香,野人谓之郑花。王荆公尝欲作诗而陋其名,予请名曰山矾。野人采郑花叶以染黄,不借矾而成色,故名山矾。"梅兄矾弟,毛本、《历代诗余》、戈校本作"矾弟梅弟"。

⑰莫轻似:明张本、朱三校本、朱四校本、《四明》本作"莫轻侣"。

⑱冻云:严冬阴云凝止不流,故云。

【汇评】

双双燕①

小桃谢后,双双燕,飞来几家庭户②。轻烟晓暝,湘水暮云遥度③。帘外余寒未卷③,共斜入、红楼深处。相将占得雕

320

梁，似约韶光留住④。

　　堪举。翩翩翠羽⑤。杨柳岸，泥香半和梅雨⑥。落花风软，戏促乱红飞舞⑦。多少呢喃意绪。尽日向、流莺分诉⑧。还过短墙，谁会万千言语⑨。

【题解】

《双双燕》，词牌名。始见史达祖《梅溪集》，此调咏双燕，即以为名，系史之自度曲。双调，九十八字，上片九句五仄韵，下片十句七仄韵。梦窗此词为变体，九十六字，上片九句四仄韵，下片十句七仄韵，句法亦稍有差异。

此词咏燕，写春天燕子双双回归，用拟人化的手法表现双燕赶路筑巢的过程以及飞舞嬉戏的情景。而至"多少呢喃意绪"，突然"空际转身"，似有寄托。刘永济《微睇室说词》云："'多少'以下四句，则关合人情。诵'谁会万千言语'之句，似有知音难遇之感。'过短墙'者，依人之意。燕子巢于人家庭户，与人之入幕为宾，正相类似，此或梦窗咏燕之本意。考梦窗一生，皆以游幕为事。"

【校注】

①此为咏燕词。不仅化用史达祖（字邦卿，号梅溪）《双双燕》，还对唐人郑谷《燕》诗有更为直接的化用。史达祖《双双燕·咏燕》："过春社了，度帘幕中间，去年尘冷。差池欲往，试入旧巢相并。还相雕梁藻井。又软语、商量不定。飘然快拂花梢，翠尾分开红影。　芳径。芹泥雨润。爱贴地争飞，竞夸轻俊。红楼归晚，看足柳昏花暝。应自栖香正稳。便忘了、天涯芳信。愁损翠黛双蛾，日日画阑独凭。"郑谷《燕》："年去年来来去忙，春寒烟暝渡潇湘。低飞绿岸和梅雨，乱入红楼拣杏梁。闲几砚中窥水浅，落花径里得泥香。千言万语无人会，又逐流莺过短墙。"明张本、毛本、杜本、王朱本词调下有词题作"赋题"。《历代诗余》词题作"本意"。

②"小桃"三句：郑谷《杏花》："小桃新谢后，双燕却来时。"燕子于春社前北归，正在桃花谢后。几家，犹云何处。《汇释》："几，犹何也。""家，与价同，估量辞。"

③暮云：明张本、毛本、戈校本作"暮雨。"

④余寒：暗写春雨。杜甫《雨》："凄凄生余寒，殷殷兼出雷。"《词律》、《词谱》、杜本作"余香"。

④"相将"二句：杜甫《徐步》："芹泥随燕觜，花蕊上蜂须。"《补注杜诗》引苏注曰："梁王觉为佞人夺权，故人慰问。指庭下泥笑谓客曰：'非久当随燕觜汙君子雕梁。'盖讥执政非特达贤者，大抵晋唐人率多以燕雀指人王。"相将，《汇释》："犹云相与或共相也。"韶光，意缀首句，谓是小桃新谢时的媚春时节。

⑤"堪举"二句：白居易《燕诗示刘叟》："梁上有双燕，翩翩雄与雌。"《易·泰》："六四，翩翩，不富以其邻，不戒以孚。"程颐传："翩翩，疾飞之貌。"堪举，犹史达祖词中"轻俊"之意。翠羽，尾翼。

⑥"杨柳岸"二句：此特燕子在杨柳岸边衔起和着落梅花瓣的香泥准备筑起巢垒。

⑦"落花"二句：承上香泥句意。杜甫《城西陂泛舟》："鱼吹细浪摇歌扇，燕蹴飞花落舞筵。"风软亦即李商隐《无题》诗中"东风无力"之意。

⑧"多少"三句："帘外"三句意亦入此。刘兼《春燕》："多时窗外语呢喃，只要佳人卷绣帘。"

⑨"还过"二句：反用秦观《夜游宫》句意："巧燕呢喃向人语。何曾解、说伊家、些子苦。"短墙，杜甫《王十七侍御抡许携酒至草堂奉寄此诗便请邀高三十五使君同到》："江鹳巧当幽径浴，邻鸡还过短墙来。"《词谱》作"还怜又过短墙，谁会万千言语"。《历代诗余》后句作"谁会千言万语"。

无闷

催雪①

霓节飞琼②，鸾驾弄玉③，杳隔平云弱水④。倩皓鹤传书⑤，卫姨呼起⑥。莫待粉河凝晓⑦，趁夜月、瑶笙飞环佩⑧。正蹇驴吟影⑨，茶烟灶冷，酒亭门闭⑩。

歌丽⑪。泛碧蚁⑫。放绣帘半钩⑬，宝台临砌⑭。要须借东君，灞陵春意⑮。晓梦先迷楚蝶⑯，早风戾⑰、重寒侵罗被⑱。还怕掩、深院梨花，又作故人清泪⑲。

【题解】

《无闷》，词牌名，一名《催雪》。《词谱》只一体，双调，九十九字，上片十句四仄韵，下片九句六仄韵。上片第八句定格为四字句，梦窗此词为五字句，故全词一百字，为变格。

此篇催雪，通篇写雪欲下未下之势。上片写天欲雪，故催促雪趁夜落下，人间正静待。下片写持酒听歌，半放绣帘，置几于阶，期待雪之将来；梦中雪至，又恐春雪化雨。此词构思巧妙，造语奇丽，空灵飘逸。

【校注】

①明张本、《古今词统》、毛本、《词谱》、王朱本词调作"催雪"。明张本词题作"赋题"。《古今词统》词题作"本意"。毛本无词题。

②飞琼：许飞琼。《汉武帝内传》："王母乃命诸侍女……许飞琼鼓震灵之簧。"也喻指飘飞的雪片等。刘义恭《夜雪诗》："屯云闭星月，飞琼集庭树。"此双用之。这首雪词运化了吴均《咏雪诗》："微风摇庭树，细雪下帘隙。萦空如雾转，凝阶似花积。不见杨柳春，徒见桂枝白。零泪无人道，相思空何益。"

③鸾驾：《文选·陈琳〈为袁绍檄豫州〉》："后会鸾驾反旆，群虏寇攻。"刘良注："鸾驾，天子车也。"后亦为车驾之美称。弄玉：仙女。玉色如白雪。亦双用之。以上二句颇化用韩愈《辛卯年雪》："白帝盛羽卫，鬖影振裳衣。白霓先启途，从以万玉妃。"

④弱水：《十洲记·凤麟洲》："凤麟洲，在西海之中央，地方一千五百里，洲四面有弱水绕之，鸿毛不浮，不可越也。"以上三句以飞琼、弄玉代指雪神，以霓节、鸾驾形容其车骑。"香"字写雪神的身影虽然杳远但已经可以感受，用以渲染酿雪天气。

⑤皓鹤传书：白鹤是仙人的坐骑，可代为传书。孔稚珪《北山移文》：

"及其鸣驹入谷,鹤书赴陇。"且鹤以其毛色"皓白",故堪为催雪使者。

⑥卫姨:本指卫夫人,名铄,字茂漪,王羲之曾从其学书,据传卫夫人是其姨母。钟繇评她的书法:"碎玉壶之冰,灿瑶台之月。"此正以玉壶冰喻雪。

⑦粉河:银河。凝晓:骆宾王《秋晨同淄川毛司马秋九咏·秋露》:"变霜凝晓液,承月委圆辉。"

⑧"趁夜月"二句:谓雪神趁银河水凝成冰雪之前吹笙佩环准备起程。

⑨蹇驴吟影:李商隐《李长吉小传》:"(李贺)恒从小奚奴,骑蹇驴,背一古破锦囊,遇有所得,即书投囊中。及暮归,太夫人使婢受囊出之,见所书多,辄曰:'是儿要当呕出心乃已尔。'上灯,与食。长吉从婢取书,研墨,叠纸,足成之,投他囊中。"《楚辞·东方朔〈七谏·谬谏〉》:"驾蹇驴而无策兮,又何路之能极。"王逸章句:"蹇,跛也。"下阕"灞陵"意入此句,合用郑綮"诗思在灞桥风雪中驴背上"典故。

⑩"茶烟"二句:雪水可用于烹茶。《古今事文类聚前集》卷四:"陶谷学士买得党太尉家妓。遇雪,陶取雪烹团茶,谓妓曰:'党家应不识此。'妓曰:'彼粗人,安有此。但能于销金暖帐中,浅斟低唱,吃羊羔儿酒。'陶默然惭其言。"

⑪歌丽:以歌声宛转舞姿徘徊形容空中雪花欲落未落之状。

⑫泛碧蚁:碧蚁,犹言"绿蚁"。蚁,酒面糟滓上泛。《文选·谢灵运〈在郡卧病呈沈尚书诗〉》:"嘉鲂聊可荐,绿蚁方独持。"李善注:"《释名》曰:酒有泛齐,浮蚁在上,沇沇然。"以上二句是天晚将雪,作好持酒听歌赏雪的准备。

⑬绣帘:《古今词统》、毛本、《历代诗余》、《词律》、杜本、王朱本、朱二校本、郑校本作"绣箔"。

⑭宝台临砌:此写置放几案于积雪台阶。以上二句写预赏,待看穿越帘幕的飞雪与囤于台阶的积雪。

⑮"要须"二句:采用柳絮喻雪典故。灞陵,亦作霸陵。详参《解连环》(思和云结)注④。要须,此二字唐宋人皆用作转折词。要,《例释》:"表示转折语气的副词,相当于'却''可是',与先秦两汉之际作为'总举之词'的

用法不同。"须,《汇释》:"犹却也。于语气转折时或语气加紧时用之。"东君,司春之神。谓要看到雪花宛如柳絮漫天飞舞,却须凭借东风之力。此与结处雪片迅速化为雨水,都约略点出所咏为春雪。

⑯楚蝶:庄子梦中化为蝴蝶,庄子楚人,故云。楚蝶,杜本作"胡蝶"。

⑰早:《汇释》:"犹本也,已也。"风戾:《文选·潘岳〈秋兴赋〉》:"庭树槭以洒落兮,劲风戾而吹帷。"李善注:"戾,劲疾之貌。"

⑱重寒:邵雍《安乐窝中好打乖吟》:"重寒盛暑多闭户,轻暖初凉时出街。"罗被,杜本作"罗袂"。

⑲"还怕掩"三句:李重元《忆王孙·春词》:"欲黄昏。雨打梨花深闭门。"梨花泪,合用雪如梨花及梨花枝上雨如泪典故。预写春雪化雨。

水调歌头

赋魏方泉望湖楼①

屋下半流水,屋上几青山②。当心千顷明镜③,入座玉光寒④。云起南峰未雨,云敛北峰初霁⑤,健笔写青天⑥。俯瞰古城堞,不碍小阑干。

绣鞍马⑦,软红路⑧,乍回班⑨。层梯影转亭午⑩,信手展缃编⑪。残照游船收尽,新月书帘才卷⑫,人在翠壶间⑬。天际笛声起,尘世夜漫漫。

【题解】

《水调歌头》,词牌名。源于《水调曲》,据《隋唐嘉话》,为隋炀帝凿汴河时所作。唐大曲有《水调歌》,凡大曲有"歌头",《水调歌头》即是裁截其首段另倚新声而成。又名《元会曲》《凯歌》《台城游》。双调,九十五字,前段九句四平韵,后段十句四平韵。

魏方泉,即魏峻。《癸卯杂识》:"魏峻,字高叔,号方泉。娶赵氏,乃穆陵亲姐四郡主也。庚午岁得男，小字关孙，自幼育于绍兴甥馆，实慈宪全夫人之爱甥也。慈宪每于禁中言其可喜，且求为官。穆陵以慈宪之故，欲一见而官之，遂俾召至皇城。法，凡异姓入宫门，必县牌于腰乃可，惟宗子则可免。一时权宜，遂令假名孟关以入见焉。时度宗亦与之同入宫，故其后遂倡为魏太子之说。"显见魏氏得宠于理宗之母荣王夫人全氏。望湖楼，在绍兴府治城墙上，统属西园建筑群。

此词为酬赠之作。上片极写望湖楼环境优美，背山面水，登楼远眺而发思古之幽。下片主要写人，谓魏峻朝班后回楼，读书至夜，一派儒臣风度。此时游人散尽，明月方升，魏峻卷帘而出，月下吹笛，独享此清风明月，作此湖山主人。

【校注】

①毛本、《历代诗余》、《词谱》、戈校本、杜本、王朱本、朱二校本词题作"赋方泉望湖楼"。

②"屋下"二句：苏轼《司马君实独乐园》："青山在屋上，流水在屋下。"

③当心：毛本、《历代诗余》、《词谱》、戈校本、杜本、王朱本、朱二校本作"赏心"。千顷明镜：此喻指镜湖。"千"字意亦入"青山""南峰""北峰"句中。千顷，《历代诗余》作"千里"。

④"入座"句：王随《郑州浮波亭》："潋滟波光入座寒，翠翎雪羽下云端。"以"玉光"喻山光水色。

⑤"云起"二句：白居易《寄韬光禅师》："东涧水流西涧水，南峰云起北峰云。前台花发后台见，上界钟清下界闻。"《御选唐诗》注曰："《淮南子》：山致其高而云起焉。……《一统志》：南高峰在杭州府城西十二里。《名胜志》：南南峰由烟霞洞循磴而上，凡高一千六百丈，径路盘旋，松篁葱蒨，非芒鞋竹杖不能攀陟。《一统志》：北高峰在府城西北二十三里。《名胜志》：北高峰乃灵隐最高一峰。石磴数百级，曲折三十六湾。唐天宝中建浮屠七层于顶，群山屏列，湖水镜浮，云光倒垂，万象在下，望浙江如匹练之新濯。"借西湖南北高峰及水光山色渲染绍兴望湖楼。

⑥"健笔"句：以雄健的书法和矫健的文笔喻写云朵山峰的奇异形状。青天，戈校本作"天青"。

⑦绣鞍马：马背绣鞍在宋朝是级别的象征。《宋史·舆服二》："旧制，诸王视宰相，用绣鞍鞯。政和三年，始赐金花鞍鞯，诸王不施狨坐。"魏氏以郡主驸马的身份可享此殊荣。

⑧软红路：指京城繁华的道路。

⑨回班：上朝归来。

⑩"层梯"句：向传式《渌波亭》："城上兴崇构，林端露半梯。"亭午，正午。孙绰《游天台山赋》："尔乃羲和亭午，游气高褰。"毛本、戈校本、杜本、王朱本作"停午"。

⑪"信手"句：韩愈《进学解》："先生口不绝吟于六艺之文，手不停披于百家之编。"代指书籍。缃编，明张本作"湘编"。

⑫书帘：《历代诗余》、王本、《四明》本作"画帘"。

⑬翠壶：此喻仙人以酒壶营造的自得其乐的境界，也兼指青山绿水中的建筑。犹言翠蓬仙境，与旧志所云蓬莱仙山正对会稽相合。

【汇评】

夏敬观评语：梦窗自有学苏辛一派之词，故沤尹晚颇入此路。

洞仙歌

方庵春日花胜宴客，为得雏庆，花翁赋词，俾属韵末①

芳辰良宴②，人日春朝并③。细缕青丝裹银饼④。更玉犀金彩，沾座分簪⑤，歌围暖⑥，梅餍桃唇斗胜⑦。

露房花曲折⑧，莺入新年，添个宜男小山枕⑨。待枝上、饱东风，结子成阴⑩，蓝桥去、还觅琼浆一饮⑪。料别馆⑫、西湖最情浓⑬，烂画舫月明，醉宫袍锦⑭。

【题解】

《洞仙歌》，词牌名，原唐教坊曲。又名《洞仙歌令》《羽中仙》《洞仙词》

《洞中仙》。有四十一体,一般以东坡《洞仙歌·冰肌玉骨》为定格。此词为变体,双调,八十六字,前段七句三仄韵,后段十句三仄韵。

"春日",此特指立春日,观词意知此年立春正好是正月初七。古代立春、人日风俗大致相同。"方庵",李方庵。"花翁",即孙惟信。梦窗友人。据清代朱祖谋笺,方庵亦宦吴中者。又据刘克庄《孙花翁墓志》:孙惟信,字季蕃,自号花翁,开封人。少受祖泽,调监当,不乐,弃去。始婚于婺,后去婺游四方,留苏杭最久。其依声度曲,公谨之妙。《直斋书录解题》著录有《花翁集》一卷,注云:"在江湖中颇有标致,多见前辈,多闻旧事,善雅谈,长短句尤工。"

此为酬赠词,为友人李方庵得子宴客而作。上片紧扣"春日花胜宴客"展开笔墨,写春日习俗及宴会热闹场面;下片着笔写"为得雏庆",祝贺方庵得子,打趣其为儿母于西湖畔别营金屋以藏娇。

【校注】

①《历代诗余》无词题。

②芳辰:《初学记》卷三:"辰曰良辰、嘉辰、芳辰。"良宴:《古诗十九首》:"今日良宴会,欢乐难具陈。"此兼指节日与生子的宴席。

③人日:《事物纪原》卷八:"董勋问礼曰:正月一日为鸡,二日狗,三日羊,四日猪,五日牛,六日马,七日人。"春朝并:此特指立春、人日、庆生相并的日子。以上二句暗用良辰、美景、赏心、乐事之"四美"以及贤主、嘉宾之"二难"典故。

④"细缕"句:范大成《朝中措·丙午立春大雪是岁十二月九日丑时立春》:"青丝菜甲,银泥饼饵,随分杯盘。"

⑤"更玉犀"二句:玉犀,《宋史·舆服三》:"通天冠,二十四梁,加金博山,附蝉十二,高广各一尺。青表朱里,首施珠翠,黑介帻,组缨翠緌,玉犀簪导。"此泛指玉簪。金彩,代指花胜。详见《解语花》(檐花旧滴)注⑩。

⑥歌围暖:《锦绣万花谷前集》卷二四:"唐宰相杨国忠家富……冬月则令妓女围之,号肉屏风。"并用"密围"典。

⑦梅靥桃唇:以花朵形容席上歌妓,此为宋代庆生习俗。

⑧露房:周邦彦《玲珑四犯》:"秾李夭桃,是旧日潘郎,亲试春艳。自别

河阳,长负露房烟脸。"

⑨宜男山枕:《旧唐书·五行志》:"韦庶人妹七姨,嫁将军冯太和,权侵人主,尝为豹头枕以辟邪,白泽枕以辟魅,伏熊枕以宜男。"山枕,中凹,两端突起的枕头。

⑩"待枝上"三句:杜牧《叹花》:"如今风摆花狼藉,绿叶成阴子满枝。"

⑪"蓝桥"二句:用蓝桥驿典。琼浆,喻美酒。钟振振《读梦窗词札记》笺以上五句曰:"实谓儿母蓁草之初,当避枕席,须待夏日果木'结子成阴'之时,方可重温云雨也。洗儿宴上竟为此戏谑之语,足见梦窗与方庵交情甚洽。然其语意近于亵,亦不得为之讳也。"

⑫别馆:本指行宫、别业等正室之外的居室。此处是外室的委婉说法。

⑬"西湖"句:谓诸外室中,李方庵对这位藏娇西湖的儿母用情最深。

⑭"烂画舫"二句:用李白着宫锦袍事,《旧唐书·李白传》:"乃浪迹江湖,终日沉饮。时侍御史崔宗之谪官金陵,与白诗酒唱和。尝月夜乘舟,自采石达金陵。白衣宫锦袍,于舟中顾瞻笑傲,傍若无人。"李方庵与李白同姓,用此颂扬其才华性情。烂,酣畅地。宫袍,《词律》《词谱》作"袍宫"。

秋思① 夹钟商

荷塘为括苍名姝求赋其听雨小阁②

堆枕香鬟侧③。骤夜声④、偏称画屏秋色⑤。风碎串珠⑥,润侵歌板⑦,愁压眉窄⑧。动罗簟清商⑨,寸心低诉叙怨抑⑩。映梦窗、零乱碧⑪。待涨绿春深,落花香泛,料有断红流处,暗题相忆⑫。

欢酌⑬。檐花细滴。送故人、粉黛重饰⑭。漏侵琼瑟。丁东敲断,弄晴月白⑮,怕一曲、霓裳未终⑯,催去骖凤翼。叹谢客⑰、犹未识。漫瘦却东阳⑱,灯前无梦到得。路隔重云雁北⑲。

【题解】

《秋思》，词牌名。梦窗自度曲。双调，一百二十三字，上片十二句六仄韵，下片十二句九仄韵。

"荷塘"，即毛荷塘，详见《大酺·荷塘小隐》题解。"括苍"，台州山名。

此词为酬赠词。上片赋听雨，写括苍名姝在秋雨中怨抑寸心，愁起相思；下片设想荷塘与名姝的欢聚别离。此篇构思精巧，将未到之处，未见之景，未遇之人，以想象之笔编织在一起，将"听雨"贯穿始终，布局奇妙，脉络井井。

【校注】

①《古今词统》、毛本、《词律》、《词谱》、戈校本、杜本、王朱本、朱二校本、《四明》本词调作"秋思耗"。

②《古今词统》、毛本、戈校本、杜本、王朱本、朱二校本、《四明》本词题"赋"下少一"其"字。《历代诗余》词题作"为括苍名姝赋听雨小阁"。

③"堆枕"句：李贺《美人梳头歌》："西施晓梦绡帐寒，香鬟堕髻半沈檀。"顾敻《木兰花》："小金鸂鶒沉烟细，腻枕堆云髻。"

④夜声：犹言"夜来风雨声"。

⑤偏：《例释》："正，恰，表时间的副词。"画屏秋色：意贯入"映梦窗"句。江淹《空青赋》："亦有曲帐画屏，素女彩扇。"

⑥风碎：周朴《春宫怨》："风暖鸟声碎，日高花影重。"串珠：白居易《寄明州于驸马使君三绝句》（之三）："何郎小妓歌喉好，严老呼为一串珠。"自注："严尚书《与于驸马诗》云：'莫损歌喉一串珠。'"

⑦歌板：击节的拍板。

⑧愁压眉窄：眉色中有宽眉称"广"。《后汉书·马廖传》："长安语曰：'城中好高髻，四方高一尺。城中好广眉，四方且半额。城中好大袖，四方全匹帛。'"梦窗由此炼辞，曰连娟细眉愁蹙为"窄"。以上所写雨声潮气皆与歌舞场中事相关，故杨笺曰："是名姝听雨。"

⑨罗箑：歌扇。

⑩寸心：谓愁怨之心。庚信《愁赋》残文："谁知一寸心，乃有万斛愁。"

⑪"映梦窗"二句：张泌《南歌子》："数声蜀魄入帘栊。惊断碧窗残梦，

画屏空。"此处补足"画屏秋色"句意。此处的意思显然是写名姝浅睡被雨声惊醒,看到绿窗外一片氤氲迷蒙,与词人字号是不期然而然的巧合。

⑫"料有"二句:用流红典故以及周邦彦咏落花词意。以上四句因眼前秋雨而设想明春桃花讯江河涨溢而可能会有题写相思之句的流花,为题中应有之义。

⑬欢酌:《古今词统》、毛本、《历代诗余》、《词律》、《词谱》、戈校本、杜本、王朱本、朱二校本作"欢夕"。

⑭粉黛:《韩非子·显学》:"故善毛嫱、西施之美,无益吾面;用脂泽粉黛,则倍其初。"以上四句倒叙与毛荷塘离别前,名姝为饯送故人细加修饰,面对檐前花上宿雨之滴沥而有饯别小酌。

⑮"漏侵"三句:温庭筠《织锦词》:"丁东细漏侵琼瑟,影转高梧月初出。"此以细漏琼瑟之侧笔写雨声引起离别时的回忆。弄晴,《历代诗余》作"弄情"。

⑯"怕一曲"二句:霓裳,本指霓裳羽衣曲。后也弹作送别的曲目。徐铉《又听霓裳羽衣曲送陈君》:"清商一曲远人行,桃叶津头月正明。此是开元太平曲,莫教偏作别离声。"怕,《词谱》作"悄"。

⑰谢客:指谢灵运。灵运,小字"客儿"。钟嵘《诗品》卷一:"初,钱塘杜明师夜梦东南有人来入其馆,是夕,即灵运生于会稽。旬日而谢玄亡。其家以子孙难得,送灵运于杜治养之。十五方还都,故名'客儿'。"文人多称其"谢客"。

⑱瘦却东阳:用沈约瘦腰典。沈约曾为东阳太守。《南史·沈约传》:"初,约久处端揆,有志台司,论者咸谓为宜,而帝终不用。乃求外出,又不见许。与徐勉素善,遂以书陈情于勉,言己老病,'百日数旬,革带常应移孔,以手握臂,率计月小半分'。欲谢事,求归老之秩。"在后来的艳情小说、戏曲文中,常用作男女因情思而引起的病瘦,将其和韩寿偷香、相如窃玉、张敞画眉合称古代四大风流韵事。凡此种种用意,均随引文而异。

⑲"路隔"句:李群玉《送处士自番禺东游便归苏台别业》:"宛陵三千里,路指吴云深。"周邦彦《关河令》:"伫听寒声,云深无雁影。"以上五句宕开从自身的感受着笔,写灯前不能有梦,而苏州(毛荷塘为苏州人)与括苍

之间,路途遥远,云层重叠,从而曲折表达出听荷塘转述之后对名姝的倾慕竟至于憔悴的情景。

【汇评】

王国维《人间词话》:梦窗之词,吾取其词之一语以评之,曰"映梦窗,零乱碧"。

杨铁夫《梦窗词全集笺释》:题是应荷塘之求而赋素未亲到之括苍听雨阁者。彼姝既未谋面,阁外风景亦不便虚拟,如《瑞鹤仙》之严陵然,但止可就"听雨"二字发挥。韩昌黎应王仲舒之请而作《新修滕王阁记》,亦是未经到过者,篇中以屡次可到而卒不能到为线索,一语不及风景。此词颇得其意。词中换头,从彼姝送荷塘行时作开,以取活局,是虚构,亦是纪实也。

江神子

赋洛北碧沼小庵①

长安门外小林丘②。碧壶秋③。浴轻鸥。不放啼红,流水通宫沟④。时有晴空云过影,华镜里,鬶鱼游⑤。

绮罗尘满九衢头⑥。晚香楼。夕阳收⑦。波面琴高,仙子驾黄虬⑧。清磬数声人定了,池上月,照虚舟⑨。

【题解】

《江神子》,词牌名。一作《江城子》。单调,三十五字,七句五平韵。结有增一字,变三言两句为七言一句者。宋人多依原曲重增一片,如苏轼《江城子·乙卯正月二十日夜记梦》词及《梦窗词》中诸词,即为双调,七十字,上下片各七句五平韵。

"洛北",代指京城郊外。"碧沼小庵",即碧沼寺,又称宁国寺(院)、碧流等。据《咸淳临安志》,碧沼等在新城县青峦山,有白莲堂、妙乐堂、定轩、碧沼轩。新城县为临安畿县。

此词上下片均描绘碧沼寺之景观,营造静谧、安宁的优美境界,令人神往。唯下片开头一句,宕开一笔,空际转身,以乱衬静,有跌宕曲折之美。此词风格疏朗,语言明净,极富表现力。

【校注】

①明张本、朱四校本、郑校词题作"赋碧沼小庵"。《历代诗余》作"洛北碧沼小庵"。

②长安门外:代指临安京郊。

③碧壶:以碧沼庵所在地青峦山喻仙境。碧壶,《历代诗余》作"碧湖"。

④"不放"二句:啼红,喻带露珠的花瓣。并用流红典故。反用杜甫《过南邻朱山人水亭》诗意:"幽花欹满树,小水细通池。"此地池沼与京城宫廷虽近,但因碧沼是池塘,不能与外水相通,故云;亦暗寓寺院清静,与红尘相隔。通宫沟,《古今词统》、毛本、《历代诗余》、杜本、王朱本、朱二校本作"透宫沟"。

⑤"时有"三句:《水经注》卷二二:"渌水平潭,清洁澄深,俯视游鱼,类若乘空矣。"沈佺期《钓竿篇》:"人疑天上坐,鱼似镜中悬。"写空明之景。

⑥"绮罗"句:九衢,《楚辞·天问》:"靡蓱九衢,枲华安居。"王逸章句:"九交道曰衢。"暗用陆机《为顾彦先赠妇二首》(之一)诗意:"京洛多风尘,素衣化为缁。"九衢,《古今词统》、毛本、《历代诗余》、戈校本、杜本、王朱本、朱二校本作"九街"。

⑦"晚香"二句:此写白莲堂、碧沼轩。晚香写莲花散发的香气。

⑧"波面"二句:《列仙传》卷上:"琴高者,赵人也。以鼓琴为宋康王舍人。行涓、彭之术,浮游冀州涿郡之间,二百余年后,辞入涿水中取龙子,与诸弟子期曰:'皆洁斋,待于水傍,设祠。'果乘赤鲤来出坐祠中,旦有万人观之。留一月余,复入水去。"黄虬,黄龙。实写碧沼有金鱼跃出水面。

⑨池上虚舟:本指月照空舟之景,内含义理,庾蕴《兰亭诗》:"仰想虚舟说,俯叹世上宾。"唐宋人题咏也颇以此为处据谈得趣、相对忘机之地。以上三句写妙乐堂、定轩。

又

一声玉磬下星坛。步虚阑①。露华寒。平晓阿香，油壁
碾青鸾②。应是老鳞眠不得③，云砲落④，雨瓢翻⑤。

身闲犹耿寸心丹。炷炉烟。暗祈年。随处蛙声，鼓吹稻
花田⑥。秋水一池莲叶晚，吟喜雨⑦，拍阑干⑧。

【题解】

"喜雨"，因祈祷得雨，写词志喜。"麓翁"，即史宅之，号云麓，详见《瑞
鹤仙》(记年时茂苑)题解。此尊称。本词疑作于史宅之淳祐五年(1245)知
绍兴时。

此为酬赠之作，写给史宅之以表达喜雨之情。上片引神话传说，生动
地描绘出求雨、降雨时的情景；下片扣"喜雨上麓翁"词题，表达祈喜盼丰收
的心情。

【校注】

①"一声"二句：叶适《和汪提刑祈雨》："感格谁知汪仲举，步虚未了龙
来语。"星坛，道士施法之坛。牟融《寄羽士》："乐道无时忘鹤伴，谈玄何日
到星坛。"步虚，《乐府解题》："步虚词，道家曲也。备言众仙缥缈轻举
之美。"

②"平晓"二句：用雷电女神阿香典。详见《瑞龙吟》(大溪面)注⑧。油
壁，油壁车。一般为女子乘坐。青鸾，此青鸾为雨神驾车者。

③"应是"句：用骊龙典。《庄子·列御寇》："人有见宋王者，锡车十乘。
以其十乘骄稚庄子。庄子曰：'河上有家贫恃纬萧而食者，其子没于渊，得
千金之珠。其父谓其子曰："取石来锻之！夫千金之珠，必在九重之渊而骊
龙颔下。子能得珠者，必遭其睡也。使骊龙而寤，子尚奚微之有哉！"今宋

国之深,非直九重之渊也;宋王之猛,非直骊龙也。子能得车者,必遭其睡也。使宋王而寤,子为齑粉夫!'"老鳞,乾康《经方干旧居》:"获笋抽高节,鲈鱼跃老鳞。"此代指老龙。

④云砲:欲起暴风的前兆云层。《类说》卷五七引《王直方诗话》:"砲车云:舟人占云,若砲车云起,辄急避之,大风倏至也。"

⑤雨瓢:毛本、《历代诗余》、戈校本、杜本、王朱本、朱二校本作"海潮"。

⑥"随处"二句:为绍兴本地典故。蛙声鼓吹,《南史·孔珪传》:"孔珪,字德璋,会稽山阴人也。……门庭之内,草莱不剪,中有蛙鸣。或问之曰:'欲为陈蕃乎?'珪笑答曰:'我以此当两部鼓吹,何必效蕃。'王晏尝鸣鼓吹候之,闻群蛙鸣,曰:'此殊聒人耳。'珪曰:'我听鼓吹,殆不及此。'晏甚有惭色。"此为雨后景象。范成大《喜雨》:"昨遣长须借踏车,小池须水引鸣蛙。"

⑦"秋水"二句:与上二句合用张籍《送朱庆余及第归越》:"湖声莲叶雨,野气稻花风。"薛嵎《己亥大旱官催秋苗甚急》:"已悟征苗意,曾吟喜雨篇。"此亦绍兴本地风光之实录。《会稽志》卷一七:"山阴荷最盛,其别曰大红荷、小红荷、绯荷、白莲、青莲、黄莲、千叶红莲、千叶白莲。大红荷多藕,小红荷多实,白莲藕最甘脆多液,千叶莲皆不实,但以为玩耳。出偏门至三山多白莲,出三江门至梅山多红莲。夏夜香风率一二十里不绝,非尘境也。"莲叶晚,明张本作"莲叶晓"。

⑧拍阑干:《渑水燕谈录》卷四:"刘孟节先生槩,青州寿光人。少师种放,笃古好学,酷嗜山水,而天姿绝俗,与世相龃龉,故久不仕。……先生少时,多寓居龙兴僧舍之西轩,往往凭栏静立,怀想世事,吁唏独语,或以手拍栏干。尝有诗曰:'读书误我四十年,几回醉把栏干拍。'"此写应祷得雨后吟诗志喜时的不羁之态。

又①

李别驾招饮海棠花下②

翠纱笼袖映红霏③。冷香飞④。洗凝脂⑤。睡足娇多,还是夜深宜⑥。翻怕回廊花有影，移烛暗，放帘垂⑦。

尊前不按驻云词⑧。料花枝。妒蛾眉⑨。丁属东风⑩，莫送片红飞。春重锦堂人尽醉⑪，和晓月，带花归⑫。

【题解】

"李别驾"，据《绛都春·饯李太博赴括苍别驾》词，知为李宗勉。别驾，本代指通判之职。此特指差遣之任。

此为咏物词。上片着力刻画海棠之美，先写树，再从色、香、质感着墨写花，最后以推想之词表惜花之情；下片写赏花宴饮，以歌女妒花、怕东风吹落，使惜花之情更深入一层。

【校注】

①《历代诗余》词调作"江城子"。

②《历代诗余》无词题。

③"翠纱"句：苏轼《寓居定惠院之东杂花满山有海棠一株土人不知贵也》："朱唇得酒晕生脸，翠袖卷纱红映肉。"句中"霏"字直贯入"回廊"句，谓夹杂着香气的冷雾洗出展示海棠本色的红艳。意亦略同柳永《木兰花·海棠》："霏微雨罢残阳院。洗出都城新锦段。"

④冷香飞：姜夔《念奴娇》："嫣然摇动，冷香飞上诗句。"海棠多无香，而以有香为贵，详见《丁香结》(香袅红霏)注③。

⑤洗凝脂：字面采用白居易《长恨歌》："春寒赐浴华清池，温泉水滑洗凝脂。"因杨贵妃曾被明皇喻为春睡未醒的海棠花，故此词多用与贵妃相关典实。

⑥"睡足"二句：反用苏轼《海棠》诗意："只恐夜深花睡去，故烧高烛照红妆。"白居易海棠诗："日高春睡足，露冷晓妆迟。"

⑦"翻怕"三句：苏轼《海棠》："东风袅袅泛崇光，香雾空蒙月转廊。"此并承上引苏诗意，写移照红妆之高烛入垂帘，以免惊扰其暗夜中的沉睡。翻，《例释》："反、却，表示转折语气的副词；语气转折较重时相当于'反'，较轻时相当于'却'。"此用后一义。

⑧驻云词:用歌声响遏行云典。《列子·汤问》:"薛谭学讴于秦青,未穷青之技,自谓尽之,遂辞归。秦青弗止,饯于郊衢,抚节悲歌,声振林木,响遏行云。薛谭乃谢求反,终身不敢言归。秦青顾谓其友曰:'昔韩娥东之齐,匮粮,过雍门,鬻歌假食。既去而余音绕梁櫃,三日不绝,左右以其人弗去。过逆旅,逆旅人辱之。韩娥因曼声哀哭,一里老幼悲愁,垂涕相对,三日不食。遽而追之,娥还,复为曼声长歌,一里老幼喜跃抃舞,弗能自禁,忘向之悲也。乃厚赂发之。故雍门之人至今善歌哭,放娥之遗声。'"

⑨蛾眉:毛本、《历代诗余》、王朱本作"娥眉"。

⑩丁属:犹言叮嘱。明张本、毛本、杜本、王朱本作"丁祝"。《历代诗余》、戈校本、朱二校本作"丁嘱"。

⑪"春重"句:韩琦知相州时,有昼锦堂。此泛指李别驾的华堂。文人多以锦绣喻海棠。春重,张先《天仙子·观舞》:"春重日浓花觉困。斜雁轧弦随步趁。"

⑫"和晓月"二句:承上意写醉归。舒亶《一落索·蒋园和李朝奉》:"醉来却不带花归,诮不解、看花意。"陆游《花时遍游诸家园》:"花阴扫地置清樽,烂醉归时夜已分。"带花,同"戴花"。

又

送桂花。吴宪时已有检详之命,未赴阙①

天街如水翠尘空②。建章宫③。月明中④。人未归来,玉树起秋风⑤。宝粟万钉花露重,催赐带,过垂虹⑥。

夜凉沉水绣帘栊。酒香浓。雾蒙蒙⑦。钗列吴娃,腰袅带金虫⑧。三十六宫蟾观冷⑨,留不住,佩丁东⑩。

【题解】

"吴宪",当是吴渊,字道父,号退庵,吴潜兄长。"宪",为路提点刑狱公事之俗称;"检详",指枢密院检详诸房文字。绍定四年(1231)八月,吴渊自浙西提刑调京任枢密院检详,将离苏赴杭,时桂花盛开。

此词为酬赠之作。上片赞誉吴渊还未赴京,其名声已传遍京师,表达对吴渊的敬重之意;下片叙写夜宴中送别的情景,表达惜别之意。

【校注】

①《历代诗余》词题作"送桂花。吴宪时将赴阙"。

②翠尘:雨后天街草色上所起之尘。

③建章宫:代指南宋临安的宫殿。

④月明中:合用"月中桂树"典故以切题。

⑤"人未"二句:李贺《金铜仙人辞汉歌》:"茂陵刘郎秋风客,夜闻马嘶晓无迹。画栏桂树悬秋香,三十六宫土花碧。"玉树,此特指桂树。

⑥"宝粟"三句:此错综镶嵌"万钉宝带"四字。《旧唐书·突厥下》:"贞观元年,遣真珠统俟斤与高平王道立来献万钉宝钿金带。"宋代服带制度见《宋史·舆服五》:"太宗太平兴国七年正月,翰林学士承旨李昉等奏曰:'奉诏详定车服制度。请从三品以上服玉带,四品以上服金带。……恩赐者不用此制。荔支带本是内出以赐将相,在于庶僚,岂合僭服? 望非恩赐者,官至三品乃得服之。'景德三年,诏通犀、金、玉带,除官品合服及恩赐外,余人不得服用。"皇帝赐带往往是示恩宠,是臣下引以自豪的事。宋代又多以"粟"形容桂花。枢密院检详诸房文字,南宋时为从六品官职,除恩赐外,不能服嵌有金玉的宝带。此处是以时令所开的桂花作为比喻。垂虹,垂虹桥。

⑦"夜凉"三句:杜甫《江陵节度阳城郡王新楼成王请严侍御判官赋七字句同作》:"碧窗宿雾蒙蒙湿,朱栱浮云细细轻。"李贺《秦宫诗》:"楼头曲宴仙人语,帐底吹笙香雾浓。"沉水,沉香。酒香浓,庾信《同会河阳公新造山池聊得寓目诗》:"菊寒花正合,杯香酒绝浓。"帘栊,毛扆本作"帘笼"。

⑧"钗列"二句:李贺《恼公》:"陂陀梳碧凤,腰袅带金虫。"金虫,首饰。吴均《和萧洗马子显古意》(之一):"莲花衔青雀,宝粟钿金虫。"一说,昆虫制成的首饰。宋祁《益部方物略记》:"虫质甚微,翠体金光。取而桥之,参饰钗梁。"并注曰:"金虫,出利州山中,蜂体绿色,光若金,里人取以佐妇钗

环之饰云。"此金虫亦喻佳人鬓上桂花。腰衰,宛转摇动貌。以上五句设想夜饮饯别场面。腰衰,朱二校本、朱三校本、朱四校本、《四明》本作"騕褭"。

⑨"三十六宫"句:承上引李贺《金铜仙人辞汉歌》诗意。三十六宫,极言宫殿之多。《后汉书》卷四〇引班固《西都赋》:"离宫别馆,三十六所。"章怀太子注曰:《三辅黄图》曰:上林有建章、承光等一十一宫,平乐、茧观等二十五,凡三十六所。"蟾观,代指月宫。

⑩佩丁东:此设想群臣上朝情景。和凝《宫词》:"锵金佩玉趋丹陛,总是和羹作砺才。"

又

十日荷塘小隐赏桂,呈朔翁①

西风来晚桂开迟。月宫移②。到东篱。薿薿惊尘,吹下半冰规③。拟唤阿娇来小隐,金屋底,乱香飞④。

重阳还是隔年期。蝶相思⑤。客情知⑥。吴水吴烟⑦,愁里更多诗。一夜看承应未别⑧,秋好处,雁来时⑨。

【题解】

"十日",杨笺:"'十日'是九月十日。看换头'重阳'句可知。"荷塘小隐",详见《大酺·荷塘小隐》题解。"朔翁",即刘震孙,字长卿,号朔斋。尝为宛陵令。嘉熙元年(1237),守湖州。二年(1238)除兵部侍郎。官终礼部侍郎、中书舍人。集中另有《满江红·刘朔斋赋菊和韵》一词。

此词上片扣"荷塘小隐赏桂",写月下赏桂,月轮飞花,云外飘香;下片乃"呈朔翁"语气,表相思之意,以书致意,并作来年企盼。

【校注】

①《历代诗余》词题作"荷塘小隐赏桂"。

②月宫移:用月宫中有大桂树典。

③"蕲蕲"二句：古代有月中落桂花的传说。详见《秋蕊香》(宝月惊尘堕晓)注②。半冰规，形容初十晚的月亮。蕲蕲，《历代诗余》作"歘歘"。

④"拟唤"三句：翻用石崇贮香及金屋藏娇典。《格致镜原》卷七〇引王禹偁诗话："石崇见海棠，叹曰：'汝若能香，当以金屋贮汝。'"桂花黄者名金桂，见《佩文斋广群芳谱》卷四〇。

⑤蝶相思：刘孝绰《咏素蝶诗》："芳华幸勿谢，嘉树欲相依。"此就初十日蝶恋菊花言之。

⑥客情：羁留异乡的情怀。

⑦吴水吴烟：详见《暗香》(县花谁葺)注⑫。

⑧"一夜"句：反用郑谷《十日菊》诗意："自缘今日人心别，未必秋香一夜衰。"看承，护持。

⑨雁来时：暗用杜牧《九日齐安登高》"江涵秋影雁初飞"诗意，以切题中"十日"。《礼记注疏》卷一七："(季秋之月)鸿雁来宾。"

又

送翁五峰自鹤江还都

西风一叶送行舟①，浅迟留，舣汀洲。新浴红衣，绿水带香流②。应是离宫城外晚③，人伫立，小帘钩。

新归重省别来愁，黛眉头，半痕秋④。天上人间，斜月绣针楼⑤。湘浪莫迷花蝶梦⑥，江上约，负轻鸥⑦。

【题解】

翁五峰，即翁孟寅，字宾旸，号五峰。曾为贾似道门客。有《五峰词》一卷，有豪放词气。"鹤江"，白鹤江，即今之吴淞江，又名淞江、松江，也称苏州河。

此词为酬赠之词。上片抒写在岸边送别时的依依惜别之情；下片代翁五峰爱人立言,虽纯是想象之境,但暗含不负旧盟之意。

【校注】

①"西风"句:杨万里《送周元吉显谟左司将漕湖北三首》(之一):"君诗日日说归休,忽解西风一叶舟。"

②"新浴"二句:杜牧《齐安郡后池绝句》:"尽日无人看微雨,鸳鸯相对浴红衣。"贯休残句:"粘粉为题楼风竹,带香因洗落花泉。"

③离宫:《汉书·贾山传》:"秦非徒如此也,起咸阳而西至雍,离宫三百,钟鼓帷帐,不移而具。"颜师古注:"凡言离宫者,皆谓于别处置之,非常所居也。"与下二句从翁氏苏州所眷者着笔。

④"黛眉"二句:姜夔《庆宫春》:"伤心重见,依约眉山,黛痕低压。"骆宾王《咏美人在天津桥》:"水下看妆影,眉头画月新。"半痕,朱熹《青玉案》:"一湾流水,半痕新月,画作梅花影。"此写杭州家眷的别离余怨。

⑤"天上"二句:用乞巧事及唐明皇与杨贵妃七夕盟誓事。天上人间,崔颢《七夕》:"仙裙玉佩空自知,天上人间不相见。"李贺《七夕》:"天上分金镜,人间望玉钩。"据知翁氏七夕夜到达杭京,正可相伴闺中人倚楼乞巧,与牛郎织女的相会恰成天上人间的对照。

⑥"湘浪"句:湘浪,用娥皇女英典,温庭筠《南湖》:"芦叶有声疑雾雨,浪花无际似潇湘。"花蝶梦,清江《春游司直城西鸬鹚溪别业》:"春深花蝶梦,晓隔柳烟鞞。"刘孝绰《咏素蝶诗》:"芳华幸勿谢,嘉树欲相依。"

⑦"江上"二句:鸥约,典例见《水龙吟》(艳阳不到青山)注⑩。

沁园春

冰溜凿方泉,宾客请以名斋,邀赋此解①

澄碧西湖,软红南陌②,银河地穿③。见华星影里,仙棋局静④,清风行处,瑞玉圭寒⑤。斜谷山深⑥,望春楼远⑦,无此峥嵘小渭川⑧。一泓地⑨,解新波不涸⑩,独障狂澜⑪。

老苏而后坡仙。继菊井嘉名相与传⑫。试摩挲劲石,无

341

令角折⑬，丁宁明月，莫浣规圆⑭。漫结鸥盟⑮，那知鱼乐⑯，心止中流别有天⑰。无尘夜，听吾伊正在，秋水阑干⑱。

【题解】

《沁园春》，词牌名。又名《念离群》《东仙》《洞庭春色》《寿星明》。有七体，字数一百十二字至一百十六字不等。此词为正体，双调，一百十四字，上片十三句四平韵，下片十二句五平韵。

冰漕，语出《汉书·赵充国传》："冰解漕下，缮乡亭，浚沟渠，治湟陿以西道桥七十所，令可至鲜水左右。"后用以美称漕运官职。词题谓方泉以名斋，而古人又多以斋为号。梦窗交游中以方泉为号，且任职漕运者，仅有魏峻。见前《水调歌头·赋魏方泉望湖楼》。

此词写魏峻开凿方泉并建一小斋之事。上片写魏峻凿方泉，泉水清寒，方便漕运，且有水利功能。下片赞方泉当流芳后世，暗含劝谕魏峻保持操守之端方、心如止水于激流的意味。

【校注】

①明张本词题作"方泉"。毛本、戈校本、杜本作"赋方泉"。

②软红：此指杭京的道路。

③银河地穿：《史记·秦始皇本纪》："始皇初即位，穿治郦山，及并天下，天下徒送诣七十余万人，穿三泉，下铜而致椁……以水银为百川江河大海，机相灌输，上具天文，下具地理。"王维《过秦皇墓》："星晨七曜隔，河汉九泉开。"此写凿泉。

④"见华星"二句：《墨客挥犀》卷一〇："西头供奉官钱昭度，粗有诗名，曾作《咏方池》诗云：'东道主人心匠巧，凿开方石贮涟漪。夜深却被寒星映，恰似仙翁一局棋。'"方干《于秀才小池》："占地未过四五尺，浸天唯入两三星。"华星，《文选·曹丕〈芙蓉池作〉》："丹霞夹明月，华星出云间。"李善注："《法言》曰：'明月皓皓，华藻之力也。'"影里，《铁网珊瑚》《四明》本作"浮影"。

⑤"清风"二句：苏轼《赤壁赋》："清风徐来，水波不兴。"瑞玉圭寒，《周礼·春官·大宗伯》："以玉作六瑞，以等邦国：王执镇圭，公执桓圭，侯执信

圭,伯执躬圭,子执谷璧,男执蒲璧。"圭长有二寸、九寸、七寸之别。以上棋局、玉圭喻池泉形状及水质。

⑥斜谷:亦称褒斜谷。《汉书·沟洫志第九》:"其后人有上书,欲通褒斜道及漕,事下御史大夫张汤。汤问之,言:'抵蜀从故道,故道多阪,回远。今穿褒斜道,少阪,近四百里;而褒水通沔,斜水通渭,皆可以行船漕。漕从南阳上沔入褒,褒绝水至斜,间百余里,以车转,从斜下渭。如此,汉中谷可致,而山东从沔无限,便于砥柱之漕。且褒斜材木竹箭之饶,拟于巴、蜀。'上以为然。拜汤子卬为汉中守,发数万人作褒斜道五百余里。道果便近,而水多湍石,不可漕。"

⑦望春楼:长安下通漕运河道的高楼。

⑧峥嵘:此指深邃不可测。毛本、戈校本作"峭嵘"。渭川:即渭水。古代极便漕运的河流。《汉书·沟洫志第九》:"时郑当时为大司农,言:'异时关东漕粟从渭上,度六月罢,而渭水道九百余里,时有难处。引渭穿渠起长安,旁南山下,至河三百余里,径,易漕,度可令三月而罢;罢而渠下民田万余顷又可得以溉。'"

⑨一泓地:毛本、戈校本、杜本作"春一泓地"。

⑩新波:《说苑》卷一一:"庄辛迁延盥手而称曰:'君独不闻夫鄂君子皙之泛舟于新波之中也。'"因方泉始凿出,泉水故曰"新波"。不涸:不溢不涸为上乘井泉。苏辙《坟院记》载老翁泉"广深不及寻,昼夜瀵涌,清冽而甘。冬不涸,夏不溢"。新波,毛本、《铁网珊瑚》、戈校本、杜本、王朱本、朱二校本、《四明》本作"不波"。

⑪独障狂澜:韩愈《进学解》:"障百川而东之,回狂澜于既倒。"以上六句的意思是褒斜谷多湍难漕,望春楼又遥不可及,而这一方小小井泉,寒光照人,不涌溢也不干涸,却有助于调节漕运水道的水流,引导百川东流,缓解狂澜的奔腾之势。

⑫"老苏"二句:老苏、坡仙,指苏洵及苏轼。二句互文见义。苏洵曾记录老翁泉,有《老翁井铭》:"丁酉岁,余卜葬亡妻,得武阳安镇之山。山之所从来,甚高大壮伟,其末分而为两股,回转环抱,有泉窣然出于两山之间,而北附右股之下,畜为大井,可以日饮百余家。……他日乃问泉旁之民,皆曰

343

是为老翁井。"苏轼称此井为老人泉。见《苕溪渔隐丛话前集》卷三一。一说，苏氏父子同号老泉。而西湖荐菊井，是因苏轼诗"不然配食水仙王，一盏寒泉荐秋菊"而得名。谓"方泉"定会在"老翁井""老人泉""荐菊井"等佳名之后流传久远。"老苏"句，毛本、戈校本、杜本作"老苏雨后坡仙"。嘉名，明张本、戈校本、杜本作"佳名"。

⑬"试摩挲"二句：角折，石因牛砺角而受到损害。韩愈《石鼓歌》："牧童敲火牛砺角，谁复著手为摩挲？"《释名·释姿容》："摩娑，犹未杀也，手上下之言也。"角折，毛本、戈校本、杜本作"折角"。劲石，释觉范《龙尾砚赋并序》："探万仞之崖腹，取劲石之坚圆。"

⑭"丁宁"二句：黄庭坚《汴岸置酒赠黄十七》："黄流不解涴明月，碧树为我生凉秋。"规圆，语本《周礼·考工记·轮人》："是故规之以视其圆也。"此代指明月。钟振振《读梦窗词札记》："盖以此泉方正，故叮咛圆月切莫倒映其中，恐以圆害方，有玷污之嫌。言外之意，隐然望其主人保持操守之端方也。"

⑮鸥盟：黄庭坚《登快阁》："万里归船弄长笛，此心吾与白鸥盟。"余见《水龙吟》(艳阳不到青山)注⑩。

⑯那知鱼乐：《庄子·秋水》："庄子与惠子游于濠梁之上。庄子曰：'鯈鱼出游从容，是鱼之乐也。'惠子曰：'子非鱼，安知鱼之乐？'庄子曰：'子非我，安知我不知鱼之乐？'惠子曰：'我非子，固不知子矣。子固非鱼也，子之不知鱼之乐，全矣。'庄子曰：'请循其本。子曰汝安知鱼乐云者，既已知吾知之而问我，我知之濠上也。'"

⑰心止中流：《庄子·德充符》："仲尼曰：'人莫鉴于流水，而鉴于止水。唯止能止众止。'"成玄英疏："唯止是水本凝湛，能止是留停鉴人，众止是物来临照。"别有天：暗用壶天典。以上三句谓只要心如方泉静如止水，即使处于激流中也另有一番大隐的乐趣。

⑱"无尘"三句：既写因泉水而尘敛，也写心境澄清。吾伊，也作伊吾、咿唔。宋人用以形容琅琅可听的读书声。写主人及幕僚拍阑干，朗诵《庄子·秋水》篇，即便在喧闹的尘世也能够享受逍遥神游的乐趣。

又

送翁宾旸游鄂渚①

情如之何，暮途为客，忍堪送君②。便江湖天远，中宵同月③，关河秋近④，何日清尘⑤。玉麈生风⑥，貂裘明雪⑦，幕府英雄今几人⑧。行须早⑨，料刚肠肯殢⑩，泪眼离罇⑩。

平生秀句清尊⑪。到帐动风开自有神⑫。听夜鸣黄鹤⑬，楼高百尺⑭，朝驰白马⑮，笔扫千军⑯。贾傅才高⑰，岳家军在⑱，好勒燕然石上文⑲。松江上⑳，念故人老矣，甘卧闲云。

【题解】

翁宾旸，即翁孟寅，见《江神子·送翁五峰自鹤江还都》题解。"鄂渚"，今湖北武汉市武昌区。此词作于开庆元年(1259)夏秋，其时，元兵进犯荆湖、川蜀，朝廷派贾似道督师汉阳以援鄂。翁宾旸在贾似道幕府，因而随行。

此词是送别词。词中以贾谊之才比拟翁五峰，以岳家军比拟抗元宋军，希望翁能在前线出谋划策，驱逐元兵，建立不世功业，勒石燕然山。此词表达了平息战事、国家安宁的企盼，建功立业、为国请命的渴望，以及身老而壮志未酬的怅恨。

【校注】

①毛本词题作"送翁宾旸游郏渚"。

②忍堪送君：用宋玉《九辩》摇落季节送人远行及柳永《雨霖铃》多情伤别、不堪冷落清秋节之意。忍堪，杜本作"忍看"。

③"便江湖"二句：谢庄《月赋》："美人迈兮音尘阙，隔千里兮共明月。"便，《汇释》："犹虽也，纵也，就使也。……大抵此种作纵字解或就使解之便字，多用于开合呼应句。"江湖，下阕"平生"意入于此。王安石《青青西门

345

槐》："平生江湖期,梦寐不可遏。"中宵,陆机《赠尚书郎顾彦先二首》(之二):"迅雷中宵激,惊电光夜舒。"同月,毛本、戈校本、杜本作"同舟"。

④关河:此代指南宋前线武昌及长江天险。秋近:意入首三句中,亦写防秋时节临近,进入备战状态。《历代名臣奏议》卷三三九载吴昌裔《论三边防秋状》:"汉备匈奴,率以秋冬;唐遣戍卒,谓之防秋。中国于秋高马肥之时,每每严作堤备。"

⑤何日清尘:清尘,本指拂除尘埃。班固《东都赋》:"雨师泛洒,风伯清尘。"此喻平息战事。以上也暗用李白《秋歌》诗意:"秋风吹不尽,总是玉关情。何日平胡虏,良人罢远征。"

⑥玉麈生风:玉麈,《晋书·王衍传》:"衍既有盛才美貌,明悟若神,常自比子贡。兼声名藉甚,倾动当世。妙善玄言,唯谈老庄为事。每捉玉柄麈尾,与手同色。"

⑦貂裘明雪:貂裘崭新耀眼。翻用苏秦貂裘破弊其说不行的典故。《战国策·秦策》载,苏秦游说秦王,"书十上而不行,黑貂之裘敝,黄金百斤尽,资用乏绝,去秦而归"。《后汉书·李膺传》:"李膺振拔污险之中,蕴义生风,以鼓动流俗。"

⑧"幕府"句:特指帅臣开闿。刘季孙《次钱穆父走笔代书寄吕仲七弟韵》:"幕府英雄虽可数,尊前谁是急难人。"幕府,《史记·廉颇蔺相如列传》:"(李牧)以便宜置吏,市租皆输入莫府。"《索隐》引崔浩云:"古者出征为将帅,军还则罢,理无常处,以幕帷为府署,故曰幕府。则'莫'当作'幕'字之误耳。"幕府往往为招贤纳才之地。《后汉书·班固传》:"窃见幕府新开,广延群俊。"

⑨须早:毛本、戈校本、杜本、王朱本、朱二校本作"清早"。

⑩"料刚肠"句:《颜氏家训·风操》:"江南饯送,下泣言离。……北间风俗,不屑此事,歧路言离,欢笑分首。然人性自有少涕泪者,肠虽欲绝,目犹烂然。"《文选·嵇康〈与山巨源绝交书〉》:"刚肠疾恶,轻肆直言,遇事便发。"张铣注:"刚肠,谓强志也。"

⑩离颦:因伤别眉黛紧蹙。以上三句开始转意。估计友人去意坚定,不会沉湎于儿女情长之中。离颦,毛本、戈校本、杜本、王朱本、《四明》本作

"难犇"。

⑪秀句清尊:谓诗酒风流。

⑫帐动风开:《晋书·郗超传》:"(桓)温英气高迈,罕有所推,与超言,常谓不能测,遂倾意礼待。……温怀不轨,欲立霸王之基,超为之谋。谢安与王坦之尝诣温论事,温令超帐中卧听之,风动帐开,安笑曰:'郗生可谓入幕之宾矣。'"

⑬夜鸣黄鹤:用黄鹤楼典。并合用一鸣惊人典,《史记·滑稽列传》:"此鸟不飞则已,一飞冲天;不鸣则已,一鸣惊人。"

⑭楼高百尺:《三国志·魏书·陈登传》:"后许汜与刘备并在荆州牧刘表坐,表与备共论天下人。汜曰:'陈元龙湖海之士,豪气不除。'……备问汜:'君言豪,宁有事邪?'汜曰:'昔遭乱过下邳,见元龙。元龙无客主之意,久不相与语,自上大床卧,使客卧下床。'备曰:'君有国士之名,今天下大乱,帝主失所,望君忧国忘家,有救世之意,而君求田问舍,言无可采,是元龙所讳也,何缘当与君语? 如小人,欲卧百尺楼上,卧君于地,何但上下床之间邪?'"以上三句预祝翁氏受到幕主优渥礼遇。

⑮朝驰白马:《三国志·魏书·庞德传》:"(庞)德常曰:'我受国恩,义在效死。我欲身自击羽。今年我不杀羽,羽当杀我。'后亲与羽交战,射羽中额。时德常乘白马,羽军谓之'白马将军',皆惮之。"李贺《送秦光禄北征》:"将军驰白马,豪彦骋雄材。"

⑯笔扫千军:喻文才。详见《水龙吟》(杜陵折柳狂吟)注⑫。

⑰贾傅才高:贾傅,指贾谊。曾先后为长沙王太傅、梁怀王太傅。故可称"贾傅"。用前席听计之意,以贾傅比翁氏的参赞之才。一说,贾傅为贾似道。傅,指傅相。此时贾氏已除参知政事。

⑱岳家军在:《宋史纪事本末》卷一六"岳飞规复中原"条:"师每休舍,课将士,注坡跳壕,皆重铠习之。子云尝注坡马踬,怒而鞭之曰:'前临大敌,亦如是耶?'卒有取民麻一缕以束刍者,立斩以徇。卒夜宿,民间开门愿纳,无敢入者。军号'冻死不拆屋,饿死不不掳掠'。"《宋史·岳飞传》:"猝遇敌不动,故敌为之语曰:'撼山易,撼岳家军难。'"贾似道颇有将才,甚至敌国君臣皆称道之。军在,毛本、戈校本、杜本、王朱本、朱二校本

作"军壮"。

⑲"好勒"句：东汉永元元年，车骑将军窦宪领兵出塞，大破北匈奴，事见《后汉书·窦宪传》："宪、秉遂登燕然山，去塞三千余里，刻石勒功，纪汉威德，令班固作铭……宪乃班师而还。"

⑳松江：即吴淞江。代指苏州。松江上，毛本、戈校本、杜本、王朱本、朱二校本作"□□□"。

【汇评】

夏敬观评语：（"贾傅"二句）以其本朝事对前代事，未为合法。

珍珠帘①

春日客龟溪，过贵人家，隔墙闻箫鼓声，疑是按歌，伫立久之②

蜜沈烬暖萸烟袅③。层帘卷④、伫立行人官道。麟带压愁香⑤，听舞箫云渺⑥。恨缕情丝春絮远⑦，怅梦隔、银屏难到⑧。寒峭。有东风嫩柳，学得腰小⑨。

还近绿水清明，叹孤身如燕⑩，将花频绕⑪。细雨湿黄昏，半醉归怀抱⑫。蠹损歌纨人去久⑬，漫泪沾、香兰如笑⑭。书杳⑮。念客枕幽单，看看春老⑯。

【题解】

《珍珠帘》，词牌名。双调，一百零一字，上片九句六仄韵，下片十句五仄韵。

"龟溪"，在德清县境内。详见《祝英台近·春日客龟溪游废园》题解。

此为吴文英中年客居德清、回忆年轻时情事之作。上片扣词题，写寒料峭，过贵人家，隔墙闻箫鼓声，牵惹起词人的恨缕情丝；下片叹身单影只，回忆当年别离情状，伊人一颦一笑宛然在目，抒发强烈的孤寂伤怀之感。

【校注】

①明张本词题作"真珠帘"。

②《古今词统》、毛本、《历代诗余》、戈校本、杜本、王朱本、朱二校本、朱四校本词题中的"按歌"作"按舞"。

③"蜜沈"句:蜜沈,《香乘》卷四:"交人称沈香为蜜香。《交州志》谓蜜香似沉香,盖木体俱香,形复相似,亦犹南北橘枳之别耳。"余见《瑞鹤仙》(藕心抽莹茧)注⑫。荣萸烟,李贺《屏风曲》:"沈香火暖荣萸烟,酒觥绾带新承欢。"《笺注评点李长吉歌诗》吴正子注曰:"王建《宫词》:'院院烧灯如白昼,沈香火里坐吹笙。'《西阳杂俎》云:椒气好下,荣萸气好上,沈烟直上,故以喻荣萸耳。"烬暖荣烟,《古今词统》、毛本、《历代诗余》、《词律》、戈校本、杜本、王朱本、朱二校本作"炉暖余烟"。毛床本改"余"作"荣"。

④层帘卷:《古今词统》、毛本、《历代诗余》、《词律》、戈校本脱此三字。

⑤"麟带"句:温庭筠《舞衣曲》:"蝉衫麟带厌愁香,偷得莺黄锁金缕。"

⑥舞箫:按箫声的节拍起舞。云渺:此指乐声渺渺入云。杜本、朱二校本作"云杪"。

⑦"恨缕"句:晏殊《玉楼春》:"无情不似多情苦。一寸还成千万缕。"春絮,皎然《拟长安春词》:"春絮愁偏满,春丝闷更繁。"

⑧"怅梦隔"二句:温庭筠《湘东宴曲》:"欲上香车俱脉脉,清歌响断银屏隔。"反用周邦彦《虞美人》词意:"凄风休飐半残灯。拟倩今宵归梦、到云屏。"银屏,《古今词统》、毛本作"银瓶"。

⑨"有东风"二句:毛滂《虞美人》:"柳枝却学腰肢袅。好似江东小。"欧阳修《望江南》:"江南柳,叶小未成阴。人为丝轻那忍折,莺嫌枝嫩不胜吟。留著待春深。"嫩柳,陈后主《洛阳道五首》(之一):"霜枝嫩柳发,水堑薄苔生。"小腰,《战国策·楚策一》:"昔者先君灵王好小要,楚士约食,凭而能立,式而能起。"要,古"腰"字。嫩柳,《古今词统》、毛本、《历代诗余》、《词律》、戈校本、杜本、王朱本、朱二校本作"垂柳"。

⑩孤身如燕:卫敬瑜妻王氏有《孤燕诗》,事见《南史·孝义·下》:"霸城王整之姊嫁为卫敬瑜妻,年十六而敬瑜亡,父母舅姑咸欲嫁之,誓而不许,乃截耳置盘中为誓乃止。……所住户有燕巢,常双飞来去,后忽孤飞。

女感其偏栖，乃以缕系脚为志。后岁此燕果复更来，犹带前缕。女复为诗曰：‘昔年无偶去，今春犹独归。故人恩既重，不忍复双飞。’”

⑪将花频绕：绕花枝实喻绕屋听按舞。谓在相同的世界，不同的年龄阶段，曾经亲睹按舞并近芳泽，当下却绕屋聆听，难见倩影。

⑫“半醉”句：周邦彦《绮寮怨》：“上马人扶残醉，晓风吹未醒。”以上三句回忆当时离开宴席情景。半醉，明张本作“半时”。

⑬蠹损歌纨：周邦彦《丁香结》：“汉姬纨扇在……唯丹青相伴，那更尘昏蠹损。”歌纨，纨素歌扇。

⑭“漫泪沾”二句：李贺《李凭箜篌引》：“昆山玉碎凤凰叫，芙蓉泣露香兰笑。”以上三句谓年轻时此地所遇歌席上按舞的美人早已离开，即使遗留下歌扇恐怕也早已蠹穿；然而环屋时所见花朵或泣或笑，仍让人想起她歌时之笑与别时之颦。

⑮书杳：欧阳修《圣无忧》：“多少旧欢新恨，书杳杳、梦悠悠。”

⑯“念客枕”二句：李贺《仁和里杂叙皇甫湜》：“那知坚都相草草，客枕幽单看春老。”念，可怜。

【汇评】

卓人月、徐士俊《古今词统》卷一三：“多情却被无情恼”，东坡隔墙看秋千句也，有此秀艳否？

先著、程洪《词洁辑评》卷三：用笔拗折，不使一犹人字，虽极稠嵌，复有灵气行乎其间。今之治词者，高手知师法姜、史。梦窗一种，未见有取途涉津者，亦斯道中之《广陵散》也。首句从歌舞处写，次句便写人间箫鼓者。前半赋题已竟，后只叹惋发己意，恐忘却本意，再用“歌纨”二字略一点映，更不重犯手。宋人词布局染墨多是如此。

俞陛云《唐五代两宋词选释》：词写闻隔箫鼓声疑是按舞而作。题本虚拟，无迹可寻。通首以“到”字、“绕”字二韵，托思最为灵妙。而闻声之遐想，犹飞燕之绕花，取喻尤巧。接以“细雨”二语，神味弥永。

夏敬观评语：首句太雕琢。

风入松

为友人放琴客赋①

春风吴柳几番黄。欢事小蛮窗②。梅花正结双头梦③，□玉龙④、吹散幽香。昨夜灯前敲黛⑤，今朝陌上啼妆⑥。

最怜无侣伴雏莺⑦。桃叶已春江⑧。曲屏先暖鸳衾惯，夜寒深、都是思量⑨。莫道蓝桥路远，行云只隔幽坊⑩。

【题解】

《风入松》，词牌名。又名《风入松慢》《远山横》。《宋史·乐志》入"林钟商"，调见晏几道《小山词》。有四体，七十三字、七十四字、七十六字、七十二字。《梦窗词》系七十六字体，前后片各六句四平韵。

"为友人放琴客"，此"友人"系郭清华，"琴客"系"友人"小妾。此系用顾况《宜城放琴客歌》之典。详见《法曲献仙音·放琴客和宏庵韵》和《婆罗门引·郭清华席上，为放琴客而新有所盼，赋以见喜》题解。

此酬赠之作。上片写友人与"琴客"互相厮守，两情正浓，忽被惊分，今昔巨变，其伤怀之情溢于言表；下片写"琴客"孤身远去，回忆当初相守的甜蜜，入夜情最苦，最后致劝慰语。

【校注】

①毛本、戈校本、杜本、王朱本、朱二校本、《四明》本词题作"为友人访琴客赋"。

②小蛮：此代指下堂琴客。

③双头：吴地有鸳鸯梅。范成大《梅谱》："鸳鸯梅，多叶红梅也。花轻盈，重叶数层。凡双果必并蒂，惟此一蒂而结双梅，亦尤物。"

④玉龙：喻笛。笛曲中有《梅花落》，故云。□玉龙，明张本、毛本、戈校本、王朱本夺一字。朱四校本、《四明》本作"被玉龙"。

⑤"昨夜"句：谓歌时炫耀美姿。晏几道《浣溪沙》："才听便拚衣袖湿，欲歌先倚黛眉长。曲终敲损燕钗梁。"倚，用同"敧"。敧黛，明张本、朱三校本、朱四校本、《四明》本作"歌黛"。

　　⑥啼妆：《后汉书·五行志一》："啼妆者，薄拭目下若啼处。……始自大将军梁冀家所为，京都歙然，诸夏皆仿效。"此借指美人脸上的泪痕。

　　⑦"最怜"句：孟郊《城南联句》："娇辞咿雏莺。"文人一般用"雏莺"喻歌喉声调尚未娴熟的年幼歌女。

　　⑧"桃叶"句：反用姜夔《少年游·戏平甫》："别母情怀，随郎滋味，桃叶渡江时。"谓美人已从渡口离去。

　　⑨"曲屏"三句：化用柳永《斗百花》词意："长是夜深，不肯便入鸳被。与解罗裳，盈盈背立银釭，却道你先睡。"

　　⑩"莫道"二句：蓝桥，蓝桥驿。此喻琴客所遣之地。"行云"句用云雨典。幽坊，歌女聚集地。疑友人此姬仍被遣往坊曲之地。

又①

　　听风听雨过清明。愁草瘗花铭②。楼前绿暗分携路③，一丝柳、一寸柔情。料峭春寒中酒，交加晓梦啼莺④。

　　西园日日扫林亭⑤。依旧赏新晴⑥。黄蜂频扑秋千索，有当时、纤手香凝⑦。惆怅双鸳不到⑧，幽阶一夜苔生。

【题解】

　　这是一首怀人之作。按陈洵《海绡说词》言："思去妾也，此意集中屡见，《渡江云》题曰'西湖清明'，是邂逅之始；此则别后第一个清明也。"

　　此词上片情景两融，所造形象意境有独到之处。首二句是伤春，三、四句即写到伤别，五、六句则是伤春与伤别交织交融，形象丰满，意蕴深厚。下片写林亭日扫，赏晴依旧，秋千悬置，一切仿若伊人在时，极痴情之语。

结处惆怅无边,有一夜头白之苦。

【校注】

①明张本、毛本、杜本、王朱本有词题作"春晚感怀"。

②"愁草"句:杨笺:"庾子山有《瘗花铭》。"庾信《皇夏》:"瘗玉埋俎,藏芬敛气。是曰就幽,成斯地意。"倪璠注:"《礼记》曰:瘗埋于泰折,祭地也。……瘗埋取其藏敛于地,故云'藏芬敛气'也。"此就风雨葬花而言。

③绿暗:此特指柳色转深。分携:陆机《答贾长渊》:"分索则易,携手实难。"

④"交加"句:金昌绪《春怨》:"打起黄莺儿,莫教枝上啼。啼时惊妾梦,不得到辽西。"交加,象鸟声。杜本:"一作'迷离'。"

⑤西园:在苏州阊门外。

⑥新晴:潘岳《闲居赋》:"微雨新晴,六合清朗。"另据梦窗《风入松》(兰舟高荡涨波凉)、《浪淘沙》(灯火雨中船)、《瑞鹤仙》(泪荷抛碎璧)及《扫花游》(水云共),知梦窗确实曾于彼美共游西园。

⑦"黄蜂"三句:杨万里《东园晴步二首》(之一):"小蜂扑得浑无益,羽扇徒劳不作声。"韩偓《寒食夜》:"夜深斜搭秋千索,楼阁朦胧烟雨中。"写当年寒食清明时节彼美曾戏荡秋千。时隔已久,秋千似仍有香凝,是痴情之念想。黄蜂多情,是透过一层写法。

⑧双鸳:绣鞋。刘复《长相思》:"彩丝织绮文双鸳,昔时赠君君可怜。"

【汇评】

许昂霄《词综偶评》:"愁草瘗花铭",琢句险丽。"惆怅双鸳不到,幽阶一夜苔生",此则渐近自然矣。结句亦从古诗"全由履迹少,并欲上阶生"化出。古诗又有"春苔封履迹"之句。

谭献《谭评词辨》:此是梦窗极经意词,有五季遗响。"黄蜂"二句,是痴语,是深语。结处见温厚。

陈廷焯《云韶集》卷八:情深而语极纯雅,词中高境也。　婉丽处亦见别致。

俞陛云《唐五代两宋词选释》:"丝柳"七字写情而兼录别,极深婉之思。起笔不遽言送别,而伤春惜花,以闲雅之笔引起愁思,是词手高处。"黄蜂"

二句于无情处见多情,幽想妙辞,与"霜饱花腴""秋与云平",皆稿中有数名句。结处"幽阶"六字,在神光离合之间,非特情致绵邈,且余音袅袅也。

陈洵《海绡说词》:"楼前绿暗分携路",此时觉翁当仍寓西湖(园)。风雨新晴,非一日间事,除了风雨,即是新晴,盖云我只如此度日。"扫林亭",犹望其还,"赏"则无聊消遣,见秋千而思"织手",因蜂扑而念"香凝",纯是痴望神理。"双鸳不到",犹望其到;"一夜苔生",踪迹全无,则惟日日惆怅而已。当味其词意酝酿处,不徒声容之美。

又

桂①

兰舟高荡涨波凉②。愁被矮桥妨③。暮烟疏雨西园路,误秋娘④、浅约宫黄⑤。还泊邮亭唤酒,旧曾送客斜阳⑥。

蝉声空曳别枝长。似曲不成商⑦。御罗屏底翻歌扇⑧,忆西湖、临水开窗。和醉重寻幽梦,残衾已断薰香。

【题解】

这是一首忆姬之作。此词作于苏幕行役途中经过吴江时,因霖雨涨水妨碍应约前往西园赏桂,回想昔年曾在西湖开窗赏桂,彼美以凄清悲凉歌曲送别。从此桂花成为苏姬系列词的重要意象。此词叠现的回忆中打并入丰富的身世及情感世界,因而咏物之作也能精光四射。

【校注】

①《历代诗余》无词题。戈校本:"题似误。"

②兰舟:木兰舟。波凉:李贺《江南弄》:"江中绿雾起凉波,天上叠巘红嵯峨。"

③矮桥:张镃《自锡山归舟中三首》(之一):"墙上夭桃竹顶齐,矮桥横水屋横陂。"以上二句有周邦彦《大酺·春雨》词意:"行人归意远,最先念、

流潦妨车毂。"意思是秋雨连绵,水涨桥低,通往西园水路受阻。

④秋娘:通称歌妓。

⑤浅约宫黄:周邦彦《瑞龙吟》:"侵晨浅约宫黄,障风映袖,盈盈笑语。"此为涂黄额妆,一说眉妆。《说略》卷二一:"后周静帝令宫人黄眉墨妆。《幽怪录》:神女智琼额黄。眉黄额黄其说未定,如古诗词'额黄无限夕阳山',又'学画鸦黄尚未成',又'写月图黄罢',又'鸦黄粉白车中出',及温飞卿词'蕊黄无限当山额',又'粉心黄蕊花靥,黛眉山两点',又'扑蕊添黄子'。牛峤词'额黄侵腻发',则似额妆。张泌云'依约残眉理旧黄',飞卿又云'柳风吹散蛾间黄',则又似眉妆也。"以上二句喻西园金桂。韩驹《木犀》:"瀹雪凝酥点嫩黄,蔷薇清露染衣裳。"

⑥"还泊"二句:邮亭,驿馆。此取意周邦彦《兰陵王·柳》:"渐别浦萦回,津堠岑寂。斜阳冉冉春无极。"

⑦"蝉声"二句:陈宓《五月下旬雨后喜晴》:"一对蝉声相上下,柳丝摇曳与俱长。"文人多以蝉声喻歌乐。许敬宗《奉和秋日即目应制》:"无机络秋纬,如管奏寒蝉。"商调凄清,故称"清商"。

⑧"御罗"句:谓其罗屏底御扇而歌。李贺《将进酒》:"烹龙炮凤玉脂泣,罗帏绣幕围香风。"张纲《点绛唇》:"银鸭香浮,红袖翻歌扇。"

【汇评】

陈洵《海绡说词》:此非赋桂,乃借桂怀人也。西园送客,是一篇之眼。客者,妾也。西园,故居。邮亭,别地。既被妨,故还泊,而秋娘不可见矣,此游固未到西园。蝉声似曲,歌扇都非,"临水开窗",故居回首,至重寻已断,则西园固可不到矣,何恨于"矮桥"哉!"和醉"应"唤酒",脉络字字可寻。

又

麓翁园堂宴客①

一番疏雨洗芙蓉②。玉冷佩丁东③。辘轳听带秋声转④,

早凉生、傍井梧桐⑤。欢宴良宵好月⑥，佳人修竹清风⑦。

临池飞阁乍青红⑧。移酒小垂虹⑨。贞元供奉梨园曲⑩，称十香、深蘸琼钟⑪。醉梦孤云晓色，笙歌一派秋空⑫。

【题解】

"麓翁"，即史宅之，详见《瑞鹤仙·寿史云麓》题解。

此词写史宅之家园景色和宴饮之事。上片应时序写景，雨打荷叶，辘轳秋声，梧桐叶落，清风明月，主人招客宴饮；下片详写宴客情形，临池构阁，流觞曲水，歌声乐声，响彻云霄。

【校注】

①毛本、《历代诗余》、戈校本、杜本、王朱本、朱二校本词题作"云麓园堂宴客"。

②一番：《例释》："还可表一派、一片的意思。柳永《八声甘州》词：'对潇潇暮雨洒江天，一番洗清秋。'此一派义，意谓暮雨冲洗出一派凄清的秋景。"

③"玉冷"句：梦窗词中艳蕊皆是美人所化，而荷花盛开往往被喻为湘娥、江妃、汜人等水中仙子环佩月夜归来。

④"辘轳"句：谓时光飞转。参见《瑞鹤仙》（辘轳秋又转）注②。

⑤傍井梧桐：毛本作"傍井桐"。《历代诗余》作"傍井疏桐"。王朱本、朱二校本作"傍井□桐"。

⑥欢宴：《文选·张衡〈南都赋〉》："接欢宴于日夜，终恺乐之令仪。"李善注曰："毛诗曰：恺乐饮酒，人曰莫不令仪。"好月：刘长卿《月下呈章秀才》："家贫惟好月，空愧子猷过。"良宵：明张本、毛本、王朱本作"凉宵"。

⑦"佳人"句：谓薄寒清风适宜佳人倚修竹。以上二句构成清风明月，适宜作诗的环境。

⑧"临池"句：隐写刚刚建成的池光小阁。飞阁，王勃《滕王阁序》："飞阁流丹，下临无地。"

⑨小垂虹：此谓云麓园中的长桥。以上二句中的池光园、小垂虹皆应

为史宅之园中仿制苏州府治后池光阁以及吴江上垂虹桥的建筑。

⑩"贞元"句:刘禹锡《听旧宫中乐人穆氏唱歌》:"休唱贞元供奉曲,当时朝士已无多。"贞元(785－805),唐德宗年号。梨园,《旧唐书·音乐志》:"玄宗又于听政之暇,教太常乐工子弟三百人为丝竹之戏,音响齐发,有一声误,玄宗必觉而正之。号为皇帝弟子,又云梨园弟子,以置院近于禁苑之梨园。"

⑪"称十香"二句:《猗觉寮杂记》卷上:"酒斝满,捧觞,必蘸指甲。牧之云:为君蘸甲十分饮。梦得云:蘸甲须欢便到来。"十香,美称十指。

⑫"醉梦"二句:取意许浑《陪越中使院诸公镜波馆饯明台裴郑二使君》:"舞移清夜月,歌断碧空云。"并暗用乐声响遏行云典。

又

邻舟妙香

画船帘密不藏香①。飞作楚云狂②。傍怀半卷金炉烬,怕暖消、春日朝阳。清馥晴薰残醉③,断烟无限思量④。

凭阑心事隔垂杨。楼燕锁幽妆⑤。梅花偏恼多情月,慰溪桥、流水昏黄⑥。哀曲霜鸿凄断⑦,梦魂寒蝶悠飏⑧。

【题解】

"妙香",佛教谓殊妙的香气,也用以称气味特殊的熏香。此词所赋为梅花香型熏香。

此词写因邻舟飘来的妙香而牵惹起怀人思绪。上片写闻邻舟妙香,想象其中缱绻多情的佳人,引发无限思量。下片点怀人意,楼隔垂杨,燕锁幽妆,伊人已去;梅花无意,明月多情,溪桥流水昏黄,俱以清景寓愁情;吹笛亦不能抒凄切悲情,只好拥衾独睡,让幽梦飞飏,进一步表达孤寂之情。

【校注】

①"画船"句:反用陆游《书室明暖终日婆娑其间倦则扶杖至小园戏作

长句》:"重帘不卷留香久,古砚微凹聚墨多。"

②"飞作"句:楚云,用巫山云雨典。施肩吾残句:"颠狂楚客歌成雪,媚赖吴娘笑是盐。"以上二句写香气浓重作烟作雾,如楚梦逐云上下而颠狂也。

③晴薰:杜本作"暗薰"。

④"断烟"句:毛开《点绛唇》:"无限思量,辗转愁重省,薰炉冷。"

⑤"楼燕"句:用关盼盼独处燕子楼典。幽妆,犹言"幽独块然"。

⑥"梅花"三句:此词与《天香·薰衣香》"漫省浅溪月夜,暗浮花气"二句皆用林逋《山园小梅》"疏影横斜水清浅,暗香浮动月黄昏"诗意,形容梅花香型的熏香,即"返魂香"。恼,引逗,撩拨。此形容舟中香气如子夜昏黄月色引逗得多情梅花散发出浓烈香气,慰藉溪桥下无情流水。梅花午夜时香气最为浓烈。

⑦哀曲:暗用笛曲《梅花落》典,"凄断"意缀于此。吴筠《闺怨诗》:"胡笳屡凄断,征蓬未肯还。"霜鸿:杜甫《冬到金华山观因得故拾遗陈公学堂遗迹》:"雪岭日色死,霜鸿有余哀。"此喻笛声。凄断:毛本、《历代诗余》、《词律》、《词谱》作"悽断"。

⑧"梦魂"句:苏轼《再和杨公济梅花十绝》(之四):"夜寒那得穿花蝶,知是风流楚客魂。"悠飏,李嘉祐《与郑锡游春》:"映花莺上下,过水蝶悠扬。"《历代诗余》、《词谱》、戈校本作"悠扬"。

【汇评】

陈洵《海绡说词》:是香是梦,游思缥渺,吴词之极费寻索者。"不藏香",起;"楚云",则梦也。"炉尽"承香,"朝阳"承云。香既不可久,则梦亦不可留,故曰"怕暖消、春日朝阳"。"晴薰"则日暖未消,"断烟"则余香尚袅,断续反正,脉络井井,不得其旨,则谓为晦耳。"思量",起下阕,楼隔垂杨,燕锁幽妆,人已去也。"梅花"二句,影事全空,徒增烦恼。"霜鸿"往事,"寒蝶"今情,当与《解蹀躞》一阕参看。

杨铁夫《梦窗词全集笺释》:("画船"二句)一起反用唐(宋)诗"重帘不卷留香久"意,全题俱见,不嫌唐突者,以从"无限思量"着笔也。

莺啼序①

丰乐楼②

天吴驾云阆海③,凝春空灿绮④。倒银海⑤、蘸影西城⑥,四碧天镜无际⑦。彩翼曳⑧、扶摇宛转⑨,雫龙降尾交新霁⑩。近玉虚高处,天风笑语吹坠⑪。

清濯缁尘⑫,快展旷眼⑬,傍危阑醉倚。面屏障⑭、一一莺花,薜萝浮动金翠⑮。惯朝昏、晴光雨色⑯,燕泥动、红香流水⑰。步新梯⑱,藐视年华⑲,顿非尘世⑳。

麟翁衮舄㉑,领客登临,座有诵鱼美。翁笑起、离席而语㉒,敢诧京兆㉓,以后为功㉔。落成奇事㉕。明良庆会㉖,赓歌熙载㉗,隆都观国多闲暇㉘,遣丹青㉙、雅饰繁华地㉚。平瞻太极㉛,天街润纳璇题㉜,露床夜沈秋纬㉝。

清风观阙㉞,丽日罘罳,正午长漏迟㉟。为洗尽、脂痕茸唾㊱,净卷曲尘㊲,永昼低垂,绣帘十二㊳。高轩驷马㊴,峨冠鸣佩㊵,班回花底修禊饮㊶,御炉香、分惹朝衣袂㊷。碧桃数点飞花,涌出宫沟,遡春万里㊸。

【题解】

《莺啼序》,词牌名。词中最长之调。入何宫调,无考。有五体,以梦窗《莺啼序》(残寒正欺病酒)为正体,二百四十字,分四阕,第一阕八句四仄韵,第二阕十句四仄韵,第三阕十四句四仄韵,第四阕十四句五仄韵。

"丰乐楼",淳祐九年(1249)赵与𢑱重建,其址在涌金门(或丰豫门)外,是楼新建后为西湖之最。吴文英曾在该楼壁上大书《莺啼序》,末署"淳祐十一年二月甲子",当为此词。

此词为酬赠之作,庆贺赵与憼重建丰乐楼。先从介绍丰乐楼的位置和宏伟壮丽入手,再叙登楼所见,续之以主人在楼上宴客之盛况,终以描述宴散作结。全词四阕,一气呵成,不落雕琢痕迹,充分显示了词坛名家之手笔。

【校注】

①明张本词调作"丰乐楼"。

②丰乐楼:明张本、毛本、《历代诗余》、杜本无词题。朱四校本词题作"丰乐楼,节斋新建"。书斋,即赵与憼,字德渊,号节斋,太祖十世孙。淳祐元年(1241)知临安府,九年(1249)兼任浙西安抚使,重建丰乐楼。

③"天吴"句:李贺《浩歌》:"南风吹山作平地,帝遣天吴移海水。"天吴,《山海经·海外东经》:"朝阳之谷,神曰天吴,是为水伯,在蚕蚕北两水间。其为兽也,八首,人面,八足,八尾,皆青黄。"阆海,张镃《玉团儿》:"晓来一阵金风劣。把阆海、檀霞细屑。"

④"凝春"句:为"春空凝灿绮"之倒。王禹偁《寄冯舍人》:"词随健笔光纶诰,诗落成都灿绮霞。"

⑤银海:天河。此喻西湖。

⑥蘸影:洪适《词》:"风弄碧漪摇岛屿。奇云蘸影千峰舞。"西城:丰乐楼在杭京西城门外。

⑦四碧:魏夫人《阮郎归》:"夕阳楼外落花飞,晴空碧四垂。"天镜:此喻西湖水面。以上三句写湖山云岚、碧波倒影、天水一色的阔大景象。

⑧彩翼:语出李商隐《无题二首》(之一):"身无彩凤双飞翼,心有灵犀一点通。"此指在天飞龙之翼。

⑨扶摇宛转:形容风挟水行的状态。《庄子·逍遥游》:"《谐》之言曰:'鹏之徙于南冥也,水击三千里,抟扶摇而上者九万里。'"成玄英疏:"扶摇,旋风也。"《楚辞·刘向〈九叹·逢纷〉》:"揄扬涤荡,漂流陨往,触崟石兮;龙邛脟圈,缭戾宛转,阻相薄兮。"王逸章句:"言水得风则龙邛缭戾与险阻相薄,不得顺其流性也。"

⑩"雩龙"句:徐陵《在北齐与宗室书》:"比月应雩龙,星移殷鸟,天明和煦,体中何如。"雩,古代为祈雨而举行的祭祀。《左传·桓公五年》:"龙见

而雩。"杜预注:"龙见,建巳之月。苍龙,宿之体,昏见东方,万物始盛,待雨而大,故祭天,远为百谷祈膏雨。"毛扆本作"雩龙降尾交相曳"。

⑪"近玉虚"二句:《类说》卷五一:"诗人许浑梦登山,有宫室,人云此昆仑也。入见数人方饮,招之。赋诗曰:'晓入瑶台露气清,坐中惟有许飞琼。尘心未断俗缘在,十里下山空月明。'他日复梦至其处,飞琼曰:'子何故显予姓名于人间?'即改云:'天风吹下步虚声。'"此写丰乐楼高耸入云。

⑫清濯缁尘:谓雨后西湖清水正可以濯洗京城奔竞的路尘。化用《孟子·离娄上》:"有孺子歌曰:'沧浪之水清兮,可以濯我缨;沧浪之水浊兮,可以濯我足。'"缁尘,陆机《为顾彦先赠妇二首》(之一):"京洛多风尘,素衣化为缁。"缁尘,戈校本、杜本作"淄尘"。

⑬快展旷眼:冯伯规《无题》:"快展眉头须劚饮,天开霁色不妨农。"黄庭坚《次韵子真会灵源庙池亭》:"人贤心故乐,地旷眼为明。"

⑭面屏障:元稹《州宅》:"四面常时对屏障,一家终日在楼台。"屏障,美如围屏的山峰。

⑮薜萝金翠:形容楼台黄色琉璃瓦与绿色攀缘植物在阳光下闪烁光芒。

⑯"惯朝昏"二句:化用苏轼《饮湖上初晴后雨二首》(之二)诗意:"水光潋滟晴方好,山色空蒙雨亦奇。若把西湖比西子,淡妆浓抹总相宜。"

⑰"燕泥"二句:暗用杜甫《城西陂泛舟》诗意:"鱼吹细浪摇歌扇,燕蹴飞花落舞筵。"谭用之《春日期巢湖旧事》:"暖掠红香燕燕飞,五云仙珮晓相携。"红香,此代指落红花瓣。

⑱步新梯:此"新梯"指刚刚重建的丰乐楼阶梯。"危阑"之"危"字意亦缀此句。应场《侍五官中郎将建章台集诗》:"欲因云雨会,濯羽凌高梯。"董嗣杲《丰乐楼》:"水摇层栋青红湿,云锁危梯粉黛窗。"

⑲貌视:遥望。写楼上所见。貌,通"邈"。遥远貌。《楚辞·九章·悲回风》:"貌蔓蔓之不可量兮,缥绵绵之不可纡。"王逸章句:"一作'邈漫漫'。"

⑳顿非尘世:杜荀鹤《宿东林寺题愿公院》:"一溪月色非尘世,满洞松声似雨天。"以上三句承意首阕写如身在仙境。

361

㉑麟翁:麟,古代朝廷的麟形符节,仅颁发给重臣。赵与篡于理宗淳祐元年(1241)兼知临安府。衮舄:犹言衮服舄履。江淹《为萧骠骑让太尉增封第二表》:"燕藩懿亲,裁蒙衮舄之荣;梁国戚属,方忝旌旗之贵。"胡之骥注:"衮舄,诸侯王之服也。"赵与篡为宋宗室。

㉒离席而语:谓府尹发言,众客皆离席而起,恭敬立听。离席,犹言避席。《史记·魏其武安侯列传》:"饮酒酣,武安起为寿,坐皆避席伏。已,魏其侯为寿,独故人避席耳,余半膝席。"

㉓敢诧:宋人用语,岂敢夸耀。诧,夸耀。《史记·司马相如列传》:"田罢,子虚过诧乌有先生,而无是公在焉。"裴骃集解引郭璞曰:"诧,夸也。"京兆:汉代京畿的行政区域,为三辅之一。此借指临安。

㉔以后为功:朱熹《论语精义》卷三(下):"有功而不伐,唯禹能之。战胜者以先为功,不胜者以后为功。凡众必有争,故以让为美;功必有矜,故以谦为美。"明张本、朱三校本、朱四校本、《四明》本作"以役为功"。

㉕落成奇事:落,古代宫室筑成时举行的祭礼。后因称建筑物竣工为"落成"。《诗·小雅·斯干序》:"《斯干》,宣王考室也。"郑玄笺:"宣王于是筑宗庙群寝,既成而衅之,歌《斯干》之诗以落之。"

㉖明良:贤明君主与忠良臣子。语出《尚书·益稷》:"乃赓载歌曰:'元首明哉,股肱良哉,庶事康哉!'"庆会:君臣同欢。《郊庙歌辞·晋朝飨乐章·举酒》:"大明御宇,至德动天。君臣庆会,礼乐昭宣。"

㉗赓歌:此指君臣酬唱和诗。熙载:弘扬功业。《尚书·舜典》:"舜曰:'咨!四岳,有能奋庸熙帝之载。'"孔颖达疏:"载,事也。访群臣有能起发其功,广尧之事者。"《汉书·叙传下》:"畴咨熙载,髦俊并作。"颜师古注:"熙,兴也;载,事也。"

㉘隆都观国:语出班固《西都赋》:"盖以强干弱枝,隆上都而观万国。"《六臣注文选》张铣注曰:"强干,强帝室;弱枝,弱诸侯。壮其上都,以临万国。"谓京都临安地位尊隆。闲暇:平安无事。《孟子·公孙丑上》:"国家闲暇,及是时明其政刑,虽大国必畏之矣。"

㉙丹青:语出韩愈《谒衡岳庙遂宿岳寺题门楼》:"粉墙丹柱动光彩,鬼物图画填青红。"亦犹言青红犹湿,形容建筑物落成。

㉚雅饰:《宋史·礼五》:"熙宁七年,南郊雅饰,奏告太庙、后庙。"繁华地:韦应物《拟古诗十二首》(之三):"京城繁华地,轩盖凌晨出。"以上十句都是转述赵与訔的原话。大意是建成丰乐楼是奇功,但重建丰乐楼却不能以后出转精而以功矜伐,最多不过是太平盛世的锦上添花之举。

㉛"平瞻"句:谓因楼高可以平视天空。太极,云气。《文选·郭璞〈江赋〉》:"类胚浑之未凝,象太极之构天。"李善注:"言云气杳冥,似胚胎浑混,尚未凝结;又象太极之气,欲构天也。"

㉜天街润纳:写京城雨润地。语出韩愈"天街小雨润如酥"。璇题:屋梁上玉饰的椽头。《文选·扬雄〈甘泉赋〉》:"盖天子穆然,珍台闲馆,琁题玉英。"李善注引应劭曰:"题,头也。椽橑之头,皆以玉饰。言其英华相烛也。"琁,同"璇"。

㉝露床:露井银床之省称。秋纬:络纬。李贺《秋来》:"桐风惊心壮士苦,衰灯络纬啼寒素。"

㉞清风:代指京城清惠的风化。《文选·张衡〈东京赋〉》:"清风协于玄德,淳化通于自然。"薛综注:"清惠之风,同于天德。"观阙:宫门前的两座楼台。《汉书·王尊传》:"审如御史章,尊乃当伏观阙之诛,放于无人之域,不得苟免。"此代指京城。

㉟"止午长"句:写闲裕景象。漏迟,李贺《河南府试十二月乐词·正月》:"上楼迎春新春归,暗黄著柳宫漏迟。"

㊱"为洗尽"二句:据周密《武林旧事》卷五,丰乐楼本为酒肆,故窗棂间留有脂痕茸唾,重建后又经雨水冲刷,旧迹已荡然无存。脂痕,《野客丛书》卷一〇:"盖妇人妆罢,以余粉指印于窗牖之眼,自有闲雅之态。仆尝至一庵舍,见窗壁间粉指无限,诘其所以,乃其主人尝携诸姬抵此。"茸唾,李煜《一斛珠》:"绣床斜凭娇无那,烂嚼红茸,笑向檀郎唾。"

㊲曲尘:此指淡黄色的尘土。

㊳绣帘十二:虚指楼中雅间的门帘。陈允平《丰乐楼初成》:"红尘飞不到阑干,十二朱帘卷暮寒。"

㊴高轩驷马:犹言"高车驷马"。郦道元《水经注·江水一》:"城北十里曰升仙桥,有送客观,司马相如将入长安,题其门曰:'不乘高车驷马,不过

汝下也。'后人邛蜀,果如志焉。"轩,古代一种前顶较高而有帷幕的车子,供大夫以上乘坐。

㊵峨冠鸣佩:韩愈《朝归》:"峨峨进贤冠,耿耿水苍佩。"《五百家注昌黎文集》:"峨峨,高貌。韩曰:前汉隽不疑见暴胜之,冠进贤冠。晋《舆服志》:进贤冠,古缁布遗象也。盖文儒之服。孙曰:水苍,玉名。《礼记》:大夫佩水苍玉而纯组绶。水苍者,言似水之苍色,而杂有文也。"

㊶班回花底:岑参《韦员外家花树歌》:"朝回花底恒会客,花扑玉缸春酒香。"修禊:王羲之《兰亭集序》:"暮春之初,会于会稽山阴之兰亭,修禊事也。"《事物纪原》卷八:"韩诗曰:'三月桃花水下之时。'郑国之俗,以上巳于溱洧之上,执兰招魂续魄,祓除不祥。"

㊷"御炉"二句:贾至《早朝大明宫呈两省僚友》:"剑佩声随玉墀步,衣冠身惹御炉香。"以上五句为想像之辞。写三月修禊宴饮前京官朝会时的雍肃景象。分惹,明张本脱"惹"字。

㊸"碧桃"三句:合用宫沟红叶题诗及刘晨、阮肇入天台的典故。遡春,《历代诗余》作"阳春"。

【汇评】

夏敬观评语:三篇皆梦窗本色之词,能一气贯注,故不为藻采所累,乃俪文作法,词中之变格也。

蔡嵩云《柯亭词论》:《莺啼序》为序子之一体,全章二百四十字,乃词调中最长者。填此调,意须层出不穷,否则满纸敷辞,细按终鲜是处。又全章多至四遍,若不讲脉络贯串,必病散漫,则结构尚矣。此外更须致力于用笔行气,非然者,不失之拖沓,即失之板重。此调自梦窗后,佳构绝鲜。梦窗作三首,以"残寒正欺病酒"一首尤佳。

又①

残寒正欺病酒②,掩沈香绣户③。燕来晚、飞入西城,似说春事迟暮④。画船载、清明过却⑤,晴烟冉冉吴宫树⑥。念羁情游荡,随风化为轻絮⑦。

十载西湖⑧,傍柳系马,趁娇尘软雾⑨。遨红渐、招入仙溪⑩,锦儿偷寄幽素⑪。倚银屏、春宽梦窄⑫,断红湿⑬、歌纨金缕⑭。暝堤空,轻把斜阳,总还鸥鹭。

幽兰旋老⑮,杜若还生,水乡尚寄旅⑯。别后访、六桥无信⑰,事往花委⑱,瘗玉埋香⑲,几番风雨⑳。长波妒盼㉑,遥山羞黛㉒,渔灯分影春江宿㉓,记当时、短楫桃根渡㉔。青楼仿佛㉕,临分败壁题诗,泪墨惨澹尘土㉖。

危亭望极,草色天涯㉗,叹鬓侵半苎㉘。暗点检㉙、离痕欢唾㉚,尚染鲛绡㉛,亸凤迷归,破鸾慵舞㉜。殷勤待写㉝,书中长恨,蓝霞辽海沈过雁㉞,漫相思、弹入哀筝柱。伤心千里江南,怨曲重招,断魂在否㉟。

【题解】

　　此词是春晚感怀伤离悼亡之作。词中借暮春景色,引出羁旅之感;通过叙述当年西湖的艳遇欢情,今日重游湖上而物是人非,抒发对伊人的无限哀悼。此词章法井然,浓丽绵密,饱蕴深情,确为"全章精粹,空绝古今"。

【校注】

　　①明张本、毛本、戈校本、杜本、王朱本有词题"春晚感怀"。

　　②病酒:饮酒沉醉。《晏子春秋·谏上三》:"景公饮酒,醒,三日而后发。晏子见曰:'君病酒乎?'公曰:'然。'"

　　③绣户:鲍照《拟行路难十八首》(之三):"璇闺玉墀上椒阁,文窗绣户垂罗幕。"以上二句从对方着笔,谓彼美在情人远离后,每至当年邂逅之清明寒食时节,皆因触及伤心事,而饮酒消愁;又醉酒惧寒,故垂下绣帘。

　　④"燕来晚"三句:燕来晚,燕子于春社归来,时在暮春。西湖在西城。

　　⑤"画船"二句:与下句皆写吴地风俗。《吴郡志》卷二:"春时用六柱船,红幕青盖,载箫鼓以游。虎丘、灵岩为最盛处。寒食则拜扫坟墓,竞渡

365

亦用清明、寒食。"

⑥晴烟冉冉：秦观《广陵五题·次韵子由题九曲池》："斗草事空烟冉冉，司花人远树阴阴。"吴宫树：特指苏州柳树。杨万里《题文发叔所藏潘子真水墨江湖八境小轴·武昌春色》："花外庾楼月，莺边吴宫柳。"

⑦"随风"句：谓倦游的情怀如飞絮蒙蒙。梦窗写此词时，已在苏幕数年，清明寒食皆在吴地度过，此时短暂归杭。

⑧十载西湖：杜牧《遣怀》："十年一觉扬州梦，赢得青楼薄幸名。"下文中的"梦""青楼"等字，意亦融入此中。梦窗绍定四年（1231）之前，曾入临安府尹袁韶之幕，时约十年。

⑨"趁娇尘"句：娇尘软雾，此四字互文见义，并由京华"软红尘"炼成自对四字句。言"趁"言"娇"，更有误随美人车尘之意。软雾，《历代诗余》作"暖雾"。

⑩"遡红"二句：遡红、仙溪，用刘晨、阮肇入天台途径桃花溪典。遡红，《历代诗余》、杜本作"遡洄"。

⑪"锦儿"句：《类说》卷二九："爱爱，姓杨氏，钱塘娼家女也。七夕泛舟西湖采荷香，为金陵少年张逞所调，相携潜遁于京师。余二年，逞为父捕去。后或传逞已卒，致爱爱感念而亡。小婢锦儿出其故绣手籍、香囊、缬履，郁然如新。"此代指所爱杭妓之婢女。

⑫春宽梦窄：文人一般都会因为春天美好而嫌其过于短暂，但与彼美相逢的"好梦"与春天相比，更有一瞬之叹。

⑬断红：本指落花。此形容颊上胭脂的斑斑泪点。

⑭金缕：指《金缕曲》。此指杜秋娘所唱之《金缕衣》，其辞曰："劝君莫惜金缕衣，劝君惜取少年时。有花堪折直须折，莫待无花空折枝。"

⑮旋老：《历代诗余》、朱三校本、《四明》本作"渐老"。

⑯水乡：此指苏州。寄旅：支遁《咏大德诗》："寄旅海沤乡，委化同天壤。"以上三句化用周邦彦《解连环》："汀洲渐生杜若。料舟依岸曲，人在天角。"

⑰六桥：《山堂肆考》卷二七："杭州西湖苏堤，其桥有六，曰映波、锁澜、望山、压堤、东浦、跨虹是也。自净慈寺前直抵大佛头，即所谓苏堤也。"

⑱花委:丘迟《九日侍宴乐游苑诗》:"枯叶未落,寒花委砌。"花委,明张本、《词综》、《词律》、《词谱》作"花萎"。

⑲瘗玉埋香:《绀珠集》卷一二:"《玉溪编事》:王蜀时,秦州节度使王承俭筑城,获瓦棺,中有石刻曰'隋开皇二年,渭州刺史张崇妻王氏',铭文有'深深葬玉,郁郁埋香'之语也。"余详见《风入松》(听风听雨过清明)注②。

⑳几番风雨:韩偓《哭花》:"若是有情争不哭,夜来风雨葬西施。"以上三句既写风雨葬花,也寓玉人可能已经香消玉殒。既写实景,亦写隐忧。

㉑长波妒盼:写彼美眼波含情生艳。

㉒遥山羞黛:暗用远山黛典。

㉓渔灯分影:徐寅《咏灯》:"分影由来恨不同,绿窗孤馆两何穷。"春江宿:陆倕《以诗代书别后寄赠诗》:"朋故远追寻,暝宿清江阴。"

㉔桃根渡:用桃叶桃根事。"桃根"作为伊人所历渡口的美称。

㉕青楼:曹植《美女篇》:"青楼临大路,高门结重关。"此"青楼"亦指渡口的建筑。仿佛:意入"泪墨"句。

㉖"临分"二句:化用周邦彦《绮寮怨》词意:"当时曾题败壁,蛛丝罩、淡墨苔晕青。"惨澹,此指墨色暗淡。泪墨,孟郊《归信吟》:"泪墨洒为书,将寄万里亲。"泪墨,《历代诗余》作"痕墨"。

㉗"危亭"二句:秦观《八六子》:"倚危亭。恨如芳草,萋萋刬尽还生。"草色天涯,戴叔伦《江上别刘驾》:"天涯芳草遍,江路又逢春。"

㉘鬓侵半苎:鬓毛斑白。暗用二毛典。潘岳《秋兴赋序》曰:"余春秋三十有二,始见二毛。"苎,犹言"白苎",用藏辞手法。

㉙点检:犹言检点。晏殊《木兰花》:"当时共我赏花人,点检如今无一半。"

㉚欢唾:倚娇恃宠时的唾茸。

㉛鲛绡:唐彦谦《无题十首》(之十):"云色鲛绡拭泪颜,一帘春雨杏花寒。"明张本作"鲛鮹"。

㉜"鶱凤"二句:凤、鸾,皆凤凰一类的鸟。鶱、破,因失偶忧伤而垂翅不振,因镜破影孤而懒于起舞。鸾镜典见范泰《鸾鸟诗序》:"昔罽宾王结罝峻卵之山,获一鸾鸟。王甚爱之,欲其鸣而不致也。乃饰以金樊,飨以珍羞,

对之愈戚，三年不鸣。其夫人曰：‘尝闻鸟见其类而后鸣，何不悬镜以映之？’王从其言。鸾睹形悲鸣，哀响中霄，一奋而绝。”以上五句谓在无人处检点从前恩爱时留下的信物，鲛帕上还残存悲欢的痕迹。但现在双方都像帕上印绣的鸾凤一样或迷失归来之路，或无从再起欢情。

㉝殷勤：意属“过雁”句。毛本作“般勤”。待：《汇释》：“拟辞。犹将也；打算也。”

㉞蓝霞：犹青霞。辽海：渤海辽东湾。杜甫《后出塞五首》(之四)：“云帆转辽海，粳稻来东吴。”《杜诗详注》引朱注：“海运当始于隋大业中。《北史•来护儿传》：辽东之役，护儿率楼船指沧海，入自浿水。时护儿从江都进兵，则当出成山大洋，转登莱向辽海也。”过雁：杜甫《赠王二十四侍御契四十韵》：“书成无过雁，衣故有悬鹑。”

㉟“伤心”三句：《楚辞•招魂》：“湛湛江水兮上有枫，目极千里兮伤春心。魂兮归来哀江南。”另详见《西平乐慢》(岸压邮亭)注⑬中《招魂》解题。怨曲，承上意写哀怨之曲，特指《招魂》。意思是如果彼美还在人间，却因时节在春，尚无过雁传递书中长恨；如果彼美已经殒谢，就只能空凭相思筝曲为之招魂。

【汇评】

陈廷焯《云韶集》卷八：全章精粹，空绝古今。 （“十载西湖”以下数句）追叙昔日欢场，写得踌躇满志。 （“幽兰旋老”以下数句）此折言离别，泪痕血点，惨澹淋漓之极。 （“危亭望极”以下数句）此折抚今追昔，悼叹无穷。 结笔尤写来呜咽。

陈锐《袌碧斋词话》：柳词《夜半乐》云：“怒涛渐息，樵风乍起，更闻商旅相呼，片帆高举。泛画鹢、翩翩过南浦。”此种长调，不能不有此大开大阖之笔。后吴梦窗《莺啼序》云：“长波妒盼，遥山羞黛，渔灯分影春江宿，记当时、短楫桃根渡。”三、四段均用此法。

又

荷，和赵修全韵①

横塘棹穿艳锦②，引鸳鸯弄水。断霞晚③、笑折花归，绀纱低护灯蕊④。润玉瘦、冰轻倦浴⑤，斜托凤股盘云坠⑥。听银床声细。梧桐渐搅凉思⑦。

窗隙流光⑧，过如迅羽⑨，诉空梁燕子。误惊起、风竹敲门，故人还又不至。记琅玕⑩、新诗细掐，早陈迹、香痕纤指⑪。怕因循⑫，罗扇恩疏，又生秋意⑬。

西湖旧日，画舸频移⑭，叹几萦梦寐⑮。霞佩冷⑯，叠澜不定，麝霭飞雨⑰，乍湿鲛绡，暗盛红泪⑱。练单夜共⑲，波心宿处，琼箫吹月霓裳舞⑳，向明朝㉑、未觉花容悴。嫣香易落㉒，回头澹碧消烟，镜空画罗屏里㉓。

残蝉度曲，唱彻西园，也感红怨翠㉔。念省惯㉕、吴宫幽憩㉖。暗柳追凉㉗，晓岸参斜㉘，露零沤起㉙。丝萦寸藕，留连欢事㉚。桃笙平展湘浪影㉛，有昭华、秾李冰相倚㉜。如今鬓点凄霜，半箧秋词，恨盈蠹纸㉝。

【题解】

赵修全，梦窗友人。生平不详。集中尚有《梦行云·和赵修全韵》一首，可见赵修全也能填词。

此词实托咏荷而寓怀人之情，与周邦彦的《兰陵王·柳》借题咏柳而实惜别同意。杨铁夫认为："姬之来踪去迹，《琐窗寒》尽之；姬之流连欢事，此词尽之；梦窗一生恨事，又上一阕尽之。合三词观之，梦窗心事全见。"第一阕切题，写泛舟采荷，归来赏荷；第二阕转笔写伤秋及姬去之伤悲，插入昔日欢聚;第三阕逆笔写昔日聚散,欢聚与伤别反复交错,可见情之切切;第四阕平出,写今日叹老伤别之情。此词叙事抒情,回环往复以出之,极尽穿插之能事,且秾丽绵密,表现了梦窗情感的真挚、缠绵。

【校注】

①《古今词统》、毛本丁稿词题作"和赵修全韵"。毛本乙稿、戈校本、杜本、王朱本、朱二校本作"咏荷和赵修全韵"。《历代诗余》作"咏荷和韵"。

②横塘:《宋史·河渠六》:"故古人治水之迹,纵则有浦,横则有塘。"也可指苏州地名。《中吴记闻》卷三:"盘门之南十余里,地名横塘。"此特指荷花生长地。秦观《虞美人》:"行行信马横塘畔。烟水秋平岸。绿荷多少夕阳中。知为阿谁凝恨、背西风。艳锦:美丽的花丛。杨巨源《早春即事呈刘员外》:"更待杂芳成艳锦,邺中争唱仲宣诗。"此喻荷花。

③断霞:梁简文帝《舞赋》:"似断霞之照彩,若飞鸾之相及。"余参见《还京乐》(宴兰溆)注⑯。

④"笑折"二句:绀纱,此美称灯具的护罩。灯蕊:古人以花喻灯火。灯火如花故能坐实为有"蕊"。也可理解为莲花如灯。绀纱低护,《古今词统》作"红纱笼护"。

⑤"润玉瘦"二句:润玉、冰轻,喻白荷。倦浴,白居易《长恨歌》:"春寒赐浴华清池,温泉水滑洗凝脂。侍儿扶起娇无力,始是新承恩泽时。"

⑥"斜拖"句:温庭筠《张静婉采莲曲》:"兰膏坠发红玉春,燕钗拖颈抛盘云。"拖,垂曳。凤股,凤形钗股。

⑦"听银床"二句:为"听银床梧桐声细,渐搅凉思"之倒文。银床,井栏。《能改斋漫录》卷六:"银床,杜子美诗:'风筝吹玉柱,露井冻银床。'潘子真诗话以杜用《晋史·乐志·淮南篇》。淮南王自言:'百尺高楼与天连,后园凿井银作床,金瓶素绠汲寒浆。'潘引此未尽也。按《山海经》曰:'海内昆仑墟,在西北帝之下都。高万仞,面有九井,以玉为槛。'郭璞注曰:'槛,栏也。'故梁简文《双桐生空井》诗云'银床系辘轳',庾肩吾《九日诗》云'银床落井梧',苏味道《井诗》'澄泚泻银床',陆龟蒙《井上桐诗》'独立傍银床,碧桐风嫋嫋'。盖银床者,以银作栏,犹《山海经》所谓以玉为槛耳。"凉思,李贺《昌谷诗》:"鸿珑数铃响,羁臣发凉思。"银床,《古今词统》作"银水"。

渐搅,明张本、《历代诗余》、《词谱》、杜本、王朱本、朱二校本、《四明》本作"渐觉"。

⑧窗隙流光:梁简文帝《艳歌曲》:"斜窗通蕊气,细隙引尘光。"此指如流水般逝去的时光。

⑨过如迅羽:上二句暗用白驹过隙典。《庄子·知北游》:"人生天地之间,若白驹之过隙,忽然而已。"过如,明张本、《历代诗余》、《词谱》、杜本、王朱本、朱二校本、《四明》本作"冉冉"。

⑩琅玕:本指美玉。《淮南子·地形训》:"西北方之美者,有昆仑之球琳、琅玕焉。"高诱注曰:"球琳、琅玕,皆美玉也。"此喻绿竹色如翠玉。苏辙《开窗》:"绿竹琅玕色,红葵旌节花。"

⑪香痕:本指花瓣痕迹。陆龟蒙《置酒行》:"落尘花片排香痕,阑珊醉露栖愁魂。"此指竹竿掐诗痕迹上残留的玉指香气。"新诗"三句,《古今词统》作"新诗陈迹,掐香痕、纤葱玉指"。

⑫因循:《例释》:"犹言蹉跎,即虚度时光、事业无成之意。"

⑬"罗扇"二句:化用班婕妤《怨诗》。

⑭"画舸"以下六句,《古今词统》作"画舸频移不定,叹几萦梦寐。霞佩冷,飞雨乍湿鲛绡"。

⑮几萦梦寐:陈造《游慈溪龙虎轩》:"终然萦梦寐,遑此事游历。"几,《例释》:"犹言'屡',副词。"

⑯霞佩:喻红莲花叶。

⑰麝霭飞雨:姜夔《念奴娇》咏荷花:"翠叶吹凉,玉容销酒,更洒菰蒲雨。嫣然摇动,冷香飞上诗句。"麝霭,荷香如麝。

⑱"乍湿"二句:《拾遗记》卷七:"时文帝选良家子女以入六宫,(谷)习以千金宝赂聘之。既得,乃以献文帝。灵芸闻别父母,歔欷累日,泪下沾衣。至升车就路之时,以玉唾壶承泪,壶则红色。既发常山,及至京师,壶中泪凝如血。"后因以"红泪"称美人泪。《类说》卷二九引《丽情集》:"锦城官妓灼灼,善舞柘枝,歌《水调》。相府筵中与河东人(裴质)坐,神通目授,如故相识。自此不复面矣。灼灼以软绡多聚红泪,密寄河东人。"李商隐《板桥晓别》:"水仙欲上鲤鱼去,一夜芙蓉红泪多。"以上五句的意思是突然

间下起雨来,水波荡漾,莲荷凉湿,雾霭飞香,花瓣宛如盛满红泪的鲛绡。

⑲练单:犹言"单练"。宋祁《七月二十八日》:"拂幌单练怯,凝尘故扇捐。"练,粗麻织物。练单,《古今词统》、《历代诗余》、杜本、王朱本作"练单"。

⑳"琼箫"句:箫笛等管乐在秋天月夜吹奏最为相宜。参见《齐天乐》(凌朝一片阳台影)注⑫。霓裳舞:《霓裳羽衣曲》的略称。此喻荷叶之舞动。

㉑向明朝:明张本、《古今词统》作"尚明朝"。

㉒嫣香:字面用李贺《南园十三首》(之一):"可怜日暮嫣香落,嫁与春风不用媒。"实熔铸前注姜夔词中"嫣然摇动,冷香飞上诗句",借指荷花。

㉓镜空:梅尧臣《梨花忆》:"白玉佳人死,青铜宝镜空。"梦窗惯以照影美人喻临水荷花。画罗屏:此喻指西湖畔的山峰。

㉔"残蝉"三句:蝉声如乐。陈后主《七夕宴玄圃各赋五韵诗》:"丝调听鱼出,吹响间蝉声。"翻用刘禹锡《乐天池馆夏景方妍白莲初开彩舟空泊唯邀缁侣因以戏之》诗意:"白莲方出水,碧树未鸣蝉。"秋蝉鸣诗,荷花将衰。度曲,按曲谱歌唱。感红怨翠,蝉声中似透出为红消翠减的感伤怨恨。

㉕念省:犹言"省念"。省,《汇释》:"犹曾也。"念省惯,《古今词统》作"省惯"。

㉖吴宫:下句"柳"字意亦入此句,犹言"吴宫柳"。典例见《莺啼序》(残寒正欺病酒)注⑥中杨万里诗。

㉗追凉:《古今词统》、戈校本作"退凉"。

㉘晓岸参斜:化用柳永《雨霖铃》"杨柳岸、晓风残月"词意。参斜,星月西沉。

㉙露零:王融《清楚引》:"清月冏将曙,浩露零中宵。"此寓写柳露。沤起:元安《浮沤歌》:"庭中水,水中漂漂见沤起。"《古今词统》、《历代诗余》、《词谱》、杜本作"鸥起"。以上三句回忆西湖携艳追凉的盛事,并感叹盛时难再。

㉚"丝萦"二句:前句为喻体,后句为本体,隐喻亦梦窗惯技。谓对美好过去的回忆,像寸藕萦绕丝缕一样断续缠绵。庾信《和只法师游昆明池诗

二首》(之二):"碎珠萦断菊,残丝绕折莲。""丝"与"思"谐音双关。

㉛"桃笙"句:桃笙,《文选·左思〈吴都赋〉》:"桃笙象簟,韬于筒中。"刘逵注:"桃笙,桃枝簟也,吴人谓簟为笙。"湘浪影,簟亦有以潇湘竹为之者,其纹理如水,故曰"湘浪"。平展,《历代诗余》《词谱》作"频展"。

㉜"有昭华"二句:昭华、秋李,女妓名,黄庭坚《赵子充示竹夫人诗盖凉寝竹器憩臂休膝似非夫人之职予为名曰青奴并以小诗取之二首》(之二):"秋李四弦风拂席,昭华三弄月侵床。我无红袖堪娱夜,正要青奴一味凉。"任渊注曰:"元注云:'冬夏青青,竹之所长,故命曰青奴。秋李、昭华,贵人家两女妓也。'"后用以代指夏日取凉寝具。以上三句为强宽愁怀之语。谓不必多怨,尽可依取凉之具浓睡遣愁也。

㉝"半箧"二句:任昉《出郡传舍哭范仆射诗三章》(之二):"已矣平生事,咏歌盈箧笥。"秋词,谓步入中年后所写的悲秋之词。以上三句写半生排遣,皆在箧中愁怨之作,可知胸中有浓睡无法消解之块垒。

【汇评】

卓人月、徐士俊《古今词统》卷一六:凡物贵多则不能精,贵精则不能多,词至梦窗,其齿牙余唾,皆作粲花,爪甲清尘,无非香屑。一调二百三十余字,愈多愈精,虽有波斯胡人撑珍珠船以入中国,岂足相当耶?

况周颐《蕙风词话》补编卷二:尝谓学梦窗词,须面目不似梦窗。细按之,却有与梦窗暗相合处,此中消息甚微。叔雍(孙虹按:指赵尊岳)近作《莺啼序》似乎微会斯旨,虽不能至,庶几近道。

俞陛云《唐五代两宋词选释》:题虽咏荷,因和友韵,非专赏荷花,故叙事多而咏花少。首段言折花而归,次段怀人,三段忆西湖旧游,四段咏荷而兼感怀。全篇二百数十字,其精撰处在三段"鲛绡"以下数语、四段"残蝉"以下数语及歇拍三句,藻采组织,而神韵流转,旨趣弥永,如玉溪生之诗,非专恃獭祭也。

天香

薰衣香①

珠络玲珑②,罗囊闲斗③,酥怀暖麝相倚④。百和花须⑤,十分风韵⑥,半袭凤箱重绮⑦。茜垂四角,慵未揭、流苏春睡⑧。薰度红薇院落⑨,烟销画屏沈水。

温泉绛绡乍试⑩。露华侵、透肌兰泚⑪。漫省浅溪月夜,暗浮花气⑫。荀令如今老矣⑬。但未减、韩郎旧风味⑭。远寄相思⑮,余薰梦里。

【题解】

《天香》,词牌名,又名《伴云来》《楼下柳》。调见贺铸《东山词》。双调,九十六字,上片十句四仄韵,下片八句六仄韵。

"薰衣香",《陈氏香谱》卷三:"薰衣香,茅香四两,零陵香、甘松各半两,白檀二钱,丁香二钱,白干三个。右同为粗末入米脑,少许薄纸贴佩之。"《竹屿山房杂部》卷八载薰衣法:"凡衵服,先以汤置熏篝下令润,焚合香熏之,复火熨帖干。礼服惟干覆熏篝上熏。"

此词咏薰衣香。上片笔意双绾美人与薰衣香,其饰物、香囊、香炉、衣裳、罗帐,从闺房到院落,皆含香;下片以美人沐浴、花香衬托薰衣香,并以荀令得香、韩寿偷香二典,极赞香之浓烈,最后将香与相思联系起来,赋予闺情袅袅作结。此篇设色秾艳香软,富有秾丽香艳特色。

【校注】

①《古今词统》、毛本、戈校本、杜本、王朱本、朱二校本词题作"赋薰衣香"。《历代诗余》作"龙涎香"。

②珠络:联缀而成的珠串。玲珑:明彻貌。

③罗囊闲斗:《晋书·谢玄传》:"玄少好佩紫罗香囊,(谢)安患之,而不

欲伤其意,因戏赌取,即焚之,于此遂止。"杜甫《又示宗武》:"试吟青玉案,
莫羡紫罗囊。"

④暖麝:罗虬《比红儿诗》:"绣帐鸳鸯对刺纹,博山微暖麝微曛。"古代
称辟邪烬的香炉可置怀袖中。

⑤百和:《太平御览》卷八一六引《汉武内传》:"帝以七月七日扫除,宫
掖之内设大床于殿上,以紫罗荐地。燔百和香,燃九微灯,以待西王母。"吴
均《行路难五首》(之四):"博山炉中百和香,郁金苏合及都梁。"苏轼《沈香
石》:"早知百和俱灰烬,未信人言弱胜强。"《东坡诗集注》卷二六赵彦材注
曰:"百和,香名。以众香末合和为之也。"花须:犹言须上花粉。杜甫《陪李
金吾花下饮》:"见轻吹鸟毛,随意数花须。"

⑥风韵:《晋书·列女传》:"(谢)道韫风韵高迈,叙致清雅,先及家事,
慷慨流涟,徐酬问旨,词理无滞。"陈元龙注周邦彦《塞垣春》"风韵娴雅"句
曰:"《丽情集·莲花妓序》:莲花妓富辞艳态,风韵娴雅。"宋人称妇人标致
为"韵"。

⑦凤箱:有龙凤饰纹的箱子。重绮:李白《江上赠窦长史》:"人疑天上
坐楼船,水净霞明两重绮。"

⑧"茜垂"三句:《古诗为焦仲卿妻作》:"红罗复斗帐,四角垂香囊。"徐
陵《杂曲》:"流苏锦帐挂香囊,织成罗幌隐灯光。"茜,犹言"葱茜"。此指香
料袋囊所用丝绸的颜色。流苏,《说略》卷二一:"流苏,见《汉礼乐志》,薛瓒
注作'流遡'。古本用于宫悬者,今始用于帷帐。苏,故名樵苏,乃盘线缯绣
之五彩错为之,同心而下垂者;又,析羽曰'流苏'。"茜垂四角,《古今词统》、
毛本、戈校本、王朱本、朱二校本作"茜□四角"。《历代诗余》、杜本作"茜帷
四角"。未揭,毛本、《历代诗余》、戈校本、杜本、王朱本、朱二校本作"未
结"。

⑨"薰度"句:谓蔷薇型薰香的气味充满院落。红薇,蔷薇提炼的香料。

⑩"温泉"句:用温泉洗浴典,详见《宴清都》(绣幄鸳鸯柱)注⑪。绛绡,
柳永《燕归梁》:"轻蹑罗鞋掩绛绡。传音耗、苦相招。"

⑪兰泚:杨笺:"'兰泚'即兰汤。"详见《澡兰香》(盘丝系腕)注⑪。以上
三句谓浴池中的兰香及露水浸润的香粉沁染了浴者的丝衣和肌肤。

⑫"漫省"二句:化用林逋《山园小梅》诗意。花气,梁元帝《赴荆州泊三江口诗》:"柳条恒拂岸,花气尽薰舟。"写名为"返魂梅"的梅香型薰香,参见《风入松》(画船帘密不藏香)注⑥。

⑬"荀令"句:《三国志·魏书·荀彧传》:"天子拜太祖(曹操)大将军。进彧为汉侍中,守尚书令。"故简称荀彧为"荀令"。徐陵《乌栖曲二首》(之二):"风流荀令好儿郎,偏能傅粉复薰香。"曾几《诸人见和返魂梅再次韵》:"披拂故令携袖满,横斜便欲映窗来。"如今老矣:《论语·述而》:"甚矣吾衰也!久矣吾不复梦见周公。"邢昺疏:"此章孔子叹其衰老。"

⑭"但未减"二句:欧阳修《望江南》:"身似何郎全傅粉,心如韩寿爱偷香。"韩郎,此指韩寿。风味,《宋书·自序》:"(沈伯玉)温雅有风味,和而能辨,与人共事,皆为深交。"以上三句取意周邦彦《侧犯》:"谁念省。满身香、犹是旧荀令。"未减,《古今词统》、毛本、《历代诗余》、戈校本、王朱本、朱二校本作"未识"。

⑮远寄相思:曾几《返魂梅》:"笑说巫阳真浪下,寄声驿使未须来。"用陆凯寄梅典。

【汇评】

夏敬观评语:风味、风韵稍嫌复。

杨铁夫《梦窗词全集笺释》:("荀令"三句)"荀令",自喻。"如今老矣",说现情。"未减旧风味",切题面。昔词家尝举似此两句,示人以用典法门。两典合用,死事活用,熟典虚用,观此可见。

又

蜡梅①

蝉叶黏霜②,蝇苞缀冻③,生香远带风峭。岭上寒多,溪头月冷,北枝瘦、南枝小④。玉奴有姊⑤,先占立、墙阴春早⑥。初试宫黄澹薄,偷分寿阳纤巧⑦。

银烛泪深未晓⑧。酒钟悭、贮愁多少⑨。记得短亭归马,暮衙蜂闹^⑩。豆蔻钗梁恨裊^⑪。但怅望、天涯岁华老。远信难封^⑫，吴云雁杳。

【题解】

此为咏蜡梅以忆姬之作。上片从外形、花香、占春早、众人仿妆之等辞赞誉蜡梅；下片由蜡梅引出怀人之思。

【校注】

①《历代诗余》无词题。

②蝉叶黏霜：蜡梅，因腊月盛开，故宿叶尚有浓霜。武衍《蜡梅》："赋得姿容类至中，哨枝宿叶又春风。"蝉叶，明张本、朱三校本、朱四校本、《四明》本作"蟑叶"。杜本作"蝉翼"。

③蝇苞缀冻：与"暮衙蜂闹"句化用许纶《次木伯初蜡梅三绝》(之一)诗意："格韵评量故是梅，采薪丛里冻花开。蜂衙不逐飘零尽，真似天工蜡缀来。"董嗣杲《蜡梅花》："刚条簇簇冻蝇封，劲叶将零傲此冬。"《范村梅谱》谓蜡梅不经嫁接的品种较劣："花小香淡，其品最下，俗谓之狗蝇梅。"梦窗因简称其花苞为"蝇苞"。

④"岭上"四句：寒冬腊月时，大庾岭梅花南枝含苞未舒，北枝则因寒气凛冽未见骨朵。溪头月冷，用林逋《山园小梅》句意。"北枝"二句，《词综》、戈校本、杜本作"枝北枝南开小"。

⑤玉奴有姊：诗词中多称梅花为"玉奴"。蜡梅开在梅花之前，故为花姊。参见《水龙吟》(夜分溪馆渔灯)注⑬。

⑥"先占立"二句：与上八句还化用以下诗句：晁补之《谢王立之送蜡梅五首》(之一)："越使可因千里致，春风元自未曾知。"王安国《黄梅花》："庾岭时开媚雪霜，梁园春色占中央。"徐安国《次韵南涧先生蜡梅》："不愤南枝出奇早，率先齐向雪中开。"赵蕃《和何叔信别种蜡梅韵》："不识梅当牖，唯知竹映墙。"

⑦"初试"二句：用寿阳公主梅花妆典。澹薄，《词综》作"淡泊"。

⑧"银烛"句：杜牧《赠别二首》(之二)："蜡烛有心还惜别，替人垂泪到天明。"《类说》卷一三："邓州花蜡烛，云是寇莱公法。公自少富贵，不点油

灯，虽厕溷间烛泪成堆。"后人多以蜡泪形容蜡梅。如程炎子《蜡梅》："画楼人醉烛高烧，滴在寒枝蜡未消。"泪深，《词综》作"泪珠"。

⑨"酒钟"二句：黄庭坚《戏咏蜡梅二首》（之一）："金蓓锁春寒，恼人香未展。"《山谷内集诗注》卷五："《集韵》曰：蓓，蕾始华也。"文人往往以半开蜡梅喻酒钟、金钟等容器。此又因"半开"引申言之，谓如酒钟浅小，似显主人有悭吝之意。

⑩暮衙蜂闹：《范村梅谱》谓蜡梅得名在于"色酷似蜜脾"，文人写蜡梅又多有此喻。宋人还喻蜡梅为染蜡的展翅蜂儿。蜂衙，黄庭坚《蜜蜂》："日日山童扫红叶，蜂衙知是主人归。"《山谷别集诗注》卷下："《埤雅》：蜂有两衙应潮。钱昭度诗：'黄蜂衙退海潮上，白蚁战酣山雨来。'"

⑪"豆蔻"句：杜牧《赠别二首》（之一）："婷婷袅袅十三余，豆蔻梢头二月初。"宋代女子有簪蜡梅的习俗。赵士暕《好事近·蜡梅》："玉人挨鬓一枝斜。不忍更多摘。"钗梁，《词综》戈校本作"钗头"。

⑫远信难封：与前后文"远""岭上""吴雁"化用李鹰《次韵秦少章蜡梅》诗意："故人未寄岭头信，先报江南春意来。"

【汇评】

俞陛云《唐五代两宋词选释》：唐人咏蜡梅诗无多，每以对萼状之，词则绝无。此作起三句雕琢入细，"寿阳""宫黄"句尚意易到，"玉奴"一句更取喻妍巧，且风致夷犹。下阕"归马""蜂衙"一句用"记得"一字，当是回忆从前，以蜡梅时无蜂也。"钗梁"二句即事怀人，且入凋年急景之感。

玉漏迟 夷则商

瓜泾度中秋夕赋①

雁边风讯小②，飞琼望杳，碧云先晚③。露冷阑干，定怯藕丝冰腕。净洗浮空片玉④，胜花影、春灯相乱⑤。秦镜满⑥。素娥未肯，分秋一半⑦。

每圆处即良宵，甚此夕偏饶⑧，对歌临怨⑨。万里蝉娟⑩，几许雾屏云幔⑩。孤兔凄凉照水⑪,晓风起、银河西转。摩泪眼。瑶台梦回人远。

【题解】

《玉漏迟》,词牌名。调见宋祁词。因唐白居易诗有"天凉玉漏迟",故名。双调,九十四字,上片十句,下片九句,各五仄韵。亦有九十、九十三字词体。此首词为正格。

"瓜泾",即瓜泾港,在吴江县北九里,分太湖支流,东北出夹浦,会吴淞江。此词作于苏姬离去之后,吴文英追踪来吴,先寓盘门过重午(见《满江红·甲辰岁盘门外过重午》词),继寓瓜泾过中秋(见《尾犯·甲辰中秋》词);后梦窗离吴赴越,留儿辈于瓜泾萧寺(见《喜迁莺·甲辰冬至寓越,儿辈尚留瓜泾萧寺》词)以待姬也。此词应与《尾犯·甲辰中秋》作于同一时候。

此词为中秋月夜忆姬之作。上片写中秋夜思姬音杳,想象其独倚阑干,并赞此夕月色、月圆;下片慨叹月圆良宵而别离的怨恨,表达了对伊人的刻苦铭心的思念及分离的凄凉愁苦之情。

【校注】

①明张本、毛本、《历代诗余》词题作"中秋"。

②风讯:苏轼《论高丽买书利害札子三首》(之一):"而(陈)轩乃答之:'风讯不顺飘过。'"此句中的"小"字写雁影渐行渐没。《历代诗余》《词谱》作"风信"。

③"飞琼"二句:化用江淹《休上人怨别》"日暮碧云合"诗意。飞琼,传说为西王母侍女。此泛指所望之美人。

④浮空片玉:张若虚《春江花月夜》:"江天一色无纤尘,皎皎空中孤月轮。"片玉,本喻群贤之一。《晋书·郤诜传》:"(武帝)问诜曰:'卿自以为何如?'诜对曰:'臣举贤良对策,为天下第一,犹桂林之一枝,昆山之片玉。'"此喻天空中的一轮明月。略后于梦窗的陆文圭《月》诗亦有此拟:"青天一片玉,上有众星列。"浮空,明张本、毛本、《词综》《历代诗余》《词谱》、戈校本、杜本作"浮云"。

⑤"胜花影"二句：此与正月十五元宵节灯月相射、人影参差相较而言。翻用苏轼侍妾王朝云语意："春月色胜如秋月色，秋月色令人凄惨，春月色令人和悦。"王维《同比部杨员外十五夜游有怀静者季》："由来月明如白日，共道春灯胜百花。"胜，《词谱》作"剩"。

⑥秦镜满：即月圆。秦嘉《重报妻书》："间得此镜，既明且好。形观文彩，世所希有。意甚爱之，故以相与。"后人因称"秦镜"。《古诗十九首》："三五明月满，四五蟾兔缺。"

⑦"素娥"二句：用分镜典。《太平御览》卷七一七引东方朔《神异经》："昔有夫妇将别，破镜，人执半以为信。"常时中秋，正平分三秋一半，李洞《中秋月》："九十日秋色，今秋已半分。"但此年闰八月，故云"未肯"。

⑧此夕偏饶：曹勋《临江仙》："连夜阴云升晓景，中秋胜事偏饶。"偏，《例释》："只、独、单单，表范围的副词。"

⑨临怨：生怨。周必大《皇朝百族谱序》："而左者以为辱，辱则怒，怒则必怨，以侈临怨，则生于其时者，悉力以逞憾。"

⑩万里婵娟：《铁网珊瑚》、《四明》本、郑校本作"共一婵娟"。

⑪雾屏云幔：谓中秋夜屡有云雾遮明月，不能有共婵娟之畅怀。云幔，明张本、《铁网珊瑚》作"云缦"。

⑪"孤兔"句：梁简文帝《水月》："圆轮既照水，初生亦映流。"《后汉书·天文志》刘昭注引张衡《灵宪》："月者，阴精之宗，积而成兽，象兔。"而嫦娥孤零，故以"孤兔"代月。

【汇评】

谭献《谭评词辨》：（"秦镜"三句）奇弄间发。　（"每圆处"句）直白处不当学。

金盏子 夹钟商

赋秋壑西湖小筑

卜筑西湖①，种翠萝犹傍，软红尘里②。来往载清吟，为偏爱吾庐③，画船频系④。笑携雨色晴光，入春明朝市⑤。石桥锁，烟霞五百名仙，第一人是⑥。

　　临酒论深意。流光转、莺花任乱委⑦。泠然九秋肺腑⑧，应多梦、岩扃冷云空翠⑨。漱流枕石幽情⑩，写猗兰绿绮⑪。专城处，他山小队登临⑫，待西风起⑬。

【题解】

《金盏子》，词牌名。有一百零一、一百零二、一百零三字五体，平韵、仄韵两种。此词为双调，一百零三字，上片十一句四仄韵，下片十句五仄韵。

"秋壑"，即贾似道。参阅《水龙吟·过秋壑湖上旧居寄赠》。

此为酬赠贾似道之词。上片写西湖小筑的幽美景色及隐居之趣，并暗寓贾似道的煊赫权势；下片继写园内景色及主人优哉游哉的生活和隐逸之趣。

【校注】

①卜筑：《梁书·处士传》："（刘訏）曾与族兄刘歊听讲于钟山诸寺，因共卜筑宋熙寺东涧，有终焉之志。"

②软红尘：代指繁华的京城。

③"为偏"句：化用陶渊明《读山海经》（之一）诗意："众鸟欣有托，吾亦爱吾庐。"

④画船频系：据《咸淳临安志》卷八六载，贾似道葛岭赐园中建筑有舫亭、琳琅步、归舟、旱船、刺船亭等。郭居安寿贾似道词《声声慢》："归舟更归何处是，天教家在苏堤。"《齐东野语》卷一谓"'归舟'乃舫斋名也"。

⑤春明：《长安志》卷七载唐京城长安外郭城东有三门："北曰通化门，中曰春明门，南曰延兴门。"此以代指杭京城门。朝市：朝廷。《宋史·度宗本纪》记载皇帝对贾似道的特别礼遇："（咸淳三年二月）乙丑，诏贾似道太师、平章军国重事，一月三赴经筵，三日一朝，治事都堂。"《钱塘遗事》卷五"似道专政"条："上称之曰'师臣'，通国称之曰'师相'、曰'元老'。居西湖葛岭，赐第。五日一乘车船入朝，不赴都堂治事，吏抱文书就第呈署，宰执

书纸尾而已。"元代张宪《咸淳师相贾似道》有"轮舟五日一入朝,湖山佳处多逍遥"之句。

⑥"石桥"三句:五百名仙,《类说》卷二〇:"(阿阇王)即至毗舍离城,见阿难,于常河中流将入寂灭。雪山五百仙人飞空而至。阿难为说法,须臾,五百罗汉为诸仙人出家受具。"实用魏野《寇相公生辰因有寄献》诗意:"好去上天辞将相,归来平地作神仙。"石桥,《咸淳临安志》卷八六载贾似道修缮理宗所赐集芳园,"隧地通道,抗以石梁"。

⑦"莺花"句:李商隐《早起》:"莺花啼又笑,毕竟是谁春。"以上四句写贾氏入相后,更张法令,特别是行公田法及推排田亩法,导致公议如沸之事。梦窗的意思是这些法令的更张应该是经得起时间的检验的,流言将止于事实。

⑧泠然:《庄子·逍遥游》:"夫列子御风而行,泠然善也。"郭象注:"泠然,轻妙之貌。"意入"冷云空翠"句。肺腑:杜甫《岳麓山道林二寺行》:"一重一掩吾肺腑,山鸟山花吾友于。"

⑨"应多梦"二句:可解为周公梦。《宋季三朝政要》卷四:"门客朝士称功颂德,颂说太平,夸咸淳为元祐,尊似道曰'周公'。"就园中建筑而言,既写园中秋壑堂,也写苍崖如削之熙然台。

⑩漱流枕石:典例详见《倒犯》(茂苑、共莺花醉吟)注⑩。幽情:此指归隐之情。慧远《游石门诗》:"忽闻石门游,奇唱发幽情。"

⑪"写猗兰"句:猗兰,《猗兰操》的省称。古琴曲名。《乐府诗集·猗兰操》题解:"一曰《幽兰操》。……《琴操》曰:'《猗兰操》,孔子所作。孔子历聘诸侯,诸侯莫能任。自卫反鲁,隐谷之中,见香兰独茂,喟然叹曰:"兰当为王者香,今乃独茂,与众草为伍。"乃止车,援琴鼓之,自伤不逢时,托辞于香兰云。'"绿绮,琴名。《绀珠集》卷一三:"傅玄《琴赋序》云:齐桓琴曰号钟,楚庄琴曰绕梁,相如琴曰绿绮,蔡邕琴曰焦尾。"以上二句与上阕"石桥"三句,兼及南山烟洞、水乐洞。猗兰,毛本、杜本作"漪兰"。

⑫"专城"二句:化用杜甫《严中丞枉驾见过》:"元戎小队出郊坰,问柳寻花到野亭。"《九家集注杜诗》自注:"严自东川除西川,敕令两川都节制。"专城,王充《论衡·辨祟》:"居位食禄,专城长邑,以千万数,其迁徙日未必

逢吉时也。"此特就节度一方而言。他山，京城以外的山头。郑谷《登杭州城》："潮来无别浦，水落见他山。"专城，毛本、戈校本、杜本、王朱本、朱二校本作"转城"。

⑬待西风起：此隐"秋"字。暗寿贾似道八月初八的生日。以上三句指咸淳年间建节之事。《宋史·贾似道传》："理宗崩，度宗又其所立，每朝必答拜，称之曰'师臣'而不名，朝臣皆称为'周公'。甫葬理宗，即弃官去，使吕文德报北兵攻下沱急，朝中大骇，帝与太后手为诏起之。似道至，欲以经筵拜太师，以典故须建节，授镇东军节度使。似道怒曰：'节度使粗人之极致尔！'遂命出节，都人聚观。节已出，复曰：'时日不利。'亟命返之。宋制：节出，有撤关坏屋，无倒节理，以示不屈。……除太师、平章军国重事，一月三赴经筵，三日一朝，赴中书堂治事。赐第葛岭，使迎养其中。吏抱文书就第署，大小朝政，一切决于馆客廖莹中、堂吏翁应龙，宰执充位署纸尾而已。"园中容堂之北的节楼即为此事而建。

又

吴城连日赏桂，一夕风雨，悉已零落。独寓窗晚花方作小蕾，未及见开，有新邑之役。揭来西馆，篱落间嫣然一枝可爱，见似人而喜，为赋此解①

赏月梧园，恨广寒宫树，晓风摇落②。莓砌扫珠尘③，空肠断、薰炉烬销残蒳④。殿秋尚有余花，锁烟窗云幄⑤。新雁又、无端送人江上⑥，短亭初泊。

篱角。梦依约。人一笑、惺忪翠袖薄⑦。悠然醉魂唤醒⑧，幽丛畔、凄香雾雨漠漠。晚吹乍颤秋声⑨，早屏空金雀⑩。明朝想，犹有数点蜂黄，伴我斟酌⑪。

【题解】

此词序文点明词人因要离苏州去新邑，为告别寓窗前晚桂而作此词。

吴城,白居易《东城桂三首》序曰:"苏之东城,古吴都城也。今为樵牧之场。有桂一株,生于城下,惜其不得地,因赋三绝句以唁之。"新邑之役,谓行役新城县。揭来,此处为来、来到的意思。《汇释》:"揭来,犹云来也。揭为发语辞(见《韵会》)。以来为义,略同聿来。"西馆,此特指吴江边的驿馆。"嫣然"二句,郑域《蓦山溪》咏桂:"嫣然一笑,风味人间没。来自广寒宫。直偷得、天香入骨。"见似人而喜,语出《庄子·徐无鬼》:"子不闻夫越之流人乎?去国数日,见其所知而喜;去国旬月,见所尝见于国中者喜;及期年也,见似人者而喜矣。"杜本郑批:"北齐颜黄门引《礼》云'见似目瞿,闻名心瞿',此君特'见似人而喜'之旨。"

此为赏桂词。上片即词题"吴城连日赏桂"至"有新邑之役",写苏州赏桂而一夕风雨桂落,扫落花燃之。枝上"尚有余花",而突然要去新城出差,来不及观赏,故十分遗憾。下片即"揭来两馆"至"见似人而喜",写在新城见桂花一枝开放,十分惊喜,展望明日再赏。此词曲折跌宕,层层铺垫,把惜花之情表现得淋漓尽致。

【校注】

①《历代诗余》词题作"寓窗桂花晚开"。

②"赏月"三句:相传月中广寒宫有大桂树。梧园,《述异记》卷下:"梧桐园,在吴宫,本吴王夫差旧园也。一名鸣琴川。"

③珠尘:《拾遗记》卷一:"(凭霄雀)常游丹海之际,时来苍梧之野。衔青砂珠,积成垄阜,名曰珠丘。其珠轻细,风吹如尘起,名曰珠尘。"后用以喻雪粒等。此喻飘落的桂花。

④"薰炉"句:向子𬤇咏桂词《浣溪沙》题下注曰:"岩桂花开,不数日谢去,每恨不能挽留。近得海上方,可作炉薰,颇耐久。"珠尘,《词综》、《历代诗余》、《词律》、《词谱》、杜本作"蛛尘"。

⑤云幄:此犹言"翠云幄"此喻桂树绿荫。

⑥无端:《例释》:"又等于说无奈,多用于感叹事与愿违的场合。李嘉祐《过乌公山寄钱起员外》诗:'雨过青山猿叫时,愁人泪点石榴枝。无端王事还相系,肠断蒹葭君不知。'此犹云无奈王事相系而不得相见。"

⑦"篱角"四句:姜夔《疏影》:"客里相逢,篱角黄昏,无言自倚修竹。"贯

通词题中"篱落间嫣然一枝可爱",用宋玉《登徒子好色赋序》典:"眉如翠羽,肌如白雪,腰如束素,齿如含贝。嫣然一笑,惑阳城,迷下蔡。"谓花枝如彼美徙倚相望。惺忪,此特指清醒。明张本作"星松"。

⑧悠然:犹言梦魂悠扬。醉魂唤醒:周邦彦《念奴娇》:"醉魂乍醒,听一声啼鸟,幽斋岑寂。"桂花也有醒酒的功效。

⑨乍颤秋声:刘过《贺新郎》:"一枕新凉眠客舍,听梧桐、疏雨秋风颤。"

⑩"早屏"句:温庭筠《偶游》:"红珠斗帐樱桃熟,金尾屏风孔雀闲。"此写屏风中供养的桂枝花蕾零落。

⑪"明朝"三句:陈与义《微雨中赏月桂独酌》:"一壶不觉丛边尽,暮雨霏霏欲湿鸦。"数点蜂黄,范成大《次韵马少伊木犀》:"月窟飞来露已凉,断无尘格惹蜂黄。"斟酌,苏武诗:"愿子留斟酌,慰此平生亲。"

【汇评】

许昂霄《词综偶评》:"苺砌扫蛛尘"三句,吴城零落。"殿秋尚有余花"二句,寓窗未开。"新雁又无端"三句,新邑之役。"篱角"六句,西馆篱间。

陈廷焯《云韶集》卷八:循题布置,所咏了然在目,其佳处亦了然在目。(结句眉批)题后点染,自不落空。

永遇乐 林钟商

过李氏晚妆阁,见壁间旧所题词,遂再赋①

春酌沈沈②,晚妆的的③,仙梦游惯④。锦溆维舟⑤,青门倚盖⑥,还被笼鹦唤⑦。裴郎归后,崔娘沈恨,漫客请传芳卷⑧。联题在⑨,频经翠袖⑩,胜隔绀纱尘幔。

桃根杏叶⑪,胶黏缃缥⑫,几回凭阑人换⑬。峨髻愁云⑭,兰香腻粉⑮,都为多情褪⑯。离巾拭泪,征袍染醉⑰,强作酒朋花伴⑱。留连怕⑲,风姨浪妒,又吹雨断⑳。

【题解】

《永遇乐》,词牌名。计七体,有平韵、仄韵。此词为正体,双调,一百零四字,前后片各十一句四仄韵。

题中"见壁间旧所题词","旧词"梦窗词集中未收,想已佚。

此词写游李氏晚妆阁而引起的联想,表达对伊人的深切同情和多情念。上片想象李氏在阁中的生活情景,她倚楼卖笑,往来逢迎,自意中人去后,郁郁寡欢,书信以表相思,勤拂题诗以免蒙尘;下片对晚妆阁展开联想,人事更迭,多少美姬在此凭阑,为多情愁损,别离情景,伤心惨目。

【校注】

①《历代诗余》词题作"过李氏妆阁见旧题因赋"。

②春酌沈沈:杜甫《醉时歌》:"春夜沈沈动春酌,灯前细雨檐花落。"沈沈,夜色深沉。鲍照《代夜坐吟》:"冬夜沈沈夜坐吟,含声未发已知心。"

③晚妆的的:刘孝威《都县遇见人织率尔寄妇》:"晣晣隔浅纱,的的见妆华。"的的,光亮鲜明貌。

④仙梦游惯:晏几道《鹧鸪天》:"梦魂惯得无拘检,又踏杨花过谢桥。"仙梦,游仙之梦。唐人张鷟《游仙窟》为冶游之作,后以游仙隐指冶游。

⑤锦溆维舟:《能改斋漫录》卷六:"吴甘宁住止常以缯锦维舟,去辄割弃,以示奢侈。"锦,此形容花树与美女簇拥。

⑥青门:汉长安城东南门。《三辅黄图》卷一:"长安城东出南头第一门曰霸城门。民见门色青,名曰青城门,或曰青门。"宋代指京城东门。《咸淳临安志》卷一八:"(城东)东青门,俗呼菜市门。"此处南宋时是勾栏瓦子所在地之一。详见《玉楼春》(茸茸狸帽遮梅额)注⑥。倚盖:意谓暂作停留。《史记·鲁仲连邹阳列传》:"谚曰:'白头如新,倾盖如故。'"司马贞索隐引《志林》曰:"倾盖者,道行相遇,軿车对语,两盖相切,小欹之,故曰倾。"欹,通"倚"。

⑦"还被"句:《霍小玉传》:"庭间有四樱桃树,西北悬一鹦鹉笼,见(李)生入来,即语曰:'有人入来,急下帘者!'生本性淡雅,心犹疑惧,忽见鸟语,愕然不敢进。"李惟《霍小玉歌》:"西北槛前挂鹦鹉,笼中报道李郎来。"因是先前惯来之地,无情鹦鹉尚能作有情之相唤。笼鹦,诸本作"笼莺",兹从

《历代诗余》、杜本。

⑧"裴郎"三句：元稹《崔徽歌序》："崔徽，河中府娼也。裴敬中以兴元幕使蒲州，与徽相从累月。敬中使还，崔以不得从为恨，因而成疾。有丘夏善写人形，徽托写真寄敬中曰：'崔徽一旦不及画中人，且为郎死。'发狂卒。"芳卷，女子书信的美称。

⑨联题：数人同题之谓。白居易《花楼望雪命宴赋诗》："素壁联题分韵句，红炉巡饮暖寒杯。"

⑩"频经"句：《青箱杂记》卷六："世传魏野尝从莱公游陕府僧舍，各有留题。后复同游，见莱公之诗已用碧纱笼护，而野诗独否，尘昏满壁。时有从行官妓颇慧黠，即以袂就拂之。野徐曰：'若得常将红袖拂，也应胜似碧纱笼。'莱公大笑。"翠袖，此特代指李氏已病体单薄时勉为拂拭。

⑪桃根杏叶：熔铸"桃根桃叶"而成新语。此泛指阁中妓女。

⑫胶黏缃缥：谓阁中歌妓曾屡次修补壁上联题词的糊裱。

⑬凭阑人换：谓居此妆阁的歌妓已经多次易主。

⑭峨髻愁云：谓发髻凝愁。

⑮兰香腻粉：与上句合写兰香头油与脂粉。

⑯"都为"句：周邦彦《满江红》："蝶粉蜂黄都褪了，枕痕一线红生玉。"都，《汇释》："亦有只用一都字者，义亦同。白居易《解苏州自喜》诗：'身兼妻子都三口，鹤与琴书共一船。'此犹云统统。"多情褪，杜本作"多情散"。

⑰染醉：被醉酒污迹所浣。

⑱酒朋：施肩吾《旅次文水县喜遇李少府》："为君三日废行程，一县官人是酒朋。"花伴：此谓与其他歌妓同坐而饮。

⑲留连：此指沉醉逸乐之事。苏轼《骊山》："由来留连多丧国，宴安酖毒因奢惑。"

⑳"风姨"二句：《类说》卷二四："崔元徽月夜有青衣引女伴曰杨氏、李氏、陶氏，又绯衣小女曰石醋醋，又报封家十八姨来，言词泠泠有林下风气，色皆殊绝，芳香袭人。醋醋曰：'诸女伴皆住苑中，每被恶风所挠，当得十八姨相庇。处士每岁旦与作一朱幡，上图日月五星，立苑之东，则免难矣。今岁已过，待此月二十一日立之。'崔许之。其日立幡，东风刮地，折树飞沙，

而苑中繁花不动。元徽乃悟众花之精,醋醋乃石榴,封姨乃风神也。后杨氏辈来谢,各裹桃李花数斗,云:'服之可以却老,某等亦长生。'"此反用之,隐谓杨花、李花、桃花、石榴,曾受风姨相庇,而晚妆阁主李氏亦李花,却不能受到庇护而谢姐。

又

乙巳中秋风雨①

风拂尘徽②,雨侵凉榻,才动秋思③。缓酒销更④,移灯傍影,净洗芭蕉耳⑤。铜华沧海⑥,愁霾重嶂⑦,燕北雁南天外⑧。算阴晴,浑似几番,渭城故人离会⑨。

青楼旧日,高歌取醉,唤出玉人梳洗⑩。红叶流光⑪,蓣花两鬓⑫,心事成秋水。白凝虚晓,香吹轻烬⑬,倚窗小瓶疏桂⑭。问深宫,姮娥正在,炉云第几⑮。

【题解】

"乙巳",淳祐五年(1245),词人四十六岁。

此词写羁旅客思。上片写中秋因风雨而动秋愁,斟酒以消磨孤独长夜,月被云遮,慨叹月有阴晴圆缺,人有悲欢离合。下片回忆少年轻扬、宾主相得往事,而今一事无成,两鬓斑白,使人忧愁。此词以"风雨"贯全篇,将离合之悲、身世之叹融为一体,含蓄委婉,情感深挚。

【校注】

①明张本词题作"中秋风雨"。

②尘徽:为"徽尘"之倒。释智园《古琴诗》:"朱丝鼠潜啮,金徽尘暗侵。"

③秋思:毛本、戈校本、杜本、王朱本、朱二校本作"幽思"。

④缓酒:饮酒以缓解客居之思。梁武帝《答任殿中宗记室王中书别

诗》:"缓客承别酒,鸣琴和好仇。"销更:排遣长夜。

⑤"净洗"句:用洗耳典。《高士传·许由》:"尧让天下于许由……由于是遁耕于中岳颍水之阳,箕山之下,终身无经天下色。尧又召为九州长,由不欲闻之,洗耳于颍水滨。"芭蕉耳,详见《诉衷情》(片云载雨过江鸥)注⑨。

⑥铜华沧海:《十洲记》:"(沧海岛)水皆苍色,仙人谓之沧海也。"并以铜华镜喻月,古人认为月出大海。

⑦愁霾重嶂:形容遮月浓云形如峦嶂。《尔雅注》:"风而雨土为霾。"

⑧燕北雁南:《淮南鸿烈解》卷四:"磁石上飞,云母来水,土龙致雨,燕雁代飞。"注曰:"燕,玄鸟也,春分而来,雁春分而去,北诣漠中也。燕秋分而北,雁秋分而南,诣彭蠡也。故曰代飞。代,更也。"

⑨"算阴晴"三句:化用苏轼《水调歌头》词意:"人有悲欢离合,月有阴晴圆缺,此事古难全。"渭城故人,王维《送元二使安西》:"渭城朝雨浥轻尘,客舍青青柳色新。劝君更尽一杯酒,西出阳关无故人。"此诗后被谱曲传唱,称《渭城曲》或《阳关三叠》,作为送别之曲。离会,谢瞻《王抚军庾西阳集别时为豫章太守被征还东诗》:"离会虽相杂,逝川岂往复。"

⑩"青楼"三句:《石林诗话》:"晏元献公留守南郡,王君玉(琪)时已为馆阁校勘。公特请于朝,以为府签判,朝廷不得已,使带馆职从公。外官带馆职,自君玉始。宾主相得,日以赋诗饮酒为乐,佳时胜日,未尝辄废也。尝遇中秋阴晦,斋厨夙为备,公适无命。既至夜,君玉密使人伺公,曰:'已寝矣。'君玉亟为诗以入,曰:'只在浮云最深处,试凭弦管一吹开。'公枕上得诗,大喜,即索衣起。径召客,治具,大合乐。至夜分,果月出,遂乐饮达旦。前辈风流固不凡,然幕府有佳客,风月亦自如人意也。"玉人梳洗,详见《点绛唇》(卷尽愁云)注①。"唤出"句,毛本、王朱本、朱二校本作"玉妃□□梳洗"。杜本作"□□玉妃梳洗"。

⑪红叶流光:红叶题诗典。冯延巳《南乡子》:"细雨湿流光,芳草年年与恨长。"

⑫蘋花两鬓:谓鬓发像蘋花一样变白。

⑬香吹轻烬:喻瓶桂凋残。轻烬,明张本、毛本、戈校本作"轻炉"。

⑭"倚窗"句:中秋桂花极盛而衰,瓶中清供亦然。

⑮"问深宫"三句：承前注中王琪"浮云最深处"诗意，因中秋之夕风雨，浓云遮月而有此问。妒云，苏轼《妒佳月》："狂云妒佳月，怒飞千里黑。"姮娥，明张本、毛本、戈校本作"嫦娥"。

【汇评】

杨铁夫《梦窗词全集笺释》：("问深宫"三句)"妒云"二字妙，大有"铜雀春深"之感。

又

探梅　次时斋韵

阁雪云低①，卷沙风急，惊雁失序②。户掩寒宵，屏闲冷梦，灯飔唇似语③。堪怜窗景，都闲刺绣，但续旧愁一缕④。邻歌散，罗襟印粉，袖湿蒨桃红露⑤。

西湖旧日，留连清夜，爱酒几将花误⑥。遗袜尘消⑦，题裙墨黯⑧，天远吹笙路⑨。吴台直下，缃梅无限，未放野桥香度⑩。重谋醉，揉香弄影，水清浅处⑪。

【题解】

"时斋"，即沈义父。

此词为冬日节序词，冬至日作探梅之游。上片以严冬天气反衬梅之傲骨，以女子幽怨和歌女侍宴反衬梅之高洁，无一句言梅，而为梅之出场张本；下片回忆往年探梅情景，因留连樽酒，误了花期，花踪渺茫，今终在吴台下寻得，故往探梅。此词咏梅，构思新颖，章法曲折，设想奇绝。

【校注】

①阁雪云低：范成大《长至日与同舍游北山》："寒云低阁雪，佳节静供愁。"范诗题中的"长至"即冬至。开篇已寓节序之意。阁，屯积。

②"卷沙"二句：黄庭坚《和答元明黔南赠别》："急雪鹡鸰相并影，惊风

鸿雁不成行。"黄诗出典见《诗·小雅·常棣》:"脊令在原,兄弟急难。"毛传:"脊令,雕渠也,飞则鸣,行则摇,不能自舍耳。"郑玄笺:"雕渠,水鸟,而今在原,失其常处,则飞则鸣求其类,天性也,犹兄弟之于急难。"

③"灯飐"句:周邦彦《虞美人》:"凄风休飐半残灯。拟倩今宵归梦、到云屏。"灯似语,古代灯盏有如鸭嘴形灯头,详见《夜游宫》(窗外捎溪雨响)注③。云屏中人独对孤灯,无可对语,奇想灯唇似欲语。陆游《初寒独居戏作》亦云:"一段无生话,灯笼可与谈。"毛本作"灯飐唇语侣"。戈校本作"灯飐朱唇语"。杜本作"灯飐□唇语"。

④"堪怜"三句:《山堂肆考》卷一四:"《岁时记》:晋魏间,宫中以红线量日影。冬至后日添长一线。又,《明皇杂录》:唐宫中以女红揆日之长短。冬至后,比常日增一线之功。故杜诗'刺绣五纹添弱线,吹葭六管动飞灰'。"宋代极重此节。《东京梦华录》卷一〇:"十一月冬至,京师最重此节。虽至贫者,一年之间,积累假借,至此日,更易新衣,备办饮食,享祀先祖,官放关扑,庆祝往来,一如年节。"

⑤"邻歌散"三句:想像相邻贵家冬至日的歌乐。蒨桃,寇准侍妾名。《山堂肆考》卷九九:"宋寇莱公镇北门,有善歌者至庭,公取金钟独酌,令歌数阕,赠之束绫。待儿蒨桃自内窥之,作二诗呈公……公和曰:'将相功名终若何,不堪急影似奔梭。人间万事何须问,且向樽前听艳歌。'"此泛称贵人歌姬。红露,此喻带胭脂的唾茸酒痕。

⑥花:特指梅花,西湖早梅冬至前已开。

⑦遗袜尘消:《太平御览》卷二八引崔浩《女仪》:"近古妇人常以冬至日上履袜于舅姑,践长至之义也。"《增补武林旧事》卷三引《杭州府志》:"冬至谓之亚岁,官府民间各相庆贺,一如元日仪。吴中最盛,故有'肥冬瘦年'之说。春粢糕以祀先祖,妇女献鞋袜于尊长,亦古人履长之仪。"

⑧题裙墨黯:宋代有端午写诗于榴裙的风俗。

⑨吹笙路:用《列仙传》王子乔吹笙,游伊洛之间典。

⑩"吴台"三句:钟振振《读梦窗词札记》:"考宋范成大《吴郡志》卷八《古迹》载:'吴王郊台,在横山东麓,下临石湖。'又《梅谱前序》曰:'余于石湖玉雪坡既有梅数百本,比年又于舍南买王氏僦舍七十余楹,尽拆除之,治

为范村,以其地三分之一与梅。吴下栽梅特盛,其品不一,今始尽得之。'据此,则梦窗词中所谓'吴台',当系苏州之吴王郊台,而'吴台直下'则指石湖也。"缃梅,《范村梅谱》:"百叶缃梅,亦名黄香梅,亦名千叶香梅。花叶至二十余瓣,心色微黄,花头差小而繁密,别有一种芳香,比常梅尤称美,不结实。"野桥,应特指行春桥和越溪桥。缃梅,毛本作"缃梅"。

⑪"重谋醉"三句:化用林逋梅诗意境。亦坐实写越来溪。《吴郡志》卷八:"越来溪在越城东南,与石湖通,溪流贯行春及越溪二桥以入横塘,清澈可鉴。"谋醉,楼钥《书寝正酣以二十韵诗来亟为次韵》:"醉翁雅意非谋醉,棋社清欢岂为棋。"揉香,晏几道《玉楼春》:"手揉梅蕊寻香径。正是佳期期未定。"

玉蝴蝶①夷则羽②

角断签鸣疏点③,倦萤透隙,低弄书光④。一寸悲秋,生动万种凄凉⑤。旧衫染、唾凝花碧⑥,别泪想、妆洗蜂黄⑦。楚魂伤。雁汀沙冷,来信微茫⑧。

都忘。孤山旧赏,水沈熨露⑨,岸锦宜霜⑩。败叶题诗,御沟应不到流湘⑪。数客路、又随淮月⑫,羡故人、还买吴航。两凝望。满城风雨,催送重阳⑬。

【题解】

《玉蝴蝶》,又名《玉蝴蝶慢》。此调有小令、长调两体。小令始于唐温庭筠,见《花间集》。双调,四十一字,上片四平韵,下片三平韵。宋教坊衍为慢曲,始见柳永《乐章集》。双调,九十九字,上片十句五平韵,下片十一句六平韵。

此为忆姬之词。上片写静夜读书而生悲秋之凄凉心境,回忆与伊人的欢聚与别离,令人悲伤;下片续续回忆往昔恩爱,而今羁旅天涯,旧情难续,从而表达了忆姬的惆怅心情。

【校注】

①明张本、毛本、戈校本、杜本、王朱本有词题"秋感"。

②朱三校本、朱四校本、《全宋词》作"夷则商"。

③签鸣:《陈书·世祖纪》:"每鸡人伺漏,传更签于殿中,乃敕送者必投签于阶石之上,令鎗然有声,云:'吾虽眠,亦令惊觉也。'"疏点:即更点。每夜二十五点,故云"疏"。详见《垂丝钓近》(听风听雨)注⑭。

④"倦萤"二句:《晋书·车胤传》:"胤恭勤不倦,博学多通。家贫不常得油,夏月则练囊盛数十萤火以照书,以夜继日焉。"

⑤"一寸"二句:庾信《愁赋》残文:"谁知一寸心,乃有万斛愁。"生,《汇释》:"甚辞。犹偏也,最也,只也,硬也。"

⑥唾碧:详见《婆罗门引》(风涟乱翠)注⑪。

⑦妆洗蜂黄:点额时妆如梅花妆等。石延年《平阳代意一篇寄尹师鲁》:"眉黛石州山对起,娇波泪落妆如洗。"蜂黄,详见《花犯》(小娉婷)注④。以上四句回忆当年的淮水之别,故曰"旧衫"。

⑧来信微茫:用鸿雁传书典。

⑨水沈熨露:喻梅花在阳光下烘暖的香气。杨万里《瓶中梅花长句》:"是时雨后初开前,日光烘花香作烟。政如新火炷博山,炱出沉水和龙涎。"水沈,即沉香。

⑩岸锦宜霜:蜀后主于成都种木芙蓉,名曰"锦城"。西湖苏堤及岸湖多种木芙蓉,秋日如霞锦。宜霜,木芙蓉又称拒霜花。苏轼《和陈述古拒霜花》:"唤作拒霜知未称,细思却是最宜霜。"据以上四句知此写梦窗初游淮域,故有比较之言。

⑪"败叶"二句:用流红题诗典。此处"湘",非实指二妃葬身之潇湘,而是承"楚魂"之意,指扬州歌妓所在的扬子江水域。句中又有倒文,谓楚湘不与京城御沟相通,实仍写二人未能互有问询也。

⑫又随淮月:因再游淮域,故云。殷遥《送杜士瞻楚州觐省》:"淮月归心促,江花入兴新。"

⑬"满城"二句:用潘大临诗意。据知写词时为重阳日。

陈洵《海绡说词》：此篇脉络颇不易寻，今为细绎之。当先认定"书光""书"字，谓得其去姬书札也。"生动""凄凉"，全为此书。所谓"万种"，只此一事。秋气特佐人悲耳。"旧衫"二句，乃从去时追写。谓临别之泪，染此衫中，今则已成旧色，为此书提起。而"花碧""蜂黄"，皆历历在目，所谓凄凉也。"伤"字，又提。"楚魂"应"悲秋"，"雁汀""来信"收束"书"字，以虚结实。"都忘"，反接，最奇幻，得此二字，超然遐举矣。言未得书前，往事都不记省也。"水沈"，花香。"岸锦"，叶色。"旧赏"，则未别前事。御沟题叶，又是定情之始。今则此情"应不到流湘"矣，盖其已由吴入楚也。"数客路，又随淮月"，又将由楚入淮，则身益零落，固不如居吴时也。吴则觉翁常游之地，故曰"羡故人、还买吴航"，二语盖皆书中所具。语语征实，笔笔凌空，两结尤极缥缈之致。

夏敬观评语：首句太笨。"想"字敷衍。"御沟"七字不成句。

绛都春 夷则羽　俗名仙吕调①

为郭清华内子寿②

香深雾暖。正人在、锦瑟华年深院③。旧日汉宫，分得红兰滋吴苑④。临池羞落梅花片。弄水月、初匀妆面⑤。紫烟笼处，双鸾共跨，洞箫低按⑥。

歌管。红围翠袖⑦，冻云外，似觉东风先转。绣畔昼迟⑧，花底天宽春无限。仙郎骄马琼林宴⑨。待卷上、珠帘教看⑩。更传莺入新年⑪，宝钗梦燕⑫。

【题解】

《绛都春》，词牌名。有八体，一百字或九十八字。以梦窗《绛都春》（情黏舞线）为正体，双调，一百字，上片十句六仄韵，下片九句六仄韵。此调

394

《梦窗词集》共收六首,但因句逗上下片都不尽相同,所以各词句数有些差异。

郭清华,即郭希道,详见《花犯·郭希道送水仙索赋》题解。"内子",即内人,郭夫人。

此为祝寿词。上片赞郭夫人为汉宫佳丽,有闭月羞花之貌,叹羡夫唱妇随,琴瑟相和;下片描述寿宴场面,点明其寿诞时间,并表祝贺意。

【校注】

①明张本、朱三校本宫调作"仙吕"。

②《中兴以来绝妙词选》词题作"为清华内子寿"。

③"香深"三句:化用贺铸《青玉案》词意:"锦瑟华年谁与度。月桥花院,琐窗朱户。"许浑《观章中丞夜按歌舞》:"彩槛烛烟光吐日,画屏香雾暖如春。"李商隐《锦瑟》:"锦瑟无端五十弦,一弦一柱思华年。"锦瑟,杜甫《曲江对雨》:"何时诏此金钱会,暂醉佳人锦瑟旁。"仇兆鳌注引《周礼乐器图》:"饰以宝玉者曰宝瑟,绘文如锦者曰锦瑟。"

④"旧日"二句:红兰,李贺《相劝酒》:"蓐收既断翠柳,青帝又造红兰。"《笺注评点李长吉歌诗》:"兰有二种,有黄花者,最香;红兰次之。"一说兰花受露而色红。《文选·江淹〈别赋〉》:"见红兰之受露,望青楸之离霜。"李周翰注曰:"兰至秋色红也。"刘方平《班婕妤》:"露浥红兰湿,秋凋碧树伤。"此应喻指郭妻从京城贵家嫁给苏州郭清华。

⑤"临池"三句:暗用《庄子·齐物论》:"毛嫱、丽姬,人之所美也;鱼见之深入,鸟见之高飞。"庾信《春赋》:"影来池里,花落衫中。"李从善《蔷薇诗一首十八韵呈东海侍郎徐铉》:"匀妆低水鉴,泣泪滴烟露。"余参见《塞翁吟》(草色新宫绶)注⑬。

⑥"紫烟"三句:用萧史、弄玉典故。洞箫,《汉书·元帝纪赞》:"元帝多材艺,善史书,鼓琴瑟,吹洞箫。"颜师古注引如淳曰:"箫之无底者。"

⑦红围翠袖:用"密围"典,详见《庆宫春》(残叶翻浓)注⑧。

⑧绣畔:《四明》本作"绣伴"。昼迟:陈与义《夏至日与太学同舍葆真二首》(之一):"荷气夜来雨,百鸟清昼迟。"迟,犹言"迟迟"。《诗·豳风·七月》:"春日迟迟,采蘩祁祁。"朱熹集传:"迟迟,日长而暄也。"

⑨骄马:白居易《武丘寺路》:"银勒牵骄马,花船载丽人。"此处实谓高中之后春风得意。琼林宴:《石林燕语》卷一:"琼林苑,乾德中置,太平兴国中,复凿金明池于苑北。……岁以二月开,命士庶纵观,谓之开池。至上巳,车驾临幸毕,即闭。岁赐二府从官燕及进士闻喜燕,皆在其间。"《宋史·选举一》:"(太平兴国九年)进士始分三甲。自是锡宴就琼林苑。"南宋赐宴虽非其地,但借用其名。

⑩"待卷上"二句:字面出杜牧《赠别二首》(之一):"春风十里扬州路,卷上珠帘总不如。"此预祝郭清华考中进士后,其妻卷帘看其飞马归乡时的春风得意。参见《宴清都》(柳色春阴重)注⑮。

⑪莺入新年:化用杜甫诗。详见《塞垣春》(漏瑟侵琼管)注⑥。

⑫宝钗梦燕:周邦彦《秋蕊香》:"宝钗落枕春梦远。帘影参差满院。"并用梦燕典。《开元天宝遗事》卷一:"张说母梦有一玉燕自东南飞来,投入怀中而有孕,生说,果为宰相,其至贵之祥也。"

【汇评】

夏敬观评语:"深院"二字接于"锦瑟华年"下无理。 ("双莺"二句)八字对,学美成变换句调之法,余不皆然。

又

饯李太博赴括苍别驾

羁云旅雁①。敛倦羽②、寄棲墙阴年晚③。问字翠尊④,刻烛红笺慳曾展⑤。冰滩鸣佩舟如箭⑥。笑乌帻、临风重岸⑦。傍邻垂柳⑧,清霜万缕,送将人远⑨。

吴苑⑩。千金未惜,买新赋、共赏文园词翰⑪。流水翠微⑫,明月清风平分半⑬。梅深驿路香不断⑭。万玉舞⑮、罘罳东畔⑯。料应花底春多,软红雾暖⑰。

【题解】

李太博,指李宗勉。开禧元年(1205)进士,嘉定十四年(1221)主管吏部架阁,寻改太学正,明年为博士,又明年,迁国子博士。绍定四年(1231)差知台州,大有政声。任上曾为《重修台州通判厅记》。括苍,以括苍山名代指台州。别驾,宋时称通判。

此为送别词。上片先写李太博被贬括苍,并赞其才华横溢,风度翩翩,再写送别时的不舍;下片回忆与李太博在苏州交游往事,并预祝其台州之任政绩卓著,升任京官。

【校注】

①羁云:毛本、戈校本、杜本、王朱本、朱二校本作“长亭”。

②倦羽:化用陶潜《归去来兮辞》:“云无心以出岫,鸟倦飞而知还。”

③寄栖:清江《春游司直城西鸬鹚溪别业》:“越客初投分,南枝得寄栖。”

④问字翠尊:用载酒问字典。见《江南好》(行锦归来)题要。

⑤“刻烛”句:刻烛,喻诗才敏捷。详见《宴清都》(万里关河眼)注⑨。周必大《戴子微运使出使湖北约以恶语送行而未遣也佳篇见督次韵奉寄》:“岂知隔面心犹渴,空讶相如下笔悭。”以上三句谓李氏精通小学,与之偶至亦展笺写诗,并显示出敏捷的诗才。

⑥冰滩:语出白居易《琵琶行》:“间关莺语花底滑,幽咽泉流冰下难。”杨万里《送喻叔奇工部知处州》:“厌直含香与握兰,一麾江海泝冰滩。”李氏赴任地括苍水路湍流阻险。《元和郡县志》卷二七:“(括苍县)取括苍山为名,属处州。后因之不改。大历十四年改为丽水。丽水本名恶溪,以其湍流阻险,九十里间五十六濑,名为大恶。隋开皇中改为丽水,故皇朝因之,以为县名。”鸣佩:《文选·谢朓〈直中书省诗〉》:“兹言翔凤池,鸣佩多清响。”李周翰注:“鸣佩,所佩玉也。”亦双写水声。卓祐之《句》:“山色列屏分左右,水声鸣玉绕西东。”舟如箭:形容舟行速度。

⑦“笑乌帻”二句:陆游《受外祠敕》:“归去还骑款段马,醉颠重岸接篱中。”余见《鹤瑞仙》(泪荷抛碎璧)注⑤。

⑧傍邻:毛本、戈校本、杜本、王朱本、朱二校本作“可怜”。

⑨送将人远:典例详见《水龙吟》(夜分溪馆渔灯)注③。将,送行。《诗·邶风·燕燕》:"之子于归,远于将之。"郑玄笺:"将,亦送也。"

⑩吴苑:此代指作为饯别地的苏州。

⑪"千金"三句:司马相如《长门赋·序》:"孝武皇帝陈皇后,时得幸,颇妒,别在长门宫,愁闷悲思。闻蜀郡成都司马相如天下工为文,奉黄金百斤为相如文君取酒,因于解悲愁之辞。而相如为文以悟主上,陈皇后复得亲幸。"文园,司马相如。详见《祝英台近》(黯春阴)注⑪。未惜,毛本、戈校本、杜本、王朱本、朱二校本作"未散"。

⑫流水翠微:此写守倅超脱凡尘的山水之游。

⑬"明月"句:点化苏轼《点绛唇》词:"闲倚胡床,庾公楼外峰千朵。与谁同坐。明月清风我。 别乘一来,有唱应须和。还知么。自从添个。风月平分破。"据楼钥《攻媿集》卷七七《跋袁光禄(毂)与东坡同官事迹》,此词是苏轼守杭,袁毂为郡贰时,苏轼赠袁氏之作,谓郡守通判俱能酬唱风月:"元祐五年,(袁毂)倅杭州,东坡为郡守,相得欢甚。……坡次韵二诗,一谢莒椒,一为除夜。如'别乘一来','风月平分破'之词,最为脍炙,正为公而作。则其宾主之间,风流可想而知也。"

⑭"梅深"句:用驿寄梅花典。梅深,毛本、戈校本、杜本、王朱本、朱二校本作"花深"。

⑮万玉舞:喻梅花飘落。

⑯罘罳:代指京城。东畔:自括苍回京,途径杭京东南,故云。毛本、戈校本、杜本作"东苑"。朱二校本作"东□"。

⑰"料应"二句:写京城春意,实寓意皇恩浩荡。软红,指繁华的京城。以上五句预祝李氏明年早春时即可自台州还京任职。料应,毛本、戈校本、杜本、王朱本、朱二校本作"只应"。

【汇评】

杨铁夫《梦窗词全集笺释》:凡送谪臣文字,最易触当道所忌,如胡瑗之送东坡也。梦窗鉴于时事不可以口舌争,遂缄口不言,即此词亦不过以"共赏文园词翰"而止。其余如与吴履斋游沧浪亭,止有感喟语,亦无愤激语。所谓明哲保身者,非欤?

又

题蓬莱阁灯屏,履翁帅越①

螺屏暖翠②。正雾卷暮色,星河浮霁③。路幕递香,街马冲尘东风细④。梅槎凌海横鳌背。倩稳载、蓬莱云气⑤。宝阶斜转⑥,冰娥素影,夜清如水。

应记。千秋化鹤,旧华表、认得山川犹是⑦。暗解绣囊,争掷金钱游人醉⑧。笙歌晓度晴霞外⑨。又上苑⑩、春生一苇⑪。便教接宴莺花⑫,万红镜里⑬。

【题解】

"蓬莱阁",属绍兴府治州宅建筑群,详见《瑞龙吟·赋蓬莱阁》题解。"灯屏",应是以某种材料绘出元宵灯节场景、中有灯蜡光亮、可以旋转的屏风。"履翁",即吴潜。吴潜于淳祐九年(1249)八月知绍兴府、浙东安抚使,故称"帅越"。十二月八日,即除同知枢密院事兼参知政事。故此词应作于是年十二月八日前。

此为酬赠词。上片描述绍兴蓬莱阁灯屏元夕景物,暗寓吴潜帅越消息传来和仪驾临城之状;下片承上片结尾月景,拟吴潜月夜驾鹤归来,窥得灯市繁华,春临大地景象,并写接宴盛况。

【校注】

①毛本、戈校本、杜本、王朱本、朱二校本词题无"履翁帅越"四字。

②螺屏:以螺钿为料丝的屏风。

③星河浮霁:谓晴色中天河耿耿。以上三句写灯屏中呈现出的元夕景象。

④"路幕"二句:元宵节夜的游人狂欢。街马冲尘,暗用苏味道《正月十五夜》"暗尘随马去"诗意。

⑤"梅槎"三句:蓬莱,《列子》卷五载渤海东有蓬莱等五山:"五山之根无所连箸,常随潮波上下往还,不得暂峙焉。仙圣毒之,诉之于帝。帝恐流于西极,失群圣之居,乃命禺彊使巨鳌十五举首而戴之,迭为三番,六万岁一交焉,五山始峙而不动。"宋人常以蓬莱仙海中鳌背之山喻灯山。梅槎凌海,用滨海之人泛槎星河典故。三句并以神山切题中"蓬莱阁"。沈绅《和孔司封登蓬莱阁诗》"三山对峙海中央"自注:"旧志:蓬莱山正偶会稽。"

⑥宝阶:毛本、戈校本、杜本、王朱本、朱二校本词题作"宝街"。

⑦"应记"四句:用辽鹤归来典。辽东人丁令威,学道后化鹤归辽,徘徊空中而言曰:"有鸟有鸟丁令威,去家千年今始归。"事见晋陶潜《搜神后记》卷一。此亦实录。《会稽续志》卷四:"府桥在镇东军门外,蓬莱馆前。旧以砖甃,不能坚久。守汪纲乃命更造,尽易以石阑干,华表加饰腾焉。桥既宽广,翕然成市,遂为雄观。"故绍兴诗词多用此典。

⑧"暗解"二句:《梦粱录》卷一:"(正月十五元夕节)舞队自去岁冬至日,便呈行放。遇夜,官府支散钱酒犒之。元夕之时,自十四日为始,对支所犒钱酒。十五夜,帅臣出街弹压,遇舞队照例特犒。街坊买卖之人,并行支钱散给。"

⑨"笙歌"句:写元夕彻夜狂欢。参见《点绛唇》(卷尽愁云)注⑤。晓度,元稹《生春二十首》(之一):"度晓分霞态,余光庇雪融。"

⑩上苑:即上林苑。《三辅黄图》卷四:"汉上林苑,即秦之旧苑也。《汉书》云:'武帝建元三年开上林苑。东南至蓝田宜春、鼎湖、御宿、昆吾,旁南山而西,至长杨、五柞,北绕黄山,濒渭水而东,周袤三百里。'……帝初修上林苑,群臣远方,各献名果异卉三千余种植其中,亦有制为美名,以标奇异。"后泛指皇家园林。

⑪春生一苇:谓届时春天将至。古人将苇膜烧灰,置于律管,可观测节气的变化。见《后汉书·律历志上》。也写度苇。《诗·卫风·河广》:"谁谓河广,一苇杭之。"孔颖达疏:"言一苇者,谓一束也,可以浮之水上而渡,若桴栿然,非一根苇也。"

⑫接宴:《文选·张衡〈南都赋〉》:"接欢宴于日夜,终恺乐之令仪。"刘

良注曰:"言日夜欢宴,终此善仪也。"

⑬万红镜里:谓镜湖倒映出盎然春意。

又

为李笋房量珠贺

情黏舞线①。怅驻马灞桥②,天寒人远③。旋剪露痕,移得春娇栽琼苑④。流莺长语烟中怨⑤。恨三月、飞花零乱⑥。艳阳归后,红藏翠掩,小坊幽院。

谁见。新腔按彻,背灯暗、共倚笋屏葱茜⑦。绣被梦轻,金屋妆深沈香换⑧。梅花重洗春风面。正溪上、参横月转⑨。并禽飞上金沙⑩,瑞香雾暖⑪。

【题解】

李笋房,即李彭老,字商隐,号笋房,有《笋房词》。量珠,刘恂《岭表录异》卷上:"昔梁氏之女有容貌,石季伦为交趾采访使,以真珠三斛买之。"后因以"量珠"为买妾的代称。

此为友人李彭老买妾的致贺词。上片写李妾本风尘中人,与李彭老两情相悦,李为其脱籍,金屋藏娇;下片写二人琴瑟相合的生活。

【校注】

①情黏舞线:范云《送别诗》:"东风柳线长,送郎上河梁。"孙舫《杨柳枝》:"灵和风暖太昌春,舞线摇丝向昔人。"暗以章台柳喻之。

②灞桥:本作霸桥。用折柳赠别典。

③天寒人远:谓送人远归。参见《水龙吟》(夜分溪馆渔灯)注③。

④春娇:双喻冶容及梅花。琼苑:晏几道《木兰花》:"晚红初减谢池花,新翠已遮琼苑路。"意贯入"红藏翠掩"句。

⑤"流莺"句:烟中怨,唐代南昭嗣有《烟中志》,今佚。秦观《调笑令》十

首并诗,其中有《烟中怨》诗及曲子。徐培均注引《嘉泰会稽志》卷一九:"越渔者杨父,一女绝色,为诗不过两句。或问:'胡不终篇?'曰:'无奈情思缠绕,至两句即思迷不继。'有谢生求娶焉。……翁曰:'吾女词多两句,子能续之,称其意,则妻矣。'示其篇曰:'珠帘平床月,青竹满林风。'谢续曰:'何事今宵景,无人解与同?'女曰:'天生吾夫。'遂偶之。后七年,春日,杨忽题曰:'春尽花宜尽,其如自是花。'谢曰:'何故为不祥句?'杨曰:'吾不久于人间矣。'谢续曰:'从来说花意,不过此容华。'杨即瞑目而逝。后一年,江上烟花溶曳,见杨立于江中,曰:'吾本水仙,谪居人间。后倘思之,即复谪下,不得为仙矣。'"徐先生认为此即《烟中志》本事。流莺长语,李白《春日醉起言志》:"借问此何时,春风语流莺。"长语,朱二校本、朱三校本、朱四校本作"常语"。

⑥"恨三月"二句:此写三月柳花。与上二句化用张先《天仙子》句意:"三月柳枝柔似缕。落絮尽飞还恋树。有情宁不忆西园,莺解语。花无数。应讶使君何处去。"

⑦筻屏:毛本、《历代诗余》、《词律》、《词谱》、戈校本、杜本、王朱本作"宝屏"。葱蒨:此喻华美。《隋宴群臣登歌》:"车旗煜熚,衣缨葱蒨。"意入下句"绣被"。周邦彦《玲珑四犯》:"夜深偷展香罗荐。暗窗前、醉眠葱蒨。"

⑧金屋妆深:用金屋藏娇典。谓金屋深邃,妆成侍夜。妆深,明张本、毛本、《历代诗余》、《词律》、戈校本、杜本、王朱本作"装深"。

⑨"正溪上"二句:上句中的"梅花"意亦贯入此二句。用林逋《山园小梅》诗意。并用赵师雄梦遇翠鸟所化梅花俪仙,醒后惟见"月落参横"典。

⑩"并禽"句:字面用张先《天仙子》:"沙上并禽池上暝。云破月来花弄影。"实续用梅花树下遇精灵典,并用姜夔化此典所衍名句,详见《花犯》(剪横枝)注⑨。金沙,拍合题中"量珠"事。曹植《远游篇》:"夜光明珠,下隐金沙。"

⑪瑞香:名贵的香料。《酉阳杂俎》卷一:"天宝末,交趾贡龙脑,如蝉蚕形。波斯言老龙脑树节方有,禁中呼为瑞龙脑。上唯赐贵妃十枚,香气彻十余步。……时风吹贵妃领巾于贺怀智巾上,良久,回身方落。贺怀智归,觉满身香气非常,乃卸幞头贮于锦囊中。及上皇复宫阙,追思贵妃不已。

怀智乃进所贮蹼头，具奏它日事。上皇发囊，泣曰：'此瑞龙脑香也。'"苏轼《西江月·真觉赏瑞香》："领巾飘下瑞香风。惊起谪仙春梦。"雾暖，明张本、毛本、戈校本、王朱本作"云暖"。

【汇评】

陈廷焯《白雨斋词话》：雅丽中时有灵气往来。

陈洵《海绡说词》：词中不外人事风景，熔人事入风景，则实处皆空。熔风景入人事，则空处皆实。此篇人事风景交炼，表里相宣，才情并美，应酬之作，难得如许精粹。

又

燕亡久矣，京口适见似人，怅怨有感

南楼坠燕①。又灯晕夜凉，疏帘空卷②。叶吹暮喧③，花露晨晞秋光短④。当时明月娉婷伴⑤。怅客路⑥、幽扃俱远⑦。雾鬟依约，除非照影，镜空不见⑧。

别馆。秋娘乍识⑨，似人处、最在双波凝盼。旧色旧香⑩，闲雨闲云情终浅⑪。丹青谁画真真面。便祇作、梅花频看⑫。更愁花变梨霙，又随梦散⑬。

【题解】

"燕"，代指某歌妓。"京口"，在今江苏镇江。

此悼亡之作。上片写燕死，以黯淡、萧瑟之景表达内心的伤悼之情；回忆昔日美姬相伴，而今羁旅异乡，梦中依约可见其倩影，醒来却孤单一人。下片写在京口别馆乍见某人极似燕妓，尤其是眼神，但面容相似而情不是，机缘短暂，明朝又成梦散。此词以景托情，既融情入景，又缘情设景，意象密丽，但情感深挚，蕴藉深厚。

【校注】

①南楼坠燕：《晋书·石崇传》："崇有妓曰绿珠，美而艳，善吹笛。孙秀

403

使人求之。崇时在金谷别馆,方登凉台,临清流,妇人侍侧。使者以告。崇尽出其婢妾数十人以示之,皆蕴兰麝,被罗縠,曰:'在所择。'使者曰:'君侯服御丽则丽矣,然本受命指索绿珠,不识孰是?'崇勃然曰:'绿珠吾所爱,不可得也。'……秀怒,乃劝伦诛崇……崇正宴于楼上,介士到门。崇谓绿珠曰:'我今为尔得罪。'绿珠泣曰:'当效死于官前。'因自投于楼下而死。"并暗用关盼盼燕子楼典,关盼盼是彭城为张建封(一说张愔)守节的歌妓。

②"又灯晕"二句:以上三句化用周邦彦《解连环》句意,见《瑞鹤仙》(泪荷抛碎璧)注⑥。

③叶吹暮喧:为"叶喧暮吹"之倒文。周邦彦《过秦楼》:"水浴清蟾,叶喧凉吹,巷陌马声初断。"李商隐《雨》:"秋池不自冷,风叶共成喧。"吹,凉风。

④花露晨晞:反用谢灵运《从斤竹涧越岭溪行诗》句意:"岩下云方合,花上露犹泫。"《诗·秦风·蒹葭》:"蒹葭萋萋,白露未晞。"毛传:"晞,干也。"秋光短:《宋史·律历三》:"(立秋)昼刻,五十七刻;夜刻,四十二刻。"立秋之后,夜漏渐长,至秋分昼夜平分,之后白昼渐短。

⑤娉婷伴:明张本、毛本、王朱本作"娉婷畔"。

⑥客路:此指行役京口之路。

⑦幽扃:坟墓。颜真卿《右武卫将军臧公神道碑铭》:"奚命之遭,幽扃是即。"以上三句谓当时明月照云归,眼下却仙凡两远隔。

⑧"雾鬟"三句:用山鸡照影、孤鸾舞镜典。徐陵《鸳鸯赋》:"山鸡映水那相得,孤鸾照镜不成双。"《博物志》卷二:"山鸡有美毛,自爱其色,终日映水,目眩,则溺死。"李商隐《破镜》:"秦台一照山鸡后,便是孤鸾罢舞时。"雾鬟,浓密的秀发。曾纡《上林春》:"暗香堕髻。更飘近、雾鬟蝉额。"意思是梦中依约可见她美丽的倩影,醒来时却如山鸡映水,孤鸾照镜,难以成双。

⑨秋娘:此特指京口遇见的相貌与"燕"相似的驿妓。

⑩旧色旧香:语出周邦彦《玲珑四犯》:"休问旧色旧香,但认取、芳心一点。"

⑪闲雨闲云:用宋玉《高唐赋》中云雨典故。闲,犹言"等闲"。寻常的意思。情终浅:吴融《古离别》:"赋情更有深缱绻,碧甃千寻尚为浅。"以上

二句的意思是从与京口驿妓相处的过程,回想起当时与"燕"两情投入的程度,不难感到毕竟还有深浅之别。

⑫"丹青"三句:《说郛》卷四六(下)引杜荀鹤《松窗杂记》:"唐进士赵颜于画工处得一软障,图一妇人,甚丽。颜谓画工曰:'世无其人也,如可令生,余愿纳为妻。'画工曰:'余神画也,此亦有名,曰真真。呼其名百日,昼夜不歇,即必应之。应则以百家彩灰酒灌之,必活。'颜如其言,遂呼之百日,昼夜不止。乃应曰:'诺。'急以百家彩灰酒灌之,遂活。下步言笑饮食如常,曰:'谢君召妾,妾愿事箕帚。'终岁,生一儿。年两岁,友人曰:'此妖也,必与君为患。余有神剑,可斩之。'其夕,遗颜剑。剑才及颜室,真真乃曰:'妾南岳仙也,无何为人画妾之形,君又呼妾之名,既不夺君愿。君今疑妾,妾不可住。'言讫,携其子即上软障,呕出先所饮百家酒。睹其障,唯添一孩子,仍是旧画焉。"以画梅拟真真见陈与义《次韵何文缜题颜持约画水墨梅花二首》(之一):"窗间光影晚来新,半幅溪藤万里春。从此不贪江路好,剩拚心力唤真真。"苏轼又以崔徽写真喻梅花,《章质夫寄惠崔徽真》:"为君援笔赋梅花,未害广平心似铁。"谁画,毛本、杜本、王朱本、朱二校本作"难画"。

⑬"更愁"二句:王昌龄《梅诗》:"落落寞寞路不分,梦中唤作梨花云。"苏轼《西江月·梅花》:"高情已逐晓云空,不与梨花同梦。"梨霙,以如雪梨花喻梅花飘落。以上五句谓即便此种"似人"艳遇,亦不可久驻也。

【汇评】

陈洵《海绡说词》:"坠燕",去妾也。已成往事,故曰"又"。"叶吹"十一字,言我朝暮只如此过。从"夜凉"再展一步,然后以"当时"句提起,"客路"句跌落。"雾鬟"三句,一步一转,收向"明月娉婷"。"别馆"正对"南楼",乍识似人,从"不见"转出。"旧色旧香",又似真见,"闲雨闲云情终浅",则又不如不见矣。层层脱换,然后以"真真难画",只作花看收住。复转一步作结,笔力直破余地。

又

余往来清华池馆六年，赋咏屡矣。感昔伤今，益不堪怀，乃复作此解[1]

春来雁渚[2]。弄艳冶、又入垂杨如许[3]。困舞瘦腰，啼湿宫黄池塘雨[4]。碧沿苍藓云根路。尚追想、凌波微步[5]。小楼重上，凭谁为唱，旧时金缕[6]。

凝伫。烟萝翠竹，欠罗袖、为倚天寒日暮[7]。强醉梅边，招得花奴来尊俎[8]。东风须惹春云住。□莫把、飞琼吹去[9]。便教移取薰笼，夜温绣户[10]。

【题解】

"清华池馆"，即梦窗友郭希道在苏州的园林，内多佳景，词人曾"赋咏屡矣"。详见《花犯》（小娉婷）题解。"解"，歌曲段落。

此词写重游郭家园林，追忆和留恋往昔园中的四时之景和遣兴娱乐的欢欣，感伤如今物是人非。

【校注】

①赋咏屡矣：明张本、毛本、《词综》、杜本作"赋咏屡以"。

②春来雁渚：谓春随雁来。《礼记·月令》："（孟春之月）东风解冻……鸿雁来。"

③"弄艳冶"二句：谓因春天来临，垂柳有小腰欲舞之冶态。

④"啼湿"句：周邦彦《瑞龙吟》："官柳低金缕。归骑晚、纤纤池塘飞雨。"宫黄，此喻早春时嫩黄尚未转青的柳枝。

⑤"尚追想"二句：姜夔《庆宫春》："酒醒波远，政凝想、明珰素袜。"以上三句寓张正见《白头吟》"春苔封履迹"句意。

⑥"小楼"三句：梦窗集中《声声慢·陪幕中饯孙无怀于郭希道池亭》有"帘半卷，带黄花、人在小楼"。金缕，此指《金缕曲》，当时歌席侑觞之曲。

⑦"烟萝"三句：杜甫《佳人》："侍婢卖珠回，牵萝补茅屋。""天寒翠袖薄，日暮倚修竹。"合用江淹《休上人怨别》："日暮碧云合，佳人殊未来。"欠，白居易《重到毓村宅有感》："欲入中门泪满巾，庭花无主两回春。轩窗帘幕皆依旧，只是堂前欠一人。"

⑧招得花奴：南卓《羯鼓录》："上（玄宗）性俊迈，酷不好琴。曾听弹琴，正弄未及毕，叱琴者出，曰：'待诏出去！'谓内官曰：'速召花奴，将羯鼓来，为我解秽！'"花奴，汝阳王李琎的小名，善击羯鼓。尊俎：以饮酒器具代指赏梅之酒席。王之道《减字木兰花》："江梅清远。潇洒一枝尊俎畔。"此写招妓用打击乐器侑觞，以宣泄心中郁结之感伤。

⑨"东风"三句：反用晏殊《木兰花》词意："长于春梦几多时，散似秋云无觅处。闻琴解佩神仙侣，挽断罗衣留不住。"飞琼，此特指白梅花瓣。□莫把，明张本、毛本无空格。毛扆本："'莫把'中脱一字。"《词汇》、《词综》、杜本补"更"字。

⑩"便教"二句：宋人以梅花之雅香可作薰被之用。周邦彦《花犯·咏梅》："更可惜，雪中高树，香篝薰素被。"陈元龙注曰："篝，笭也，可薰衣用。梅花如篝，雪如被。"实欲在梦中重温盛时风华也。

惜秋华 夹钟商

重九①

细响残蛩，傍灯前、似说深秋怀抱。怕上翠微，伤心乱烟残照②。西湖镜掩尘沙③，翳晓影、秦鬟云扰④。新鸿⑤，唤凄凉、渐入红萸乌帽⑥。

江上故人老⑦。视东篱秀色、依然娟好⑧。晚梦趁、邻杵断，乍将愁到⑨。秋娘泪湿黄昏，又满城、雨轻风小⑩。闲了。看芙蓉、画船多少⑪。

【题解】

《惜秋华》,词牌名。《词谱》:"吴文英自度曲。""此调见梦窗词。凡五首。句读韵脚互有异同。"此词双调,九十三字,上片八句四仄韵,下片九句六仄韵。

此为抒写深秋怀抱之作。上片以灯前寒蝉之声引发悲秋情绪。登高怕见残照,游湖又翳云鬟,凄凉雁声报重九又到,因情设景,伤感溢于言表。下片写漂泊江湖,叹老嗟卑,有物是人非之感,好梦被捣衣声惊醒,无聊转视黄昏中的风雨西湖,芙蓉零落,画船稀少,更添一番愁绪。此篇沉婉疏淡,极耐咀嚼。

【校注】

①戈校本词题作"惜黄华"。

②"怕上"二句:反用杜牧《九日齐安登高》诗意:"江涵秋影雁初飞,与客携壶上翠微。""但将酩酊酬佳节,不用登临恨落晖。"

③西湖镜掩:镜湖隶属山阴的部分称西湖。

④"翳晓影"二句:以上三句用杜牧《阿房宫赋》:"明星荧荧,开妆镜也。绿云扰扰,梳晓鬟也。"以镜湖倒映秦望山,喻为梳洗鬓鬟之妆镜。晓影,白居易《八月三日夜作》:"烛凝临晓影,虫怨欲寒声。"扰,犹云"扰扰",纷乱貌。

⑤新鸿:即上引杜牧诗中"雁初飞"之意。

⑥红萸乌帽:用重九"茱萸"和"孟嘉落帽"熟典。李石《九日与一飞诸友饮菊》:"不关乌帽随风落,只把红萸对俗看。"红萸,茱萸三月开红紫细花。

⑦"江上"句:黄庭坚菊花诗:"他日秋光媚重九,清香知是故人来。"

⑧"视东篱"二句:双写菊花与月色。秀色,陆机《日出东南隅行》:"鲜肤一何润,秀色若可餐。"娟好,韩愈《殿中少监马君墓志》:"幼子娟好静秀,瑶环瑜珥,兰苕其芽,称其家儿也。"

⑨将:《汇释》:"犹与也。李白《鲁郡尧祠送窦明府》诗:'遂将三五少年辈,登高远望形神开。'"

⑩"秋娘"三句:用潘大临"满城风雨近重阳"之意。秋娘,本指歌妓。

408

梦窗《浪淘沙·九日从吴见山觅酒》中有"山远翠眉长。高处凄凉。菊花清瘦杜秋娘"，用法相同。菊花因在轻雨中，故曰"泪湿"。

⑪"闲了"三句：芙蓉，此指木芙蓉。镜湖堤多木芙蓉。《会稽志》卷三："(汪纲)又筑长堤十里，夹道皆种垂杨、芙蓉。……春和秋半，花光林影，左右映带，风景尤胜，真越中清绝处也。"

【汇评】

俞陛云《唐五代两宋词选释》：此调佳处在起结。秋夜虫声，寻常意境，从残蛩着想，顿尔灵动。接以"乱烟残照"句，托想空阔。下阕"秋娘"四句，悲秋者泪湿黄昏，赏秋者画船闲却，皆若"吹皱一池春水，干卿底事"，而言愁欲愁，多情人别有怀抱也。

陈洵《海绡说词》："残蛩"正见深秋。"细响"则怀抱无多耳。因物起兴，《风》诗之遗。已是"灯前"，始念"残照"，又由"残照"而追"晓影"，纯用倒卷。此笔尚易见，一日之中，已是不堪回首，况来年乎？用加倍法以逼起。换头五字如此运意，则急索解人不得矣。"娟好"正对"老"字，有情故"老"，无情故"好"。"晚梦"三句，有情奈何；"秋娘"二句，无情奈何。层层脱换，笔笔变化，"泪"字是"雨"字倒影，结句缩入上"闲"字。"看画船多少"，人家乐事；己则无心游赏，所以"闲"也。闭门思旧意，却不说出，含蓄之妙如此。……将此词与清真《丹凤吟》并读，宜有悟入处，则周、吴之秘亦传矣。

又

八日登高，飞翼楼①

思渺西风②，怅行踪③、浪逐南飞高雁。怯上翠微④，花楼更堪凭晚⑤。蓬莱对起幽云，澹野色、山容愁卷⑥。清浅⑦。瞰沧波⑧、静衔秋痕一线⑨。

十载寄吴苑⑩。惯东篱深把⑪、露黄偷剪。移暮影⑫、照越镜^⑬,意销香断^⑭。秋娥赋得闲情^⑮,倚翠尊、小眉初展^⑯。深劝^⑰。待明朝、醉巾重岸^⑱。

【题解】

"八日登高",即重九节前一日。因重九有登高的习俗。"飞翼楼",在绍兴卧龙山西面山顶,属绍兴府州宅建筑群。楼屡兴废,南宋时汪纲复建。夏承焘笺:"《太平寰宇记》:按《越城记》:六楼八门并四水门,共十二门楼,飞翼最高。沈立《越州图序》:飞翼楼,高十五丈,范蠡所以压强吴者也。"词有忆姬语,当是姬去后之词。

此为伤羁旅、忆去姬之作。上片写羁旅之情,怕登山而登楼,所见黯淡之景,满蕴愁情;下片追忆与苏姬的欢乐往事,而垂暮之年,意兴阑珊,乃醉酒强自解愁。

【校注】

①《古今词统》、毛本、戈校本词题作"八月飞翼楼登高"。毛扆本作"八日飞翼楼登高"。

②思渺渺西风:化用汪纲《飞翼楼记》"万壑千岩,四顾无际,云涛烟浪,渺渺愁予"之意。语出《楚辞·九歌·湘夫人》:"帝子降兮北渚,目眇眇兮愁予。袅袅兮秋风,洞庭波兮木叶下。"

③行踪:明张本作"行纵"。

④怯上翠微:与上二句化用杜牧《九日齐安登高》诗意:"江涵秋影雁初飞,与客携壶上翠微。"实已上翠微,下为登楼所见。

⑤"花楼"句:与词中观海诸句化用杜甫《登楼》诗意:"花近高楼伤客心,万方多难此登临。锦江春色来天地,玉垒浮云变古今。"花楼,毛本、《历代诗余》、《词律》、《词谱》、戈校本、杜本、王朱本、朱二校本、朱四校本、《四明》本作"危楼"。

⑥"蓬莱"三句:王十朋《蓬莱阁赋》:"周览城闉,鳞鳞万户。龙吐成珠,龟伏东武。三峰鼎峙,列障屏布。草木笼葱,烟霏雾吐。栋宇峥嵘,舟车旁午。壮百雉之巍垣,镇六州而开府。"幽云,《楚辞·九怀·危俊》:"顾列字兮缥缥,观幽云兮陈浮。""愁卷",意属"幽云"。《历代诗余》《词律》

作"乍卷"。

⑦清浅:此用沧海桑田蓬莱清浅典。

⑧沧波:《古今词统》作"苍波"。

⑨秋痕:《词律》作"愁痕"。

⑩"十载"句:梦窗在苏幕实十四载,此举成数。

⑪深把:《古今词统》、毛本、《历代诗余》、《词律》、《词谱》、戈校本、杜本、王朱本作"深处把"。朱二校本作"深处"。

⑫暮影:此指暮年时的面影。沈约《却东门西行》:"岁华委徂貌,年霜移暮发。"暮影,毛本、《历代诗余》、《词律》、戈校本、杜本、王朱本、朱二校本作"暮景"。

⑬越镜:此指镜湖。孟郊《送淡公》:"乡在越镜中,分明见归心。"以上二句化用杜甫《早发》"暮颜靚青镜"句意。

⑭意销香断:此与上二句写暮年形象对镜湖照影,意兴阑珊,因不肯白发戴黄花而谓"香断"。

⑮秋娥:本指年老的宫娥。李商隐《无愁果有愁曲》:"秋娥点滴不成泪,十二玉楼无故钉。"此喻秋月。意属"小眉初展"句。《历代诗余》作"秋蛾"。

⑯小眉初展:孙魴《柳十一首》(之五):"小眉初展绿条稠,露压烟蒙不自由。"此喻初八之月相。陈后主《有所思三首》(之一):"落花同泪脸,初月似愁眉。"

⑰深劝:王禹偁《东门送郎吏行寄承旨宋侍郎》:"怜才惜我去,深劝离别觞。"由"小眉"而生侑觞之联想。

⑱醉巾重岸:宋祁《题翠樾亭》:"当年幕客今追恨,不共山公岸醉巾。"醉巾,暗用《宋书·陶潜传》典:"郡将候潜,值其酒熟,取头上葛巾漉酒,毕,还复著之。"

【汇评】

卓人月、徐士俊《古今词统》卷一二:总于"惜秋华"三字,曲致幽情。

又

七夕

露罥蛛丝^①，小楼阴堕月^②，秋惊华鬓。宫漏未央，当时钿钗遗恨^③。人间梦隔西风，算天上、年华一瞬^④。相逢，纵相疏、胜却巫阳无准^⑤。

何处动凉讯。听露井梧桐^⑥、楚骚成韵^⑦。彩云断、翠羽散^⑧，此情难问。银河万古秋声，但望中、婺星清润。轻俊。度金针^⑨、漫牵方寸^⑩。

【题解】

此为七夕忆姬之作。上片写小楼望月而嗟老，从钗钿而忆当年欢聚而又分离的情景，感叹再少的相聚也胜过无准信的期待，表达去姬之悲。下片继写秋景，抒悲秋之情。以云断羽散表与姬的分离，直抒胸臆。以牛郎织女故事及乞巧习俗，遥寄思忆之情。

【校注】

①露罥蛛丝：杨亿《七夕》："巧蛛露湿千丝网，倦鹊波横一夕桥。"罥，网。此首可与《六幺令·七夕》相关注释参看。

②"小楼"句：为"小楼堕月阴"之倒文。集中《秋蕊香·七夕》有"倚楼起把绣针小"，知"小"字双层属"楼"与"金针"。

③"宫漏"二句：用唐明皇、杨贵妃七夕夜半长生殿中钿盒定情，复又有遗恨绵绵之事。未央，犹言"夜未央"。《诗·小雅·庭燎》："夜如何其？夜未央。"朱熹集传："央，中也。"钿钗遗恨，明张本、毛本、戈校本作"钿钗送遗恨"。

④"人间"三句：秦观《鹊桥仙》："金风玉露一相逢，便胜却、人间无数。"人间天上，句例详见《江神子》(西风一叶送行舟)注⑤。

⑤"相逢"三句:用巫山云雨典。巫阳,"巫山之阳"之省语。

⑥露井梧桐:参见《解连环》(暮檐凉薄)注⑩。

⑦楚骚成韵:本指楚辞中的骚体赋,此谓《楚辞·九辩》所描绘的摇落之声。

⑧翠羽散:用鹊桥典。翠羽,本指翡翠鸟,详见《瑞鹤仙》(彩云栖翡翠)注②。此代指乌鹊。

⑨度金针:指穿针乞巧。

⑩漫牵方寸:王筠《代牵牛答织女诗》:"新知与别生,由来怅相值。如何寸心中,一宵怀两事。"《列子》卷四:"文挚乃命龙叔背明而立,文挚自后向明而望之。既而曰:'嘻!吾见子之心矣,方寸之地虚矣,几圣人也。'"

【汇评】

陈洵《海绡说词》:因"楼阴堕月",而思"宫漏未央"。因"宫漏未央",而思"钿钗遗恨"。触景生情,复缘情感事。以下夹叙夹议,至于此情难问,则人间天上,可哀正多,又不独钿钗一事矣。

又

七夕前一日送人归盐官①

数日西风,打秋林枣熟②,还催人去。瓜果夜深③,斜河拟看星度④。忽忽便倒离尊⑤,怅遇合⑥、云消萍聚。留连,有残蝉韵晚,时歌金缕⑦。

绿水暂如许⑧。奈南墙冷落、竹烟槐雨⑨。此去杜曲,已近紫霄尺五⑩。扁舟夜宿吴江⑪,正水佩霓裳无数⑫。眉妩⑬。问别来、解相思否。

【题解】

"盐官",即今浙江海宁。南宋时属临安畿县。

此词为送别词。上片写送别场景,表达了依依惜别之情和离别的惆怅之情;下片继写离愁以伤别,并设想友人抵达情景,期待来年相会赏荷。

【校注】

①《历代诗余》词题作"送人归盐官"。

②"打秋林"句:杜甫《秋野五首》(之一):"枣熟从人打,葵荒欲自锄。"《说郛》卷一〇五:"盐官枣,出海盐。紫色,味佳。"

③瓜果夜深:七夕夜陈瓜果,观蛛丝作为符应,详见《六幺令》(露蛩初响)注⑨。

④"斜河"句:庾信《七夕赋》:"睹牛星之曜景,视织女之阑干。"《庾开府集笺注》:"古乐府:北斗阑干。注:阑干,横斜貌。"《绀珠集》卷一〇:"沈警过张女郎庙,作诗云:'靡靡春风至,微微春露轻。可惜关山月,还成无用明。'后与女郎遇,将别女郎,曰:'姮娥妒人,不肯留照;织女无赖,已复斜河。'"星度,秦观《鹊桥仙》:"纤云弄巧,飞星传恨,银汉迢迢暗度。"

⑤离尊:骆宾王《在兖州饯宋五之问》:"别路青骊远,离尊绿蚁空。"

⑥遇合:谓相遇而彼此投合。《吕氏春秋·遇合》:"凡遇,合也。时不合,必待合而后行。"《史记·佞幸列传》:"谚曰'力田不如逢年,善仕不如遇合',固无虚言。"

⑦金缕:即《金缕曲》。为歌席侑觞之曲。此喻蝉声。以上三句写席上无侑觞歌女,惟有凄切寒蝉助悲凉耳。

⑧"绿水"句:化用江淹《别赋》句意:"春草碧色,春水绿波。送君南浦,伤如之何。"

⑨"奈南墙"二句:韩愈《蓝田县丞厅壁记》:"庭有老槐四行,南墙巨竹千梃,俨立若相持,水㶁㶁循除鸣。"此用韩文典,可见友人为县丞一流人物。

⑩"此去"二句:杜曲,《陕西通志》卷七三:"杜曲,在启夏门外,向西少陵原也,杜甫诗曰:'杜曲花光浓似酒。'杜曲去咸宁县南三十里,樊川韦曲东十里,有南杜、北杜。杜固谓之南杜,杜曲谓之北杜。按二曲名胜之地,韦杜二家历代显宦。故唐人语曰:'城南韦杜,去天尺五。'"紫霄,梁简文帝《围城赋》:"升紫霄之丹地,排玉殿之金扉。"此喻帝王居地。盐官宋属临安府畿县,地近京城,故以杜曲喻之。

⑪吴江:也称吴淞江、鹤江、苏州河。《国语·越语上》"三江环之",韦昭注:"三江:吴江、钱塘江、浦阳江。"

⑫水佩霓裳:喻七月盛开的荷花舞动。

⑬眉妩:丈夫代画的妩媚眉式。《汉书·张敞传》:"又为妇画眉,长安中传张京兆眉怃。"眉怃,同"眉妩"。友人归至盐官正值七夕,眉妩兼指弦月。

又

木芙蓉

路远仙城,自王郎去后,芳卿憔悴①。锦段镜空②,重铺步障新绮③。凡花瘦不禁秋,幻腻玉④、腴红鲜丽⑤。相携。试新妆乍毕,交扶轻醉⑥。

长记断桥外⑦。骤玉骢过处⑧、千娇凝睇⑨。昨梦顿醒⑩,依约旧时眉翠。愁边暮合碧云⑪,倩唱入、六幺声里⑫。风起。舞斜阳、阑干十二⑬。

【题解】

"木芙蓉",亦名芙蓉、拒霜等。绍兴鉴湖十里长堤与垂柳相杂而植,详见《惜秋华》(细响残蛩)注⑪。

这是一首咏物词。上片借王子高芙蓉城遇仙女的传说,写木芙蓉不畏风霜,盛开得娇艳美丽,并以醉美人拟之;下片将木芙蓉比作含情脉脉的美女,写其暮落之悲,最后以其婆娑起舞之飘逸超然作结。

【校注】

①"路远"三句:芙蓉城故事详见《醉桃源》(青春花姊不同时)注⑤。王郎,即王子高。芳卿,与周瑶英同在芙蓉城的美女之名,此女子"年可十五,容色娇媚"。王郎去后,毛本、《历代诗余》、《词律》、《词谱》、杜本作"玉郎去却"。戈校本、王朱本、朱二校本作"王郎去却"。

②锦段镜空：谓木芙蓉凋落，无复有如美人临镜之花朵。韩愈《木芙蓉》："艳色宁相妒，嘉名偶自同。采江官渡晚，搴木古祠空。"朱熹考异："此诗言荷花与木芙蓉生不同处，而色皆美，名又同，故以采江、搴木二事相对，言其生处。"段，同"缎"。

③步障新绮：喻湖堤成行的木芙蓉。步障，毛本、《词律》、《词谱》、戈校本、杜本、王朱本、朱二校本作"步幢"。

④腻玉：常用以形容光滑细润的女性肌肤。

⑤鲜丽：萧统《殿赋》："玄黄既具，鲜丽亦发。"以上三句皆以肤色喻花容。谓此花是芙蓉仙子瑶英、芳卿辈幻化而成。

⑥"相携"三句：杨万里《拒霜花》："字曰拒霜浑不恶，却愁霜重要人扶。"黄庭坚《南安试院周道辅自赣上携一榼时时对酌惟恐试毕仆夫言尚有余樽木芙蓉盛开戏呈道辅》："霜花留得红妆面，酌尽斋中竹叶瓶。"木芙蓉又号为醉客。

⑦断桥：在西湖白堤上。

⑧玉骢：即玉花骢。泛指骏马。

⑨千娇：此喻木芙蓉花林。凝睇：谷神子《博异志·敬元颖》："仲躬异之，闲乃窥于井上。忽见水影中一女子面，年状少丽，依时样装饰，以目仲躬。仲躬凝睇之，则红袂半掩其面，微笑，妖冶之姿出于世表。"

⑩昨梦：王子高与瑶英、芳卿同游芙蓉城，发生在过去的梦境中。

⑪"愁边"句：木芙蓉有暮落之悲。李嘉祐《秋朝木芙蓉》："平生露滴垂红脸，似有朝开暮落悲。"暮合碧云，见《婆罗门引》（风涟乱翠）注④。

⑫六幺：唐教坊曲名，后用为词牌。又名《六幺令》《绿腰》等。

⑬"风起"三句：石延年《木芙蓉》："群芳坐衰歇，聊自舞秋风。"陈与义《芙蓉》："芙蓉墙外垂垂发，九月凭阑未怯风。"杨笺："'舞阑干'，明是木本之芙蓉，非草本之芙蓉。与'醉'韵同意而不觉其复者，彼言色，故曰'醉'；此言态，故曰'舞'。"

【汇评】

杨铁夫《梦窗词全集笺释》：此以水芙蓉垫起木芙蓉。木芙蓉羌无故实，故靠用水芙蓉典黏合之，此窄题走阔路法也。

惜黄花慢 夷则羽

菊①

粉靥金裳②。映绣屏认得，旧日萧娘③。翠微高处④，故人帽底，一年最好，偏是重阳⑤。避春只怕春不远，望幽径⑥、偷理秋妆⑦。殢醉乡⑧。寸心似剪，漂荡愁肠⑨。

潮腮笑入清霜⑩。斗万花样巧，深染蜂黄⑪。露痕千点，自怜旧色，寒泉半掬，百感幽香。雁声不到东篱畔⑫，满城但、风雨凄凉。最断肠。夜深怨蝶飞狂⑬。

【题解】

《惜黄花慢》，有仄韵、平韵两体三格。双调，一百零八字。仄韵见《逃禅词》，上片十一句六仄韵，下片九句五仄韵，为正格；上片十句七仄韵，下片九句六仄韵，为变格。平韵见《梦窗词》，上片十二句，下片十一句，各六平韵。

这首咏物词，咏调名本意。上片以人喻花，表现菊花之形神，兼述自己的愁思；下片先写菊盛开之状，再转笔写到凋零之时，表达好景不常的悲哀。

【校注】

①毛本、戈校本、杜本、王朱本词题作"赋菊"。

②粉靥：皮日休《奉酬鲁望惜春见寄》："梅片尽飘轻粉靥，柳芽初吐烂金醅。"《范村菊谱》："桃花菊，多至四五重，粉红色，浓淡在桃杏红梅之间，未霜即开，最为妍丽，中秋后便可赏。""叠金黄，一名明州黄，又名小金黄，花心极小，叠叶秾密，状如笑靥，花有富贵气，开早。"靥，犹言妆靥。金裳：杨万里《黄菊》："莺样衣裳钱样裁，冷霜凉露溅秋埃。"

③萧娘：歌妓。梦窗词多以琼娘、秋娘、萧娘拟花卉，作为带有冬秋萧

瑟意味的拟体。

④翠微高处:用重九携壶典。

⑤"一年"二句:此就菊花是重阳应景花朵而言。项安世《大人生朝六首·容孙》:"一年好景是重阳,莫紫榫红菊更黄。"

⑥幽径:此特指菊径。陶潜《归去来兮辞》:"乃瞻衡宇,载欣载奔。僮仆欢迎,稚子候门。三径就荒,松菊犹存。"望幽径,毛本、《历代诗余》、戈校本、杜本、王朱本作"傍幽径"。

⑦偷理秋妆:侯氏《绣龟形诗》:"睽离已是十秋强,对镜那堪重理妆。"菊花在秋,喻之以萧娘,故云暗理秋妆。

⑧殢醉乡:王绩《醉乡记》:"阮嗣宗、陶渊明等十数人,并游于醉乡,没身不返,死葬其壤,中国以为酒仙云。嗟乎,醉乡氏之俗,岂古华胥氏之国乎?何其淳寂也如是!"

⑨"寸心"二句:与上句用重九酒中泛菊典。漂荡,此指泛菊。朱二校本、朱三校本、朱四校本作"飘荡"。

⑩"潮腮"句:除上引桃花菊外,另有菊花品种经霜显出微红,宛如酒潮晕脸。《史氏菊谱·后序》:"盖花瓣结密者不落,盛开之后,浅黄者转白,而白色者渐转红,枯于枝上。"

⑪蜂黄:古代妇女颊额的黄色妆饰。以上二句谓菊以深黄色与万花争胜,正如女子以蜂黄约妆。万花,戈校本夺一"花"字。

⑫"雁声"句:此就重九时雁初飞而言。

⑬"最断肠"二句:写菊落。《类说》卷五七:"欧公嘉祐中见王荆公诗:'黄昏风雨瞑园林,残菊飘零满地金。'笑曰:'百花尽落,独菊枝上枯耳。'因戏曰:'秋英不比春花落,为报诗人仔细看。'荆公闻之曰:'是岂不知《楚词》云:"夕餐秋菊之落英。"欧阳九不学之过也。'"菊花实有落与不落两种,见《史氏菊谱·后序》,梦窗所写为后者。二句并取意苏轼《九日次韵王巩》"相逢不用忙归去,明日黄花蝶也愁"之句,及《再和杨公济梅花十绝》(之四)诗意:"夜寒那得穿花蝶,知是风流楚客魂。"谓菊花落英是楚客冤魂化作的穿花逐香之蝴蝶,以切近重九之事。

【汇评】

夏敬观评语:"故入帽底"句费解。

又

次吴江小泊,夜饮僧窗惜别。邦人赵簿携小妓侑尊,连歌数阕皆清真词。酒尽,已四鼓,赋此饯尹梅津①

送客吴皋②。正试霜夜冷,枫落长桥③。望天不尽④,背城渐杳⑤,离亭黯黯⑥,恨水迢迢。翠香零落红衣老,暮愁锁、残柳眉梢。念瘦腰。沈郎旧日,曾系兰桡⑦。

仙人凤咽琼箫⑧。怅断魂送远,《九辩》难招⑨。醉鬟留盼⑩,小窗剪烛⑪,歌云载恨,飞上银霄⑫。素秋不解随船去,败红趁、一叶寒涛⑬。梦翠翘⑭。怨鸿料过南谯⑮。

【题解】

吴江,特指吴淞江,为梦窗在苏幕时屡次行经及送客之地。尹梅津,即尹焕,词人好友。因同乡赵簿带来的歌妓在宴中侑酒,所唱"皆清真词",所以词人不甘人后,就填了这首饯别词。

上片写送客的情景,下片则写僧窗夜饮惜别的情景。此词幻与真结合,隐与显结合,虚与实结合,在艺术构思上颇有特色。

【校注】

①四鼓:颜之推《颜氏家训·书证》:"汉魏以来,谓为甲夜、乙夜、丙夜、丁夜、戊夜,又云鼓、一鼓、二鼓、三鼓、四鼓、五鼓,亦云一更、二更、三更、四更、五更,皆以五为节。"毛本、戈校本、杜本、王朱本、朱二校本词题中"邦人"作"邦又"。《历代诗余》词题作"吴江夜泊小饮"。

②吴皋:吴江滨水隈湾。《楚辞·离骚》:"步余马于兰皋兮,驰椒丘且焉止息。"王逸章句注曰:"泽曲曰皋。"

③"正试霜"二句:崔信明《句》"枫落吴江冷",张继《枫桥夜泊》"月落乌啼霜满天,江枫渔火对愁眠",皆是梦窗词中最典型的吴江景物。试,初降

之谓。长桥,即吴江长桥,亦名垂虹桥。

④望天不尽:翻用李白《黄鹤楼送孟浩然之广陵》诗意:"孤帆远影碧空尽,唯见长江天际流。"

⑤背城渐杳:阴铿《江津送刘光禄不及诗》:"如何相背远,江汉与城闉。"并用欧阳詹与太原妓故实,见《太平广记》卷二七四引《闽川名士传》:"(欧阳詹)贞元年,登进士第,毕关试,薄游太原。于乐籍中,因有所悦,情甚相得。及归,乃与之盟曰:'至都,当相迎耳。'即洒泣而别,仍赠之诗曰:'驱马渐觉远,回头长路尘。高城已不见,况复城中人。去意既未甘,居情谅多辛。五原东北晋,千里西南秦。一屦不出门,一车无停轮。流萍与系瓠,早晚期相亲。'"此就侑觞歌女而言。

⑥离亭:阴铿《江津送刘光禄不及诗》:"泊处空余鸟,离亭已散人。"

⑦"念瘦腰"三句:化用郑文宝《柳枝词》诗意:"亭亭画舸系春潭,直待行人酒半酣。不管烟波与风雨,载将离恨过江南。"瘦腰沈郎,范成大《次韵虞子建见哈赎带作醮》:"莫嫌憔悴沈腰瘦,且喜间关秦璧归。"余见《渡江云》(羞红颦浅恨)注⑩。

⑧"仙人"句:写歌女侑觞钱别。箫声作凤鸣典详见《瑞鹤仙》(彩云栖翡翠)注③。

⑨"怅断魂"二句:《招魂》,详见《莺啼序》(残寒正欺病酒)注㉟。王逸《楚辞章句》认为《九辩》之旨是屈原弟子宋玉"闵惜其师忠而放逐,故作《九辩》以述其志"。此亦代指题中所说的数阕清真词。《九辩》,《历代诗余》、朱二校本、朱三校本、《四明》本作"《九辨》"。

⑩醉鬟:王安石《小重山》:"醉鬟娇捧不成行。颜如玉,玉碗共争光。"此"醉鬟"借指词题中的"小妓"。留盼:司马逸客《雅琴篇》:"匠者果留盼,雕斫为雅琴。"

⑪小窗剪烛:指在僧窗至四鼓仍与故人依依话别。

⑫"歌云"二句:用歌声响遏行云典。

⑬"素秋"三句:暗用流红典故。翻用周邦彦《六丑》词意。素秋,《初学记》卷三:"元帝《纂要》曰:秋曰白藏(气白而收藏万物),亦曰收成(万物成而收敛),亦曰三秋、九秋、素秋、素商、高商。"败红,柳永《卜算子》:"江枫渐

老,汀蕙半凋,满目败红衰翠。"谓秋天残败的枫叶不能随船而行,带回友人的题诗,却随秋涛漂流而逝。随船,《词谱》作"随尘"。

⑭梦翠翘:化用黄庭坚《次韵道辅旅怀见寄》诗意:"风尘化衣黑,旅宿梦裙红。"

⑮"怨鸿"句:南谯,指平江谯楼。《吴郡志》卷六:"谯楼:绍兴二年,郡守席益鸠工。三年,郡守李擢成之。二十年,郡守徐兢篆平江府额。"此与"歌云"二句可与《瑞龙吟·送梅津》中"生怕遣、楼前行云知后。泪鸿怨角,空教人瘦"数句及相关注释参看。据知"怨鸿"为"泪鸿怨角"之省语。怨角,谯楼晓角。杨笺:"怨鸿,指信息言。《韵会》:谯,楼之别名。南谯,即城之南楼。料过,望其来信也。"怨鸿,明张本、毛本、《历代诗余》、《词律》、《词谱》、戈校本、杜本、王朱本作"怨红"。料过,《历代诗余》作"斜过"。

【汇评】

俞陛云《唐五代两宋词选释》:前段"翠香零落"五句,后段"素秋"二句,词秀而情长,余韵复摇曳生姿。有此佳词,可如白石之过吴江,付小红低唱矣。

十二郎①

垂虹桥　上有垂虹亭,属吴江②

素天际水③,浪拍碎、冻云不凝④。记晓叶题霜,秋灯吟雨⑤,曾系长桥过艇。又是宾鸿重来后⑥,猛赋得、归期才定。嗟绣鸭解言⑦,香鲈堪钓⑧,尚庐人境⑨。

幽兴。争如共载,越娥妆镜⑩。念倦客依前⑪,貂裘茸帽⑫,重向淞江照影⑬。酹酒苍茫⑭,倚歌平远⑮,亭上玉虹腰冷。迎醉面,暮雪飞花,几点黛愁山暝⑯。

【题解】

《十二郎》,词牌名。有九体。此词双调,一百零五字,上片十句四仄韵,下片十二句五仄韵。

"垂虹桥",在苏州吴江,本名利往桥。宋庆历间构亭其上,名曰垂虹亭,因亦名桥曰垂虹桥。凡七十二洞,俗称长桥。

此词为行役途中经吴江垂虹桥而叹羁旅、思归隐之作。上片写垂虹桥景色,而旧地重游,兴起结庐隐居之志;下片先继上片意,谓此地让人起载美人归隐之幽兴,于亭上酾酒高歌,赋感叹意,并以景结,呼应开头。

【校注】

①《历代诗余》调名作"二郎神"。

②《历代诗余》词题作"吴江垂虹桥亭"。

③素天际水:与下二句写垂虹桥气势。郑獬《题垂虹桥寄同年叔枺秘校》:"三百阑干锁画桥,行人波上踏灵鳌。插天蝍蛛玉腰阔,跨海鲸鲵金背高。路险截开元气白,影寒压破大江豪。此中自与银河接,不必仙槎八月涛。"素天,《梦溪笔谈·补笔谈》卷上:"其说云:中央黅天之气一,南方丹天之气三,北方玄天之气五,西方素天之气七,东方苍天之气九。皆奇数而无偶,故皆莫知何义,都不可推考。"

④冻云不凝:岑参《白雪歌送武判官归京》:"瀚海阑干百丈冰,愁云惨淡万里凝。"以上二句谓严冬凝雪倒映江水中,被涌浪击碎,似乎亦在流动。

⑤"记晓叶"二句:互文见义。谓曾经屡次为留别或饯行而在秋夜停泊吴江,夜雨灯下吟成饯行留别诗题于枫叶,拂晓时则整舟出发。

⑥宾鸿重来:《礼记注疏》卷一七:"(季秋之月)鸿雁来宾。"孔颖达疏:"'仲秋'直云'鸿雁来',今'季秋'云'来宾',以仲秋初来则过去,故不云'宾',今季秋'鸿雁来宾'者,客止未去也,犹如宾客。"

⑦绣鸭解言:《诗话总龟后集》卷二一:"苕溪渔隐曰:题吴江三贤堂内陆龟蒙诗云:'千首文章二顷田,囊中未有一钱看。却因养得能言鸭,惊破王孙金弹丸。'《谈苑》云:陆龟蒙居笠泽,有内养自长安使杭州。舟出舍下,弹其一绿头鸭。龟蒙遽从舍出,大呼曰:'此绿头有异,善人言。方将献天子,今持此死鸭以诣官。'内养少长并集,信然。厚以金帛遗之,因徐问龟蒙曰:'此鸭何言?'龟蒙曰:'常自呼其名。'"

⑧香鲈堪钓:《吴郡图经续记》卷下:"吴江旧有如归亭,俯视江湖,为天

下绝景处。昔人题咏最多。庆历中,知县事张先益修饰之,蔡君谟为记其事。熙宁中,林郎中肇出宰,又于'如归'之侧作'鲈乡亭',以陈文惠有'秋风斜日鲈鱼乡'之句也。亭旁画范蠡、张翰、陆龟蒙像,谓之'三高',好事者为美。"陈诗中"鲈鱼乡",一作"鲈鱼香",见《类说》卷五六。

⑨尚庐人境:化用陶渊明《饮酒诗二十首》(之五)诗意。

⑩"争如"二句:用范蠡载西施游五湖典。因垂虹桥在三高亭旁,梦窗集中往往相及。《中吴纪闻》卷三:"越上将军范蠡、江东步兵张翰、赠右补阙陆龟蒙,各有画像在吴江鲈乡亭旁。东坡先生尝有《吴江三贤画像》诗。后易其名曰'三高',且更为塑像。朦庵主人王文孺献其地雪滩,因迁之。今在长桥之北,与垂虹桥相望。"争,《汇释》:"犹怎也。自来谓宋人用怎字,唐人只用争字。越娥,晏殊《瑞鹧鸪》:"越娥红泪泣朝云,越梅从此学妖嚬。"此特指西施。

⑪倦客:用倦游典。《史记·司马相如列传》:"今文君已失身于司马长卿,长卿故倦游。"裴骃《史记集解》引郭璞曰:"厌游宦也。"依前:《历代诗余》作"依然"。

⑫茸帽:周邦彦《诉衷情》:"重寻旧日歧路,茸帽北游装。"

⑬淞江:即吴江。《历代诗余》作"松江"。

⑭酹酒:杜台卿《玉烛宝典·正月孟春》:"元日至月晦为醋食,度水。士女悉湔裳,酹酒于水湄,以为度厄。"此写祭奠归隐吴江的三位高士。苍茫:明张本、毛本作"沧茫"。

⑮倚歌:谓倚靠物体而歌。赵晔《吴越春秋·越王无余外传》:"非厥岁月,将告以期,无为戏吟,故倚歌覆釜之山。"

⑯"几点"句:化用白居易《长相思》诗意:"汴水流,泗水流,流到瓜洲古渡头。吴山点点愁。"兼及远山黛典。几点,既属飞花,又属愁山,错综可用,梦窗惯伎。

醉蓬莱 夷则商

七夕　和方南山^①

望碧天书断^②,宝枕香留,泪痕盈袖^③。谁识秋娘,比行云纤瘦^④。象尺薰炉^⑤,翠针金缕^⑥,记倚床同绣^⑦。月𬭚琼梳^⑧,冰销粉汗,南花薰透^⑨。

尽是当时,少年清梦,臂约痕深^⑩,帕绡红皱^⑪。凭鹊传音,恨语多轻漏。润玉留情^⑫,沈郎无奈^⑬,向柳阴期候^⑭。数曲催阑^⑮,双铺深掩,风镮鸣兽^⑯。

【题解】

《醉蓬莱》,词牌名。调见《乐章集》,入"林钟商"。又名《雪月交光》《冰玉风月》。双调,九十七字,上片十一句,下片十二句,各四仄韵。

方南山,作者友人,生平未详。

此为酬赠之作,以"骚体造境"手法,借男女私情喻朋友情谊,并以扣七夕。上片谓别后音信稀,苦于相思,泪沾枕袖,容颜消瘦,并回忆往日七夕欢会。下片谓少年时曾信物盟约,如今想来恍如清梦;而别后音信多辞不达意,难慰相思;女既多情,男且无奈,送约相见,而重门深闭,不得见矣。

【校注】

①毛本、戈校本、杜本、王朱本、朱二校本词题无"七夕"二字。

②"望碧天"句:明张本作"碧天书断"。毛本、戈校本、杜本、王朱本、朱二校本、《四明》本作"碧天书信断"。朱三校本作"□碧天书断"。

③"宝枕"二句:元稹《莺莺传》:"崔氏娇啼宛转,红娘又捧之而去,终夕无一言。张生辨色而兴,自疑曰:'岂其梦邪?'及明,睹妆在臂,香在衣,泪光荧荧然,犹莹于裀席而已。"宝枕,李善题注曹植《洛神赋》:"《记》曰:魏东阿王,汉末求甄逸女,既不遂。太祖回与五官中郎将。植殊不平,昼思夜

想,废寝与食。黄初中入朝,帝示植甄后玉镂金带枕,植见之,不觉泣。时已为郭后谗死。帝意亦寻悟,因令太子留宴饮,仍以枕赉植。植还,度辕辕,少许时,将息洛水上,思甄后。忽见女来,自云:'我本托心君王,其心不遂。此枕是我在家时从嫁前与五官中郎将,今与君王。遂用荐枕席,欢情交集,岂常辞能具。'"秋娘,毛本、戈校本、杜本、王朱本、朱二校本、《四明》本作"秋娥"。

④"谁识"二句:七月多缕云,故秦观《鹊桥仙》词曰:"纤云弄巧,飞星传恨。"此以七夕云月俱瘦拟彼美。

⑤象尺薰炉:温庭筠《织锦词》:"象尺薰炉未觉秋,碧池已有新莲子。"尺,一作"齿"。《温飞卿诗集笺注》:"《左传》:象有齿,以焚其身。《西京杂记》:天子以象牙为火笼。"

⑥翠针金缕:闺中七夕乞巧物什。金缕,此指金线。翠针,毛本、戈校本、杜本、王朱本、朱二校本、《四明》本作"翠鍉"。

⑦倚床同绣:为"同倚绣床"之倒文。

⑧月弹琼梳:谓装饰于云鬟的月梳有些弹斜。月弹,毛本、戈校本、杜本作"月蝉"。

⑨南花:指茉莉。

⑩臂约痕深:谓臂上齿痕。阁选《虞美人》:"臂留檀印齿痕香,深秋不寐漏初长,尽思量。"

⑪帕绡红皱:字面出孟郊《城南联句》:"红皱晒檐瓦。"暗用帕寄红泪典,见《莺啼序》(横塘棹穿艳锦)注⑱。帕绡,明张本、毛本、戈校本、王朱本作"帊绡"。

⑫润玉:用潘郎典。杨巨源《崔娘诗》:"清润潘郎玉不如,中庭蕙草雪消初。"

⑬沈郎无奈:以上二句互文见义。意为"无奈润玉潘郎、瘦腰沈郎留情何。"徐陵《洛阳道二首》(之一):"潘郎车欲满,无奈掷花何。"沈郎,用沈约典。

⑭"向柳阴"句:欧阳修《生查子》:"月上柳梢头,人约黄昏后。"期候,按期约等候。

⑮数曲催阑:化用周邦彦《风流子》词意:"绣阁里、凤帏深几许？听得理丝簧。"陈季《湘灵鼓瑟》:"一弹新月白,数曲暮山青。"

⑯双铺二句:铺,铺首。着于门上的金属兽面衔环。《文选·司马相如〈长门赋〉》:"挤玉户以撼金铺兮,声噌吰而似钟音。"李善注:"金铺,以金为铺首也。"《汉书·哀帝纪》:"孝元庙殿门铜龟蛇铺首鸣。"颜师古注:"门之铺首,所以衔环者也。"杨笺:"此言重门深闭,人不可得见矣。"

【汇评】

杨铁夫《梦窗词全集笺释》:此词全为南山描写艳情。 ("尽是"四句)"当时少年"字样,不提出在前,而于换头补点,下又以"臂约"两偶句以足之,气息之厚在此。

烛影摇红 黄钟商①

寿荷塘　时荷塘寓京②

西子西湖③,赋情合载鸥夷棹④。断桥直去是孤山⑤,应为梅花到。几度吟昏醉晓。背东风、偷闲斗草⑥。乱鸦啼后,解佩归来⑦,春怀多少⑧。

千里蝉娟,茂园今夜同清照⑨。樱脂茸唾听吟诗⑩,争似还家好⑪。昵昵西窗语笑⑫。凤云深、琼箫缥缈⑬。愿春如旧,柳带同心,花枝压帽⑭。

【题解】

《烛影摇红》,词牌名。又名《忆故人》《秋色横空》《玉珥坠金环》等。此词双调,九十六字,前后片各九句五仄韵。

毛荷塘,详见《大酺·荷塘小隐》题解。

此词梦窗以"骚体造境"托喻法祝寿。上片是词人因荷塘留京不归,想象其在京城艳迹;下片以美人盼归托喻朋友间关切并致祝寿意。

【校注】

①明张本、朱三校本作"大石调"。

②毛本、戈校本、杜本、王朱本、朱二校本、朱四校本、《四明》本词题作"毛荷塘生日,留京不归,赋以寄意"。《历代诗余》作"荷塘生日留京,赋以寄意"。

③西子西湖:苏轼《饮湖上初晴后雨二首》(之二):"若把西湖比西子,淡妆浓抹总相宜。"西子,兼指京城西湖美女。

④合载:《历代诗余》作"会载"。

⑤断桥、孤山:皆杭州西湖名胜。

⑥"背东风"二句:杨笺:"'东风',似指其家眷言。"斗草,此兼指赌输赢的斗草游戏。郑谷《采桑》:"何如斗百草,赌取凤凰钗。"

⑦解佩归来:明用江妃解佩典,实指毛荷塘输掉了作为赌注的玉佩。

⑧春怀多少:戏谑其与西湖美女耳鬓厮磨而生情愫。

⑨"千里"二句:据后文《高阳台·寿毛荷塘》,知其生日时间在农历二月十五。此谓毛荷塘生日时尚身在临安,不能与苏州家眷共倚虚幌,只能两地共明月。杜甫《月夜》:"今夜鄜州月,闺中只独看。""何时倚虚幌,双照泪痕干。"茂园,此义同茂苑,代指苏州。《历代诗余》、杜本作"茂陵"。

⑩樱脂茸唾:李煜《一斛珠》:"晓妆初过,沈檀轻注些儿个。向人微露丁香颗,一曲清歌,暂引樱桃破。""绣床斜凭娇无那,烂嚼红茸,笑向檀郎唾。"樱脂,犹言"口脂"。

⑪"争似"句:暗寓李白《蜀道难》"锦城虽云乐,不如早还家"句意。

⑫"昵昵"句:韩愈《听颖师弹琴》:"昵昵儿女语,恩怨相尔汝。"《五百家注昌黎文集》祝充注曰:"《玉篇》:呢喃,小声多言也。"西窗语笑,合用李商隐《夜雨寄北》诗意。

⑬"凤云"二句:用萧史夫妇吹箫作凤鸣典。云深缥渺,用巫山云雨典。

⑭花枝压帽:黄庭坚《次韵元礼春怀十首》(之三):"压帽花枝如可折,折花手版直须抛。"以上三句因毛荷塘生日在仲春,故愿年年能够柳结同心,插花满头。

【汇评】

杨铁夫《梦窗词全集笺释》：庆寿诗词，最易犯俗，如此词却无一句套路。上片想在京都之艳迹，下片动以家园之可思。庆寿本意，止以"愿春如旧"四字了之，扫尽南山、东海等话头。意既深婉，词亦娓娓动人，真可为寿词法。

又

麓翁夜宴园堂①

新月侵阶，彩云林外笙箫透②。银台双引绕花行③，红坠香沾袖④。不管签声转漏⑤。更明朝、棋消永昼⑥。静中闲看，倦羽飞还，游云出岫⑦。

随处春光，翠阴那只西湖柳⑧。去年溪上牡丹时，还试长安酒⑨。都把愁怀抖擞⑩。笑流莺、啼春漫瘦⑪。晓风恶尽⑫，妒雪寒销，青梅如豆⑬。

【题解】

"麓翁"，即史宅之，详见《瑞鹤仙·寿史云麓》题解。淳祐七年（1247），史宅之为尚书省工部尚书，提领田事所，倡括民之议，导致舆论沸腾，与词中描述略相契和。淳祐八年，史宅之即除副枢，此词作于早春，故可知时在此年。此园堂疑在四明月湖，即碧沚，故词中有"翠阴那只西湖柳"语。

此为酬赠之作。上片先写赴宴、迎客；再写主客豪情任性，通宵达旦，次日继以棋乐；以兴尽出神远眺倦鸟浮云作结。下片写游园，并回忆云麓初上任时载花宴客之事，暗寓针对云麓的舆论非议都将很快过去之意。

【校注】

①毛本、戈校本、杜本、王朱本、朱二校本词题作"云麓夜宴园堂"。

②"彩云"句：谓舞场音乐响彻林外。彩云，李白《宫中行乐词》："只愁

歌舞散,化作彩云飞。"林外,明张本作"楼外"。

③"银台"句:烛台双引在唐宋时是身份及恩宠的象征。《爱日斋丛抄》卷一:"唐令狐绹为翰林承旨,夜对禁中,烛尽,宣宗命以金莲花炬送还。此莲炬故事之始。治平末,神宗召知制诰郑毅夫对内东门小殿,命草吴文肃出守青州,张文定参政制,赐双炬送归舍人院。熙宁间,王岐公以翰林承旨亦召对内东门小殿,夜深,赐银台烛双引归院。元祐间,东坡为学士,草吕申公平章,吕汲公、范忠宣左右仆射制,夜对内东门小殿,撤御前金莲炬送归院。乾道间,周益公权直学士院,草虞雍公、梁郑二公相制,晚对选德殿,退御药司,自复道秉烛锁院。益公记之,自谓庶几金莲故事,极儒生之荣遇。淳熙间,史忠定入侍经幄,赐宴澄碧殿,抵暮,送以金莲烛,宿玉堂直庐,进诗以谢,有'金莲引双烛'之句。宠待词臣,而优礼旧弼,尤前此稀有。"更兼及商谈机密的锁院制度。周必大《淳熙玉堂杂记》(中):"逮暗请起,宣坐赐茶,饮讫,再拜而退。御药李彦直同自复道秉烛锁院。盖上意欲其密,故不用寻常宣官之礼。金莲故事,今庶几焉。"

④"红坠"句:承上句绕花而行,故有落红染衫袖。暗用御香典。

⑤签声转漏:承"银台"句,虚写皇帝优渥之事。签声,宫中搋报时竹签的声音。详见《玉蝴蝶》(角断签鸣疏点)注③。转漏,《汉书·王莽传上》:"转漏之间,忠策辄建,纲纪咸张。"以上三句谓放下荣宠与公事,暂时偷得连宵达旦之行乐。

⑥永昼:毛本作"永画"。

⑦"静中"三句:化用陶潜《归去来兮辞》:"云无心以出岫,鸟倦飞而知还。"

⑧"随处"二句:杜甫《陪李梓州王阆州苏遂州李果州四使君登惠义寺》:"莺花随世界,楼阁寄山巅。"《九家集注杜诗》赵彦材注曰:"言当春时,处处有莺花。"那只,毛本、戈校本、杜本、王朱本、朱二校本、《四明》本作"那抵"。

⑨"去年"二句:此指绍兴府及临安府赏牡丹事。唐代杭州即盛牡丹,宋代亦然,尤以吉祥寺最负盛名。如苏轼《惜花》:"吉祥寺中锦千堆,前年赏花真盛哉。"自注:"钱塘花最盛处。"会稽牡丹盛如洛阳。参见前文《垂丝

429

钓近》《听风听雨》题解。《垂丝钓近》并写云麓载花游若耶溪事。试酒,时间在三月末或四月初,与牡丹花季节相合。

⑩抖擞:王维《胡居士卧病遗米因赠》:"居士素通达,随宜善抖擞。"《王右丞集笺注》:"抖擞,犹言振作。《释氏要览》:头陀,梵语杜多,汉言抖擞。谓三毒如尘,能坌污真心,此人能振掉除去故。"

⑪"笑流莺"二句:取意无名氏《如梦令》:"莺嘴啄花红溜。燕尾点波绿皱。指冷玉笙寒,吹彻小梅春透。依旧。依旧。人与绿杨俱瘦。"

⑫恶:《汇释》:"甚辞。"恶尽,毛本、戈校本、杜本、王朱本、朱二校本、《四明》本作"尽恶"。

⑬青梅如豆:冯延巳《阮郎归》:"青梅如豆柳如丝,日长蝴蝶飞。"以上三句还用王曾以梅诗见志事,见《事实类苑》卷三七引《魏王语录》:"王沂公为布衣时,以所业贽吕文穆蒙正。中有《早梅诗》,其警句云:'雪中未论和羹事,且向百花头上开。'文穆云:'此生登第已安排作状元宰相矣。'已而果然。"暗用梅盐典。毛本、戈校本作"梅梢成荳"。杜本、王朱本、朱二校本、《四明》本作"梅梢成豆"。

【汇评】

杨铁夫《梦窗词全集笺释》:按词用"流莺啼春""风恶""雪炉",似指言官及舆论言;"青梅如豆",似说看其结果。然则,此词或作于云麓领财计,括民田,舆论沸腾时乎? ("随处"二句)以西湖垫原籍园堂。 ("去年"三句)逆接。此云"长安",更见园堂之在宁波原籍。

又

饯冯深居 翼日其初度①

飞盖西园②,晚秋却胜春天气③。霜花开尽锦屏空④,红叶新装缀⑤。时放清杯泛水。暗凄凉、东风旧事⑥。夜吟不绝,松影阑干,月笼寒翠⑦。

莫唱阳关⑧,但凭彩袖歌千岁⑨。秋星入梦隔明朝⑩,十载吴宫会⑪。一棹回潮渡苇⑫。正西窗、灯花报喜⑬。柳蛮樱素⑭,试酒争怜⑮,不教不醉。

【题解】

冯深居,即冯去非,详见《齐天乐》(三千年事残鸦外)题解。"初度",即生日。

此为酬赠词。上片写西园饯别,并写深秋景色,及宴饮场面;下片写祝寿,并预祝冯氏此去夺取功名后回来相庆。

【校注】

①翼日:明张本作"翌日"。毛本、《词综》、杜本、王朱本、朱二校本词题中的"其"作"深居"。《历代诗余》无词题。

②飞盖西园:语出曹植《公燕诗》,详见《瑞鹤仙》(泪荷抛碎璧)注⑦。然此为实录,写绍兴府治建筑。

③晚秋胜春:刘禹锡《秋词二首》(之一):"自古逢秋悲寂寥,我言秋日胜春朝。"此谓西园林木葱茏,秋景胜过春日。隐然亦贺冯氏晚岁生日,冯氏年长梦窗十五岁。却胜,毛本、《词综》、《历代诗余》、杜本、王朱本、朱二校本作"恰胜"。

④"霜花"句:此指八九月盛开的木芙蓉花,此花又称拒霜,开时粲若锦绣。已屡见前注。蒋堂《寄题望湖楼》:"楼南极目芙蓉花,万叠红英照千骑。"鉴湖赐荣园前有长堤十里,夹道皆种垂杨、木芙蓉。

⑤"红叶"句:化用杜牧《山行》意境:"停车坐爱枫林晚,霜叶红于二月花。"会稽多枫,王十朋《会稽风俗赋》:"木则枫挺千丈,松封五夫。"冯氏生日应在晚秋。

⑥"时放"三句:此写西园曲水阁之觞咏。《会稽掇英总集》卷二载唐询、林豫、刘述、邵必《题曲水阁》诗。东风旧事,指王羲之《兰亭集序》中曲水流觞之游。

⑦"夜吟"三句:王安石《夜直》:"春色恼人眠不得,月移花影上阑干。"承上三句化用向传式《渌波亭》句意:"水为流觞引,亭因正俗题。松篁清有韵,桃李密成蹊。"不绝,毛本、《词综》、《历代诗余》、杜本、王朱本、朱二校

本、《四明》本作"不就"。

⑧《阳关》:《阳关三叠》。代指送别曲。

⑨彩袖:代指歌女。晏几道《鹧鸪天》:"彩袖殷勤捧玉钟,当年拚却醉颜红。"千岁:柳永有《千秋岁》咏调名,为祝寿之作。

⑩"秋星"句:秋星,亦名太白星。《诗·小雅·大东》:"东有启明,西有长庚。"长庚处位在西,五行为金,与秋同属,故云。《新唐书·文艺中》:"李白,字太白。……白之生,母梦长庚星,因以命之。"切"翼日初度"。

⑪"十载"句:"十载"云云,回忆在吴时间成数。

⑫"一棹"句:渡苇,以苇筏为航。详见《绛都春》(螺屏暖翠)注⑪。回潮,谢惠连《泛湖归出楼望月诗》:"憩榭面曲汜,临流对回潮。"吕延济注曰:"回潮,潮落之名。"阴历每月的二十四五有此现象。渡苇,朱三校本、朱四校本作"度苇"。

⑬"正西窗"二句:灯花报喜,俗以灯花爆裂为吉兆。

⑭柳蛮樱素:小蛮、樊素,白居易二妾名,二人樱口柳腰。

⑮试酒:指品尝新酿成的酒。

【汇评】

杨铁夫《梦窗词全集笺释》:陈东塾云"柳蛮樱素",可悟炼诗入词之法。

又

元夕微雨①

碧澹山姿,暮寒愁沁歌眉浅②。障泥南陌润轻酥③,灯火深深院④。入夜笙歌渐暖⑤。彩旗翻、宜男舞徧⑥。恣游不怕,素袜尘生⑦,行裙红溅⑧。

银烛笼纱⑨,翠屏不照残梅怨⑩。洗妆清靥湿春风⑪,宜带啼痕看。楚梦留情未散⑫。素娥愁⑬、天深信远⑭。晓窗移枕,酒困香残,春阴帘卷⑮。

【题解】

"元夕",即元宵节,农历正月十五。

此元夕雨夜闺中怀人词。上片写元夕雨中之景,而京城士女不畏风雨仍恣意游乐嬉戏。下片写元夕雨中之情,闺中玉人幽怨落寞,绮梦醒来十分惆怅,天亮后醒困人恹,更觉难以畅怀。此词上片写元夕雨中之喜庆热闹,下片写元夕雨夜闺中人的凄寂、沉郁,以乐景衬哀情,对比十分强烈。

【校注】

①明张本、朱三校本、朱四校本作"元夕雨"。

②"暮寒"句:毛滂《菩萨蛮》:"云山沁绿残眉浅。垂杨睡起腰肢软。"白居易《赠晦叔忆梦得》:"酒面浮花应是喜,歌眉敛黛不关愁。"以上二句还暗用赵合德远山眉典。

③障泥:覆盖马腹两侧用于遮挡泥土之物。《世说新语·术解》:"王武子善解马性。尝乘一马,箸连钱障泥。前有水,终日不肯渡。王云:'此必是惜障泥。'使人解去,便径渡。"南陌:王维《同比部杨员外十五夜游有怀静者季》:"夜出曙翻归,倾城满南陌。"以上三句化用韩偓《元夜即席》:"元宵清景亚元正,丝雨霏霏向晚倾。……烟空但仰如膏润,绮席都忘滴砌声。"并写京城街道微雨景象。

④"灯火"句:《武林旧事》卷二:"(元夕)邸第好事者,如清河张府、蒋御药家,间设雅戏烟火,花边水际,灯烛灿然,游人士女纵观,则迎门酌酒而去。又有幽坊静巷,好事之家,多设五色琉璃泡灯,更自雅洁,靓妆笑语,望之如神仙。"

⑤笙歌渐暖:崔颢《岐王席观妓》:"拂匣先临镜,调笙更炙簧。"《齐东野语》卷一七"笙炭"条载吴郡王及平原郡王两家侈盛之事:"只笙一部,已是二十余人。自十月旦至二月终,日给焙笙炭五十斤,用绵熏笼藉笙于上,复以四和香熏。盖笙簧必用高丽铜为之,靓以绿蜡,簧暖则字正而声清越,故必用焙而后可。陆天随诗云'妾思冷如簧,时时望君暖',乐府亦有'簧暖声清'之语。"此句写元夕花灯竞放、笙歌热烈的场景。

⑥"彩旗"二句:以上五句是京城灯夕之实录,可与宋代笔记互见。《武

林旧事》卷三："(淳熙间)时承平日久,乐与民同。凡游观买卖,皆无所禁。画楫轻舫,旁舞如织。至于果蔬、羹酒、关扑、宜男、戏具、闹竿、花篮、画扇、彩旗、糖鱼、粉饵、时花、泥婴等,谓之'中土宜'。"彩旗、宜男,应皆为头上饰物。

⑦素袜尘生:用罗袜生尘典。并暗用苏味道《正月十五夜》"暗尘随马去"诗意。宋代元夕夜为与月色相宜着衣尚白,见《祝英台近》(晚云开)注⑥,故用"素袜"。

⑧行裙红溅:化用裴虔余《柳枝词咏篙水溅妓衣》诗意:"从教水溅罗裙湿,还道朝来行雨归。"

⑨银烛笼纱:《武林旧事》卷二:"(元夕)翠帘绡幕,绛烛纱笼,遍呈舞队,密拥歌姬,脆管清吭,新声交奏,戏具粉婴,鬻歌售艺者纷然而集。"

⑩"翠屏"句:《能改斋漫录》卷七:"苏味道《上元》诗:'游妓皆秾李,行歌尽落梅。'上句取梁萧子显《美人篇》曰:'繁秾既为李,照水亦成莲。'下句取乐府《落梅花》曲。"梅花冬春之间盛放。梅怨,杨亿《夜宴》:"鹤盖留飞舃,珠喉怨落梅。"

⑪清厮:犹言"清斗素厮",形容带雨梅花。明张本作"素厮"。湿春风:语出王安石《明妃曲二首》(之一):"明妃初出汉宫时,泪湿春风鬓脚垂。"

⑫"楚梦"句:用楚王游阳台梦遇巫山神女事。王勃《江南弄》:"江南弄,巫山连楚梦,行雨行云几相送。"由巫山云雨,联想至元夕有遮月之云是因为"留情未散"。

⑬素娥愁:谓因雨而无月色。素娥,《历代诗余》作"素蛾"。

⑭天深信远:暗寓"云"字,写无雁传书。周邦彦《关河令》:"伫听寒声,云深无雁影。"天深,毛本、《历代诗余》、杜本、王朱本、朱二校本、朱四校本、《四明》本作"天长"。

⑮春阴帘卷:宕开写十六日清晨事。春阴,"雨"字嗣波,亦心中余悲。帘卷,化用韩偓《懒起》"海棠花在否,侧卧卷帘看",关切梅花是否离披。

又

寿嗣荣王

天桂飞香①，御花簇座千秋宴②。笑从王母摘仙桃③，琼醴双金盏④。掌上龙珠照眼⑤。映萝图⑥、星晖海润⑦。浮槎远到，水浅蓬莱，秋明河汉⑧。

宝月将弦⑨，晚钩斜挂西帘卷。未须十日便中秋，争看清光满。净洗红尘障面。贺朝霖、催班正殿⑩。喜回天上，紫府开筵⑪，瑶池宣劝⑫。

【题解】

"嗣荣王"，赵与芮，为宋理宗之弟，其子为理宗嗣子，即后来的宋度宗。详见前《水龙吟·寿嗣荣王》。从词中"掌上龙珠照眼"等句看，此词当作于理宗立度宗为皇太子（景定元年）之后。

此词为祝寿词。上片描述寿筵隆重奢侈的场面，并点嗣荣王身份的尊贵，以造访仙境之想象夸张手法为其祝寿；下片点明寿诞时间，并渲染寿筵中的排场。

【校注】

①天桂飞香：罗邺《费拾遗书堂》："满袖归来天桂香，紫泥重降旧书堂。"既写宫中御香，又因传说杭州灵隐寺的桂树是月中种，故有"天桂飞香"之说。切合嗣荣王生日在八月初十。

②御花簇座：生日宴会上，满座皆戴皇帝赏赐的宫花。王珪《又依韵和吴枢密上史馆王相公西府偶成》："喜赐御花新燕后，忆乘天马并游初。"千秋宴：古代祝王公贵族生日往往称千岁，史浩《清平乐·枢密叔父生日》："一曲齐称千岁寿。欢拥两行红袖。"

③王母仙桃：常用作祝寿语。

④琼醴:清酒的美称。双金盏:以蟠桃镂绘于双杯盏,亦是宋人祝寿的习俗。晁补之《梁州令·永嘉郡君生日》:"蟠桃新镂双盏,相期似此春长远。"金盏,朱二校本作"金线"。

⑤"掌上"句:掌上珠,傅玄《短歌行》:"昔君视我,如掌中珠。"王宏《从军行》:"儿生三日掌上珠,燕颔猿肱秩李肤。"龙珠,传说得自龙颔下或龙口中。任昉《述异记》卷上:"凡珠,有龙珠,龙所吐者。越俗以珠为上宝,生女谓之珠娘,生男谓之珠儿。"嗣荣王有二子,见《癸辛杂识续集》卷下,其一即为度宗:"福王(指赵与芮,咸淳三年晋封福王)长子小字祐孙(庚子生,即不育)。次日黄氏所生小字德,即绍陵也。"

⑥映萝图:指疆宇。柳永《御街行·圣寿》:"椿龄无尽,萝图有庆,常作乾坤主。"萝图,毛本、《历代诗余》、戈校本作"罗图"。

⑦星晖海润:皇太子典。马廷鸾代拟《赐皇太子生日诏》:"日就月将,温文以怿。星晖海润,纯嘏尔常。"《宋史·度宗本纪》:"度宗端文明武景孝皇帝,讳禥,太祖十一世孙。父嗣荣王与芮,理宗母弟也。嘉熙四年四月九日生于绍兴府荣邸。初,荣文恭王夫人全氏梦神言:'帝命汝孙,然非汝家所有。'嗣荣王夫人钱氏梦日光照东室,是夕,齐国夫人黄氏亦梦神人采衣拥一龙纳怀中,已而有娠。及生,室有赤光。资识内慧,七岁始言,言必合度,理宗奇之。及在位岁久,无子,乃属意托神器焉。淳祐六年十月己丑,赐名孟启,以皇侄授贵州刺史,入内小学。……宝祐元年正月庚辰,诏立为皇子,改赐今名。……景定元年六月壬寅,立为皇太子,赐字长源,命杨栋、叶梦鼎为太子詹事。七月丁卯,太子入东宫。"海润,《历代诗余》作"海烂"。

⑧"浮槎"三句:合用天河浮槎、蓬莱典。点出嗣荣王生日时间。兼及旧志载正对蓬莱仙山的会稽,绍兴府以会稽为郡治,与山阴县同城而治。浮槎,明张本"浮"字处空格。

⑨宝月将弦:月初弦在阴历每月初七、初八日,此词写在生日前,故曰"宝月将弦","未须十日便中秋"。

⑩"贺朝霖"二句:霖,适时好雨。《书·说命上》:"若岁大旱,用汝作霖雨。"据《宋史·理宗本纪》,宝祐四年(1256)三月壬寅,"以少师嗣荣王与芮为太傅"。据《宋史·度宗本纪》,度宗即位,"加封嗣荣王赵与芮为武康

436

宁江军节度使,依前太师、判宗正事"。嗣荣王为太傅、太师,故可用此经世济民之典。

⑪"喜回"二句:天上、紫府,道教称仙人所居。葛洪《抱朴子》:"及至天上,先过紫府,金床玉几,晃晃昱昱,真贵处也。"此代指皇宫。

⑫瑶池:西王母所居,也是穆天子宴觞西王母的地方。宣劝:指皇帝赐酒欢饮。

又

赋德清县圃古红梅

苺锁虹梁,稽山祠下当时见①。横斜无分照溪光②,珠网空凝遍③。姑射青春对面④。驾飞虬、罗浮路远⑤。千年春在⑥,新月苔池,黄昏山馆⑦。

花满河阳⑧,为君羞褪晨妆蒨⑨。云根直下是银河,客老秋槎变⑩。雨外红铅洗断。又晴霞、惊飞暮管⑪。倚阑只怕,弄水鳞生,乘东风便⑫。

【题解】

"县圃红梅",德清县圃有数间亭榭,各有嘉名。此词所赋为"清意亭"前古红梅。《贺新郎·为德清赵令君赋小垂虹》词云"但东阁、官梅清瘦",《念奴娇·赋德清县圃明秀亭》词云"寒欲残时,香无着处,千树风前玉",可以互为参照。

此词咏古红梅。上片写古红梅之"古",仿佛禹庙梅梁,又似梅仙驾虬从罗浮移来,并点其生长环境,苔池边,山馆旁。下片则突出古红梅之"红",花开时令桃花羞愧,雨洗不尽,晴霞惊飞,最后以担心东风吹落表示惜花之情。此篇化典造语多而新,想象、夸张、拟人、拟物等手法出神入化,真神来之笔。

【校注】

①"莓锁"二句:此以会稽山禹庙下它山堰的梅梁衬起。稽山,会稽山的省称。稽山祠,即会稽山禹庙。地处绍兴府会稽县东北二十里。其下有它山堰,堰梁取禹庙梅梁后半为之,因"其脊俨然如龙卧",故曰"虹梁"。《四明它山水利备览》卷上:"梅梁,在堰江沙中。《鄞志》谓梅子真旧隐大梅山。梅木其上为会稽禹祠之梁,其下在它山堰,亦谓之梅梁。……它山堰之梁,其大逾抱,半没沙中,不知其短长,横枕堰址,潮过则见,其脊俨然如龙卧江沙中,数百年不朽,暴流湍激,俨然不动,有草一<u>丛</u>生于上,四时常青。刃或误伤梁,辄流水如血。耆老传以为龙物,亦圣物镇堰者耶?"莓锁,指苔梅。详见《花犯》(剪横枝)注①、⑤。暗寓此古红梅除年代久远外,并且是苔梅品种。稽山,王朱本作"嵇山"。

②"横斜"句:翻用林逋《山园小梅》诗境。

③珠网:此喻夕露如珍珠。详见《尉迟杯》(垂杨径)注⑧。以上二句写古梅因在县衙的园圃,因而与小溪无缘;然夕露洒在梅树上,仿佛缀珠之网状的帐帷遮护着梅花,亦与梅花相宜。珠网,《历代诗余》作"蛛网"。

④姑射:《庄子·逍遥游》:"藐姑射之山,有神人居焉,肌肤若冰雪,绰约若处子。"唐宋时屡以喻梅花。

⑤"驾飞虬"二句:相传隋赵师雄在罗浮山梦遇梅花精灵。并暗用梅梁化龙典,详见《齐天乐》(三千年事残鸦外)注⑥。

⑥千年春在:切"古"字、"红"字。

⑦"新月"二句:梁元帝《咏梅诗》:"梅含今春树,还临先日池。"林逋咏梅残句:"池水倒窥疏影动,屋檐斜入一枝低。"照应林逋《山园小梅》诗境,谓县圃虽无溪水,但有苔池,亦可清浅照影。并以月色衬写午夜香气浓烈。

⑧花满河阳:县圃明秀亭前盛植桃李花。《德清县志》卷一〇载县圃古迹曰:"明秀亭,周植桃与海棠,前立牌门,榜曰'红云坞'。"实用潘岳河阳一县桃李花典故。

⑨"为君"句:管鉴《桃源忆故人》:"寿芽初长香英嫩。拾翠芳洲春近。倩笑脸霞羞褪。"谓红梅雅艳,衬托出桃李粗俗。桃李实开于梅花之后,此

虚及之。

⑩"云根"二句：此以客自喻，承梅梁意而有乘槎上天河之联想。

⑪"又晴霞"二句：晴霞与红铅皆喻红梅花瓣。暮管，笛曲中有《梅花落》。

⑫乘东风便：刘长卿《归沛县道中晚泊留侯城》："进帆东风便，转岸前山来。"

又

越上霖雨应祷

秋入灯花①，夜深檐影琵琶语②。越娥青镜洗红埃③，山斗秦眉妩④。相间金茸翠亩⑤。认城阴、春耕旧处⑥。晚春相应⑦，新稻炊香⑧，疏烟林莽⑨。

清磬风前⑩，海沈宿袅芙蓉炷⑪。阿香秋梦起娇啼⑫，玉女传幽素⑬。人驾梅槎未渡⑭。试梧桐、聊分宴俎⑮。采菱别调⑯，留取蓬莱，霎时云住⑰。

【题解】

"越"，指绍兴。此词作于淳祐五年（1245），当年初秋江南一带亢旱。时梦窗在绍兴知府史宅之幕中。

此因久旱而祈雨，霖雨至而作此词以贺之。上片描绘了一幅越地秋雨图，想象雨后丰收景象；下片写祈雨情景，霖雨应祷而至。

【校注】

①秋入灯花：秋雨后寒湿初重，因而灯花频结。

②"夜深"句：下阕"风前"意亦入此，借喻屋檐下的风铃（也称铁马、檐马等）在风雨中撞击有声。琵琶语，白居易《春听琵琶兼简长孙司户》："四弦不似琵琶声，乱写真珠细撼铃。指底商风悲飒飒，舌头胡语苦醒醒。"前

文《暗香》(县花谁葺)"天际疏星趁马,帘昼隙、冰弦三叠"数句亦以风动檐马喻弦乐声。苏轼《大风留金山两日》:"塔上一铃独自语,明日颠风当断渡。"

③青镜:喻绍兴镜湖。红埃:飞扬的尘土。《魏书·崔光传》:"秋末久旱,尘壤委深,风霾一起,红埃四塞。"

④"山斗"句:为"斗秦山眉妩"之倒文。叶适《和汪提刑祈雨》:"会稽秦望都洗清,越人唤作提刑雨。"

⑤"相间"句:谓早稻已经收割,晚稻尚且青葱。

⑥"认城阴"二句:"占城"被认为是最早的旱稻。《会稽志》卷一七释曰:"早占城,土人皆谓之金成,不知何义也。一名六十日。相传云唐太宗伐占城国,得其种。《国史》:祥符五年,上以诸路微旱,则稻悉不登,遂遣使福建,取占城稻三万斛,分给江南两浙三路转运使,令择民田之高卬者,分给莳之,谓之早稻,仍出种法示民。"

⑦晚春相应:王维《山中与裴秀才迪书》:"村墟夜舂,复与疏钟相间。"与下句取王安石《东陂二首》(之一)句意:"春玉取新知不晚,腰镰今日已纷纷。"《王荆公诗注》:"舂,谓捣剥去秕糠,言将炊新米也。"

⑧新稻炊香:此特指"早白稻""乌黏早白""宣州早"诸种早熟的占城品种。

⑨疏烟林莽:承上句设想喜获新稻丰收后,家家舂米晚炊的情形。

⑩清磬:此指道士祈雨所用法器。

⑪"海沈"句:王惟正《应祷诗留天圣观》:"乞雨祈诸庙,焚香祷众真。"海沈,此美称祈雨用的香炷。芙蓉炷,捆扎成莲花形的香炷。

⑫"阿香"句:阿香,雷雨女神。娇啼,白居易《罗子》:"顾念娇啼面,思量老病身。"此形容雷声。因雷神为女性。梦窗多以"娇"字形容雷声。

⑬玉女:亦雷电女神。《太平御览》卷一三:"《神异经》曰:东王公与玉女投壶,枭而脱误不接者,天为之笑,开口流光,今电是也。"李白《梁甫吟》:"我欲攀龙见明主,雷公砰訇震天鼓,帝旁投壶多玉女。三时大笑开电光,倏烁晦冥起风雨。"以阿香娇啼、玉女传信形容雷电交加霖雨倾盆。

⑭梅槎:美称木筏。参见《锁窗寒》(绀缕堆云)注⑥。梅槎,《古今词

统》、毛本、《历代诗余》、《词律》、戈校本、杜本、王朱本作"海查"。

⑮"试梧桐"二句：借孟棨《本事诗·情感》中顾况与宫女以大梧桐叶题诗典,此写摆宴席、分韵写诗以志庆贺的情景。

⑯采菱别调：采菱,江南曲。详见《齐天乐》(曲尘犹沁伤心水)注⑱。此调急促高亢,故云"别调"。

⑰"留取"二句：蓬莱是海上仙山,周围彩云缭绕。云驻即能再行雨,亦祈愿之辞。

【汇评】

卓人月、徐士俊《古今词统》卷一二：古锦囊中句。

丑奴儿慢① 黄钟商

麓翁飞翼楼观雪②

东风未起,花上纤尘无影。峭云湿③,凝酥深坞,乍洗梅清④。钓卷愁丝,冷浮虹气海空明⑤。若耶门闭⑥,扁舟去懒⑦,客思鸥轻⑧。

几度问春,倡红冶翠,空媚阴晴⑨。看真色、千岩一素⑩,天澹无情⑪。醒眼重开,玉钩帘外晓峰青⑫。相扶轻醉,越王台上,更最高层⑬。

【题解】

《丑奴儿慢》,词牌名。又名《采桑子慢》《愁春未醒》《叠青钱》《丑奴儿近》等。计三体。此词双调,九十字,上片九句,一叶韵,三平韵,下片十句,四平韵。

"麓翁",即史宅之,详见《瑞鹤仙·寿史云麓》题解。"飞翼楼",建于绍兴府治卧龙山西颠望海亭旧址之上。据《宋史·理宗本纪》,淳祐四年十一月戊午日祷雪,辛酉日雪寒。淳祐五年十二月壬戌朔祈雪,淳祐六年二月壬申日雪。据《宝庆会稽续志》卷二守臣题名:史宅之淳祐四年七月至六年三月知绍兴府。此词当作于淳祐四年(1244)十一月或六年二月。

此词写赏雪。上片写雪景,雪花纤尘不染,山头冷云湿重,山坞白雪凝酥,梅花傲雪清芬,而雪后野外杳无人迹,境界空明寂静;下片写问春未果,没有红情绿意,只有一派素白真色,而设想雪后天晴万山青遍,最后以醉扶云麓登楼观雪作结。

【校注】

①明张本、杜本词调作"丑奴儿"。毛扆本、戈校本作"愁春未醒"。

②明张本、毛本、朱三校本、《四明》本词题作"雪,麓翁飞翼楼观"。戈校本、朱二校本作"侍云麓先生登飞翼楼观云"。《历代诗余》作"登飞翼楼观云"。

③峭云:此指凝寒的冬云。

④"凝酥"二句:此写卧龙山雪中的桃溪梅坞。参见《瑞鹤仙》(记年时茂苑)注⑬。梅清,明张本作"梅青"。

⑤"钓卷"二句:钓卷愁丝,为"钓丝愁卷"之倒文。虹气,《小学绀珠》卷一:"小雪,虹藏不见,天气上腾,地气下降,闭塞成冬。"空明,苏轼《海市》:"东方云海空复空,群仙出没空明中。"相传卧龙山与海上仙山蓬莱相望。钓卷愁丝,明张本作"钓帘愁丝"。《历代诗余》作"钓卷游丝"。《词谱》作"钩卷晴丝"。《词律》、杜本作"钓卷游丝"。空明,《历代诗余》、《词律》、杜本作"波明"。

⑥"若耶"句:若耶溪,详见详见《瑞鹤仙》(记年时茂苑)注⑭。府治所在卧龙山上楼台,遥望可及此溪。

⑦扁舟去懒:上句"门闭"意属此。用袁安雪大闭门不出典。并反用雪夜访戴典。

⑧客思鸥轻:杜甫《闷》:"猿捷长难见,鸥轻故不还。"《杜诗详注》:"山猿、水鸥,何以成闷,见其轻捷自如,遂伤客身之留滞也。"

⑨空媚阴晴:赵冬曦《奉和张燕公早霁南楼》:"物华荡暄气,春景媚晴旭。"以上三句从鲍照《学刘公干体诗五首》(之三)即咏雪诗中脱化:"兹晨

442

自为美,当避艳阳天。艳阳桃李节,皎洁不成妍。"

⑩千岩一素:姜夔《雪中六解》(之五):"万壑千岩一样寒,城中别有玉龙蟠。"

⑪天澹无情:反用黄庭坚《咏雪奉呈广平公》:"正使尽情寒至骨,不妨桃李用年华。"以上六句意思是"天地无情,纯乎一真",谓天地因积雪而澹素,显现出天地最本真的不屑杂人类情感的一面。言下之意,之前在这里阴光晴色所看到的娇花媚柳则为天地本性的变相。

⑫"醒眼"二句:王安石《至开元僧舍上方次韵舍弟二月一日之作》"霁雪兼山粉黛重"李壁注:"粉喻雪,黛喻山","雪霁山明,始见青色"。醒眼,《词律》作"醒看"。

⑬"越王台"二句:为"更上越王台最高层"之倒文。《会稽续志》卷一:"越王台……在种山东北。种山盖卧龙之旧名也。今台乃在卧龙之西,旧有小茅亭,名'近民',久已废坏。嘉定十五年,汪纲即其遗址创造,而移越王台之名于此。气象开豁,目极千里,为一郡登临之胜。"《历代诗余》、《词律》、戈校本、杜本作"越山更上,台最高层"。

【汇评】

俞陛云《唐五代两宋词选释》:夏闰庵云,先从未有云说到云起。"虹气"七字状云,殊新警。"若耶"三句,托思清迥。下阕"千岩一素"四字咏云,能涵盖一切。"醒眼"二句,又说到云散,于"观云"本题,十分写足。

又

双清楼　钱塘门外①

空蒙乍敛②,波影帘花晴乱③。正西子、梳妆楼上,镜舞青鸾④。润逼风襟,满湖山色入阑干。天虚鸣籁⑤,云多易雨,长带秋寒⑥。

遥望翠凹⑦,隔江时见,越女低鬟⑧。算堪羡、烟沙白鹭⑨,

暮往朝远。歌管重城,醉花春梦半香残⑩。乘风邀月,持杯对影,云海人间⑪。

【题解】

"双清楼",汪莘《孟秋朔日天台刘允叔和乡人陈思敬饯饮钱塘门外双清楼上》:"西湖日日可寻芳,楼上凭栏意未忘。斫取荷花三万朵,作他贫嫁衣裳。""钱塘门",杭京西城门。

此词写景抒情。上片写西湖雨后初晴,波平如镜,登楼而湖光山色映入眼帘。下片写遥望青山,见烟江白鹭而生企羡之情,而都城中喧嚣繁华、纸醉金迷,怎如我月下独酌,表达了在孤独苦闷中出离尘世的高朗情怀。

【校注】

①毛本、戈校本、杜本、王朱本、朱二校本、朱四校本词题后句作"在钱塘门外"。《历代诗余》词题作"双清楼"。

②空蒙乍敛:与下四句错综化用苏轼《饮湖上初晴后雨二首》(之二)诗意:"水光潋滟晴方好,山色空蒙雨亦奇。欲把西湖比西子,淡妆浓抹总相宜。"

③"波影"句:周邦彦《隔浦莲近拍》:"水亭小。浮萍破处,帘花檐影颠倒。"余见《解语花》(檐花旧滴)注②。

④镜舞青鸾:此以西湖喻镜,以莲叶莲花喻青凤。

⑤天虚鸣籁:《庄子·齐物论》:"子游曰:'地籁则众窍是已,人籁则比竹是已,敢问天籁。'子綦曰:'夫吹万不同,而使其自已也。'"郭象注:"此天籁也。夫天籁者,岂复别有一物哉? 即众窍、比竹之属,接乎有生之类,会而共成一天耳。"

⑥"云多"二句:西湖水域宽广,又四山相围,易聚云为雨。又因秋天云雨水气,空气中常带寒意,环境使人神清气爽。

⑦翠凹:本形容砚台。此谓平原低处如凹,喻青山环抱之中的钱塘江。

⑧越女低鬟:喻钱塘江对面的秦望山。越女,《文选·枚乘〈七发〉》:"越女侍前,齐姬奉后。"刘良注:"齐越二国,美人所出。"秦望山在越地,文人多喻为秦鬟,梦窗凿空为实,称越女之鬟。低鬟,明张本、毛本作"鬟低"。

⑨烟沙白鹭：此写对岸会稽风景。王十朋《蓬莱阁赋》："往来乎鸥鹭之乡，欸乃乎烟波之里。"

⑩醉花春梦：此以独醒者的目光俯视城中尘世的享乐生活。

⑪"乘风"三句：取意李白《月下独酌四首》(之一)："花间一壶酒，独酌无相亲。举杯邀明月，对影成三人。""永结无情游，相期邈云汉。"兼取苏轼《水调歌头》词意："我欲乘风归去，又恐琼楼玉宇，高处不胜寒。起舞弄清影，何似在人间。"

【汇评】

俞陛云《唐五代两宋词选释》：起笔及"鸣籁"三句，捶炼入细。下阕写临江风景，笔轻而意远。"歌管"二句，人海沈酣，辜负佳景者，不知凡几，以"醉花春梦"讽之，雅人无浅语也。

木兰花慢

游虎丘　陪仓幕游。时魏益斋已被亲擢，陈芬窟、李方庵皆将满秩①

紫骝嘶冻草②，晓云锁、岫眉颦③。正蕙雪初消，松腰玉瘦④，憔悴真真⑤。轻黧。渐穿险磴，步荒苔、犹认瘗花痕⑥。千古兴亡旧恨，半丘残日孤云⑦。

开尊。重吊吴魂⑧。岚翠冷、洗微醺。问几曾夜宿，月明起看，剑水星纹⑨。登临总成去客⑩，更软红⑪、先有探芳人⑫。回首沧波故苑⑬，落梅烟雨黄昏⑭。

【题解】

《木兰花慢》，唐教坊曲，后用为词牌。《乐章集》入"南吕调"。双调，一百零一字，前片十句五平韵，后片十句七平韵，为定格。此词前片四平韵，后片六平韵，系慢调变格。以下各首词均为定格。

"虎丘"，在苏州，上有吴王阖闾墓、真娘墓、虎丘塔、剑池等名胜古迹。

"仓幕",又称庾幕。仓台幕、庾台幕的简称。仓台是宋代管理粮仓的机构。时吴文英正在苏州仓幕中。"魏益斋",疑即魏峻。"亲擢",御笔简拔。"陈芬窟",梦窗在苏州仓幕时的同僚,生平不详。"李方庵",为梦窗苏州仓幕同僚。"满秩",官吏任期结束。

　　此词记游虎丘,赋千古兴亡之感,抒发惜别之情。上片写冬雪初消,拂晓骑马往游虎丘,登山遇真娘墓、阖闾墓,有千古兴亡之感。而一路之景,皆着以凄凉、阴郁之色,吊古伤今之慨极沉郁悲痛。下片承上片写陪游后宴饮,凭吊幽魂;登临剑池,而有惜别之意;祝友人升迁,并有个人孤怀独抱之慨。此篇纪游、吊古、惜别、抒怀,布景设色,工整自然,显示了梦窗的功力与创造性。

【校注】

　　①明张本、毛本、戈校本、杜本、王朱本、朱二校本词题前二句作"陪仓幕游虎丘"。朱四校本前二句作"虎丘陪仓幕游"。《历代诗余》词题为"游虎丘"。亲擢,王朱本、朱二校本作"新擢"。

　　②"紫骝"句:用牧守典,原典出自《陌上桑》:"使君从南来,五马立踟蹰。"后紫马也作为郡守坐骑的代称。杜甫《山寺》:"使君骑紫马,捧拥从西来。树羽静千里,临江久裴回。"《补注杜诗》引苏注:"谢灵运出守永嘉,人曰骑紫马者乃太守也。永嘉今有紫马祠尚传,乃播谢之德也。"为此处"紫骝"所本。此指魏益斋。"冻草"结合下文"落梅",知此时在由冬入春时。

　　③"晓云"二句:杨备题真娘墓有"粉作娇云黛作烟"句,暗用宋玉《高唐赋》巫山神女"旦为朝云,暮为行雨"典,以及"远山黛"典。晓云锁,毛本、戈校本作"晓云销"。

　　④松腰玉瘦:此写松上雪消。暗用杨备"冰肌玉骨有遗妍"诗意。并用"沈腰"典。上二句以蕙写性情,松写腰肢,雪玉写肌肤。

　　⑤憔悴真真:喻写落梅与真娘。

　　⑥瘗花痕:真娘墓多花草蔽其上。

　　⑦"千古"二句:杜甫《壮游》:"王谢风流远,阖闾丘墓荒。"张正见《从永阳王游虎丘山诗》:"白云多异影,丹桂有藂香。"此二句渐入吴王阖闾墓,以兴家国之慨。兴亡,《历代诗余》作"凄凉"。

⑧吴魂:双写吴王阖闾与吴妓真娘之魂。

⑨"问几曾"三句:写阖闾墓旁剑池。古人认为宝剑精气可冲星斗之间,入水中亦显精芒。《晋书·张华传》:"华闻豫章人雷焕妙达纬象,乃要焕宿,屏人曰:'可共寻天文,知将来吉凶。'因登楼仰观,焕曰:'仆察之久矣,惟斗牛之间颇有异气。'华曰:'是何祥也?'焕曰:'宝剑之精,上彻于天耳。'……华大喜,即补焕为丰城令。焕到县,掘狱屋基,入地四丈余,得一石函,光气非常,中有双剑,并刻题,一曰龙泉,一曰太阿。其夕,斗牛间气不复见焉。……焕卒,子华为州从事,持剑行经延平津,剑忽于腰间跃出堕水,使人没水取之,不见剑,但见两龙各长数丈,蟠萦有文章,没者惧而反。须臾,光彩照水,波浪惊沸,于是失剑。"张正见《从永阳王游虎丘山诗》:"宝沈余玉气,剑隐绝星光。"李德裕《追和太师颜公同清远道士游虎丘寺》:"一夕如再升,含毫星斗烂。"写游人至此,未曾在明月夜起看吴王阖闾葬于剑池中扁诸、鱼肠等剑气冲上星宿的精光,暗寓后世唯重女色,而无欲霸天下之气概。

⑩去客:陶渊明《杂诗十二首》(之七):"家为逆旅舍,我如当去客。"此句针对"魏益斋已被亲擢,陈芬窟、李方庵皆将满秩"而言。

⑪软红:即软红香尘,代指京城。

⑫探芳:此特指探梅。苏轼《西江月·梅花》:"海仙时遣探芳丛。倒挂绿毛幺凤。"

⑬沧波故苑:虎丘由沧海变化而成。《吴郡志》卷一六:"虎丘山又名海涌山,在郡西北五里。"唐宋时此地尚可远望大海,刘禹锡有《发苏州后登武丘寺望海楼》诗。

⑭"落梅"句:写诸友人京城改官时,孤山探梅咏诗,将会忆及虎丘此游。

【汇评】

陈廷焯《词则·别调集》:景中带情,词意两胜。

俞陛云《唐五代两宋词选释》:"轻黎"二句赋山景极幽峭。下阕登欲去,已近收笔,乃承以"软红探芳"句,似花明柳暗又见一村。作此顿挫,而结句"回首沧波故苑"仍归到本题。梦窗学清真,此等处颇似之。

杨铁夫《梦窗词全集笺释》：收句从"回首"二字生情。起用"晓云"，歇用"残日"，结用"黄昏"，全日盘桓可见。

又

重游虎丘

步层丘翠莽，□□处^①、更春寒。渐晚色催阴，风花弄雨，愁起阑干。惊翰^②。带云去杳，任红尘、一片落人间。青冢麒麟有恨，卧听箫鼓游山^③。

年年。叶外花前。腰艳楚^④、鬓成潘^⑤。叹宝奁瘗久^⑥，青萍共化^⑦，裂石空盘^⑧。尘缘。酒沾粉污，问何人、从此濯清泉^⑨。一笑掀髯付与，寒松瘦倚苍峦^⑩。

【题解】

此词写于春三月再游苏州虎丘时，与上一首游虎丘词是上下相连的姊妹篇，内容仍是借纪游、绘景来抒发吊古伤今之情。

上片写春寒料峭时登山，日暮更兼风雨，落花无数，兴起词人满怀愁绪；又过真娘墓、阖闾墓，有今昔盛衰之无限感慨。下片言虎丘游人不断，感叹芳塚、剑池因之剥蚀倾裂；尘世间纸醉金迷，何人能清高自守呢？高情豪兴，终付之一笑。

【校注】

①"步层丘"二句：明张本、毛本夺二字，无空格。杜本作"步层丘□□，翠莽处"。

②惊翰：《文选·张协〈七命〉》："尔乃浮三翼，戏中沚，潜鳃骇，惊翰起。"李善注引郑玄诗笺曰："翰，鸟中豪俊者也。"钟振振《读梦窗词札记（四）》笺此与下三句曰："但言惊鸟与飞云远去，不管人间红尘耳。"

③"青冢"二句：青冢，杜甫《咏怀古迹》（之三）："一去紫台连朔漠，独留

青冢向黄昏。"仇兆鳌注:"《归州图经》:边地多白草,昭君冢独青。"此借指为青草所蔽的真娘墓。麒麟,特指贵者墓旁物。杜甫《曲江二首》(之二):"江上小堂巢翡翠,苑边高冢卧麒麟。"《九家集注杜诗》郭知达注:"《西京杂记》:五柞宫西青梧观柏树下有石麒麟二枚,是秦始皇骊山墓上物。"赵彦材注:"两句皆记眼前所见也,冢前有石麒麟,盖富贵之家;卧则冢之荒废矣。"此指阖闾墓。二句双写真娘冢旁青草荒芜、阖闾墓前麒麟卧废,以兴今昔盛衰之感慨。

④腰艳楚:萧骥《咏袷复诗》:"纤腰非学楚,宽带为思君。"艳,荆楚歌谣。《文选·左思〈吴都赋〉》:"荆艳楚舞,吴愉越吟。"刘逵注:"艳,楚歌也。"腰艳楚,毛本、戈校本、杜本、王朱本、朱二校本作"娇艳楚"。

⑤鬓成潘:潘岳《秋兴赋序》:"余春秋三十有二,始见二毛。"后因以"潘鬓"谓中年鬓发初白时。以上四句用白居易《游西武丘寺八韵》诗意:"摇曳双红旆,娉婷十翠娥。香花助罗绮,钟梵避笙歌。"

⑥宝奁瘗久:沈佺期《天官崔侍郎夫人卢氏挽歌》:"埋镜泉中暗,藏灯地下微。"宝奁,李商隐《垂柳》:"宝奁抛掷久,一任景阳钟。"此句写真娘墓。

⑦青萍:古宝剑名。《文选·陈琳〈答东阿王笺〉》:"君侯体高世之才,秉青萍、干将之器。"吕延济注:"青萍、干将,皆剑名也。"葛洪《抱朴子·博喻》:"青萍、豪曹,剡锋之精绝。"此代指阖闾墓中名剑。

⑧裂石空盘:《吴地记》:"秦始皇东巡至虎丘,求吴王宝剑,其虎当坟而踞,始皇以剑击之不及,误中于石(遗迹尚存)。……剑无复获,乃陷成池。"《江南通志》卷一二:"(虎丘)其最胜者为剑池。两岸划开,中涵石泉,深不可测。世传秦皇凿山求剑处也。"空盘,"横空盘硬"之略语。语出韩愈《荐士》:"横空盘硬语,妥帖力排奡。"以上三句谓陪葬全部化为异物,唯余剑池岸石横空而立,如临无地。

⑨"尘缘"四句:谓游者多携脂粉、酒肉而来,并没有人在此濯缨濯足,作为归隐探义胜地。反用白居易《题东武丘寺六韵》诗意:"寄言轩冕客,此地好抽簪。"酒沾,杜本作"犹沾"。

⑩"一笑"二句:苏轼《次韵刘景文见寄赠朱逊之》:"细看落墨皆松瘦,想见掀髯正鹤孤。"苍峦,杨笺:"画家名山之高而尖者曰'峰',平而圆者曰

'峦'。虎丘正平圆,故曰'苍峦'。"《吴郡志》亦曰虎丘为"遥望平田中一小丘"。

又

送翁五峰游江陵①

送秋云万里,算舒卷、总何心②。叹路转羊肠③,人营燕垒,霜满蓬簪④。愁侵。庾尘满袖⑤,便封侯、那羡汉淮阴⑥。一醉莼丝脍玉⑦,忍教菊老松深⑧。

离音。又听西风,金井树⑨、动秋吟。向暮江目断⑩,鸿飞渺渺,天色沈沈。沾襟⑪。四弦夜语,问杨琼、往事到寒砧⑫。争似湖山岁晚,静梅香底同斟⑬。

【题解】

翁五峰,见《江神子·送翁五峰自鹤江还都》题解。淳祐六年(1246),贾似道为京湖制置大使、知江陵府,翁为贾之幕客,所以有江陵、鄂渚之游。

此为送别词。上片写送别,又为翁五峰此去前线、仕途艰险发愁,劝翁氏早日归隐;下片继写送别,景色皆动人愁绪,惜别之情极沉郁,并再表归隐之劝慰。

【校注】

①毛本、戈校本、杜本、王朱本、朱二校本词题脱"陵"字。

②"送秋云"三句:显用陶潜《归去来兮辞》"云无心以出岫"之意。舒卷,毛本、戈校本作"卷舒"。

③路转羊肠:句例详见《水龙吟》(艳阳不到青山)注⑬。

④蓬簪:《诗·卫风·伯兮》:"自伯之东,首如飞蓬。"

⑤庾尘:用庾亮典。《世说新语·轻诋》:"庾公权重,足倾王公。庾在石头,王在冶城坐,大风扬尘,王以扇拂尘曰:'元规尘污人。'"

⑥"便封侯"二句:《后汉书·班超传》:"(超)久劳苦,尝辍业投笔叹曰:'大丈夫无他志略,犹当效傅介子、张骞立功异域,以取封侯,安能久事笔砚间乎?'"淮阴,《史记·淮阴侯列传》:"上曰:'人告公反。'遂械系信。至洛阳,赦信罪,以为淮阴侯。"

⑦"一醉"句:暗用张翰思吴中菰菜、莼羹、鲈鱼脍典故。莼丝,白居易《想东游五十韵》:"脍缕鲜仍细,莼丝滑且柔。"脍玉,鱼肉色如白玉。

⑧菊老松深:语出晁端礼《满江红》:"想升沈有命,去来非己。菊老松深三径在,田园已有归来计。"菊,亦指"杞菊",俗称"菊花脑"。暗用陆龟蒙《杞菊赋序》:"天随子宅荒,少墙屋,多隙地,著图书所,前后皆树以杞菊。春苗恣肥,日得以采撷之,以供左右杯案。及夏五月,枝叶老硬,气味苦涩,旦暮犹责儿童辈拾掇不已。"陆龟蒙长期隐居松江,故菊老松深连类亦成隐居苏州典。以上五句是从词人的立场,谓友人纵能封侯于边疆,不如归隐终老吴中。

⑨金井:吴均《行路难五首》(之四):"唯闻哑哑城上乌,玉栏金井牵辘轳。"

⑩目断:明张本、朱三校本作"目短"。

⑪沾襟:语出《晏子春秋》卷七:"景公筑长庲之台,晏子侍坐。觞三行。晏子起舞曰:'岁已暮矣,而禾不获,忽忽矣若之何!岁已寒矣,而役不罢,惙惙矣如之何!'舞三而涕下沾襟。景公惭焉,为之罢长庲之役。"

⑫"问杨琼"二句:杨琼,白居易《问杨琼》:"古人唱歌兼唱情,今人唱歌唯唱声。欲说向君君不会,试将此语问杨琼。"元稹《和乐天示杨琼》自注:"杨琼,本名播,少为江陵酒妓。去年姑苏过琼叙旧,及今见乐天此篇,因走笔追书此曲。"寒砧,沈佺期《古意呈补阙乔知之》:"九月寒砧催木叶,十年征戍忆辽阳。"

⑬"争似"二句:静梅,此指林和靖孤山梅。静,同"靖"。据前文《江神子·送翁五峰自鹤江还都》,知翁宾旸家在京城杭州。

又

酹清杯问水②,惯曾见、几逢迎。自越棹轻飞,秋莼归后,杞菊荒荆③。孤鸣。舞鸥惯下④,又渔歌、忽断晚烟生。雪浪闲销钓石⑤,冷枫频落江汀⑥。

长亭。春恨何穷,目易尽、酒微醒⑦。怅断魂西子,凌波去杳,环佩无声⑧。阴晴。最无定处,被浮云、多翳镜华明⑨。□晓东风霁色,绿杨楼外山青⑩。

【题解】

"垂虹桥",在吴江县东。详见《十二郎·垂虹桥》题解。夏敬观笺:"词云'自越棹轻飞,秋莼归后',寓越始见于甲辰冬至《喜迁莺》词,此当淳祐四年甲辰(1244)以后作。"

此词写行舟停泊在吴江垂虹桥时的触景感怀。上片写重泊垂虹桥所见之景,表达孤寂、凄苦的心情,暗寓隐逸之志趣。下片由长亭兴起怀人之思,又因月阴晴圆缺、被浮云遮掩而恼恨萍踪无定,并以拂晓天晴作结。此篇用典艰深,极为晦涩,情感多变,是梦窗特色。

【校注】

①毛本、戈校本、王朱本、朱二校本词题作"重泊"。《历代诗余》无词题。

②问水:《左传·僖公四年》:"贡之不入,寡君之罪也,敢不共给?昭王之不复,君其问诸水滨。"

③"自越棹"三句:钟振振《读梦窗词札记》:"'越棹轻飞',谓越大夫范蠡。蠡佐勾践灭吴后,扁舟泛五湖而去。'秋莼归后',谓晋张翰。翰在洛阳,见秋风起,思故乡吴中莼鲈,去官命驾便归。'杞菊荒荆',谓唐陆龟蒙。

龟蒙长期隐居于松江。"杞菊,详见《木兰花慢》(送秋云万里)注⑧。

④"孤鸣"二句:用鸥盟典。孤鸣,明张本作"孤盟"。

⑤"雪浪"句:此写钓雪亭。钓石,本指严子陵钓台。

⑥"冷枫"句:详见《荔枝香近》(锦带吴钩)注⑤。

⑦"春恨"三句:承上江枫意,化用宋玉《招魂》:"皋兰被径兮斯路渐,湛湛江水兮上有枫。目极千里兮伤春心,魂兮归来哀江南。"酒微醒,意入下句。姜夔《庆宫春》记过垂虹桥:"酒醒波远,政凝想、明珰素袜。"以上六句由吴江有枫,联想及伤春心,化用典实而非倏忽实写秋景春景也。

⑧"怅断魂"三句:卢祖皋《贺新郎》咏三高亭:"问鸥夷、当日扁舟,近曾来否?"并合用曹植《洛神赋》、杜甫《咏怀古迹五首》(之二)中洛神、昭君典。西施在吴的结局有两种传说。杨慎《升庵集》卷六八:"世传西施随范蠡去,不见所出,只因杜牧'西子下姑苏,一舸逐鸥夷'之句而附会也。予窃疑之,未有可证以折其是非。一日读《墨子》曰:'吴起之裂,其功也。西施之沉,其美也。'喜曰:'此吴亡之后,西施亦死于水,不从范蠡去之一证。墨子去吴越之世甚近,所书得其真。'然犹恐牧之别有见。后检《修文御览》,见引《吴越春秋》逸篇云:'吴亡后,越浮西施于江,令随鸥夷以终。'乃笑曰:'此事正与《墨子》合。杜牧未精审,一时趁笔之过也。盖吴既灭,即沉西施于江。浮,沉也。反言耳。随鸥夷者,子胥之潜死,西施有焉。胥死,盛以鸥夷。今沉西施,所以报子胥之忠,故曰随鸥夷以终。范蠡去越,亦号鸥夷子。杜牧遂以子胥鸥夷为范蠡之鸥夷,乃影撰此事,以堕后人于疑网也。"宋人鲁应龙《闲窗括异志》亦用"浮"字:"吴王赐以(伍子胥)属镂之剑,自杀,浮其尸于江。"梦窗此处应取后种说法。

⑨"阴晴"四句:此正笔写夜泊。以月有阴晴,衬人有离合。花,用同"华"。此喻月亮。

⑩"□晓"二句:欧阳修《浣溪沙》:"堤上游人逐画船。拍堤春水四垂天。绿杨楼外出秋千。"设想酒全醒时,杨柳岸晓风残月的怅惘。□晓,明张本作"东晓"。《历代诗余》、朱四校本作"向晓"。戈校本作"破晓"。

又

饯韩似斋赴江东醝幕①

润寒梅细雨②，卷灯火③、暗尘香④。正万里胥涛⑤，流花涨腻，春共东江⑥。云樯。未传燕语⑦，过罘罳⑧、垂柳舞鹅黄⑨。留取行人系马，软红深处闻莺⑩。

悠扬⑪。霁月清风⑫，凝望久、鄮山苍⑬。又紫箫一曲⑭，还吹别调⑮，楚际吴旁⑯。仙方⑰。袖中秘宝⑱，遣蓬莱、弱水变飞霜⑲。寒食春城秀句，趁花飞入宫墙⑳。

【题解】

韩似斋，作者友人，生平无考。此词践行其入幕明州监盐机构。"江东"，即江南东道。因词中"鄮山"，知特指江南东道中的明州（今浙江宁波）。"醝"，《礼记·曲礼下》："盐曰咸醝。"宋代在江南东道之明州、昌国两地设盐监，管理盐务。

此为饯别词。上片写寒梅细雨天临江送别，韩氏此去明州，经京城杭州，望其被朝廷指派留京；下片遥望明州景色，表达惜别之意，并赞韩氏之才，定能早日结束外放，升任京官。

【校注】

①明张本、毛本、戈校本词题中"醝幕"作"醛幕"。

②"润寒梅"句：润，犹言"雨润"。梅花冬春之间盛开。

③卷灯火：元夕收灯之谓。

④暗尘香：用元夕典。以上夹用京城典，写韩氏此行所经之地及时间。从下文知韩似斋自扬子江启程，先至京城略作停留。

⑤胥涛：《闲窗括异志》："伍子胥逃楚仕吴，吴王赐以属镂之剑，自杀，浮其尸于江，遂为涛神，谓之'胥涛'。"《宋史·河渠七》："惟是浙江东接海

门,胥涛澎湃。"

　　⑥东江:浙江下游富春江及钱塘江。以上三句写时节在春,扬子江、浙江皆流花涨腻,同其春色。

　　⑦"云樯"二句:承上文中的"飞花",用杜甫《发潭州》句意:"岸花飞送客,樯燕语留人。"以上五句谓一路江岸有梅飞送客,但因时在早春,燕子尚未南来,故樯帆上尚无燕语留人。并暗用谢朓《之宣城郡出新林浦向板桥》"天际识归舟,云中辨江树"句意,写目送船帆至天际也。

　　⑧罘罳:以京城建筑代指杭州。

　　⑨"垂柳"句:鹅黄,本形容酒色。杜甫《舟前小鹅儿》:"鹅儿黄似酒,对酒爱新鹅。"后用以形容柳叶初生时的颜色。

　　⑩"留取"二句:据宋人王洧《西湖十景》咏"柳浪闻莺"可知当时景观:"如簧巧啭最高枝,苑柳青归万缕丝。"软红,代指繁华的京城。此写途经并逗留杭京的时间。

　　⑪悠扬:形容归思。参见《解连环》(思和云结)注⑪。"悠扬"四句,毛本、戈校本作"霁月。清风凝望久,悠扬。鄮山苍"。毛扆本移"悠扬"为句首。

　　⑫霁月:意入"紫箫"三句。化用杜牧《寄扬州韩绰判官》诗意:"二十四桥明月夜,玉人何处教吹箫。"

　　⑬"凝望"二句:以上三句写举头望月之思。鄮山,《方舆胜览》卷七:"在鄮县东。《四蕃志》以海人持货贸易于此,故名。"鄮山,明张本、毛本、戈校本、杜本皆误作"郧山"。

　　⑭紫箫一曲:并以上引杜牧诗题中的"扬州韩绰判官"切韩姓以及钱别地扬州。

　　⑮别调:此指离别曲调。

　　⑯楚际吴旁:从"吴头楚尾"脱化。指春秋时吴楚交接地,此特指扬州。吴旁,明张本、毛本、戈校本、杜本作"吴傍"。

　　⑰仙方:梁宣帝《咏百合诗》:"甘菊愧仙方,丛兰谢芳馥。"此特指制盐的配方。

　　⑱秘宝:宝藏不宣。

⑲“遣蓬莱”二句：古人煮海水为盐。《史记·吴王濞列传》：“濞则招致天下亡命者益铸钱，煮海水为盐，以故无赋，国用富饶。”弱水，古代神话传说中称险恶难渡之水。详见《无闷》（霓节飞琼）注④。诗人往往蓬莱、弱水连类而及。如苏轼《金山妙高台》：“蓬莱不可到，弱水三万里。”并用谢朗以撒盐空中拟飞雪典。因前人有雪花比盐之例，梦窗炼字出新，以“飞霜”形容之。遣蓬莱，明张本作“遗蓬莱”。

⑳“寒食”二句：孟棨《本事诗·情感》：“制诰阙人，中书两进名，御笔不点出。又请之，且求圣旨所与。德宗批曰：‘与韩翃。’时有与翃同姓名者，为江淮刺史。又具二人同进，御笔复批曰：‘春城无处不飞花，寒食东风御柳斜。日暮汉宫传蜡烛，轻烟散入五侯家。’又批曰：‘与此韩翃。’”韩翃《酬程延秋夜即事见赠》：“向来吟秀句，不觉已鸣鸦。”再切韩似斋姓，预祝韩似斋文名上达圣听，并因此带来腾达的鸿运。趁花，明张本、毛本、戈校本、杜本作“赴花”。

【汇评】

杨铁夫《梦窗词全集笺释》：（“袖中”三句）此言盐齑，说得如许新颖，是真能化腐朽为神奇者。

又

钱赵山台

指冥蒙晓月①，动凉信、又催归②。正玉涨松波③，花穿画舫，无限红衣④。青丝。傍桥浅系⑤，问笛中、谁奏鹤南飞⑥。西子冰绡冷处⑦，素娥宝镜圆时⑧。

清奇⑨。好借秋光，临水色、写瑶卮⑩。向醉中织就，天孙云锦，一杼新诗⑪。依稀。数声禁漏⑫，又东华、尘染帽檐缁⑬。争似西风小队，便乘鲈脍秋肥⑭。

【题解】

赵山台,即赵汝绩,字庶可,号山台,有《山台吟稿》《江湖后集》)。

此为饯别词,作于苏州。上片写正当吴江水涨、画舫赏荷时节,京城催归、饯别席上闻笛,因设想赵山台归杭时荷正开、月正圆。下片写席上借秋光行诗酒之乐,并设想其归京后政务缠身之状,劝其隐退苏州。此词既催归,又盼留,表达了朋友间深厚的情谊。

【校注】

①罘罳:见《瑞鹤仙》(辘轳秋又转)注⑩。晓月:《历代诗余》作"残月"。

②动凉信:指秋风起。催归:从后文知此行有庆寿之事。

③玉涨松波:"松涨玉波"之倒文。《吴郡志》卷四五引《树萱录》:"唐大历初,处士李篯秋夕于震泽舍舻野步。望中见烟火,意为渔家。渐近,即朱门粉雉,嘉木修林,画舟倚白莲中。……女郎倚曲歌'玉波冷双莲'之曲,曰:'此伤吴宫二队长之辞。'"王台卿《咏风诗》:"暂拂兰池上,激艳玉波生。"松,吴淞江。此写松江秋汛。

④"花穿"二句:谓装饰华美的船舫从无数荷花中穿行而过。

⑤"青丝"二句:杜甫《前出塞九首》(之二):"走马脱辔头,手中挑青丝。"此就留系马言之。

⑥"问笛中"二句:苏轼《李委吹笛并引》:"元符五年十二月十九日,东坡生日也。置酒赤壁矶下,踞高峰,俯鹊巢。酒酣,笛声起于江上。客有郭、石二生,颇知音,谓坡曰:'笛声有新意,非俗工也。'使人问之,则进士李委,闻坡生日,作新曲曰《鹤南飞》以献。呼之使前,则青巾紫裘要笛而已。既奏新曲,又快作数弄,嘹然有穿云裂石之声。坐客皆引满醉倒,委袖出嘉纸一幅,曰:'吾无求于公,得一绝句足矣。'坡笑而从之。"诗曰:"山头孤鹤向南飞,载我南游到九嶷。下界何人也吹笛,可怜时复犯龟兹。"后以笛曲《鹤南飞》特指庆祝生日之乐曲。

⑦西子:用苏轼《饮湖上初晴后雨二首》(之二)"若把西湖比西子"诗意,喻西湖。冰绡:喻白莲花。

⑧"素娥"句:宝镜,喻明月。据此知赵山台生日应在初秋七月十五或十六日。

457

⑨清奇：此指赵山台诗风。司空图《二十四诗品》中有"清奇"一品："娟娟群松，下有漪流。晴雪满竹，隔溪渔舟。可人如玉，步屧寻幽。载瞻载止，空碧悠悠。神出古异，淡不可收。如月之曙，如气之秋。"许棐《赵山台寄诗集》可与梦窗对赵诗品第参看："海雁叫将秋色去，山台钞寄好诗来。菊花过了梅花未，自有花从笔底开。"

⑩"好借"三句：谓秋光、水色等江山之助，以及瑶卮美酒都更能使赵山台清奇诗风更为突出。写瑶卮，杜本作"泻瑶卮"。

⑪"向醉中"三句：《梁书·刘孺传》："孺少好文章，性又敏速，尝于御坐为《李赋》，受诏便成，文不加点，高祖甚称赏之。后侍宴寿光殿，诏群臣赋诗，时孺与张率并醉，未及成，高祖取孺手板题戏之曰：'张率东南美，刘孺雒阳才。揽笔便应就，何事久迟回？'其见亲爱如此。"此翻用之，谓赵山台醉不妨捷才。天孙，织女星。《史记·天官书》："织女，天女孙也。"司马贞索隐："织女，天孙也。"云锦，喻锦绣文章。用"天孙"字面，兼写赵氏的宗室身份。

⑫禁漏：参见《瑞鹤仙》（辘轳秋又转）注⑦。

⑬"又东华"二句：东华，犹言"东华门"。用软红尘典。并合用陆机《为顾彦先赠妇二首》（之一）诗意："京洛多风尘，素衣化为缁。"帽檐，李商隐《饮席代官妓赠两从事》："新人桥上著春衫，旧主江边侧帽檐。"《李义山诗集》引原注曰："隋独孤信举止风流，曾风吹帽檐侧，观者塞路。"

⑭"争似"二句：《野客丛书》卷七："鲈鱼香云者，谓当八九月鲈鱼肥美之时，节气味耳，非必指鱼之馨香。"张翰《思吴江歌》："秋风起兮木叶飞，吴江水兮鲈正肥。"西风小队，见《金盏子》（卜筑西湖）注⑫。

又

施芸隐随绣节过浙东，作词留别，用其韵以饯①

几临流送远②，渐荒落、旧邮亭③。念西子初来，当时望眼，啼雨难晴④。娉婷。素红共载⑤，到越吟⑥、翻调倚吴声⑦。

得意东风去棹⑧,怎怜会重离轻⑨。

　　云零⑩。梦转浮舫⑪,流水畔、叙幽情⑫。恨赋笔分携⑬,江山委秀,桃李荒荆⑭。经行。问春在否,过汀洲、暗忆百花名⑮。莺缕争堪细折⑯,御黄堤上重盟⑰。

【题解】

　　施芸隐,即施枢,字芸隐,江湖派诗人,与吴文英同为人幕客。"绣节"汉时绣衣直指,以巡查地方官员为职责,宋时用以称各路提刑及仓台官。端平三年(1236)二月仲春,曹幽由浙西提举常平(在苏州)移浙东提刑(在绍兴),施枢曾与曹同行。但施枢并未入曹幕府,仍在春天时节回到杭州参加漕试。"留别",即赋词赠予饯行之友,如李白《梦游天姥吟留别》。这里是指施芸隐写了一首"留别词",吴文英再用其韵和词饯行。

　　此为饯别词,用"骚体造境"手法,以男女私情托喻朋友关系。上片先点送别,再回忆初见时的泪眼婆娑,及画船共载、琴瑟相合之欢聚,并对其似有高就而轻离别表示幽怨。下片写饯别宴上赋词畅叙别离之情,并暗写施氏被绣节提携而去,最后折柳赠别,重订盟约。此篇构思新巧,描写隐曲,极耐咀嚼。

【校注】

①《历代诗余》无词题。戈选词题末句作"用其韵以饯行"。

②临流送远:化用宋玉《九辩》意境。

③邮亭:特指陆路驿馆。见《塞垣春》(漏瑟侵琼管)注⑰。此与吴江边"水驿"相对而言。

④啼雨难晴:谓泪眼婆娑。典见《类说》卷五五:"黄鲁直发荆州,亭柱间有词曰:'帘卷曲栏独倚,云展幕天无际。泪眼不曾晴,家在吴头楚尾。数点雪花乱委,扑漉沙鸥惊起。诗句欲成时,没入苍烟丛里。'鲁直凄然曰:'似为予发也。不知何人所作,笔势类女子,又有"泪眼不曾晴"之句,疑其鬼也。'……鲁直惊寤曰:'此必吴城小龙女辈也。'"

⑤娉娉:姿态美好貌。

⑥越吟：王粲《登楼赋》："钟仪幽而楚奏兮，庄舄显而越吟。"《史记·张仪列传》："陈轸适至秦，惠王曰：'子去寡人之楚，亦思寡人不？'陈轸对曰：'王闻夫越人庄舄乎？'王曰：'不闻。'曰：'越人庄舄仕楚执圭，有顷而病。楚王曰："舄故越之鄙细人也，今仕楚执圭，贵富矣，亦思越不？"中谢对曰："凡人之思故，在其病也。彼思越则越声，不思越则楚声。"使人往听之，犹尚越声也。今臣虽弃逐之楚，岂能无秦声哉！'"

⑦吴声：《吴郡志》卷二："贞观中，有赵师者，善琴独步。尝云：'吴声清婉，若长江广流，绵绵徐游，国士之风。'"与上句实就各地民歌而言。庾信《哀江南赋》："荆艳楚舞，吴歈越吟。"李贺《江南弄》："吴歈越吟未终曲，江上团团帖寒玉。"

⑧"得意"句：得意东风，暗用孟郊《登科后》诗。此应指前往杭京参加漕试而言，预祝其考试中第。但据施氏《漕闱揭晓后述怀》："画眉深浅与时殊，肯向堂前怨舅姑。自是吾侬多薄塞，可堪尔汝肆揶揄。"知其未第进士。去棹，梁简文帝《伤离新体诗》："凄凄隐去棹，悯悯怆还途。"

⑨会重离轻：犹言"别易会难"。

⑩云零：意同王粲《赠蔡子笃诗》："风流云散，一别如雨。"

⑪梦转：朱三校本、朱四校本作"梦绕"。

⑫"流水畔"二句：王羲之《兰亭集序》："暮春之初，会于会稽山阴之兰亭"，"引以为流觞曲水"，"一觞一咏，亦足以畅叙幽情"。余详见《扫花游》（暖波印日）注⑫。

⑬赋笔分携：针对此词用施枢《木兰花慢》原韵而言。

⑭"江山"二句：《会稽志》卷一七："镜湖之西，如花泾、容山诸处，弥望连岗接岭皆桃李，略无杂木。方春时，花盛发如锦绣裹山谷，照水如云霞，恍然异境。"

⑮"问春"三句：与前"桃李"亦代称歌妓。杨笺："'百花'指伎。"

⑯"莺缕"句：莺缕，黄莺与柳丝。下句"黄"字意亦属此，双写莺色与早春淡黄细柳。

⑰"御黄"句：此指御堤柳，《隋书·食货志》载炀帝即位，始建东都，"开渠，引谷、洛水，自苑西入，而东注于洛。又自板渚引河，达于淮海，谓之御

河。河畔筑御道,树以柳"。温庭筠《杨柳枝八首》(之二):"南内墙东御路旁,预知春色柳丝黄。"此代指西湖苏堤。

喜迁莺 太簇宫　俗名中管高宫①

同丁基仲过希道家看牡丹②

凡尘流水。正春在、绛阙瑶阶十二③。暖日明霞④,天香盘锦⑤,低映晓光梳洗⑥。故苑浥花沈恨⑦,化作妖红斜紫⑧。困无力,倚阑干,还倩东风扶起⑨。

公子⑩。留意处,罗盖牙签,一一花名字⑪。小扇翻歌⑫,密围留客⑬,云叶翠温罗绮⑭。艳波紫金杯重,人倚妆台微醉⑮。夜和露⑯,剪残枝,点点花心清泪⑰。

【题解】

《喜迁莺》,词牌名。此调有小令、长调两体。小令起于唐,又名《鹤冲天》《万年枝》《春光好》《燕归来》《早梅芳》。双调四十七字,前段五句四平韵,后段五句两仄韵、两平韵。长调起于宋,双调,有一百零二字、一百零三字、一百零五字三体。吴词为一百零三字,上片十句五仄韵,下片十二句六仄韵。

此为咏物词。上片写在郭家观牡丹,用杨妃典,赞牡丹的娇艳;下片重在述郭家牡丹备受爱护及主人的风雅。

【校注】

①明张本、朱三校本词调无"俗名"二字。

②《历代诗余》词题作"牡丹"。

③"正春在"二句:绛阙,傅玄《云中白子高行》:"遂造天门将上谒。闾阖辟,见紫微绛阙,紫宫崔嵬,高殿嵯峨。"瑶台十二,此借指牡丹栽种地皇宫。

④暖日明霞：以洛神等美人喻花。曹植《洛神赋》："远而望之，皎若太阳升朝霞；迫而察之，灼若芙蕖出渌波。"

⑤盘锦：韩愈《芍药》诗有"红灯烁烁绿盘龙"句，注曰："绿盘龙以喻其叶。"

⑥"低映"句：元稹《连昌宫词》："寝殿相连端正楼，太真梳洗楼上头。晨光未出帘影黑，至今反挂珊瑚钩。"渐入以杨太真喻牡丹的正题。

⑦"故苑"句：故苑，此特指长安兴庆宫沉香亭。此亭因为植牡丹而得名，李白《清平调》即是在沈香亭赞杨贵妃是可与名花媲美的倾国倾城美人。涴，污染。杨妃惨死于马嵬坡，如名花被尘涴，故有深恨。涴花，明张本、《词综》、《历代诗余》、《词谱》、杜本、朱三校本、朱四校本、《四明》本作"浣花"。

⑧"化作"句：《山堂肆考》卷一九七："《开元遗事》：明皇时，沈香亭前木芍药一枝两头，朝则深碧，暮则深黄，夜则粉白。昼夜之内，香艳各异。帝曰：'此花木之妖，不足讶也。'"斜紫，梦窗工对"妖红"而铸成新辞，而牡丹又有名品称"魏紫"。妖红，《词综》、《历代诗余》、王朱本、朱二校本作"夭红"。《词谱》作"夭桃"。

⑨"困无力"三句：李白《清平调三首》(之三)："名花倾国两相欢，长得君王带笑看。解释春风无限恨，沈香亭北倚阑干。"白居易《长恨歌》："侍儿扶起娇无力，始是新承恩泽时。"刻画牡丹略带弹披之态。

⑩公子：曹植《公燕诗》："公子敬爱客，终宴不知疲。"此特指郭希道。

⑪"留意"三句：《武林旧事》卷七："淳熙六年三月十五日，车驾过宫，恭请太上、太后幸聚景园。……遂至锦壁赏大花。三面漫坡，牡丹约千余丛，各有牙牌金字，上张大样碧油绢幕。"《吴郡志》卷三〇："顷时，朱勔家圃在阊门内，植牡丹数千万本，以缯彩为幕，弥覆其上。每花身饰金为牌，记其名。"从皇家及显臣对牡丹的深加关注和爱惜，可知郭希道雅举乃当时风俗。

⑫小扇翻歌：此以歌扇翻动喻风中牡丹花叶。宋人多以此花比霓裳舞者，如范仲淹《桐庐方正父家藏唐翰林画白芍药予来领郡事因获一见感叹久之题二十八字景祐元年十月七日》："治乱兴衰甚可嗟，徒怜水调诉荣华。

开元盛事今何在,尚有霓裳寄此花。"

⑬密围留客:以牡丹花喻歌女。典见《庆宫春》(残叶翻浓)注⑧。并合用《史记·滑稽列传》淳于髡典故。

⑭"云叶"句:写牡丹如云花叶的香气温暖着遮盖牡丹的丝质翠幕。

⑮"艳波"二句:用唐明皇喻贵妃醉酒恰是牡丹典故。阳枋《下沱张西叔牡丹号奇品以诗寄花因用韵谢》:"天香吹落五云来,满眼浮花只浪开。国色不关朝得酒,妆台漫饮紫金杯。"艳波,犹言"滟波",杯中酒面波光。《词综》作"滟潋"。

⑯夜和露:裴璘《白牡丹》:"别有玉盘乘露冷,无人起就月中看。"谢尧仁咏芍药诗:"应须和露剪,莫使见日色。广陵精神全,免笑花无骨。"

⑰"剪残枝"二句:《武林旧事》卷七:"又别剪好色样一千朵,安顿花架,并是水晶玻璃天青汝窑金瓶。就中间沈香卓儿一只,安顿白玉碾花商尊,约高二尺,径二尺三寸,独插'照殿红'十五枝。"姚魏、御衣黄、照殿红等皆南宋宫中牡丹奇品。

又

吴江与闲堂 王瞿庵家①

烟空白鹭。乍飞下、似呼行人相语②。细縠春波,微痕秋月,曾认片帆来去③。万顷素云遮断,十二红帘钩处④。黯愁远,向虹腰,时送斜阳凝伫⑤。

轻许。孤梦到,海上玑宫,玉冷深窗户⑥。遥指人间,隔江灯火⑦,漠漠水萍摇暮⑧。看茸断矶残钓⑨,替却珠歌雪舞⑩。吟未了,去匆匆,清晓一阑烟雨⑪。

【题解】

"与闲堂",在吴江著名建筑群"瞿庵"中。《吴郡志》:瞿庵,在松江之滨,邑人王份营此以居。围江湖以入圃,有与闲、平远、种德及山堂四堂,烟雨观、横秋阁、凌风台、郁峨城、钓雪滩、琉璃沼、矘翁涧等处,而浮天阁为第一,总谓之矘庵。此词不仅写及矘庵中的与闲堂,亦涉平远堂、琉璃沼、钓雪滩、浮天阁、烟雨观诸胜景。"王矘庵",即王份,字文孺,号矘庵,以特恩补官,尝为大冶令,归休老焉。

此词写在与闲堂赏景,从而引发的一些黯然愁绪与短暂的超脱人世的幻想。上片从江汀白鹭写起,揭"与闲"主旨;再写闲看堂前景色,与人间红尘对照鲜明;远眺垂虹桥,暗生愁绪。下片接"凝伫"写梦境,突出矘庵幽深清冷之境,下瞰人间,仙凡两判;再写钓雪滩,表闲适之意;最后以吟兴未尽而于烟雨中匆匆离去作结,意味深长。

【校注】

①《古今词统》、毛本、戈校本、杜本、王朱本、朱二校本词题作"赋王矘庵与闲堂"。《历代诗余》作"王矘庵与闲堂"。

②"烟空"三句:此三句明用鸥舞典故,亦与下文"漠漠"合,暗用王维"漠漠水田飞白鹭"诗句,且合宋人以矘庵比况王维辋川别墅事。苏庠《矘庵》:"王郎矘庵摩诘诗,烟花绕舍江绕篱。"李弥正《和祝镒韵》:"图川不愧辋,序谷宁先盘。"

③"细縠"三句:此写矘庵浮天阁、平远堂等处景色。苏庠《浮天阁三首》(其二):"玉蟾飞入水晶宫,万顷琉璃碎晚风。"沈与求《矘庵》:"别浦归帆远,他山晚照妍。"縠,以绉纱喻水波细纹。

④"万顷"二句:沈与求《草堂二首》(之一):"全家高隐白云关,事不萦怀梦亦闲。欸乃交撑渔市散,隔江城郭是人间。"苏庠《浮天阁三首》(之一):"晴波渺渺雁行落,坐见万顷穿云还。"十二红帘,此指吴江对面红尘热闹之处。

⑤"黯愁"三句:此写远景垂虹桥。黯愁,明张本作"黯秋"。斜阳,《历代诗余》作"夕阳"。

⑥"轻许"四句:此承前引苏庠诗中"玉蟾飞入水晶宫"句意。玑宫,犹言珠宫,水晶宫。玑,《急就篇》颜师古释"碧"字:"圆者曰珠,不圆者曰玑,皆蚌之阴精也。"此"玉冷"形容吴江如玉之水,并兼及如虹腰之桥。玑宫,

《古今词统》、毛本、《历代诗余》、戈校本、杜本、王朱本、朱二校本作"几宫"。深窗户,明张本作"凉窗户"。

⑦"遥指"二句:与前文"万顷"五句意相贯通。陆游《游万里桥南刘氏小园》可以参看:"便欲唤钓舟,散发歌沧浪。可怜隔岸人,车马日夜忙。我归门复掩,寂历挂斜阳。"灯火,明张本、朱三校本、朱四校本作"烟火"。

⑧"漠漠"句:李贺《湖中曲》:"长眉越沙采兰若,桂叶水葓春漠漠。"《笺注评点李长吉歌诗》卷二:"葓,一作荭。……陆玑云:一名马蓼,生水边,高丈余。"《佩文斋广群芳谱》卷四七:"诸蓼春苗夏茂,秋始花。花开蓓蕾而细,长二寸,枝枝下坠,色粉红可观。水边甚多,故又名水荭花。"姜夔《徵招》:"水葓晚、漠漠摇烟,奈未成归计。"漠漠,双属白鹭及水葓意象。水葓,《古今词统》、毛本、《历代诗余》、戈校本、王朱本、朱二校本、《四明》本作"水蘋"。

⑨"看茸"句:此写钓雪滩。

⑩"替却"句:上二句中嵌入"钓雪"二字,并强调苏轼赞黄庭坚"以山光水色替却玉肌花貌"的"替却"二字,意思是雪滩垂钓,耳目所及浪花拍岸的声音与状态,胜过美妙的歌声舞姿,仍以对岸人间红尘为参照系。雪舞,曹植《洛神赋》:"髣髴兮若轻云之蔽月,飘飖兮若流风之回雪。"许浑《陪王尚书泛舟莲池》:"舞疑回雪态,歌转遏云声。"珠歌,《历代诗余》作"珠宫"。

⑪"吟未了"三句:此写烟雨观。谓匆匆之间,吟不尽此处好山好水好风光,何况烟雨观中所见山色有无中之瞬间景致更是难以捕捉。吟未了,明张本作"未吟了"。

【汇评】

杨铁夫《梦窗词全集笺释》:("遥指"三句)白石词:"水葓晚、漠漠摇烟,奈未成归计。"玑宫,是闲地。人间,是不闲地。隔江烟火,更是不闲。立身于闲,以观人间之不闲,何等可笑。水葓摇暮,写"闲"字出。

465

又

江亭年暮。趁飞雁、又听数声柔橹。蓝尾杯单,胶牙饧
澹^①,重省旧时羁旅^②。雪舞野梅篱落,寒拥渔家门户。晚风
峭,作初番花讯^③,春还知否。

何处。围艳冶、红烛画堂,博簺良宵午^④。谁念行人,愁
先芳草^⑤,轻送年华如羽^⑥。自剔短檠不睡^⑦,空索彩桃新
句^⑧。便归好^⑨,料鹅黄,已染西池千缕^⑩。

【题解】

此词作于淳祐三年(1243)除夕,时梦窗在苏州常熟。福山萧寺,常熟
县福山镇的东岳庙,属于东岳行祠。常熟,平江府六属县之一。萧寺,《唐
国史补》卷中:"梁武帝造寺,令萧子云飞白大书'萧'字,至今一'萧'字存
焉。"后因称佛寺为萧寺。岁除,词中涉及的除夕风俗,可参《吴郡志》卷二:
"除夜祭毕,则复爆竹,焚苍术及辟瘟丹。家人酌酒,名分岁。食物有胶牙
饧、守岁盘。夜分祭瘟神,易门神、桃符。"

此除夕叹羁旅之作。上片写岁暮行舟,人在旅途,客中喝酒尝饧以应
时节,因有羁旅之愁。一片荒寒景象,春还知否? 即只有孤寂的词人能体
味,身世之慨,溢于言表。下片写他处除夕守岁的热闹光景,反衬旅居萧寺
的孤客,灯下无眠,索句题写桃符,拟想归家之好。此篇情景交融,细腻浑
成,很值得欣赏体味。

【校注】

①"蓝尾"二句:《荆楚岁时记》:"正月一日是三元之日也。……长幼悉
正衣冠,以次拜贺。进椒柏酒,饮桃汤。进屠苏酒、胶牙饧,下五辛盘。
……胶牙者,盖以使其牢固不动,取胶固之义。"蓝尾,即蓝尾酒。唐代饮宴

时,轮流斟饮,至末坐,称"蓝尾酒"。《石林燕语》卷八:"白乐天诗:'三杯蓝尾酒,一楪胶牙饧。'唐人言'蓝尾'多不同,'蓝'字多作'啉'。云出于侯白《酒律》,谓酒巡匝,末坐者连饮三杯为蓝尾。盖末坐远,酒行到常迟,故连饮以慰之。元日所饮蓝尾酒,或即屠苏酒。蓝尾,《历代诗余》、杜本作"婪尾"。

②旧时羁旅:周邦彦《琐窗寒》:"似楚江暝宿,风灯零乱,少年羁旅。"羁旅,《左传·庄公二十二年》:"齐侯使敬仲为卿,辞曰:'羁旅之臣……敢辱高位,以速官谤。'"杜预注:"羁,寄;旅,客也。"

③初番花讯:指梅花风。花讯,《词综》、《历代诗余》、杜本作"花信"。

④"何处"四句:许纶《次韵常之岁晚督才叔诗课》:"盍簪列炬昏骑马,博簺相欢夜倒衣。"许纶诗化用杜甫《杜位宅守岁》诗意。详见《塞垣春》(漏瑟侵琼管)注⑩。围艳冶、红烛画堂,用"密围"典,见《庆宫春》(残叶翻浓)注⑧。博簺,古代的赌博游戏。有多种说法。《庄子·骈拇》:"问谷奚事,则博塞以游。"成玄英疏:"行五道而投琼(即骰子)曰博,不投琼曰塞。"《名义考》卷八"博奕"条:"《博雅》云:投六箸行六棋,故为六博箸簺也。今名骰子,自幺至六,曰六箸。棋局,齿也。内外各六,曰六棋。此六博之义也。古者以五木为簺。有枭、卢、雉、犊、塞五者为胜负之采。"杜甫《今夕行》:"咸阳客舍一事无,相与博塞为欢娱。冯陵大叫呼五白,袒跣不肯成枭卢。"塞,同"簺"。宋代新年也有此类活动。王之道《忆东坡·追和黄鲁直》:"新岁换符来,天上初见颁桃梗。试问我酬君唱,何如博塞欢娱,百万呼卢胜。"

⑤愁先芳草:《史记·历书》:"昔自在古,历建正作于孟春。于时冰泮发蛰,百草奋兴,秖鸠先滜。"李煜《清平乐》:"离恨恰如春草,更行更远还生。"谓愁生于草长之前,如"人归落雁后,思发在花前",是进一层写法。

⑥年华如羽:陆龟蒙《夏日闲居作四声诗寄袭美》:"年华如飞鸿,斗酒幸且举。"马子严《浣溪沙慢》:"流景如羽。且共乐升平,不须后庭玉树。"

⑦"自剔"句:写聊为守岁。除夕守岁风俗详见《塞垣春》(漏瑟侵琼管)注⑨。

⑧"空索"句:彩桃,指元日应时的桃版与桃符。《事物纪原》卷八"桃版"条:"《玉烛宝典》曰:元日施桃版着户上,谓之仙木,以郁垒山桃百鬼畏

之故也。《山海经》曰:东海度索山,有大桃树蟠屈三千里,其卑枝向东北,曰'鬼门',万鬼出入也。有二神,一曰神荼,一曰郁垒,主阅领众鬼之害人者。于是黄帝法而象之,殴除毕,因立桃版于门户上,画郁垒以御凶鬼。此则桃版之制也,盖其起自黄帝。故今世画神像于版上,犹于其下书'右郁垒,左神荼',元日以置门户间也。"又"桃符"条:"《淮南子·诠言训》曰:羿死于桃棓。许慎注云:棓,大杖,以桃为之,以击杀羿。由是以来,鬼畏桃。今人以桃梗作板,岁旦植于门以辟鬼,由此故也。后汉《礼仪志》曰:施门户代以所尚,周人木德,以桃为梗,言气相更也。梗,更也。或曰即黄帝之桃梗之事也。"宋时仍尚此俗。《东京梦华录》卷一〇"十二月"条:"近岁节,市井皆印卖门神、钟馗、桃板、桃符,及财门钝驴、回头鹿马、天行帖子。"

⑨便:《汇释》:"犹难也;纵也;就使也。"

⑩"料鹅黄"二句:李涉《柳枝词》:"不必如丝千万缕,只禁离恨两三条。"西池,特指西城西楼之池。刘禹锡《到郡未浃日登西楼见乐天题诗因即事以寄》:"楼依新柳贵,池带乱苔青。"以上三句预测此行最早的归苏时间。

【汇评】

杨铁夫《梦窗词全集笺释》:题有萧寺,词不之及。"雪舞"二句,不过福山泛景,非为萧寺设。盖题重岁除,不重萧寺,非如试帖诗之必粘着皮骨也。

又

甲辰冬至寓越,儿辈尚留瓜泾萧寺

冬分人别①。渡倦客、晚潮伤头俱雪②。雁影秋空,蝶情春荡③,几处路穷车绝④。把酒共温寒夜,倚绣添慵时节⑤。又底事⑥,对愁云江国⑦,离心还折。

吴越⑧。重会面,点检旧吟,同看灯花结⑨。儿女相思⑩,

年华轻送⑪，邻户断箫声噎⑫。待移杖藜雪后，犹怯蓬莱寒阔⑬。晨起懒⑭，任鸦林催晓⑮，梅窗沈月⑯。

【题解】

"甲辰"，理宗淳祐四年(1244)。"冬至"，又称"长至"，是唐宋士庶所重、仅次于岁旦的重要节日。据朱笺，甲辰正为姬去之年。盖姬于暮春去后，梦窗携其子踪至吴，招之不来，至岁暮，先回越，以其子留瓜泾以待之。曰"儿辈"，知姬之子非一人；曰"尚留"，知其有所候也。曰"寓越"，即已客居越州(绍兴)。儿辈留吴，其能只身至越，明儿辈已长大。"瓜泾"，港在吴江县北九里，分太湖支流，东北出央浦，会吴淞江。但从词中用杜甫《月夜》及李商隐《夜雨寄北》诗意，显为寄内之作。其时梦窗随史宅之往绍兴，而家眷尚在苏州，故在佳节有所感慨。

此词写对家人分居吴越的感叹。上片哀伤旅途孤单，遥忆在吴亲人；下片思念亲人，哀叹老之将至。

【校注】

①冬分：即冬至。冬季的节气中冬至居其半。《史记·历书第四》："昔自在古，历建正作于孟春。……物乃岁具，生于东，次顺四时，卒于冬分。时鸡三号，卒明。抚十二节，卒于丑。日月成，故明也。"时节在仲冬十一月。

②"渡倦客"二句：谓倦游客地之人伤感于头发如潮浪皆现银白。

③春荡：明张本作"秋荡"。

④路穷车绝：《晋书·阮籍传》："时率意独驾，不由径路，车迹所穷，辄恸哭而反。"王勃《滕王阁序》："阮籍猖狂，岂效穷途之哭。"以上三句谓如秋雁北飞南翔，如春蝶为花奔忙，皆所欲不能从心，因而常有途穷时的绝望哀伤。

⑤"把酒"二句：此写冬至例行活动。节时阖家团圆，更换新衣，举酒相庆。梦窗妻儿此时所在的吴中更重此节。《吴郡志》卷二："俗重冬至，而略岁节。"至此日，女功又比孟冬多一线之功。

⑥底事：《汇释》："（底）犹何也；甚也。"

⑦江国：此特指苏州。姜夔《暗香》正写于苏州石湖："江国。正寂寂。

叹寄与路遥,夜雪初积。"

⑧吴越:此特指苏州与绍兴。

⑨"重会面"三句:化用李商隐《夜雨寄北》诗意,悬想与妻儿再会面的情景。并翻用周邦彦《华胥引》:"点检从前恩爱,但凤笺盈箧。愁剪灯花,夜来和泪双叠。"灯花结,俗以灯结花为吉兆。点检,毛本、戈校本作"捡点"。杜本、王朱本、朱二校本、《四明》本作"检点"。

⑩儿女相思:姜夔《除夜自石湖归苕溪》:"千门列炬散林鸦,儿女相思未到家。"并翻用杜甫《月夜》诗意:"遥怜小儿女,未解忆长安。"谓儿辈已解思念父亲。实寓伉俪相思。

⑪年华轻送:谓孤独中草草度过此节。

⑫"邻户"句:暗用马融闻笛而起羁旅之思典故。唐无名氏《杂诗十首》:"洛阳才子邻箫恨,湘水佳人锦瑟愁。"暗寓梅落。晏几道《清平乐》:"醉弄影娥池水,短箫吹落残梅。"

⑬蓬莱:旧志云海上蓬莱仙山正对绍兴卧龙山蓬莱阁。

⑭晨起懒:明张本、朱四校本作"最起晚"。

⑮鸦林催晓:此反用杜甫《杜位宅守岁》诗意:"盍簪喧枥马,列炬散林鸦。"与元日对比,写出当下冬至的孤寂。

⑯梅窗沈月:杜耒《寒夜》:"寻常一样窗前月,才有梅花便不同。"绍兴府治胜迹有桃溪梅坞及冷香亭。

探芳信 夹钟羽

　　与李方庵联舟入杭。时方庵至嘉兴,索旧燕同载。是夕,雪大作,林麓洲渚皆琼瑶。方庵驰小序求词,且约访蔡公甫①

　　夜寒重。见羽葆将迎②,飞琼入梦③。整素妆归处,中宵按瑶凤④。舞春歌夜棠梨岸⑤,月冷和云冻。画船中、太白仙人,锦袍初拥⑥。

　　应过语溪否⑦,试笑挹中郎⑧,还叩清弄⑨。粉黛湖山⑩,

470

欠携酒⑪、共飞鞚⑫。洗杯时换铜觚水,试作梅花供⑬。问何时、带雨锄烟自种⑭。

【题解】

《探芳信》,词牌名。一名《探芳讯》《西湖路》《春游》《玉人歌》。有八十九字、九十字两体。此词双调,九十字,上片九句五仄韵,下片八句四仄韵。

李方庵,为梦窗苏州仓幕同事,见《洞仙歌》(芳辰良宴)题解。

此词描写同友人李方庵联舟入杭,中途遇雪的情景,并对两人同访蔡公甫之事作了丰富的想象,蕴含了归隐田园的愿望。

【校注】

①旧燕:代称曾与李方庵有过从的嘉兴歌女。琼瑶:《诗·卫风·木瓜》:"投我以木桃,报之以琼瑶。"毛传:"琼瑶,美玉。"此喻雪。驰:通"驼"。方言。李翊《俗呼小录》:"凡取物,吴下曰担,江阴曰擎,丹阳等处曰捉,宁波、浙东曰驼。"李方庵嘉兴人,属浙东。蔡公甫:生平不详。

②羽葆:《汉书·韩延寿传》:"建幢棨,植羽葆。"颜师古注:"羽葆,聚翟尾为之,亦今纛之类也。"此泛指车驾。

③飞琼:许飞琼,西王母侍女,代指飞雪。以上二句为雪中载旧燕于车的戏谑说法。

④瑶风:美称风笙之类的乐器。

⑤"舞春"句:岑参《白雪歌送武判官归京》:"忽如一夜春风来,千树万树梨花开。"并暗用舞姿如流风回雪典,详见《喜迁莺》(烟空白鹭)注⑩。

⑥"画船"三句:用李白着宫锦袍典。梦窗对李方庵屡用此典,切李姓兼及才性。太白仙人,李白字太白,其《对酒忆贺监》序曰:"太子宾客贺公,于长安紫极宫一见余,呼余为'谪仙人',因解金龟换酒为乐。"

⑦语溪:语儿溪,又名御儿溪。在嘉兴县境。明张本、毛本、戈校本、杜本作"浯溪"。《词谱》作"青溪"。

⑧挹:古人拱手行礼。《荀子·议兵》:"汤武之诛桀纣也,拱挹指麾。"王念孙《读书杂记》:"揖,与'挹'通。"中郎:秦汉时担任宫中护卫、侍从的官职,属郎中令。分五官、左、右三中郎署,各署长官称中郎将。省称中郎。

东汉蔡邕曾任左中郎将,蔡邕是著名音乐家,善辨笛材,见《夜飞鹊》(金规印遥汉)注⑩。

⑨清弄:此特指奏笛。《晋书·桓伊传》:"(伊)善音乐,尽一时之妙。……徽之便令人谓伊曰:'闻君善吹笛,试为我一奏。'伊是时已贵显,素闻徽之名,便下车,踞胡床,为作三调。弄毕,便上车去。"元稹《曹十九舞绿钿》:"急管清弄频,舞衣才揽结。"蔡氏亦应精通音乐,故以蔡邕切之。

⑩粉黛湖山:王安石《至开元僧舍上方次韵舍弟二月一日之作》:"和风满树笙簧杂,霁雪兼山粉黛重。"李壁《王荆公诗注》:"粉喻雪,黛喻山。"

⑪欠携酒:"湖山"意亦入此句。湖山携酒,谓携妓载酒。暗用谢安携妓游乐典故。《晋书·谢安传》:"安虽放情丘壑,然每游赏,必以妓女从。"李白《书情题蔡舍人雄》:"尝高谢太傅,携妓东山门。"

⑫飞鞚:鲍照《拟古诗八首》(之三):"兽肥春草短,飞鞚越平陆。"此写李方庵约蔡公甫作并马之游。

⑬"洗杯"二句:刘过《沁园春》:"自注铜瓶,作梅花供,尊前数枝。"洗杯,饮酒。详见《庆宫春》(残叶翻浓)注⑩。觚,《仪礼·特牲馈食之礼》:"实二爵,二觚,四觯,一角,一散。"郑玄注:"旧说云:爵一升,觚二升,觯三升,角四升,散五升。"

⑭"问何时"二句:许棐《李方庵款梅》:"梅花惆怅三年别,香锁空庭几风月。今年花发主人归,依旧主人贫彻骨。小枝分立砚屏边,无酒酬春烛焰寒。数叶残书繙未了,唤起山童敲凤团。"知李方庵酷爱梅花,有款梅清供雅举。许棐、李方庵皆嘉兴人。自种梅花于庭院,谓归来隐居也。

又

丙申岁,吴灯市盛常年。余借宅幽坊,一时名胜遇合,置杯酒,接殷勤之欢,甚盛事也。分镜字韵

暖风定。正卖花吟春,去年曾听①。旋自洗幽兰,银瓶钓金井②。斗窗香暖悭留客③,街鼓还催暝④。调雏莺⑤、试遣深

杯，唤将愁醒⑥。

灯市又重整。待醉勒游缰⑦，缓穿斜径⑧。暗忆芳盟，绡帕、泪犹凝⑨。吴宫十里吹笙路⑩，桃李都羞靓⑪。绣帘人、怕惹飞梅翳镜⑫。

【题解】

"丙申"，理宗端平三年(1236)，词人三十七岁，时在苏州仓幕。"灯市"，旧时，上元节(正月十五)放灯为戏；节前数日，店肆出售各色花灯，炫奇斗巧，买客如云，谓之灯市。"名胜"，此指有名望的才俊之士。《晋书·王导传》："会三月上巳，帝亲观禊，乘肩舆，具威仪，敦、导及诸名胜皆骑从。""置杯酒"句，《汉书·司马迁传》："夫仆与李陵俱居门下，素非相善也，趣舍异路，未尝衔杯酒接殷勤之欢。""盛事"，此指文期酒会。萧子隆《山居序》："西园多士，平台盛宾。邹马之客咸在，伐木之歌屡陈。是用追芳昔娱，神游千古，故亦一时之盛事。"

此词上片描述宅中聚友饮酒、填词的情景及客去席散的愁怀；下片叙写携妓漫游灯市，灯火繁盛，暗寓好景不长之慨叹。

【校注】

①"正卖花"二句：《梦粱录》卷七："是月季春，万花烂熳，牡丹、芍药、棣棠、木香，种种上市。卖花者以马头竹篮铺排，歌叫之声，清奇可听。"可知卖花风俗。

②"旋自洗"二句：银瓶，汲水器。此写以雅花布置陋室，为有宾客将至作垫笔。

③"斗窗"句：合下句中"暝"字，用《史记·滑稽列传》淳于髡被夜留事。悭，此自嘲不常设宴。《古今事文类聚续集》卷一四"讥不常设燕"条引《倦游杂录》："陈恭公知扬州，陈少卿亚曰：'近作一谜：四个脚子直上，四个脚子直下，经年度岁不曾下。若下时，不是风起便雨下。'公未晓。亚曰：'乃待制厅上茶床，苟或宴会，即悭值风、涩值雨也。'"

④街鼓：《新唐书·百官志·四》："左右街使，掌分察六街徼巡。凡城

门坊角,有武侯铺,卫士、骦骑分守,大城门百人,大铺三十人,小城门二十人,小铺五人。日暮,鼓八百声而门闭;乙夜,街使以骑卒循行嚣呼,武官暗探;五更二点,鼓自内发,诸街鼓承振,坊市门皆启,鼓三千挝,辨色而止。”

⑤调雏莺:此喻歌妓为“莺”,因幼小而称“雏”,因未熟谙声律尚需“调”。

⑥“试遣”二句:此谓不辞深杯酒,而遣其悲愁。

⑦醉勒游缰:与下句化用苏味道《正月十五夜》诗意:“暗尘随马去,明月逐人来。”

⑧斜径:犹言“狭斜之径”。古乐府有《长安有狭斜行》。后泛称娼妓密集的街曲巷为“狭斜”。沈约《丽人赋》:“狭斜才女,铜街丽人。”醉后缓缓穿行狭斜之径,勒马随妓车而行,皆为上元狂游故态。

⑨“暗忆”三句:用锦城官妓灼灼以红绡着泪典,并合用王嘉《拾遗记》中薛灵芝红泪典。周邦彦《解语花·上元》:“因念都城放夜。望千门如昼,嬉笑游冶。钿车罗帕。”钿车迎妓是灯节典故。

⑩“吴宫”句:与“灯市”句,写吴地元夕花灯如昼,箫管如沸。《吴郡志》卷二:“上元彩灯巧丽,他郡莫及。有万眼罗及琉璃毬者,尤妙天下。”

⑪“桃李”句:此亦用上元之典。《能改斋漫录》卷七:“苏味道《上元》诗:‘游妓皆秾李,行歌尽落梅。’上句取梁萧子显《美人篇》曰:‘繁秾既为李,照水亦成莲。’下句取乐府《落梅花曲》。”桃李羞靓,喻歌妓颜色。

⑫“绣帘”二句:因游妓行歌皆为《梅花落》,故合用寿阳公主落梅点额成梅花妆典。

又①

为春瘦。更瘦如梅花,花应知否。任枕函云坠,离怀半中酒。雨声楼阁春寒里②,寂寞收灯后③。甚年年④、斗草心期,探花时候⑤。

娇懒强拈绣。暗背里相思⑥,闲供晴昼。玉合罗囊,兰膏渍、透红豆⑦。舞衣叠损金泥凤⑧，妒折阑干柳⑨。几多愁、两点天涯远岫⑩。

【题解】

此为闺中伤春怀人词。上片先揭伤春主旨，并点离怀，故闺中人无心打扮、赏灯、斗草、探花，其寂寞、无聊可知；下片直点"相思"，香囊红豆，阑干杨柳，触物生情，不但不想拈绣，歌舞玩乐也无兴致，眉黛含愁。这首闺情词，把抽象的相思用各种意象表现出来，展示了梦窗描绘感情的艺术功底。

【校注】

①明张本有词题"春情"。

②雨声楼阁：所听为卖花声。

③"寂寞"句：详见《祝英台近》(黯春阴)注③。

④甚年年：《汇释》："(甚)犹是也；正也；真也。词中每用以领句。与甚么之甚作怎字、何义者异。张炎《南浦》词，《春水》：'和云流出空山，甚年年净洗、花香不了。新渌乍生时，孤村路、犹忆那回曾到。'此甚字句顺承和云流出句，文气轻缓，不当以怎义、何义解之。甚年年云云，犹之是年年云云也。"

⑤探花：宋代收灯后有探春之游赏。

⑥暗背里：犹言背地里。宋元俗语。

⑦"玉合"三句：上句"相思"意入此句。韩偓《玉合》："罗囊绣两凤凰，玉合雕双鸂鶒。中有兰膏渍红豆，每回拈著长相忆。"王维《相思》："红豆生南国，春来发几枝。劝君多采撷，此物最相思。"红豆，又称相思子。《王右丞集笺注》："《资暇录》：豆有圆而红，其首乌者，举世呼为相思子。即红豆之异名也。""兰膏"二句，明张本、朱三校本、朱四校本、《四明》本作"兰膏渍红豆"五字句。

⑧金泥凤：烫金成凤形图案。

⑨"妒折"句：白居易《两朱阁》："妆阁妓楼何寂静，柳似舞腰池似镜。"以上二句谓舞衣上的金泥图案因长时间折叠不用而磨损，自己懒于起舞而柳腰似舞，故因嫉妒而攀折之。是无理而妙之语。

⑩"几多"二句：温庭筠《忆江南》："千万恨，恨极在天涯。"李商隐《代赠二首》(之二)："总把春山扫眉黛，不知供得几多愁。"周邦彦《南乡子》："不会沈吟思底事，凝眸。两点春山满镜愁。"并用眉色如望远山黛典。

【汇评】

陈洵《海绡说词》：本是伤离，却说"为春"。斗草探花，佳时易过，雨声如此，晴昼奈何。曰"年年"，则离非一日；曰"半中酒"，则此怀何堪。用两层逼出换头一句。以下全写相思，相思是骨，外面只见"娇懒"。传神阿堵，须理会此两句。

杨铁夫《梦窗词全集笺释》：("雨声"二句)寂寞者，楼阁也，然不紧贴楼阁，偏抛离在下句，是梦窗词法，如曰"楼台寂寂春寒里，听雨收灯后"，则直庸手耳。玩此，可得造句法。 ("几多"二句)此非说眉，仍是说山，是融情于景语。若指眉说，则伤直矣。

又①

麓翁小园早饮，客供棋事、琴事②

转芳径。见雾卷晴漪，鱼弄游影。旋解缨濯翠③，临流抚菱镜④。半林竹色香处，意足多新咏⑤。试衣单、雁欲来时，旧寒才定⑥。

门巷对深静⑦。但酒敌春浓，棋消日永⑧。旧曲猗兰⑨，待留向、月中听。藻池不通宫沟水，任泛流红冷⑩。小阑干、笑拍东风醉醒⑪。

【题解】

"麓翁"，即史宅之，详见《瑞鹤仙·寿史云麓》题解。

此为酬赠之词。此词记述梦窗在史宅之家饮酒下棋弹琴的闲适生活，侧面反映他以词章曳裾权门的身世。上片写史家园林景色，展现主人隐逸避世之雅趣；下片写赴约饮酒，下棋弹琴，展现主人闲适生活，赞其超拔不羁之致。

【校注】

①毛本、毛扆本："旧刻缺半调。"

②毛本、戈校本、杜本、王朱本、朱二校本词题中"麓翁"作"云麓"。《历代诗余》无词题。

③解缨濯翠：典源见《孟子·离娄上》："有孺子歌曰：'沧浪之水清兮，可以濯我缨；沧浪之水浊兮，可以濯我足。'孔子曰：'小子听之。清斯濯缨，浊斯濯足矣。自取之也。'"司马光《独乐园七题·弄水轩》："结亭侵水际，挥弄消永日。……莫取濯冠缨，红尘污清质。"

④"临流"句：暗寓杜甫《江上》"勋业频看镜"之意。菱镜，陆瑜《东飞伯劳歌》："九重楼槛芙蓉华，四邻照镜菱荙花。"抚镜，谢灵运《晚出西谢堂诗》："抚镜华缁鬓，揽带缓促衿。"毛本、戈校本、王朱本、朱二校本作"临枰□□□"。《历代诗余》《词谱》、杜本补入"抚瑶轸"三字。

⑤"意足"句：因为园小，故曰"半林"，但足有生意，故主客颇多题咏新句。以上二句还化用姚合《和裴令公新成绿野堂即事》诗意："曙雨新苔色，秋风长桂声。携诗就竹写，取酒对花倾。"半林，毛本、《历代诗余》《词谱》、戈校本、杜本、王朱本、朱二校本作"修林"。

⑥"试衣单"三句：写春日赴约饮酒。暗用周邦彦《六丑》"正衣单试酒，怅客里光阴虚掷"词意。"试衣"二句，毛本、《历代诗余》《词谱》、戈校本、杜本、王朱本、朱二校本作"试把龙唇供来时"。毛扆本作"试衣□□□来时"。

⑦对深静：毛本、《历代诗余》《词谱》、杜本、王朱本、朱二校本作"都深静"。

⑧春浓：毛本、《历代诗余》《词谱》、戈校本、杜本、王朱本、朱二校本作"晓寒"。棋消日永：典例见《尉迟杯》（垂杨径）注⑫。

⑨旧曲猗兰：指古琴曲《猗兰操》。猗兰，毛本、戈校本作"漪澜"。

⑩"藻池"二句：用流红典故。然不用流红香艳之事，仅以小园藻池与宫沟不相通，暗写身在此中可暂时不问宫中政事。藻池不通，毛本、《历代

477

诗余》、《词谱》、戈校本、杜本、王朱本、朱二校本作"藻蘋密布"。

⑪"小阑干"二句:司马光《独乐园七题·浇花亭》:"作诗邀宾朋,栏边长醉倒。"拍阑干,典见《江神子》(一声玉磬下星坛)注⑧,写史宅之超拔不羁之致。以上四句杨笠曰:"此是红尘不染衣意,为云麓占身分。此有屈原《渔父辞》'众人皆醉我独醒'意。"

又

探春到。见彩花钗头,玉燕来早②。正紫龙眠重,明月弄清晓③。夜尘不浸银河水④,金盎供新澡⑤。镇帷犀⑥、护紧东风,秀藏芝草⑦。

星斗粲怀抱⑧。问雾暖蓝田,玉长多少⑧。禁苑传香⑨,柳边语、听莺报⑩。片云飞趁春潮去,红软长安道。试回头、一点蓬莱翠小⑪。

【题解】

"麓翁",史宅之。"秘阁",指尚书省职事。陆机《答贾长渊》:"升降秘阁,我服载晖。"李善注曰:"人为尚书郎作此诗,然秘阁即尚书省也。"据《会稽续志》卷二"安抚题名":"史宅之,淳祐四年七月以华文阁学士、通奉大夫知。……六年三月十六日除工部尚书。"工部属尚书省。观词中有履新之意,故此词作于淳祐六年(1246)早春赴阙之前。

此词贺史宅之即将赴杭京尚书省履新,恰值史氏生子满月,兼贺之。

【校注】

①毛本、戈校本、杜本、王朱本、朱二校本词题中"麓翁"作"云麓先生"。《历代诗余》作"云麓"。

②"见彩花"二句:宋代延续了古代正月初一、人日初七以及立春日钗

股戴彩燕花胜的风俗。并合用张说母亲梦玉燕入怀,生贵子后为宰相事。

③"正紫龙"二句:紫龙,语出白居易《题流沟寺古松》:"烟叶葱茏苍麈尾,霜皮驳落紫龙鳞。"此兼写史宅之官品服饰。《宋史·舆服五》:"凡朝服谓之具服,公服从省,今谓之常服。宋因唐制,三品以上服紫,五品以上服朱,七品以上服绿,九品以上服青。""紫"字并涉及骊龙典,出《庄子·列御寇》。鲍溶《采珠行》:"海宫正当龙睡重,昨夜孤光今得弄。"谭用之《赠索处士》:"玄豹夜寒和雾隐,骊龙春暖抱珠眠。"

④不浸:毛本、《历代诗余》、《词律》、戈校本、杜本、王朱本、朱二校本作"不沁"。

⑤"金盎"句:新澡,指洗儿会。《东京梦华录》卷五:"(生子)至满月则生色及绷绣线,贵富家金银犀玉为之,并菓子,大展洗儿会。亲宾盛集,煎香汤于盆中,下菓子、彩钱、葱蒜等,用数丈彩绕之,名曰'围盆'。"白居易《崔侍御以孩子三日示其所生诗见示因以二绝句和之》(之一):"洞房门上挂桑弧,香水盆中浴凤雏。"盎,特指澡盆。

⑥镇帷犀:古代富贵之家用金银犀玉镇压帷角,防止被风掀起。

⑦"护紧"二句:用子弟为芝兰玉树典。

⑧粲怀抱:毛本、《历代诗余》、《词律》、戈校本、杜本、王朱本、朱二校本作"燦怀抱"。

⑨"星斗"句:《拾遗记》卷三:"周灵王立二十一年,孔子生于鲁襄公之世。……又有五老列于征在之庭,则五星之精也。"并用《新唐书·文艺中》李白母梦长庚星入怀事。

⑧"问雾暖"二句:颂珠儿将有谢门衣冠子弟风范。《宋书·谢庄传》:"谢庄,字希逸。陈郡阳夏人,太常弘微子也。年七岁,能属文,通《论语》。及长,韶令美容仪。太祖见而异之,谓尚书仆射殷景仁、领军将军刘湛曰:'蓝田出玉,岂虚也哉。'"并合用李商隐《锦瑟》"蓝田日暖玉生烟"诗意。

⑨禁苑传香:杜甫《腊日》:"口脂面药随恩泽,翠管银罂下九霄。"余见《瑞鹤仙》(记年时茂苑)注⑥。此写腊月初八朝廷例颁学士口脂面药的制度,藉以点名史氏学士职。

⑩"柳边"二句:用杜甫《伤春五首》(之二)"莺入新年语",及刘长卿《赋

479

得》"莺啼燕语报新年"二诗句意。

⑪"片云"四句：数句不仅以云写蓬莱阁，以"翠"写卧龙山，又以"春潮"写钱塘潮。史氏由任职地赴阙，唯钱塘江近海，四季皆起潮水。红软，软红尘，代指繁华的京城。意思是史宅之不久将趁随钱塘江春潮及蓬莱仙云，回到杭京担任显官，届时回望此地山水，会因地远而觉小。

声声慢

咏桂花①

蓝云笼晓②，玉树悬秋③，交加金钏霞枝④。人起昭阳⑤，禁寒粉粟生肌⑥。浓香最无着处，渐冷香⑦、风露成霏。绣茵展，怕空阶惊坠，化作萤飞⑧。

三十六宫愁重，问谁持金锸，和月都移⑨。掣锁西厢⑩，清尊素手重携。秋来鬓华多少，任乌纱、醉压花低⑪。正摇落，叹淹留、客又未归⑫。

【题解】
《声声慢》，词牌名。双调，九十七字。此调有平仄两体，历来作者多用平韵格，而李清照《漱玉词》所用仄韵格最为世所传诵。仄韵格前后片各五仄韵，平韵格前后片各四平韵。《梦窗词》系平韵格，按句逗不同分为两格：一为上片十句，下片九句；一为上片十句，下片八句。

这是一首咏物词，寓忆姬之意。上片运用画笔随意点染，勾勒桂花形象，字里行间凝聚怀人的愁绪；下片从花落忆及携姬游赏之事，怀人兼及叹老，抒发羁旅之愁。

【校注】
①戈校本词题作"桂"。
②蓝云：此指仙境缥缈之翠云。

③玉树悬秋:下阕"三十六宫"意入此。李贺《金铜仙人辞汉歌》:"画栏桂树悬秋香,三十六宫土花碧。"玉树,昆仑山神树。详见《瑞龙吟》(堕虹际)注⑬。此特指月桂。

④交加:此处为错杂意。金钏:为赵飞燕所佩戴,意属下三句,"人起昭阳",方有金钏鸣响。霞枝:周邦彦《拜星月慢》:"笑相遇,似觉琼枝玉树相倚,暖日明霞光烂。"

⑤人起昭阳:《汉书·外戚传》:"成帝尝微行出,过阳阿主,作乐。上见飞燕而说之,召入宫,大幸。有女弟复召入,俱为婕妤,贵倾后宫。……后月余,乃立婕妤为皇后。……皇后既立,后宠少衰,而弟绝幸,为昭仪。居昭阳舍,其中庭彤朱,而殿上髹漆,切皆铜沓冒黄金涂,白玉阶,壁带往往为黄金釭,函蓝田璧,明珠、翠羽饰之,自后宫未尝有焉。"据此知居昭阳宫者为飞燕女弟赵合德,然后人往往浑言之。此专指赵飞燕。

⑥"禁寒"句:《说郛》卷一〇一(上)引《赵飞燕外传》:"长曰宜主,次曰合德,然皆冒姓赵。宜主幼聪悟,家有彭祖方脉之书,善行气术,长而纤便轻细,举止翩然,人谓之飞燕。……飞燕通邻羽林射鸟者。飞燕贫,与合德共被。夜雪,期射鸟者于舍旁。飞燕露立,闭息顺气,体温舒,亡疹粟。"此反用之,以飞燕嫩滑的肌肤上所生疹粟比喻桂花。

⑦冷香:明张本作"泠香"。

⑧"绣茵"三句:用范缜所谓花落绣茵典。《礼记·月令》:"温风始至,蟋蟀居壁。鹰乃学习,腐草为萤。"此因珍视桂花,所以展开绣垫承接落英;并因桂花色黄且飞坠,故而产生化萤的联想。

⑨"问谁持"二句:《龙城录》载月宫中有大桂树。锸,字面用刘伶使人荷锸相随典故。此回忆当时与玉人共同赏桂,因情得意惬,故有桂宫移来人间之奇想。

⑩西厢:《尔雅·释宫》:"室有东西厢曰庙。"郝懿行义疏:"按,庙之制中为大室,东西序之外为夹室,夹室之前小堂为东西厢,亦谓之东西堂。"此泛指。

⑪"秋来"三句:此比拟重阳簪菊而言。

⑫"正摇落"三句:范云《咏桂树诗》:"不识风霜苦,安知零落期。"用宋

玉《九辩》意。

【汇评】

张德瀛《词徵》卷六：南宋人词咏桂者，毛吾竹、谢勉仲、吴梦窗诸家
最著。

又

四香　友人以梅、兰、瑞香、水仙供客，曰四香，分韵得风字①

云深山坞，烟冷江皋，人生未易相逢②。一笑灯前，钗行
两两春容③。清芳夜争真态，引生香④、撩乱东风。探花手，与
安排金屋，懊恼司空⑤。

憔悴攲翘委佩⑥，恨玉奴消瘦，飞趁轻鸿⑦。试问知心⑧，
尊前谁最情浓。连呼紫云伴醉⑨，小丁香、才吐微红⑩。还解
语⑪，待携归、行雨梦中⑫。

【题解】

此词咏物。上片写四香的春容、真态，以及供人观赏的艺术效果；下片
先写梅、兰、水仙神态，再转入对瑞香的赞美。

【校注】

①瑞香：《山堂肆考》卷二〇一："《庐山记》：其种始出于庐山中。《清异
录》：庐山瑞香始缘：一比丘昼寝磐石上，梦中闻花香酷烈，及既觉，寻求得
之，因名睡香。四方奇之，谓为花中祥瑞，遂以'瑞'易'睡'。"花形如丁香，
仲晚春时节开放。《全芳备祖前集》卷二二引吕大防《瑞香图序》："《成都
志》：瑞香，芳草也。其木高才数尺，生山坡间，花如丁香，而有黄紫二种。
冬春之交，其花始发。植之庭槛，则芳馥出于户外。"朱二校本、朱三校本、
朱四校本词题无句首"四香"二字。《历代诗余》词题作"梅、兰、瑞香、水
仙"。

②"云深"三句：杨万里《瑞香盛开呈益国公二首》(之二)："雪里寒香得三友,溪边梅与畹边兰。"谓梅、兰、瑞香、水仙或生于深山,或生于江边,四美相并是人生偶逢之事。江皋,《楚辞·九歌·湘夫人》："朝驰余马兮江皋,夕济兮西澨。"此词碎拆《本事诗·高逸》及《古今事文类聚后集》卷一七所用杜牧、刘禹锡典故,用以布局谋篇。

③"一笑"二句：《本事诗·高逸》中杜牧赴李司徒宴席,并赋诗一事为全词所化用。其事详见《齐天乐》(烟波桃叶西陵路)注⑪。此处化用的杜诗是："华堂今日绮筵开,谁唤分司御史来。偶发狂言惊满坐,两行红粉一时回。"四种花卉分两行而列,恰如两行红粉美人。

④引生香：《历代诗余》作"引香生"。

⑤懊恼司空：用《古今事文类聚前集》卷一七"司空见惯"条中刘禹锡与杜鸿渐事。详见《婆罗门引》(香霏泛酒)注⑦。懊恼,烦恼。此以杜司空代指四花主人,而隐以刘禹锡代称不惯见四花相并的座上宾,且以客自指。

⑥"憔悴"句：合写兰花与水仙。敧翘,形容水仙绿叶。委佩,形容兰花渐趋枯萎。

⑦"恨玉奴"二句：玉奴消瘦,此形容白梅零落。苏轼《次韵杨公济奉议梅花十首》(之四)中有"玉奴终不负东昏",详见《水龙吟》(夜分溪馆渔灯)注⑬。轻鸿,常用以形容舞姿。边让《章华赋》："体迅轻鸿,荣曜春华。进如浮云,退如激波。"此喻梅花飘落飞舞。

⑧知心：李陵《答苏武书》："人之相知,贵相知心。"此以四香喻歌妓,谓知其曲中情意。

⑨紫云：《本事诗·高逸》中杜牧所赴席上名妓唤紫云,亦喻席上紫色瑞香。

⑩"小丁香"二句：《香乘》卷二："李珣曰：丁香生东海及昆仑国,二月三月花开,紫白色。"《全芳备祖前集》卷二九："(丁香)树高丈余,凌冬不凋,其子出枝叶上,如钉,长三四分,紫色。"文人常以丁香喻歌女樱桃檀口,李煜《一斛珠》："晚妆初过,沈檀轻注些儿个。向人微露丁香颗。"此喻形似丁香的瑞香。

⑪还解语：《绀珠集》卷一："太液池千叶白莲开,帝与妃子共赏,指妃谓

左右曰：'何如此解语花也？'"

⑫"待携归"二句：《本事诗·高逸》的结局是杜牧索取名妓紫云，谓"名不虚得，宜以见惠"。并合用巫山云雨典。花妓互比，暗含款花之假设，谓若是瑞香解语，应请主人见惠，关合前文不留痕迹。

【汇评】

杨铁夫《梦窗词全集笺释》：（"云深"三句）四物可大别为两种：梅、瑞香、兰产于山陬；水仙生于水涘。产地不同，相逢匪易，是为四字反剔法。

（"憔悴"二句）本集《花犯·郭希道送水仙索赋》，有"翠翘欹鬓"语，盖水仙之绿叶似之。"委佩"，咏汉皋委佩及《离骚》纫兰佩事。玉奴，用苏诗"玉奴纤手噢梅花"句，惟未言瑞香，以三者垫起瑞香也。 （"还解语"三句）此词有四花，与上《还京乐》有筝、笙、琵琶、方响四乐器，俱属板重题目。苟无法以驾驭之，必至运棹不灵。合两词观之，自悟化板为活之法。

又

陪幕中饯孙无怀于郭希道池亭，闰重九前一日①

檀栾金碧，婀娜蓬莱②，游云不蘸芳洲。露柳霜莲③，十分点缀残秋④。新弯画眉未稳④，似含羞、低度墙头⑤。愁送远⑥，驻西台车马⑦，共惜临流。

知道池亭多宴，掩庭花、长是惊落秦讴⑧。腻粉阑干，犹闻凭袖香留⑨。输他翠涟拍甃⑩，瞰新妆、时浸明眸⑪。帘半卷，带黄花、人在小楼⑫。

【题解】

"孙无怀"，系吴文英苏州仓台幕友。"郭希道池亭"，即郭清华池馆。"闰重九"，知此词作于理宗绍定五年（1232）。是时，词人三十三岁。

此为饯别词。上片着重描绘郭氏池亭之美和惜别之情，下片重在描绘郭氏酒宴歌舞之盛。

【校注】

①《中兴以来绝妙词选》、《绝妙好词》、《古今词统》、毛本、《词综》、《历代诗余》、杜本、王朱本、朱二校本词题作"闰重九饮郭园"。《阳春白雪》作"九日送客"。《词品》作"九日宴侯家园作"。

②"檀栾"二句：为"檀栾婀娜，蓬莱金碧"之倒文。檀栾，秀美貌。代指竹。婀娜，代指柳。蓬莱金碧，《史记·封禅书》谓蓬莱"黄金银为宫阙"。蓬莱仙境又有竹，《拾遗记》卷一〇："(蓬莱山)有浮筠之簳，叶青茎紫，子大如珠，有青鸾集其上。下有沙砾，细如粉，柔风至，叶条翻起，拂细沙如云雾。仙者来观而戏焉，风吹竹叶，声如钟磬之音。"故可两相绾结。

③霜莲：《阳春白雪》作"霜逢"。

④"十分"句：曹松《中秋月》："九十日秋色，今秋已十分。"残秋，明张本、朱三校本、朱四校本、《四明》本作"成秋"。

④"新弯"句：此日初八，月正初弦。喻美人尚未画好的弯眉。

⑤"似含羞"二句：颇有集中《浣溪沙》(门隔花深梦旧游)"行云有影月含羞"意度。低度，明张本、朱三校本、朱四校本、《四明》本作"低护"。

⑥愁送远：与"临流"句共化用宋玉《九辩》临水送远意。愁送，《花草粹编》作"秋送"。

⑦西台：杨笺："凡官米屯聚处曰台，前清犹有粮台之称。此曰'西台'，想对东台得名。"也可指孙无怀将赴职御史台(宪府)。赵璘《因话录》卷五："武后朝，御史台有左右肃政之号，当时亦谓之左台、右台，则宪府未曾有东西台之称。惟俗间呼在京为西台，东都为东台。"

⑧"知道"三句：秦讴，薛谭学讴于秦青，秦青歌声响遏行云。秦青是男性歌者，唯恐其响遏行云的声音惊落庭花，故坐实为需掩门不让声音传至院落。反用赵嘏《花园即事呈韦中丞》诗意："烟暖池塘柳覆台，百花园里看花来。……不肯为歌随拍落，却因令舞带香回。"

⑨"腻粉"二句：用荀令傅粉，坐处留香典。

⑩甃：此指以砖、石等砌成的池壁。

⑪时浸明眸：临流照影，眼波愈明。《中兴以来绝妙词选》、《古今词

485

统》《词综》《历代诗余》《词谱》、杜本、王朱本、朱二校本作"终日凝眸"。

⑫"帘半卷"三句：切重阳节令。李清照《醉花阴》："莫道不消魂,帘卷西风,人比黄花瘦。"集中《绛都春·余往来清华池馆六年》有"小楼重上,凭谁为唱,旧时金缕",可知小楼为主人歌姬居地。此词下阕把池馆饯别宴会中的男性歌者与明日将侑觞重九宴的女性歌者加以比较,反映出宋代特重女音的风俗。带黄花,《词品》、杜本作"戴黄花"。

【汇评】

张炎《词源》卷下：梦窗《声声慢》云："檀栾金碧,婀娜蓬莱,游云不蘸芳洲。"前八字恐亦太涩。

陆辅之《词旨·警句》：帘半卷,带黄花、人在小楼。

沈际飞《草堂诗余别集》卷二：宴饮妙境,有笔所不能追者。笔之所至,亦特过之。

陈廷焯《云韶集》卷八：何等姿态,遣词琢句百炼千锤,归于纯雅,真可亚于清真,近接白石。深情如许,触手成春,不必身逢其会始作绮语也。

李佳《左庵词话》：前八字不免板滞。

夏敬观评语：("檀栾"二句)四句对嫌板。 "蘸"字新而炼熟。

又

饮时贵家,即席三姬求词

春星当户,眉月分心①,罗屏绣幕围香②。歌缓□□,轻尘暗蔽文梁③。秋桐泛商丝雨④,恨未回、飘雪垂杨⑤。连宝镜,更一家姊妹,曾入昭阳⑥。

莺燕堂深谁到⑦,为殷勤、须放醉客疏狂⑧。量减离怀,孤负蘸甲清觞⑨。曲中倚娇佯误,算只图、一顾周郎⑩。花镇好,驻年华、长在琐窗⑪。

"时贵",司空图《华下》:"久无书去干时贵,时有僧来自故乡。""即席",《梁书·萧介传》:"初,高祖招延后进二十余人,置酒赋诗。臧盾以诗不成,罚酒一斗,盾饮尽,颜色不变,言笑自若;介染翰便成,文无加点。高祖两美之曰:'臧盾之饮,萧介之文,即席之美也。'"

此为应酬之作。上片赞三姬的美貌、歌声、舞姿和琴音;下片扣词题,写酒宴上美姬捧觞劝酒的情意,并致青春常驻之意。

【校注】

①"春星"二句:《诗·唐风·绸缪》:"绸缪束楚,三星在户。今夕何夕,见此粲者。"《诗·召南·小星》:"嘒彼小星,三五在东。"《毛诗序》曰:"小星,惠及下也。夫人无妒忌之行,惠及贱妾,进御于君,知其命有贵贱,能尽其心矣。"《苕溪渔隐丛话前集》卷五〇:"(秦少游)又赠陶心儿词云:'天外一钩横月,带三星。'谓'心'字也。"此以"心"寓"三"字藏席上姬数。眉月,与"一钩横月"同意。

②"罗屏"句:用屏围爱姬,香气不外溢典。

③"歌缓"二句:明张本、毛本作"歌缓",后无空格。杜本作"歌缓轻尘,□□暗薂文梁"。暗薂,朱二校本径改作"暗薂"。"轻尘"句,《列子》卷五:"秦青顾谓其友曰:'昔韩娥东之齐,匮粮,过雍门,鬻歌假食。既去而余音绕梁,三日不绝,左右以其人弗去。'"梁尘,《文选·陆机〈拟东城一何高〉》:"一唱万夫叹,再唱梁尘飞。"

④"秋桐"句:秋桐,古人裁梧桐为琴。《后汉书·蔡邕传》:"吴人有烧桐以爨者,邕闻火烈之声,知其良木,因请而裁为琴,果有美音,而其尾犹焦,故时人名曰'焦尾琴'焉。"桐丝意属"桐",琴弦。泛商,苏轼《水龙吟·赠赵晦之吹笛侍儿》:"嚼徵含宫,泛商流羽,一声云杪。"与《好事近·僧房听琴》"弹作一檐风雨,碎芭蕉寒绿"同意,谓琴声如芭蕉寒叶上的雨声。

⑤"恨未回"二句:回雪,喻女子舞姿的轻盈优美。张衡《舞赋》:"裾似飞燕,袖如回雪。"余见《喜迁莺》(烟空白鹭)注⑩。垂杨亦喻舞姿。参见《江南好》(行锦归来)注⑪。谓虽然闻歌听琴,颇感遗憾的是没有看到三人优美的舞姿。

⑥"连宝镜"三句:《说郛》卷一〇一(上)引《赵飞燕外传》载飞燕加皇后大号,赵合德上二十六物以贺,其中有"七出菱花镜一奁"。余见《声声慢》(蓝云笼晓)注⑤。

⑦莺燕:喻姬妾。堂深:后堂深院为藏姬之地。

⑧"为殷勤"二句:反用苏轼《戏赠田辩之琴姬》诗意:"坐中有狂客,莫近绣帘弹。"《东坡诗集注》:"此暗用司马相如琴心挑卓文君事。"

⑨蘸甲清觞:侍姬斟满酒杯后,捧觞蘸指甲,为尊客之道。《太平御览》卷二二九引扬雄《太官令箴》:"群物百品,八珍清觞,以御宾客,以膳于王。"

⑩"曲中"三句:《三国志·吴书·周瑜传》:"瑜时年二十四,吴中皆呼为周郎。""瑜少精意于音乐,虽三爵之后,其有阙误,知之必顾,故时人谣曰:'曲有误,周郎顾。'"李端《听筝》:"欲得周郎顾,时时误拂弦。"倚娇,贺铸《减字浣溪沙》:"两点春山一寸波。当筵娇甚不成歌。"

⑪"花镇好"三句:梁简文帝《歌》:"年年花色好,足侍爱君傍。"晁端礼《行香子》:"愿花长好,人长健,月长圆。"镇,《唐音癸签》卷二四"诂笺(九)"引逯叟曰:"镇,六朝人诗用镇字,唐诗尤多。……盖有常之义,约略用之代常字,令声俊耳。"《汇释》:"犹常也;长也;尽也。"琐窗,镂刻有连琐图案的窗棂。

【汇评】

郑文焯《手批梦窗词》:(歇拍)大好排场,词家妍手。

夏敬观评语:"秋桐"句费解。

又

宏庵宴席,客有持桐子侑俎者,自云其姬亲剥之①

寒筲惊坠②,香豆初收③,银床一夜霜深④。乱泻明珠⑤,金盘来荐清斟。绿窗细剥檀皴⑥,料水晶、微损春簪⑦。风韵处,惹手香酥润,樱口脂侵⑧。

重省追凉前事⑨,正风吟莎井,月碎苔阴⑩。颗颗相思,无情漫搅秋心⑪。银台剪花杯散⑫,梦阿娇、金屋沈沈⑬。甚时见,露十香、钗燕坠金⑭。

【题解】

此词为酬赠之作,代客写情。上片述客以姬亲剥之桐子侑酒,追想其亲剥桐子情状;下片想象客与姬乘凉旧事,勾起相思,催客宴散回归姬处。

【校注】

①桐子:梧桐籽实,可炒食。《本草纲目》卷三五(上):"梧桐皮白,叶似青桐,而子肥可食。"《武林旧事》卷三:"(重九)雨后新凉,则已有炒银杏、梧桐子吟叫于市矣。"《历代诗余》词题作"宏庵席上姬亲剥桐子"。朱二校本、朱三校本、四明本词题夺"客"字。

②筥:本指盛物竹器。《仪礼·既夕礼》:"苞二筥三。"郑玄注:"筥,畚种类。"此喻梧桐荚壳老熟后形似畚箕张口。寒筥,毛本、《历代诗余》、戈校本、杜本、王朱本、朱二校本、《四明》本作"寒箫"。惊坠:谓梧子从囊萼中纷纷坠落。

③香豆:《授时通考》卷六七谓缀于囊萼的梧桐子"大如黄豆"。

④银床:井栏。此写井边梧桐树上的桐子经霜熟透。霜深:《历代诗余》作"露深"。

⑤乱泻明珠:白居易《春听琵琶兼简长孙司户》:"四弦不似琵琶声,乱写真珠细撼铃。"梧子色白,《陆氏诗疏广要》卷上之下谓"其子似乳",故倾倒时形声皆似明珠泻盘。

⑥檀皱:本指栗子紫色硬壳外栗蓬(刺苞)。此特指梧子缀于其上的囊萼。毛本作"擅皱"。

⑦"料水晶"二句:《吴郡志》卷四五引《树萱录》载唐大历初处士李篯入龙宫:"篯随步而入琐窗洞户中,有女郎狭体环质,衣如云霓,……曰:'某非人也,生于龙宫,好楚词。君能受我一篇传于世人乎?'乃以水晶簪扣盘而诵'芷秀药华'之词。"悬想客姬以头簪从囊萼中挑出桐子,因所剥桐子量多,以至于簪钗稍有磨损。

⑧"风韵"三句:悬想其姬亲剥时手褪桐子膜衣,有时还会以牙齿助剥

囊萼,桐子上因而留下了樱泽手香。樱口,彭止《满庭芳》:"恣柳腰樱口,左右森罗。"余见《烛影摇红》(西子西湖)注⑩。

⑨追凉前事:客与姬梧桐树下追凉的往事。

⑩月碎苔阴:月光穿过梧叶碎散在井苔之上。

⑪"颗颗"二句:桐子无情,但在有情人看来却如引发相思的红豆,颗颗粒粒无不搅动着情思。

⑫银台剪花:犹言"共剪烛花"。用李商隐《夜雨寄北》诗意。

⑬"梦阿娇"二句:阿娇金屋,详见《三部乐》(江鹈初飞)注⑤。沈沈,此形容夜深。鲍照《代夜坐吟》:"冬夜沈沈夜坐吟,含声未发已知心。"三句设想坐客在酒宴散席之后,夜深时会梦见与侍妾银台共剪烛花,并说起今夜桐子侑觞之事。

⑭"甚时"三句:十香,代称因劝觞而蘸浸酒香的十指。古代女子不肯轻露肌肤,故以戏谑的口吻期待亲睹彼美,并诳其露出亲剥桐子的纤纤十指,关合词题,非轻薄语也。十香,毛本、《历代诗余》、戈校本、杜本、王朱本作"拾香"。

又

畿漕新楼　上尹梅津①

清漪衔苑②,御水分流③,阿阶西北青红④。朱栱浮云,碧窗宿雾蒙蒙⑤。璇题净横秋影⑥,笑南飞、不过新鸿⑦。延桂影⑧,见素娥梳洗⑨,微步琼空⑩。

城外湖山十里⑪,想无时长敞,罨画帘栊⑫。暗柳回堤⑬,何须系马金狨⑭。莺花翰林千首⑮,彩毫飞⑯、海雨天风⑰。凤池上,又相思、春夜梦中⑱。

【题解】

"畿漕",指两浙转运使司。"新楼",指福星楼。尹梅津于淳祐六年

(1246)任两浙转运判官,在任期间在官署东厅建福星楼。

此为颂词。上片写新楼临水而起,并以夸张之笔极言楼之高;下片写登楼可观楼前四时佳胜,不必长堤走马嬉春,并盛赞尹焕文才,预祝其升迁。

【校注】

①毛本、戈校本、杜本、王朱本、朱二校本词题作"畿漕廨建新楼,上梅津"。朱四校本合二题作"畿漕建新楼,上尹梅津"。

②清漪衔苑:为"苑衔清漪"之倒文。清漪,语出《诗·魏风·伐檀》:"河水清且涟漪。"谓水清澈而有波纹。谢朓《泛水曲》:"日晚厌遵渚,采菱赠清漪。"衔苑,明张本、毛本、戈校本、杜本、王朱本作"街苑"。

③御水:宫禁中的河水。《后汉书·宦者传·曹节》:"苟营私门,多蓄财货,缮修第舍,连里竟巷。盗取御水以作鱼钓,车马服玩拟于天家。"李贤注:"水入宫苑为御水。"

④阿阶西北:化用《文选·古诗十九首》诗意:"西北有高楼,上与浮云齐。交疏结绮窗,阿阁三重阶。"李善注:"《尚书中候》曰:昔皇帝轩辕,凤皇巢阿阁。《周书》曰:明堂咸有四阿,然则阁有四阿,谓之阿阁。郑玄《周礼注》曰:四阿,若今四注者也。薛综《西京赋注》曰:殿前三阶也。"青红:出题义"新建"。

⑤"朱栱"二句:化用杜甫《江陵节度阳城郡王新楼成王请严侍御判官赋七字句同作》诗意:"碧窗宿雾蒙蒙湿,朱栱浮云细细轻。"《补注杜诗》:"修可曰:晋羊球《登西楼赋》云:'画栋浮细细之轻云,朱栱湿蒙蒙之飞雨。'王逸少见之,击节爱羡竟日。"为雾为雨,补足"上与浮云齐"之意。

⑥璇题:屋梁上玉饰的椽头。

⑦"笑南飞"二句:鸿薄云汉,却不能飞过此楼,为夸饰之辞。

⑧延桂影:杜甫《夔府书怀四十韵》:"赏月延秋桂,倾阳逐露葵。"桂影,《酉阳杂俎》卷一:"旧言月中有桂,有蟾蜍。……释氏书言:须弥山南面有阎扶树,月过,树影入月中。或言月中蟾桂地影也,空处水影也。"

⑨素娥梳洗:详见《点绛唇》(卷尽愁云)注①。

⑩微步:犹言"凌波微步"。琼空:代指月宫。

491

⑪湖山十里：此写城内风光。

⑫"想无时"二句：以上三句写福星楼在城门外，为便于眺望城里十里湖山，故而无时不敞着帘栊。罨画，毛本、戈校本作"罨尽"。

⑬暗柳回堤：此写遍植垂柳的西湖苏堤。

⑭系马金狨：下句"莺花"属此，典例见《水龙吟》(望春楼外沧波)注⑪。

⑮翰林千首：语出欧阳修《赠王介甫》："翰林风月三千首，吏部文章二百年。"翰林，指李白，因李白曾任翰林院供奉。

⑯彩毫飞：文笔绚丽，文采飞扬。李群玉《送友人之峡》："彩毫飞白云，不减郢中篇。"

⑰海雨天风：陆游《跋东坡七夕词后》："昔人作七夕诗，率不免有珠栊、绮疏、惜别之意，惟东坡此篇，居然是星汉上语，歌之曲终，觉天风海雨逼人。"苏轼曾任翰林学士、承旨，知制诰。以上三句谓梅津将来如果升为文学侍从，只要登上此楼，无须亲身系马柳下，就可以写出像李白、苏轼那样意气豪迈的诗歌。

⑱"凤池"三句：凤池，犹言"凤凰池"。指中书省。亦为设想将来之辞，谓将来如果进入中央枢要部门，朝中当直时也会梦见登此楼时的风景。

又

赠藕花洲尼①

六铢衣细②，一叶舟轻，黄芦堪笑浮槎。何处汀洲，云澜锦浪无涯。秋姿澹凝水色，艳真香、不染春华③。笑归去，傍金波开户④，翠屋为家⑤。

回施红妆青镜⑥，与一川平绿，五月晴霞⑦。赪玉杯中，西风不到窗纱⑧。端的旧莲深意⑨，料采菱、新曲羞夸⑩。秋潋滟⑪，对年年、人胜似花。

【题解】

"藕花洲",据《咸淳临安志》,临平山去仁和县旧治五十里,上有塔,下有藕花洲,即鼎湖也。

此为酬赠词。上片以写人起,写景结,写尼姑生活在不染尘俗的藕花洲,而汀洲中的秋荷,又映衬着尼姑的神态风韵;下片着重写荷花,实则以荷喻人,赞尼姑之姿容、美妙年华及修为心境。

【校注】

①明张本、毛本、戈校本、杜本词题作"赠藕花洲"。

②六铢衣细:谷神子《博异志·岑文本》:岑文本见上清童子衣服清细如雾,问曰:"衣服皆轻细,何土所出?"对曰:"此是上清五铢服。"又问曰:"比闻六铢者天人衣,何五铢之异?"对曰:"尤细者则五铢也。"韩偓《浣溪沙》:"宿醉离愁慢髻鬟,六铢衣薄惹轻寒。"铢,古时十黍为一累,十累为一铢,二十四铢为一两,古一两相当于现在的半两。借写庵尼飘飘欲仙的气质。

③"艳真香"二句:李商隐《赠荷花》:"唯有绿荷红菡萏,卷舒开合任天真。"谓秋天的荷花真色真香,不像春花沾染了浮华的气息。赞荷花,实赞妙尼。

④金波:此指反射太阳光芒的水波。

⑤翠屋为家:指荷叶临户,迎门皆绿。翠屋,犹言"翠幄"。戈校本、杜本、王朱本作"翠幄"。

⑥回施:犹言酬报。《敦煌变文集·维摩诘经讲经文》:"愿见礼仏诸功德,回施庄严奉二亲。"黄庭坚《病来十日不举酒二首》(之一):"病来十日不举酒,回施青春与后生。"《山谷内集诗注》任渊曰:"回施,盖用佛家语。杨凝式诗:'无限欢娱荣乐事,一时回施少年人。'"回施,毛本、杜本、王朱本、朱二校本作"回首"。红妆青镜:喻临水荷花。

⑦"一川"二句:李白《子夜吴歌四首》(之二):"镜湖三百里,菡萏发荷花。五月西施采,人看隘若耶。"平绿,温庭筠《故城曲》:"游丝荡平绿,明灭时相续。"以上三句婉写僧尼不再临镜施粉,但欣赏临水荷花,似可作为一种酬报,用以衬写妙尼姿容。

⑧"西风"句：翻用李璟《山花子》句意："菡萏香销翠叶残，西风愁起绿波间。"窗纱没有感到西风的侵袭，是荷花正当韶光时，亦暗写妙尼年华。

⑨端的：《汇释》："真个或究竟也。"旧莲深薏：民歌中惯用的谐音双关手法，犹言"旧怜深意"。《尔雅·释草》："荷，芙蕖，其茎茄，其叶蕸，其本蔤，其华菡萏，其实莲，其根藕，其中的，的中薏。"旧莲深薏，戈校本作"旧怜新意"。旧莲，毛本作"旧连"。深薏，毛本、杜本、王朱本、朱二校本作"深意"。

⑩"料采菱"二句：《乐府诗集》卷五〇：《古今乐录》曰：《采菱曲》，和云：'菱歌女，解佩戏江阳。'"从先秦汉魏晋南北朝诗集中的相关诗歌看，《采菱曲》多与爱情相关。如梁武帝《采菱曲》："江南稚女珠腕绳，金翠摇首红颜兴，桂棹容与歌采菱。歌采菱，心未怡，翳罗袖、望所思。"此《采菱曲》应写妙尼遁入空门前的一段心思，即所谓"旧莲深薏"，当下新曲无从表达彼时心意，故言"羞夸"。

⑪秋潋滟：温庭筠《莲花》："绿塘摇滟接星津，轧轧兰桡入白蘋。"潋滟，何逊《行经范仆射故宅诗》："潋滟故池水，苍茫落日晖。"

又

寿魏方泉①

莺围橙径，鲈跃莼波②，重来两过中秋③。酒市渔乡④，西风胜似春柔⑤。宿春去年村墅⑥，看黄云、还委西畴⑦。凤池去⑧，信吴人有分⑨，借与迟留。

应是香山续梦⑩，又凝香追咏⑪，重到苏州⑫。青鬓江山，足成千岁风流⑬。围腰御仙花底，衬月中、金粟香浮⑭。夜宴久，揽秋云、平倚画楼⑮。

【题解】

魏方泉，即魏峻。词中寿筵地点应在苏州郡治子城的西楼，又称观风楼。魏氏淳祐四年(1244)四月知平江府,对此楼进行了修缮。从"重来两过中秋"句知此词作于淳祐五年(1245)秋。

此为祝寿词。上片写吴地八月秋景,烘托魏峻政绩突出,主持平江府,地方富庶,百姓祥和;下片盛赞魏氏文采风流及高贵身份,并写寿宴盛况。此词凝练,工整简洁,写寿词不落俗套。

【校注】

①毛本、戈校本、杜本、王朱本、朱二校本词题作"寿方泉"。

②"莺围"二句:《记纂渊海》卷九〇引《隋唐嘉话》:"南人鱼脍以细缕金橙拌之,号为'金齑玉脍'。隋时吴郡献松江鲈,炀帝曰:'东南佳味也。'"苏轼《和文与可洋州园池·金橙径》:"金橙纵复里人知,不见鲈鱼价自低。须是松江烟雨里,小船烧薤捣香齑。"《东坡诗集注》赵彦材注曰:"鲈鱼所以为脍,金橙所以为齑,(松)江之鲈,江南所称也。此之谓金齑玉脍。莺围,金黄色的橙子累累聚结于枝头。橙径,明张本、毛本、戈校本、杜本、王朱本作"枨径"。

③两过中秋:魏氏寿辰应在中秋前后,在吴已两过初度矣。

④酒市:《汉书·游侠传》:"酒市赵君都、贾子光,皆长安名豪,报仇怨养刺客者也。"下句"西风"意亦相缀。欧阳修《秋怀》:"西风酒旗市,细雨菊花天。"

⑤"西风"句:秦观《江城子》:"西楼杨柳弄春柔。动离忧,泪难收。"西楼傍柳,魏峻曾据白居易《西楼喜雪命宴》"散面遮槐市,堆花压柳桥"诗意,表额"柳桥槐市"。

⑥宿舂去年:为"去年宿舂"之倒文。宿舂,本指隔夜舂米备粮。《庄子·逍遥游》:"适莽苍者,三飡而反,腹犹果然;适百里者,宿舂粮;适千里者,三月聚粮。"此指去年余粮。

⑦"看黄云"二句:王安石《自白土村入北寺二首》(之一):"溜渠行碧玉,畦稼卧黄云。"西畴,陶潜《归去来兮辞》:"农人告余以春及,将有事于西畴。"以上三句以家有存粮及丰收在望写太守政绩。

⑧凤池:泛指中央机构。

⑨吴人有分:苏轼《送张职方吉甫赴闽漕六和寺中作》:"空使吴儿怨不

留,青山漫漫七闽路。"有分,韩愈《孟东野失子》:"且物各有分,孰能使之然。"

⑩香山续梦:白居易宝历元年(825)曾为苏州刺史。《旧唐书·白居易传》:"宝历中,复出为苏州刺史。""会昌中,请罢太子少傅,以刑部尚书致仕。与香山僧如满结香火社,每肩舆往来,白衣鸠杖,自称香山居士。"

⑪凝香追咏:韦应物贞元四年(788)曾为苏州刺史,写《郡斋雨中与诸文士燕集》诗,"兵卫森画戟,燕寝凝清香"一联是诗中名句,并成为苏州郡斋熟典。白居易之后,刘禹锡亦为苏州刺史。其《八月十五日夜半云开然后玩月因书一时之景寄呈乐天》中"开城邀好客,置酒赏清秋。影透衣香润,光凝歌黛愁",即从韦诗脱化。刘禹锡有"苏州刺史例能诗"之句,上二句亦寓此褒扬。

⑫重到苏州:谓苏州再次出现大宴西楼,刺史能诗的盛况。魏峻诗不传,其能诗事仅见《姑苏志》卷二二:"(西楼)淳祐中,魏峻大修之,取白公诗表其下曰'柳桥槐市',且自赋诗。"

⑬"青鬓"二句:化用白居易《咏怀》诗意:"苏杭自昔称名郡,牧守当今当好官。两地江山踏得遍,五年风月咏将残。"并与上文中的"迟留"化用苏舜钦登阊门楼诗《秋怀》:"家在凤凰城阙下,江山何事苦相留。"自注:"江山留人也,人留江山也。"

⑭"围腰"三句:据《吴郡志》卷一一,魏峻"(淳祐)五年四月御笔除宝章阁待制,赐带"。金粟,既实指桂花,也指宝带上的装饰。参见《声声慢》(蓝云笼晓)注⑥及《江神子》(天街如水翠尘空)注⑥。

⑮"夜宴"三句:回应前引韦应物诗,写楼下郡斋之宴。

【汇评】

夏敬观评语:"围"字过生。

又

饯魏绣使泊吴江,为友人赋

旋移轻鹢,浅傍垂虹^①,还因送客迟留。泪雨横波,遥山眉上新愁^②。行人倚阑心事,问谁知、只有沙鸥^③。念聚散,几枫丹霜渚,莼绿春洲^④。

渐近香菰炊黍^⑤,想红丝织字,未远青楼^⑥。寂寞渔乡,争如连醉温柔^⑦。西窗夜深剪烛^⑧,梦频生、不放云收^⑨。共怅望,认孤烟、起处是州^⑩。

【题解】

魏绣使,即魏峻。夏承焘笺:"'绣使',即魏方泉,魏以淳祐六年三月除刑部侍郎。词记春景可证。"

此为饯别词,以"骚体造境"法,用男女私情言友朋情谊。上片写垂虹桥畔送别,美人愁眉泪眼,行人满腹心事,感叹聚散匆匆,表达惜别之情;下片就行人去处展开联想与想象,人未别便盼团聚。此词曲折婉转,妙笔如环,极离合吞吐之致。

【校注】

①垂虹:此指吴江上的垂虹桥。

②"泪雨"二句:用王观《卜算子》词意:"水是眼波横,山是眉峰聚。欲问行人去那边,眉眼盈盈处。"泪雨,傅玄《放歌行》:"长啸泪雨下,太息气成云。"横波,《文选·傅毅〈舞赋〉》:"眉连娟以增绕兮,目流睇而横波。"李善注:"横波,言目邪视,如水之横流也。"

③"行人"三句:黄庭坚《登快阁》:"万里归船弄长笛,此心吾与白鸥盟。"《山谷外集诗注》:"夏文庄(竦)诗:'自有沙鸥知此心。'"

④春洲:谢朓《晚登三山还望京邑》:"喧鸟覆春洲,杂英满芳甸。"以上

三句以四时景象特别是吴江有代表性的枫叶、菰莼写朋友之间的诗酒文会。

⑤香菰炊黍：用端午裹粽以及黄粱梦典。

⑥"想红丝"二句：合用端午五色丝系腕及窦涛妻苏氏织回文锦字典故。青楼，曹植《美女篇》："青楼临大路，高门结重关。"

⑦"寂寞"二句：用温柔乡典。

⑧"西窗"句：用李商隐《夜雨寄北》诗意。

⑨"梦频生"二句：用巫山云雨典。

⑩"认孤烟"二句："孤"字意属"舟"字。薛能《天际识归舟》："同人在何处，远目认孤舟。"苏轼《次韵王定国南迁回见寄》："相逢为我话留滞，桃花春涨孤舟起。"又，《蝶恋花》："左海门前酤酒市。夜半潮来，月下孤舟起。"

高阳台

丰乐楼　分韵得如字①

修竹凝妆②，垂杨驻马③，凭阑浅画成图④。山色谁题，楼前有雁斜书。东风紧送斜阳下⑤，弄旧寒、晚酒醒余。自消凝⑥，能几花前⑦，顿老相如⑧。

伤春不在高楼上，在灯前敧枕，雨外薰炉⑨。怕舣游船，临流可奈清癯⑩。飞红若到西湖底，搅翠澜⑪、总是愁鱼⑫。莫重来⑬，吹尽香绵，泪满平芜⑭。

【题解】

《高阳台》，词牌名。调名取自宋玉《高唐赋》。又名《庆春泽》《庆宫春》。双调一百字，前后片各十句四平韵。

"丰乐楼"，详见《醉桃源·会饮丰乐楼》题解。

丰乐楼为西湖名胜，梦窗《醉桃源·会饮丰乐楼》《莺啼序·丰乐楼》曾咏其湖光山色。但本词无意表现令人陶醉的湖山之美,反而通篇渲染一种伤春嗟老的忧患心情,紧张迫促,无可奈何,对此江山唯有"泪满平芜",欲哭无声! 这种悲凉情调,是"吴词之极沉痛者",明显寄托了家国之慨。

【校注】

①明张本、毛本、《词综》、杜本词题作"丰乐楼"。

②修竹凝妆:暗用杜甫《佳人》诗,以翠竹喻佳人。凝妆,谢偃《乐府新歌应教》:"青楼绮阁已含春,凝妆艳粉复如神。"

③垂杨驻马:王维《少年行四首》(之一):"相逢意气为君饮,系马高楼垂柳边。"点"楼"字。

④"凭阑"句:为"凭阑浅成画图"之倒文。时节才入春,凭栏所见,尚不及浓春时之繁丽。

⑤"东风"句:宋祁《玉楼春》:"为君持酒劝斜阳,且向花间留晚照。"写春风之急,为下文飞花张本。

⑥消凝:徐介《耒阳杜工部祠堂》:"消凝伤往事,斜日隐颓垣。"《汇释》:"(销凝)亦作消凝。为'销魂凝魂'之约辞。销魂与凝魂,同为出神之义。"

⑦能几:张华《游猎篇》:"人生忽如寄,居世遽能几。"能,《汇释》:"估计量数之辞,大抵与几何、多少等字联用,设为疑问口气。"几,此处作"屡"义解。能几,《绝妙好词》作"几许"。

⑧顿老相如:以老病摧折的司马相如自指。

⑨"伤春"三句:此为梦窗独创句法。笔落高楼买醉,意及灯前炉畔傍枕听雨,是为风雨将葬落红而更易伤春伤时。高楼,《绝妙好词》作"歌楼"。

⑩可奈:李煜《采桑子》:"可奈情怀,欲睡朦胧入梦来。"奈,《汇释》:"犹耐也。奈、耐二字通用,故耐即奈也。"清癯:承上司马相如消渴疾典,故有此说。以上二句的意思是不愿像当年那样乘坐楼下画船游湖,唯恐临流照出清瘦衰老的倒影。怕舣,《绝妙好词》作"怕有"。清癯,《绝妙好词》、朱二校本、朱三校本作"清臞"。

⑪翠澜:李群玉《大云池泛舟》:"船浮天光远,棹拂翠澜轻。"与下句取意宋孝帝《武济曲阿后湖诗》"惊澜翻鱼藻"句意。

⑫愁鱼:鲩鱼目常不闭,似人有愁辗转不寐,故云。张先《句》:"愁似鲩
鱼知夜永,懒同蝴蝶为春忙。"李商隐《李夫人三首》(之二):"清澄有余幽素
香,鲩鱼渴凤真珠房。"《李义山诗集注》:"《释名》:愁悒不能寐,目常鲩鲩
然。字从鱼,鱼目恒不寐。"以上三句承"东风"意,写风飘万点落英,搅动得
湖水中本不能眠的鱼儿更加愁怨,

⑬莫重来:明张本、毛本、王朱本作"莫愁来"。

⑭"吹尽"二句:西湖多杨柳。用苏轼《水龙吟》喻杨花"点点是、离人
泪"句意。香绵,姚合《酬田就》:"嫩苔粘野色,香絮扑人衣。"平芜,江淹《郊
外望秋答殷博士诗》:"白露掩江皋,青满平地芜。"

【汇评】

陈廷焯《云韶集》卷八:(上阕眉批)描景高妙。 题是楼,偏说"伤春
不在高楼上",何等笔力。其文极曲,其情极真,方回、清真、白石外谁敢
抗手?

梁启超《饮冰室评词》引麦孺博:秾丽极矣,仍自清空。如此等词,安能
以"七宝楼台"诮之。

吴梅《通学通论》:南渡以还,作者愈盛,而抚时感事,动有微言。……
至若碧山咏物,梅溪题情,梦窗之丰乐楼头,草窗之禁烟湖上,词翰所寄,并
有微意,又岂常人所易及哉!余故谓绍兴以来,声律之文,自以稼轩、白石、
碧山为优,梦窗则次之,草窗又次之。

又

落梅

宫粉雕痕①,仙云堕影②,无人野水荒湾③。古石埋香④,
金沙锁骨连环⑤。南楼不恨吹横笛,恨晓风、千里关山⑥。半
飘零⑦,庭上黄昏,月冷阑干⑧。

寿阳空理愁鸾⑨。问谁调玉髓,暗补香瘢⑩。细雨归鸿,

孤山无限春寒⑪。离魂难倩招清些⑫，梦缟衣、解佩溪边⑬。最愁人，啼鸟晴明，叶底青圆⑭。

【题解】

　　此词赋落梅，暗寓深沉的感旧追思之情。上片写落梅，赞其风骨神韵，渲染落梅所处的凄清环境；下片连用四个落梅典故，寓托借梅怀人之情。写景空灵无迹，不可捉摸，使这首词成为咏梅词中颇有代表性的作品之一。

【校注】

　　①宫粉雕痕：意贯入下阕"寿阳"三句。宫粉，王安石《与微之同赋梅花得香字三首》(之一)："汉宫娇额半涂黄，粉色凌寒透薄妆。"元稹《春分投简阳明洞天作》："粉坏梅辞萼，红含杏缀珠。"雕痕，并与下阕"香瘢"意相贯通。谓梅花凋落，枝上残留粉痕。

　　②仙云坠影：苏轼《十一月二十六日松风亭下梅花盛开》："海南仙云娇堕砌，月下缟衣来扣门。"与下阕"缟衣"意相贯通。

　　③"无人"句：陆游《卜算子》："驿外断桥边，寂寞开无主。已是黄昏独自愁，更着风和雨。"这种环境中生长的野梅，即江梅。

　　④古石埋香：李商隐《与同年李定言曲水闲话戏作》："莫惊五胜埋香骨，地下伤春亦白头。"《李义山诗集注》："《秦本纪》，二世葬始皇骊山。后宫无子者，皆令从死，故云'埋香骨'。"并用张崇葬妻王氏石上铭文"深深葬玉，郁郁埋香"典。

　　⑤"金沙"句：金沙锁骨，《海录碎事》卷三二(上)："释氏书，昔有贤女马郎妇，于金沙滩上施一切人淫。凡与交者，永绝其淫。"《续玄怪录》："昔延州有妇人，白皙，颇有姿貌，年可二十四五。孤行城市，年少之子悉与之游，狎昵荐枕，一无所却。数年而殁，州人莫不悲惜，共醵丧具，为之葬焉，以其无家，瘗于道左。大历中，忽有胡僧自西域来，见墓，遂趺坐，具敬礼焚香，围绕赞叹数日。人见谓曰：'此一淫纵女子，人尽夫也，以其无属，故瘗于此，和尚何敬耶？'僧曰：'非檀越所知，斯乃大圣，慈悲喜舍，世俗之欲，无不徇焉。此即锁骨菩萨，顺缘已尽，圣者云耳。不信，即启以验之。'众人即开墓，视遍身之骨，钩结皆如锁状，果如僧言。"以金沙滩马郎妇和锁骨菩萨喻

梅花落英,可称梅花最为远距化的比喻,描绘出梅花既以香艳示人,又本体清净的特点。

　　⑥"南楼"三句:笛曲中有《落梅花》。王建《塞上梅》:"天山路傍一株梅,年年花发黄云下。昭君已殁汉使回,前后征人惟系马。日夜风吹满陇头,还随陇水东西流。"高适《塞上闻笛》:"借问梅花何处落,风吹一夜满关山。"此亦为透过一层写法。

　　⑦半飘零:《历代诗余》、戈选、杜本作"叹飘零"。

　　⑧"庭上"二句:庭上,指宜兴县南荆溪边的石庭,或称西石亭。《癸辛杂识续集》卷下:"宜兴县之西,地名石庭,其地十余里皆古梅。……梅间有小溪流水,横贯交午桥。"并化用林逋《山园小梅》"暗香浮动月黄昏"之意。以月色昏黄衬写梅花香气最浓烈时。庭上,《历代诗余》作"亭上"。《阳春白雪》、杜本、王朱本、朱二校本作"庭院"。

　　⑨"寿阳"句:用寿阳公主梅花妆典故。愁鸾,孤鸾思侣对镜鸣绝,因代指镜。毛本、杜本作"寿阳宫理愁鸾"。《绝妙好词》、《词综》、《历代诗余》作"寿阳宫里愁鸾镜"。

　　⑩"问谁"二句:段成式《酉阳杂俎》卷八:"靥钿之名,盖自吴孙和邓夫人也。和宠夫人,尝醉舞如意,误伤邓颊,血流,娇婉弥苦。命太医合药,医言得白獭髓,杂玉与琥珀屑,当灭痕。和以百金购得白獭,乃合膏。琥珀太多,及愈,痕不灭。左颊有赤点如痣,视之更益甚妍也。"宋庠《落花》:"泪脸补痕劳獭髓,舞台收影费鸾肠。"苏轼《再和杨公济梅花十绝》(之七):"檀心已作龙涎吐,玉颊何劳獭髓医。"

　　⑪"细雨"二句:化用苏轼《再和杨公济梅花十绝》(之四)诗意:"人去残英满酒樽,不堪细雨湿黄昏。夜寒那得穿花蝶,知是风流楚客魂。"归鸿,语出嵇康《赠秀才入军诗十九首》(之一四):"目送归鸿,手挥五弦。"此意同集中《声声慢》(云深山坞)"恨玉奴消瘦,飞趁轻鸿",以轻鸿归去喻落梅杳无踪影。补写落梅。苏诗中"楚客魂"再透入下三句的"离魂"典。

　　⑫"离魂"句:据陈玄祐《离魂记》载,张镒幼女倩娘端妍绝伦,外甥王宙,亦美容范。张镒先许王宙婚姻,后又将倩娘许配他人。王宙因此离开清河赴京城考试,倩娘魂魄相随,成就了一段婚姻传奇。

⑬"梦缟衣"二句：用梅花精灵化为美女"淡妆素服，出迓师雄"及《列仙传》江妃解佩事。下文"啼鸟"，意缀于此。

⑭"最愁人"三句：以梅子结完落梅之事。曹勋《送杨子宽还临安寄钱处和》："垅上麦芒犹绿嫩，枝间梅子渐青圆。"因"绿叶成阴子满枝"而慨叹年华已逝，故曰"最愁人"。晴明，《阳春白雪》《绝妙好词》作"清明"。青圆，毛本作"清园"。《绝妙好词》、明张本、《历代诗余》、《词综》、杜本、《四明》本作"清圆"。

【汇评】

陆辅之《词旨·警句》：南楼不恨吹横笛，恨晓风、千里关山。

查礼《铜鼓书堂词话》：宋人落梅词，名句甚夥；如《高阳台》一解赋落梅者，吴梦窗云："宫粉雕痕，仙云坠影，无人野水荒湾。"又云："南楼不恨吹横笛，恨晓风千里关山。半飘零，庭院黄昏，月冷阑干。"李篑房云："竹里遮寒，谁念减尽芳云。幺凤叫晚吹晴雪，料水空、烟冷西泠。"李秋崖："门掩香残，屏摇梦冷，珠钿糁缀芳尘。"又云："藓梢空挂凄凉月，想鹤归、犹怨黄昏。黯销凝，人老天涯，雁影沉沉。"三人写落梅之情景魂魄各有不同。其雅正澹远，柔婉深长之处，令人可思可咏。

陈廷焯《云韶集》卷八：字字凄恻，只是一篇绝妙吊梅花文，他人有此凄恻，无此笔力，故终不能逮。尹君前清真、后梦窗之语，真不我欺也。

陈廷焯《白雨斋词话》卷二：梦窗《高阳台》一篇，既幽怨，又清虚，几欲突过中仙咏物诸篇，集中最高之作。

陈洵《海绡说词》："南楼"七字，空际转身，是觉翁神力独运处。"细雨"二句，空中渲染，传神阿堵。解此二处，读吴词方有入处。

杨铁夫《梦窗词全集笺释》：（"宫粉"三句）开端即说尽题字而不嫌突者，以落后境界更空阔悲凉，大可描写也。 （"离魂"三句）是梅是人，好在迷离惝恍处。缟衣解佩，贴梅落，亦有神无迹。

又

送王历阳以右曹赴阙

　　沘水秋寒,淮堤柳色①,别来几换年光②。紫马行迟③,才生梦草池塘④。便乘丹凤天边去⑤,禁漏催、春殿称觞⑥。过松江⑦,雪弄飞花⑧,冰解鸣珰⑨。

　　芳洲酒社词场⑩。赋高台陈迹,曾醉吴王⑪。重上遖山,诗清月瘦昏黄⑫。春风侍女衣篝畔⑬,早鹊袍、已暖天香⑭。到东园⑮,应费新题,千树苔苍⑯。

【题解】

　　"王历阳",为王姓知和州者,应指王坚。"历阳",和州(今安徽和县)的古称。"右曹",此特指尚书省右司郎中,分治职事的部门职员。此词作于苏州,王氏从历阳经苏州赴阙。

　　此为送别词。上片叹离别日久,写王氏春风得意,自历阳经苏州赴临安,并以冬去春来之景映衬此行;下片回忆苏州旧游,设想王氏京城冶游情景,并祝贺荣升之喜。

【校注】

　　①"沘水"二句:《方舆胜览》卷四八:"(庐州)淮水,经寿阳西北。沘水,东南自安丰县界流入寿春界,经县北二里入淮。"和州,《宋史·地理四》:"(淮南)西路……南渡后,府二:安庆、寿春,州六:庐、蕲、和、濠、光、黄,军四:安丰、镇巢、怀远、六安。"此指王历阳赴和州任先赴府治寿春而言。

　　②"别来"句:据下文知王氏曾游苏州。

　　③紫马:郡守坐骑的代称。详见《木兰花慢》(紫骝嘶冻草)注②,并寓所用杜诗中郡守凯旋西来之意。行迟:亦寓边塞意。

　　④梦草池塘:用谢灵运梦见谢惠连写出"池塘生春草"名句一事,拍合

谢灵运"紫马"典,兼写初春景象。杨笺:"盖指入春言。"

⑤"便乘"句:丹凤,凤的一种。《禽经》:"首翼赤曰丹凤。"一般作为仙人坐骑。尹鹗《女冠子》:"懒乘丹凤子,学跨小龙儿。"此就王历阳赴京城而言。

⑥"禁漏"二句:设想王历阳进京后参加御宴为皇帝祝寿的情形。梦窗生活时代朝廷有理宗与度宗的生日庆典。理宗以正月五日为天基节,度宗以四月九日为乾会节。词中反映的饯别时间为早春,应是理宗生日,故用"催"。称觞,举杯祝酒。

⑦松江:即吴松江。

⑧雪弄飞花:范云《别诗》:"昔去雪如花,今来花似雪。"兼用李白《对雪醉后赠王历阳》:"历阳何异山阴时,白雪飞花乱人目。"似乎有意利用"王历阳"与李白诗题中人名的巧合。并合用杜甫《发潭州》中"岸花飞送客"句意。

⑨冰解鸣珰:形容早春吴江中冰渐消融的声音。鸣珰,刘眘虚《江南曲》:"玉手欲有赠,裴回双鸣珰。"此写其途中容止端正洒脱。

⑩芳洲:与下二句为"酒社词场赋(咏)曾醉吴王高台(及)芳洲陈迹"之倒文。合用王晚建于西城的姑苏馆与吴王姑苏台之事。《吴郡志》卷七:"姑苏馆,在盘门里河西城下。绍兴十四年郡守王晚建。体势宏丽,为浙西客馆之最。中分为二,曰南馆、北馆。绍兴间,始与房通和,使者岁再往来此馆,专以奉国信。贵客经由亦假以樏船。登城西望,吴山皆在指顾间。故又作台于城上,以姑苏名之。虽非故处,因馆而名,亦以存旧事也。制度尤瑰特,为吴中伟观。此台正据古胥门,门迹尤存。又有百花洲在台下,射圃在洲之东。台、洲亦皆晚所建,并馆额皆吴说书。"酒社词场:谓文人诗酒雅集。

⑪"赋高台"二句:吴王高台,指姑苏台。相传为吴王夫差所筑。曾醉,兼写王历阳经由苏州时在西城之雅集。

⑫"重上"二句:逋山,林逋所隐之山,即孤山。用林逋《山园小梅》诗境,写王历阳此次重新回到杭京,孤山梅月的环境,能助王历阳清瘦的诗风。

⑬春风:既写王氏到达京城的时间,也指仕途得意。侍女衣篝:用尚书省女侍史执熏炉从入台护衣事,详见《水龙吟》(杜陵折柳狂吟)注⑨,切合王历阳此任尚书省右司的长官身份。

⑭"早鹊袍"二句:双用鹊锦及锦袍典。鹊锦,四品、五品官服的配饰,见《凤池吟》(万丈巍台)注⑬,此高于王氏履新之职的官阶。兼用《新唐书·宋之问传》典故:"武后游洛南龙门,诏从臣赋诗。左史东方虬诗先成,后赐锦袍。之问俄顷献,后览之嗟赏,更夺袍以赐。"天香,此指宫廷中用的熏香。何逊《九日侍宴乐游苑诗》:"晴轩连瑞气,同惹御香芬。"贾至《早朝大明宫呈两省僚友》:"剑佩声随玉墀步,衣冠自惹御炉香。"祝其升官并且因文采而得到皇帝的褒赏。衣篝畔,明张本"衣篝"后空一格。

⑮东园:前贤时彦皆注为南宋御园东花园,即富景园。此园南宋后期已经湮废。

⑯"应费"二句:烦请其写出赋咏孤山落梅的秀句名篇。

又

寿毛荷塘

风袅垂杨①,雪消蕙草,何如清润潘郎②。风月襟怀③,挥豪倚马成章。仙都观里桃千树④,映曲尘、十里荷塘⑤。未归来⑥,应恋花洲⑦,醉玉吟香⑧。

东风晴昼浓如酒,正十分皓月,一半春光⑨。燕子重来,明朝传梦西窗⑩。朝寒几暖金炉烬⑪,料洞天、日月偏长⑫。杏园诗,应待先题,嘶马平康⑬。

【题解】

毛荷塘,详见《大酺·荷塘小隐》题解。

这首祝寿词,上片赞颂毛荷塘的文采风华,是祝寿词的惯用笔法;下片设想毛荷塘在京时的情景,祝其早生贵子,博取功名。

【校注】

①风袅垂杨:谓毛氏如张绪风度翩然。《南史·张绪传》:"刘悛之为益州,献蜀柳数株,枝条甚长,状若丝缕。时旧宫芳林苑始成,武帝以植于太昌灵和殿前,常赏玩咨嗟,曰:'此杨柳风流可爱,似张绪当年时。'其见赏爱如此。"

②"雪消"二句:《世说新语·容止》:"潘岳妙有姿容,好神情,少时挟弹出洛阳道,妇人遇者,莫不连手共萦之。"刘孝标注引《语林》曰:"安仁至美,每行,老妪以果掷之满车。"以上三句拟写毛荷塘的美妙容止。

③风月襟怀:《伊洛渊源录》卷一:"豫章黄太史庭坚诗而序之曰:茂叔人品甚高,胸中洒落,如光风霁月。"

④"仙都观"句:仙都观,借刘晨典代指玄都观。刘禹锡《元和十一年自朗州召至京戏赠看花诸君子》:"玄都观里桃千树,尽是刘郎去后栽。"杭京寺院或周边多桃花。《咸淳临安志》卷二八:"栖霞岭,在钱塘门外显明院之北。旧多桃花,开时烂然如霞,故以名岭。"此泛指京城植有桃花的道观且隐喻京朝官员。仙都,《历代诗余》作"玄都"。

⑤"映曲尘"二句:王洧《西湖十景》中有"曲院风荷"一景。曲尘,此喻流水。详见《西子妆慢》(流水曲尘)注②。以上三句以桃花与荷花对映,嵌入"荷塘"名字外,写毛氏不同于朝廷官员的别样风采。

⑥未归来:毛氏居苏州,此时在京,故云。

⑦花洲:苏轼《和蔡准郎中见邀游西湖三首》(之三):"相携烧笋苦竹寺,却下踏藕荷花洲。"此泛指西湖游冶地。

⑧醉玉:以嵇康醉倒如玉山将颓形容之。详见《宴清都》(翠羽飞梁苑)注⑯。吟香:齐己《忆在匡庐日》:"步碧葳蕤径,吟香菡萏池。"兼指毛氏赠妓之作。

⑨一半春光:就仲春而言。以上三句隐写毛氏生日时间在阴历二月十五。

⑩"燕子"二句:用张说母梦玉燕入怀而有孕事。西窗,用李商隐《夜雨寄北》诗意,借指妻子。此为预祝毛荷塘早生贵子。

⑪"朝寒"句:反用高蟾《长门怨》诗意:"魂销尚愧金炉烬,思起犹惭玉辇尘。"

⑫"料洞天"二句:《蜀中广记》引《茅君内传》:"大天之内,有地中之洞天三十六所,乃真仙所居。"此喻毛氏夫妇的内室。化用苏轼《赠张刁二老》诗句:"藏春坞里莺花闹,仁寿桥边日月长。"苏诗戏张先、刁景纯多宠姬。

⑬"杏园"三句:杏园,唐代新科进士赐宴之地。平康,长安名妓聚集地。《唐摭言·慈恩寺题名游赏赋咏杂记》:"神龙以来,杏园宴后,皆于慈恩寺塔下题名。同年中推一善书者纪之。"《开元天宝遗事》卷二:"长安有平康坊者,妓女所居之地。京都侠少,萃集于此,兼每年新进士以红笺名纸游谒其中,时人谓此坊为风流薮泽。"嘶马,暗用孟郊《登科后》诗意。预祝毛氏高中,并能为同年中的魁首。参见《宴清都》(柳色春阴重)注⑮。

又①

过种山　即越文种墓

帆落回潮,人归故国②,山椒感慨重游③。弓折霜寒④,机心已堕沙鸥⑤。灯前宝剑清风断,正五湖、雨笠扁舟⑥。最无情,岩上闲花,腥染春愁⑦。

当时白石苍松路,解勒回玉辇,雾掩山羞⑧。木客歌阑,青春一梦荒丘⑨。年年古苑西风到,雁怨啼、绿水蘋秋。莫登临⑩,几树残烟,西北高楼⑪。

【题解】

"种山",今绍兴府山,又名卧龙山。《会稽志》卷六:"大夫文种墓,在种山。越既霸,范蠡去之。种未能去,或谗于王。乃赐种剑以死,葬于是山,故名。"

此吊古伤今之作。上片写重游种山,感范蠡文种旧事,引发吊古春愁;

下片伤文种之死,叹吴国兴亡,表伤今之意。

【校注】

①杜本、王朱本作《庆春泽》。

②"帆落"二句:许浑《韶州送窦司直北归》:"客散他乡夜,人归故国秋。樽前挂帆去,风雨下西楼。"故国,此特指越国。

③山椒:山顶。汉武帝《李夫人赋》:"释舆马于山椒兮,奄修夜之不阳。"

④弓折霜寒:下文"宝剑"意属此,谓弓藏剑出。《史记·越王勾践世家》载,越王称霸后,"范蠡遂去,自齐遗大夫种书曰:'蜚鸟尽,良弓藏。狡兔死,走狗烹。越王为人长颈鸟喙,可与共患难,不可与共乐。子何不去?'种见书,称病不朝。人或谗种且作乱,越王乃赐种剑曰:'子教寡人伐吴七术,寡人用其三而败吴,其四在子,子为我从先王试之。'种遂自杀"。霜寒,郭震《宝剑篇》:"龙泉颜色如霜雪,良工咨嗟叹奇绝。琉璃玉匣吐莲花,错镂金环映明月。"

⑤机心:《庄子·天地》:"吾闻之吾师,有机械者必有机事,有机事者必有机心。机心存于胸中,则纯白不备。"沙鸥无机心,典见《水龙吟》(艳阳不到青山)注⑩。

⑥"正五湖"二句:《史记·越王勾践世家》:"勾践以霸,而范蠡称上将军。还反国,范蠡以为大名之下,难以久居,且勾践为人可与同患,难与处安,为书辞勾践曰:'臣闻主忧臣劳,主辱臣死。昔者君王辱于会稽,所以不死,为此事也。今既以雪耻,臣请从会稽之诛。'勾践曰:'孤将与子分国而有之。不然,将加诛于子。'范蠡曰:'君行令,臣行意。'乃装其轻宝珠玉,自与其私徒属乘舟浮海以行,终不反。于是勾践表会稽山以为范蠡奉邑。"

⑦"最无情"三句:欧阳修《唐崇徽公主手痕和韩内翰》:"行路至今空叹息,岩花涧草自春秋。"花腥,李贺《假龙吟歌》:"莲花去国一千年,雨后闻腥犹带铁。"李贺此诗语出郭震《宝剑篇》,本是形容剑跗上的莲花雕刻,吴梦窗盘空而坐实为真实的花朵,故有"花腥"之奇想。

⑧"当时"三句:意思是当越王埋葬了大夫文种,班驾回朝时,卧龙山漫起的浓雾是为了遮掩山体作为埋葬忠臣文种墓冢地的羞辱。《春秋战国异

辞》卷五三："越王葬种于国之西山，楼船之卒三千余人，造鼎足之羡，或入三峰之下。葬一年，伍子胥从海上穿山胁而持种去，与之俱浮于海。故前潮水'潘侯'者，伍子胥也；后'重水'者，大夫种也。"孔稚珪《北山移文》中俗士玷污所隐居山林，山神为之羞愧不已，以至于"屑岫幌，掩云关，敛轻雾，藏鸣湍"。此处似仿其意。玉辇，潘岳《籍田赋》："天子乃御玉辇，荫华盖。"

⑨"木客"二句：木客，即木客歌。典见《吴越春秋》卷五："种曰：'吴王好起宫室，用工不辍。王选名山神材，奉而献之。'越王乃使木工三千余人入山伐木，一年，师无所幸。作士思归，皆有怨望之心，而歌木客之吟。一夜天生神木一双，大二十围，长五十寻。阳为文梓，阴为楩枏，巧工施校，制以规绳，雕治圆转，刻削磨砻，分以丹青，错画文章，婴以白璧，镂以黄金，状类龙蛇，文彩生光。乃使大夫种献之于吴，曰：'东海役臣孤勾践使者臣种敢因下吏问于左右，赖大王之力，窃为小殿，有余材，再拜献之大王。'吴王大悦。……遂受而起姑苏之台。三年聚材，五年乃成，高见二(三)百里。行路之人，道死巷哭，不绝嗟嘻之声，民疲士苦，人不聊生。"兼指地名。《越绝书》卷八："木客大冢者，句践父允常冢也。初徙琅琊，使楼船卒二千八百人伐松柏以为桴，故曰'木客'。"荒丘，文种墓穴。参见《瑞龙吟》(堕虹际)注⑰。

⑩莫登临：明张本、毛本、《四明》本作"暮登临"。

⑪西北高楼：语出《古诗十九首》："西北有高楼，上与浮云齐。"此兼指种山的最高建筑飞翼楼。《嘉泰会稽志》卷一："《吴越春秋》云：小城周千一百二十步，一圆三方。西北飞翼楼，以象天门。东南伏漏石窦，以象地户。陵门四达，以象八风。"传说是范蠡为压强敌吴国而建。

【汇评】

郑文焯《手批梦窗词》：此类题，断非庸手所能着墨。此作"是何意态雄且杰"，其妙处亦在化质实为清空，故无凝滞之迹，咏古岂易言哉。

吴熊和《隐辞幽思·词风密丽的吴文英》：吴文英此词借怀古而伤时悼世，对南北长期分裂而恢复之事终于无望身怀哀痛。过去常把吴文英看作是个不关心国事的唯美派词人。从上面看到的一些词来看，这种看法不免失之片面。

倦寻芳 林钟羽

花翁遇旧欢吴门老妓李怜,邀分韵同赋此词①

坠瓶恨井②,分镜迷楼③,空闭孤燕④。寄别崔徽,清瘦画图春面⑤。不约舟移杨柳系,有缘人映桃花见⑥。叙分携,悔香瘢漫爇⑦,绿鬓轻剪⑧。

听细语、琵琶幽怨⑨。客鬓苍华,衫袖湿遍⑩。渐老芙蓉,犹自带霜宜看⑪。一缕情深朱户掩,两痕愁起青山远⑫。被西风,又惊吹、梦云分散⑬。

【题解】

《倦寻芳》,词牌名。双调,分九十八、九十七字两体。上片十句四仄韵;下片九十八字格十一句五仄韵,九十七字格十句四仄韵。《梦窗词》中三首词,都为九十七字格。

"花翁",即孙惟信,见《洞仙歌》(芳辰良宴)题解。

此词叙述孙惟信与老妓李怜的聚散。上片先写别后的孤独凄凉和别后音信,再写不期而重逢的喜悦和遇后叙情。下片继写相遇后的互诉衷情,激动,动情;再写旋又分别,令人叹惋。

【校注】

①明张本词题作"花翁遇旧欢"。《历代诗余》作"吴妓李怜怜"。

②坠瓶恨井:化用白居易《井底引银瓶》诗意:"井底引银瓶,银瓶欲上丝绳绝。石上磨玉簪,玉簪欲成中央折。瓶沉簪折知奈何? 似妾今朝与君别。"

③分镜:用徐德言与乐昌公主分镜事。《古今词统》、毛本、《历代诗余》、《词综》、杜本、王朱本、朱二校本、《四明》本作"尘镜"。迷楼:典出韩偓《迷楼记》,隋炀帝在扬州造迷楼,楼阁高下,轩窗掩映,"工巧之极,自古无

有也。费用金玉，帑库为之一虚。人误入者，虽终日不能出。帝幸之，大喜，顾左右曰：'使真仙游其中，亦当自迷也，可目之曰迷楼。'"此泛指结构精巧的楼台。

④空闲孤燕：用燕子楼关盼盼典。以守节歌妓代指李怜。《古今词统》、毛本、《历代诗余》作"空闲孤燕"。

⑤"寄别"二句：用歌妓崔徽与裴敬中相恋，二人分别后崔徽以画像相寄并为之消瘦的典故。春面，春风面的省称。化用杜甫《咏怀古迹五首》(之二)中"画图省识春风面"之句。与崔徽画像合用，写李氏曾寄情并为之瘦损。

⑥人映桃花：崔护《题都城南庄》："去年今日此门中，人面桃花相映红。"以上二句谓花翁与李怜因有情缘，故在杨柳桃花时节不期然两舟巧遇。

⑦香瘢漫蓺：蓺臂成瘢，以示不忘。一说"香瘢"即守宫朱。详见《满江红》(络束萧仙)注⑨。悔香瘢，明张本无"悔"字。

⑧绿鬟轻剪：柳永《尾犯》："记得当初，剪香云为约。"并暗用杨贵妃截发誓心典，详见《风流子》(金谷已空尘)注㉑。以上三句为"悔分携，漫叙蓺香瘢，轻剪绿鬟"之倒文，谓二人当时曾有爱情盟约，但因分离而成空誓。

⑨"听细语"二句：杜甫《咏怀古迹五首》(之二)："千载琵琶作胡语，分明怨恨曲中论。"李颀《古从军行》："行人刁斗风沙暗，公主琵琶幽怨多。"因李氏名"怜"，暗用冯淑妃小怜琵琶事。李贺《冯小怜》："湾头见小怜，请上琵琶弦。"幽怨，明张本作"写怨"。

⑩衫袖湿遍：化用白居易《琵琶行》诗意："座中泣下谁最多，江州司马青衫湿。"庾信《春赋》："镂薄窄衫袖，穿珠帖领巾。"以上四句写花翁与老妓李怜共有天涯沦落之悲。

⑪"渐老"二句：化用苏轼《和陈述古拒霜花》诗意："唤作拒霜知未称，细思却是最宜霜。"芙蓉，此指木芙蓉，又称拒霜花。带霜宜看，《词旨》作"带霜看"。《古今词统》、毛本、王朱本、朱二校本作"带霜□看"。《词综》、杜本作"带霜重看"。《历代诗余》作"带霜堪看"。

⑫"一缕"二句：周邦彦《拜星月慢》："怎奈向、一缕相思，隔溪山不断。"

512

青山远,用远山黛典。

⑬"被西风"三句:用巫山云雨典。意同周邦彦《玲珑四犯》:"又片时一阵,风雨恶,吹分散。"

【汇评】

陈廷焯《云韶集》卷八:(坠瓶恨井)字字凄断,妙极深婉。欲歌欲泣。结更呜咽芊绵。

陈洵《海绡说词》:起从题前盘旋,结从题后摇曳。中间叙遇旧,真是俯仰陈迹。

又

上元

海霞倒影①,空雾飞香,天市催晚②。暮厴宫梅③,相对画楼帘卷④。罗袜轻尘花笑语⑤,宝钗争艳春心眼⑥。乱箫声⑦,正风柔柳弱,舞肩交燕⑧。

念窈窕⑨、东邻深巷⑩,灯外歌沈,月上花浅。梦雨离云⑪,点点漏壶清怨⑫。珠络香消空念往⑬,纱窗人老羞相见⑭。渐铜华,闭春阴、晓寒人倦⑮。

【题解】

此元夕感今伤昔、追忆往日恋情之作。上片写元宵夜灯会及男女幽会的小插曲,下片追忆佳人而凄苦难奈。此词造语新颖、工整,颇有艺术魅力,引人浮想连翩。

【校注】

①海霞倒影:宋人往往以海上鳌山喻灯市,并多以绛花喻灯,因有"海霞"之喻。与下文"画楼帘卷""乱箫声"皆写当年京城灯节的热闹繁华。

②天市:本为星名。《史记·天官书》:"东北曲十二星曰旗。旗中四星

天市。"引申有京城天街市场之意。此特指天街花市。《历代诗余》作"天
市"。

③暮簷宫梅:喻傍晚时梅花如笑靥。梅花冬春之间开放,正月十五梅
花正盛开。

④画楼帘卷:写元夜时序风物之盛,人家宴乐之同。详见《祝英台近》
(晚云开)注③。

⑤罗袜轻尘:写妇女灯夜之游。花笑语:辛弃疾《青玉案》:"蛾儿雪柳
黄金缕,笑语盈盈暗香去。"

⑥宝钗争艳:意颇同李清照《永遇乐》:"铺翠冠儿,捻金雪柳,簇带争济
楚。"《武林旧事》卷二"元夕"条:"终夕天街鼓吹不绝。都民士女,罗绮如
云,盖无夕不然也。"春心眼:"乱"字意亦入此句,形容元夕醉游之心眼缭
乱。详见《应天长》(丽花斗靥)注⑬。争艳,《词综》作"争掩"。

⑦乱箫声:描写此夜乐声如沸。

⑧"正风柔"二句:下阕"珠络香消"意属此。姜夔《观灯口号十首》(之
六):"珠络琉璃到地垂,凤头衔带玉交枝。"风柔柳弱,指雪柳等头饰。舞肩
交燕,钗头彩燕花胜低垂,如在肩上交相起舞。宋代也有上元带花胜的
风俗。

⑨窈窕:此指幽深貌。"深巷"意入此句。《梦粱录》卷一:"又有深坊小
巷,绣额珠帘,巧制新装,竞夸华丽。公子王孙,五陵年少,更以纱笼喝道,
将带佳人美女,遍地游赏。"

⑩东邻:邻家美女。宋玉《登徒子好色赋序》:"天下之佳人莫若楚国,
楚国之丽者莫若臣里,臣里之美者莫若臣东家之子。东家之子,增之一分
则太长,减之一分则太短,著粉则太白,施朱则太赤。眉如翠羽,肌如白雪,
腰如束素,齿如含贝。嫣然一笑,惑阳城,迷下蔡。"司马相如《美人赋》:"臣
之东邻有一女子,云发丰艳,蛾眉皓齿,颜盛色茂,景曜光起。恒翘翘而西
顾,欲留臣而共止,登垣而望臣三年于兹矣。"此美称元夕游女。

⑪梦雨离云:用巫山云雨典。钱起《山下别杜少府》:"离云愁出岫,去
水咽分溪。"梦雨,《词综》作"惊梦"。

⑫"点点"句:谓更点。详见《垂丝钓近》(听见听雨)注⑭。清怨,钱起

514

《归燕诗》:"二十五弦弹夜月,不胜清怨却飞来。"滴漏如瑟声,故有此比拟。

⑬念往:明张本、毛本、《历代诗余》作"念住"。

⑭"纱窗"句:语出元稹《会真记》:"不为旁人羞不见,为郎憔悴却羞郎。"意颇同李清照《永遇乐》:"如今憔悴,风鬟霜鬓,怕见夜间出去。不如向、帘儿底下,听人笑语。"

⑮"渐铜华"三句:此与集中元夕词《探芳信》"绣帘人、怕惹飞梅翳镜"同意。上阕"暮餍宫梅"意直贯于此。谓梅花飘落,佳人掩镜。

【汇评】

孙麟趾《词径》:蔗乡云:无才固不可作词,然逞才作词,词亦不佳。须敛才炼意,而以句调运之。如梦窗《倦寻芳》:"珠络香销空念往,纱窗人老羞相见。"令人读去,忘其为对乃妙。

又

饯周纠定夫①

暮帆挂雨,冰岸飞梅②,春思零乱。送客将归③,偏是故宫离苑④。醉酒曾同凉月舞⑤,寻芳还隔红尘面⑥。去难留,怅芙蓉路窄,绿杨天远⑦。

便系马、莺边清晓⑧,烟草晴花⑨,沙润香软⑩。烂锦年华⑪,谁念故人游倦。寒食相思堤上路,行云应在孤山畔⑫。寄新吟,莫空回、五湖春雁⑬。

【题解】

周定夫,梦窗友人,生平不详。"纠",纠曹(又称纠司或纠司掾)的简称,职掌参见《瑞鹤仙·钱郎纠曹之严陵》题解。

此为饯别词。上片写临流送别情景及别后的惆怅心情;下片用无限美好的春光反衬别离,并设想周氏抵杭后行乐情形,嘱其来信。

【校注】

①《历代诗余》作"饯周定夫"。

②冰岸飞梅:用杜甫《发潭州》中"岸花飞送客"句意。

③送客将归:用宋玉《九辩》"憭慄兮若在远行,登山临水兮送将归"句意。

④故宫离苑:代指苏州。

⑤"醉酒"句:翻用李白《月下独酌四首》(之一):"花间一壶酒,独酌无相亲。举杯邀明月,对影成三人。月既不解饮,影徒随我身。"

⑥"寻芳"句:以上二句谓周定夫在苏州时,与自己心气相通,并因都有世无知音的共同命运而惺惺相惜,且曾共舞明月。然而今年探花时,两人却在杭在苏,已然红尘阻隔。

⑦"怅芙蓉"二句:白居易《杨柳枝》:"若解多情寻小小,绿杨深处是苏家。"梦窗《贺新郎·湖上有所赠》中有"湖上芙蓉早。向北山、烟深雾冷,更看花好。流水茫茫城下梦,空指游仙路杳"及"垂杨枝袅",以仙境代指京城杭州西湖。可知此亦用芙蓉城传说。"路窄""天远"云云,谓不能与周定夫共往也。

⑧"便系马"二句:系马莺边,详见《水龙吟》(望春楼外沧波)注⑪中黄庭坚诗。便,犹言"便不"。《汇释》:"犹岂也。文同《可笑》诗:'若无书画兼图书,便不教人白发生。'便不,岂不也。意言倘无画画消遣,岂不使人易老也。"

⑨晴花:李建勋《尊前》:"雨催草色还依旧,晴放花枝始自由。"

⑩沙润香软:合用天街小雨润如酥以及软红尘等意象,设想周定夫至京城后春日初晴的美景。以上四句并合用白居易《钱塘湖春行》诗意:"乱花渐欲迷人眼,浅草才能没马蹄。最爱湖东行不足,绿杨阴里白沙堤。"

⑪烂锦:写周妻独处之怨。语出《诗·唐风·葛生》:"角枕粲兮,锦衾烂兮。"《传》曰:"齐则角枕锦衾。礼,夫不在,敛枕箧衾席,韬而藏之。"孔颖达疏:"《正义》曰:妇人夫既不在,独齐而行祭。当齐之时,出夫之衾枕,睹物思夫。言此角枕粲然而鲜明兮,锦衾烂然而色美兮,虽有枕衾,无人服用,故怨言。"

⑫"寒食"二句：化用冯延巳《蝶恋花》词意："几日行云何处去，忘了归来，不道春将暮。百草千花寒食路，香车系在谁家树。"周定夫初春在吴，仲春已达杭州，暮春寒食，正为尽情行乐时，苏堤、白堤、孤山皆其行乐之处。

⑬"寄新吟"三句：齐己《酬章水知己》："新吟忽有寄，千里到荆门。"殷勤叮嘱周定夫寄来游赏西湖的新作，别让回到苏州太湖的春雁空回而未有传书。

【汇评】

陈廷焯《云韶集》卷八：读梦窗词须息心静气，方知其炼字炼句、用意用笔之妙，世人讥其太晦者，正粗心浮气不善读梦窗词耳。

陈廷焯《大雅集》卷三：梦窗词，能于超逸中见沈郁，不及碧山、梅溪之厚，而才气较胜。皋文以梦窗与耆卿、山谷、改之辈同列，一偏之见，非公论也。　（"寒食"二句）神味宛然，自然流出，有行云流水之乐，词境到此真非易易。

三姝媚①夷则商

吹笙池上道②。为王孙重来，旋生芳草③。水石清寒，过半春犹自，燕沈莺悄④。穉柳阑干，晴荡漾⑤、禁烟残照⑥。往事依然，争忍重听，怨红凄调⑦。

曲榭方亭初扫。印藓迹双鸳，记穿林窈⑧。顿隔年华⑨，似梦回花上，露晞平晓⑩。恨逐孤鸿，客又去、清明还到⑪。便鞚墙头归骑，青梅已老⑫。

【题解】

《三姝媚》，词牌名，调见史达祖《梅溪词》，以《古乐府》中《三妇艳》得名。双调，九十九字，上片十一句五平韵，下片十句五平韵。

此仲春怀人之作。上片写重游怀旧，以凄凉春景烘托烦闷愁绪；下片回忆欢聚离别,表怀人叹老之情。

【校注】

①明张本目录中三首词调皆作"三株媚"。明张本、毛本、杜本、王朱本词题作"咏春情"。戈校本词题作"春情"。

②吹笙:用《列仙传》王子乔吹笙作凤凰鸣并重游缑氏山典。

③"为王孙"二句:《楚辞·淮南小山〈招隐士〉》:"王孙游兮不归,春草生兮萋萋。""王孙兮归来,山中兮不可以久留。"王夫之通释:"王孙,隐士也。秦汉以上,士皆王侯之裔,故称王孙。"

④"过半春"二句:时在春分前后。元稹《春分投简阳明洞天作》:"中分春一半,今日半春租。"春分仍无鸟语,则花香被严寒所勒也。

⑤晴荡漾:写春天晴日之游丝。晁说之《张平叔家丝糕》:"君家丝糕何处丝,三月晴天荡漾时。"谐音"情丝"。

⑥禁烟:写寒食节。

⑦凄调:羊士谔《乾元初严黄门自京兆少尹贬秩牧巴郡……》:"横吹多凄调,安歌送好音。"以上三句谓景事相同,但物是人非,故不忍听同时歌舞者的凄凉之声。

⑧"印藓"二句:与上句可与集中《风入松》(听风听雨过清明)参看:"西园日日扫林亭。依旧赏新晴。……惆怅双鸳不到,幽阶一夜苔生。"藓迹,张正见《白头吟》:"春苔封履迹,秋叶夺妆红。"林窈,王质《山友辞·婆饼焦》:"青林窈冥卧展转,绿树翁郁飞逍遥。"

⑨顿隔:《周礼·冬官·考工记》:"貉逾汶则死。"郑玄注曰:"岂狐貉踅游,生死顿隔乎?"

⑩露晞平晓:《薤露歌》:"薤上露,何易晞。露晞明朝更复落,人死一去何时归。"

⑪"客又去"二句:姜夔《春日书怀四首》(之二):"人家插垂柳,客里又清明。"谓自己离开不久,当年欢聚的"清明"时节即至,但因又将行役,所以没有触景抚迹的机会。

⑫"便鞚"二句:白居易《井底引银瓶》:"妾弄青梅凭短墙,君骑白马傍垂柳。墙头马上遥相顾,一见知君即断肠。"青梅初结时在清明,青梅已老

则是四五月之间的梅欲黄落时。已老,杜本作"渐老"。

又

过都城旧居有感①

湖山经醉惯②。渍春衫、啼痕酒痕无限③。又客长安④,叹
断襟零袂,涴尘谁浣⑤。紫曲门荒⑥,沿败井、风摇青蔓⑦。对
语东邻,犹是曾巢,谢堂双燕。

春梦人间须断。但怪得、当年梦缘能短⑧。绣屋秦筝⑨,
傍海棠偏爱,夜深开宴⑩。舞歇歌沈,花未减、红颜先变⑪。伫
久河桥欲去⑫,斜阳泪满。

【题解】

"都城旧居",当指袁韶府邸。梦窗年青时为袁韶门客。袁韶曾为临安
府尹,后为参知政事,同知枢密院事,位居执政。

这是一首感旧伤怀词。上片先追忆少年客杭的游冶生涯及重来杭州
的落魄状况,再写故居败落景象,表盛衰兴废之感;下片叹往事如梦,回忆
昔年旧居盛况及荣华消歇的气象,极伤感沉痛。

【校注】

①《阳春白雪》、戈校本作"过都城旧居"。

②经醉:常醉。毛本作"径醉"。

③"渍春衫"二句:此写少年杭京袁韶幕中的游冶生活。苏轼《青玉
案·和贺方回韵送伯固归吴中故居》:"春衫犹是,小蛮针线。曾湿西湖

雨。"郑谷《寂寞》:"春愁不破还成醉,衣上泪痕和酒痕。"

④又客长安:化用苏轼《沁园春》词意:"当时共客长安,似二陆初来俱少年。"又客,《绝妙好词》、毛扆本作"久客"。

⑤"叹断襟"二句:鲍照《阳岐守风诗》:"尘衣秇挥瀚,蓬思乱光发。"杜牧《偶题二首》(之一):"劳劳千里身,襟袂满行尘。"断襟,李贺《长歌续短歌》:"长歌破衣襟,短歌断白发。"零袂,江淹《谢法曹惠连赠别》:"芳尘未歇席,零泪犹在袂。"断襟,明张本作"断袂"。毛本、《历代诗余》、戈校本、杜本、王朱本作"断衿"。浣尘,毛本、《历代诗余》、戈校本、杜本作"汙尘"。

⑥紫曲:代指京城繁华大道。详见《风流子》(温柔酣紫曲)注①。

⑦"沿败井"二句:与上句中的"门荒"化用何逊《行经范仆射故宅诗》:"旅葵应蔓井,荒藤已上扉。"刘禹锡《再游玄都观序》:"重游玄都观,荡然无复一树,唯兔葵燕麦动摇于春风耳。"

⑧"春梦"三句:卢延让《哭李郢端公》:"诗侣酒徒消散尽,一场春梦越王城。"《汇释》:"须,犹虽也。'春梦人间须断。但怪得、当年梦缘能短',言春梦今虽已断,但怪当时梦缘匆匆太短耳。"怪得,《汇释》:"怪底,为难怪意。怪得与怪来亦同。"能,《汇释》:"甚辞,凡可作这样或如许解而嫌其不得劲者属此。……犹云梦缘何其短或太短也,与'怪得'字相应。"怪得,明张本、毛本、戈校本作"惟得"。当年,《阳春白雪》《绝妙好词》作"当时"。

⑨秦筝:此泛指乐器。

⑩"傍海棠"二句:陆游《汉宫春》:"燕宫海棠夜宴,花覆金船。"海棠花下宴赏为雅举。《佩文斋广群芳谱》卷三五:"《叙州府志》:长宁县有海棠洞,昔郡人王氏环植海棠。每春花时,郡守宴寮友于其下。《嘉定州志》:海棠山在州西,山多海棠,为郡守宴赏之地。"此泛称春花秋月时的游赏。夜深,明张本作"夜涉"。毛本作"夜浅"。

⑪"花未减"二句:熔铸杜甫《曲江》"一片花飞减却春"之句。翻用以下诗意,隋文帝《宴秦孝王于并州作诗》:"红颜讵几,玉貌须臾。一朝花落,白发难除。"刘希夷《白头吟》:"此翁白头真可怜,伊昔红颜美少年。公子王孙芳树下,清歌妙舞落花前。"

⑫伫久：陆机《拟西北有高楼诗》："不怨伫立久，但愿歌者欢。"欲去：柯南陔本《绝妙好词》作"欲向"。

【汇评】

周尔墉《批〈绝妙好词〉》卷四：伤心哉此言。读一"须"字、一"能"字，入破之音。

陈洵《海绡说词》：读起句，可见啼酒痕、悲欢离合之迹；以下缘情布景，凭吊兴亡，盖非仅兴怀陈迹矣。

又

姜石帚馆水磨方氏，会饮总宜堂，即事寄毛荷塘①

酣春青镜里②。照晴波明眸③，暮云愁髻④。半绿垂丝，正楚腰纤瘦⑤，舞衣初试⑥。燕客漂零⑦，烟树冷、青骢曾系⑧。画馆朱楼⑨，还把清尊，慰春憔悴⑩。

离苑幽芳深闭⑪。恨浅薄东风⑫，褪花销腻⑬。彩箑翻歌，最赋情、偏在笑红颦翠⑭。暗拍阑干⑮，看散尽、斜阳船市⑯。付与金衣清晓⑰，花深未起⑱。

【题解】

姜石帚，详见《三部乐·赋姜石帚渔隐》题解。"馆"，坐馆，任塾师之意。据《武林旧事》：水磨头，在葛岭路。总宜园，其名盖取东坡"淡妆浓抹总相宜"诗意。"即事"，魏庆之《诗人玉屑·命意》："如述怀、即事之类，皆先成诗，而后命题者也。"毛荷塘，详见《大酺·荷塘小隐》题解。

此词记与姜石帚等会饮西湖畔总宜园。上片写总宜园内外景色，表羁旅、伤春情绪，自然引出会饮浇愁；下片继写伤春，再写席间艺妓歌舞情态，后写席散不忍离去之状，以祝春好作结。

【校注】

①明张本词题无"寄毛荷塘"四字。毛本、戈校本、杜本、王朱本、朱二校本无"堂"字。

②酣春:形容烂漫春景。与下二句颇点化李贺《河南府试十二月乐词·二月》:"蒲如交剑风如薰,劳劳胡燕怨酣春。薇帐逗烟生绿尘,金翅峨髻愁暮云,沓飒起舞真珠裙。"《笺注评点李长吉歌诗》:"酣春,言春意之浓如酣醉。"青镜:此喻蓝天。毛本、《词律》、戈校本、杜本作"清镜"。

③晴波明眸:以善睐之明眸喻晴空下的西湖水波。晴波,毛本、《词律》、《词谱》、戈校本、杜本、王朱本、朱二校本作"清波"。

④暮云愁髻:形容葛岭、灵竺、北高峰一带山峰如髻鬟笼罩在傍晚的烟雾中。愁髻,毛本、王朱本作"愁敛"。《词律》、朱二校本作"愁□"。《词谱》、杜本作"愁思"。戈校本作"愁绮"。

⑤楚腰纤瘦:白居易《两朱阁》:"妆阁妓楼何寂静,柳似舞腰池似镜。"杨炎《赠元载歌妓》:"玉山翘翠步无尘,楚腰如柳不胜春。"

⑥舞衣初试:温庭筠《舞衣曲》:"蝉衫麟带压愁香,偷得莺簧锁金缕。"以上三句所谓"半绿垂丝",谓杨柳尚未褪尽莺黄,诗人多以莺黄作为舞衣颜色,又以柳条喻舞腰。

⑦漂零:《词谱》、朱二校本、朱三校本、朱四校本、《四明》本作"飘零"。

⑧青骢:《古乐府·青骢白马》:"青骢白马紫丝韁,可怜石桥根柏梁。""曾"字回忆在座上主客年轻时曾共在西湖柳旁系马冶游的经历。

⑨画馆朱楼:此指杭京狂欢的场所。朱楼,毛本、《词律》、《词谱》、戈校本、杜本、王朱本、朱二校本作"朱桥"。

⑩"还把"二句:蔡伸《好事近》:"可惜一春憔悴,负满怀风月。"表面写饮客的目的在于酣春,实际上是为了慰藉在杭京飘零憔悴的朋友。

⑪离苑:指吴宫所在地苏州。

⑫浅薄东风:谓春风无情,不解人意。

⑬褪花:秦观《如梦令》:"消瘦。消瘦。还是褪花时候。"毛本、《词律》、戈校本、杜本、王朱本、朱二校本作"褪香"。

⑭笑红颦翠:冯取洽《西江月》:"烟柳效颦翠敛,露桃献笑红妖。"和凝

《杨柳枝》："软碧摇烟似送人，映花时把翠眉颦。"孟郊《看花》："温柔一同
女，红笑笑不休。"笑颦，写声情欢悲。

⑮暗拍：明张本作"时拍"。

⑯"看散尽"二句：此写吴地清明寒食时湖中游嬉。参看《莺啼序》(残
寒正欺病酒)"画船舫、清明过却，晴烟冉冉吴宫树"数句注释。

⑰"付与"句：与下句及前文"深闭""东风"化用温庭筠《杨柳枝》："黄莺
不语东风起，深闭朱门伴舞腰。"金衣，即金衣公子，黄莺的别名。《开元天
宝遗事》卷上："明皇每于禁苑中见黄莺，常呼之为金衣公子。"也指歌妓或
善歌之妾侍。刘克庄《贺新郎》："安得春莺雪儿辈，轻拍红牙按舞。"金衣，
毛本、《词律》、《词谱》、戈校本、杜本、王朱本、朱二校本作"娇莺金衣"。

⑱花深未起：孟郊《长安早春》："公子醉未起，美人争探春。""暗拍阑
干"写醉态，意入此句。

昼锦堂①中吕商

舞影灯前，箫声酒外②，独鹤华表重归。旧雨残云仍在，
门巷都非③。愁结春情迷醉眼，老怜秋鬓倚蛾眉④。难忘处、
犹恨绣笼，无端误放莺飞⑤。

当时。征路远，欢事差⑥，十年轻负心期。楚梦秦楼相
遇⑦，共叹相违⑧。泪香沾湿孤山雨，瘦腰折损六桥丝⑨。何时
向、窗下剪残红烛⑩，夜秒参移⑪。

【题解】

《昼锦堂》，词牌名。此调有平仄两体，平韵见周邦彦《片玉集》，双调，
一百零二字，上片十句四平韵，下片十一句五平韵。仄韵见陈允平《日湖渔
唱》。此与周词同体。

此过故居而怀人之作。上片写久客重归，感今叹昔，引发相思之情，悔

恨轻易别离；下片叙别离之由，梦中重逢，互诉衷肠，重修旧好。

【校注】

①明张本、毛本、戈校本、杜本、王朱本有词题"有感"。

②箫声酒外：下句"独"字意缀于此。写邻乐传至词人独斟处。

③"独鹤"三句：周邦彦《点绛唇》以"辽鹤归来，故乡多少伤心地"，写与营妓岳楚云的重逢。兼用巫山云雨典。以上五句写在彼美旧居中似真似幻的感觉，并翻用鹤归典中"城郭如故人民非"一句，以见今昔变化之大。

④"老怜"句：苏轼《次前韵送刘景文》："岂知入骨爱诗酒，醉倒正欲蛾眉扶。一篇向人写肝肺，四海知我霜鬓须。"又，《将往终南和子由见寄》："人生百年寄鬓须，富贵何啻葭中莩。惟将翰墨留染濡，绝胜醉倒蛾眉扶。"以上二句回应当年情感，恰似醉眼迷离，而今霜鬓已老，醉时最须美人扶持时，彼美却已经远别。

⑤"难忘"三句：《侯鲭录》卷七载营妓周韶请求落籍诗："陇上巢空岁月惊，忍看回首自梳翎。开笼若放雪衣女，长念观音般若经。"详见《法曲献仙音》(落叶霞翻)注⑬。雪衣，杨贵妃宠物白鹦鹉的名字。江总《赋得泛泛水中凫诗》："春鹦徒有赋，还笑在金笼。"梦窗此以"莺"易"鹦"耳。彼美的离开导致了二人曾经有过的相爱无缘相守，故化用周韶典，以"无端""误放"悔之。

⑥欢事差：陆倕《以诗代书别后寄赠诗》："今者一乖离，灌然心事差。"差，阴差阳错。

⑦"楚梦"句：承用楚王梦巫山云雨典。

⑧相违：即前文"无端"之意。以上二句谓有情人只能在梦中相见，并相与哀叹长相守的心事与现实背离。

⑨"泪香"二句：沈约《春咏诗》："杨柳乱如丝，绮罗不自持。"此为比喻句。谓梦见秦楼楚馆中的彼美，香脸零泪如孤山梅花沾雨，弱腰瘦减似六桥柳丝攀损。丝，柳丝。诗词中常作为歌妓意象。

⑩"窗下"句：化用李商隐《夜雨寄北》诗意。残，意缀下句，谓夜阑时。

⑪夜杪参移：周邦彦《夜飞鹊》："相将散离会，探风前津鼓，树杪参旗。"

参,参旗星。曹植《善哉行》:"月没参横,北斗阑干。"以上二句假设能再见面,定会彻夜长谈。是因情深致而以苦为乐的甘愿之辞。

汉宫春 夹钟商

牡丹　追和尹梅津赋俞园牡丹①

花姥来时②,带天香国艳,羞掩名姝③。日长半娇半困④,宿酒微苏⑤。沈香槛北⑥,比人间、风异烟殊⑦。春恨重⑧,盘云坠髻⑨,碧花翻吐琼盂⑩。

洛苑旧移仙谱⑪,向吴娃深馆,曾奉君娱⑫。猩唇露红未洗⑬,客鬓霜铺⑭。兰词沁壁⑮,过西园⑯、重载双壶⑰。休漫道,花扶人醉,醉花却要人扶。

【题解】

《汉宫春》,词牌名。又名《汉宫春慢》《庆千秋》。此调有平仄两体,平韵见《梅苑》,仄韵见康与之词。此词为平韵正体,双调,九十六字,上下片各九句四平韵。

尹梅津,即尹焕。俞园,或为俞家园,在杭州井亭桥附近。《咸淳临安志》卷五十三:"两浙转运使:……干办公事西厅,在俞家园。"明田汝成《西湖游览志》卷十三:"过井亭桥而西,宋有俞家园。"

此为游园赏花之作。上片先总写牡丹国色天香,再重笔点染花的神态、形貌;下片叙牡丹来历,点出赏花人,述追和原因,以人花俱醉作结,互相陪衬,富有意境美。

【校注】

①毛本、戈校本、杜本、王朱本、朱二校本、朱四校本词题无句首"牡丹"二字。《历代诗余》词题作"牡丹"。

②花姥:杨笺:"'花姥',盖司花女神之称。此韵似用封姨一段故事。

姥,《说文》无此字。《广韵》云:姥,亦作姆,女师也。"梦窗炼字,故风神称封姨或风姨,花卉则有"花姊""花姥"等称谓。

③羞掩名姝:犹言"羞掩众芳",以"名姝"喻花中不同凡俗的品流。

④半娇半困:白居易《牡丹芳》:"映叶多情隐羞面,卧丛无力含醉妆。"并用白居易《长恨歌》杨贵妃因无力而由侍儿扶起典故。

⑤宿酒微苏:牡丹中有醉贵妃一种,《格致镜原》卷七一载曹明仲《牡丹谱》:"醉春容,千叶,淡红,楼子,梗柔弱,古名醉杨妃。"《全芳备祖前集》卷二:"延州红、丹州红、醉妃红(亦名醉西施)。"白居易《早春即事》:"眼重朝眠足,头轻宿酒醒。"

⑥沈香槛北:用沉香亭牡丹典。

⑦"比人间"二句:以上三句写牡丹花曾受皇恩泽惠。

⑧春恨重:暗用白居易《长恨歌》"此恨绵绵无绝期"诗意,并写牡丹低垂之态。

⑨盘云坠髻:牡丹如髻。详见《风流子》(金谷已空尘)注⑩。

⑩碧花:绿牡丹品种。《佩文斋广群芳谱·牡丹》:"碧花,正一品,花浅碧,而开最晚。一名欧碧。"琼盂:白牡丹品种。形同白玉盘。又称玉覆盆、玉盌白。翻吐,《词律》《历代诗余》作"翻唾"。

⑪"洛苑"句:《直斋书录解题》卷一〇:"《牡丹谱》一卷,欧阳修撰。少年为河南从事,目击洛花之盛,遂为此谱。"《吴郡志》卷三〇:"牡丹唐以来止有单叶者。本朝洛阳始出多叶、千叶,遂为花中第一。……有传洛阳花种至吴中者,肉红则观音、崇宁、寿安、王希、叠罗等红,淡红则风娇(又名胜西施)、一捻红,深红则朝霞红(又名富一家)、鞓红云叶,及茜金毯、紫中贵、牛家黄等,不过此十余种,姚魏盖不传矣。"

⑫"向吴娃"二句:《吴郡志》卷一五:"(砚石山)上有吴馆娃宫、琴台、响屧廊。"吴中牡丹既有胜西施、醉西施之名,梦窗因之想像此花就是曾让吴王沉醉不醒的西施返魂。王禹偁《朱红牡丹》:"应是吴宫歌舞罢,西施因醉误施朱。"君娱,《历代诗余》作"欢娱"。

⑬"猩唇"句:《全芳备祖前集》卷二引《青琐高议》:"明皇时有献牡丹者,谓之杨家红,乃杨勉家花。时贵妃匀面,口脂在手,印于花上。诏于仙

春馆栽。来岁花开,上有指印红迹,帝名为'一捻红'。"朱砂红牡丹有猩红之色。《埤雅》卷一八:"朱砂红,多叶,红华。不知所出。有民闻氏子者善接华,以为生。买地于崇真寺前,治华圃有此,洛阳豪家尚未有,故其名未甚著。华叶甚鲜,向日视之,如猩血。"猩唇为红艳凝聚处。

⑭客鬓霜铺:用意颇同白居易《花前有感兼呈崔相公刘郎中》:"落花如雪鬓如霜,醉把花看益自伤。"

⑮兰词:犹言"蕙兰词"。陆龟蒙《顷自桐江得一钓车以袭美乐烟波之思因出以为玩……》(之三):"数幅尚凝烟雨态,三篇能赋蕙兰词。"

⑯西园:此特指俞园所处城区的地理位置。

⑰双壶:二人同酌之谓。以上三句谓尹焕已经在俞园墙上题写了美妙的诗词,期待不久能与尹焕同载酒再过此园赏题牡丹。

【汇评】

俞陛云《唐五代两宋词选释》:此为游园看花而作,故仅以"沈香""洛苑"略点本题,非实赋牡丹也。"沈香"句运用入化。下阕"猩唇"四句,绵丽有致,是梦窗本色。结末二句,人花交咏,词必灵妙,且花要人扶,于牡丹尤肖。

又

寿梅津

名压年芳①,倚竹根新影②,独照清漪。千年禹梁藓碧③,重发南枝。冰凝素质④,遣凡桃、羞濯尘姿。寒正峭,东风似海,香浮夜雪春霏⑤。

练鹊锦袍仙使⑥,有青娥传梦,月转参移⑦。逋山傍莺系马,玉剪新辞⑧。宫妆镜里⑨,笑人间、花信都迟⑩。春未了⑪,红盐荐鼎⑫,江南烟雨黄时⑬。

【题解】

"梅津",即尹焕。此词当作于淳祐七年(1247)尹焕迁左司郎中之后。左司长官被认为是储备宰相之地,故祝其能官登执政或文人企羡的文学侍从之职。

此为祝寿词。上片主要写梅花,比喻尹焕高雅不凡的品格与气质,下片重在对梅津升官增喜的祝福。

【校注】

①名压年芳:一年二十四番风信,梅花风最先。兼指尹焕号"梅津"中的"梅"字。

②"倚竹根"句:宋人写梅多以竹为友。新影,蒋之奇咏梅诗:"昨夜雪初霁,寒梅破蕾新。"与下句兼用林逋《山园小梅》"疏影横斜水清浅"诗意,并绾合"津"字。

③"千年"句:用禹陵梅梁典。参见《烛影摇红》(莓锁虹梁)注①。

④冰凝素质:石延年咏梅残句:"姑射真人冰作体,广寒仙女月为容。"苏辙《次韵秦观梅花》:"未开素质夜先明,半落清香春更好。"素质,《管子·势》:"正静不争,动作不贰,素质不留,与地同极。"

⑤"东风"二句:《崇祯吴县志》卷三载苏州邓尉山:"山人以圃为业,尤多树梅,时一望如雪,行数十里香风不绝,此吴中绝景也。"《江南通志》卷一○一:"《名胜志》:西溪多古梅,二月始华,香雪霏霏,四面袭人。"

⑥"练鹊"句:鹊锦,四品、五品官员的佩饰。详见《凤池吟》(万丈巍台)注⑬。并用李白着宫锦袍事。练锦,《北史》卷七九载于阗国王戴"练锦帽金鼠冠"。

⑦"有青娥"二句:青娥仙使、月转参移,用梅花精灵绿衣女子典故。赵师雄梦见梅花树上翠羽化成的女子,醒时但有月落参横。传梦,用《开元天宝遗事》张说母亲梦玉燕入怀而有孕事。此祝其生子。

⑧玉剪新辞:欧阳炯《花间集序》:"镂玉雕琼,拟化工而迥巧。裁花剪叶,夺春艳以争鲜。"以上三句预祝尹梅津荣升文学侍从,在孤山下系马柳边,吟出清雅佳句。新辞,明张本作"新词"。

⑨宫妆镜里:用寿阳公主梅花妆典。

⑩"笑人间"二句:此就宫梅与凡卉不同生长地,及梅花风信来早而言。花信,《古今词统》、毛本、《历代诗余》、《词谱》、戈校本、杜本、王朱本、朱二校本作"花讯"。

⑪春未了:不仅写梅津生日时间(阴历正月十五),更祝其亨通官运如旺盛春意。

⑫红盐荐鼎:用梅盐典。详见《凤池吟》(万丈巍台)注⑮。

⑬"江南"句:黄庭坚《寄贺方回》:"解作江南断肠句,只今惟有贺方回。"并用贺铸《青玉案》中警句。以上二句预祝其能位居调和鼎鼐之重位。

又

寿王虔州

怀得银符①,卷朝衣归袖,犹惹天香②。星移太微几度③,飞出西江④。吴城驻马⑤,趁鲈肥、腊蚁初尝⑥。红雾底⑦,金门候晓⑧,争如小队春行⑨。

何用倚楼看镜⑩,算橘中深趣,日月偏长⑪。江山待吟秀句⑫,梅厴催妆⑬。东风水暖,弄烟娇、语燕飞樯⑭。来岁醉⑮,鹊楼胜处⑯,红围舞袖歌裳⑰。

【题解】

"王虔州",梦窗友人,生平不详。"虔州",即赣州(今属江西)。杨笺:"《韵会》,汉豫章郡雩都赣县,唐置虔州,宋因之,王名未详,此盖以为虔州刺史,以官称之。"

此为祝寿词。上片写王氏任虔州刺史事,并颂其外任消遥自在;下片祝寿,并想象王氏虔州之任而饯别之。

【校注】

①银符:古代凡发兵、出使、乘驿所用的银质符牌。《愧郯录》卷一二:

"《三朝国史·舆服志》曰:银牌:唐制,差发驿遣使,则门下省给传符,以通天下之信。皇朝符券,皆枢密院主之。旧有银牌以给乘驿者,阔一寸半,长五寸。面刻隶字曰'敕走马银牌',凡五字。首为窍,贯以韦带。其后罢之,枢密院给券,谓之头子。……罢枢密院券,别制新牌,阔二寸半,长六寸,易以八分书。上钑二飞凤,下钑二麒麟,两边年月,贯以红丝绦。"

②"卷朝衣"二句:化用杜甫《奉和贾至舍人朝大明宫》"朝罢香烟携满袖"句意。以上三句回忆王虔州怀揣券符乘驿调离京城时情景。

③太微:太微诸星以五帝座为中心,作屏藩状。《史记·天官书》:"衡,太微,三光之廷。匡卫十二星,藩臣:西,将;东,相;南四星,执法;中,端门;门左右,掖门。"古代以天上的星宿与地上区域相对,故"太微"代京城附近。星度:《史记·历书》:"乃者有司言星度之未定也,广延宣问,以理星度,未能詹也。"《同治苏州府志》卷一:"吴越分野属扬州。费直说《周易》:起斗十度,至女五度。蔡邕《月令章句》:起斗六度,至女二度。皇甫谧《帝王世纪》:起斗十一度,至女七度。"

④西江:唐人多称长江中下游为西江。王氏曾从京城到江西任职,故上句有星移几度之说。

⑤驻马:用《陌上桑》中郡守典。

⑥鲈肥:毛本、杜本、王朱本、朱二校本作"肥鲈"。腊蚁初尝:腊蚁,犹言"腊酒"。《说略》卷二五:"唐时腊月酿酒,四月成,名曰腊酒。"与上句化用李贺《江南弄》句意:"鲈鱼千只酒百斛,酒中倒卧南山绿。"

⑦红雾:京城之雾,由软红尘炼字而成。

⑧金门候晓:宋代京城官员侍漏等候上朝。详见《瑞鹤仙》(记年时茂苑)注⑮。

⑨小队春行:虞俦《巩使君劝耕汪倅有诗次韵》:"小队行春簇使旌,黄童白叟递逢迎。"余参见《金盏子》(卜筑西湖)注⑫。王虔州担任吴地县令后任朝官,此赴钱行为再次外任。

⑩"何用"句:化用杜甫《江上》诗意:"勋业频看镜,行藏独倚楼。"

⑪"算橘中"二句:《古今事文类聚后集》卷二七引《幽怪录》:"巴邛人家有橘园,霜后橘尽收敛。有大橘如三斗盎,巴人异之,剖开。每橘有二叟,

530

须眉皤然,肌体红明,皆相对象戏,谈笑自若。一叟曰:'橘中之乐,不减商山。但不得深根固蒂,为愚人摘下耳。'"商山四皓,年皆八十有余,故曰"日月偏长",为祝寿语。

⑫"江山"句:杜甫《后游》:"江山如有待,花柳更无私。"韩翃《酬程延秋即事见赠》:"向来吟秀句,不觉已鸣鸦。"意思是赣州的山水等待王氏前去吟咏。江山,杜本作"江上"。

⑬梅靥催妆:催妆、催妆诗。《唐诗纪事》卷三五载有唐陆畅《奉诏作催妆诗》。至宋,又名催妆词。梅花有笑靥,即为美女,梅花绽放如美女出嫁当有催妆词,用以颂扬王氏至赣州后写出的梅词。颇用范成大《丙午新正书怀十首》(之二)句意:"莫言此外都无事,柳眼梅梢正索诗。"

⑭"东风"三句:用杜甫《发潭州》诗意:"岸花飞送客,樯燕语留人。""娇"意属"语"字。娇语,本形容吴侬软语。后也用以形容新莺新燕之声。预写王氏赣州行期,将于孟春时节舟行至虔州。

⑮来岁醉:明张本作"来岁酒"。

⑯鹊楼:指白鹊楼。苏轼《虔州八境图八首》(之一):"白鹊楼前翠作堆,萦云岭路若为开。"《苏诗补注》:"《赣州志》:八景台在郡治东北,下瞰奔流。白鹊楼在八景台北。赵清献记云:'望阙、郁孤,轩豁于前;皂盖、白鹊,瞰临左右。'"

⑰"红围"句:典例详见《庆宫春》(残叶翻浓)注⑦。舞袖,傅玄《前有一樽酒行》:"舞袖一何妙,变化穷万方。"歌裳,仿"舞袖"炼词。钟振振《读梦窗词札记》笺以上三句曰:"所谓'鹊台'当即指白鹊台。三句盖想像王氏到赣州任后,可宴饮游乐于白鹊台等名胜地也。"据知梦窗写此词时王氏虽尚在苏州,然已有虔州之命,行程在即也。

秋　霁

赋云麓水园长桥①

一水盈盈②,汉影隔游尘③,净洗寒绿。秋沐平烟,日回西照,乍惊饮虹天北④。彩兰翠馥⑤。锦云直下花成屋⑥。试纵目。空际、醉乘风露跨黄鹄⑦。

追想缥缈⑧,钓雪松江⑨,恍然烟蓑,秋梦重续⑩。问何如、临池脍玉。扁舟空舣洞庭宿⑪。也胜饮、湘然楚竹⑫。夜久人悄,玉妃唤月归来⑬,桂笙声里,水宫六六⑭。

【题解】

《秋霁》,词牌名。《词谱》:“一名《春霁》。按此调始自胡浩然赋春晴词,即名《春霁》;若赋秋晴词,即名《秋霁》。”双调,一百零五字,上片十句六仄韵,下片十一句四仄韵。

“云麓”,史宅之,见《瑞鹤仙·寿史云麓》题解。“水园”,指史宅之杭州北墅园池。“长桥”,此应指史宅之水园中与苏州吴江上长桥同名、形状也应相似的桥梁。

这是一首纪游词。上片盛赞云麓水园长桥及整个水园景色之美,下片则赞水园主人云麓的悠闲隐逸生活。

【校注】

①明张本、朱三校本、朱四校本、《四明》本词题作“云麓园长桥”。杜本作“赋云麓园长桥”。

②一水盈盈:与下句“汉影”用《古诗十九首》诗意:“河汉清且浅,相去复几许。盈盈一水间,脉脉不得语。”盈盈,晶莹清澈貌。

③汉影:明张本脱“汉”字后空格。

④饮虹:《汉书·燕刺王刘旦传》:“是时天雨,虹下属宫中饮井水,井水竭。”后用以喻桥梁。云麓水园中长桥,名同苏州吴江上的长桥,彼长桥又名垂虹桥,故有此联想。

⑤彩兰翠馥:彩兰,《楚辞·九歌·大司命》:“秋兰兮青青,绿叶兮紫茎。”此为兰草,而非蕙兰,可植于堂下(天井)、庭除、池苑。《乐府诗集·傅玄〈秋兰篇〉》解题:“秋兰本出于楚辞。《离骚》云:‘秋兰兮麋芜,罗生兮堂下。绿叶兮素华,芳菲菲兮袭予。’兰,香草。”彩兰,王朱本、朱二校本、朱三

532

校本、朱四校本、《四明》本作"彩阑"。

⑥锦云：形容池中荷花。花成屋：《渊鉴类函》卷四〇九："梁元帝竹林堂中多种蔷薇，以长格校其上，使花叶相连。其下有十间花屋，枝叶交映，芬芳袭人。"以上二句写秋天的水园及岸汀景致，并暗用《猗兰操》典。

⑦醉乘：毛本、《历代诗余》、《词谱》戈校本、杜本、王朱本、朱二校本作"醉来"。

⑧缥缈：《文选·木华〈海赋〉》："群仙缥缈，餐玉清涯。"李善注："缥缈，远视之貌。"且指洞庭西山缥缈峰，意透入"洞庭"句。

⑨钓雪松江：垂虹桥三高祠前有钓雪亭。详见《木兰花慢》(酹清杯问水)题解。

⑩秋梦重续：暗用张翰典，写归隐苏州的愿望。

⑪空：意属"玉妃"句，谓月色空明。

⑫"也胜"句：化用柳宗元《渔翁》诗。此由钓雪亭取自柳宗元《江雪》而有柳诗渔翁之联想。钟振振《读梦窗词札记》谓梦窗此词中"洞庭"之字虽指太湖洞庭山，"实亦有意借此同名而将读者思绪引至湘楚之洞庭湖，故带出柳宗元'晓汲清湘燃楚竹'诗句"。湘然，明张本作"湘燃"。

⑬"夜久"二句：化用温庭筠《晓仙谣》诗意："玉妃唤月归海宫，月色澹白涵春空。"

⑭"桂笙"二句：杨万里《和姜邦杰春坊续丽人行》："君不见汉宫六六多少人，画图枉却王昭君。"六六，《历代诗话》卷二四："古人多言三三美人。夫三三则六，而六六则为三十六矣。"实化用李贺《金铜仙人辞汉歌》诗意："画栏桂树悬秋香，三十六宫土花碧。"写水中沉月，又坐实水中龙宫之数，并照应篇首隔断红尘之说。

【汇评】

郑文焯《手批梦窗词》："夜久人悄"句例微差。　此与梅溪词同格。并从柳词出。

花心动

入眼青红，小玲珑①、飞檐度云微湿②。绣槛展春③，金屋宽花④，谁管采菱波狭⑤。翠深知是深多少，都不放、夕阳红入。待装缀⑥、新漪涨翠⑦，小圆荷叶⑧。

此去春风满箧⑨。应时锁蛛丝⑩，浅虚尘榻⑪。夜雨试灯⑫，晴雪吹梅⑬，趁取玳簪重盍⑭。卷帘不解招新燕⑮，春须笑、酒悭歌涩⑯。半窗掩，日长困生翠睫⑰。

【题解】

《花心动》，词牌名。以史达祖《花心动·风约帘波》为正体，双调，一百零四字，上片十句四仄韵，下片九句五仄韵。

"郭清华"，即郭希道，与吴文英结交甚笃。见《花犯·郭希道送水仙索赋》题解。

此为酬赠词。上片描述郭清华新轩外观，谓其虽小却能容春光无限，并写轩前小池；下片重在设想新轩主人轩内生活，春风得意，四时雅集，高朋满座，歌妓侑酒，长夜欢娱。

【校注】

①小玲珑：程公许《洪城沈运干新园三首》（之三）："苍藓修筠加爱护，等闲幻出小玲珑。"玲珑，楼台亭阁精巧貌。

②飞檐度云：谓新轩角檐有翼然欲飞之势。

③展春：与"宽花"皆写延展春色入于轩内。

④金屋：此仅指华美之屋。

⑤采菱：谢朓《泛水曲》："日晚厌遵渚，采菱赠清漪。"以上三句的意思是轩内槛前宽敞，但占地略多，轩前小池显得有些狭窄。

⑥装缀:毛本、杜本、《四明》本作"妆缀"。

⑦新漪涨翠:新开凿的小池中翠水涨足,漪波荡漾。

⑧小圆荷叶:语出杜甫《为衣》:"圆荷浮小叶,细麦落轻花。"以上三句设想将来水面点缀。

⑨春风满箧:既写轩主出行时间,又因其前往考试(春闱),故预想其多有春风得意的诗句。

⑩时锁蛛丝:与下句取意徐悱《赠内》诗意:"网虫生锦荐,游尘掩玉床。"

⑪浅虚尘榻:上阕"绣"字意亦入此句。江淹《休上人怨别》:"膏炉绝沉燎,绮席生浮埃。"王勃《上绛州上官司马书》:"宾阶夕敞,清河销骥騄之虞;虚榻晨披,元礼得龙驱之地。"

⑫夜雨:暗用旧雨典,详见《丹凤吟》(丽景长安人海)注⑭。

⑬晴雪吹梅:用苏味道《正月十五夜》"行歌尽落梅"句意,写落梅如雪。晴雪,明张本作"暗雪"。吹梅,明张本、毛本作"次梅"。

⑭玳簪重盍:重盍,《周易·豫卦》:"勿疑,朋盍簪。"王弼注:"盍,合也;簪,疾也。"孔颖达疏:"群朋合聚而疾来也。"后以指士人聚会。

⑮"卷帘"句:为"不解卷帘招新燕"之倒文。

⑯"春须笑"二句:"铿""涩"为不常设酒宴歌席之宋朝今典。参见《探芳信》(暖风定)注③。

⑰"日长"句:李贺《秦宫词》:"人间酒暖春茫茫,花枝入帘白日长。"翠睫,仿翠眉、翠黛而成新辞。永昼无聊,反衬夜晚的热闹。

又

柳

十里东风①,袅垂杨、长似舞时腰瘦②。翠馆朱楼③,紫陌青门④,处处燕莺晴昼⑤。乍看摇曳金丝细⑥,春浅映⑦、鹅黄如酒⑧。嫩阴里,烟滋露染,翠娇红溜。

此际雕鞍去久。空追念邮亭，短枝盈首。海角天涯，寒食清明，泪点絮花沾袖⑨。去年折赠行人远⑩，今年恨、依然纤手。断肠也，羞眉画应未就⑪。

　　这是一首咏物词。上片描述初春时节柳枝表现在形、色、态上的美，下片重在从"折柳送别"中引申出伤离之情。

【校注】
　　①十里东风：杨凌《小苑春望宫池柳色》："上苑闲游草，东风柳色轻。"十里，西湖有十里苏堤，堤上杨柳袅袅。
　　②"袅垂杨"二句：杜甫《漫兴九首》(之九)："隔户杨柳弱袅袅，恰似十五女儿腰。"
　　③翠馆朱楼：此写映柳之地。
　　④紫陌青门：京师郊野的道路与勾栏集中处。详见《风流子》(温柔醅紫曲)注①及《永遇乐》(春酌沈沈)注⑥。
　　⑤"处处"句：与上句用刘禹锡《杨柳枝》句意："御陌青门拂地垂，千条金缕万条丝。"韩淲《月宫春》："柳娇花妒燕莺喧。断肠空眼穿。"
　　⑥金丝细：明张本"金丝衫"。毛本、戈校本作"金丝袖"。《历代诗余》、《词谱》、杜本作"金丝缕"。
　　⑦春浅：《历代诗余》、《词谱》、杜本作"青浅"。
　　⑧鹅黄如酒：形容柳色。以上三句写初春柳条细垂到柳叶透芽时的微妙变化。
　　⑨"泪点"句：欧阳修《少年游》："絮乱风轻，拂鞍沾袖，归路似章街。"合用苏轼《水龙吟》以柳絮为离人别泪之喻。
　　⑩去年：毛本、戈校本、王朱本、朱二校本作"远年"。
　　⑪"羞眉"句：与上句合用白居易《杨柳枝》句意："人言柳叶似愁眉，更有愁肠似柳丝。柳丝挽断肠牵断，彼此应无续得期。"闺中人眉妆未被画就，已遽然远离，故应羞见柳叶如眉也。

龙山会 <small>夷则商</small>

芙蓉 　陪毗陵幕府载酒双清^①

石径幽云冷,步障深深,艳锦青红亚^②。小桥和梦过^③,仙佩杳、烟水茫茫城下^④。何处不秋阴,问谁借^⑤、东风艳冶。最娇娆^⑥,愁侵醉霜^⑦,泪绡红洒^⑧。

摇落翠莽平沙^⑨,竞挽斜阳^⑩,驻短亭车马。晓妆羞未堕,沈恨起、金谷魂飞深夜^⑪。惊雁落清歌^⑫,酹花倩^⑬、舣船快泻^⑭。去未舍。待月向井梧梢上挂^⑮。

【题解】

《龙山会》,词牌名。双调,一百零三字,上片十句四仄韵,下片九句五仄韵。

"毗陵",今江苏常州。"幕府",此指幕僚。"双清",双清楼,见《丑奴儿慢·双清楼》题解。

此词咏木芙蓉。上片写木芙蓉盛开时的艳冶、妩媚;下片主要描写载酒双清赏花的场景,及宴后惜别之情。

【校注】

①毛本、戈校本、杜本、王朱本、朱二校本、朱四校本词题作"陪毗陵幕府诸名胜载酒双清赏芙蓉"。《历代诗余》作"载酒赏芙蓉"。

②"步障"二句:步障艳锦,喻盛开的木芙蓉。亚,《汇释》:"有纵横二方面之二义。……自其横者而言,犹并也;傍也;挨也。"步障,毛本、《历代诗余》、《词谱》、戈校本、杜本、王朱本、朱二校本、《四明》本作"步帐"。

③"小桥"句:用晏几道《鹧鸪天》词意:"梦魂惯得无拘检,又踏杨花过谢桥。"小桥,《词谱》、杜本、朱二校本作"小乔"。和梦过,毛本、《历代诗余》、《词律》、《词谱》、戈校本、杜本、王朱本、朱二校本作"和梦醒"。

④"仙佩"二句:用芙蓉城传说。以水中芙蓉凋落喻芙蓉城仙子芳魂杳杳难觅。仙佩杳,毛本作"环佩香"。

⑤问:《汇释》:"犹向也。"

⑥娇娆:复词偏义,佳美的意思。详见《瑞龙吟》(黯分袖)注④。

⑦醉霜:木芙蓉霜时开放,此就其醉容宜霜的特点言之。《词谱》、杜本、王朱本、朱二校本、朱三校本、朱四校本、《四明》本作"醉颊"。戈校本作"晚醉"。

⑧泪绡红洒:用红绡聚泪典。喻带雨芙蓉。毛本作"泪洒红绡"。《历代诗余》作"泪红绡洒"。《词谱》、杜本、王朱本、朱二校本、《四明》本作"红绡泪洒"。以上三句谓木芙蓉霜雨中如醉似啼时最为妩媚。

⑨"摇落"句:《本草纲目》卷三六:"(木芙蓉)秋半始著花。花类牡丹、芍药,有红者、白者、黄者、千叶者,最耐寒而不落。"戈校本作"摇落翠莽飞霜"。

⑩竞挽斜阳:毛本、《历代诗余》、《词律》作"挽斜阳"。《词谱》、杜本作"欲挽斜阳"。戈校本作"挽住斜阳"。王朱本、朱二校本作"□挽斜阳"。

⑪"晓妆"三句:杨万里《晓寄芙蓉径二首》(之一):"晚妆懒困晓妆新,火急来看趁绝晨。"刘子寰《木芙蓉》:"晓妆如玉暮如霞,浓淡分秋染此花。"并合用绿珠坠楼典。张泌《惜花》:"看多记得伤心事,金谷楼前委地时。"梦窗奇想木芙蓉不凋落,因为它是绿珠返魂,承载着坠楼的憾恨,故而花瓣不零落。晓妆,《词律》作"晚妆"。

⑫"惊雁"句:惊雁落,参见《高山流水》(素弦一一起秋风)注⑤。此指席上歌声入云,并暗用沉鱼落雁典。无名氏《错立身》第二出:"有沉鱼落雁之容,闭月羞花之貌。"

⑬酹花倩:明张本作"酹倩"。毛本、《历代诗余》、《词律》作"酹花"。《词谱》、杜本作"酹花底"。王朱本、朱二校本作"酹花□"。

⑭觥船快泻:张耒《冬日放言二十一首》(之五):"樽中有神物,快泻如流霞。"《诗·周南·卷耳》:"我姑酌彼兕觥,维以不永伤。"毛传:"兕觥,角爵也。"以上二句谓用大杯酒沃地,表达出祭奠将萎木芙蓉的心情。

⑮"去未舍"二句:井梧,《本草纲目》卷三六:"(木芙蓉)其干丛生如荆,

高者丈许。叶大如桐，有五尖及七尖者，冬凋夏茂。"木芙蓉花叶形似梧桐五尖，故以喻之。并略用苏轼《海棠》"只恐夜深花睡去，故烧高烛照红妆"诗意，谓不忍马上离开，欲等月上芙蓉花枝时再赏其月下姿容。毛本、《历代诗余》《词谱》、王朱本、朱二校本作"去来舍，月向梧桐上挂"。杜本作"后归来，并梧上有玉蟾遥挂"。戈校本作"去还来，疏月向井梧梢挂"。《四明》本作"去未舍，月向井悟(梧)梢上挂"。

八声甘州

灵岩　陪庾幕诸公游①

渺空烟四远②，是何年、青天坠长星③。幻苍崖云树④，名娃金屋⑤，残霸宫城⑥。箭径酸风射眼⑦，腻水染花腥⑧。时靸双鸳响，廊叶秋声⑨。

宫里吴王沈醉，倩五湖倦客⑩，独钓醒醒⑪。问苍波无语⑫，华发奈山青⑬。水涵空、阁凭高处⑭，送乱鸦⑮、斜日落渔汀。连呼酒，上琴台去，秋与云平⑯。

【题解】

《八声甘州》，词牌名。又名《甘州》《潇潇雨》《宴瑶池》。唐教坊大曲有《甘州》，《八声甘州》是从大曲《甘州》截取一段改制的。因全词前后片共八韵，故名八声。以柳永词为正体。双调，九十七字，前后片各九句四平韵。

"灵岩"，苏州灵岩山，又名石鼓山。山顶有灵岩寺，相传为吴王夫差所建馆娃宫遗址。馆娃宫与西施相关的遗迹见《吴郡志》卷八："馆娃宫，《吴越春秋》《吴地记》皆云阖闾城西有山，号砚石山。山在吴县西三十里，上有馆娃宫。又，《方言》曰：吴有馆娃宫，今灵岩寺即其地也。山有琴台、西施洞、砚池、玩月池，山前有采香径，皆宫之故迹。""庾幕"，幕府僚属的美称，此指苏州仓台幕府。

这是一首怀古词。通过凭吊吴宫故迹,叙述吴越争霸往事,叹古今兴亡之感和白发无成之恨。整首词意境悠远,气势雄浑,情景交融,清丽高雅。

【校注】

①《阳春白雪》词题作"秋登灵岩"。《绝妙好词》作"陪庾幕诸公登灵岩"。毛本、戈校本、杜本作"陪庾幕诸公游灵岩"。《历代诗余》作"游灵岩"。

②渺空烟:谓烟涛浩渺,下临无地。入题已是高凭涵空阁所见景象。灵岩寺有涵空阁,吴潜有《满江红·姑苏灵岩寺涵空阁》词。

③"是何年"二句:我国古代向有陨星成山的传说,《太平寰宇记》卷一〇一:"落星山,在山东,周回一百五十步,高丈许。《图经》云:昔有星落水化为石,当彭蠡湾中,俗呼为落星湾。"此移落星传说于灵岩山以神之。

④苍崖:朱三校本、朱四校本作"苍厓"。

⑤名娃:《文选·左思〈吴都赋〉》:"幸乎馆娃之宫,张女乐而娱群臣。"刘良注:"吴俗谓好女为娃。"金屋:代指馆娃宫,用金屋藏娇典。

⑥残霸:吴王夫差是春秋五霸之一,最终却被越王勾践所灭,故云。以上六句中,"幻"字贯彻上下,意思是不仅馆娃诸宫,即便是眼前的山景,也令人有幻化而成之感。

⑦"箭径"句:李贺《金铜仙人辞汉歌》:"魏官牵车指千里,东关酸风射眸子。"箭径,又称箭泾、采香径。《吴郡志》卷八:"采香径,在香山之傍,小溪也。吴王种香于香山,使美人泛舟于溪以采香,今自灵岩山望之,一水直如矢,故俗又名箭泾。"《历代诗余》作"箭泾"。

⑧"腻水"句:杜牧《阿房宫赋》:"渭流涨腻,弃脂水也。"《吴郡志》卷八:"香水溪在吴故宫中,俗云西施浴处,人呼为脂粉塘,吴王宫人濯妆于此溪,上源至今馨香。"

⑨"时靸"二句:《吴郡志》卷八:"响屧廊,在灵岩山寺。相传吴王令西施辈步屧,廊虚而响,故名。今寺中以圆照塔前小斜廊为之,白乐天亦名鸣屧廊。"《吴郡图经续记》卷中:"响屧廊,或曰鸣屐廊,以楩梓藉其地,西子行则有声,故以名云。"谓此时山上秋风落叶之声,隐然与吴国宫人靸鞋过廊

相仿佛。

⑩五湖倦客:指范蠡。详见《高阳台》(帆落回潮)注⑥。

⑪独钓醒醒:用《楚辞·渔父》"众人皆醉我独醒"句意。以上二句谓范蠡富有政治智慧,不仅从文种之计献西施助越灭吴,更在灭吴之后泛舟五湖,全身而退。

⑫苍波:《阳春白雪》、明张本、毛本、《历代诗余》、戈校本、王朱本、朱三校本作"苍天"。

⑬"华发"句:潘牥《涵空阁》:"莫说兴亡事,吟人本白头。"以上二句亦化用苏轼《感旧诗》"青山映华发"之意。

⑭"水涵空"二句:《明一统志》卷八:"涵空阁,在灵岩寺,吴时建。"

⑮乱鸦:《历代诗余》作"飞鸦"。

⑯"连呼酒"三句:《吴郡志》卷一五:"(灵岩)琴台下有大偃松,身卧于地,两头崛起,交荫如盖,不见根之所自出,吴人以为奇赏。比年雷震,一枝已瘁。山下平瞰太湖及洞庭两山,滴翠丛碧,在白银世界中,亦宇内绝景。"通过元代朱德润《游灵岩天平山记》可知琴台高于涵空阁:"里人所谓鸡经山、虎子谷者突然乎其左,琴台巘、羊肠岭者兀然乎其右。迤值上陂,陁经荦确,曰观音峰,曰猿愁岭,皆陟险攀缘而上,直抵灵岩山永祚塔寺后。回望诸山,皆在其下。菜畦麦陇,苍黄相间。入寺,观八角井,步响屧廊,陟香径,登琴台。予足力倦,距两步而止。回抚偃松,倚盘石,坐涵空阁,南望三山环抱,即太湖之洞庭。山色苍茫,湖光镜净,瞰飞鸢于木杪,睇云帆于天际。"阁凭:《阳春白雪》、明张本、毛本、《历代诗余》、戈校本、王朱本、朱二校本、朱三校本、朱四校本、《四明》本作"阑干"。

【汇评】

陆辅之《词旨·警句》:连呼酒,上琴台去,秋与云平。

陈廷焯《大雅集》卷三:"箭径"六字承"残霸"句,"腻水"五字承"名娃"句。此词气骨甚遒。

俞陛云《唐五代两宋词选释》:梦窗词近三百首,《绝妙好词》选十六调,以此调冠首,弁阳翁题句以"犹想乌丝醉墨,惊俊语香红围绕"及"依旧故人怀抱"称之,可见相知之深。此调起笔警拔,谓奇峰自天际飞来。第三句以

"幻"字点醒之,其笔势亦如长星坠空也。"名娃"二句有儿女英雄同归冥漠之感。其地有箭径、剑水,故用"射"字、"腥"字以映带之,而归到响屧,以秋声寓怀古之意。其下咏吴宫往事,醒醉相形,写以轻笔,即承以水碧山青,发苍凉之慨。结尾四句霜天晓角,愈转愈高,宜"秋与云平"一语,推为警句也。

梁启超《饮冰室评词》引麦孺博云:奇情壮采。

杨铁夫《梦窗词全集笺释》:("渺空烟"三句)此题阔大,起无杰句,不足以振全局。观此,大有顾盼自雄之概。陨星化石,未闻化岩,天坠长星,此等幻想,须在有理无理之间方妙。 ("箭径"七句)此三韵,俱填灵岩事迹,妙在从吊古说,以古文夹叙夹议之法,次第列举古迹,化堆垛于无形,是何神勇,可为隶事绝妙法门。 ("宫里"三句)"醉""醒"对纽研炼。必有吴王之醉,乃有范蠡之醒,吊古意跃然纸上。

又①

姑苏台　和施芸隐韵②

步晴霞倒影,洗闲愁③、深杯滟风漪。望越来清浅④,吴歔杳霭⑤,江雁初飞⑥。辇路凌空九险⑦,粉冷濯妆池⑧。歌舞烟霄顶,乐景沈晖⑨。

别是青红阑槛⑩,对女墙山色⑪,碧澹宫眉⑫。问当时游鹿,应笑古台非⑬。有谁招、扁舟渔隐⑭,但寄情、西子却题诗⑮。闲风月,暗消磨尽,浪打鸥矶⑯。

【题解】

"姑苏台",《吴郡志》卷一五:"姑苏山,一名姑胥,一名姑余,连横山之北,古台在其上。"传说是吴王夫差为西施所造,以望越地,慰其乡思。或曰阖闾所造。"施芸隐",即施枢,吴文英词友,详见《扫花游》(草生梦碧)

题解。

此登临怀古之作。上片写登临眺望而抚今追昔;下片写登姑苏台,对吴宫故迹,感慨吴越争战,兴盛衰亡,抒发怀古伤今之情。

【校注】

①戈选词调作"甘州"。

②《铁网珊瑚》词题作"和施知言姑苏台韵"。《历代诗余》作"姑苏台和韵"。

③"步晴霞"二句:姑苏台下枕吴江、越来溪,面临太湖,人行于山路,影沉于水中,故云"步倒影"。

④越来清浅:《吴郡志》卷一八:"越来溪在横山下,与石湖连,相传越兵入吴时,自此来,故名。"

⑤吴歈:《楚辞·招魂》:"吴歈蔡讴,奏大吕些。"王逸章句:"吴、蔡,国名也。歈、讴,皆歌也。"杳霭:声音在隐约有无之间。

⑥江雁初飞:用杜牧《九日齐安登高》"江涵秋影雁初飞"句意。

⑦辇路:此特指吴王车驾所经的道路。凌空九险:攀台途中高三百尺的九曲路。九险,《历代诗余》、杜本作"花荫"。

⑧濯妆池:在灵岩山香水溪。详见《八声甘州》(渺空烟四远)注⑧。

⑨"歌舞"二句:取意李白《乌栖曲》:"姑苏台上乌栖时,吴王宫里醉西施。吴歌楚舞欢未毕,青山欲衔半边日。"乐景,前人于此意皆取用"落景"。梦窗"窥入其意形容之",推陈言而出新语。谓吴王在山顶姑苏台饮酒作乐,其实当时乐景已如落日余晖,倚伏消歇之势。乐景,《历代诗余》、杜本作"落景"。

⑩"别是"句:吴王建姑苏台,实中越国君臣之计。《姑苏志》卷三三:"勾践欲伐吴,于是作栅楣,婴以白璧,镂以黄金,状如龙蛇,献吴王。吴王大悦,受以起此台。"此台吴越争战时已被焚。青红阑槛,此指不久前在其遗址上新修建的建筑。阑槛,《说文·木部》:"盾,阑槛也。"段玉裁注:"阑槛者,谓凡遮阑之槛,今之阑干是也。"青红,《铁网珊瑚》、《四明》本作"新红"。

⑪女墙:城墙上呈凹凸形的短墙。《释名》卷五:"城上垣,曰睥睨。言

于其孔中睥睨非常也。亦曰陴。陴，裨也，言裨助城之高也。亦曰女墙，言其卑小，比之于城，若女子之于丈夫也。"此指越来溪上越城雉堞遗迹。

⑫宫眉：八字眉，详见《贺新郎》（湖上芙蓉早）注⑦。"山色"意属此句，以黛眉喻周围山色。明张本、毛本、《历代诗余》戈校本、杜本作"空眉"。

⑬"问当时"二句：《史记·淮南衡山列传》："（伍被曰）臣闻子胥谏吴王，吴王不用，乃曰：'臣今见麋鹿游姑苏之台也。'"意思是青红填塞的新造之台与吴王时的姑苏台已经完全不同，可让当时曾游麋鹿哂笑。当时，《铁网珊瑚》、《四明》本作"姑余"。

⑭"有谁招"二句：招隐，此谓招人归隐。扁舟渔隐，指范蠡。详见《八声甘州》（渺空烟四远）注⑩。谁招，《四明》本作"谁拈"。

⑮"但寄情"二句：姑苏台多有西施题咏，梦窗以为在范蠡西施事件上，后人并不能理解范蠡归隐五湖的深衷，却总是纠缠于西施情事并大量写诗，颇能讽刺唯重美色的世态。寄情，《铁网珊瑚》、《四明》本作"赋情"。

⑯"闲风月"三句：刘应时《闻范至能丐祠二首》（之一）："石湖虽有闲风月，谁许深偿寂寞滨。"相传石湖为范蠡入五湖之口。暗消磨，《铁网珊瑚》作"闇消磨"。

【汇评】

俞陛云《唐五代两宋词选释》：前半仅赋本题，其精湛处皆在下阕。转头三句笔意便超拔。其下游鹿台非，游湖人远，虽皆本地风光，在能手出之，有一种高朗之气。结句闲鸥风月，霸业消沉，尤为抚叹。

又

和梅津

记行云梦影①，步凌波②、仙衣剪芙蓉③。念杯前烛下，十香揾袖④，玉暖屏风⑤。分种寒花旧盎⑥，藓土蚀吴蛩⑦。人远云槎渺，烟海沈蓬⑧。

重访樊姬邻里⑨，怕等闲易别⑩，那忍相逢⑪。试潜行幽曲⑫,心荡□匆匆⑬。井梧雕、铜铺低亚⑭,映小眉、瞥见立惊鸿⑮。空惆怅,醉秋香畔⑯,往事朦胧⑰。

【题解】

"梅津",即尹焕。杨笺:"此当为和梅津忆姬之作。"周密《齐东野语》卷十《尹惟晓词》载:"梅津尹焕惟晓未第时,尝薄游苕溪籍中,适有所盼。后十年,自吴来雪,舣舟碧澜。问讯旧游,则久为一宗子所据,已育子,而犹挂名籍中。于是假之郡将,久而始来。颜色瘁报,不足膏沐,相对若不胜情。梅津为赋《唐多令》云云。数百载而下,真可与杜牧之寻芳较晚之为偶也。"上录记载,当为此词所本。尹焕当年除赋《唐多令》以外,或尚有《八声甘州》之作。梦窗此词,即是和作。尹焕嘉定十年(1217)进士,"未第时",即在此之前。"后十年",则应在宝庆年间也。

此酬赠之作。上片追忆妓与梅津当年交好时情景,下片言梅津十年后重返苕雪、问讯旧游之事。此篇描绘细腻,简洁凝练,意境朦胧,给人艺术上的美感。

【校注】

①行云梦影:巫山云雨梦境的痕迹。孔范《赋得白云抱幽石诗》:"能感荆王梦,阳台杂雨归。"

②步凌波:语出曹植《洛神赋》。

③"仙衣"句:孔范《赋得白云抱幽石诗》:"带莲萦锦色,拂镜下仙衣。"《楚辞·离骚》:"制芰荷以为衣兮,集芙蓉以为裳。"以上三句还暗用芙蓉城传说。

④揾袖:此犹言笼手入袖中取暖。揾,《说文·手部》:"揾,没也。"段玉裁注:"没者,湛也,谓湛浸于中也。"此用引申意。

⑤玉暖屏风:与上句合用张良臣《西江月》词意:"四壁空围恨玉,十香浅捻啼绡。"梁简文帝《美女篇》:"朱颜半已醉,微笑隐香屏。"玉,代指颜色如玉的白皙美人。

⑥寒花:此指菊花。张协《杂诗》:"寒花发黄采,秋草含绿滋。"

⑦"薜土"句:谓因动薜动土而冲犯蟋蟀。吴地盛艺菊。《吴郡志》卷三

545

〇引《范村菊谱·序》："菊,所在固有之,吴下尤盛。城东西卖花者,所植弥望,人家亦各自种圃者。伺春苗尺许时,掇去其颠,数日则歧出两枝。又掇之,每掇益歧。至秋,则一干所出,数百千朵,婆娑团栾,如车盖熏笼。"吴蚤,明张本、毛本、杜本、王朱本作"吴蚕"。

⑧"人远"二句:用泛槎典。烟海沈蓬,为"烟沈蓬海"之倒。代指蓬莱仙境。此以仙境不可再期写往事难再回溯。

⑨"重访"句:樊姬,本指春秋楚王之姬。事见《列女传》《韩诗外传》及《新序》等。后也因同音借称樊素。杨笺:"白居易妾曰樊素,亦称樊姬,后遣去。"邻里,古代以五家为邻,十家为里。此泛指附近歌舞幽坊。

⑩"怕等闲"句:梁简文帝《示晋陵弟诗》:"时事虽为舛,离忧等闲别。"等闲,《汇释》:"犹云平常也;随便也;无端也。""匆匆"意入此句。杜甫《酬孟云卿》:"乐极伤头白,更长爱烛红。相逢难衮衮,告别莫匆匆。"《九家集注杜诗》卷一九:"相逢既难得相继,故不可匆匆为别也。"

⑪那忍:犹言"那堪"。《汇释》:"那堪,犹云兼之也。与本义之解作不堪者异。"

⑫幽曲:犹言"幽坊"。妓女集聚之地。

⑬"心荡"句:明张本、毛本作"心荡匆匆"。

⑭铜铺:铜质铺首。李贺《宫娃歌》:"啼蛄吊月钩阑下,屈戍铜铺锁阿甄。"余见《醉蓬莱》(望碧天书断)注⑮。低亚:(双环)低并。《汇释》举范成大《癸卯除夜聊复尔斋偶题》"寂历罗门亚,温药麝鼎煨",谓其"门亚犹云门闭,闭则门相并也"。

⑮立:《苕溪渔隐丛话后集》卷二四:"元微之《李娃行》云:'髻鬟峨峨高一尺,门前立地看春风。'此定是娼妇。"此处亦用"立"字,可明身份。惊鸿:语出曹植《洛神赋》:"其形也,翩若惊鸿,婉若游龙。荣曜秋菊,华茂春松。"

⑯醉秋香畔:照应前文艺菊之事。虽非佳人所手植,但触景易生离情也。

⑰往事朦胧:辛弃疾《浪淘沙》:"儿女此情同。往事朦胧。"以上三句抒写可成追忆,当时惘然的情怀。

新雁过妆楼① 夹钟羽

梦醒芙蓉。风檐近、浑疑佩玉丁东②。翠微流水,都是惜别行踪③。宋玉秋花相比瘦,赋情更苦似秋浓④。小黄昏,绀云暮合,不见征鸿④。

宜城当时放客⑤,认燕泥旧迹,返照楼空⑥。夜阑心事,灯外败壁哀蛩⑦。江寒夜枫怨落,怕流作题情肠断红⑧。行云远,料澹蛾人在,秋香月中⑨。

【题解】

《新雁过妆楼》,词牌名。一名《雁过妆楼》。双调,九十九字,上片九句五平韵,下片十句四平韵。

此词为忆姬之作。上片见秋景而思去姬,写惜别之情,相思之苦;下片重点描绘"夜阑心事",写怀恋之切,思念之深。

【校注】

①明张本、毛本、戈校本、杜本、王朱本有词题作"秋感"。

②"风檐"二句:范成大《晚春》:"静极闻檐佩,慵来爱枕帏。"此写夜风吹动悬挂的檐铃。以上三句写从彼美相见并惜别的梦境中醒来,恍惚中几疑屋檐的风铃声为彼美环佩月夜归来并渐行渐远。风檐,《词谱》、杜本作"风帘"。

③惜别:王融《萧谙议西上夜集诗》:"徘徊将所爱,惜别在河梁。"上句"翠微流水"是梦境中的惜别地。

④"宋玉"二句:化用李清照《醉花阴》词意:"莫道不销魂,帘卷西风,人比黄花瘦。"宋玉《九辩》,号称悲秋之祖。唐代诗人已多咏及之。以宋玉悲秋瘦损自比,因加上离怀,所以赋情之苦有以过之。秋花,《词谱》作"秋风"。秋浓,《阳春白雪》、王朱本、朱二校本作"春浓"。

⑤"小黄昏"三句：为"黄昏绀云暮合，不见征鸿小"之倒文。化用江淹《休上人怨别》"日暮碧云合，佳人殊未来"诗境，但翻过一层，谓不仅佳人未来，甚至传书鸿雁也渐飞渐没于远空。

⑤"宜城"句：宜城放客，用宜城县伯柳浑允许侍妾琴客再嫁典。

⑥"认燕泥"二句：用关盼盼典。以上三句写再访旧地，已是人去楼空，不舍然而无奈的矛盾挣扎，也许只有柳浑当时心境可相仿佛。以典故作比拟亦是梦窗词眩人眼目的惯用技法。

⑦"灯外"句：蛩，蟋蟀。此词咏题《新雁过妆楼》，时间应在九月初大雁南飞时，此时蟋蟀在户，故曰"灯外"。灯外，《历代诗余》《词谱》作"灯前"。哀蛩，明张本、毛本、《历代诗余》、《词谱》、朱三校本、《四明》本作"寒蛩"。杜本作"残蛩"。

⑧"江寒"二句：兼用吴江枫叶及流红题诗典。此翻过一层，谓虽有霜叶，因离情过苦，并且未知人在何处，故不忍也无法题诗。

⑨秋香月中：桂香在月色中散发。此写彼美甘愿为情立尽风露影的心愫。杜本作"秋月香中"。

又

中秋后一夕，李方庵月庭延客，命小妓过新水令，坐间赋词①

阆苑高寒。金枢动②、冰宫桂树年年③。剪秋一半，难破万户连环④。织锦相思楼影下⑤，细钗暗约小帘间⑥。共无眠⑦。素娥惯得⑧，西坠阑干⑨。

谁知壶中自乐⑩，正醉围夜玉⑪，浅斗婵娟⑫。雁风自劲，云气不上凉天⑬。红牙润沾素手，听一曲清歌双雾鬟⑭。徐郎老⑮，恨断肠声在⑯，离镜孤鸾⑰。

【题解】

"月庭延客"，用杜甫《夔府书怀四十韵》"赏月延秋桂"句意。"过"，过

548

腔。姜夔《湘月》词序:"予度此曲,即《念奴娇》之鬲指声也,于双调中吹之。鬲指亦谓之过腔,见晁无咎集。凡能吹竹者,便能过腔也。""新水令",清朱祖谋笺:"《武林旧事·官本杂剧段数》有乐昌分镜。《猗觉寮杂记》云:'大曲《新水》歌乐昌公主与徐德言破镜复合事。'李方庵命妓所歌即此。故词云'徐郎老',又云'离镜孤鸾'也。"

此词为中秋于友人席上饮酒听曲而即兴之作。上片扣中秋、月庭,写月宫嫦娥、人间万户,在此中秋佳节,都在忍受相思离别的煎熬,共盼团圆欢聚;下片扣延客、小妓过新水令,写饮酒赏月之乐,而以曲中孤鸾离镜之悲情作结。此词构思巧妙,以乐事衬悲情,极见艺术功力。

【校注】

①《历代诗余》词题作"中秋后一夕月庭延客"。

②金枢:传说中月亮没入之处。详见《夜飞鹊》(金规印遥汉)注②。

③冰宫:代指广寒月宫。

④"难破"句:《战国策·齐策六》:"秦始皇尝使使者遗君王后玉连环,曰:'齐多知,而解此环不?'君王后以示群臣,群臣不知解。君王后引椎椎破之,谢秦使曰:'谨以解矣。'"以上二句谓中秋虽可剪三秋之半,但未能解开连环(民歌谐音手法,环,谐音"还"字,远人归来之意),反而增益万家离别相思。

⑤"织锦"句:用窦滔妻苏若兰织回文锦字寄相思典。

⑥"细钗"句:移用白居易《长恨歌》七夕之约诗意:"唯将旧物表深情,钿合金钗寄将去。钗留一股合一扇,钗擘黄金合分钿。"并借写徐德言夫妇的半镜之约。

⑦共无眠:苏轼《水调歌头》:"转朱阁,低绮户,照无眠。"

⑧素娥:意入"婵娟"句。惯得:《汇释》:"惯,纵容之义。……王观《木兰花令》词咏柳:'东君有意偏撋就,惯得腰肢真个瘦。'"

⑨西坠阑干:承上引苏词意。许浑《和崔大夫新广北楼登眺》:"风卷浮云披睥睨,露凉明月坠阑干。"

⑩壶中自乐:用醉乡别有天地典。

⑪醉围夜玉:用妓女密围典。

⑫浅斗婵娟：李商隐《霜月》："青女素娥俱耐冷，月中霜里斗婵娟。"兼写席上歌妓争奇斗艳。

⑬"雁风"二句：杨笺："雁来之时风曰'雁风'，犹雁来时之水曰'雁水'。即秋风秋时，天朗气清，故曰'不上'。"云气，《管子·水地》："龙生于水……欲尚则凌于云气，欲下则入于深泉。"

⑭双雾鬟：古代年轻女子的两个环形发髻称"双鬟"，也即题中"小妓"。

⑮徐郎：指徐德言，用与乐昌公主分镜典。王朱本径改"徐娘"。

⑯断肠声在：张正见《度关山》："还听呜咽水，并切断肠声。"此"断肠声"谓小鬟所唱《新水令》曲调与内容。

⑰离镜孤鸾：合用鸾镜典，孤鸾见镜睹影而起，冲霄而绝。以上三句还化用王涣《惆怅诗十二首》(之四)："诀别徐郎泪如雨，镜鸾分后属何人。"

【汇评】

杨铁夫《梦窗词全集笺释》：("共无眠"三句)将题中"月庭"二字纳入情中，妙无痕迹。

凄凉犯 夷则羽　俗名仙吕调　犯双调①

重台水仙②

空江浪阔③。清尘凝④、层层刻碎冰叶。水边照影，华裾曳翠⑤，露搔泪湿⑥。湘烟暮合⑦。□尘袜、凌波半涉⑧。怕临风、□欺瘦骨⑨，护冷素衣叠⑩。

樊姊玉奴恨⑪，小钿疏唇⑫，洗妆轻怯⑬。氾人最苦⑭，粉痕深⑮、几重愁靥。花隘香浓，猛薰透、霜绡细折⑯。倚瑶台，十二金钱晕半掐⑰。

【题解】

《凄凉犯》，词牌名，系姜夔自度曲。又名《凄凉调》《瑞鹤仙引》《瑞鹤仙影》。双调,九十三字,上片九句六仄韵,下片九句四仄韵。例用入声韵。

"重台水仙",《佩文斋广群芳谱》卷五二引《洛阳花木记》:"(水仙)色白,圆如酒杯,上有五尖,中承黄心,宛然盏样,故有金盏银台之名。"卷二八:"中心花瓣如起楼台,谓之重台。"

这首咏物词,歌咏重台水仙的形貌、神态颇为清雅。上片用拟人手法,描绘重台水仙的形态、神态颇恰切,又不脱离所状之物;下片以石矶、梅花为陪衬,以氾人、瑶台典故借喻,进一步描绘水仙花。

【校注】

①明张本、朱三校本宫调作"仙吕调犯双调"。

②毛本词题作"赋重台冰仙"。《古今词统》、《历代诗余》、杜本、王朱本、朱二校本词题作"赋重台水仙"。

③空江浪阔:开篇即点出其所从来之地湘江,宋人惯以湘江水神喻水仙花。

④清尘凝:意贯入"□尘袜、凌波半涉"句。以江妃、洛神、宓妃拟水仙花。

⑤华裾曳翠:喻水仙绿叶。华裾,此特指青翠的裙裾。《古今词统》、《词律》、戈校本、杜本作"华裙"。

⑥露搔泪湿:此写月下露中水仙。搔,玉搔头。《佩文斋广群芳谱》卷五二引《洛阳花木记》:"(水仙)冬生,叶如萱草,色绿而厚,春初于叶中抽一茎,茎头开花数朵,大如簪头。"

⑦湘烟暮合:喻水仙为日暮碧云中之湘妃。

⑧"□尘袜"二句:黄庭坚《王充道送水仙花五十枝欣然会心为之作咏》:"凌波仙子生尘袜,水上轻盈步微月。"供养水仙的盆中水量较少,梦窗奇想为因担心水雾溅袜而"半涉",并拍合前文之"清尘凝"。□尘袜,明张本、《古今词统》、毛本、《历代诗余》、《词律》、戈校本、杜本无空格。

⑨□欺瘦骨:明张本、《古今词统》、毛本、《历代诗余》、《词律》、戈校本、杜本无空格。

⑩护冷:杜本作"护泠"。素衣选:以繁复的白色花瓣喻仙女护冷的重衣。

⑪"樊姊"句:黄庭坚《王充道送水仙花五十枝欣然会心为之作咏》:"含香体素欲倾城,山矾是弟梅是兄。""樊","矾"的谐音字。即山矾花。

⑫小钿疏唇:山矾花小,梅朵稀疏,朱敦儒失题赋梅词:"横枝消瘦一如无,但空里疏花数点。"故曰"小钿疏唇"。

⑬洗妆轻怯:写风露中单弱的花容。以上三句以"恨"领起,以为山矾梅花未可拟诸重台水仙,是因为此花略约蝶粉蜂黄,且花朵丰满。

⑭"汜人"句:用沈亚之《湘中怨辞》典。详见《齐天乐》(曲尘犹沁伤心水)注⑧。

⑮粉痕:温庭筠《张静婉采莲曲》:"一夜西风送雨来,粉痕零落愁红浅。"下文"金残"意缀于此。

⑯"花隘"三句:杨万里曾比水仙为龙脑香,《三花斛三首·水仙》:"脑子酝薰众香国,江妃寒损水精宫。"前引黄诗也比作水沈熏香。花隘,亦就花瓣繁密言之。明张本《古今词统》、毛本《历代诗余》、《词律》、戈校本、杜本、王朱本、朱二校本作"花溢"。霜绡细折,喻水仙花上部尚未完全舒展的淡白花瓣,如折皱的白色丝绢。霜绡,毛本、《古今词统》作"霜绢"。

⑰"倚瑶台"二句:瑶台十二,拍合"重台"。晕,此指色彩四周由深入浅逐渐过渡的部分。半掐,此作为形容长度的量词。

【汇评】

夏敬观评语:换头处不成句。

尾犯 黄钟宫

赠陈浪翁重客吴门①

翠被落红妆,流水腻香,犹共吴越②。十载江枫,冷霜波成缬③。灯院静、凉花乍剪④,桂园深、幽香旋折⑤。醉云吹散⑥,晚树细蝉,时替离歌咽⑦。

长亭曾送客,为偷赋、锦雁留别⑧。泪接孤城,渺平芜烟阔^⑨。半菱镜、青门重售^⑩，采香堤、秋兰共结^⑪。故人憔悴，远梦越来溪畔月^⑫。

【题解】

《尾犯》，词牌名。《词谱》："调见《乐章集》。'夜雨滴空阶'词注正宫，'晴烟幂幂'词注林钟商。秦观词名'碧芙蓉'。"双调，九十四字，上片十句，下片八句，各四仄韵。吴词下片第二句添一字，为九十五字变格。

陈浪翁，梦窗友人，生平无考。此首用梦窗惯用之"骚体造境法"，以男女情事喻二人之友情。上片写与陈浪翁的情深谊厚与欢聚场景，并渲染离别气氛；下片写送别及别后孤城独守的凄凉心境。

【校注】

①《古今词统》、毛本、《历代诗余》、戈校本、杜本、王朱本、朱二校本词题作"赠浪翁重客吴门"。

②犹共吴越：暗用杜甫《与李十二白同寻范十隐居》诗意："余亦东蒙客，怜君如弟兄。醉眠秋共被，携手日同行。"谓与陈浪翁常同时在吴在越，情同弟兄。

③"十载"二句：用吴江红叶典。缬，犹言醉缬。既写醉酒，也以喻涟漪，因霜叶所染也。谓其间虽有参商，但亦常有书信往来。

④"灯院"二句：陆游《小雨初霁》："剪灯院落晨犹冷，卖酒楼台晚旋晴。"凉花，秋花。或指秋夜烛花。用剪烛西窗典。灯院静，《古今词统》、毛本、《历代诗余》、《词律》、戈校本、杜本、王朱本、朱二校本作"灯院靓"。

⑤"桂园"二句：写折桂吟赏。

⑥醉云吹散：写朋友分离。王粲《赠蔡子笃》："风流云散，一别如雨。"

⑦"晚树"二句：徐陵《山池应令诗》："猿啼知谷晚，蝉咽觉山秋。"离歌，何逊《答丘长史诗》："宴年时未几，离歌倏成赋。"陈元龙注《片玉集》："孙楚有《离歌诗》。"以上三句写此次饯行无歌妓侑觞，惟蝉声如离歌声情幽咽。

⑧锦雁：美称传书之人。参见《祝英台近》(问流花)注⑤。以上三句谓之前饯送陈浪翁离开吴地时，陈氏曾有诗留别。如今陈氏再客吴门，自己却离开了吴地，再次成为被留别之人。为偷赋，《古今词统》、毛本、《历代诗

余》、《词律》、戈校本、王朱本脱"为"字。

　　⑨"泪接"二句：此用欧阳詹与太原妓故实，欧阳詹《初发太原途中寄太原所思》："高城已不见，况复城中人。"回忆当年初客离吴时的分别，为下文张本。

　　⑩"半菱镜"二句：菱镜重售，用徐德言与乐昌公主分镜为约事。青门，此代指吴城门。钟振振《读梦窗词札记·七》："谓浪翁此番重客吴门，当可寻访伊人，再续前缘也。……预想浪翁之吴门访旧，兼祝其与伊人破镜重圆也。"

　　⑪"采香堤"二句：采香堤，用吴地采香径典，并合用《楚辞·离骚》句意："扈江离与辟芷兮，纫秋兰以为佩。"此表达己愿，谓最终将与陈浪翁共隐苏州，并寓离骚初服之意。

　　⑫"故人"二句：杜甫《梦李白二首》（之二）："冠盖满京华，斯人独憔悴。"越来溪，在苏州横山下，与石湖水脉相连。详见《八声甘州》（步晴霞倒影)注④。二句为悬想之词，谓常常梦见苏州，思营垂老莵裘之地。

【汇评】

卓人月、徐士俊《古今词统》卷一二：别调氤氲，自成馨逸。

陈洵《海绡说词》：篇中忽吴忽越，极神光离合之妙。

又

甲辰中秋

绀海掣微云①，金井暮凉，梧韵风急②。何处楼高，想清光先得③。江沱冷④、冰绡乍洗⑤，素娥忺⑥，菱花再拭。影留人去，忍向夜深，帘户照陈迹。

竹房苔径小⑦，对日暮、数尽烟碧⑧。露蓼香轻⑨，记年时相识⑩。二十五、声声秋点⑪，梦不认、屏山路窄⑫。醉魂悠扬⑬，满地桂阴无人惜。

"甲辰中秋",即南宋理宗淳祐四年(1244)中秋。根据夏承焘《吴梦窗系年》,当时词人四十五岁,尚在苏州。此年是苏姬离去之年,苏姬去后五月为中秋,故有"影留人去"之语。

此为忆姬之作。上片通过描绘中秋月色,揭示"影留人去",怀念去姬之词旨;下片抒发怀人之情,写徘徊幽径,日暮以待,梦中亦不见去姬;最后以月景结,切中秋怀人。

【校注】

①"绀海"句:化用杜甫《戏为六绝句》(之四):"或看翡翠兰苕上,未掣鲸鱼碧海中。"此写中秋升海之月先有微云遮蔽。

②梧韵风急:形容风吹梧叶声。风急,《古今词统》、毛本、戈校本、杜本、王朱本、朱二校本作"风息"。

③"何处"二句:《清夜录》:"范文正公镇钱塘,兵官皆被荐,独巡检苏麟不见录,乃献诗云:'近水楼台先得月,向阳花木易逢春。'公即荐之。"

④江沜:戈校本、《词则》作"江妃"。

⑤冰绡:此喻白色的薄云。

⑥忺:欢适貌。《古今词统》、毛本、戈校本、杜本、王朱本、朱二校本、《四明》本作"欢"。

⑦竹房:此应指杭州孤山竹阁。

⑧"对日暮"二句:上句"小"字入"数尽"句,隐写征鸿。意思是日暮碧云将合时,不唯不见佳人,且数尽天空征鸿,鸿雁渐行渐没,却不见带回书信。日暮烟碧,典例见《西平乐慢》(岸压邮亭)注⑪。《古今词统》、毛本、戈校本、王朱本、朱二校本作"对日暮教烟碧"。

⑨香轻:明张本、朱三校本、朱四校本作"香泾"。

⑩年时:此指当时。"竹房"句意贯于此,与以上二句皆回忆杭州相识。

⑪"二十五"二句:二十五点,更点。李郢《宿杭州虚白堂》:"江风彻晓不得睡,二十五声秋点长。"余见《垂丝钓近》(听风听雨)注⑭。

⑫"梦不认"二句:反用周邦彦《虞美人》词意:"凄风休飐半残灯。拟倩今宵归梦,到云屏。"谓天色将明但浅睡未能入梦;并且即使能够入梦,因屏

山路窄,料想也难到彼处。梦窗词的深折透辟往往于此类文字见之。

⑬悠扬:朱三校本、朱四校本作"幽扬"。

【汇评】

卓人月、徐士俊《古今词统》卷一二:数更筹如数脚踪。

陈廷焯《词则·别调集》:亦绮丽亦超脱,此梦窗本色,彼讥梦窗以组织为工者,不知梦窗者也。

东风第一枝 黄钟商①

倾国倾城,非花非雾②。春风十里独步③。胜如西子妖娆,更比太真淡泞④。铅华不御⑤。漫道有、巫山洛浦⑥。似恁地⑦、标格无双⑧,镇锁画楼深处⑨。

曾被风、容易送去。曾被月、等闲留住⑩。似花翻使花羞,似柳任从柳妒⑪。不教歌舞。恐化作⑫、彩云轻举。信下蔡阳城俱迷,看取宋玉词赋⑬。

【题解】

《东风第一枝》,词牌名。据传为吕渭老首创,原为咏梅而作。又名《琼林第一枝》。双调,一百字,上片九句四仄韵,下片八句五仄韵。梦窗此首为变体,上下片俱六仄韵。

此词当为酒宴酬妓之作。上片赞佳人的绝世姿容倾国倾城,下片叙佳人在风月场上任人驱遣的境地和不能自主的命运。

【校注】

①明张本、朱三校本词调作"大石调"。明张本、毛本、杜本、王朱本有词题"情"。

②非花非雾:白居易《花非花》:"花非花,雾非雾。夜半来,天明去。来如春梦不多时,去似朝云无觅处。"

③"春风"句:杜牧《赠别二首》(之一):"婷婷袅袅十三余,豆蔻梢头二月初。春风十里扬州路,卷上珠帘总不如。"《诗林广记后集》卷五:"谢叠山云:'此言妓女颜色之丽,态度之娇,如二月豆蔻花初开。扬州十里红楼丽人美女卷上珠帘逞其姿色者,皆不如此女也。'"

④太真:杨玉环小字。淡泞:《文选·木华〈海赋〉》:"泱漭淡泞,腾波赴势。"李善注:"淡泞,澄深也。"后亦用来形容女子清新明净。明张本、毛本、戈校本作"淡竚"。

⑤铅华不御:曹植《洛神赋》:"芳泽无加,铅华弗御。"李基隆《题梅妃画真》:"忆昔娇妃在紫宸,铅华不御得天真。"《杨太真外传》:"然虢国不施妆粉,自炫美艳,常素面朝天。当时杜甫有诗云:'虢国夫人承主恩,平明上马入宫门。却嫌脂粉污颜色,淡扫蛾眉朝至尊。'"以上三句互文见义,谓其兼有西施与杨贵妃的清丽与娇媚。

⑥巫山:用巫山神女典。洛浦:洛神宓妃。曹植《洛神赋》具体描绘了宓妃的美丽。

⑦似恁地:柳永《安公子》:"似恁地、深情密意如何拚。"梦窗质实,词中多以实代虚,唯此词连用三个虚字,大似柳七郎风味。《词源》:"(词)若堆垒实字,读且不通,况付于雪儿乎?合用虚字呼唤……三字如'更能消''最无端''又却是'之类,此等虚字,却要用之得其所。若能尽用虚字,句语自活,必不质实,观者无掩卷之诮。"众家皆以此首非梦窗词,盖有以也。

⑧标格:风范,风度。

⑨"镇锁"句:杨笺:"用'铜雀春深锁二乔'诗意。"

⑩"曾被"四句:曾,《汇释》:"犹争也;怎也。"容易,《汇释》:"犹云轻易也;草草也;疏忽也。"此为疑问其如何落入风月之谑辞。"曾被风"二句,《词律》:"'风''易'二字拗,恐是'曾容易、被风送去'。"

⑪"似花"二句:王琪《祝英台》:"可堪妒柳羞花,下床都懒,便瘦也教春知道。"翻,此处是"却"的意思。"轻举"意入此句。

⑫恐化作:明张本、《历代诗余》作"恐化"。戈校本作"恐下"。王朱本作"恐化□"。

⑬"信下蔡"二句:《文选·宋玉〈登徒子好色赋〉》序曰:"嫣然一笑,惑

557

阳城,迷下蔡。然此女登墙窥臣三年,至今未许也。"李善注:"阳城、下蔡,二县名,盖楚之贵介公子所封,故取以喻焉。"吕延济注:"盖贵人所居,中多美人。"此以宋玉自指。谓亲见其美而作辞章。翻用苏轼《满庭芳》:"亲曾见,全胜宋玉、想像赋《高唐》。"信,《汇释》:"犹知也;料也。"

【汇评】

戈载批校梦窗稿钞本:非梦窗词。

杨铁夫《梦窗词全集笺释》:此似有所赠。 ("曾被风"二句)彊师云:二句漂滑,殊不类梦窗集中语。 ("似花"二句)此两句亦与上二句同。陈东塾云:"炼句须以疏爽句间之。"然则疏爽句亦应以炼句间之明矣。今四句俱属疏爽句,确不类吴词。

夜合花 黄钟商

自鹤江入京泊葑门外有感①

柳暝河桥,莺暗台苑②,短策频惹春香③。当时夜泊,温柔便入深乡④。词韵窄⑤,酒杯长。剪蜡花、壶箭催忙⑥。共追游处,凌波翠陌⑦,连棹横塘⑧。

十年一梦凄凉⑨。似西湖燕去,吴馆巢荒⑩。重来万感,依前唤酒银罂⑪。溪雨急,岸花狂。趁残鸦、飞过沧茫⑫。故人楼上,凭谁指与,芳草斜阳⑬。

【题解】

《夜合花》,词牌名。调见《晁氏琴趣外篇》。双调,九十七字,前段十句五平韵,后段十句六平韵,以晁补之《夜合花》(百紫千红)为代表。另有一百字者,前段十一句五平韵,后段十一句六平韵,以史达祖《夜合花·赋笛》为代表。梦窗此首九十九字,与史词添字体同,惟后段第二句减一字。

"鹤江",即白鹤溪,松江之别派,在苏州西部。"葑门",苏州东城门。

558

此词当由嘉定赴临安,途经苏州,有感旧交游而作。

上片追忆倾心苏州温柔乡及载酒吟诗的聚赏风流往事;下片扣"重来万感",写离去的凄凉,重来后感旧怀人的怅惘之情与羁旅之愁。全词语言秾密,脉络清晰,借景物渲染气氛,余情无限。

【校注】

①《历代诗余》无词题。朱二校本、朱三校本、《四明》本词题夺一"外"字。

②"柳暝"二句:台苑,楼阁园囿。暝、暗,为三月莺柳及夜幕将临时的"夜泊"铺垫。莺暗,《历代诗余》《词录》作"莺晴"。戈校本作"莺暗"。

③短策:《左传·襄公十七年》:"左师为己短策,苟过华臣之门,必骋。"孔颖达疏引服虔曰:"策,马捶也。"短策,明张本作"短惹"。毛本、戈校本作"短萦"。

④"温柔"句:温柔乡,喻饮酒赏花处。

⑤词韵窄:用险韵写词。

⑥壶箭:古代计时器壶漏中指示刻度的箭筹。

⑦凌波:此特指船棹凌波而行。

⑧横塘:苏州地名。此泛称水上之游。并与"凌波"句合用贺铸《青玉案》词意:"凌波不过横塘路。但目送、芳尘去。"上阕皆回忆当年在苏幕时常夜泊于此,行役或送人时曾经有过的诗酒集会,并追忆在苏州的游乐狂欢。

⑨"十年"句:十年一梦,既举在吴时间成数,也用杜牧诗意。

⑩"似西湖"二句:于武陵《过侯王故第》:"歌歇云初散,檐空燕尚存。不知弹铗客,何处感新恩。"朱庆余《题王侯废宅》:"更无新燕来巢屋,唯有闲人去看花。"梦窗一生作幕或作客,以在杭在苏时间最长,词中常以"十载""十年"及之。此二句互文见义,写自己时而在吴在越,如客燕来去,西湖及吴地曾经的居所料想皆已破弊荒凉。

⑪银罂:毛本、《历代诗余》、戈校本、杜本、王朱本、朱二校本作"银缸"。

⑫沧茫:除明张本、毛本外,余本俱作"苍茫"。

⑬"故人"三句:韩淲《一剪梅》:"说着相思梦亦愁。芳草斜阳,春满秦

楼。"范仲淹《苏幕遮》:"山映斜阳天接水。芳草无情,更在斜阳外。"实寓王孙不归之意。

【汇评】

俞陛云《唐五代两宋词选释》:上阕平序往事。转头以下,始写感怀。"溪雨"三句,写景真而句复警动。"故人"三句,"芳草斜阳",一片苍凉之感。惜故人不见,谁与诉愁! 客子之幽怀,亦词家之妙笔也。

唐圭璋《唐宋词简释》:下片,一气贯注,笔力排奡,绝似屯田。

探春慢①

忆兄翁石龟②

径苔深,念断无故人③,轻敲幽户④。细草春回⑤,目送流光一羽⑥。重云冷,哀雁断⑦,翠微空,愁蝶舞。荡鸣渐⑧,游蓬小⑨,梦枕残云惊寤⑩。

还识西湖醉路。向柳下并鞍,银袍吹絮⑪。事影难追,那负灯床闻雨⑫。冰溪凭谁照影⑬,有明月、乘兴去⑭。暗相思,梅孤瘦⑮、共江亭暮。

【题解】

《探春慢》,词牌名。《词谱》卷二二注姜夔《探春慢》(衰草愁烟)曰:"若吴文英词之句读全异,则变格也。"朱三校本尾注:"此调见《白石道人歌曲》,别是一体。是作句律,与集中《探芳新》同,惟起句二字未合,疑'苔径'二字误倒,同为自度腔而异其名也。"

"翁石龟",即翁逢龙,字际可,号石龟。梦窗本翁姓,故与翁逢龙兄弟相称。

此词为悼念翁氏之作。上片全写梦境,因念故人而沿苔径、敲幽户,终不见人影,只有翠微重云,哀雁愁蝶,故从梦中惊醒。下片回忆同游西湖,

560

灯床听雨,及离别情景,为兄长的亡故而伤悲。

【校注】

①《历代诗余》《词律》词调作《探春》,皆自注:"或加'慢'字。"

②毛本、杜本、王朱本、朱二校本、朱四校本词题作"龟翁下世后登研意"。《历代诗余》无词题。

③径苔深:与下文"幽"字并用常建《题破山寺后禅院》诗意:"曲径通幽处,禅房花木深。""径苔"二句,明张本、朱三校本、朱四校本作"苔径深,念断无故人"。毛本、《历代诗余》、《词律》、《词谱》、戈校本、杜本、王朱本、朱二校本作"苔径曲深深,不见故人"。

④幽户:柳宗元《巽公院五咏·禅堂》:"山花落幽户,中有忘机客。"此应指研意禅房。

⑤细草春回:暗用谢灵运梦见族弟谢惠连,写出"池塘生春草"佳句的故实。春回,《词谱》、戈校本作"回春"。

⑥目送:《词律》作"目断"。流光一羽:时光飞逝。

⑦"重云"二句:用雁行有序似兄弟典。详见《永遇乐》(阁雪云低)注②。重云冷,明张本作"重云泠"。

⑧鸣澌:《楚辞·九歌·河伯》:"与女游兮河之渚,流澌纷兮将来下。"王逸章句:"流澌,解冰也。""澌"字透入下阕中"溪""梅",李子正《减兰十梅》序曰:"窃以花虽多品,梅最先春。始因暖律之潜催,正直冰澌之初泮。"荡鸣澌,毛本、《历代诗余》、《词律》、《词谱》、戈校本、杜本、王朱本、朱二校本作"逞鸣鞭"。

⑨游蓬小:谓游仙梦短。

⑩"梦枕"句:毛本、《历代诗余》、《词律》、《词谱》、戈校本、杜本、王朱本、朱二校本、《四明》本作"梦枕残金寱"。以上三句谓山溪冰澌流动声传入梦中,恍惚故人佩环归来。然而却在游仙短梦中迅速惊醒,唯余枕席烟霞而已。

⑪银袍吹絮:衣袍沾满柳絮,故曰"银袍"。

⑫那:此处是"奈何"的意思。灯床闻雨:此可作为朋友亲密无间语典。但经苏轼、苏辙化用后,亦用作兄弟事典。详见《江南春》(风响牙签)注⑥。

闻雨,《词谱》、杜本作"听雨"。

⑬"冰溪"句:下文"梅"字亦意贯此句,谓兄弟如瘦梅并影照溪,并拍合前文重云哀雁句。

⑭"有明月"二句:用王徽之剡溪雪夜访戴典故。与前句时间上倒装。

⑮梅孤瘦:《词谱》、杜本作"梅孤鹤瘦"。王朱本、朱二校本作"梅孤□瘦"。

梦窗词补集

柳梢青

与龟翁登研意观雪,怀癸卯岁腊朝断桥并马之游①

断梦游轮②。孤山路杳③,越树阴新④。流水凝酥,征衫沾泪⑤,都是离痕。

玉屏风冷愁人⑥。醉烂漫、梅花翠云⑦。傍夜船回,惜春门掩,一镜香尘⑧。

【题解】

《柳梢青》,词牌名。又名《陇头月》《玉水明沙》《早春怨》《云淡秋空》。双调,四十九字,上片六句,下片五句,各三平韵。

"龟翁",翁石龟,即翁逢龙。"研意",登览之地,在湖州吴兴,山顶平正,有池如砚。"癸卯",南宋理宗淳祐三年(1243)。"腊朝",《荆楚岁时记》:"十二月八日为腊日。"应劭《风俗通义·祀典·灶神》引汉荀悦《汉记》:"南阳阴子方积恩好施,喜祀灶,腊日晨炊而灶神见。"

此纪游词。上片追忆西湖断桥之游以及别后的悲伤,再写登研意遇雪;下片写饮酒赏梅,傍夜而归。

【校注】

①《历代诗余》无词题。

②断梦:《历代诗余》、杜本作"梦断"。

③孤山路:《咸淳临安志》卷三二:"孤山路,在孤山之下。北有断桥,南有西林桥。其西为里湖。"

④越树阴新:陆龟蒙《和胥门闲泛》:"细桨轻撑下白蘋,故城花谢绿阴新。"观"阴新"语,知所观为春雪。

⑤流水凝酥:喻雪落水中,水流凝涩不畅。征衫沾泪:指雪花沾湿衣衫。

⑥玉屏:此喻环山如围屏,山有积雪如玉。

⑦梅花翠云:谓天空染翠,梅花如云。

⑧一镜:喻砚池。香尘:指杂有梅花香气的飘雪。

生查子

稽山对雪有感①

暮云千万重,寒梦家乡远。愁见越溪娘②,镜里梅花面③。
醉情啼枕冰,往事分钗燕④。三月灞陵桥,心剪东风乱⑤。

【题解】

《生查子》,原唐教坊曲名,后用为词调。又名为《陌上郎》《梅和柳》《愁风月》《梅溪渡》《晴色入青山》《楚云深》《遇仙槎》《绿罗裙》《懒卸头》。双调,四十字,上下片各四句两仄韵。

"稽山",会稽山。此词应是理宗淳祐六年(1246)后,词人往返于杭州、越州(即绍兴)时所作。

此词写稽山雪景而引起对故人的怀念,追述分手时的情景,表达了深切的思念之情。

【校注】

①《历代诗余》词题无"对雪"二字。

②越溪娘:李白《送祝八之江东赋得浣纱石》:"西施越溪女,明艳光云海。"泛指越地美女。

③"镜里"句:《会稽志》卷一七:"越中又有映水梅,其实甚美而颊红。"梅花面,向子谌《点绛唇》:"冰雪肌肤,靓妆喜作梅花面。"以上二句写再观镜湖边的梅花,如同看到照镜越女如花的容颜,触及了内心的隐痛。

④"往事"句:谓各执信物的分携之事。

⑤"三月"二句:灞陵桥,后人合灞陵与灞桥,作为多柳的送别地。用谢道韫以因风柳絮喻雪事,并化用贺知章《咏柳》:"不知细叶谁裁出,二月春风似剪刀。"

一剪梅

远目伤心楼上山②。愁里长眉,别后峨鬟③。暮云低压小
阑干④。教问孤鸿,因甚先还⑤。

瘦倚溪桥梅夜寒。雪欲消时⑥,泪不禁弹⑦。剪成钗胜待
归看。春在西窗⑧,灯火更阑⑨。

【题解】

《一剪梅》,周邦彦《片玉词》中有"一剪梅花万样娇"句,故名。又名《腊
梅香》《玉簟秋》。双调,六十字,上下片各六句三平韵。此词为变体,上下
片各四平韵。

此词用"骚体造境法",以男女之情喻朋友之谊。上片写伊人登楼观景
而思念离人,下片设想伊人盼归的情景。全词写闺中人思别离、盼郎归,从
中寄托了对友人深切的思念之情。

【校注】

①《历代诗余》词题作"赠友"。

②"远目"句:化用李白《菩萨蛮》词意:"平林漠漠烟如织,寒山一带伤
心碧。暝色入高楼,有人楼上愁。"伤心,极甚之词,犹言万分。

③峨鬟:高髻。谷神子《博异志·沈恭礼》:"堂东果有一女子,峨鬟垂
鬓,肌肤悦泽,微笑转盼。"首句中的"远山"兼为眉黛、发髻的喻体。峨鬟,
毛本、《词律》《词谱》、戈校本、杜本作"蛾鬟"。

④"暮云"句:犹言"碧云暮合"。写意中人不见。

⑤"教问"二句:写鸿雁先还而人未归。

⑥雪欲消时:如雪梅花将欲凋零。

⑦不禁:杜甫《舍弟观赴蓝田取妻子到江陵喜寄三首》(之二):"巡檐索共梅花笑,冷蕊疏枝半不禁。"《杜诗详注》:"于是步绕檐楹,索梅花共笑,此时梅花半开,即冷蕊疏枝亦若笑不能禁矣。"

⑧春在西窗:用李商隐《夜雨寄北》诗意。

⑨灯火更阑:元稹《惧醉》:"殷勤惧醉有深意,愁到醒时灯火阑。"以上二句盼行人春天归来,然春天已至,夜亦深沉,仍不见共剪西窗烛之人。

点绛唇

越山见梅

春未来时,酒携不到千岩路①。瘦还如许,晚色天寒处。

无限新愁,难对风前语。行人去。暗消春素②。横笛空山暮③。

【题解】

"越山",指绍兴之山。

此词上片写登山赏梅,日暮天寒;下片借咏花而注入人事,暗怀无尽的离索之思,蹉跎之恨。

【校注】

①千岩路:指绍兴西南郊即山阴道上。

②暗消春素:李流谦《次韵嘲落梅代梅答二绝》(之一):"不是春秋减素肌,从来鹤骨可能肥。"素,喻白梅花瓣。

③"横笛"句:韩驹《西山梅花二首》(之一):"空山有佳人,寒林弄孤芳。"横笛,笛中有落梅曲。

西江月

枝衮一痕雪在,叶藏几豆春浓。玉奴最晚嫁东风②。来结梨花幽梦③。

香力添熏罗被④,瘦肌犹怯冰绡。绿阴青子老溪桥⑤。羞见东邻娇小⑥。

【题解】

《西江月》,唐教坊曲,后用作词调,取名自李白的"只今惟有西江月"诗句。又名《江月令》《步虚词》《壶天晓》《白蘋香》《玉炉三涧雪》。双调,五十字,上下片各四句,两平韵,一叶韵。沈义父《乐府指迷》:"《西江月》起头押平声韵,第二、第四句就平声切去,押仄声韵。如平声押'东'字,仄声须押'董'字、'冻'字方可。"此词上下片不押同一部韵,上片押第一部东韵,下片押第八部萧韵,是换韵,为变格。

"瑶圃",位于绍兴荣邸的琼圃、瑶池。详见《水龙吟》(望中璇海波新)注⑨。此词应是吴文英客嗣荣王府时之作。

此词咏晚开的梅花,并由晚花结子引申及红颜易老,词中隐含怀才不遇之意。

【校注】

①《绝妙好词》《历代诗余》词题作"青梅枝上晚花"。

②"玉奴"句:李贺《南园十三首》(之一):"可怜日暮嫣香落,嫁与春风不用媒。"张先《一丛花令》:"沈恨细思,不如桃杏,犹解嫁东风。"玉奴,代指白梅。

③"来结"句:翻用王昌龄《梅诗》及苏轼《西江月·梅花》意境。

④"香力"句:周邦彦《花犯》咏梅,谓其香可熏雪被:"更可惜,雪中高

树,香篝熏素被。"

⑤绿阴青子:语出杜牧《叹花》:"如今风摆花狼藉,绿叶成阴子满枝。"吕从庆《梅》:"调羹还有藉,青子百千枚。"老溪桥,《词旨》作"满溪桥"。

⑥"羞见"句:以上二句倒装,谓东邻杏花虽然红白娇小,但却羞见如心存鼎鼐的青青酸梅。梅尧臣《梅花》:"桃根有妹犹含冻,杏树为邻尚带枯。"杏花二月开放,晚于早梅,故可有此比拟。

【汇评】

卓人月、徐士俊《古今词统》卷六:"高情已逐晓云空,不与梨花同梦。"东坡伤其早零,梦窗爱其晚嫁。

俞陛云《唐五代两宋词选释》:词借晚花为喻,言著花已过芳时,纵勉及残春,自惜香微而肌瘦,乃隐寓士不遇之感。老去冯唐,鬓丝看镜,过娇小邻姬,能无羞见耶?

桃源忆故人

越山青断西陵浦①。一岸密阴疏雨②。潮带旧愁生暮。曾折垂杨处。

桃根桃叶当时渡③。呜咽风前柔橹④。燕子不留春住。空寄离樯语⑤。

【题解】

《桃源忆故人》,词牌名。《词谱》:"一名《虞美人影》,张先词或名《胡捣练》,陆游词名《桃园忆故人》,赵鼎词名《醉桃园》,韩淲词有'杏花风里东风峭'句,故名《杏花风》。"双调,四十八字,上下片各四句四仄韵。

此词系忆姬之作。上片写越中风景,运用借景抒情的手法,寄托别离的愁思。下片追忆与伊人伤别之事,表达怅惘、怨恨之情。

【校注】

①"越山"句:苏轼《望海楼晚景五绝》(之三):"青山断处塔层层,隔岸

人家唤欲应。江上秋风晚来急,为传钟鼓到西兴。"西陵浦,即西兴渡。

②一岸:朱三校本作"一片"。

③"桃根"句:用桃叶桃根及桃叶渡事,美称西兴渡。

④"呜咽"句:赵师侠《水调歌头》:"咿轧数声柔橹,拍塞一怀离恨,指顾隔汀洲。"

⑤"燕子"二句:杜甫《发潭州》:"岸花飞送客,樯燕语留人。"姚孝锡《晓霁》:"莺声岂解留春住,燕语虚劳唤梦回。"意思是当时燕子空在樯上娇语,却不解留春,更无意留人。

【汇评】

陈廷焯《云韶集》卷八:情韵自足。　凭吊流连,凄艳无比。

木兰花慢

寿秋壑

记琼林宴起①,软红路②、几西风③。想汉影千年,荆江万顷,查信长通④。金狨。锦鞯赐马⑤,又霜横、汉节枣仍红⑥。细柳春阴喜色⑦,四郊秋事年丰⑧。

从容⑨。岁晚玉关,长不闭、静边鸿⑩。访武昌旧垒,山川相缪,日费诗筒⑪。兰宫。系书翠羽⑫,带天香、飞下玉芙蓉⑬。明月瑶笙奏彻,倚楼黄鹤声中。

【题解】

"秋壑",即贾似道,见《水龙吟》(外湖北岭云多)题解。

此词是为当朝权相贾似道祝寿的作品,谀颂其治边功绩。当作于开庆元年(1259)后,贾似道以"援鄂之功"蒙蔽天下,引得朝野称颂。

【校注】

①琼林宴:据《石林燕语》卷一,琼林宴是二月在皇家园林琼林苑举行

的例行宴会，"岁赐二府从官燕及进士闻喜燕，皆在其间"。贾似道非进士出身，所能躬与其间者唯有"二府从官"。宋代二府指中书省和枢密院，据《宋史》本传："(似道)宝祐二年，加同知枢密院事、临海郡开国公，威权日盛。"也就是说，贾似道宝祐二年(1254)才获得参与"琼林宴"的资格。句首"记"字表明此为回忆之笔，而下文中"几西风"则可看出似道外任已有数年。

②软红路：代指京城。

③西风：点明贾似道八月初八的生日。

④"想汉影"三句：合用八月泛槎及银河转影典。详见《琐窗寒》(绀缕堆云)注⑥。与贾氏生日时间拍合。荆江，指兼知江陵府事，江陵在荆江上游。查信，毛本、戈校本、杜本作"杳信"。

⑤"金狨"二句：赐乘金毛狨坐及金花鞍鞯也是对节度使的特殊礼遇。详见《水龙吟》(望春楼外沧波)注⑪。

⑥汉节：此代指理宗授予的符节。枣仍红：谓防秋期候。《历代名臣奏议》卷三三九载吴昌裔《论三边防秋状》："今计秋风不十日矣，敌之骠悍过于残金，师之出没飘若风雨。但闻其以草青为放牧之候，枣红为出哨之期。则避暑而遁，逐凉而来，乃敌人之常也。""汉节"句，王朱本、朱二校本作"汉节葆仍红"。

⑦"细柳"句：用细柳营典。汉文帝时，周亚夫为将军，屯军细柳。帝自劳军，至细柳营，因无军令而不得入。于是使使者持节度诏将军，周亚夫方传令开壁门。既入，帝按辔徐行。至营，亚夫以军礼见，成礼而去。帝曰："此真将军矣！曩者霸上、棘门军，若儿戏耳！"见《史记·绛侯世家》。后遂称纪律严明的军队驻扎地为细柳营。并合用武昌官柳典。

⑧"四郊"句：与下阕"旧垒"贯通。犹言"四郊失垒"。《礼记·曲礼上》："四郊多垒，此卿大夫之辱也。"郑玄注："垒，军壁也。数见侵伐则多垒。"

⑨从容：此就战略战术布置得宜而言。杜甫《奉送严公十韵入朝》："感激张天步，从容静塞尘。"此与上阕末句颂扬贾似道能力挽国运，安靖荆湖，使边地丰衣足食。

⑩"岁晚"三句:玉关,即玉门关。本指汉武帝时通往西域各地的门户。《汉书·西域传上》:"时汉军正任文将兵屯玉门关,为贰师后距,捕得生口,知状以闻。"此代指鄂湖一带的军事要隘。要隘不闭,边鸿不传檄书,谓前线无战事也。

⑪日费诗筒:《唐语林》卷二:"白居易长庆二年以中书舍入为杭州刺史,替严员外休复。休复有时名,居易喜为之代。时吴兴守钱徽、吴郡守李穰皆文学士,悉生平旧友,日以诗酒寄兴。官妓高玲珑、谢好好巧于应对,善歌舞,从元稹镇会稽,参其酬唱,每以筒竹盛诗来往。"此处盛赞贾似道在紧张的战争环境中有横槊赋诗的气度,似道有两卷诗作传世。诗筒,朱二校本、朱三校本作"诗箭"。

⑫系书翠羽:上端刻有鹪鸡之形的悬诏书的木竿。

⑬"带天香"二句:芙蓉,与上文"兰宫"皆指当时宫中建筑。《宋史·贾似道传》:"时理宗在位久,内侍董宋臣、卢允升为之聚敛以媚之。……作芙蓉阁、香兰亭宫中,进倡优傀儡,以奉帝为游燕。"贾氏亲姊为理宗贵妃,擅后宫之宠,故便殿常下褒奖恩赐的诏书。

夜行船

赠赵梅壑

碧毺清漪方镜小。绮疏净、半尘不到。古鬲香深①,宫壶花换,留取四时春好②。

楼上眉山云窈窕③。香衾梦、镇疏清晓④。并蒂莲开,合欢屏暖⑤,玉漏又催朝早⑥。

【题解】

《夜行船》,又名《明月棹孤舟》。双调,五十六字,上下片各五句三仄韵。

"赵梅壑",生平不详,集中另有《朝中措·赠赵梅壑》《风入松·寿梅壑》两首词。据《风入松·寿梅壑》句意推测,他极有可能是嗣荣王赵与芮的侄辈,荣王夫人全氏的孙儿辈。

此为酬赠词。上片赞梅壑居处的幽雅恬静及主人公高雅的情趣;下片叙梅壑与其眷属情感弥笃,并言及其高贵身份。

【校注】

①古鬲:《汉书·郊祀志上》:"禹收九牧之金,铸九鼎。……其空足曰鬲。"颜师古注引苏林曰:"鬲音历。足中空不实者,名曰鬲也。"

②"宫壶"二句:晁补之《喜文潜自淮南归招饮西冈呈坐客》:"宫壶赐酒玉流卮,请君但作留春诗,人生身外安所知。"以上二句中"古鬲""宫壶"都是养花的器皿。而以"古""宫"二字修饰,言器物之古老名贵,并合梅壑宗室身份。

③眉山:韩偓《半睡》:"眉山暗澹向残灯,一半云鬟坠枕棱。"云窈窕:暗用巫山云雨典。窈窕,毛本作"窕窈"。

④"香衾"二句:用李商隐《为有》诗意:"为有云屏无限娇,凤城寒尽怕春宵。无端嫁得金龟婿,辜负香衾事早朝。"疏,谓香梦难成。

⑤合欢屏:犹言"鸳屏""鸾屏"。就屏内有爱侣而言。

⑥"玉漏"句:承"香衾"二句,化用李商隐《镜槛》诗意:"岂能抛断梦,听鼓事朝珂。"苏味道《正月十五夜》:"金吾不禁夜,玉漏莫相催。"

朝中措

赠赵梅壑

吴山相对越山青。湘水一春平①。粉字情深题叶,红波香染浮萍②。

朝云暮雨③,玉壶尘世④,金屋瑶京⑤。晚雨西陵潮讯,沙鸥不似身轻⑥。

【题解】

《朝中措》,词牌名。《宋史·乐志》入"黄钟宫"。又名为《照江梅》《芙蓉曲》《梅月圆》。双调,四十八字,前片四句三平韵,后片五句两平韵。

"赵梅壑",见《夜行船》(碧甃清漪方镜小)题解。

此词可以与上阕《夜行船·赠赵梅壑》参看,言梅壑与其眷属情感弥笃,然拘于公干,常往来吴越之间,聚少离多。

【校注】

①"吴山"二句:林逋《相思令》:"吴山青,越山青,两岸青山相对迎,争忍有离情。君泪盈,妾泪盈,罗带同心结未成,江边潮已平。"元结《欸乃曲》:"湘江二月春水平,满月和风宜夜行。"吴山,《浙江通志》卷九:"《名胜志》:在府城内之南,春秋时为吴南界,以别于越,故曰吴山。……凡城南隅诸山,蔓衍相属,总曰吴山。"湘水,此非实指,而是用以代指阻隔情人欢会之水流,即吴山与越山之间的钱塘江。

②"粉字"二句:用流红典。韩偓《春闷偶成十二韵》:"粉字题花笔,香笺咏柳诗。"

③朝云暮雨:用巫山云雨典。

④玉壶尘世:《古今说海》卷四引《玉壶记》载元胤、柳实二人渡海遇风暴,求助于玉虚尊师与南溟夫人。南溟夫人谓二人有道骨,欲归不难。及去,夫人赠以玉壶一枚,并题诗曰:"来从一叶舟中来,去向百花桥上去。若到人间扣玉壶,鸳鸯自解分明语。"

⑤金屋:藏娇之处。瑶京:泛指神仙世界。此指繁华的京城。以上二句谓赵梅壑因朝班需要,与彼美有离有聚。

⑥"晚雨"二句:韦应物《滁州西涧》:"春潮带雨晚来急,野渡无人舟自横。"刘长卿《重过宣峰寺山房寄灵一上人》:"西陵潮信满,岛屿入中流。……何事扬帆去,空惊海上鸥。"西陵,西兴渡。潮讯,戈校本作"潮信"。

风入松

寿梅壑

一帆江上暮潮平。骑鹤过瑶京①。湘波山色青天外，红香荡、玉佩东丁②。西圃仍圆夜月，南风微弄秋声③。

阿咸才俊玉壶冰④。王母最怜生⑤。万年枝上千年叶⑥，垂杨鬓、春共青青⑦。连唤碧箫传酒⑧，云回一曲双成⑨。

【题解】

此首祝寿词，上片叙梅壑从绍兴舟行至京城过生辰，并点明其生辰在七月半；下片为祝寿辞，赞其出身高贵，颂其富贵长寿。

【校注】

①"一帆"二句：化用王子乔骑白鹤事。洪迈《夷坚甲志》载蔡真人词："尘世无人知此曲，却骑黄鹤上瑶京，风冷月华清。"此谓赵梅壑为庆祝生辰从绍兴前往京城。

②玉佩东丁：喻明月。详见《新雁过妆楼》(梦醒芙蓉)注②。东丁，"丁东"之倒。

③"西圃"二句：钟振振《读梦窗词札记·七》："圆月，是十五日；南风，是夏日风；'微弄秋声'，则夏末秋初矣。可知梅壑生日在农历七月半也。"

④"阿咸"句：三国魏阮籍侄子阮咸，有才名。宋人开始称侄为"阿咸"。疑梅壑为嗣荣王赵与芮侄辈。玉壶，朱三校本作"翠壶"。

⑤王母：代指其祖母。疑指荣王夫人全氏。最怜生：杜甫《得家书》："熊儿幸无恙，骥子最怜渠。"生，语助词。欧阳修《六一诗话》："李白《戏杜甫》云：'借问别来太瘦生，总为从前作诗苦。''太瘦生'，唐人语也，至今犹以'生'为语助，如'怎么生''何似生'之类是也。"

⑥万年枝：谢朓《直中书省诗》："风动万年枝，日华承露掌。"明其宗室

身份。

⑦"垂杨"二句：青青，《诗·卫风·淇奥》："瞻彼淇奥，绿竹青青。"毛传："青青，茂盛貌。"此以碧柳喻头发乌黑，祝寿语。

⑧碧筩：即碧筩杯。

⑨云回：仙曲《紫云回》。《开天传信记》："上尝坐朝，以手指上下按其腹。退朝，高力士进曰：'陛下向来数以手指按其腹，岂非圣体小不安耶？'上曰：'非也。吾昨夜梦游月宫，诸仙娱予以上清之乐，寥亮清越，殆非人间所闻也。酣醉久之，合奏诸乐以送吾归。其曲凄楚动人，杳杳在耳。吾回，以玉笛寻之，尽得之矣。坐朝之际，虑忽遗忘，故怀玉笛，时以手指上下寻，非不安。'力士再拜贺曰：'非常之事也！愿陛下为臣一奏之。'其声寥寥然，不可名言也。力士又再拜，且请其名。上笑言：'此曲名《紫云回》。'遂载于乐章，今太常刻石在焉。"双成：董双成，仙女名，善吹云和之笙。云回、双成，用以代指宫廷乐曲及歌者。

西江月

登蓬莱阁看桂①

清梦重游天上，古香吹下云头②。箫声三十六宫愁。高处花惊风骤③。

客路羁情不断，阑干晚色先收④。千山浓绿未成秋。谁见月中人瘦⑤。

【题解】

"蓬莱阁看桂"，据《会稽续志》卷一，知具体地点是绍兴府署蓬莱阁建筑群中的延桂阁："延桂阁，在清思堂之侧，前有岩桂甚古，守赵彦倓建。王补之摘杜子美'赏月延秋桂'之句以名。楼之下为寝处燕坐之所，便房夹室悉备，盖馆士所寓之地也。按：汪纲更新之，且添创他屋及庖湢之所，居者颇以为便。"此词当作于淳祐五年(1245)梦窗入绍兴史宅之幕时。

此赏桂而感怀之作。上片写登高赏桂，听风而愁花落；下片承上片意脉，表达羁旅之愁，以及身世之痛。

【校注】

①《历代诗余》词题作"蓬莱阁看桂"。

②"清梦"二句：用唐明皇游月宫见大桂树的传说。

③"箫声"二句：化用李贺《金铜仙人辞汉歌》诗意："画栏桂树悬秋香，三十六宫土花碧。"并用苏轼《水调歌头》"高处不胜寒"词意。

④"客路"二句：凭栏先见暮色，羁旅行役之情如草色连绵不能断绝。先收，《历代诗余》、戈校本、杜本作"初收"。

⑤"谁见"句：阎选《浣溪沙》："刘阮信非仙洞客，嫦娥终是月中人。此生无路访东邻。"以上二句谓绿意未褪，秋意尚浓；桂花八月盛开，未至十五月圆时，嫦娥亦觉纤瘦。

朝中措

题陆桂山诗集

殷云凋叶晚晴初。篱落认奚奴①。才近西窗灯火，旋收残夜琴书。

秋深露重，天空海阔②，玉界香浮③。木落秦山清瘦④，西风几许工夫⑤。

【题解】

陆桂山，生平不详。

此是评价陆桂山诗集风格的词作。上片叙陆桂山日暮寻诗，灯下作诗情景；下片写秋景，切"桂山"，暗颂陆氏诗风。

【校注】

①奚奴：《周礼·天官·序官》："奚三百人。"郑玄注："古者从坐男女没

入县官为奴,其少才知以为奚,今之侍史官婢。或曰:奚,宦女。"后因称奴仆为"奚奴"。实用李贺典。详见《无闷》(霓节飞琼)注⑨。此代指陆桂山的仆人,并知陆氏属困顿苦吟一流人物。

②天空海阔:《酉阳杂俎》卷一二:"(大历末禅僧玄览)题诗于竹曰:'大海从鱼跃,长空任鸟飞。'"后因以"海阔天空"形容境界开阔。

③玉界香浮:李峤《席》:"桂香浮半月,兰气袭回风。"切"桂"字。

④秦山:秦望山。切"山"字。

⑤几许工夫:陆游《题庐陵萧彦毓秀才诗卷后二首》(之一):"苏州死后风流绝,几许工夫学得成。"

声声慢

和沈时斋八日登高韵

凭高入梦①,摇落关情②,寒香吹尽空岩③。坠叶消红,欲题秋讯难缄④。重阳正隔残照,趁西风、不响云尖⑤。乘半暝、看残山灌翠,剩水开奁⑥。

暗省长安年少⑦,几传杯吊甫⑧,把菊招潜⑨。身老江湖,心随飞雁天南⑩。乌纱倩谁重整,映风林、钩玉纤纤⑪。漏声起,乱星河、入影画檐⑫。

【题解】

沈时斋,即沈义父,见《江南好》(行锦归来)题解。"八日登高",乃九月八日,重阳前一日登高也。按吴文英与沈氏交往的时间推算,此词应是淳祐三年(1243)或淳祐四年(1244)写于苏州。

此重阳登高感怀之作。上片写登高而抒悲秋之情,所见之桂花、红叶、残阳、西风、残山、剩水皆似含愁;下片追忆年少时京城重阳乐事,兴起叹老之悲、羁旅之思。此词情景交融,寓悲秋、叹老、羁旅之慨于一体,耐人咀嚼。

【校注】

①凭高：赵至《与嵇茂齐书》："凭高望远，则山川悠隔。"此就八日登高而言。

②摇落关情：王俭《侍太子九日宴玄圃诗》："寥寥清景，霭霭微霜。草木摇落，幽兰独芳。"宋玉《九辩》有"悲哉，秋之为气也"之句，为贫士悲秋之祖。

③"寒香"句：寒香，指岩桂，又称木犀(樨)。《吴郡志》卷三〇："近世乃以木犀为岩桂。"桂花中秋节前后开放，重九前后已经摇落殆尽。

④"坠叶"二句：钱珝《未展芭蕉》："冷烛无烟绿蜡干，芳心犹卷怯春寒。一缄书札藏何事，会被东风暗拆看。"并用吴江红叶典。秋讯，《历代诗余》作"秋信"。难缄，王朱本、朱二校本作"谁缄"。

⑤"重阳"三句：暗用潘大临"满城风雨近重阳"句意，因无风雨，故西风不响云峰。融入杜牧《九日齐安登高》句意："但将酩酊酬佳节，不用登临恨落晖。"亦写斜阳落尽，即是重阳。

⑥"看残山"二句：残山、剩水，人造园林中山峦与水潭。详见《齐天乐》(竹深不放斜阳度)注⑤。灌翠，犹言泼翠，充沛的绿色。毛扆本、《全宋词》作"濯翠"。

⑦长安年少：刘禹锡《杨柳枝》："御沟春水柳晖映，狂杀长安年少儿。"苏轼《沁园春》："当时共客长安。似二陆初来俱少年。"

⑧传杯吊甫：凭吊写出九日传杯名句的杜甫。杜甫《九日五首》(之二)："旧日重阳日，传杯不放杯。"

⑨把菊招潜：招得菊丛中把菊待酒的陶潜。

⑩"心随"句：用杜牧《九日齐安登高》"江寒秋影雁初飞"及苏轼《壬寅重九不预会独游普门寺僧阁有怀子由》"望乡心与雁南飞"句意。

⑪"映风林"二句：杜甫《夜宴左氏庄》："风林纤月落，衣露净琴张。"以上三句写初八弦月如玉钩映在林梢，联想到整冠佳人的纤纤玉手，实写无歌妓随游，因而无人为整冠也。

⑫入影：《古今词统》《历代诗余》作"影入"。杜本作"人影"。

点绛唇

和吴见山韵①

金井空阴②,枕痕历尽秋声闹③。梦长难晓。月树愁鸦悄④。

梅压檐梢⑤,寒蝶寻香到⑥。窗黏了。翠池春小⑦。波冷鸳鸯觉⑧。

【题解】

吴见山,见《水龙吟》(夜分溪馆渔灯)题解。

此词以景写情,衬出词人鳏寡孤独的心境。上片写秋思,"闹"与"悄",一动一静,衬出内心的隐忧;下片通过初冬之景,反衬孑然一身、孤寂难眠的痛苦。

【校注】

①《历代诗余》无词题。

②金井空阴:李咸用《秋日疾中寄诸同志》:"花疏篱菊色,叶减井梧阴。"写井旁梧叶落尽。

③"枕痕"句:化用黄庭坚《六月十七日昼寝》诗意:"马龁枯萁喧午枕,梦成风雨浪翻江。"

④鸦悄:《古今词统》作"鸦俏"。

⑤檐梢:《历代诗余》作"檐花"。

⑥"寒蝶"句:林逋《山园小梅二首》(之二):"霜禽欲下先偷眼,粉蝶如知合断魂。"实写落梅如蝶舞。

⑦春小:因鸳鸯眠卧而有春意,然程度与范围皆感觉"小"。

⑧"波冷"句:姜夔《浣溪沙》:"杨柳夜寒犹自舞,鸳鸯风急不成眠。"吴

惟信《荷花》:"翠盖不能擎雨露,鸳鸯应怨夜寒多。"杨笺:"水暖则梦酣,水寒则鱼亦不寐,况鸳鸯乎?'鸳鸯觉',即鲽鱼夜不眠意。"

又

有怀苏州

明月茫茫,夜来应照南桥路[1]。梦游熟处。一枕啼秋雨。可惜人生,不向吴城住。心期误[2]。雁将秋去。天远青山暮。

【题解】

此为梦窗寓越怀苏之作。上片写见月兴怀,由思入梦及梦醒后的悲伤;下片正面抒发怀念苏州之情,表达深深的遗憾。怀地即怀人,为苏姬去后不久之作。词中营造的意境如一幅萧疏的水墨画,让人一目了然又回味无穷,显示了梦窗小令的另一种风格。

【校注】

[1]南桥:《吴中水利全书》卷四:"南桥为蒋泾桥,并入嘉兴塘,东汇为庄港,北为斜泾,与琚湖南合,东入城河,与张泾合。"此应泛指。

[2]心期误:此指内心愿望与现实发生错位。

【汇评】

陈廷焯《云韶集》卷八:梦窗短调亦自高绝。　笔力精警。

陈洵《海绡说词》:词中句句是怀人,且至于梦,至于啼。又曰"可惜人生",曰"心期误",凄咽如此,决非徒为吴吟,可知当与"杨柳闾门"参看。

玉楼春

和吴见山韵

阑干独倚天涯客。心影暗凋风叶寂①。千山秋入雨中青，一雁暮随云去急②。

霜花强弄春颜色③。相吊年光浇大白④。海烟沈处倒残霞，一杼鲛绡和泪织⑤。

【题解】

此词运用借景抒情和托物寄情的写法，抒发年华易逝、命途多舛的人生感慨。

【校注】

①心影：江淹《为萧领军拜侍中剌史章》："黉对以慄，心影若倾。"《太平广记》卷一四引《神仙感遇传·李筌》："（骊山母谓李筌）血脉未减，心影不偏，性贤而好法，神勇而乐至，真是吾弟子也。"

②"一雁"句：与下句用崔国辅《九日侍宴应制》诗意："云雁楼前晚，霜花酒里春。"

③"霜花"句：白居易《醉中对红叶》："醉貌如霜叶，虽红不是春。"有一种菊花经霜显出微红。详见《惜黄花慢》（粉靥金裳）注⑩。比喻衰颜得酒，正如秋花经霜呈现鲜艳的红色；寓酒宽愁怀之意。

④相吊年光：迟暮之人与晚秋时光互相凭吊。大白，大酒杯。典例见《解连环》（思和云结）注⑨。

⑤"海烟"二句：泪织鲛绡，详见《满江红》（云气楼台）注⑤。照应开篇，谓凭栏看到大海尽头倒映晚霞，竟感觉如同鲛人和泪织成的鲛绡，色泽鲜艳，但却让人黯然神伤。

【汇评】

卓人月、徐士俊《古今词统》："心影"二字亦有所本，骊山母谓李筌"心影不偏"。

杨铁夫《梦窗词全集笺释》：不曰"风叶暗凋心影寂"，乃曰"心影暗凋风叶寂"，此造句金针。

柳梢青

题钱得闲四时图画①

翠嶂围屏②。留连迅景，花外油亭③。澹色烟昏，浓光清晓，一幅闲情④。

辋川落日渔罾⑤。写不尽、人间四并⑥。亭上秋声，莺能春语，难入丹青⑦。

【题解】

"四时图画"，钱氏园亭之题榜。梦窗另有《庆宫春·越中题钱得闲园池》词一首，所咏当为同一园池。

此词非题画词，而是咏钱氏园亭，赞其四季风光皆如画。

【校注】

①《历代诗余》词题作"题四时图画亭"。

②翠嶂围屏：形容钱氏园林四面环山。

③油亭：油漆鲜亮的亭阁。

④"澹色"三句：李贺《自昌谷到洛后门》："澹色结昼天，心事填空云。"写园中朝暮景色，并切园主"得闲"名号，以"幅"切"图画"。

⑤"辋川"句：辋川，即辋谷水。在陕西蓝田。唐诗人王维曾置别业于此。王维《辋川集并序》谓有别业在辋川山谷，游止胜迹近二十处。王维《捕鱼图》应亦与此地相涉，《纬略》卷六："余与徐渊子同点检南宫，出右丞《捕鱼图》一卷，如无咎公所题者。余曰：'此善摹者为之。'徐不以为然。一日得一卷，仅存三分之一。徐图葭苇之外，意其为水耳，此特波涛浩弥，水

痕浪迹，一一毕具，人物尤精绝。渊子必欲易之，余有难色。已而又有一卷，题曰《摩诘寒江钓雪》，上施秘阁之印。此乃淳化以前，未更秘书省印篆也。画笔奇古，全不类世间所见山水图也。"罾，鱼网。

⑥"写不尽"二句：人间四并，谢灵运《拟魏太子邺中集诗序》："天下良辰美景，赏心乐事，四者难并。"以上三句谓王维辋川诗画中虽有落日、捕鱼等景致，但不能囊括此园中朝暮四时以及四并兼具的美景。

⑦"亭上"三句：元稹《独醉》："桃花解笑莺能语，自醉自眠那藉人。"杨笺："景可写，声不可写。"

【汇评】

卓人月、徐士俊《古今词统》卷六：壁龙可去，屏女能歌，画工即是化工，有何难事。

浣溪沙

陈少逸席上用联句韵有赠

秦黛横愁送暮云①。越波秋浅暗啼昏②。空庭春草绿如裙。

彩扇不歌原上酒③，青门频返月中魂④。花开空忆倚阑人⑤。

【题解】

"陈少逸"，见《祝英台近》(问流花)题要，并由此可知这首词也作于苏州。

此悼亡之作。上片借春山、春水、春草抒怀人之情，下片抒盼归不得的感伤。

【校注】

①秦黛横愁：张孝祥《生查子》："远山眉黛横，媚柳开青眼。"秦黛，喻秦

望山如愁眉怨黛。

②"越波"句："横"字亦入此句,谓波眼啼泪。

③彩扇不歌:反用晏几道《鹧鸪天》:"舞低杨柳楼心月,歌尽桃花扇底风。"原上:犹言"九原上"。泛指墓地。

④青门:本指长安东南门。犹东郭、东郊,古时为丛葬之处。语本《孟子·离娄下》:"卒之东郭墦间,之祭者,乞其余。"因借指墓地。王筠《昭明太子哀策文》:"背绛阙以远徂,轊青门而徐转。"返月中魂:典例见《过秦楼》(藻国凄迷)注⑧。频返,从背面写逝者情切也。

⑤"花开"句:白居易《见元九悼亡诗因以此寄》:"夜泪暗销明月幌,春肠遥断牡丹庭。"谓共同凭栏赏花者谢世,花开时更能触及记忆也。

又

　　一曲鸾箫别彩云①。燕钗尘涩镜华昏②。灞桥舞色褪蓝裙③。

　　湖上醉迷西子梦④,江头春断倩离魂⑤。旋缄红泪寄行人⑥。

【题解】

　　此思妇词。词中刻画出一个钟情于羁旅在外的郎君的痴情女子形象,表达了一种刻骨铭心的相思之情。上片述一位女子与郎君分别时的哀伤,下片写女主人公盼郎忠于爱情,并寄相思。

【校注】

①"一曲"句:李白《宫中行乐词》:"只愁歌舞散,化作彩云飞。"鸾箫,点化萧史箫声作凤鸣而来。

②尘涩镜华:形容行人离开之后闺中无心妆饰的情形。

③褪蓝裙:万俟咏《武陵春》:"谩觑著、秋千腰褪裙。可是不宜春。"蓝裙语本白居易《春池上戏赠李郎中》:"满池春水何人爱,唯我回看指似君。

直似挼蓝新汁色，与君南宅染罗裙。"

④西子梦：代指沉迷于京城花街柳巷。

⑤倩离魂：用倩女离魂典，详见《高阳台》(宫粉雕痕)注⑫。

⑥"旋缄"句：用锦城官妓灼灼以软绡多聚红泪寄意中人裴质典，以及薛灵芝红泪典。

一剪梅

赋处静以梅花枝见赠①

老色频生玉镜尘②。雪澹春姿，越看精神。溪桥人去几黄昏。流水泠泠③，都是啼痕④。

细雨轻寒暮掩门⑤。萼绿灯前⑥，酒带香温。风情谁道不因春。春到一分，花瘦一分。

【题解】

"处静"，即梦窗兄翁元龙，字时可，号处静。

此词咏梅。上片由眼前处静赠送的梅枝，想到折枝之处的煞风景；下片写珍重赏玩，表达惜花、惜春之情。

【校注】

①《历代诗余》无词题。

②"老色"句：王炎《朝中措》："老色菱花影里，客愁蕉叶香中。"

③"溪桥"二句：点化林逋《山园小梅》诗意。流水泠泠，朱翌《点绛唇》："流水泠泠，断桥横路梅枝亚。雪花飞下，浑似江南画。"

④都是啼痕：与下阕"细雨"贯通，化用苏轼《再和杨公济梅花十绝》(之四)："人去残英满酒樽，不堪细雨湿黄昏。"

⑤细雨：朱三校本作"烟雨"。

⑥萼绿：绿萼梅。《范村梅谱》："绿萼梅，凡梅花跗蒂皆绛紫色，惟此纯

绿,枝梗亦青,特为清高,好事者比之九疑仙人萼绿华。京师艮岳有萼绿华堂,其下专植此本。人间亦不多有,为时所贵重。"萼绿华为仙女。还暗化用隋赵师雄在罗浮山下醉梦遇梅精翠鸟所化的仙女事。

燕归梁

对雪醒坐上云麓先生①

一片游尘拂镜湾。素影护梅残②。行人无语看春山。背东风、两苍颜③。

梦飞不到梨花外④,孤馆闭、五更寒⑤。谁怜消渴老文园⑥。听溪声、泻冰泉⑦。

【题解】

《燕归梁》,词牌名。调见晏殊《珠玉词》。双调,五十一字,上片四句四平韵,下片五句三平韵。此词句豆与晏词略有不同,换头摊破晏词四字二句作七字一句,第二句较晏词添一字。

"醒坐",无酒的委婉说法。"云麓",即史宅之,见《瑞鹤仙》(记年时茂苑)题解。

此词为雪后苦寒觅酒之作,赏梅而叹老,蕴含干渴之意。

【校注】

①《历代诗余》无词题。

②"一片"二句:梅临池湾,应在绍兴府通判厅。见《会稽续志》卷三:"(通判厅)有小圃颇幽雅,一池清洁可爱。嘉定甲戌,袁申儒临池作亭,名曰渌秀。池傍环植以梅。袁于梅林中作亭,摘曾子固《忆越中梅》诗'冷香幽艳向谁开'之句,名曰'冷香'。"素影,本指月影。此代指雪影。游尘,《历代诗余》作"游丝"。

③"行人"三句:通判厅有观山之所,见《会稽续志》卷三:"袁又作一室

曰'卧龙斋',以其檐俯卧龙之麓也。斋傍地形稍高爽,宜于观眺,湖山之胜,尽在目前。"此就春山披雪、头颅苍华而言。

④"梦飞"句:化用王昌龄《梅诗》及苏轼《西江月·梅花》句意。

⑤"孤馆"二句:秦观《踏莎行》:"可堪孤馆闭春寒,杜鹃声里斜阳暮。"以上三句写不能与飘如梨花的飞雪同梦,亦因寒冷无酒。孤馆,毛本、《历代诗余》《词律》、杜本、王朱本、朱二校本作"孤馆闭更寒"。

⑥消渴文园:用司马相如常有消渴疾典。详见《祝英台近》(黟春阴)注⑪。

⑦"听溪声"二句:雪融后景,喻指静候春声来临。

乌夜啼

题赵三畏舍馆海棠①

醉痕深晕潮红②。睡初浓③。寒食来时池馆,旧东风④。

银烛换⑤。月西转⑥。梦魂中⑦。明日春和人去,绣屏空⑧。

【题解】

《乌夜啼》,此处为《相见欢》之别名,当与李煜《乌夜啼》(昨夜风兼雨)区别开来。双调,三十六字,上片三句三平韵,下片四句两平韵。

赵三畏,梦窗友人。生平不详。

此词咏海棠。上片描绘海棠花娇娆的姿容,触景生情,引发怀旧思绪;下片写月夜赏花,表达深深的惜春怀人之情。

【校注】

①毛本、戈校本词题作"题赵三畏舍馆馆海棠"。

②"醉痕"句:用苏轼"朱唇得酒晕生脸"诗意。

③睡初浓:用唐明皇以贵妃喻海棠春睡的典故。

④"寒食"二句：用意颇同晏殊《浣溪沙》："一曲新词酒一杯。去年天气旧亭台。"

⑤银烛换：化用苏轼《海棠》："只恐夜深花睡去，故烧高烛照红妆。"

⑥月西转：用苏轼《海棠》"香雾空蒙月转廊"句意。

⑦梦魂中：承上苏诗照红妆意。三句谓因深怜深惜，至月波西沉，仍更换银烛，照其睡魂。

⑧绣屏：此写行列海棠如锦绣屏风。词为饯别，谓赵三畏明日将离开舍馆，海棠花也因春尽而凋零。寓惜别之情怀。

浪淘沙

有得越中故人赠杨梅者，为赋赠①

绿树越溪湾②。过雨云殷③。西陵人去暮潮还④。铅泪结成红粟颗，封寄长安⑤。

别味带生酸。愁忆眉山。小楼灯外楝花寒⑥。衫袖醉痕花唾在，犹染微丹⑦。

【题解】

《浪淘沙》，原唐教坊曲名。南唐李煜衍为双调小令，五十四字，上下片各五句四平韵。《乐章集》名《浪淘沙令》，入"歇指调"，上下片首句各少一字。

"杨梅"，《北户录》："杨梅，叶如龙眼，树如冬青。……郑公虔云：越州容山有白熟杨梅。"《佩文斋广群芳谱》卷五六："（杨梅）会稽产者为天下冠。"杨万里《七字谢绍兴帅丘宗卿惠杨梅二首》（之一）："梅出稽山世少双，情知风味胜他杨"，"故人解寄吾家果，未变蓬莱阁下香。"

此词上片重在赋杨梅及感怀故人寄赠之意；下片写食杨梅，满是别离滋味。

【校注】

①《历代诗余》词题作"越中杨梅"。

②"绿树"句：《佩文斋广群芳谱》卷五六："《本草》云：杨梅树叶冬月不凋，二月开花结实，形如楮实子。……五月熟，生白，熟则有白、红、紫三色。红胜于白，紫胜于红。"越溪，《会稽志》卷九载六峰山、顶里山、直步山皆有青溪，盛产上等杨梅。

③过雨云殷：苏轼《四月十一初食荔支》"垂红缀紫烟雨里"句实咏杨梅。过雨，《历代诗余》作"雨过"。

④"西陵"句：西陵，此指西兴渡。以上三句谓杨梅树林中果实经雨越发红紫，远看灿若云霞。并暗寓又是杨梅成熟时，行人却不如暮潮之有情知回返也。

⑤"铅泪"二句：杨万里《七字谢绍兴帅丘宗卿惠杨梅二首》（之一）："玉肌半醉生红粟，日晕微深染紫囊。"王观《浪淘沙·杨梅》："味胜玉浆寒。只被宜酸。莫将荔子一般看。色淡香消偻偦损，才到长安。"合用锦城官妓灼灼以软绡多聚红泪寄意中人裴质典，及薛灵芝红泪典。杨笺："曰'铅泪结成'，在本句为渲染法，在全词为歇拍透下片消息法。"

⑥"小楼"句：杨梅五月成熟，楝树方始飞花；楝花开时尚有余寒。详见《点绛唇》（推枕南窗）注③。楝花，毛本、王朱本作"练花"。

⑦"衫袖"二句：化用苏轼《青玉案》词意："春衫犹是，小蛮针线。曾湿西湖雨。"花唾，详见《婆罗门引》（风涟乱翠）注⑨。此谓得故人杨梅者尚存与赠者杨梅时节相处的旖旎记忆。

【汇评】

陈廷焯《词则·别调集》卷二：哀怨沈著，其有感于南渡耶？

踏莎行

润玉笼绡①，檀樱倚扇②，绣圈犹带脂香浅③。榴心空叠舞裙红，艾枝应压愁鬟乱④。

午梦千山，窗阴一箭，香瘢新褪红丝腕⑤。隔江人在雨声中，晚风菰叶生秋怨⑥。

【题解】

《踏莎行》，词牌名。调名从唐陈羽诗句"踏莎行草过春溪"而来。双调，五十八字，上下片各五句三仄韵。

这是一首端午节怀人感梦之作。上片写端午梦中美人，显出哀愁之态；下片点破梦境，写梦醒后的迷惘凄凉之感。此词用记梦来抒情，表达深切的思念之情。

【校注】

①笼绡：谓穿着轻若鲛绡的薄纱衣服。

②檀樱：犹言"檀口"。韩偓《余作探使以缭绫手帕子寄贺因而有诗》："黛眉印在微微绿，檀口消来薄薄红。"参见《塞翁吟》（草色新宫绶）注⑬。倚扇：以歌扇掩唇的羞怯之态。

③绣圈：绣花领圈，有承托浴后湿发的作用。脂香：此谓胭脂和香粉。以上三句写彼美端午经兰汤沐浴后的体态。

④"榴心"二句：宋代女性有端午簪榴花和艾枝的习俗。此为悬想之辞。谓其当下端午时，虽然应景戴上艾叶榴花，但却因为知音远行，而无心梳掠鬟髻，舞裙也因被长久折叠不用而如石榴花心红皱。

⑤"香瘢"句：红丝，端午节序的应景之物。与上二句并取意姜夔《踏莎行》："离魂暗逐郎行远。淮南皓月冷千山，冥冥归去无人管。"梦窗在梦境中见到彼美腕上红丝宽褪，作为坚贞爱情标志的香瘢犹存，怜惜之情似有过于姜词。

⑥秋怨：《词律》作"秋苑"。

【汇评】

王国维《人间词话》：介存谓梦窗词之佳者，如天光云影，摇荡绿波，抚玩无斁，追寻已远。余览《梦窗甲乙丙丁稿》中，实无足当此者。有之，其"隔江人在雨声中，晚风菰叶生秋怨"二语乎？

陈洵《海绡说词》：读上阕，几疑真见其人矣。换头点睛，却只一梦，惟有雨声菰叶，伴人凄凉耳。"生秋怨"，则时节风物，一切皆空。

吴世昌《词林新话》：此词上用"榴心""艾枝"，是端午景象，下片又用"晚风菰叶""秋怨"，一首之中，时令错乱。且上片晦涩，令人不堪卒读。盖先得末二句，然后硬凑出来。

唐圭璋《唐宋词简释》：此首感梦之作。……全篇缀语缜密，以"梦"勾勒，而末以疏淡语收，至觉警动。

浪淘沙

九日从吴见山觅酒①

山远翠眉长②。高处凄凉③。菊花清瘦杜秋娘④。净洗绿杯牵露井，聊荐幽香⑤。

乌帽压吴霜。风力偏狂⑥。一年佳节过西厢。秋色雁声愁几许，都在斜阳⑦。

【题解】

"吴见山"，见《水龙吟》(夜分溪馆渔灯)题解。

此词上片叙重阳登高而无酒，下片即催友人送酒也。

【校注】

①《历代诗余》词题作"九日"。

②"山远"句：翠眉，古代女子用青黛画眉，故称。此以黛眉喻欲登之山。

③高处凄凉：杜牧《九日齐安登高》诗曰："江涵秋影雁初飞，与客携壶上翠微。"欲登山而无酒，故曰"高处凄凉"。沈约《为临川王九日侍太子宴诗》："凉风北起，高雁南翻。叶浮楚水，草折梁园。凄凉霜野，惆怅晨鹍。"隐含的"雁初飞"之意直贯入篇末。

④"菊花"句:李清照《醉花阴》:"莫道不消魂,卷帘西风,人比黄花瘦。"杜秋娘,杜牧《杜秋娘》诗序谓秋娘为唐时金陵女子,姓杜。本为李锜妾,后锜谋逆被诛。秋娘入宫,有宠于宪宗。穆宗立,为皇子傅姆。皇子废,赐归故乡,穷老而终。此以半老秋娘喻将凋的重九菊花。

⑤"净洗"二句:苏轼《书林逋诗后》:"一盏寒泉荐秋菊。"绿杯,钱起《酬赵给事相寻不遇留赠》:"岂无鸡黍期他日,惜此残春阻绿杯。"以上五句谓不仅未能携酒登高,亦未能以菊泛酒,仅能以寒泉供菊,聊过佳节。

⑥"乌帽"二句:用九日龙山吹落帽典。

⑦"秋色"二句:翻用杜牧《九日齐安登高》诗意:"但将酩酊酬佳节,不用登临恨落晖。"斜阳沉落、日月并应时重阳佳时即过,是催其送酒也。

思佳客

赋半面女髑髅

钗燕拢云睡起时。隔墙折得杏花枝。青春半面妆如画①,细雨三更花又飞②。

轻爱别,旧相知。断肠青冢几斜晖。乱红一任风吹起,结习空时不点衣③。

【题解】

《思佳客》,词牌名,即《鹧鸪天》。又名《思越客》《醉梅花》《半死梧》《剪朝霞》。双调,上片四句三平韵,下片五句三平韵。

《浩然斋雅谈》卷中:"坡翁尝作《女髑髅赞》云:'黄沙枯髑髅,本是桃李面。而今不忍看,当时恨不见。业风相鼓转,巧色美倩盼。无师无眼禅,看便成一片。'其后径山大慧师宗杲亦作《半面女髑髅赞》云:'十分春色,谁人不爱?视此三分,可以为戒。'甫成四句,忽若有续之者云:'玉楼清夜未眠时,留得香云半边在。'吴君特尝戏赋《思佳客》词云(略)。"

此词盖梦窗沿苏轼、宗呆旧题,有感死生幻化而作。上片还原女髑髅生前容颜与情事;下片点欢情过眼,终于了悟。

【校注】

①青春:《文选·潘尼〈赠陆机出为吴王郎中令诗〉》:"予涉素秋,子登青春。"李善注:"青春,喻少也。"以上二句谓因隔墙,故仅见"半面";因其年轻美貌,半面即足以惊艳。

②"细雨"句:韩偓《懒起》:"昨夜三更雨,今朝一阵寒。"此与"隔墙"句跳宕写杏花雨。《岁时广记》卷一:"《提要录》:杏花开时,正值清明前后,必有雨也,谓之杏花雨。古诗云:'沾衣欲湿杏花雨,吹面不寒杨柳风。'"

③"乱红"二句:《山堂肆考》卷一四六:"《维摩经》:时维摩诘室有一天女,见诸天人说法,便见其身,即以天花散诸菩萨、大弟子身上。花至诸菩萨即皆堕落,至大弟子便著身不堕。天女曰:'是花无所分别,仁者自生分别想尔。结习未尽,故花著身;结习尽者,花不著身。'唐僧皎然有诗:'天女来相试,将花欲染衣。禅心定不起,还捧旧花归。'"苏轼《再和杨公济梅花十绝》(之一):"结习已空从著袂,不须天女问云何。"结习,佛教称烦恼。乱红,朱三校本、《全宋词》作"断红"。

【汇评】

陈廷焯《闲情集》:凄丽奇警,从何处得来。

吴世昌《词林新话》:梦窗《思佳客》之赋半面女骷髅,文理情感,真不知所云,且如何分辨骷髅之男女? 半个女骷髅,有何美学形象可供吟咏? 即此已可知其故出伪题以自炫其能。其词曰(略)。全不切题,若不先看题目,唯读词句,谁能知此词乃咏女骷髅?"云"指发,骷髅岂有发? 骷髅岂有"妆"乎? 半面之"妆"如何施粉黛? 已是骷髅,岂更有"肠"可"断"? 上曰"睡起时",下曰"结习空时",不免重复。且上文已说"花欲飞",下文又说"乱红吹起",思路何其贫乏如此。末联用佛经故事,尤与词题及内容无涉。

满江红

饯方蕙岩赴阙

竹下门敲，又呼起、蝴蝶梦清。闲里看、邻墙梅子，几度仁生①。灯外江湖多夜雨，月过河汉独晨星②。向草堂、清晓卷琴书，猿鹤惊③。

宫漏静，朝马鸣④。西风起，已关情⑤。料希音不在⑥，女瑟娲笙⑦。莲荡折花香末晚⑧，野舟横渡水初晴。看高鸿、飞上碧云中，秋一声⑨。

【题解】

方蕙岩，见《瑞鹤仙·癸卯岁寿方蕙岩寺簿》题解。此饯别方蕙岩处，应在苏州。

此为饯别词。上片述方蕙岩的闲居生活；下片写方蕙岩前往京城赴辟，祝其前程远大。

【校注】

①"闲里"三句：曹勋《中秋雨过月出》："半落杏花初过雨，微酸梅子已生仁。"苏轼《阮郎归·梅》："堂前一树春。东风何事入西邻，儿家常闭门。"邻居种梅亦高士，几度青梅著子，则方蕙岩闲居已久。

②晨星：犹言"寥若晨星"。

③"向草堂"三句：孔稚珪《北山移文》："钟山之英，草堂之灵。……蕙帐空兮夜鹤怨，山人去兮晓猿惊。"清晓，《历代诗余》作"侵晓"。

④"宫漏"二句：虚写京朝官冒风霜、听宫漏、待早朝情形。参见《瑞鹤仙》(记年时茂苑)注⑭、⑮。

⑤"西风"二句：西风关情，用晋张翰秋风起辞官回到苏州的典故。

⑥希音：犹言"大音希声"。《老子》："大音希声，大象无形。"王弼注：

"听之不闻名曰希,不可得闻之音也。有声则有分,有分则不宫而商矣。分则不能统众,故有声者非大音也。"

⑦女瑟:《群书考索》卷五一:"瑟,《世本》曰:疱牺作五十弦,黄帝使素女鼓之,哀不自胜,乃破为二十五弦,具二钧。"娲笙:《礼记·明堂位》:"垂之和钟,叔之离磬,女娲之笙簧。"《乐书》卷七:"女娲之笙簧……诗曰'吹笙鼓簧',则笙簧,笙中之簧也。笙簧始于女娲。"

⑧莲荡:指生长莲荷的浅水湾。兼写方氏赴阙在初秋莲花盛开时。花香:《历代诗余》作"香花"。

⑨"看高鸿"三句:用《博物志》鸿飞云汉及一鸣惊人典。寓祝愿之意。

极相思

题陈藏一水月梅扇①

玉纤风透秋痕。凉与素怀分②。乘鸾归后,生绡净剪,一片冰云③。

心事孤山春梦在,到思量、犹断诗魂④。水清月冷,香消影瘦⑤,人立黄昏。

【题解】

《极相思》,词牌名。双调,四十九字,上片五句三平韵,下片五句两平韵。

陈藏一,即陈郁,见《蕙兰芳引》(空翠染云)题解。

此词为题扇之作。上片从美人执扇写起,重在突出扇面的洁白;下片谓扇为美人遗物,睹物而思人,并点词题"水""月""梅"之境。

【校注】

①《历代诗余》词题作"题水月梅花扇"。

②"玉纤"二句:何逊《与虞记室诸人咏扇诗》:"摇风入素手,占曲掩朱唇。"古人写扇往往与班婕妤《怨诗》相关联。此写秋风初拂,持扇之纤指与

夏装之袒露处分明都感觉到了凉意。秋痕,《历代诗余》作"疎痕"。

③"乘鸾"三句:古人画扇画,多为乘鸾仙女,江淹《拟班婕妤咏扇》:"画作秦王女,乘鸾向烟雾。""冰"字既形容扇面的白色绢绡,也写恐被捐弃的心理感受。与《怨诗》中"鲜洁如霜雪"意同。

④"心事"三句:王恽《跋杨补之墨梅后》,知杨无咎变花光墨梅枯硬为秀润。《柳梢春》为题所画墨梅之作,其中有句曰:"步绕西湖,兴余东阁,可奈诗肠。"又:"空袅吟鞭,几多诗句,不入思量。"

⑤影瘦:毛本作"瘦影"。

【汇评】

俞陛云《唐五代两宋词选释》:"凉与素怀分"五字,咏扇妙绝。"水清月冷"三句,水月梅合写,格高而韵远,一洗南宋慢体之习。

思佳客

闰中秋

丹桂花开第二番①。东篱展却宴期宽②。人间宝镜离仍合③,海上仙槎去复还④。

分不尽,半凉天⑤。可怜闲剩此婵娟⑥。素娥未隔三秋梦⑦,赢得今宵又倚阑⑧。

【题解】

"闰中秋",淳祐三年(1243)闰八月。

此词为闰中秋即兴之作。上片写闰中秋之桂花、菊花、月亮等应时景物;下片借闰中秋抒孤寂之情,隐含对月怀人的词旨。

【校注】

①丹桂:《南方草木状》卷中:"桂有三种,叶如柏叶,皮赤者为丹桂。"此形容月中桂树。第二番:与末句"又"字写今年第二次赏中秋明月。

②"东篱"句:苏辙有诗题曰:"闰八月二十五日,菊有黄花,园中粲然夺目,九日不忧无菊,而忧无酒戏作。"可知重九常有未开菊花,闰八则无重九无菊之忧。却,语助词。用于动词之后。

③"人间"句:宝镜离合,用乐昌公主破镜重圆事。离仍合,《铁网珊瑚》《四明》本作"离还合"。

④"海上"句:用《博物志》载居海渚者年年八月浮槎到天上不失期典。

⑤"分不尽"二句:此谓闰月使三秋不能界线犁然。详见《新雁过妆楼》(阆苑高寒)注④。

⑥闲剩:与后句中"赢得"都有意外所得的意思。

⑦三秋:秋有三月,分别称为孟秋、仲秋、季秋。杨笺:"'末隔三秋梦'者,言中秋不必待来年也。'又'字切'闰'。"

⑧"赢得"句:古人登楼赏月,故曰"倚阑"。张南史《和崔中丞中秋月》:"秋夜月偏明,西楼独有情。"

醉落魄

题藕花洲尼扇

春温红玉。纤衣学剪娇鸦绿①。夜香烧短银屏烛。偷掷金钱,重把寸心卜②。

翠深不碍鸳鸯宿③。采菱谁记当时曲④。青山南畔红云北⑤。一叶波心⑥,明灭澹妆束。

【题解】

《醉落魄》,词牌名。又名《一斛珠》《醉落拓》《一斛夜明珠》《怨春风》《梅梢雪》。双调,五十七字,上下片各五句四仄韵。

"藕花洲尼",词人另有《声声慢·赠藕花洲尼》词一首,可互相参阅。

此为题扇词,《本事词》认为这是一首艳词。上片写尼姑的形貌、服饰以及难以启齿的心事；下片写藕花洲、鸳鸯宿、采菱曲、澹妆束等语，极易引发联想。

【校注】

①纤衣：裁剪窄瘦而质地轻薄的衣服。娇鸦绿：本形容初春的水色。杜牧《街西长句》：“碧池新涨浴娇鸦，分锁长安富贵家。”此美称妙尼缁衣黑中泛青的颜色。

②“偷掷”二句：古代有掷铜钱的卜术，以钱币正反代阴阳，看其变化以定吉凶。

③“翠深”句：鸳鸯宿荷叶下，是诗歌常境。据杨万里《题张垣夫腴庄图三首》，知临平山下藕花洲有十里长溪，荷花万顷。

④“采菱”句：代指未入道前的爱情旧曲。详见《声声慢》（六铢衣细）注⑩。

⑤红云：此喻荷花。

⑥一叶波心：妙尼泛舟情形。

【汇评】

陈廷焯《云韶集》卷八：（上阕眉批）密意柔情，一一绘出。　（结句眉批）精绝，秀绝。

陈廷焯《闲情集》卷二：别饶仙艳，未许俗人问津。

陈廷焯《白雨斋词话》卷三：（“夜香”三句）此三句亦平常浅俗意，虽非恶劣，究属疲庸，不谓梦窗蹈之。

吴世昌《词林新话》：尼姑偷卜，是何心事？“寸心卜”三字不通。卜者，卜问寸心所不知之事。若寸心所已知之事，又何时待卜而后知？

朝中措

题兰室道女扇①

楚皋相遇笑盈盈②。江碧远山青③。露重寒香有恨④，月明秋佩无声⑤。

银灯炙了,金炉烬暖,真色罗屏⑥。病起十分清瘦,梦阑一寸春情⑦。

【题解】

此为题扇词,从内容看扇面所画当为兰,《本事词》认为此词为艳词。上片描绘扇面景物,江水碧,远山青,秋兰含露,香气弥漫,明月无声;下片则写兰室道女赏兰,点亮银灯,金炉取暖,罗屏护花,病容清瘦,脉脉春情。此词将兰拟人化,秋兰与道女似融为一体,耐人咀嚼。

【校注】

①兰室:《文选·张华〈情诗〉》:"佳人处遐远,兰室无容光。"李善注:"古诗曰:卢家兰室桂为梁。"

②"楚皋"句:《韩诗外传·补逸》:"郑交甫将南适楚,遵彼汉皋台下,乃遇二女,佩两珠,大如荆鸡之卵。"楚皋,《楚辞·离骚》:"步余马于兰皋兮,驰椒丘且焉止息。"《历代诗余》作"林皋"。盈盈,此指仪态美好貌。

③"江碧"句:反用钱起《省试湘灵鼓瑟》诗意:"曲终人不见,江上数峰青。"

④"露重"句:李商隐《河阳诗》:"幽兰泣露新香死,画图浅缥松溪水。"寒香,此特指秋兰。

⑤"月明"句:用《楚辞·离骚》"纫秋兰以为佩"以及杜甫《咏怀古迹五首》(之二)"环佩空归月夜魂"句意。

⑥真色罗屏:颜色素淡的围屏。

⑦一寸春情:取意李商隐《无题四首》(之二):"贾氏窥帘韩掾少,宓妃留枕魏王才。春心莫共花争发,一寸相思一寸灰。"

【汇评】

俞陛云《唐五代两宋词选释》:五代词人多有赠女冠之作。此调有"一寸春情"句,殆当时黄冠入道者,有托而逃禅,虽梵呗香灯,而未能寂灭,否则春情闲恨,安能上镜里眉痕,而飞诸词笔耶!词中"露重""月明"二语殊隽,神光在离合之间,丽句而未乖贞则也。

杏花天

咏汤

蛮姜豆蔻相思味①。算却在、春风舌底②。江清爱与消残醉。悴憔文园病起③。

停嘶骑、歌眉送意。记晓色、东城梦里④。紫檀晕浅香波细⑤。肠断垂杨小市⑥。

【题解】

《杏花天》，词牌名。双调小令，五十四字，上下片各四句，四仄韵。此词长短句稍近《端正好》词，区别在于上下阕六字结句是否分为两句，《端正好》折腰，而《杏花天》连为一气。

"汤"，宋人在开水中投放渍花腌果，密封俟香气出后，作为饮品。此词所咏为投入蛮姜豆蔻的醒酒汤。宋人礼节，客至设茶，欲去则设汤。

此篇借咏汤而回忆京都繁华往事。上片写醉酒后饮醒酒汤，引发相思意；下片回忆欢场留连，美人侑酒及离别情景。

【校注】

①"蛮姜"句：蛮姜，即高良姜，籽实名红豆蔻，故"蛮姜豆蔻"实为同位语。蛮姜花蕊相连，也可作为相思之隐语。梁简文帝《和萧侍中子显春别诗四首》（之一）："别观萄葡带实垂，江南豆蔻生连枝。无情无意犹如此，有心有恨徒别离。"

②"算却在"二句：春风舌底，指醉酒后饮之，舌底生津，颇有与茶相类的醒酒功用，故此"春风"二字化用卢仝《走笔谢孟谏议寄新茶》诗意："一碗喉吻润，两碗破孤闷。三碗搜枯肠，唯有文字五千卷。四碗发轻汗，平生不平事，尽向毛孔散。五碗肌骨清，六碗通仙灵。七碗吃不得也，唯觉两腋习习清风生。"

③"江清"二句：谓蛮姜豆蔻汤色如锦江清水，能让患有消渴疾、颜色憔悴的司马相如霍然而起。

④"记晓色"二句：反用周邦彦《绮寮怨》："上马人扶残醉，晓风吹未醒。"此写醉后因饮过醒酒汤，故略记当时情景，又恍惚是在梦境。

⑤紫檀晕：口唇晕妆的样式。详见《塞翁吟》(草色新宫绶)注⑬。香波：豆蔻汤。因为侑觞美人殷勤吹凉而沾惹了口脂气息。

⑥垂杨小市：代指酒楼，也即饮汤所在地。

【汇评】

杨铁夫《梦窗词全集笺释》引夏承焘语并按曰："近人周泳先云：宋人咏茶、咏汤各词，皆宴席进茶、进汤时所作，以付歌妓者。"按此词有"记晓色、东城梦里"句，当在妓家归来作，或与周说异。

满江红

刘朔斋赋菊和韵

露浥初英①，早遗恨、参差九日②。还却笑、黄随节过，桂凋无色③。杯面寒香蜂共泛④，篱根秋讯蛩催织⑤。爱玲珑、筛月水屏风，千枝结⑥。

芳井韵，寒泉咽⑦。霜着处，微红湿⑧。共评花索句⑨，看谁先得。好漉乌巾连夜醉⑩，莫愁金钿无人拾⑪。算遗踪、犹有枕囊留，相思物⑫。

【题解】

《满江红》，见《满江红》(云气楼台)题解。此词系仄声韵体。

"刘朔斋"，即刘震孙，详见《江神子·十日荷塘小隐呈朔翁》题解。

这是一首咏物词。上片写重阳饮菊花酒，观赏菊花；下片咏菊花的傲霜风姿，相思情韵，寄托词人的身世之感，怀人之思。

①露浥初英：露浥，《诗·召南·行露》："厌浥行露，岂不夙夜？谓行多露。"毛传："厌浥，湿意也。"初英，《鹤林玉露》丙编卷一："《楚辞》云：'餐秋菊之落英。'释者云：'落，始也。如《诗·访落》之落，谓初英也。'古人言语多如此，故以乱为治，以臭为香，以扰为驯，以慊为足，以特为匹，以原为再，以落为萌。"

②参差九日：李商隐《樱桃花下》："他日未开今日谢，嘉辰长短是参差。"参差，《例释》："表示事情乖迕、不如人意的形容词，含有'蹉跎'（虚度时光）或'差池'（错失）的意思。"此用后一义。

③"还却"三句：萸，茱萸。以上六句的意思是，虽然早开菊花因重九时间错位不能作为泛酒之用，但与茱萸仅能作为重九应景之物，以及八月盛开的桂花此时不再有色香相比，还是有以自许者。随节过，《历代诗余》作"随节改"。

④"杯面"句："共"字写碎菊与糟滓共浮于酒面。用重九酒中泛菊典。参见《蝶恋花》（明月枝头香满路）注⑤。

⑤秋讯：《历代诗余》作"秋信"。

⑥"爱玲珑"三句：《范村菊谱》："藤菊，花密条柔以长如藤蔓，可编作屏幛，亦名棚菊。种之坡上，则垂下袅数尺如缨络，尤宜池潭之濒。"玲珑，诗词中常用以指梅花和雪，此引申指菊与月。

⑦"芳井"二句：井泉荐菊，详见《西平乐慢》（岸压邮亭）注⑬。

⑧"霜着"二句：苏轼《赠刘景文》："荷尽已无擎雨盖，菊残犹有傲霜枝。"有些品种的菊花经霜显出微红。详见《惜黄花慢》（粉靥金裳）注⑩。

⑨"共评"句：评，本谓品评人物。《后汉书·许劭传》："初，劭与靖俱有高名，好共核论乡党人物，每月辄更其品题，故汝南俗有'月旦评'焉。"评花，韩维《次韵和厚卿答微之》："老纵笔锋尤壮健，醉评花艳益精明。"索句，唐彦谦《逢韩喜》："借书消茗困，索句写梅真。"先得句，陈师道《寄亳州何郎中二首》（之一）："已度城阴先得句，不应从俗未忘荤。"此就和刘氏韵言之。

⑩"好漉"句：典出《宋书·陶潜传》："郡将候潜，值其酒熟，取头上葛巾漉酒，毕，还复著之。"

⑪"莫愁"句:《史氏菊谱·后序》:"菊之开也,既黄白深浅之不同,而花有落者有不落者。盖花瓣结密者不落,盛开之后浅黄者转白,而白色者渐转红,枯于枝上。花瓣扶疏者多落,盛开之后,渐觉离披,遇风雨撼之,则飘散满地矣。"

⑫"算遗踪"三句:《史氏菊谱》:"所宜贵者,苗可以菜,花可以药,囊可以枕,酿可以饮,所以高人隐士篱落畦圃之间,不可一日无此花也。"《百菊集谱》卷三:"《千金方》:常以九月九日取菊花作枕袋枕头,大能去头风,明眼目。"相思物,用甄后赠东阿王曹植玉镂金带枕典。

朝中措

闻桂香

海东明月锁云阴。花在月中心①。天外幽香轻漏②,人间仙影难寻。

并刀剪叶,一枝晓露,绿鬟曾簪③。惟有别时难忘,冷烟疏雨秋深。

【题解】

此词写因闻到桂花的幽香而产生的幻想,以及由此而生的对伊人离别情景的回忆。

【校注】

①"海东"二句:《诗话总龟》卷八引《零陵总记》所载诗句:"天河虽有浪,月桂不闻香。"李峤《中秋月二首》(之一):"何人种丹桂,不长出轮枝。"并用广寒宫有大桂树典。

②轻漏:《历代诗余》、杜本作"清漏"。

③"并刀"三句:女子簪桂是古代习俗。《佩文斋广群芳谱》卷四〇引《花史》曰:"无瑕尝著素裳折桂,明年开花,洁白如玉。女伴折取簪髻,号

'无瑕玉花'。"谢懋《霜天晓角·桂花》："绿云剪叶，低护黄金屑。"周邦彦《醉落魄》咏蟾桂："清香不与兰荪弱。一枝云鬓巧梳掠。"杜甫《戏题王宰画山水图歌》："焉得并州快剪刀，剪取吴淞半江水。"绿鬓，吴均《和萧洗马子显古意诗六首》（之三）："绿鬓愁中改，红颜啼里灭。"

【汇评】

陈洵《海绡说词》说：思去姬也。只"别时难忘"一句耳，却写得香色皆空，使人作天际真人想。

梦行云

和赵修全韵①

簟波皱纤縠②。朝炊熟。眠未足③。青奴细腻，未拌真珠斛④。素莲幽怨风前影，搔头斜坠玉。

画阑枕水，垂杨梳雨，青丝乱、如乍沐。娇笙微韵，晚蝉理秋曲⑤。翠阴明月胜花夜，那愁春去速⑥。

【题解】

《梦行云》，词牌名。双调，六十七字，上片七句五仄韵，下片八句三仄韵。

赵修全，见《莺啼序》（横塘棹穿艳锦）题解。

此词为夏末秋初即景赋兴，上片着重"素莲"，下片着重"垂杨"。词意似劝人保有通达之心，大可不必伤春悲秋。

【校注】

①《历代诗余》无词题。

②"簟波"句：李商隐《街西池馆》："疏帘留月魄，珍簟接烟波。"贺铸《夜游宫》："江面波纹皱縠。江南岸、草和烟绿。"縠，此喻簟纹。

③"朝炊"二句：反用黄粱梦典。

④"青奴"二句：用石崇以真珠三斛买绿珠事。青奴，夏日取凉寝具。详见《莺啼序》（横塘棹穿艳锦）注㉜。拌，《方言·第十》："拌，弃也。楚凡挥弃物谓之拌。"此坐实青奴真为"女奴"，故谓有"细腻"之肌肤，却无费"量珠"聘礼。

⑤"晚蝉"句："娇"字也入此句形容蝉鸣。与下句为本体与喻体关系，梦窗惯伎。柳上鸣蝉是莲花将落时，参见《过秦楼》（藻国凄迷）注⑮。理秋曲，毛本、《历代诗余》、戈校本、王朱本作"乱秋曲"。

⑥"翠阴"二句：翻用苏轼侍妾王朝云语意，见《玉漏迟》（雁边风讯小）注⑤。谓渐至秋月胜春月的时节，所以春虽远去，尚有可以怀欣者；此是强为宽怀语。

天香

寿筼塘内子

碧藕藏丝①，红莲并蒂，荷塘水暖香斗②。窈窕文窗，深沈书幔，锦瑟岁华依旧③。洞箫韵里④，同跨鹤、青田碧岫⑤。菱镜妆台挂玉⑥，芙蓉艳褥铺绣。

西邻障蓬澡手⑦。共华朝⑧、梦兰分秀⑨。未冷绮帘犹卷，浅冬时候⑩。秋到霜黄半亩⑪。便准拟、携花就君酒⑫。花酒年华⑬，天长地久⑭。

【题解】

《天香》，词牌名，又名《伴云来》《楼下柳》。以贺铸的《东山乐府》为准。双调，九十六字，上片十句四仄韵，下片八句六仄韵。

"筼塘"，当指毛荷塘，朱三校本曰："按词首三句意，'筼'疑'荷'误。"杨笺："词用'碧藕''红莲''菱镜''蓉褥'，亦是'荷'字典，朱师说确也。"

此为祝寿词。上片颂扬荷塘夫人花样年华，夫妻恩爱和谐；下片述荷塘夫人寿辰及祝寿辞。

【校注】

①碧藕藏丝:《拾遗记》卷三:"郁水在磅磄山东,其水小流,在大陂之下,所谓'沉流',亦名'重泉'。生碧藕,长千常,七尺为常也。"以仙物寓祝寿。"丝"谐音"思"。

②香斗:池塘形如熨斗。参见《庆宫春》(春屋围花)注⑮。

③锦瑟岁华:犹言"锦瑟年华"。

④洞箫韵里:用萧史弄玉典。

⑤"同跨鹤"二句:《初学记》卷三〇引《永嘉郡记》:"有浲沐溪,去青田九里。此中有一双白鹤,年年生子,长大便去,只惟余父母一双在耳,精白可爱,多云神仙所养。"反用庾信《代人伤往诗二首》(之一):"青田松上一黄鹤,相思树下两鸳鸯。无事交渠更相失,不及从来莫作双。"同跨,《词谱》作"共跨"。

⑥"菱镜"句:镜台挂玉,指玉镜台。温峤以之作为聘礼。见《世说新语·假谲》:"温公丧妇。从姑刘氏,家值乱离散,唯有一女,甚有姿慧,姑以属公觅婚。公密有自婚意,答云:'佳婿难得,但如峤比,云何?'姑云:'丧败之余,乞粗存活,便足慰吾余年,何敢希汝比?'却后少日,公报姑云:'已觅得婚处,门地粗可,婿身名宦,尽不减峤。'因下玉镜台一枚。姑大喜。既婚,交礼,女以手披纱扇,抚掌大笑曰:'我固疑是老奴,果如所卜。'"

⑦澡手:毛本、《词谱》、戈校本、杜本作"漂手"。

⑧华朝:犹言"朝华"。陆云《为顾彦先赠妇往返四首》(之四):"容色贵及时,朝华忌日晏。"此应指毛氏内子早年容颜美丽。共华朝,《词谱》作"并华朝"。

⑨梦兰分秀:用春兰秋菊典。《楚辞·九歌·礼魂》:"春兰兮秋菊,长无绝兮终古。"洪兴祖补注:"古语云:春兰秋菊,各一时之秀也。"梦兰,用"燕梦征兰"典。后因称怀孕为"梦兰"。《左传·宣公三年》:"既而文公见之(燕姑),与之兰而御之。辞曰:'妾不才,幸而有子,将不信,敢征兰乎?'公曰:'诺。'生穆公,名之曰'兰'。"杜预注曰:"惧将不见信,故欲托所赐兰为怀子月数。"此三句与下句"霜黄"句合义谓荷落成蓬,继而有兰菊为各季之秀色。

寓意应为荷塘内子蓬结莲子已了，却十分贤良，沐手焚香，希望小妾怀有身孕，各占秀色。梦兰，毛本、《词谱》、杜本作"梦阑"。

⑩"未冷"二句：荷塘内子的生日应在立冬之后，唐人有《立冬十月节》诗，故曰"未冷""浅冬"。

⑪霜黄：霜降后始开的菊花。《史氏菊谱》："菊有黄华，北方用以准节令，大略黄华开时，节候不差。江南地暖，百卉造作无时，而菊独不然。考其理，菊性介烈高洁，不与百卉同其盛衰，必待霜降草木黄落而花始开。"

⑫"便准拟"二句：用孟浩然《过故人庄》诗意："待到重阳日，还来就菊花。"准拟，《例释》："准备，打算；其中词素'拟'即为通常'打算'的意思。"

⑬花酒年华：年华如花，有酒祝寿的岁月。

⑭天长地久：语出《老子》："天长地久，天地所以能长且久者，以其不自生，故能长生。"

谒金门

和勿斋韵①

鸡唱晚。斜照西窗向暖②。一枕午醒幽梦远③。素衾春絮软。

紫燕红楼歌断④。锦瑟华年一箭⑤。偷果风流输曼倩⑥。昼阴争绣线⑦。

【题解】

《谒金门》，唐教坊曲名，后用为词调。调见《花间集》。又名《不怕醉》《出塞》《春早湖山》《空相忆》《花自落》《垂杨碧》《杨花落》《东风吹酒面》《醉花春》。双调，四十五字，上下片各四句四仄韵。

"勿斋"，道士杨至质，号勿斋。朱笺："《自号录》：杨至质，字休文，号勿斋。《宋诗记事》：杨至质，阁皂山道士。淳祐中，敕赐高士，石街鉴仪，主管教门公事。著有《竹宫表制》，太乙宫代言之文也。"

此为酬赠词。上片叙勿斋道人宿酒梦醒；下片感叹欢梦苦短，青春易逝，并赞扬及崇敬勿斋道人的文才。

【校注】

①《历代诗余》无词题。

②"鸡唱晚"二句：与下二句取用葛天民《春怀》诗意："向晚一鸠鸣，道人春睡足。"向暖，诸本作"白暖"，兹从《历代诗余》。

③午醒：《历代诗余》作"午醒"。

④"紫燕"句：此写入道前的歌酒生活。

⑤"锦瑟"句：写世间情爱繁华如过眼云烟。

⑥"偷果"句：《类说》卷一引《汉武帝内传》："南窗下有人窥看，帝惊问何人。王母曰：'是汝侍郎东方朔，我邻家小儿。性多滑稽，曾三来偷桃。此子昔为太上仙官，太上令到方丈山，但务游戏，擅弄雷电，激波扬风，致令蛟螭陆行，山崩海竭。太上谪斥，使在人间。近金华山二仙人及九疑男陈乞，原之。'帝乃知朔非世俗之徒也。"

⑦"昼阴"句：绣线，本指冬至日之后，白日渐长，女工每日可添一线之功。后也用以喻文采。以上三句谓其作为道士，虽然不能够像东方朔那样通神且滑稽多智，但文才或有以过之。昼阴，毛本作"画阴"。争绣线，朱三校本、《四明》本作"生绣线"。

点绛唇

香泛罗屏①，夜寒著酒宜偎倚。翠偏红坠②。唤起芙蓉睡③。一曲伊州④，秋色芭蕉里。娇和醉。眼情心事。愁隔湘江水。

【题解】

此闺思词。上片写美人香闺酒后慵懒困倦之态及内心活动，透露出怀

610

人之思;下片写美人内心忧伤与望断秋水的离愁别恨。

【校注】

①香泛罗屏:李贺《将近酒》:"烹龙炮凤玉脂泣,罗帏绣幕围香风。"兼用罗屏围香典。

②翠偏红坠:以上二句意相贯通,实寓"偎红依翠"之意。

③"唤起"句:李贺《美人梳头歌》:"辘轳咿哑转鸣玉,惊起芙蓉睡新足。"周邦彦《浣溪沙》:"薄薄纱厨望似空。簟纹如水浸芙蓉。起来娇眼未惺忪。"并用卓文君色若芙蓉典。《西京杂记》卷二:"文君姣好,眉色如望远山,脸际常若芙蓉,肌肤柔滑如脂。"

④一曲伊州:温庭筠《弹筝人》:"钿蝉金雁今零落,一曲伊州泪万行。"伊州,《新唐书·礼乐志十二》:"天宝乐曲,皆以边地名,若《凉州》《伊州》《甘州》之类。"《乐府诗集·近代曲辞一·伊州》引《乐苑》曰:"《伊州》,商调曲,西京节度盖嘉运所进也。"

夜游宫

人去西楼雁杳①。叙别梦、扬州一觉②。云淡星疏楚山晓③。听啼乌,立河桥,话未了④。

雨外蛩声早⑤。细织就、霜丝多少。说与萧娘未知道。向长安,对秋灯,人几老⑥。

【题解】

此词忆昔伤今,上片借梦境回忆往昔与情人离别情景,下片感怀今日孤老愁苦境地。

【校注】

①"人去"句:翻用夏宝松残句:"雁飞南浦砧初断,月满西楼酒半醒。"

②"叙别梦"二句:扬州梦觉,典例见《满江红》(络束萧仙)注⑪。以上

三句写从道别的梦境中惊觉。

③"云淡"句:与以下三句写月落星疏时的晓别。王昌龄《芙蓉楼送辛渐二首》(之一):"寒雨连江夜入吴,平明送客楚山孤。"韦庄《菩萨蛮》:"残月出门时,美人和泪辞。"李商隐《燕台四首·秋》:"月浪冲天天宇湿,凉蟾落尽疏星入。"星疏,毛本、戈校本作"疏星"。

④"立河桥"二句:牛希济《生查子》:"语已多,情未了,回首犹重道。"周邦彦《早梅芳》:"去难留,话未了。早促登长道。"叠写当年离别与梦中离别,令人真幻莫辨。

⑤"雨外"句:雨外蛩声,写蟋蟀在野,是早秋时候。

⑥人几老:诸本皆作"几人老",兹从毛本、戈校本。

【汇评】

陈洵《海绡说词》:楚山,梦境;长安,京师,是运典;扬州则旧游之地,是赋事;此时觉翁身在临安也。词则沉朴浑厚,直是清真后身。

瑶华

分韵得作字,戏虞宜兴①

秋风采石,羽扇挥兵②,认紫骝飞跃③。江蓠塞草④,应笑看⑤、空锁凌烟高阁⑥。凯歌秦陇,问铙鼓、新词谁作⑦。有秀荪、来染吴香⑧,瘦马青刍南陌⑨。

冰澌细响长桥,荡波底蛟腥,不浣霜锷⑩。乌丝醉墨⑪,红袖暖⑫、十里湖山行乐⑬。老仙何处?算洞府、光阴如昨⑭。想地宽、多种桃花,艳锦东风成幄⑮。

【题解】

《瑶华》,词牌名。双调,一百零二字,上片九句五仄韵,下片九句四仄韵。《词谱》按周密同调词曰:"调见梦窗词。一名《瑶华慢》。""此调始自吴文英，因吴词有讹字，故采此词作谱。”

“虞宜兴”，虞𫇭，虞允文曾孙，淳祐三年（1243）十二月知宜兴。

此词上片引用虞宜兴先祖虞允文的事迹，赞其功勋，并在最后二句过渡过虞宜兴；下片叙虞宜兴赴任，当有所作为，寓含对虞氏的期许。

【校注】

①《历代诗余》无词题。

②“秋风”二句：此写虞允文绍兴三十年（1161）指挥的著名战役采石矶大战。《四川通志》卷四四《虞怀忠虞允文神道碑铭》：“枢臣叶义问督江淮军，一战而奔，两淮尽失。金军大临采石，公受命犒师。时敌骑充斥，我兵星散。公以忠义激勉诸将，或谓公宜灼几自固，公正色叱之曰：‘危及社稷，吾将安避！’乃收散卒布阵，列戈船为五。部分甫毕，敌大呼噪，绝江而下，直薄采石。公帅将士殊死战，遂大破之。亮趋瓜洲，为其下所刺。捷闻，上大喜曰：‘允文忠义出天性，朕之裴度也。’”

③紫骝飞跃：紫骝，此指边关名将所骑战马。跃马典见《太平御览》卷八九七所引《世语》：“（刘备）乘马名为的颅。骑的颅走襄阳城西檀溪水，溺不得出。备急曰：‘的颅，今日厄，不可不努力。’的颅乃一踴三丈，遂得过。”

④江蓠：香草名。《楚辞·离骚》：“扈江离与辟芷兮，纫秋兰以为佩。”王逸章句：“江离、芷，皆香草名。”离，通“蓠”。塞草：齐高帝《塞客吟》：“秋风起，塞草衰。鵰鸿思，边马悲。”

⑤应笑看：“笑”字意贯入前三句。谓其谈笑间歼灭强虏。诸本作“应笑春”。《词谱》作“应笑着”。

⑥凌烟阁：皇帝为表彰功臣而建的绘有功臣图像的高阁。以上三句谓与功勋可图凌烟高阁的虞允文相比，当下边将徒使江蓠成为塞草，让前线南移不知几千里，凌烟阁只能虚位而待。

⑦“凯歌”三句：凯歌铙鼓，古代战争取得胜利，在献俘仪式上所奏之乐。崔豹《古今注·音乐第三》：“短箫铙歌，军乐也。黄帝使岐伯所作也。所以建武扬德，风劝战士也。《周礼》所谓王大捷，则令凯乐；军大献，则令凯歌者也。”秦陇，泛指汉唐国力强盛时的边境。慨叹不能再睹虞雍公凯旋归来铙鼓军乐振起的雄风。凯歌，《古今词统》、毛本、戈校本、杜本、王朱

本、朱二校本、朱三校本作"胡歌"。

⑧"有秀荪"二句:荪,《楚辞·九章·抽思》:"数惟荪之多怒兮,伤余心之忧忧。"王逸章句:"荪,香草也。"荪,与"孙"谐音双关。荪草染香吴地,实指虞氏后裔的一支侨居吴地。

⑨"瘦马"句:瘦马青刍,杜甫《入奏行赠西山检察使窦侍御》:"为君酤酒满眼酤,与奴白饭马青刍。"又,《瘦马行》:"东郊瘦马使我伤,骨骼硉兀如堵墙。"并暗用《陌上桑》使君典。谓虞氏虽将任知县却骑着瘦马,既切题中"戏"字,亦写英雄后裔当下的落拓。

⑩"冰澌"三句:用周处斩蛟典。《世说新语·自新》:"周处年少时,凶强侠气,为乡里所患。又义兴水中有蛟,山中有白额虎,并皆暴犯百姓。义兴人谓为'三横',而处尤剧。或说处杀虎斩蛟,实冀三横唯余其一。处即刺杀虎,又入水击蛟。蛟或浮或没,行数十里,处与之俱。经三日三夜,乡里皆谓已死,更相庆。竟杀蛟而出,闻里人相庆,始知为人情所患,有自改意。"长桥,宜兴长桥,周处斩蛟处。桥在荆溪上。《咸淳毗陵志》卷三:"长桥,在县南二十步,晋周孝公斩蛟之地。陆澄《地抄》云:汉邑令袁玘建(南唐徐铉记桥亦云)。东西四十尺,南北二百五十尺。唐人诗云:'长桥今夜月,阳羡古时州。'李华诗云:'云雨生泉窟,雷霆落剑锋。'国朝景德四年,令李若谷改造。天圣六年,令贾丞相昌朝更筑,未遂,越明年落成,有'坐忆蛟桥此日新'之句。元丰二年,郡丞钱垂范行县,庖舟延毁。四年,令褚理重建,榜曰'忻济'。苏文忠过之,大书十二字于石,曰:'晋征西将军周孝公斩蛟之桥'。因改曰'荆溪'。"又,卷三七:"余皮在县东十二里,旧传子隐断蛟曝余皮于此。……李坚诗云:'小试屠龙技已成,遗踪千载眷英灵。舳舻不骇风波恶,烟雨时闻草木腥。'"冰澌,吴均《梅花落》:"流连逐霜彩,散漫下冰澌。"霜锷,张协《七命》:"霜锷水凝,冰刃露洁。"此并点出赴任时间正在深冬季节。寓写因虞炕牧民,此乡不再有暴戾之气。

⑪乌丝:即乌丝栏。

⑫红袖暖:与上二句化用黄庭坚《寄王定国二首》(之一)句意:"想得扬州醉年少,正围红袖写乌丝。"并用歌妓围暖典。

⑬"十里"句:宜兴有山水胜致。嘉庆《宜兴县志》卷一:"荆溪在荆溪县

614

南,以近荆南山得名。……唐杜牧尝作水榭于是溪之上,宋苏轼又欲买田种橘其间,盖山水致为佳胜。"以上三句写县守风流。

⑭"老仙"三句:用天下福地之一张公洞及张姓得道者典故。《咸淳毗陵志》卷一五:"张公洞在县南五十五里。高六十仞,麓周五里。三面皆飞崖绝壁,不可跻攀,惟北向一窦,广逾四寻,嵌空可入。……南唐韩熙载纪洞灵观援《白龟经》曰:天下福地,七十有二,此据五十八。道书亦云:第五十八福地,庚桑公治之。即庚桑楚也。《风土记》云:汉天师道陵得道之地。"老仙,兼指苏轼。因其才华绝世,后人尊称之。

⑮"想地宽"三句:用晋朝潘岳为河阳县令的典故之外,既写本地风光,又用石曼卿通判海州,抛种桃核,花发满山,烂如锦绣之今典。

思佳客

癸卯除夜

自唱新词送岁华。鬓丝添得老生涯。十年旧梦无寻处①,几度新春不在家。

衣懒换,酒难赊②。可怜此夕看梅花③。隔年昨夜青灯在④,无限妆楼尽醉哗⑤。

【题解】

"癸卯",宋理宗淳祐三年(1243)。根据夏承焘《吴梦窗系年》,当时词人四十四岁,尚在苏州,暂住吴江瓜泾萧寺。

此词上片感叹年华消逝,羁旅漂泊;下片感叹贫困潦倒,心情寥落。

【校注】

①"十年"句:晏殊《蝶恋花》:"浓睡觉来莺乱语,惊残好梦无寻处。"十年旧梦,用杜牧诗意,兼指在苏十年。

②"衣懒换"二句:宋时春节风俗须换新衣,并且酒店不开张。《增补武

林旧事》卷三:"(除夕)是日官府封印,不复佥押,至新正三日始开。诸行亦皆罢市,往来邀饮。盖杭人奢靡,不论贫富,俱竞市什物,以庆嘉节。光饰门户,涂润妇女,衣服钗环之属,更造一新,皆故都遗俗也。"

③"可怜"句:《范村梅谱》:"杜子美诗云:'梅蕊腊前破,梅花年后多。'惟冬春之交,正是花时耳。"反用韩淲《乘雨寻梅》诗意:"冲风冲雨看梅花,却喜今年得在家。"

④"隔年"句:此写守岁习俗。方干《除夜》:"寒灯短焰方烧腊,画角残声已报春。"

⑤"无限"句:写他人元日围聚之乐。《梦粱录》卷一:"正月朔日,谓之元旦,俗呼为新年。……家家饮宴,笑语喧哗。此杭城风俗,畴昔侈靡之习,至今不改也。"醉哗,毛本、戈校本、杜本、王朱本作"翠华"。

六丑

壬寅岁吴门元夕风雨①

渐新鹅映柳,茂苑锁、东风初掣②。馆娃旧游③,罗襦香未灭④。玉夜花节⑤。记向留连处,看街临晚,放小帘低揭⑥。星河潋艳春云热⑦。笑靥欹梅⑧,仙衣舞缬⑨。澄澄素娥宫阙⑩。醉西楼十二⑪,铜漏催彻⑫。

红消翠歇⑬。叹霜簪练发⑭。过眼年光,旧情尽别。泥深厌听嘶尿⑮。恨愁霏润沁,陌头尘袜⑯。青鸾杳、钿车音绝⑰。却因甚、不把欢期,付与少年华月⑱。残梅瘦、飞趁风雪。向夜永,更说长安梦,灯花正结⑲。

【题解】

《六丑》,词牌名,调见《片玉词》。据周密《浩然斋雅谈》记载:周邦彦曾对宋徽宗云:"此曲犯六调,皆声之美者,然绝难歌。昔高阳氏有子六人,才而丑,故以比之。"双调,一百四十字,上片十四句八仄韵,下片十三句九仄韵。

"壬寅",宋理宗淳祐二年(1242)。"吴门",苏州。

此元夕词,上片由一"记"字领起,追忆旧日苏州元夕繁华及年少轻狂;下片从往事中兜回,描述今日元夕风雨的凄凉,兴起白发年光今昔之叹。

【校注】

①《历代诗余》词题作"元夕风雨"。

②"渐新鹅"三句:新鹅,喻柳色。渐,《汇释》:"犹正也。……此为起首一段,以'渐'字领起,与柳词《醉蓬莱》同。盖以思念旧游入手,言正当新柳才黄,东风初到,那回嬉游馆娃时节也。""掣"字,以东风喻打开门锁之手,并坐实整个苏州为园林茂苑。

③馆娃旧游:馆娃宫是吴王为西施等美女建造的,后以"馆娃"借指西施。此泛指吴地美女。参见《水龙吟》(艳阳不到青山)注⑤。

④"罗襦"句:宋代女子元日夜游盛加装饰。《史记·滑稽列传》:"罗襦襟解,微闻芗(香)泽。"

⑤玉夜:流光溢彩之元夕灯夜。花节:《初学记》卷三:"节曰华节、芳节、良节、嘉节、韶节、淑节。华,同"花"。这里的"华节"还有闺门节日的意思。北宋风习即如此。李清照《永遇乐》:"中州盛日,闺门多暇,记得偏重三五。铺翠冠儿,撚金雪柳,簇带争济楚。"南宋承其余绪。《武林旧事》卷二:"元夕节物,妇人皆戴珠翠、闹蛾、玉梅、雪柳、菩提叶、灯球、销金合、蝉貂袖、项帕,而衣多尚白,盖月下所宜也。"

⑥"记向"三句:写元夜时序风物之盛,人家宴乐之同。详见《祝英台近》(晚云开)注③。

⑦"星河"句:"星"既为银河,即可坐实为水波闪耀激艳,凿空为实亦梦窗惯伎。

⑧欹梅:横斜逸出之梅枝。

⑨舞缬:舞裙裙褶皱。以上二句皆喻梅朵。

⑩澄澄:明澈貌。阮修《上巳会诗》:"澄澄绿水,潺潺其波。"此喻银河。并知天气晴好。素娥宫阙,指广寒宫。

⑪西楼十二:十二句,神仙居所。《汉书·郊祀志下》:"方士有言:黄帝时为五城十二楼,以候神人于执期,名曰迎年。"应劭注曰:"昆仑玄圃五城十二楼,仙人之所常居。"此夸饰京城酒楼。临安确实有包括"西楼"在内的十一座官家酒楼。《武林旧事》卷六:"和乐楼(升旸宫南库)、和丰楼(武林园南上库)、中和楼(银瓮子中库)、春风楼(北库)、太和楼(东库)、西楼(金文西库)、太平楼、丰乐楼、南外库、北外库、西溪库。已上并官库,属户部点检所,每库设官妓数十人,各有金银酒器千两,以供饮客之用。每库有祗直者数人,名曰'下番'。饮客登楼,则以名牌点唤侑樽,谓之'点花牌'。元夕诸妓皆并番互移他库夜卖,各戴杏花冠儿,危坐花架。然名娼皆深藏邃阁,未易招呼。凡肴核杯盘,亦各随意携至库中,初无庖人。官中趁课,初不藉此,聊以粉饰太平耳。往往皆学舍士夫所据,外人未易登也。"另有熙春楼、三元楼、五间楼、赏心楼、花月楼、日新楼等酒楼。

⑫铜漏:薛逢《宫词》:"锁衔金兽连环冷,水滴铜龙昼漏长。"以上十句皆回忆京城元宵节。

⑬红消翠歇:从京城元夕转入吴地现时情景,大有繁华消歇之感喟。红消,《古今词统》作"红绡"。

⑭霜簪练发:"霜""练"皆喻白发。《淮南子·说林训》:"墨子见练丝而泣之,为其可以黄,可以黑。"高诱注:"练,白也。"

⑮泥深厌听:苏轼《送牛尾狸与徐使君》:"泥深厌听鸡头鹘,酒浅欣尝牛尾狸。"故知此句用藏尾格,寓藏"鸡头鹘"三字。鸡头鹘,即竹鸡。《东坡诗集注》:"蜀人谓泥滑滑为鸡头鹘。……今在处山林皆有之,声自呼为'泥滑滑'者是也。"王质《泥滑滑》诗序:"声噍急,多鸣则有阴雨。"啼鴂:《楚辞·离骚》:"恐鹈鴂之先鸣兮,使夫百草为之不芳。"鹈鴂又名子规、杜鹃。此鸟名中寓怀归意。高似孙《剡录》卷一〇:"子规,李易《剡山诗》:'叮咛杜宇往江北,为唤故人令早归。'"

⑯尘袜:犹言"罗袜生尘"。代指当下吴地元宵行游的女子,兼及元夕风雨。

⑰"青鸾"二句:钿车迎妓,为元宵典故。青鸾杳,毛本作"青鸾香"。

⑱华月:《历代诗余》、《词谱》、杜本、王朱本、朱二校本作"花月"。

⑲"更说"二句:欧阳询《踏莎行》:"雁字成行,角声悲送。无端又作长安梦。"苏轼《上元夜过赴儋守召独坐有感》:"灯花结尽吾犹梦,香篆消时汝欲归。"以上三句谓倚灯梦见当年京城元夕盛时,醒来灯花犹结也。

【汇评】

卓人月、徐士俊《古今词统》卷一七:镂冰雕琼,流光自照。

俞陛云《唐五代两宋词选释》:戈载谓梦窗词:"以绵丽为尚……而实有灵气行乎其间。……亦不见其堆垛。"此作"星河"以下六句,颇合其语。下阕"青鸾"三句写元夕风雨,措词新隽。结处回首长安,余情不尽,如织七襄云锦,绮丽中有回曲之致。

青玉案

重到龟溪废园①

东风客雁溪边道。带春去、随春到②。认得踏青香径小③。伤高怀远,乱云深处,目断湖山杏④。

梅花似惜行人老。不忍轻飞送残照。一曲秦娥春态少⑤。幽香谁采,旧寒犹在⑥,归梦啼莺晓⑦。

【题解】

《青玉案》,词牌名,因东汉张衡《四愁诗》"美人赠我锦绣段,何以报之青玉案"句得名。又名《横塘路》《青莲池上客》《西湖路》。双调,六十七字,上下片各六句五仄韵。也有第五句不押韵者,则上下片各四仄韵(梦窗此词即是)。

"龟溪",即余不溪。"龟溪废园",在德清县,详见《祝英台近·春日客龟溪游废园》题解。

此为踏春游园之作,上片叙重游故地,登高望远;下片叹老伤怀。

【校注】

①毛本、杜本、朱二校本词题作"重到溪葵园"。毛扆本"溪"前加"□"。

《历代诗余》无词题。

②"带春"二句:《礼记·月令》:"(孟春之月)东风解冻,蛰虫始振,鱼上冰,獭祭鱼,鸿雁来。"并化用苏轼《和秦太虚梅花》诗意:"万里春随逐客来,十年花送佳人老。"

③"认得"句:下阕"幽香谁采"句入此。《祝英台近·春日客龟溪游废园》亦有"采幽香,巡古苑,竹冷翠微路。斗草溪根,沙印小莲步"之句。重至采香斗草之地,故而还能"认得"曾印小莲步的幽径。

④"目断"句:谓湖山遮望眼,佳人杳杳。湖山,与《贺新郎》(浪影龟纹皱)中"千尺晴霞慵卧水,万叠罗屏拥绣"皆描写龟溪周边湖山景色。

⑤秦娥:《文选·陆机〈拟今日良宴会诗〉》:"齐僮《梁甫吟》,秦娥《张女弹》。"李周翰注:"齐僮、秦娥,皆古善歌者。"春态:王容《大堤女》:"大堤诸女儿,一一皆春态。"后亦喻花。此反用陆游《出谒晚归》诗意:"苑路落梅轻有态,御沟流水细无声。"以上三句写时在早春,故不见落梅如舞风回雪有似秦娥轻妙的舞姿。

⑥旧寒犹在:与集中《点绛唇》(时霎清明)意同:"征衫贮。旧寒一缕。泪湿风帘絮。"实写旧征衫还贮小蛮针线与别时雨泪也。

⑦"归梦"句:《祝英台近·春日客龟溪游废园》亦有"绿暗长亭,归梦趁风絮。有情花影阑干,莺声门径,解留我、霎时凝伫"之句。此用借景法,写旧地重归之梦又被因曾游相识的有情莺声唤醒。

采桑子

瑞香

茜罗结就丁香颗①,颗颗相思②。犹记年时③。一曲春风酒一卮④。

彩鸾依旧乘云到,不负心期。清睡浓时⑤。香趁银屏胡蝶飞⑥。

【题解】

《采桑子》,词牌名,又名《丑奴儿令》《丑奴儿》《罗敷媚歌》《罗敷媚》。双调,四十四字,上下片各四句三平韵。

瑞香,《本草纲目》:"(瑞香)冬春之交开花成簇,长三四分,如丁香状。"清邹一桂《小山画谱》:"丁香花小而繁,瑞香花大而疏。一在春早,一在春深。"

此词托物抒情,通过吟咏瑞香花,表达对心中伊人的追忆与思念之情。

【校注】

①茜罗:即"紫罗裳"之意。此词与瑞香状如丁香相关典故出处,皆详见《声声慢》(云深山坞)注⑨。

②颗颗相思:石孝友《点绛唇》:"愁无那。泪珠频堕。洒尽相思颗。"谓瑞香未开时,如丁香团团簇结,状如相思红豆。

③年时:此指当时。

④"一曲"句:晏殊《浣溪沙》:"一曲新词酒一杯,去年天气旧亭台。"以上二句或即指《声声慢》(云深山坞)以瑞香喻歌妓紫云侑觞之事:"试问知心,尊前谁最情浓。连呼紫云伴醉,小丁香、才吐微红。"

⑤清睡浓时:瑞香又称睡香,梦中闻花香尤酷烈。

⑥"香趁"句:用庄周梦蝶典。朱淑真《咏瑞香》:"最是午窗初睡醒,熏笼赢得梦魂香。"

水龙吟

云麓新葺北墅园池

好山都在西湖①,斗城转北多流水②。屋边五亩③,桥通双沼,平烟蘸翠④。旋叠云根,半开竹径⑤,鸥来须避⑥。四时长把酒,临花傍月,无一日、不春意⑦。

独乐当时高致⑧。醉吟篇、如今还继⑨。举头见日⑩,葵心倾□⑪,□□归计⑫。浮碧亭□⑬,泛红波迥,桃源人世⑭。待天香□□⑮,开时又胜,翠阴青子⑯。

【题解】

"云麓",即史宅之,见《瑞鹤仙》(记年时茂苑)题解。

此词上片描绘北墅园池景色,下片描写园池主人云麓的闲适生活,颂扬其高雅情致。词中暗以司马光虽隐居却大孚人望拟之,似与《烛影摇红·麓翁夜宴园堂》作于同时。

【校注】

①"好山"句:下句中寓"好水"之意。贯休《和杨使君游赤松山》:"终当归补吾君衮,好山好水那相容。"此词下阕中的"独乐"所用司马光独乐园典,实贯彻通篇。苏轼《司马君实独乐园》:"青山在屋上,流水在屋下。中有五亩园,花竹秀而野。花香袭杖屦,竹色侵盏斝。樽酒乐余春,棋局消长夏。洛阳古多士,风俗犹尔雅。先生卧不出,冠盖倾洛社。虽云与众乐,中有独乐者。才全德不形,所贵知我寡。先生独何事,四海望陶冶。儿童诵君实,走卒知司马。持此欲安归,造物不我舍。名声逐吾辈,此病天所赭。抚掌笑先生,年来效喑哑。"

②斗城:本指长安城。《三辅黄图》卷一:"汉长安故城,汉之故都。高祖七年方修长安宫城,自栎阳徙居此城,本秦离宫也。初置长安城,本狭小,至惠帝更筑之。……周回六十五里,城南为南斗形,北为北斗形,至今人呼汉京城为'斗城'。"此代指杭京临安。

③屋边五亩:白居易《池上篇》:"十亩之宅,五亩之园。有水一池,有竹千竿。勿谓土狭,勿谓地偏。足以容膝,足以息肩。"

④平烟蘸翠:谓广阔水面的烟雾沾染了竹荷的翠绿。

⑤半开竹径:杜甫《秋日寄题郑监湖上亭三首》(之二):"新作湖边宅,还闻宾客过。自须开竹径,谁道避云萝。"赵彦材注云:"自须开竹径,承宾客过之,下盖亦暗使蒋诩开径事尔。既开竹径则其径显豁,岂是隐避于云萝之间者乎?"

⑥鸥来须避:杜甫《客至》:"舍南舍北皆春水,但见群鸥日日来。"海鸥

见有机心人即飞舞不下。并暗用《世说新语·排调》："嵇、阮、山、刘在竹林酣饮，王戎后往，步兵曰：'俗物已复来败人意。'"刘孝标注引《魏氏春秋》曰："时谓王戎未能超俗也。"

⑦"四时"四句：庾信《小园赋》："鸟多闲暇，花随四时。"化用姚合《和裴令公新城绿野堂即事》诗意："曙雨新苔色，秋风长桂声。携诗就竹写，取酒对花倾。"

⑧高致：《三国志·吴志·周瑜传》："（瑜）性度恢廓，大率为得人，惟与程普不睦。"裴松之注引《江表传》："（蒋）干还，称瑜雅量高致，非言辞所间。"

⑨"醉吟"二句：白居易自号醉吟先生，其《醉吟先生传》曰："醉吟先生者，忘其姓字、乡里、官爵，忽忽不知吾为谁也。宦游三十载，将老，退居洛下，所居有池五六亩，竹数千竿，乔木数十株，台榭舟桥，具体而微，先生安焉。"

⑩举头见日：《晋书·明帝纪》："明皇帝讳绍，字道畿，元皇帝长子也。幼而聪哲，为元帝所宠异。年数岁，尝坐置膝前，属长安使来，因问帝曰：'汝谓日与长安孰远？'对曰：'长安近。不闻人从日边来，居然可知也。'元帝异之。明日，宴群僚，又问之。对曰：'日近。'元帝失色，曰：'何乃异间者之言乎？'对曰：'举目则见日，不见长安。'由是益奇之。"举头见日，毛本、戈校本作"举见日"。

⑪葵心倾□：葵，多连言为"葵藿"。曹植《求通亲亲表》："若葵藿之倾叶太阳，虽不为之回光，然终向之者，诚也。"杜甫《自京赴奉先县咏怀五百字》："葵藿倾太阳，物性固莫夺。"司马光《居洛初夏作》："更无柳絮因风起，唯有葵花向日倾。"

⑫归计：谓虽营别业作为归隐之地，但心系魏阙，葵藿倾太阳的忠心从未改变。

⑬浮碧亭：宋代王炎有《浮碧亭》诗："凫鸟飞来空翠间，万家联络拥风烟。个中杖屦宜频到，此外楼台总浪传。山似蓬莱差可近，水疑渤澥欲无边。湘妃度曲冯夷舞，招我骑鲸意亦仙。"据此知"浮碧"为亭名，一般是临水近山的结构。此为史宅之别业园池中亭名。浮碧亭□，毛本作"浮碧亭"

三字。

⑭"泛红"二句:"泛红""桃源",用刘义庆《幽明录》所载东汉刘晨、阮肇入天台山沿桃溪而上遇俪仙及陶渊明《桃花源记》故事。

⑮天香:特指梅香。苏轼《再和杨公济梅花十绝》(之四):"天香国艳肯相顾,知我酒熟诗情温。"

⑯"开时"二句:此处有倒文,实谓其绿阴青子胜过梅花开时景致。暗用梅盐典。寓云麓具调和鼎鼐之才。

望江南

　　三月暮,花落更情浓①。人去秋千闲挂月,马停杨柳倦嘶风。堤畔画船空②。

　　恹恹醉③,长日小帘栊。宿燕夜归银烛外,啼莺声在绿阴中。无处觅残红。

【题解】

　　此词为闺中伤春之作。上片写暮春花事阑,极言春光一去不复返的空落与沉寂;下片写闺中神情恍惚、情绪不振,抒其"无处觅残红"的迟暮之感。

【校注】

①"三月"二句:取意欧阳修《蝶恋花》:"雨横风狂三月暮,门掩黄昏,无计留春住。泪眼问花花不语,乱红飞过秋千去。"江淹《陆东海谯山集诗》:"杳杳长役思,思来使情浓。"

②"马停"二句:系马柳边,为游湖也。此写游船由外湖至里湖的行程,详见《武林旧事》卷三:"若游之次第,则先南而后北,至午则尽入西泠桥里湖,其外几无一舸矣。弁阳老人有词云:'看画船、尽入西泠,闲却半湖春色。'盖纪实也。"倦嘶风,《古今词统》作"休嘶风"。

③恹恹：精神萎靡貌。《古今词统》、毛本、《词综》、《历代诗余》、《词谱》、戈校本、杜本、王朱本作"厌厌"。

【汇评】

卓人月、徐士俊《古今词统》卷七：甘而不饴，酸而不酢，滋味超胜。

陈廷焯《云韶集》卷八：此词稍觉爽快，细按之仍是沈静。　结佳。

采桑子

水亭花上三更月①，扇与人闲②。弄影阑干③。玉燕重抽拢坠簪④。

心期偷卜新莲子⑤，秋入眉山⑥。翠破红残。半簟湘波生晓寒⑦。

【题解】

此词写秋日闺中闲愁，描述了闺中美人闲适无聊，因秋扇见弃而情思抑郁，孤枕难眠，难免有迟暮之感。

【校注】

①"水亭"句：此词取意刘禹锡《刘驸马水亭避暑》："千竿竹翠数莲红，水阁虚凉玉簟空。"写避暑追凉时的感怀。

②扇与人闲：用秋扇见弃典。

③弄影阑干：与前句中的"花上"相属。王安石《夜直》："春色恼人眠不得，月移花影上阑干。"张先《天仙子》："沙上并禽池上暝，云破月来花弄影。"

④"玉燕"句：用意颇似秦观《浣溪沙》："照水有情聊整鬓，倚阑无绪更兜鞋。眼边牵系懒归来。"玉燕，玉燕钗。

⑤"心期"句：苏轼《席上代人赠别三首》(之三)："莲子擘开须见臆，楸枰著尽更无期。"《施注苏诗》引王注："此吴歌格借字寓意也。……莲子曰

荕,荕中么荷曰蕅。须见臆,以荕之蕅言之。……《读曲歌》云:芙蓉腹里萎,莲子从心起。"

⑥秋入眉山:用远山眉典。以上二句盖因莲子为单数,故而双眉暗蹙也。

⑦半簟湘波:指湘竹编的簟席。黄滔《题道成上人院》:"簟舒湘竹滑,茗煮蜀芽香。"半簟,寓孤眠也。簟波,言簟纹如水。生晓寒:皮日休《白莲》:"还应有恨无人觉,月晓风清欲堕时。"此以凋残莲荷摇曳于寒波,喻孤眠于簟上韶华将逝的美人。

清平乐

书栀子扇①

柔柯剪翠②。蝴蝶双飞起③。谁堕玉钿花径里④。香带薰风临水⑤。

露红滴□秋枝⑥。金泥不染禅衣⑦。结得同心成了,任教春去多时⑧。

【题解】

《清平乐》,词牌名。又名《忆萝月》《醉东风》。《宋史·乐志》入"大石调",《金奁集》《乐章集》并入"越调"。双调,四十六字,上片四句四仄韵,下片四句三平韵。

"栀子",《酉阳杂俎》卷一八:"栀子,诸花少六出者,唯栀子花六出。陶贞白言:栀子剪花六出,刻房七道,其花香甚,相传即西域薝蔔花也。"《佩文斋广群芳谱》卷三八:"(栀子)木高七八尺,叶似兔耳,厚而深绿,春荣秋瘁,入夏开小白花,大如酒杯,皆六出,中有黄蕊,甚芬芳。结实如柯子状,生青熟黄,中仁深红,可染缯帛,入药用。"亦有于薝蔔花浑言者,梦窗此词亦然。

此为题扇词,扇面所画当为折枝栀子图。上片描绘扇面栀子,枝柔,花白,味香;下片由栀实而及果结同心,谓不必有伤春之愁。

【校注】

①《历代诗余》词题作"书栀子画扇"。

②柔柯剪翠:与"露红"句化用杜甫《栀子》诗意:"红取风霜实,青看雨露柯。"

③"蝴蝶"句:文人多以玉蝴蝶喻白花。如孔武仲《琼花画轴》:"北人初不识,谓是玉蝴蝶。"

④玉钿:多喻白花。姜夔《鬲溪梅令》:"又恐春风归去绿成阴。玉钿何处寻。"

⑤"香带"句:《会稽志》卷一七:"水栀生水涯,花肥大,倍于山栀,而香差减。"梁简文帝《咏栀子花诗》:"素花偏可意,的的半临池。"

⑥"露红"句:栀子籽实经霜则红。《九家集注杜诗》注前引杜甫《栀子》诗曰:"实经霜则红,雨露润则柯青。"露红滴□,《历代诗余》作"露红滴下"。

⑦"金泥"句:薝蔔花与佛教多有渊源。吴兆宜《徐孝穆集笺注》卷五:"《经》云:如入薝蔔林中,闻薝蔔花香,不闻他香。"

⑧"结得"二句:刘令娴《摘同心栀子赠谢娘因附此诗》:"两叶虽为赠,交情永未因。同心何处恨,栀子最关人。"施肩吾《古曲五首》(之四):"不如山栀子,却解结同心。"

燕归梁

书水仙扇①

白玉搔头坠髻松②。怯冷翠裙重③。当时离佩解丁东。澹云低、暮江空④。

青丝结带鸳鸯盏⑤,岁华晚、又相逢⑥。绿尘湘水避春风⑦。步归来、月宫中⑧。

【题解】

此词咏团扇扇面之水仙,将水仙比作美人,生动自然。

【校注】

①《历代诗余》无词题。

②"白玉"句:冯延巳《谒金门》:"斗鸭阑干独倚,碧玉搔头斜坠。"白玉搔头,喻水仙花枝。

③翠裙:喻水仙绿叶。以上二句形容水仙花态,谓其花朵像玉簪似乎要从美人蓬松发髻中滑落,茂密的绿叶又像美人瘦肌怯冷而穿上重重绿裙。

④"当时"三句:用江妃解佩典。宋人多以湘江水神比拟水仙花。并用碧云暮合典。

⑤青丝:此喻水仙叶。鸳鸯盏,即水仙中所谓"重台"者。《历代诗余》作"鸳鸯浅"。

⑥"岁华"二句:水仙入冬即开,故曰"岁华晚"。

⑦"绿尘"句:与下句中"步"字皆用洛神典,黄庭坚《王充道送水仙五十枝欣然会心为之作咏》:"凌波仙子生尘袜,水上轻盈步微月。"绿尘,张祜《杨下采桑》:"飞丝惹绿尘,软叶对孤轮。"

⑧"步归来"二句:冬水仙先春而开,故曰"避春风",梦窗用"避"字,往往有逃避人间喧哗、超凡脱俗的意思。暗用苏轼《再和杨公济梅花十绝》(之九):"寒梅似与春相避,未解无私造物情。"月宫,喻团扇。何逊《与虞记室诸人咏扇诗》:"如珪信非玷,学月但为轮。"又承黄庭坚诗意,谓团扇中所画水仙花,恰如广寒宫中的步月美人。

西江月

江上桃花流水①,天涯芳草青山。楼台春锁碧云湾②。都入行人望眼。

一镜波平鸥去③,千林日落鸦还。天风袅袅送轻帆。暮过星槎银汉④。

【题解】

此为游子伤远词。上片描写行旅之人即将离去,眼中所见桃花流水,芳草萋萋的景色;下片写行船渐去渐远,星夜行舟,引发思归之情。

【校注】

①"江上"句:用刘义庆《幽明录》所载东汉刘晨、阮肇入天台山沿桃溪而上遇俪仙及陶渊明《桃花源记》故事。

②楼台春锁:用晏几道《临江仙》词意:"梦后楼台高锁,酒醒帘幕低垂。"碧云湾:清澈并倒映蓝天的江湾。苏轼《峡山寺》:"天开清远峡,地转凝碧湾。"

③波平:《历代诗余》作"平波"。

④"天风"二句:用《博物志》浮槎入天河遥见牛郎织女星故事。星槎,庾肩吾《奉使江州舟中七夕》:"汉使俱为客,星槎共逐流。"

满江红

翠幕深庭①,露红晚②、闲花自发。春不断、亭台成趣,翠阴蒙密③。紫燕雏飞帘额静,金鳞影转池心阔④。有花香、竹色赋闲情,供吟笔⑤。

闲问字,评风月。时载酒,调冰雪⑥。似初秋入夜,浅凉欺葛⑦。人境不教车马近,醉乡莫放笙歌歇⑧。倩双成、一曲《紫云回》,红莲折⑨。

【题解】

此词写幽居生涯。上片主要描述春末夏初园苑中的美丽景色,谓此间多诗意,宜赋闲情;下片主要记述与友朋酬唱赠答、饮酒玩乐及宁静闲适的田园生活,表达隐逸之趣。全词语言清丽,善用典故,体物入微,风格雅致。

【校注】

①翠幕:此喻苍翠浓荫的林木。梁简文帝《和藉田》:"地广重畦净,林芳翠幕悬。"

②露红:花朵凝露而颜色愈鲜。李群玉《叹灵鹫寺山榴》:"水蝶岩蜂俱不知,露红凝艳数千枝。"

③蒙密:茂密葱郁。以上五句还化用秦观《首夏》诗意:"节物相催各自新,痴心儿女挽留春。芳菲歇去何须恨,夏木阴阴正可人。"

④金鳞:《隋炀帝海山记》:"洛水渔者获生鲤一尾……金鳞赤尾,鲜明可爱。"池心:梁元帝《吴趋行》:"水里生葱翅,池心恒欲飞。"以上二句景致闲静而色彩明丽。与成彦雄《句》一动一静正可参看:"纹鳞引子跳银海,紫燕呼雏语画梁。"

⑤"有花香"三句:花香竹色,《癸辛杂识别集》卷下"药州园馆"条:"廖药州湖边之宅,有世禄堂、在勤堂、惧斋、习说斋、光禄斋、观相庄、花香竹色、红紫庄、芳菲径、心太平、爱君子。门桃符云:'喜有宽闲为小隐,粗将止足报明时。''直将云影天光里,便作柳边花下看。''桃花流水之曲,绿阴芳草之间。'(二小亭)杜甫《陪诸贵公子丈八沟携妓纳凉晚际遇雨二首》(之一):"竹深留客处,荷净纳凉时。"谓此园有闲居之情可供赋咏。潘岳有《闲居赋》,取"闲静居坐"之意。

⑥"闲问字"四句:合用载酒问字典。详见《江南好》(行锦归来)题解。

⑦浅凉欺葛:葛,《公羊传·桓公八年》:"冬不裘,夏不葛。"何休注:"裘葛者御寒暑之美服。"

⑧放:《汇释》:"犹教也,使也。……放与教互文,皆使也。"

⑨"倩双成"三句:暗用唐玄宗羯鼓催开花柳事。南卓《羯鼓录》:"上洞晓音律,由之天纵。……尤爱羯鼓玉笛,常云八音之领袖,诸乐不可为比。尝遇二月初,诘旦,巾栉方毕,时当宿雨初晴,景色明丽,小殿内庭,柳杏将吐,睹而叹曰:'对此景物,岂得不与他判断之乎?'左右相目,将命备酒。独

高力士遣取羯鼓,上旋命之临轩纵击一曲,曲名《春光好》。神思自得,及顾柳杏,皆已发拆。"红莲折,莲花开放。折,用同"拆"。

夜行船

寓化度寺

鸦带斜阳归远树。无人听、数声钟暮^①。日与愁长,心灰香断^②,月冷竹房扃户^③。

画扇青山吴苑路^④。傍怀袖、梦飞不去^⑤。忆别西池^⑥,红绡盛泪,肠断粉莲啼露^⑦。

【题解】

"化度寺",在临安仁和县。《咸淳临安志》卷八一:"化度寺,梁朱异舍故居为寺,旧名'众安'。隋改'众善',唐改'重云',再改'承云',治平二年改今额。"

此词为梦窗在杭州化度寺有怀苏州之作,是梦窗苏幕期间的行役词。上片写暮色中投宿古寺,及在古寺中的无聊与愁苦;下片思念归吴之路,回忆临别情景。

【校注】

①钟暮:犹言晨钟暮鼓。李咸用《山中》:"朝钟暮鼓不到耳,明月孤云长挂情。"

②心灰香断:指心字香燃尽后,冷灰成为残断的"心"字。杨慎《词品·心字香》:"范石湖《骖鸾录》:'番禺人作心字香,用素馨茉莉半开者,著净器中,以沉香薄劈,层层相间,密封之,日一易,不待花蔫,花过香成。'所谓心字香者,以香末萦篆成心字也。"并贯至后文"肠断"。

③竹房:即竹间亭。黄公度《题化度寺竹间亭》:"破午停鞭得幽寺,眼明初见竹间亭。"

④画扇:意属"傍怀袖"句。用班婕好秋扇典。

⑤梦飞不去:"青山吴苑路"意属此句。戴叔伦《送别钱起》:"归梦吴山远,离情楚水分。"李觏《戏赠月》:"梦中识路亦何为,恰要逢人已自迷。"

⑥西池:特指苏州西城西楼之池。

⑦粉莲啼露:杜甫《秋兴八首》(之七):"波漂菰米沉云黑,露冷莲房坠粉红。"并暗用卓文君若芙蓉典。以上三句还化用晏几道《蝶恋花》词意:"可恨良辰天不与。才过斜阳,又是黄昏雨。"以雨中粉莲喻别时彼美泪涟。

好事近

僧房听琴

琴冷石床云①,海上偷传新曲②。弹作一檐风雨,碎芭蕉寒绿③。

冰泉轻泻翠筒香④,林果荐红玉⑤。早是一分秋意,到临窗修竹⑥。

【题解】

《好事近》,词牌名。又名《钓船笛》《倚秋千》《秦刷子》《翠圆枝》。《张子野词》入"仙吕宫"。双调,四十五字,上下片各四句两仄韵。

"僧房听琴",唐代诗人多有听僧弹琴诗,其中吴仁璧、贯休听僧弹琴诗与此意境颇有相通之处。如"金徽玉轸韵泠然,言下浮生指下泉","家近吴王古战城,海风终日打墙声"。

此词描述听僧人弹琴的艺术效果,将无形的音乐具体化、形象化。上片写僧人弹琴,琴声意境清冷;下片用通感手法,从听觉(泻)、嗅觉(香)、视觉(红)、感觉(秋意凉)写听琴感受。

【校注】

①"琴冷"句:李白《听蜀僧濬弹琴》:"不觉碧山暮,秋云暗几重。"石床,

632

此特指方外人坐具。刘长卿《望龙山怀道士许法稜》:"朝入青霄礼玉堂,夜扫白云眠石床。""琴"字意亦缀下句。琴冷,朱三校本、《全宋词》作"翠冷"。

②"海上"句:用俞伯牙典。《说郛》引《乐府解题·伯牙操》:"伯牙学琴于成连先生。成连曰:'吾师云:春在海中,能移人意。'与俱往,至蓬莱山,留伯牙曰:'此居习之,吾将迎师。'刺船而去,旬日不返。伯牙但闻水声澒洞,山林杳冥,禽鸟啼号,乃叹曰:'吾师谓移人意者,谓此也。'援琴而歌,顿悟其妙旨。"宋人傅幹注东坡词引此典后数句作:"乃援琴而歌,作《水仙操》。曲终,成连回,刺船迎之而还,因而鼓琴绝妙天下,今《水仙操》乃伯牙之所作。"此谓山僧鼓琴,能得伯牙《水仙操》等琴曲真传。

③"弹作"二句:张先《碧牡丹·晏同叔出姬》:"缓板香檀,唱彻伊家新制。……芭蕉寒,雨声碎。"弹作一檐,《历代诗余》、杜本作"弹指一檐"。

④"冰泉"句:翠筒,古代剖开竹筒作为山间泉水的引导。杜甫《引水》:"白帝城西万竹蟠,接筒引水喉不干。"《九家集注杜诗》鲁訔题注:"夔俗无井,皆以竹引山泉而饮,蟠屈山腹间,有至数百丈。"冰泉轻泻,反用白居易《琵琶行》句意:"冰泉冷涩弦凝绝,凝绝不通声暂歇。"翠筒,朱二校本、朱三校本、《四明》本作"翠笛"。

⑤红玉:此特指定州红瓷水果盘。苏轼《试院煎茶》:"又不见今时潞公煎茶学西蜀,定州花瓷琢红玉。"此作为美称。

⑥"早是"二句:谓琴声清冽,似使浅浅秋意过早地降临于修竹,造成一种凄神寒骨之境。

【汇评】

陈洵《海绡说词》:上阕已了,下阕加以烘托,始觉万籁皆寂。

鹧鸪天

化度寺作①

池上红衣伴倚阑②。栖鸦常带夕阳远。殷云度雨疏桐落③,明月生凉宝扇闲④。

乡梦窄,水天宽⑤。小窗愁黛澹秋山⑥。吴鸿好为传归信,杨柳闾门屋数间⑦。

【题解】

《鹧鸪天》,即《思佳客》,见《思佳客》(钗燕拢云睡起时)题解。

"化度寺",在临安仁和县,见《夜行船·寓化度寺》题解。

这首词由六幅素雅的图画构成,时间不限于一日,画面分属两地,秀丽深曲,为词人最为优秀的小令之一。上片写景,描绘了夏秋之际化度寺的景色变化,暗寓寂寞思归之情;下片写思乡夜梦,而欲托鸿雁传归信。全词意境清隽绵邈,用笔疏淡有致,包含了深远的情味。

【校注】

①《历代诗余》词题作"化度寺"。

②"池上"句:姜夔《庆宫春》:"如今安在,唯有阑干,伴人一霎。"池上红衣,化度寺有池莲,集中《凤栖梧·化度寺池莲一花最晚有感》可证。

③"殷云"句:张良臣《西江月》:"殷云度雨井桐凋。雁雁无书又到。"殷云度雨,密云含雨而来。殷云,《历代诗余》作"微云"。

④"明月"句:暗用秋扇见弃典。明月宝扇,何仲宣《七夕赋咏成篇》:"凌风宝扇遥临月,映水仙车远渡河。"

⑤"乡梦"二句:"窄",归吴之梦时间短暂。"宽",自杭之苏的广阔水域,谓乍成归梦即已经醒来。颇取意陆龟蒙《赠远》:"心期梦中见,路永魂梦短。"

⑥"小窗"句:用远山黛典。皎然《题沈少府书斋》:"千峰数可尽,不出小窗间。"温庭筠《菩萨蛮》:"两蛾愁黛浅,故国吴宫远。"

⑦"杨柳"句:闾门多柳。屋数间,语出韩愈《寄卢仝》诗:"玉川先生洛城里,破屋数间而已矣。"

【汇评】

　　郑骞《成府谈词》:《鹧鸪天·化度寺作》云:"吴鸿好为传归信,杨柳闾门屋数间。"予非苏州人,而甚乐其风土,故最喜读此两句,正如欧公之思颖也。

虞美人影

咏香橙

黄包先着风霜劲。独占一年佳景①。点点吴盐雪凝②。
玉脍和齑冷③。

洋园谁识黄金径④。一棹洞庭秋兴⑤。香荐兰皋汤鼎⑥。
残酒西窗醒⑦。

【题解】

《虞美人影》，即《桃源忆故人》，见《桃源忆故人》（越山青断西陵浦）
题解。

此为咏物词。上片写秋天香橙成熟，佐盐品橙，并有玉脍金齑等东南
佳味；下片承上抒发秋兴，并因醋醉而以香橙解酒。

【校注】

①"黄包"二句：苏轼《赠刘景文》："一年好景君须记，最是橙黄橘绿
时。"黄包，《尚书·禹贡》："淮海惟扬州。……厥包橘柚，锡贡。"潘岳《笙
赋》："披黄苞以授甘，倾缥瓷以酌醽。"《历代诗余》作"黄苞"。

②吴盐：古人食橙佐以盐。周邦彦《少年游》词："并刀如水，吴盐胜雪，
纤手破新橙。"

③"玉脍"句：用玉脍金齑典，详见《声声慢》（莺围橙径）注②。齑，《周
礼·天官·醢人》："以五齐七醢七菹三臡实之。"郑玄注："齐当为齑，凡醢
酱所和，细切为齑。"

④"洋园"句：苏轼《和文与可洋川园池·香橙径》："金橙纵复里人知，
不见鲈鱼价自低。须是松江烟雨里，小船烧薤捣香齑。"《施注苏诗》："唐
《地理志》：洋州、洋川郡。武德元年析梁州之西乡、黄金、兴势置。"黄金径，
兼用黄庭坚《邹松滋寄苦竹泉橙曲莲子汤三首》（之二）诗意："天将金阙真

黄色,借与洞庭霜后橙。"

⑤"一棹"句:用张翰归吴典。

⑥兰皋:《楚辞·离骚》:"步余马于兰皋兮,驰椒丘且焉止息。"朱熹集注:"泽曲曰皋。其中有兰,故曰兰皋。"

⑦"残酒"句:以上二句谓橙皮入汤,芳若兰草,并可以醒酒。《本草纲目》卷三〇引《事类合璧》:"宗奭曰:橙皮今比为果,或合汤待宾,未见入药。宿酒未解者,食之速醒。"

花上月令

文园消渴爱江清①。酒肠怯②,怕深觥。玉舟曾洗芙蓉水③,泻清冰④。秋梦浅,醉云轻⑤。

庭竹不收帘影去,人睡起,月空明⑥。瓦瓶汲井和秋叶⑦,荐吟醒⑧。夜深重,怨遥更⑨。

【题解】

《花上月令》,词牌名。双调,五十八字,上片七句四平韵,下片七句三平韵。《词谱》卷十三:"宋吴文英自度曲","此调无别词可校"。

此词写病中酒醉而午夜梦醒后的惆怅心情。据词中"文园消渴"句意,应是梦窗晚年之作。上片言老病而酒量浅,及己之嗜酒、饮酒、醉酒、入梦;下片言午夜梦醒,汲水消渴,无眠而怨长夜。

【校注】

①"文园"句:典例详见《祝英台近》(黯春阴)注⑪、《杏花天》(蛮姜豆蔻相思味)注③。

②酒肠怯:怯,与下句中"怕"字皆指因小户浅量而有所担心。

③玉舟:酒杯。洗芙蓉水:梁简文帝《山池诗》:"日暮芙蓉水,聊登鸣鹤

舟。"此"芙蓉"亦兼指酒杯形状。故亦用"洗杯"意。

④泻清冰:化用鲍照《白头吟》"清如玉壶冰"句,谓倾倒凉冽的清酒于杯中。

⑤"秋梦"二句:写轻醉浅睡的半酣状态。醉云,《词谱》、杜本作"醉霞"。

⑥"庭竹"三句:用苏轼《记承天寺夜游》意境。

⑦汲井:《词谱》作"汲水"。

⑧荐吟醒:谓所煮山茶供醒酒及吟诗时饮用。

⑨"夜深重"二句:张九龄《望月怀远》:"情人怨遥月,竟夕起相思。"夜深重,《词谱》、杜本作"夜深里"。

卜算子

凉挂晓云轻,声度西风小①。井上梧桐应未知,一叶云鬟袅②。

来雁带书迟,别燕归程早③。频探秋香开未开,恰似春来了④。

【题解】

《卜算子》,词牌名。又名《百尺楼》《眉峰碧》《缺月挂疏桐》《黄鹤洞中仙》《楚天谣》。双调,四十四字,上下片各四句两仄韵。

此词咏秋。上片言初秋之意;下片写在盼望鸿雁传书、别燕归来的惆怅中,用桂花开放慰藉愁情。

【校注】

①"凉挂"二句:此词咏立秋。刘言史《立秋》:"兹晨戒流火,商飙早已惊。云天收夏色,木叶动秋声。"声度,《历代诗余》作"声断"。

②"井上"二句:《梦粱录》卷四:"立秋日,太史局委官吏于禁廷内,以梧

桐树植于殿下,俟交立秋时,太史官穿秉奏曰:'秋来。'其时梧叶应声飞落一二片,以寓报秋意。都城内外,侵晨满街叫卖楸叶,妇人女子及儿童辈争买之,剪如花样,插于鬓边,以应时序。"

③"来雁"二句:白居易《立秋夕凉风忽至炎暑稍消即事咏怀寄汴州节度使李二十尚书》:"蝉迎节又换,雁送书未回。"《礼记注疏》卷一六:"(仲秋之月)盲风至,鸿雁来,玄鸟归,群鸟养羞。"郑玄注曰:"盲风,疾风也。玄鸟,燕也。归,谓去。"

④"频探"二句:秋香,此指桂花。立秋桂未开花。恰似,杜本作"恰是"。

凤栖梧①

甲辰七夕②

开过南枝花满院③。新月西楼,相约同针线④。高树数声蝉送晚。归家梦向斜阳断。

夜色银河情一片⑤。轻帐偷欢,银烛罗屏怨。陈迹晓风吹雾散。帘钩空带蛛丝卷⑥。

【题解】

《凤栖梧》,词牌名,即《蝶恋花》。见《蝶恋花》(北斗秋横云髻影)题解。

"甲辰",为理宗淳祐四年(1244),时梦窗尚在苏州仓幕。

此七夕忆姬之作。上片绘七夕景物,茉莉花开,新月初上,相约乞巧,而己之归家之梦却破灭了;下片回忆往日七夕欢会情事,清晨梦醒,人去楼空,怅惘之情难以言表。

【校注】

①朱二校本词调作"蝶恋花"。

②《历代诗余》词题作"七夕"。

③"开过"句:拆碎"南花"二字于句中。南花即茉莉。韩元吉《南柯子》咏茉莉:"只疑标韵是江梅。不道薰风庭院、雪成堆。"余参见《夜飞鹤》(金规印遥汉)题解。

④"新月"二句:写七夕闺中小楼邀伴乞巧情形。

⑤情一片:《历代诗余》作"清一片"。

⑥"帘钩"句:李商隐《辛未七夕》:"岂能无意酬乌鹊,唯与蜘蛛乞巧丝。"丝网瓜果为七夕"乞巧"风俗的符应。

霜天晓角

题胭脂岭陶氏门①

烟林褪叶②。红藉游人屧③。十里秋声松路④,岚云重、翠涛涉⑤。

伫立。闲素篾⑥。画屏萝嶂叠⑦。明月双成归去,天风里、凤笙浃⑧。

【题解】

《霜天晓角》,词牌名。又名《月当窗》《长桥月》《踏月》。各家颇不一致,以林逋《霜天晓角》(冰清霜洁)为正体。双调,四十三字,上片四句三仄韵,下片五句四仄韵。

"胭脂岭",《咸淳临安志》卷二八:"胭脂岭,在九里松曲院路之西,土色独红,因以名之。"杨笺:"胭脂岭多妓家所居,记见宋人说部。陶氏其一也。"

此为赠妓词。上片扣题"胭脂岭",写沿路秋景;下片写迎来送往之陶氏妓。

【校注】

①《历代诗余》无词题。

②烟林褪叶:程公许《游灵隐寺》:"湖山招我来,九里松风清。"松树为常绿树木,秋时宿叶褪枝,新叶已成。"烟林"二句,毛本、戈校本作"烟林褪叶,红藕藉游人履"。

③"红藕"句:古人登山着屐。《南史·谢灵运传》"谢公屐":"寻山陟岭,必造幽峻,岩嶂数十重,莫不备尽。登蹑常著木屐,上山则去其前齿,下山去其后齿。"

④十里松路:举成数言之。

⑤"岚云"二句:胭脂岭一带山峦起伏,《西湖游览志》卷一〇:"仙芝岭,俗称胭脂岭。下有瑞冈坞、鹞子坞、香药碉、绿筠坡,自北而南,可达小麦岭。"暗用宋玉《高唐赋》中巫山云雨典,写陶氏歌女生涯。

⑥素箑:纨素裁成的团扇。

⑦萝嶂:觉先《过曹娥庙》:"纵步青萝嶂,吟边景更宽。"以上三句回忆陶氏持扇久立于门前,丛峦叠嶂像屏风一样展开,并以秋扇捐弃暗示其对将来命运的隐忧。

⑧"明月"三句:李白《宫中行乐词》:"只愁歌舞散,化作彩云飞。"晏几道《临江仙》:"当时明月在,曾照彩云归。"合用王母侍女董双成常吹"云和之笙"典。浃,此指乐声相彻。

乌夜啼

桂花

西风先到岩扃①。月笼明。金露啼珠滴翠,小云屏②。
一颗颗,一星星。是秋情。香裂碧窗烟破,醉魂醒③。

【题解】

此词咏桂。上片布景,写西风金露,明月山岚,云屏人影;下片实写桂花,一室浓香,秋情无限。

①岩扃:山洞的门。借指隐居之处。杜甫《桥陵诗三十韵因呈县内诸官》:"瑞芝产庙柱,好鸟鸣岩扃。"杨万里《入峡歌》:"云去云来遮岩扃,忽然褰云露山脚。"

②"金露"二句:郭震《同徐员外除太子舍人寓直之作》:"露湿幽岩桂,风吹便坐桑。"金露,犹言金风玉露。刘延坚《寓止观中因抒感怀》:"玉清难测无穷景,金露能摧有限花。"云屏,张协《七命》:"云屏烂汗,琼璧青葱。"此写瓶供桂花。滴翠,杜本作"滴碎"。云屏,朱三校本作"银屏"。

③醉魂醒:古人认为香气能解宿醒,详见《拜星月慢》(绛雪生凉)注⑳。

【汇评】

刘永济《微睇室说词》:起句点明时地。"金露"六字,描绘桂花极工丽。曰"小银屏",则此所咏者瓶桂也。换头之"颗颗""星星",本写桂花,而以"是秋情"三字连缀之,以关合人情,便见景中有情。歇拍以桂花香气酷烈、破人醉眠作结。

夜行船

逗晓阑干沾露水①。归期杳、画檐鹊喜②。粉汗余香,伤秋中酒③,月落桂花影里④。

屏曲巫山和梦倚⑤。行云重、梦飞不起⑥。红叶中庭,绿尘斜曳⑦,应是宝筝慵理。

【题解】

此为闺怨词。上片写思妇日夜思念恋人,伤秋只为盼归期;下片谓现实中失意,梦境中亦不能遂愿,故情懒心烦。

【校注】

①阑干沾露水:化用李白《玉阶怨》诗意:"玉阶生白露,夜久侵罗袜。"

②"归期"二句：曹勋《酒泉子》："檐间鹊语卜归期。应是疑人犹驻马，琐窗日影又还西。"杜甫《得弟消息二首》（之二）："浪传乌鹊喜，深负鹡鸰诗。"《九家集注杜诗》郭知达注曰："《西京杂记》：乾鹊噪，而行人至。"

③伤秋：与"沾露"意相贯通。江淹《无锡县历山集诗》："愁生白露日，思起秋风年。"

④"月落"句：毛滂《踏莎行·中秋玩月》："随人全不似婵娟，桂花影里年年见。"能见桂影之月西沉，是因凭阑时间长久也。

⑤"屏曲"句：床边联扇枕屏。参见《塞垣春》（漏瑟侵琼管）注⑪。屏曲巫山，《历代诗余》作"几曲屏山"。

⑥"行云"句：用巫山云雨典。以上三句谓倚着画有山水的屏风入梦，但因过于思念，梦亦轻浅，故不能飞扬前去与远方的情人欢会。

⑦绿尘：琴有绿绮琴，又称绿琴，故借此美称宝筝生尘。绿尘斜曳，毛本、戈校本、王朱本、朱二校本、朱三校本、《四明》本作"绿尘斜□"。《历代诗余》、杜本作"绿尘斜挂"。

凤栖梧

化度寺池莲一花最晚有感①

湘水烟中相见早②。罗盖低笼，红拂犹娇小③。妆镜明星争晚照④。西风日送凌波杳⑤。

惆怅来迟羞窈窕⑥。一霎留连，相伴阑干悄。今夜西池明月到。余香翠被空秋晓。

【题解】

"化度寺"，见《夜行船》（鸦带斜阳归远树）题解。

此词咏莲，以莲喻美人，借一花最晚而寄托怀人之思。

【校注】

①《历代诗余》词题作"化度寺晚莲有感"。

②湘水烟中：用泛人典，并合用《烟中志》典。

③"罗盖"二句：《渊鉴类函》卷四〇七引《群芳谱》："(荷花)叶圆如盖，色青翠。"红拂，典见《太平广记》卷一九三所引杜光庭《虬髯客》：隋炀帝时，命司空杨素守西京，素骄贵。卫公李靖以布衣来谒，献奇策，素亦踞见之。"一妓有殊色，执红拂立于前，独目靖。……其夜五更初，忽闻扣门而声低者，靖起问焉，乃紫衣戴帽人，杖揭一囊，靖问：'谁？'曰：'妾杨家之红拂妓也。'靖遽延入，脱衣去帽，乃十八九佳丽人也。素面华衣而拜，靖惊。答曰：'妾侍杨司空久，阅天下之人多矣，未有如公者。丝萝非独生，愿托乔木，故来奔耳。'"巧取红拂"红"之字面，喻红莲。"娇"字贯入"西风"及"惆怅"二处。

④妆镜明星：杜牧《阿房宫赋》："明星荧荧，开妆镜也。"

⑤"西风"句：与上句化用晏几道《蝶恋花》句意："照影弄妆娇欲语，西风岂是繁华主。"晏词此意并宜贯入篇末。并暗用李璟《山花子》："菡萏香销翠叶残，西风愁起绿波间。"以凌波仙子步袜远逝，喻先开荷花渐趋凋落。日送，《历代诗余》作"目送"。

⑥惆怅来迟：《类说》卷二九"湖州鬌髻女"条："唐杜牧太和末往游湖州，刺史崔君素所厚者，悉致名妓，殊不惬意。牧曰：'愿张水戏，使州人毕观，牧当间行寓目。'倅君如其言。两岸观者如堵。忽有里姥引鬌髻女，年十余岁，真国色也。将致舟中，姥女皆惧。牧曰：'且未即纳，当为后期。吾十年必为郡，若不来，乃从他适。'因以重币结之，泊周墀入相。牧上笺乞守湖州，比至郡则十四年。所纳之姝，已从人三载，而生二子。……(牧)为怅别诗曰：'自是寻春去较迟，不须惆怅怨芳时。狂风落尽深红色，绿叶成阴子满枝。'"羞窈窕：郑域《念奴娇》咏荷："处子娇羞，碧云无袖，密护圆璠玉。"

【汇评】

俞陛云《唐五代两宋词选释》：咏花而兼怀人，花与人合写。结句言闹红已过，只余翠盖田田，虽仍咏晚莲，而翠被秋寒，隐有人在，有手挥目送之妙。

生查子

当楼月半奁，曾买菱花处^①。愁影背阑干，素发残风露^②。
神前鸡酒盟^③，歌断秋香户。泥落画梁空，梦想青春语^④。

【题解】

"秋社"，《岁时广记·二社日》："《统天万年历》曰：立春后五戊为春社，立秋后五戊为秋社。"《梦粱录》卷四："秋社日，朝廷及州县差官祭社稷于坛，盖春祈而秋报也。秋社日，有士庶家妻女归外家回，皆以新葫芦儿、枣儿等为遗。"

此词取秋社"春祈秋报"之意，喻为男女盟誓。而今相期之日来临，当初春盟之人却不在，借农祭而抒青春失约之怅痛。

【校注】

①"当楼"二句：用徐德言与乐昌公主分镜事。半奁，赵以夫《永遇乐·七夕和刘随如》："星网珠疏，月奁金小，清绝无点暑。"此喻半圆之月并坐实秋社时间。

②"愁影"二句：由李商隐《物体二首》（之一）："十五泣春风，背面秋千下。"

③"神前"句：韩愈《南溪始泛三首》（之二）："愿为同社人，鸡豚燕春秋。"《五百家注昌黎文集》："韩曰：《礼记·王制》：庶人春荐韭，秋荐黍。韭以卵，黍以豚。"《荆楚岁时记》："社日，四邻并结宗会社，宰牲牢，为屋于树下，先祭神，然后享其胙。按，郑氏云：百家共一社。今百家所立社宗，即共立社之为也。"

④"泥落"二句：秋社后，梁间燕子已经归去。

霜天晓角

香莓幽径滑①。萦绕秋曲折②。帘额红摇波影，鱼惊坠、暗吹沫③。

浪阔。轻棹拨。武陵曾话别④。一点烟红春小⑤，桃花梦、半林月⑥。

【题解】

此词写游湖，追忆往事，暗自怀人。上片写乘舟由幽径入湖及游湖所见；下片忆聚别，抒发深切的别离之苦。

【校注】

①"香莓"句：此词整体化用刘晨、阮肇入天台山沿桃溪而上遇俪仙并最终分别，以及渔人意外进入并最终离开桃花源的故事。桃树下多莓苔。《全芳备祖前集》卷八："《侯鲭录》：桃苅，以除不祥。苅，苔也。"

②"萦绕"句：此写彼美临流香居前小径曲折萦绕。

③"帘额"三句：以"红"字暗隐香居前水中荷花。

④"武陵"句：美称此次艳遇如桃溪欢偶仙女。

⑤烟红：意同苏轼《点绛唇》下阕咏桃源归路："烟水茫茫，回首斜阳暮。山无数，乱红如雨，不记来时路。"

⑥"桃花"二句：陆游《追感往事》："桃花梦破刘郎老，燕麦摇风别是春。"以上三句谓当时回首烟波中艳遇地渐行渐小，现在偶然梦见当时情景，醒来骤见半林月照，倍添惆怅。

西江月

添线绣床人倦①，翻香罗幕烟斜②。五更箫鼓贵人家。门外晓寒嘶马③。

帽压半檐朝雪，镜开千靥春霞④。小帘沽酒看梅花⑤。梦到林逋山下⑥。

【题解】

"丙午"，宋理宗淳祐六年（1246），时梦窗在杭州史宅之幕。

此为节令词。上片写京城贵家罗幕香温夜及冬至日晨起将祀情景；下片写沽酒赏梅，怀人之想，结于梅花清梦。

【校注】

①"添线"句：冬至后女工每日可添一线之功。绣床，白居易《绣妇叹》："虽凭绣床都不绣，同床绣伴得知无。"

②"翻香"句：苏轼《翻香令》："金炉犹暖麝煤残。惜香更把宝钗翻。"

③"五更"句：《梦粱录》卷六："（冬至）此日宰臣以下，行朝贺礼。士夫庶人，互相为庆。太庙行荐黍之典，朝廷命宰执祀于圜丘。官放公私僦金三日。车驾诣攒宫朝享。"《武林旧事》卷三："（冬至）朝廷大朝会，庆贺排当，并如元正仪。而都人最重一阳贺冬，车马皆华整鲜好，五鼓已填拥杂遝于九街。妇人小儿，服饰华炫，往来如云。岳祠城隍诸庙，炷香者尤盛。"

④"镜开"句：姜夔《暗香》："长记曾携手处，千树压、西湖寒碧。"千靥春霞，喻梅花。冬至渐有梅花开放。

⑤"小帘"句：宋代冬至习俗，妇女可以入市店饮宴，在悬挂青帘的酒肆买酒赏梅。《东京梦华录》卷六："（正月一日）向晚贵家妇女纵赏关赌，入场观看，入市店饮宴，惯习成风，不相笑讶。至寒食、冬至三日亦如此。"看梅

花,《历代诗余》作"醉梅花"。

⑥"梦到"句:林逋隐居地孤山以梅盛著称。

恋绣衾

　　频摩书眼怯细文。小窗阴、天气似昏①。兽炉暖②、慵添困,带茶烟、微润宝薰③。

　　少年娇马西风冷④,旧春衫、犹浣酒痕。梦不到、梨花路,断长桥、无限暮云⑤。

【题解】

《恋绣衾》,词牌名。双调,五十四字,上片四句三平韵,下片四句两平韵。

此为叹老之作。上片写老眼昏花,在书室内读书而昏昏欲睡;下片回忆少年时倜傥风流韵事,而感伤青春已逝,暮景桑榆。

【校注】

①"频摩"三句:写看书时因老眼昏花而嫌文字细小。

②兽炉:《西京杂记》卷一:"长安巧工丁缓者……又作九层博山香炉,镂为奇禽怪兽,穷诸灵异,皆自然运动。"《香谱》卷四:"以涂金为狻猊、麒麟、凫鸭之状,空中以焚香,使烟自口出,以为玩好。"

③宝薰:杜本作"麝薰"。

④娇马:《词律》、《历代诗余》、杜本、王朱本、朱二校本作"骄马"。

⑤"梦不到"四句:此处有倒文,谓梨花梦总是被无限暮云遮断,不得到长桥(苏州垂虹桥)也。梨花暮云,用王昌龄《梅诗》及苏轼《西江月·梅花》意境。并合用日暮碧云典。断长桥,王朱本作"断桥长"。

杏花天

鬓棱初剪玉纤弱①。早春入、屏山四角。少年买困成欢谑。人在浓香绣幄②。

霜丝换、梅残梦觉。夜寒重③、长安紫陌。东风入户先情薄。吹老灯花半萼。

【题解】

此叹老之作。上片回忆少年情事,下片转写今日孤老衰景。两相对照,表达极悲郁的心态。

【校注】

①鬓棱初剪:修剪鬓角。代指少年时。《册府元龟》卷一八五:"挺虐于鬓剪之年,植险于髫卯之日。"玉纤弱:暗用"玉人"卫玠典。《世说新语·容止》:"王丞相见卫洗马曰:'居然有羸形,虽复终日调畅,若不堪罗绮。'"刘孝标注曰:"玠别传曰:玠素抱羸疾。《西京赋》曰:'始徐进而羸形,似不胜乎罗绮。'"鬓棱,毛本、《历代诗余》作"鬓稜"。

②"少年"二句:此有倒文,意谓少年乍入欢场因被嘲谑而困窘。万俟绍之《江神子·赠妓寄梦窗》、周密《玲珑四犯·戏梦窗》皆属此类。周邦彦《少年游》:"锦幄初温,兽香不断,相对坐调笙。"

③夜寒重:意缀"东风"二句,因在寒湿空气中,灯花频结。

醉桃源

元日

五更枥马静无声①。邻鸡犹怕惊②。日华平晓弄春明。

暮寒愁翳生③。

　　新岁梦,去年情。残宵半酒醒。春风无定落梅轻。断鸿
长短亭。

【题解】

"元日",即元旦,正月初一。

此词写客中度元夕。上片从时间落笔,从五更至日暮,了无佳节欢乐
气氛;下片述己孤身度日的无聊情状,点客中怀人心思。

【校注】

①"五更"句:杜甫《杜位宅守岁》:"盍簪喧枥马,列炬散林鸦。"参见《塞
垣春》(漏瑟侵琼管)注⑩。

②"邻鸡"句:上句"五更"意入于此。杜甫《书堂饮既夜复邀李尚书下
马月下赋绝句》:"久判野鹤如霜鬓,遮莫邻鸡下五更。"《杜诗详注》:"《洞冥
记》有司夜鸡,随鼓节而鸣不息,从夜至晓,一更为一声,五更为五声。亦谓
之五时鸡。"

③"暮寒"句:谓有时遮住阳光的阴云让人担心会带来傍晚的寒冷。

唐多令①

　　何处合成愁。离人心上秋②。纵芭蕉、不雨也飕飕③。都
道晚凉天气好,有明月、怕登楼④。

　　年事梦中休。花空烟水流⑤。燕辞归、客尚淹留。垂柳
不萦裙带住。漫长是、系行舟⑥。

【题解】

《唐多令》,词牌名,又名《糖多令》。《太和正音谱》注"越调",亦入"高
平调"。周密因刘过有"二十年重过南楼"句,因名《南楼令》。张翥词有"花

下钿箜篌"句,因名《箜篌曲》。双调,有六十字、六十一字、六十二字三体,梦窗此词即六十一字体,其上片第三句的"也"字系衬字。上下片各五句四平韵。

此词写羁旅怀人。上片写羁旅秋思,酿足了愁情,为写别情蓄势;下片叹年华过尽,客中孤寂,离情别事难堪已极。

【校注】

①《阳春白雪》《绝妙好词》词调作"糖多令"。《历代诗余》词调作"南楼令"。《中兴以来绝妙词选》、毛本、杜本、王朱本有词题"惜别"。

②"何处"二句:心上秋合成"愁"字。《礼记·乡饮酒义》:"秋之为言愁也。"王勃《秋日游莲池序》:"悲夫! 秋者,愁也。"

③"纵芭蕉"二句:翻过一层化用客耳不堪听窗外芭蕉雨声典。飕飕,赵壹《迅风赋》:"啾啾飕飕,吟啸相求。阿那徘徊,声若歌讴。抟之不可得,系之不可留。"

④怕登楼:《绝妙好词》作"倦登楼"。

⑤"年事"二句:上下句为本喻体之间的关系。年事,此指岁月。花空,《绝妙好词》作"波空"。

⑥"垂柳"三句:此三句以柳条喻裙带,倒文为:"垂柳萦裙带。漫长是、不系行舟住。"

【汇评】

张炎《词源》卷下:此词疏快,却不质实。如是者集中尚有,惜不多耳。

沈际飞《草堂诗余正集》:所以感伤之本,岂在蕉雨? 妙妙。"垂柳"句原不熟烂。

卓人月、徐士俊《古今词统》卷九:无风花落,不雨蕉鸣,是妙对。

陈廷焯《云韶集》卷八:梦窗词大半沉静为主,此篇独清快。

陈廷焯《词则·别调集》卷二:语浅情长,不第以疏快见长也。

好事近^①

雁外雨丝丝,将恨和愁都织。玉骨西风添瘦,减尊前歌力^②。

袖香曾枕醉红腮,依约唾痕碧^③。花下凌波入梦,引春雏双鸂^④。

【题解】

此词为闺怨词。上片述见秋景而心中愁闷,借酒浇愁;下片枕臂入梦,追忆往昔欢爱。

【校注】

①《中兴以来绝妙词选》、《古今词统》、《历代诗余》、戈校本、杜本、王朱本词题作"秋饮"。

②歌力:歌唱的功力或魅力。

③"袖香"二句:句中有"碧袖唾痕"之碎倒,典见《婆罗门引》(风涟乱翠)注⑪。醉红,孟郊《邀人赏蔷薇》:"醉红不自力,狂艳如索扶。"唾痕,《历代诗余》作"唾红"。

④"花下"二句:鸂,鸂鶒。俗称紫鸳鸯。《尔雅翼》卷一七:"今妇人闺房中饰以鸳鸯。黄赤五彩,首有缨者,乃是鸂鶒耳。然鸂鶒亦鸳鸯之类,其色多紫。李白诗所谓'七十紫鸳鸯,双双戏亭幽',谓鸂鶒也。"凌波,此谓水鸟浮泛于碧波之上。春雏,白居易《重伤小女子》:"伤心自叹鸠巢拙,长堕春雏养不成。"《宣和书谱》卷一七载御府藏黄居寀《引雏鸂鶒图》。

【汇评】

卓人月、徐士俊《古今词统》卷五:"添"字"减"字甚妙,相映甚巧。

忆旧游

别黄澹翁

送人犹未苦,苦送春、随人去天涯[1]。片红都飞尽[2],正阴
阴润绿[3],暗里啼鸦。赋情顿雪双鬓,飞梦逐尘沙。叹病渴凄
凉[4],分香瘦减[5],两地看花[6]。

西湖断桥路,想系马垂杨。依旧欹斜。葵麦迷烟处[7],问
离巢孤燕,飞过谁家。故人为写深怨,空壁扫秋蛇[8]。但醉上
吴台,残阳草色归思赊[9]。

【题解】

《忆旧游》,词牌名。《清真集》入"越调"。双调,一百零二字,上片十一
句四平韵,下片十一句五平韵。梦窗此词为变格,上片第二、三句作上三下
五式的八字句,换头句不押短韵。

"黄澹翁",名中,梦窗友人,与丁宏庵、施枢亦有交往。施枢《芸隐横舟
稿》云:"开炉次夕,以不禁离抱,来访宏庵,挑灯细语,漏促忘归,即事有赋,
时黄澹翁在焉。"

此为送别词,写于苏州,送黄澹翁往杭州。上片写暮春送别,伤春惜别
一同袭来,愁苦更甚;下片忆杭州旧游,空壁题诗,遥寄深怨。

【校注】

①"送人"三句:辛弃疾《摸鱼儿》:"春且住。见说道、天涯芳草无归
路。"并化用宋玉《九辩》意境。

②"片红"句:翻用杜甫《曲江二首》(之二)"花飞万点"之意。兼用杜甫
《发潭州》"岸花飞送客"诗句。

③正阴阴:《中兴以来绝妙词选》、《古今词统》、毛本、《草堂诗余》、《历
代诗余》、王朱本、朱二校本作"阴阴"。

④病渴凄凉：以有消渴疾的司马相如自比。周邦彦《宴清都》："凄凉病损文园，徽弦乍拂，音韵先苦。"下句"瘦减"意入此。段成式《和周繇见嘲》："僾恕相如瘦，应容累骑还。"

⑤分香：用魏武帝曹操"分香"典。曹操《遗令》："余香可分与诸夫人，不命祭。诸舍中无所为，可学作履组卖也。"钟振振《梦窗词索解五题》认为宋代"分香"的词作"皆与情侣之离别有关，梦窗词当亦取此意也"，并例举秦观《望海潮》："别来怎表相思。有分香帕子，合数松儿。"可备一说。

⑥两地看花：翻用唐人《责同年不赴期集辞》："紫陌寻春，尚隔同年之面；青云得路，可知异日之心。""分香"意缀此句。

⑦葵麦迷烟：形容当年盛时景象不复存在。刘禹锡《再游玄都观序》："重游玄都观，荡然无复一树，惟兔葵、燕麦动摇于春风耳。"

⑧"空壁"句：谓题诗于壁。秋蛇，喻书法。详见《西河》(春乍霁)注⑧。

⑨"但醉上"二句：从柳永《凤栖梧》中化用："伫倚危楼风细细。望极春愁，黯黯生天际。草色烟光残照里。无言谁会凭阑意。"吴台，指姑苏台。赊，远。意缀"草色"。

【汇评】

沈际飞《草堂诗余别集》卷四：苦不单来。　气萧萧以瑟瑟，声飕飕而飚飚。　萧子云书如春蚓秋蛇。

俞陛云《唐五代两宋词选释》：首三句伤春与伤别和写，"片红"三句赋送春，"赋情"二句言将别去，"病渴"二句居者与行者夹写而兼送者。下阕因远行而回忆西湖旧游，如离巢之孤燕，故人情重，为题壁写我深悲，他日吴台回望，益动归思矣。梦窗服膺片玉，此词开合顿挫处，颇似片玉也。

宴清都

病渴文园久①。梨花月，梦残春故人旧②。愁弹枕雨，衰翻帽雪③，为情僝僽④。千金醉跃骄骢，试问取、朱桥翠柳⑤。痛恨不、买断斜阳，西湖酝入春酒⑥。

吴宫乱水斜烟,留连倦客^⑦,慵更回首^⑧。幽蛩韵苦,哀鸿叫绝,断音难偶^⑨。题红泛叶零乱,想夜冷、江枫暗瘦^⑩。付与谁、一半悲秋,行云在否^⑪。

【题解】

此词叹老悲秋。上片写老病久矣,尚为情流泪白头。回忆过去买醉狂欢,恨不能畅游畅饮。下片写懒怠回首往事,知音难求,欲借红叶传达情意,却不知付与谁。

【校注】

①病渴文园:详见《祝英台近》(黯春阴)注⑪。

②"梨花"二句:晏殊《寄还》:"梨花院落溶溶月,柳絮池塘淡淡风。"并用梨花梦典,见王昌龄《梅诗》及苏轼《西江月·梅花》词。谓春色依旧而人已老去。

③衰翻帽雪:喻白发翻出破帽。

④㑽㑜:《汇释》:"犹云憔悴或烦恼也。……言为多情而憔悴也。"

⑤"千金"三句:谓年青时在西湖六桥柳下系马狂欢。

⑥"西湖"句:李白《襄阳歌》:"遥看汉水鸭头绿,恰似葡萄初酦醅。"酦酒,《拾遗记》卷九载张华采用西羌蘽、北胡曲、胡中指星麦酿九酝酒:"清美醇邑,久含令人齿动。若大醉,不叫笑摇荡,令人肝肠消烂,俗人谓为消肠酒,或云醇酒,可为长宵之乐。"此泛指烈性好酒。春酒,《诗·豳风·七月》:"为此春酒,以介眉寿。"毛传:"春酒,冻醪也。"孔颖达疏:"此酒冻时酿之,故称冻醪。"此泛指春天行乐所饮之酒。

⑦留连:此谓流离。焦赣《易林·讼之塞》:"留连多难,损其食粮。"

⑧慵更回首:孟贯《江边闲步》:"吟罢慵回首,此情谁与同。"以上三句谓苏幕之事亦慵于回望也。

⑨"哀鸿"二句:谢惠连《泛湖归出楼中玩月诗》:"哀鸿鸣沙渚,悲猿响山椒。"以上三句谓生活困顿,故诗声哀苦有过于幽蛩孤鸿。

⑩"题红"三句:采用唐人崔信明残句"枫落吴江冷",并用流红题诗典。

⑪"付与"三句：意思是无从诉说内心的痛苦，虽有吴江枫叶，能题半是相思半悲秋的诗句，却没有交付的对象。悲秋，《中兴以来绝妙词选》作"愁秋"。

【汇评】

潘游龙《古今诗余醉》卷一一："痛恨不买"二句，雄快之极。

沈际飞《草堂诗余别集》卷四：（"痛恨"二句）快论。增添唐句几字，多了意思几折。

金缕歌

陪履斋先生沧浪看梅

乔木生云气①。访中兴、英雄陈迹②，暗追前事。战舰东风悭借便，梦断神州故里③。旋小筑、吴宫闲地④。华表月明归夜鹤⑤，叹当时、花竹今如此⑥。枝上露，溅清泪⑦。

遨头小簇行春队⑧。步苍苔、寻幽别坞，问梅开未⑨。重唱梅边新度曲，催发寒梢冻蕊。此心与、东君同意⑩。后不如今今非昔，两无言、相对沧浪水⑪。怀此恨，寄残醉⑫。

【题解】

《金缕歌》，词牌名，即《贺新郎》。

"履斋"，即吴潜，见《浣溪沙》（新梦游仙驾紫鸿）题解。此词作于理宗嘉熙二年（1238）正月，时吴潜知平江府。"沧浪"，即苏州沧浪亭，为北宋诗人苏舜钦所建，建炎后为韩世忠所有，俗名韩王园。

此为感慨时世之作，写陪吴潜沧浪亭观梅，抒发缅怀中兴英雄、感时忧国的情怀。上阕写沧浪亭凭吊韩世忠，借此抒发忧国之情；下阕由看梅引发今不如昔的感慨，并对吴潜寄以希望。梦窗词专为写怀抱，少及时事，即事寄慨者止此。他词缠绵悱恻，此词独慷慨悲歌，一洗本色，集中不数见。

【校注】

①乔木:《孟子·梁惠王下》:"孟子见齐宣王曰:'所谓故国者,非谓有乔木之谓也,有世臣之谓也。'"苏轼《韩康公挽词三首》(之一):"故国非乔木,兴王有世臣。"生云气:谓风云际会。王粲《诗》:"遭遇风云会,托身鸾凤间。"。

②"访中兴"二句:中兴英雄,指韩世忠。据《宋史·韩世忠传》:宋金战起,韩世忠在河北抗金并随高宗南下,屡建奇功。高宗"手书'忠勇'二字,揭旗以赐"。建炎三年(1129)冬,金兀术渡江,"以世忠为浙西制置使,守镇江"。世忠与金兀术转战至黄天荡(今江苏南京附近),大败之。是役"兀术兵号十万,世忠仅八千余人。帝凡六赐札,褒奖甚宠。拜检校少保、武成感德军节度使、神武左军都统制"。后又在大仪(今江苏扬州西北)大破金与伪齐联军。大仪之役,"论者以此举为中兴武功第一"。"(世忠)除京东、淮东宣抚处置使兼节制镇江府,仍楚州置司。四月,赐号'扬武翊运功臣',加横海、武宁、安化三镇节度使。""在楚州十余年,兵仅三万,而金人不敢犯。"绍兴十一年(1141),秦桧收三大将兵权,授枢密使。"世忠既不以和议为然,为桧所抑。"因主战建议不被采纳,自请解职,杜门谢客,绝口不言兵事。绍兴二十一年(1151)八月薨,"进拜太师,追封通义郡王。孝宗朝,追封蕲王,谥忠武,配飨高宗庙庭"。

③"暗追"三句:《宋史纪事本末·二》谓黄天荡之役,虽使金兀术"不敢再言渡江",但韩世忠也遭受火攻而退回镇江。金兀术"见海舟乘风使篷,往来如飞,谓其下曰:'南军使船如使马,奈何?'乃募人献破海舟之策,于是闽人王姓者,教其舟中载土,以平板铺之,穴船板以棹桨,俟风息则出,海舟无风不能动也,且以火箭射其篛篷,则不攻自破矣。兀术然之,刑白马以祭天。及天霁风止,兀术以小舟出江,世忠绝流击之。海舟无风不能动,兀术令善射者乘轻舟以火箭射之,烟焰蔽天,师遂大溃,焚溺死者不可胜数。世忠仅以身免,奔还镇江"。意思是韩世忠此役因无风致海舟被焚,未能最后消灭兀术与金兵,使其收复北方及故乡的梦想无法实现。然而世忠未能收复失地,还有更深层次的原因。《宋史·韩世忠传》论曰:"古人有言:'天下安,注意相;天下危,注意将。'宋靖康、建炎之际,天下安危之机也,勇略忠

义如韩世忠而为将,是天以资宋之兴复也。方兀术渡江,惟世忠与之对阵,以闲暇示之。及刘豫废,中原人心动摇,世忠请乘时进兵,此机何可失也?高宗惟奸桧之言是听,使世忠不得尽展其才,和议成而宋事去矣。暮年退居行都,口不言兵,部曲旧将,不与相见,盖惩岳飞之事也。昔汉文帝思颇、牧于前代,宋有世忠不善用,惜哉!"神州,《史记正义》卷七四:"中国名曰赤县神州。"据《宋史·韩世忠传》:大仪之战,"兀术穷蹙,求会语,祈请甚哀。世忠曰:'还我两宫,复我疆土,则可以相全。'兀术语塞。东风借便,《三国志·吴志·周瑜传》有借东风火烧赤壁一事。裴松之注引《江表传》曰:"至战日,盖先取轻利舰十舫,载燥荻枯柴积其中,灌以鱼膏,赤幔覆之,建旌旗龙幡于舰上。时东南风急,因以十舰最著前,中江举帆,盖举火,白诸校,使众兵齐声大叫曰:'降焉。'操军人皆出营立观。去北军二里余,同时发火,火烈风猛,船往如箭。飞埃炽烂,烧尽北船,延及岸边营砦。瑜等率轻锐继其后,雷鼓大进,北军大坏,曹公退走。"杜牧《赤壁》:"东风不与周郎便,铜雀春深锁二乔。"

④"旋小筑"二句:杜甫《畏人》:"畏人成小筑,褊性合幽栖。"特指经营苏州沧浪亭之事,化用杜诗,暗含朝廷和议之事。

⑤华表归鹤:典见《水龙吟》(艳阳不到青山)注⑰。

⑥当时花竹:《长洲县志》卷一二:"韩蕲王府俗称韩家园,即章氏园也。……韩氏作桥两山之上,曰'飞虹',张安国书扁。上有连理木,庆元间犹存。山之堂曰'寒光',傍有台曰'冷风亭',又有'翊运堂',耿元鼎记。池侧有'濯缨亭',梅之亭曰'瑶华境界',竹亭曰'翠玲珑',桂之亭曰'清香馆'。"

⑦"枝上"二句:杜甫《春望》:"感时花溅泪,恨别鸟惊心。"以上五句表层假设沧浪亭主人韩世忠若化鹤归来,大有物非之叹,实写国事日蹙。

⑧邀头:太守的别称。《岁华纪丽谱》:"成都游赏之盛,甲于西蜀。盖地大物繁,而俗好娱乐。凡太守岁时宴集,骑从杂遝,车服鲜华,倡优鼓吹,出入拥导,四方奇技,幻怪百变,序进于前,以从民乐,岁率有期,谓之故事。及期,则士女栉比,轻裘袯服,扶老携幼,阗道嬉游。或以坐具列于广庭,以待观者,谓之邀床,而谓太守为邀头。"此指平江知府吴潜。

⑨问梅:《中兴以来绝妙词选》、毛本、《吴兴艺文补》、《词综》、《历代诗余》、戈校本、杜本、王朱本、朱二校本作"看梅"。

⑩"重唱"四句:暗用唐玄宗羯鼓催发柳杏典。苏轼《后十余日复至》:"东君意浅著寒梅,千朵深红未暇裁。"《东坡诗集注》王十朋注曰:"次公此言东君止著寒梅而已,此所以为意也。"杜甫《小至》:"岸容待腊将舒柳,山意冲寒欲放梅。"度曲,即制此曲《金缕歌》。东君,司春之神青帝。

⑪沧浪水:语出《孟子·离娄上》,详见《莺啼序》(天吴驾云阆海)注⑫。并拍合濯缨亭。

⑫"怀此"二句:暗用赵师雄残酒醒时,唯见月落参横,翠羽啾嘈典故。

【汇评】

陈廷焯《云韶集》卷八:起五字神来。通首流连咏叹,天地为之低昂。

歔欷流涕有如此者。 (下阕眉批)一片热肠,有谁知得? (结句眉批)沈痛迫烈,碎击唾壶。意极激烈,语却温婉。

陈洵《海绡说词》:要心与东君同意,能将履斋忠款道出,是时边事日亟,将无韩、岳,国脉微弱,又非昔时。履斋意主和守而屡疏不省,卒致败亡,则所谓"后不如今今非昔,两无言、相对沧浪水。怀此恨,寄残醉"也。言外寄慨,学者须理会此旨。前阕沧浪起,看梅结;后阕看梅起,沧浪结,章法一丝不走。

醉落魄

院姬□主出为戍妇①

柔怀难托。老天如水人情薄②。烛痕犹刻西窗约③。歌断梨云④,留梦绕罗幕。

寒更唱遍吹梅角⑤。香消臂趁弓弰削⑥。主家衣在羞重着。独掩营门,春尽柳花落⑦。

"院姬",别院姬妾。《洛阳搢绅旧闻记》卷二:"(太子少师李肃国夫人)治家甚严,府中姬仆且众,夫妻别院。李公院姬妾数十人,夫人亦数十人,潜令伺夫院中,知姬妾稍违夫指顾,则召而挞之,择美少者代之。""出",即休妻。"戍妇",守边军人的妻子。

此代院姬抒情之作。上片起首直陈幽怨,感旧而伤今,恋恋不舍;下片写情断戍地,刻画了一个怀揣旧情、孤独度日、形容憔悴的军营怨妇形象。

【校注】

①□主:俞樾《右台仙馆笔记》卷一五谓一本空格作"憻"。

②"柔情"二句:为"柔情如水难托,天老人情薄"之倒文。李贺《金铜仙人辞汉歌》:"衰兰送客咸阳道,天若有情天亦老。"化用晏殊《破阵子》词意:"惟有擘钗分钿侣,离别常多会面难。此情须问天。"

③"烛痕"句:谓剪烛夜话之约定,用李商隐《夜雨寄北》诗意。

④梨云:犹言梨花云。见王昌龄《梅诗》及苏轼《西江月·梅花》词。

⑤寒更:梁元帝《燕歌行》:"漫漫悠悠天未晓,遥遥夜夜听寒更。"梅角:指角曲《梅花落》。

⑥弰:弓梢。《北堂书钞》卷一二四引晋庾翼《与燕王书》:"今致朱漆弰弱弓一弄,丈八稍一枚。"此以夸张的手法写院姬香臂消瘦如弓梢。

⑦"独掩"二句:岑之敬《折杨柳》:"将军始见知,细柳绕营垂。悬丝拂城转,飞絮上宫吹。"用细柳营典。切戍妇身份。

朝中措

晚妆慵理瑞云盘。针线傍灯前。燕子不归帘卷,海棠一夜孤眠。

踏青人散,遗钿满路,雨打秋千。尚有落花寒在①,绿杨未褪春绵②。

此词上片写闺中意兴寥落,见燕子不归,海棠孤眠,而怨悱因之而起;下片视觉落在陌上,踏春人散,盛春已过,还有余春可赏,故心中尚存希冀。

【校注】

①"雨打"二句:郑刚中《有客问予每日何事客退赋此》:"仿佛残香幽梦断,冥蒙细雨落花寒。"以上三句写闺中少妇眼中清明寒食游春后的暮春景象。

②"绿杨"句:白居易《杨柳枝》:"若解多情寻小小,绿杨深处是苏家。"并反用苏轼《蝶恋花》词意:"花褪残红青杏小。燕子飞时,绿水人家绕。枝上柳绵吹又少,天涯何处无芳草。"以上二句写女子在愁怨中尚存希翼,怨而不怒,存温厚也。春绵,《绝妙好词》作"青绵"。

【汇评】

俞陛云《唐五代两宋词选释》:"晚妆"二句就闺中而言,见孤闷之无俦;"踏青"二句就春游而言,见繁华之易散。两段皆后二句见本意。燕去空劳帘卷,有"锦衾独旦"之悲;青绵尚有余寒,有"翠袖佳人"之感。作者长于怨悱矣。

青玉案

短亭芳草长亭柳。记桃叶,烟江口①。今日江村重载酒②。残杯不到,乱红青冢③,满地闲春绣④。

翠阴曾摘梅枝嗅。还忆秋千玉葱手。红索倦将春去后⑤。蔷薇花落,故园胡蝶,粉薄残香瘦⑥。

【题解】

此为悼亡之作。上片堆叠离别意象,写旧地重游,引发伤春悼亡情思;下片回忆美人旧事,描绘故园花落春残情景,极凄凉沉痛。

【校注】

①"短亭"三句:长亭短亭、芳草斜阳、杨柳攀折、桃叶渡江皆记渡口离别之事。

②江村:在苏州阊门西的西园内。详见《扫花游》(水园沁碧)题解。

③青冢:汉王昭君墓。传说当地多白草而此冢独青,故名。此处泛指所钟情女子之坟茔。

④"满地"句:"乱红"意入此句。姚合《题李频新居》:"盖地花如绣,当门竹胜帘。"以上四句的意思是江村西园再载酒时,同样是春色如绣的季节,但当时侑觞的彼美,已是孤坟杳杳,酹酒难至。

⑤将:《汇释》:"将,犹与也。……又《月下独酌》诗:'月既不解饮,影徒随我身。暂伴月将影,行乐须及春。'此云月与影也。"以上三句点明时在寒食清明节。

⑥"蔷薇"三句:刘商《代人村中悼亡二首》(之二):"庭前唯有蔷薇在,花似残妆叶似衣。"温庭筠《和友人悼亡》:"春风几许伤心事,碧草侵阶粉蝶飞。"

【汇评】

陈廷焯《词则·别调集》卷二:笔意爽朗。

陈洵《海绡说词》:词极凄艳,却具大起大落之势,大家之异人如此。

又

新腔一唱双金斗①。正霜落,分甘手②。已是红窗人倦绣,春词裁烛③,夜香温被,怕减银壶漏④。

吴天雁晓云飞后。百感情怀顿疏酒。彩扇何时翻翠袖,歌边拌取,醉魂和梦,化作梅边瘦⑤。

【题解】

杨笺:"此亦忆姬之作。"上片回忆往昔与爱姬的浪漫情事,对酒当歌,纤手分柑，春宵苦短；下片抒姬去后的"百感情怀"，不言相思而相思之情俱在。

【校注】

①双金斗：晁端礼《绝句》："去日玉刀封恨断，见时金斗熨愁眉。"此"金斗"下暗藏"熨"字，比喻双眉舒展、内心舒畅。《丹铅余录·摘录》卷八："《说文》，熨，持火申缯也。一曰火斗。……杜工部诗'美人细意熨帖平'，白乐天诗'金斗熨波刀剪文'，温庭筠'绿波如熨豁愁肠'，陆鲁望诗'波平熨不如'，又'天如重熨皱'，王君玉词'金斗熨秋江'。"金斗，语出梁简文帝《和徐录事见内人作卧具诗》："熨斗金涂色，簪管白牙缠。"

②"正霜落"二句：苏州洞庭山柑橘经霜而黄然后能食。分甘，杜本作"分柑"。

③春词裁烛：用刻烛限诗典。裁烛，杜甫《江亭》："故林归未得，排闷强裁诗。"

④怕减：杜本作"烟减"。

⑤"彩扇"四句：用赵师雄遇淡妆素服梅花仙子典。朱敦儒《桃源忆》："今夜月明如昼。人共梅花瘦。"晁端礼《满江红》："人生事，谁如意。剩拚取，尊前醉。"拚，同"拼"，舍弃不顾。取，《汇释》："语助辞。犹著也；得也。"此化用牛希济《临江仙》词意："须知狂客，拚死为红颜。"

【汇评】

陈廷焯《词则·别调集》卷二：接笔好。

陈洵《海绡说词》："疏酒"，因无翠袖故也，却用上阕人家度岁之乐，层层对照，为"何时"二字，十二分出力。

好事近

飞露洒银床，叶叶怨梧啼碧①。蕲竹粉连香汗，是秋来陈迹②。

藕丝空缆宿湖船,梦阔水云窄③。还系鸳鸯不住④,老红香月白。

【题解】

此词为感秋怀人之作。杨笺:"此亦忆姬之作。疑作于姬去当年秋间。"上片写夏、秋季节的转换;下片写湖上秋景以寓情,突显情意终难维系之悲。

【校注】

①"飞露"二句:李白《赠别舍人弟台卿之江南》:"梧桐落金井,一叶飞银床。"

②"蕲竹"二句:苏轼《四时词四首》(之三):"新愁旧恨眉生绿,粉汗余香在蕲竹。"蕲竹,竹簟。粉连,《历代诗余》、杜本、王朱本、朱二校本作"粉莲"。

③"梦阔"句:为"梦窄水云阔"之倒。意同《鹧鸪天·化度寺作》中"乡梦窄,水天宽"。

④"还系"句:暗用红线典。李复言《续玄怪录·订婚店》谓杜陵韦固,元和二年,旅次遇一老人,倚布囊坐于阶上,向月捡书。固问所寻何书,答曰:"天下之婚牍耳。"又问囊中何物,答曰:"赤绳子耳。以系夫妻之足,及其生,则潜用相系,虽仇敌之家,贵贱悬隔,天涯从宦,吴楚异乡,此绳一系,终不可逭。"

【汇评】

陈廷焯《词则·别调集》卷二:"梦阔"五字奇警。

俞陛云《唐五代两宋词选释》:"飞露"二句,寻常露滴梧桐,以字字矜炼出之,固经意之句,亦南宋名家之异于北宋处。"竹粉"二句,陈迹犹存,而伊人已渺,故下阕接以怀人。柳丝系舟,词中所恒用,此"藕丝"二字殊新,只系湖船而不系鸳鸯。至香老月寒,长劳梦想,烟岛寒塘,自伤只影,等一鸾之羞舞矣。

杏花天

重午

　　幽欢一梦成炊黍①。知绿暗、汀菰几度②。竹西歌断芳尘去③。宽尽经年臂缕④。

　　梅黄后、林梢更雨⑤。小池面、啼红怨暮⑥。当时明月重生处⑦。楼上宫眉在否⑧。

【题解】

"重午",即农历五月初五,端午节。

此词端午怀人之作。上片追忆当年与伊人幽会欢度的时光,如今想来已成为黄粱一梦;下片由眼前的端午景色触景生情,再忆伊人,表达词人的无限深情。

【校注】

①幽欢:韩偓《六言三首》(之一):"幽欢不尽告别,秋河怅望平明。"炊黍一梦:合用菰叶黍粽及黄粱一梦典。

②"知绿暗"二句:化用姜夔《琵琶仙》词:"春渐远、汀洲自绿,更添了、几声啼鴂。"

③竹西歌断:化用杜牧《题扬州禅智寺》诗:"谁知竹西路,歌吹是扬州。"因以"竹西"代指扬州。芳尘去:化用贺铸《青玉案》词意:"凌波不过横塘路。但目送、芳尘去。"

④经年:杜本作"当年"。宽尽臂缕:谓手臂消瘦。臂缕,端午节佩戴于臂上的编织物。

⑤"梅黄"二句:翻过一层用贺铸《青玉案》词意:"试问闲愁都几许。一川烟草,满城风絮,梅子黄时雨。"

⑥"小池面"二句:谓暮色中池中乍开之带雨红莲如啼似泣。以上四句

明写节令景物,暗拟别时彼美之泪泫。

⑦明月重生:黄庭坚《和任夫人悟道》:"夫亡子幼如月魄,摧尽蛾眉作诗客。"《山谷外集诗注》:"《书》:旁死魄。疏云:魄,形也,月之轮郭无光之处。朔后明生而魄死,望后明死而魄生。退之诗:'维时月魄死,冬日朝在房。'"黄裳《喜迁莺·端午泛湖》:"归棹晚,载荷花十里,一钩新月。"

⑧宫眉:喻眉式如初月。以上二句写在相似的情景中回忆当年曾在扬州与彼美共看月明初生的温馨场景。

【汇评】

陈洵《海绡说词》:"幽欢一梦成炊黍",以下三句缴足。"楼上宫眉在否",以上三句逼取。顺逆往来,无不如意。

浪淘沙

灯火雨中船。客思绵绵。离亭春草又秋烟。似与轻鸥盟未了,来去年年。

往事一潸然。莫过西园。凌波香断绿苔钱①。燕子不知春事改,时立秋千②。

【题解】

此词为舟行感旧之作。上片写羁旅行愁,下片怀念故园人事。

【校注】

①"莫过"二句:薛德音《悼亡诗》:"苔生履迹处,花没镜尘中。"苔钱,刘孝威《怨诗》:"丹庭斜草径,素壁点苔钱。"反用韩偓《寒食日重游李氏园亭有怀》诗意:"今日独来香径里,更无人迹有苔钱。"

②"燕子"二句:以上四句从高观国《杏花天》数句中化出:"西园路、青鞋暗记。怕行入、秋千径里。一春多少相思意。说与新来燕子。"

【汇评】

俞陛云《唐五代两宋词选释》:前半写作客情怀,宛转动人。况旧梦西

665

园,凌波香断,则劳薪双足,益自伤矣。"燕立秋千",与"黄蜂频扑秋千索"句,一若有知,一若无知,而感人怀抱则同。唐人诗"飞鸟不知陵谷变,朝来暮去弋阳溪","庭树不知人去尽,春来还发旧时花",一兴禾黍之悲,一寓故家之感。此词咏燕,则有悱恻之怀。无情之燕子,久看世态,似胜于人之有情;但万有终归寂灭,则无情与有情,亦彭殇一例耳。

思佳客

迷蝶无踪晓梦沈。寒香深闭小庭心①。欲知湖上春多少,但看楼前柳浅深。

愁自遣,酒孤斟。一帘芳景燕同吟②。杏花宜带斜阳看,几阵东风晚又阴③。

【题解】

此为闺怨词。上片写因楼前柳色知湖上春深,而闺中人只能深闭闺门,徘徊梦中;下片写借酒排遣春愁,唯有呢喃燕子相伴,但杏花斜阳,东风暮阴,又使心头浮起一阵淡淡的忧伤与惆怅。

【校注】

①"迷蝶"二句:与"杏花"二句意相贯通。吴融《杏花》:"愿作南华蝶,翩翩绕此条。"郑谷《杏花》:"香属登龙客,烟笼宿蝶枝。"寒香,特指杏花。

②"一帘"句:化用刘沧《匡城寻薛闵秀才不遇》诗意:"不见故人劳梦寐,独吟风月过南燕。"诗词中多用"燕语",既有语,故应能"吟"。燕同吟,杜本作"忆同吟"。

③"杏花"二句:温庭筠《菩萨蛮》:"雨后却斜阳。杏花零落香。"欧阳铁《绝句》:"为怜红杏亚枝斜,看到斜阳送乱鸦。"晚阴谓将有杏花雨也。晚又阴,杜本作"吹又阴"。

【汇评】

俞陛云《唐五代两宋词选释》:梦窗词喜雕镌字句,间有晦滞处;亦尽有不著气力而含情韵者,此类是也。首二句不过事矜炼,遂觉深婉有味。下阕"燕同吟"三字颇新。花映夕阳,最为妍妙之景,而东风不许,掩以暮阴,令人怅恨。芳景易失,犹华年易老,题为《思佳客》,其咏花而有人在耶?

采桑子慢

九日

桐敲露井,残照西窗人起①。怅玉手、曾携乌纱,笑整风欹②。水叶沈红③,翠微云冷雁慵飞④。楼高莫上,魂消正在,摇落江蓠⑤。

走马断桥⑥,玉台妆谢⑦,罗帕香遗⑧。叹人老、长安灯外,愁换秋衣。醉把茱萸,细看清泪湿芳枝。重阳重处⑨,寒花怨蝶⑩,新月东篱。

【题解】

《采桑子慢》,即《丑奴儿慢》。见《丑奴儿慢》(东风未起)题解。

"九日",即九月初九重阳节。从词中"长安"二字看,此词作于京城临安。

此词为重阳感旧之作。上片回忆往昔重阳登高有佳人相伴,想而今湖上红衰翠减,为懒登高寻找理由;下片追忆初客杭州时冶游往事,悲秋叹老。

【校注】

①"桐敲"二句:暗反用杜牧《九日齐安登高》诗:"但将酩酊酬佳节,不用登临恨落晖。""敲"字谓梧叶坠落让人心惊。

②"怅玉手"三句:应为"怅曾携玉手,笑整风欹乌纱"之倒。用九日龙山落帽及玉人为整冠典。

③水叶沈红:为"水沈红叶"之倒,翻用流红题诗典。

④"翠微"句：翻用杜牧《九日齐安登高》诗："江涵秋影雁初飞，与客携壶上翠微。"兼用鸿雁传书典。

⑤"楼高"三句：张耒《崇化寺三首》（之二）："遣愁莫上高楼望，只有秋来昼日阴。"摇落江蓠，沈约《江蓠生幽渚》："叶飘储胥右，芳歇露寒东。"以上八句对比苏州重九的旧情衰谢。

⑥走马断桥：化用章台走马典。

⑦玉台妆榭：史达祖《风流子》："记窗眼递香，玉台妆罢，马蹄敲月，沙路人归。"玉台，即玉镜台。妆谢，《绝妙好词》、杜本、王朱本、朱三校本作"妆榭"。

⑧罗帕香遗：用元夕游赏衣裳飘香典。罗帕，《类说》卷二九引《丽情集》：开宝年中，贾知微遇曾城夫人及舜二妃于巴陵，临别时，曾城夫人赠以秋云罗帕，称此罗是织女缫玉茧织成。以上三句亦回忆初客杭京时的冶游往事。

⑨重阳重处：日月并应时，详见《霜叶飞》（断烟离绪）题解。

⑩寒花怨蝶：用苏轼《九日次韵王巩》"明日黄花蝶也愁"诗意。

古香慢 自度腔，夷则商，犯无射宫①

赋沧浪看桂②

怨娥坠柳③，离佩摇蒹④，霜讯南圃⑤。漫忆桥扉，倚竹袖寒日暮⑥。还问月中游，梦飞过、金风翠羽⑦。把残云、剩水万顷，暗熏冷麝凄苦⑧。

渐浩渺⑨、凌山高处⑩。秋澹无光，残照谁主。露粟侵肌，夜约羽林轻误⑪。剪碎惜秋心，更肠断、珠尘薜路⑫。怕重阳，又催近、满城细雨⑬。

【题解】

《古香慢》，词牌名。梦窗自度曲。双调，九十四字，上片九句四仄韵，下片九句五仄韵。此调《词律》失载。

"沧浪",即苏州沧浪亭,见《金缕歌》(乔木生云气)题解。

此词咏桂,写看桂时所引起的山河残破之感,借物咏怀,寄托了梦窗对于国家命运的无比忧虑。

【校注】

①《历代诗余》无宫调。杜本、王朱本宫调皆节"腔"字。

②《历代诗余》、杜本、王朱本题皆节"赋"字。

③怨娥坠柳:以坠落时卷蹙的柳叶,喻愁怨黛眉。怨娥,《历代诗余》、戈校本、杜本作"怨蛾"。

④离佩摇湔:水溅花枝下垂,故喻为垂带的佩玉。

⑤霜讯:犹言"霜信"。《陆氏诗疏》卷下之上:"今北方有白雁,似鸿而小,色白。秋深乃来,来则霜降,河北人为之霜信。盖白霜降五日而鸿雁来,寒露五日而候雁来。候雁之来,在霜降前十日,所以谓之霜信也。"南圃,《历代诗余》、杜本作"南浦"。

⑥"漫忆"二句:此涉及韩家园中竹亭翠玲珑,桂亭清香馆。详见《金缕歌》(乔木生云气)注⑥。"霜"字意亦入此。李白《咏桂》:"一朝天霜下,荣耀难久存。安知南山桂,绿叶垂芳根。"杜甫《重过何氏五首》(之一):"问讯东桥竹,将军有报书。"并用杜甫《佳人》诗意。漫忆桥扉,《词谱》作"慢惜佳人"。《历代诗余》、戈校本、杜本作"漫掩桥扉"。

⑦"还问"三句:用唐明皇游月宫,宫中有大桂树的传说。翠羽,此指用以装饰车驾的翠鸟羽毛。特代指仙人申天师、道士鸿都客车驾。

⑧"把残云"二句:残云剩水,实谓残山剩水。沧浪亭周围的山水皆为人工堆积蓄潴而成。《石林诗话》:"(沧浪亭)姑苏州学之南,积水弥数顷,傍有小山,高下曲折相望,盖钱氏时广陵王所作,既积土山,因以其地潴水。……既除地,发其下,皆嵌空大石,又得千余株,亦广陵时所藏,益以增累其隙,两山相对,遂为一时雄观。"

⑨浩渺:此写沧浪归隐之乐。苏轼《泊南牛口期任遵圣长官到晚不及见复来》:"江湖涉浩渺,安得与之偕。"

⑩凌山:杜本作"陵山"。

⑪"露粟"二句：此亦反用羽林郎轻易误约，赵飞燕玉体夜露中不起疹粟典故，以疹粟喻桂花。羽林，《汉书·百官公卿表》："帝太初元年，更名光禄勋。属官有大夫、郎、谒者，皆秦官。又期门、羽林皆属焉。"颜师古注曰："羽林亦宿卫之官，言其如羽之疾，如林之多也。一说，羽，所以为王者羽翼也。"

⑫"剪碎"三句：以落桂喻剪碎之秋心。薜路，《历代诗余》、《词谱》、杜本作"薜露"。

⑬"怕重阳"三句：王埜菊诗："清霜临菊月，细雨似梅天。"并用潘大临重阳诗句。细雨，《历代诗余》、戈校本、杜本、朱三校本作"风雨"。

【汇评】

俞陛云《唐五代两宋词选释》：梦窗殁于理宗时，未及宋之末造，故集中感怀君国之思，与碧山、玉田、草窗异。但此词既非怀人，又非自感，而一片凄苦之音，将何所指？观其"剩水残云""残照谁主"等句，殆感汴京往事耶？上阕"月中游"四句、下阕"秋心"二句，用笔幽邃，情韵复哀而弥长，是梦窗擅胜处。

陈洵《海绡说词》：豪宕感激，真气弥满，却非稼轩。尝论词有真气，有盛气。真气内充，盛气外著，此稼轩也。学稼轩者无其真气，而欲袭其盛气，鲜有不败者矣。能者则真气内含，盛气外敛。

踏莎行

敬赋草窗绝妙词

杨柳风流①，蕙花清润②。□蘋未数张三影③。沈香倚醉调清平，新辞□□□□□④。

鲛室裁绡⑤，□□□□。□□白雪争歌郢⑥。西湖同结杏花盟⑦，东风休赋丁香恨。

【题解】

"草窗",即周密,字公谨,号草窗,又号蘋洲,有词集《蘋洲渔笛谱》。其词风格在姜夔、吴文英之间,与吴文英并称"二窗"。"绝妙词",指周密《蘋洲渔笛谱》,兼及所编词选《绝妙好词》。周密《浩然斋雅谈》卷下三次自称所选《绝妙好词》为《绝妙词》:"(张枢)已选六阕于《绝妙词》","(李彭老)已择十二阕入《绝妙词》矣","(薛梯飚)尝收数阕于《绝妙词》"。

此词盛赞周密才思敏捷、豪放洒脱,赞誉其词清新脱俗、造诣高妙。

【校注】

①杨柳风流:此用张绪风流典。详见《高阳台》(风袅垂杨)注①。

②蕙花清润:此用潘郎清润典。详见《高阳台》(风袅垂杨)注②。

③"□蘋"句:张三影,即张先,宋人根据他的诗词名句雅称其为"张三影"。《诗人玉屑》卷一八引《高斋诗话》曰:"子野尝有诗云'浮萍断处见山影',又长短句'云破月来花弄影',又云'隔墙送过秋千影',并脍炙人口,世谓'张三影'。"

④"沈香"二句:乐史《李翰林别集序》:"开元中,禁中初重木芍药,即今牡丹也(《开元天宝花木记》云:禁中呼木芍药为牡丹)。得四本,红、紫、浅红、通白者,上因移植于兴庆池东沈香亭前。会花方繁开,上乘照夜车,太真妃以步辇从。……上曰:'赏名花,对妃子,焉用旧乐辞焉?'遽命龟年持金花笺,宣赐翰林供奉李白立进《清平调》词三章。白欣然承诏旨。由若宿醒未解,因援笔赋之。……龟年以歌辞进,上命梨园弟子略约调抚丝竹,遂促龟年以歌。太真妃持颇黎七宝杯,酌西凉州葡萄酒,笑领歌辞,意甚厚。上因调玉笛以倚曲,每曲遍将换,则迟其声以媚之。太真妃饮罢,敛绣巾重拜。上自是顾李翰林尤异于诸学士。"

⑤鲛室裁绡:用南海鲛人织绡典。用意颇同欧阳炯《花间集序》:"则有绮筵公子,绣幌佳人,递叶叶之花笺,文抽丽锦。"

⑥白雪歌郢:郢楚调中《阳春》《白雪》曲高和寡。欧阳炯《花间集序》:"昔郢人有歌《阳春》者,号为绝唱。乃命之为《花间集》。庶使西园英哲,用资羽盖之欢;南国婵娟,休唱莲舟之引。"郢,春秋战国时楚国都城。以上二句谓周密《绝妙好词》作为南宋歌词选集,与五代时的《花间集》同属雅词

歌集。

⑦"西湖"句：西湖盟，指霞翁杨缵吟社或西湖吟社。周密《采绿吟》词序："甲子夏，霞翁会吟社诸友逃于西湖之环碧。琴尊笔研，短葛練衣，放舟于荷深柳密间。舞影歌尘，远谢耳目，酒酣，采莲叶，探题赋词，余得《塞垣春》。翁为翻谱数字，短箫按之，音极谐婉，因易之今名云。"

断　句

霜杵敲寒，风灯摇梦。
醉云醒月[①]。

【校注】

①醉云醒月：《词话丛编》作"醉云醒雨"。孙虹《梦窗词集校笺》："以上二残句为王鹏运四印斋本分别录自《词旨·属对》《词旨·词眼》。'醉云醒月'实为'解蹀躞''醉云又兼醒雨'阙文及异文，明张本于'醉云''醒雨'中阙二字可证。《全宋词》仅录上一条断句为是。另，《古今词话·词品》卷下录'雁飞吹裂云痕，小楼一线（缕）斜阳影'为'吴文英句'亦误。冯煦《蒿盦类稿·七》：'七宝楼台迥不殊，周姜而外此华腴。雁声都在斜阳许，余子纷纷道得无。'亦为沿误。实见于丁基仲《水龙吟》。"

附　录

一、存目词

绕佛阁 夹钟商

旅思

暗尘四敛。楼观迥出,高映孤馆。清漏将短。厌闻夜久,签声动书幔。桂华又满。闲步露草,偏爱幽远。花气清婉。望中迤逦,城阴度河岸。

倦客最萧索,醉倚斜桥穿柳线。还似汴堤,虹梁横水面。看浪飐春灯,舟下如箭。此行重见。叹故友难逢,羁思空乱。两眉愁、向谁舒展。

【勘误】

此为周邦彦词,见陈元龙注《片玉集》卷九。毛本、《词综》误入,杜本删。明张本误入,朱三校本删。

浣溪沙

春情

青杏园林煮酒香。佳人初著薄罗裳。柳丝摇曳燕飞忙。

乍雨乍晴花自落,闲愁闲闷昼偏长。为谁消瘦损容光。

【勘误】

此词见晏殊《元献遗文》。曾慥《乐府雅词》卷上、黄昇《花庵词选》卷二均作欧阳修词,《草堂诗余》卷一作秦观词。明张本误入,朱三校本删。

浣溪沙

春情

手卷珠帘上玉钩。依前春恨锁重楼。风里落花谁是主,思悠悠。

青鸟不传云外信,丁香空结雨中愁。回首绿波三峡暮,接天流。

【勘误】

此李璟词,见《南唐二主词》,又见马令撰《南唐书》卷二十五。毛本所据底本误入,毛本删。明张本误入,朱三校本删。

浣溪沙

一曲新词酒一杯。去年天气旧亭台。夕阳西下几时回?

无可奈何花落去,似曾相识燕归来。小园香径独徘徊。

【勘误】

此晏殊词,见《珠玉词》、《草堂诗余》卷一、《花草粹编》卷三。毛本所据底本误入,毛本删。明张本误入,朱三校本删。

浣溪沙

夏景

簌簌衣中落枣花。村南村北响缫车。牛衣古柳卖黄瓜。

酒困路长唯欲睡,日长人渴谩思茶。敲门试问野人家。

【勘误】

此苏轼词,见《东坡词》卷下。毛本所据底本误入,毛本删。明张本误入,朱三校本删。

浣溪沙

春景

小院闲窗春色深。重帘未卷影沈沈。倚楼无语理瑶琴。

远岫出山催薄暮,细风吹雨弄轻阴。梨花欲谢恐难禁。

【勘误】

《乐府雅词》卷下、《花草粹编》卷三作李清照词。《草堂诗余》作欧阳修词。明毛晋《片玉词·补遗》作周邦彦词,并校曰:"或刻欧阳永叔。"毛本删除未尽,尚存"梨花欲谢恐难禁"一句,杜本删。明张本误入,朱三校本删。

玉楼春

绿杨芳草长亭路。年少抛人容易去。楼头晓梦五更钟,花底离愁三月雨。

无情不似多情苦。一寸还成千万缕。天涯地角有穷时,只有相思无尽处。

【勘误】

此晏殊词,见《元献遗文》、《唐宋诸贤绝妙词选》卷三、《草堂诗余》卷一、《花草粹编》卷十一。毛宸本误补。明张本误入,朱三校本删。

如梦令

春景

门外绿阴千顷,两两黄鹂相应。睡起不胜情,行到碧梧金井。人静。人静。风动一枝花影。

【勘误】

此曹组词,见《乐府雅词》卷下、《花庵词选》卷八、《花草粹编》卷一。淮海词、《草堂诗余》卷一作秦观词。毛宸本误补。明张本误入,朱三校本删。

洞仙歌

赋黄木香　赠辛稼轩

花中惯识,压架玲珑雪。可见湘英间琅叶。恨春风将了,染额人归,留得个、袅袅垂香带月。

鹅儿真似酒,我爱幽芳,还比荼蘼又娇绝。自种古松根,待黄龙,乱飞上、苍髯五鬣。更老仙、添与笔端春,敢唤起桃花,问谁优劣。

【勘误】

此姜夔词,见《白石道人歌曲·别集》。毛扆本误补。明张本误入,朱三校本删。

玉漏迟

春情

絮花寒食路。晴丝罥日,绿阴吹雾。客帽欺风,愁满画船烟浦。彩柱秋千散后,怅尘锁、燕帘莺户。从间阻,梦云无准,鬓霜如许。

夜永绣阁藏娇,记掩扇传歌,剪灯留语。月约星期,细把花须频数。弹指一襟怨恨,谩空倩、啼鹃声诉。深院宇。黄昏杏花微雨。

【勘误】

《阳春白雪》卷五作赵闻礼词。《绝妙好词》卷四作楼采词。毛本、杜本误入,王朱本删。明张本误入,朱三校本删。

洞仙歌

春情　古腔

杏香飘禁苑,须知自古,皇州春早。燕子来时,绣陌渐薰芳草。蕙圃夭桃过雨,弄碎影、红筛碧沼。深院悄。绿杨尽日,莺声争巧。

早是赋得多情,更对景临风,镇辜欢笑。数曲阑干,故人谩劳登眺。天际微云过尽,乱峰锁、一竿残照。归路杳。东风泪零多少。

【勘误】

《草堂诗余》卷三、《花草粹编》卷一七作宋祁词。《全宋词》谓是韩嘉彦词,见《花草粹编》卷九,应误。《花草粹编》字句略有出入:"杏香消散尽,须知自昔,都门春早。燕子来时,绣陌乱铺芳草。蕙圃妖桃过雨,弄笑脸、红筛碧沼。深院悄,绿杨巷陌,莺声手巧。　早是赋得多情,更遇酒临花,镇辜欢笑。数曲阑干,故国谩劳凝眺。汉外微云尽处,乱峰锁,一竿修竹。间琅玕,东风泪零多少。"并附本事曰:"韩魏公子都尉嘉彦,才质清秀,颇有豪气。因言语间与公主参商,安置邓州。泊春来,感怀作此词。都下盛传,因教池开,公主出游教池。李师师献此词以侑觞,声韵凄惋。公主问辞之所由,师师具道其意。公主因缘感疾,帝乃遣使,速召嘉彦还都。"毛本、杜本误入,王朱本删。明张本误入,朱三校本删。

玉蝴蝶

秋恨

晚雨未摧宫树,可怜闲叶,犹抱凉蝉。短景归秋,吟思又接愁边。漏初长、梦魂难禁,人渐老、风月俱寒。想幽欢。土花庭甃,虫网阑干。

无端。啼蛄搅夜,恨随团扇,苦近秋莲。一曲当楼,谢娘悬泪立风前。故园晚、强留诗酒,新雁远、不致寒暄。隔苍烟。楚香罗袖,谁伴婵娟。

【勘误】

此史达祖词,见《梅溪词》。毛本、杜本误入,王朱本删。明张本误入,朱三校本删。

绛都春 仙吕

元夕

融和又报。乍瑞霭霁色,皇都春早。翠幰竞飞,玉勒争驰都门道。鳌山彩结蓬莱岛。向晚景、双龙衔照。绛绡楼上,彤芝盖底,仰瞻天表。

缥缈。风传帝乐,庆三殿共赏,群仙同到。迤逦御香,飘满人间闻嬉笑。须臾一点星毬小。渐隐隐、鸣鞘声杳。游人月下归来,洞天未晓。

【勘误】

此丁仙现词,见《草堂诗余后集》卷上、《花草粹编》卷二十。毛本、杜本误入,王朱本删。明张本误入,朱三校本删。

声声慢

夏景

梅黄金重,柳细丝轻,园林暮烟如织。殿角风微,帘外燕喧莺寂。池塘彩鸳乍起,露荷翻、千点珠滴。闲昼永,称潇湘竿叟,烂柯仙客。

日午槐阴低转,茶瓯罢、清风顿生两腋。摏玉盘中,朱李静沉寒碧。朋侪闲歌白雪,卸巾纱、尊俎狼藉。有皓月、照黄昏,眠又未得。

【勘误】

此无名氏词,见《草堂诗余前集》卷下。《花草粹编》卷一七作刘泾词。毛本、杜本、王朱本误入,朱二校本删。明张本误入,朱三校本删。

凄凉调 仙吕调犯双调

合肥巷陌皆种柳,秋风夕起骚骚然。予客居阖户,时闻马嘶。出城四顾,则荒烟野草,不胜凄黯,乃著此解。琴有《凄凉调》,假以为名。凡曲言犯者,谓以宫犯商、商犯宫之类,如道调宫上字住,双调亦上字住。所住字同,故道调曲中犯双调,或于双调曲中犯道调,其他准此。唐人乐书云:犯有正、旁、偏、侧。宫犯宫为正,宫犯商为旁,宫犯角为偏,宫犯羽为侧。此说非也。十二宫所住字各不同,不容相犯,十二宫特可犯商、角、羽耳。予归行都,以此曲示国工田正德,使以哑觱篥吹之,其韵极美。亦曰《瑞鹤仙影》。

绿杨巷陌。秋风起、边城一片离索。马嘶渐远,人归甚处,戍楼吹角。

情怀正恶。更衰草寒烟澹薄。似当时、将军部曲，迤逦度沙漠。

追念西湖上，小舫携歌，晚花行乐。旧游在否？想如今、翠凋红落。漫写羊裙，等新雁来时系着。怕匆匆、不肯寄与，误后约。

【勘误】

此姜夔词，见《白石道人歌曲》卷四。毛本误入，杜本删。明张本误入，朱三校本删。

尾犯 黄钟宫

夜雨滴空阶，孤馆梦回，情绪潇索。一片闲愁，想丹青难摸。秋渐老、蛩声正苦，夜将阑、灯花渐落。最无端处，总把良宵，只恁孤眠却。

佳人应怪我，自别后，寡信轻诺。记得当时，剪香云为约。其时向、幽闺深处，按新词、流霞共酌。再同欢笑，肯把金玉珠珍博。

【勘误】

此柳永词，见《乐章集》卷上、《草堂诗余》卷三、《花草粹编》卷一七。毛本误入，杜本删。明张本误入，朱三校本删。

＊以上存目词皆以明张本为底本，不校字。

＊明张本、毛本分属一卷本与四卷本系列，朱三校本始合流，故杜本、王朱本所删，不与明张本。

＊周邦彦《庆春宫·旅思》《大酺·春雨》，明张本、毛本皆自注"附清真"，故不入存目之列。

＊清代及之后别集及选本误入者皆不录入。

二、吴文英传记资料

周密《浩然斋雅谈》卷下：翁元龙，字时可，号处静。与吴君特为亲仲伯。作词各有所长，世多知君特，而知时可者甚少，予尝得一编，类多佳语，已刊于集矣。

全祖望《鲒埼亭外编》卷四七：西麓先生陈允平，曾为制置司参议官。宋亡，有告庆元遗老通于海上，西麓为魁，惶而得脱，盖亦遗民之望也。其他事迹，不可考矣。吴文英以词游公卿间，晚年困踬以死。甬上填词当以二家为祖，而西麓兼称诗人眉目。

江昱《〈蘋洲渔笛谱〉疏证》：梦窗词集有"忆兄翁石龟"词，石龟名逢龙，时可名元龙，为兄弟行。君特殆本为翁氏也。

《慈溪县志》卷二五：翁元龙，字时可，一字处静（《台州府志》）。工长短句，与同里吴文英齐名。

张寿镛《四明丛书》本《梦窗词集》：《鄞县志》本传：吴文英字君特，号梦窗。与姜夔、辛弃疾倡和，其词卓然南宋一大宗（《四库提要》）。尝从丞相吴潜游（《四明近体乐府》）。淳祐十一年卒（《题要》）。案全祖望《答万经》、《宁波府志·杂问》：吴文英晚年困踬以死）。

寿镛谨按：淳祐十一年卒，四库校者据绝笔《莺啼序》一阕也。而周雪（草）窗寄梦窗《拜月星慢》则在景定癸亥，相距十二年。然则《莺啼序》绝笔是否在淳祐十一年犹待考也。又案，《蘋洲渔笛谱》附录梦窗所题《踏莎行》称觉翁，盖晚年之号。又案，《浩然斋雅谈》：时可与吴君特为亲伯仲，作词各有所长，世多知君特，而知时可者少。考时可为翁元龙之字，《鄞志》别有传。弟逢龙字际可，号石龟，梦窗《探春慢》"忆兄翁石龟"，周公谨谓为亲伯仲或本此，至生平相与往返及其居处，朱古微小笺已详言之，可据以别作小传。

又案，袁陶轩钧集《四明近体乐府》凡十三卷，四明词家略备。镇海姚某伯燮后起者，犹不与焉，卷端谓晚宋时梦窗、处静（翁元龙别字）、西麓（陈允平），词家之大宗。又云："自清真居士（周邦彦）以守郡定居奉川，词学大昌。"然则梦窗得清真之妙，又居使然也。

三、吴文英事迹简表

纪　年	辑　事	地　点	幕游、行役或归寓
嘉泰二年(1202)	出生		
嘉定十三年(1220)至绍定三年(1230)	入临安府尹袁韶幕	临安府(杭州)	常州(无锡、宜兴)、扬州、楚州(后改置淮安)、平江(昆山)、湖州(乌程、德清)
绍定四年(1231)至淳祐四年(1244)	入职"提举常平广惠仓兼管勾农田水利差役事"(仓幕)	平江府(苏州)	楚州(后改置淮安)、常州(无锡)、平江(常熟、长州、吴县)、湖州(乌程)、临安(新城、仁和)
淳祐四年(1244)	入绍兴府尹史宅之幕	绍兴府	苏州、杭州
淳祐六年(1246)至淳祐九年(1249)	入史宅之幕(史氏时任工部尚书、吏部尚书、同签书枢密院事等职)	临安府(杭州)	苏州、绍兴
淳祐九年(1249)至开庆元年(1259)	闲隐寓居	平江府(苏州)	杭州、湖州(乌程)
开庆元年(1259)至咸淳元年(1265)	入嗣荣王赵与芮幕	临安府(杭州)、绍兴府(山阴)皆有荣邸	苏州
咸淳元年(1265)至宋亡	闲隐寓居	苏州	杭州

四、有关吴文英的研究论著、论文索引

（一）关于吴文英研究的论著

1.《梦窗词集》，（宋）吴文英撰，（明）张廷璋藏钞，万历二十六年
(1598)，今存中国国家图书馆。

2.《汲古阁绣镌梦窗词稿》，（宋）吴文英撰，（明）毛晋辑刻，上海古籍出
版社景印明汲古阁刊四卷本，1989 年版。

3.《梦窗甲乙丙丁稿》，（宋）吴文英撰，（明）毛晋辑刻，毛扆等校订汲古
阁本，今存中国国家图书馆。

4.《梦窗甲乙丙丁稿》，（宋）吴文英撰，（清）杜文澜校钞，今存北京大学
图书馆。

5.《梦窗甲乙丙丁稿》，（宋）吴文英撰，（清）王鹏运、杜文澜合校，四印
斋刻本，光绪己亥(1899 年)。

6.《梦窗甲乙丙丁稿》，（宋）吴文英撰，（清）王鹏运、杜文澜合校，四印
斋重刻本，光绪甲辰(1904 年)。

7.《郑文焯手批梦窗词》，台北"中央研究院"中国文哲研究所筹备处，
1996 年版。

8.《梦窗词甲乙丙丁稿》，（宋）吴文英撰，（清）朱祖谋校订，无着庵刻
本，光绪戊申(1908 年)。

9.《梦窗词集附补遗》，（宋）吴文英撰，（清）朱祖谋校订，彊村丛书
(五)，上海古籍出版社，1989 年版。

10.《梦窗词集》，（宋）吴文英撰，（清）朱祖谋校订，彊村丛书(九)，上海
古籍出版社，1989 年版。

11.《梦窗词集》，（宋）吴文英撰，（清）朱祖谋校订，夏敬观评本，今存上
海图书馆。

12.《梦窗词集小笺》，（清）朱祖谋，中华书局《四部备要》本，1936
年版。

13.《梦窗词集》，（宋）吴文英撰，张寿镛校订，《四明丛书》本，广文书
局，1980 年版。

14.《全宋词·梦窗词集》,(宋)吴文英撰,唐圭璋编,中华书局,1965年版。

15.《梦窗词校议》,(清)郑文焯撰,张寿镛辑录,《四明丛书》本《梦窗词集》后附,广文书局,1980年版。

16.《梦窗词全集笺释》,(宋)吴文英撰,杨铁夫笺释,无锡民生印书馆,1936年版。

17.《吴梦窗词笺释》,(宋)吴文英撰,杨铁夫笺释,陈邦炎校点,广东人民出版社,1992年版。

18.《吴梦窗系年》,夏承焘著,《夏承焘集》第一册,浙江古籍出版社、浙江教育出版社,1997年版。

19.《梦窗词集后笺》,夏承焘著,《夏承焘集》第二册,浙江古籍出版社、浙江教育出版社,1997年版。

20.《梦窗词集校笺》,(宋)吴文英撰,孙虹、谭学纯校笺,中华书局,2014年版。

21.《梦窗词汇校笺释集评》,(宋)吴文英撰,吴蓓笺校,浙江古籍出版社,2007年版。

22.《吴文英与南宋词艺术》,方秀洁撰,普林斯顿大学出版社,1987年版。

23.《徘徊于七宝楼台——吴文英词研究》,田玉琪,中华书局,2004年版。

24.《梦窗词研究》,钱鸿瑛,上海古籍出版社,2005年版。

25.《微睇室说词》,刘永济著,上海古籍出版社,1987年版。

26.《映梦窗凌乱碧——吴文英及其词研究》,周茜撰,广东教育出版社,2006年版

27.《吴文英词欣赏》,吴战垒主编,巴蜀书社,1999年版。

28.《吴文英词》,朱德才主编,文化艺术出版社,1999年版。

29.《梦窗词注释》,韩莲亭著,中国文联出版社,2013年版。

30.《梦窗词说境》,杨凤琴著,海洋出版社,2010年版。

(二)关于吴文英研究的论文

1.《吴文英词》,淦克超,《世界日报·副刊》,1926 年 12 月 20 日。

2.《读吴梦窗词》,陈廉贞,《光明日报·文学遗产》,1957 年 4 月 28 日。

3.《梦窗晚年与贾似道绝交辨》,《夏承焘集》第一册,浙江古籍出版社、浙江教育出版社,1997 年版。

4.《拆碎七宝楼台——谈梦窗词之现代观》,叶嘉莹,《新潮》,1962 年第 5 期。

5.《吴文英梦窗词》,钟应梅,《蘖园说词》,香港中文大学崇基学院华国学会丛书,1968 年版。

6.《为南宋人吴梦窗叫屈——兼及山中白云词》,皮沧峰,《浙江月刊》,1977 年第 5 期。

7.《炫人眼目的境界——读吴文英词一得》,徐永端,《词学》第一辑,华东师范大学出版社,1981 年版。

8.《梦窗词艺术初探》,邓乔彬,《齐鲁学刊》,1983 年第 1 期。

9.《吴梦窗生卒年管见》,陈邦炎,《文学遗产》,1983 年第 1 期。

10.《梦窗词结构艺术初探》,罗弘基,《求是学刊》,1983 年第 5 期。

11.《梦窗词浅议》,陈邦炎,《文学遗产》,1984 年第 1 期。

12.《郑大鹤校梦窗词手稿笺记》,任铭善遗稿,《中华文史论丛》,1981 年第 1 期。

13.《梦窗词的艺术特征》,谢桃坊,《学术月刊》,1984 年第 4 期。

14.《碧窗宿雾蒙蒙——梦窗词之我见》,林彬,《厦门大学学报》,1984 年第 4 期。

15.《论梦窗词的社会意义》,谢桃坊,《贵州社会科学》,1984 年第 5 期。

16.《试论梦窗词的构思艺术》,吴晟,《江西师范大学学报》,1985 年第 3 期。

17.《吴梦窗与李长吉》,寇梦碧,《词学》第四辑,华东师范大学出版社,1986 年版。

18.《论梦窗词》,唐圭璋,《词学论丛》,上海古籍出版社,1986 年版。

19.《词人吴文英事迹考辨》,谢桃坊,《词学》第五辑,华东师范大学出版社,1986 年版。

20.《隐辞幽思、词风密丽的吴文英》,吴熊和,《十大词人》,上海古籍出版社,1989 年版。

21.《吴文英恋情词二题》,王德明等主编《古典文学新探》,广西师范大学出版社,1990 年版。

22.《简论梦窗词的艺术特色》,黄意明、秦惠兰,《上海师范大学学报》,1990 年第 4 期。

23.《吴文英及其词》,(日)村上哲见著,陈雪军译,《词学》第九辑,华东师范大学出版社,1991 年版。

24.《腾天潜渊,幽云怪雨——谈梦窗词突破传统理性羁束的现代化倾向》,叶嘉莹,《诗馨篇》(下),中国青年出版社,1991 年版。

25.《吴梦窗事迹考》,杨铁夫,《吴梦窗词笺释》,广东人民出版社,1992 年版。

26.《梦窗情词考索——兼论本事考索及情词发展史》,谢思炜,《文学遗产》,1992 年第 3 期。

27.《关于吴文英生平中的两个问题》,钱锡生,《文学遗产》,1993 年第 2 期。

28.《梦窗词艺术个性初探》,杨柏岭,《安徽师大学报》,1994 年第 1 期。

29.《梦窗词结构方式初探》,潘裕民,《求索》,1994 年第 3 期。

30.《吴文英考辨》,何林天,《山西师大学报》,1994 年第 2 期。

31.《吴文英词朦胧化现象思考》,孙虹,《扬州师院学报》,1996 年第 3 期。

32.《梦窗词与梦幻的窗口》,陶尔夫,《文学遗产》,1997 年第 1 期。

33.《浅说梦窗词之"字面"》,傅蓉蓉,《中国韵文学刊》,1998 年第 2 期。

34.《论梦窗词浑化物我之审美理想》,徐安琪,《华中理工大学学报》,1998 年第 4 期。

35.《幺弦如诉解人难——梦窗词释读和评价》,吴战垒,《文史知识》,1999 年第 10 期。

36.《梦窗词简论》,吴熊和,《吴熊和词学论文集》,杭州大学出版社,

685

1999 年版。

37.《郑文焯批校梦窗词》,吴熊和,《吴熊和词学论文集》,杭州大学出版社,1999 年版。

38.《丽密深曲,虚实相生——谈梦窗词与义山诗的模糊性》,赵忠山、张桂兰,《北方论丛》,1995 年第 1 期。

39.《读梦窗词札记》,钟振振,《文学遗产》,1999 年第 4 期。

40.《自闭于窗中的梦呓——试论梦窗词的片断艺术及其文化意蕴》,李舜华,《江海学刊》,2000 年第 1 期。

41.《吴梦窗生平考证二题》,张如安,《中国韵文学刊》,2000 年第 2 期。

42.《梦窗词在词学史上的意义》,孙克强,《文学遗产》,2006 年第 6 期。

43.《情爱的伤逝之歌——晏几道、吴文英恋情词比较》,蒋晓城、张幼良,《广西社会科学》,2003 年第 9 期。

44.《论梦窗怀人词之艺术特色》,钱锡生,《苏州大学学报》,2004 年第 6 期。

45.《绮窗凄梦:词中之商隐——试论义山诗对梦窗词的穿透性影响》,吴振华,《学术月刊》,2004 年第 3 期。

46.《试论梦窗词中的"梦"》,罗燕萍,《苏州大学学报》,2006 年第 1 期。

47.《论梦窗词气味描写的艺术》,陶文鹏、阮爱东,《文学评论》,2006 年第 5 期。

48.《梦窗词在词学史上的意义》,孙克强,《文学遗产》,2006 年第 6 期。

49.《吴文英词的"现代化特色"献疑——与叶嘉莹先生商榷》,周茜,《文史哲》,2006 年第 6 期。

50.《追忆如春般缥缈的往事——吴文英〈扫花游·春雪〉》,江合友,《文史知识》,2006 年第 9 期。

51.《梦窗词补笺》,吴熊和,《文学遗产》,2007 年第 1 期。

52.《集成与创获——读吴蓓的〈梦窗词汇校笺释集评〉》,周笃文,《中国韵文学刊》,2008 年第 2 期。

53.《吴文英与史宅之关系考论》,吴蓓,《词学》,2009 年第 1 期。

54.《吴梦窗与姜石帚交游考论》,孙虹、王婷,《词学》,20010 年第 1 期。

55.《梦窗词"瘦"意象的美学意蕴》,陈昌宁,《清华大学学报》(哲学社会科学版),2010 年第 2 期。

56.《吴梦窗杭州情词及"亡妾""亡妓"辨说》,孙虹、孙蒙,《江南大学学报》(人文社会科学版),2010 年第 3 期。

57.《梦窗词泛"本事"化阐释献疑》,孙虹,《文学遗产》,2010 年第 4 期。

58.《吴梦窗隐化节序词意蕴探微》,孙虹、童霏,《文史知识》,2010 年第 10 期。

59.《秘响傍通　恍惚相似——论李贺诗与梦窗词艺术处理之异同》,钱锡生,《北京大学学报》(哲学社会科学版),2012 年第 2 期。

60.《论梦窗词的隐秀艺术》,夏明宇,《中国韵文学刊》,2012 年第 2 期。

61.《姜白石、吴梦窗咏梅词的意趣语境》,孙虹、佘卉图,《文史知识》,2012 年第 4 期。

62.《吴梦窗〈琐窗寒·玉兰〉"汜人"辨误》,孙虹,《古籍研究》,2012 年总第 57～58 卷。

63.《映梦窗　零乱碧——吴文英词艺术价值论》,周茜,《南京大学学报》(哲学.人文科学.社会科学版),2013 年第 2 期。

64.《梦窗词校勘、词学师承与晚清民初词学思潮的演变》,陈雪军,《文艺理论研究》,2015 年第 5 期。

65.《梦窗词中的绍兴物产》,孙虹、孙龙飞,《文史知识》,2015 年第 6 期。

66.《琐窗寒——从园林角度看宋词中的窗意象》,罗燕萍,《中国韵文学刊》,2016 年第 1 期。

67.《赏玩与抒怀:吴文英、周密、张炎题画词论析》,陈琳琳,《文艺评论》,2016 年第 5 期。

后 记

　　与武汉大学博士生导师陈文新先生相识,缘于我的同事汤克勤老师。不仅因为陈文新教授是汤老师的博士导师,而且2011年3月24日,受嘉应学院文学院邀请,陈文新先生来我校讲学,于是我有了当面聆听陈老师讲述独到学术见解的机会,受益匪浅。之后,陈老师为支持我校古代文学学科建设,把他主编的《中国学术档案大系》之一的《近代小说学术档案》交与我们编撰,由汤克勤老师和我共同完成,已于2013年6月由武汉大学出版社出版。之后,经陈老师推荐,2015年1月,我有幸参与到"中国古典诗词校注评"丛书的整理工作中,负责《吴文英词全集》的编撰。这就是此书的缘起。

　　从接受这项任务开始,我首先参考前贤时彦的各种校勘笺注本,将吴文英的词作和断句收集齐全,认真编好校注、汇评和附录中的"存目词";其次大量品阅了关于吴文英词赏析和评论的文章,写好题要,简介梦窗词每一首的词旨,概括上下片的大意;再次是尽可能查阅有关吴文英的生平资料和词作创作的背景,概述了附录中的"吴文英传记资料"和编制了附录中的"吴文英事迹简表";还借助网络资源,集中收集关于吴文英词研究的主要论著和论文,编写了附录中的"有关吴文英的研究论著、论文索引"。经过一年多的努力,终于统编审定了全书。在这过程中,相当一部分的文字输入工作得力于我的表妹廖怡的帮助,为我省下大量的时间做材料的收集和甄选工作。另外,我于2016年8月以《梦窗词集校注》的名称申报了梅州市哲学社会科学2016年课题规划项目,获得立项(编号mzsklx2016012)。

在编撰《吴文英词全集》的过程中，自省学养浅薄，经常心存惶恐。校勘的版本是否准确？注释的义项是否正确？存疑的辨析是否偏颇？索引的研究论著、论文是否具有代表性？这些困扰我的问题，却又是这项工作的核心内容，不容懈怠，不可怯退，惟有勤勉抉择爬梳，竭力完成。书中肯定有许多的不足和错误，有请广大致力于吴文英词校勘笺注和评论的方家赐教。

非常感谢武汉大学的陈文新教授！提携后学，无过于此。感谢以前对吴文英及其词研究做出探索，为我的研究积累借鉴的前贤时彦！感谢崇文书局和为此书辛苦工作的编辑陈春阳先生！感谢嘉应学院文学院和科研处！感谢所有支持和帮助此书完成的人们！

李珊

2016 年 9 月 16 日于梅州

图书在版编目（CIP）数据

吴文英词全集 / 李珊编著 . -- 武汉 ：崇文书局，
2022.3
（中国古典诗词校注评丛书）
ISBN 978-7-5403-5338-4

Ⅰ．①吴… Ⅱ．①李… Ⅲ．①宋词－选集 Ⅳ．
① I222.844

中国版本图书馆 CIP 数据核字（2022）第 027197 号

选题策划：王重阳
项目统筹：郑小华
责任编辑：陈春阳
封面设计：甘淑媛
责任校对：董　颖
责任印刷：李佳超

吴文英词全集【汇校汇注汇评】

出版发行：长江出版传媒 崇 文 书 局
地　　址：武汉市雄楚大街 268 号 C 座 11 层
电　　话：(027)87677133　邮政编码：430070
印　　刷：湖北画中画印刷有限公司
开　　本：880mm×1230mm　　1/32
印　　张：22.375
字　　数：650 千字
版　　次：2022 年 3 月第 1 版
印　　次：2022 年 3 月第 1 次印刷
定　　价：75.00 元
（如发现印装质量问题，影响阅读，由本社负责调换）